09/09 2.-

HEYNE BÜCHER

W0370125

Das Buch

Vor zehn Jahren begannen Lee, Isabel, Emma und Rudy, sich regelmäßig zu treffen und auszutauschen. Über die Jahre sind aus den vier Frauen enge Freundinnen geworden, die einander von ihren Schwierigkeiten, Erfolgen, ihren Männern und ihren Träumen erzählen, die sich gegenseitig beistehen, die Meinung sagen und einander zum Lachen bringen. Emma ist witzig, oft sarkastisch, aber hinter ihrer spröden Art verbirgt sich Verletzlichkeit und Sensibilität. Als sie dem Mann ihres Lebens begegnet, ist das ausgerechnet ein verheirateter Familienvater. Rudy ist schön, klug und kreativ, aber ihr Mangel an Selbstvertrauen ist so immens, dass sie sich ihrem neurotischen Mann vollkommen unterordnet. Isabel ist geschieden, hat gerade eine Brustkrebsoperation durchgestanden und lebt bewusster als je zuvor. Mit ihrer liebevollen Toleranz ist sie für die anderen Frauen auch ein wenig Mutter. Lee schließlich ist pragmatisch, erfolgreich und uneingeschränkt glücklich mit Henry. Allerdings wünscht sie sich mit einundvierzig Jahren ein eigenes Kind, ein Wunsch, der sich nicht so leicht verwirklichen lässt. Als Isabel erneut erkrankt, trifft das auch die Freundinnen mit voller Wucht. Die bittere Lektion über die Kostbarkeit ihrer Zeit bringt sie den eigenen Wünschen näher. Und nur eines ist am Ende so gewiss wie zuvor: Ihre Freundschaft ist durch nichts zu zerstören.

Die Autorin

Patricia Gaffney war fünfzehn Jahre lang als Journalistin tätig. Sie hat bereits zahlreiche Bücher geschrieben und gilt in den USA als erfolgreiche Schriftstellerin. Heute lebt sie mit ihrem Ehemann in Pennsylvania und arbeitet als freie Schriftstellerin.

PATRICIA GAFFNEY

GARTEN DER FRAUEN

Roman

Aus dem Amerikanischen von
Caroline Einhäupl

WILHELM HEYNE VERLAG
MÜNCHEN

HEYNE GROSSDRUCK
Nr. 21/58

Die Originalausgabe
THE SAVING GRACES
erschien bei HarperCollins, New York

Umwelthinweis:
Das Buch wurde auf chlor-
und säurefreiem Papier gedruckt.

Taschenbuchausgabe 5/2001
Copyright © 1999 by Patricia Gaffney
Copyright © 1999 der deutschsprachigen Ausgabe
by Wilhelm Heyne Verlag GmbH & Co. KG, München
Printed in Denmark 2001
Umschlagillustration: The Image Bank/Kent Barker
Umschlaggestaltung: Nele Schütz Design, München, unter Verwendung
des Originalumschlags von Eisele Grafik-Design, München
Satz: Leingärtner, Nabburg
Druck und Bindung: Nørhaven, Viborg

ISBN 3-453-18730-X

http://www.heyne.de

1

EMMA

Wenn die Hälfte aller Ehen mit einer Scheidung enden, wie lange hält dann eine Ehe im Durchschnitt? Das ist kein mathematisches Problem; ich möchte es wirklich gerne wissen. Ich wette, weniger als neuneinhalb Jahre. So lange gibt es die Rettenden Engel jetzt schon, und wir werden nicht mal unruhig. Wir reden immer noch miteinander, bemerken, wenn eine abgenommen, einen neuen Haarschnitt oder neue Schuhe hat. So weit ich weiß, ist keine von uns auf der Suche nach einem jüngeren, knackigeren Mitglied.

Ehrlich gesagt, hätte ich nicht gedacht, dass wir so lange durchhalten. Ich bin damals nur mitgekommen, weil Rudy mich überredet hat. Die anderen drei waren Lee, Isabel und Joan, oder hieß sie Joanne? Sie war nicht lange dabei; ist mit ihrem Urologenfreund nach Detroit gezogen, und wir haben uns aus den Augen verloren. Am Anfang hätte ich nie geglaubt, dass die anderen drei meine Busenfreundinnen werden könnten. Lee fand ich rechthaberisch, und Isabel war schon neununddreißig. Nächstes Jahr werde ich vierzig, soviel zu dem Thema, und Lee *ist* rechthaberisch, aber sie kann nichts dafür, weil sie eben immer *recht hat*. Das stimmt wirklich; und sie verdankt es ihrem außergewöhnlichen Charakter, dass wir sie nicht alle dafür hassen.

Das erste Treffen war grauenhaft. Es fand bei Isabel statt – damals war sie noch mit Gary verheiratet. Ich weiß noch, dass ich gedacht habe, mein Gott, sind diese Leute anständig. Anständig und reich, das hat mich wirklich umgehauen – aber ich war gerade in eine kleine, feuchte Souterrainwohnung in Georgetown gezogen, die nur wegen der Lage elfhundert Dollar im Monat kostete, deswegen war ich ein bisschen empfindlich. Lee sah so aus, als käme sie gerade aus dem Fitness-Studio. Und sie war Single, studierte noch und unterrichtete halbtags an einer Sonderschule – jeder weiß ja, wie viel Geld man da verdient –, und trotzdem wohnte sie in diesem versnobten Viertel bei Isabel um die Ecke, und zwar nicht zur Miete, sondern in einem *eigenen* Haus. Solche Leute hatten mir gerade noch gefehlt.

Auf dem Heimweg habe ich Rudy mit viel Witz und Ironie erklärt, warum ich unmöglich bei einer Frauengruppe mitmachen kann, deren Mitglieder elektrische Heckenscheren besitzen, Designerklamotten tragen, sich an Eisenhower erinnern und mit Urologen ausgehen. »Aber sie sind nett«, beharrte Rudy. Doch darum ging es nicht. Viele Leute sind nett, aber man will nicht unbedingt jeden zweiten Donnerstag mit ihnen zu Abend essen und Geheimnisse austauschen.

Das andere war die Eifersucht. Ich konnte es schon kaum ertragen, dass Rudy außer mir noch eine andere Freundin hatte. Einen Abend in der Woche brachten sie und Lee Analphabeten unentgeltlich Lesen und Schreiben bei. Dabei hatten sie sich kennen gelernt. Ich hatte nie Angst, dass sie beste Freundinnen werden könnten, weder damals noch heute; wenn es zwei Menschen gibt, die nichts gemeinsam haben, dann sind es Lee und Rudy. Aber ich war wie immer unsicher und viel zu neurotisch (das hat sich bis heute nicht geändert), um zu erkennen, was für wunderbare Möglichkeiten die Rettenden Engel boten – ich musste sie nur ergreifen.

Damals waren wir natürlich noch nicht die Rettenden Engel. Und auch heute posaunen wir unseren Namen nicht in die Öffentlichkeit. Er ist kitschig; er klingt wie der Titel einer Sitcom. Oder? »Die Rettenden Engel«, in den Hauptrollen Valerie Bertinelli, Susan Dey und Cybill Shepherd. Alles attraktive, kluge und lustige Frauen, die zufällig ein bisschen verrückt sind. Wie dem auch sei, der Ursprung unseres Namens ist eine reine Privatangelegenheit. Er hat keine besondere Bedeutung – er ist irgendwie ganz witzig und passt zu uns. Aber wir reden nicht drüber. Es ist eine Privatsache.

Wir waren auf dem Weg vom Abendessen in einem Restaurant in Great Falls nach Hause (wenn diejenige, bei der das Treffen stattfinden soll, keine Lust hat zu kochen, gehen wir essen), und Rudy fuhr einen Umweg, weil sie die Ausfahrt verpasst hatte. Wir waren damals seit fast einem Jahr eine Gruppe; Joan/Joanne hatte uns gerade verlassen, und Marsha, vorübergehendes Mitglied Nummer zwei, war noch nicht dabei, deshalb waren wir nur zu viert. Ich saß auf dem Rücksitz. Rudy drehte sich um, um etwas davon mitzukriegen, wie ich die Kellnerin nachmachte, die, wie alle fanden, wie Emma Thompson aussah. Isabel schrie: »Pass auf!«, und einen Sekundenbruchteil später haben wir den Hund überfahren. Ich sehe immer noch den Blick dieses gelben Köters vor mir, kurz bevor ihn die Stoßstange erwischte und er über die Motorhaube von Rudys Saab geschleudert wurde – fragend, neugierig, ein bisschen verwirrt. Als wollte er sagen: »Oh, das ist aber mal interessant.«

Alle haben geschrien. Ich habe immer wieder gesagt: »Er ist tot, er ist tot, er muss tot sein«, während Rudy den Wagen am Straßenrand zum Stehen brachte. Um die Wahrheit zu sagen, ich glaube, ich wäre weitergefahren. Ich war mir sicher, dass der Hund tot war, und ich wollte mir das nicht ansehen. Als ich zwölf war, habe ich mit meinem Fahrrad einen Frosch überfahren, das habe ich immer noch nicht verkraftet. Aber Rudy stellte den Motor ab, und alle stiegen aus. Da musste ich also mit.

Er war nicht tot. Aber das wussten wir nicht, bis Lee sich plötzlich mitten auf dem MacArthur Boulevard in Florence Nightingale, den Engel der Landstraße, verwandelte. Haben Sie schon mal gesehen, wie ein Mensch einen Hund reanimiert? Es ist lustig, aber nur im Nachhinein. Wenn es passiert, ist es aufregend und eklig, so ähnlich wie was anderes, das in weiten Teilen New Englands heute noch illegal ist. Rudy riss sich ihren schwarzen Kaschmirumhang vom Leib, um den ich sie schon immer beneidet habe, und wickelte den Hund darin ein, weil Lee meinte, er habe einen Schock. »Einen Tierarzt, wir brauchen einen Tierarzt«, jammerte Isabel, aber es war weder ein Haus in der Nähe noch irgendein Laden, gar nichts, außer einer dunklen Kirche auf der anderen Straßenseite. Isabel sprang auf und winkte einem entgegenkommenden Auto. Als es anhielt, rannte sie hin und redete mit dem Fahrer. Ich stand nur da und rang die Hände.

Rudy und Lee hievten den Hund zwischen sich auf den Rücksitz des Saab. Seine Schnauze war voller Blut, das war das Einzige, was ich mitbekam; ich konnte kaum hinschauen. Ich weiß nur noch, wie ich gemurmelt habe: »Curtis kriegt 'nen Nervenzusammenbruch«, während das Blut auf die honiggelben Ledersitze des 900er Turbo tropfte. Aber Rudy, diejenige, die es büßen musste, wenn Curtis einen Nervenzusammenbruch bekam, zuckte nicht mit der Wimper.

»In Glen Echo gibt es einen Tierarzt«, sagte Isabel und stieg auf der Beifahrerseite ein, damit sie Rudy den Weg erklären konnte. Ich musste mit Lee und dem Hund hinten sitzen. Ich kann kein Blut sehen und halte es nicht aus, wenn jemand im Sterben liegt, da wird mir schlecht. Wirklich. Einmal habe ich gesehen, wie ein Mann, einer meiner Nachbarn, sich mit dem elektrischen Rasenmäher über den Fuß gefahren ist, und ich musste mich auf dem Gehweg übergeben. Das ist wahr. Also starrte ich aus dem Fenster und konzentrierte mich darauf, wie die Scheinwerfer der Autos das Schild an der Kirche auf der anderen Straßenseite anstrahlten, KIRCHE ZUM HEILIGEN SCHUTZENGEL – und fragen Sie jetzt bitte nicht nach der Pointe der Geschichte.

Rudy raste wie ein Formel-1-Pilot nach Glen Echo. Der Tierarzt war nicht da – es war elf Uhr nachts –, aber als der verschlafene Nachtwächter ihn anrief, kam er sofort. Grace, wie wir den Hund tauften, hatte eine kollabierte Lunge, ein gebrochenes Bein und eine ausgerenkte Schulter, aber sie blieb am Leben, und es kostete nur elfhundertvierzig Dollar. Niemand suchte nach ihr – quelle surprise! –, aber als sie aus der Tierklinik entlassen wurde, stritten sich Isabel und Lee, wer von beiden sie behalten durfte. Ernie, Isabels alter Beagle, war gerade gestorben, deshalb hat sie gewonnen, oder verloren, wie man's nimmt. Sie hat Grace heute noch. Jetzt ist Grace alt und grau wie wir, die Tage, wo sie wie ein Wiesel über den Highway rannte, sind vorbei, aber sie ist der *süßeste* Hund, den es gibt – und ich mache mir eigentlich nichts aus Hunden. Ich habe immer gedacht, sie könnte es uns durchaus übel nehmen, dass wir sie überfahren haben, statt dessen betet sie uns an, weil wir sie gerettet haben. An unserem Jahrestag feiern wir immer auch ihren Geburtstag und überschütten sie mit Unmengen von Hundespielzeug und Würstchen.

So sind wir also zu unserem Namen gekommen. Ihnen ist sicher aufgefallen, dass ich die Einzige bin, die eigentlich nichts getan hat, die keine noch so klitzekleine Heldentat vollbracht hat. Die anderen sehen großzügig und wohlwollend darüber hinweg, genau wie Grace. Niemand hat je ein Wort darüber verloren, nicht mal einen Witz gemacht. (Ich hätte dem bestimmt nicht widerstehen können, wenigstens ein einziges Mal in neuneinhalb Jahren hätte ich mich darüber lustig gemacht.) Nein, ich werde vorbehaltlos als Rettender Engel akzeptiert, und allein dafür halte ich der Gruppe lebenslang die Treue, selbst wenn es all die Freundlichkeit, das Mitgefühl, den Trost und die Solidarität nicht gäbe.

Aber die gibt es. Tausendfach. Und da ich nicht in ein Kloster eingetreten bin, sollte ich vielleicht auch erwähnen, dass es natürlich auch Eifersucht, Kleinlichkeit und Starrsinn gibt und, nicht zu vergessen, den einen oder anderen Nervenzusammenbruch. Aber das ist alles unwichtig, und heute denke ich mit Schrecken daran, dass meine Vorurteile gegenüber Besserverdienenden mich fast dazu gebracht hätten, mich nach diesem ersten Abend bei Isabel mit einer höflichen Entschuldigung aus dem Staub zu machen.

Die gute alte Rudy. Sie hat dafür gesorgt, dass ich bei der Stange bleibe. Wenn ich darüber nachdenke ist das eher seltsam. Denn Rudy ist von uns allen diejenige, die am ehesten verrückt ist. Lee ist die Normale. Wir nennen sie sogar so – sie fasst es als Kompliment auf. Das sagt eigentlich alles über Lee.

2

LEE

Die Frauengruppe traf sich zum ersten Mal am 14. Juli 1988 in Isabels Haus in der Meadow Street. Sie hat thailändisches Huhn in Erdnusssoße mit Glasnudeln gekocht. Damals waren wir fünf – Isabel, Rudy, Emma, Joanne Karlewski und ich. Nachdem vier von uns an diesem Abend mit einem Salat aufkreuzten, schlug ich vor, genau festzulegen, was jede in Zukunft zum Essen mitbringen sollte. Rudy war für die Vorspeise zuständig, Emma für den Salat, Joanne für das Brot, Isabel für Obst und ich für den Nachtisch. Diejenige, bei der das Treffen stattfand, kochte den Hauptgang. Bis auf Rudy haben sich seitdem alle daran gehalten. (Wir mussten ihr den Nachtisch geben, weil sie nie pünktlich ist.)

Bis zum September 1991 trafen wir uns jeden ersten und dritten Mittwoch im Monat, dann ging ich wieder zur Uni und bekam Probleme wegen eines Seminars am Abend. Deswegen haben wir die Treffen auf Donnerstag gelegt, und so ist es seitdem geblieben. Wir fangen um halb acht an und hören so gegen zehn, Viertel nach zehn auf. In den ersten Jahren haben wir immer halb ernst über ein Thema diskutiert, das wir in der Woche zuvor festgelegt hatten – Mütter und Töchter, Ehrgeiz, Vertrauen, Sex, diese Geschichten. Damit begannen wir gleich nach dem Essen und blieben ungefähr eine Stunde dabei.

Doch inzwischen sind wir davon abgekommen, und ich bin die Einzige, der es abgeht. Von Zeit zu Zeit schlage ich vor, dass wir es wieder einführen, doch niemand unterstützt mich. »Wir haben doch schon jedes Thema unter der Sonne durchgekaut«, findet Emma, »es ist nichts mehr übrig.« Da ist was Wahres dran, zugegeben, aber ich glaube, in Wirklichkeit ist es nur Faulheit. Es ist soviel einfacher zu schwatzen, als seine Gedanken zu ordnen und über ein ernsthaftes Thema zu reden und dabeizubleiben. Ich mag Tratsch genauso gerne wie alle anderen, aber ich bin ziemlich sicher, dass wir viel bessere Diskussionen hätten, wenn wir die Sache mehr strukturieren würden.

Die Viertelstundenregel haben wir aufgestellt, als Susan Geiser dabei war (von Februar 1994 bis April 1995), und sie gilt immer noch, obwohl wir sie eigentlich nicht mehr brauchen, seit Susan weg ist. Die Rettenden Engel waren schon eine ganze Weile nur zu viert, als Isabel vorschlug, Susan als neues Mitglied aufzunehmen. Sie hatte ein paar wunderbare Eigenschaften, Susan, meine ich, sie war interessant und konnte sehr witzig sein. Aber sie hatte einen Fehler: Sie redete ununterbrochen. Mir hat es nicht soviel ausgemacht, aber Emma und Rudy hat es zum Wahnsinn getrieben. Da hat Isabel auf ihre wunderbare, taktvolle Art – und das kann nur sie – die Viertelstundenregel ins Spiel gebracht, und von da an hat jede von uns beim Essen fünfzehn Minuten lang erzählt, wie es ihr geht, was sie in letzter Zeit macht und worüber sie nachdenkt. Wir sind nicht so streng, keine schaut auf die Uhr oder was; es dient einfach als Richtlinie. Ich bin meistens schon nach fünf Minuten fertig, während Rudy mindestens zwanzig Minuten braucht, und so funktioniert es prima.

Emma und Rudy behaupten immer, ich hätte die Idee mit der Gruppe gehabt, hätte alles geplant und organisiert, aber in Wirklichkeit hat Isabel mindestens ebenso viel dazu beigetragen. Isabel und ich waren seit ungefähr eineinhalb Jahren befreundet, seit dem Halloween-Abend, an dem Terry, ihr Sohn, meine neuen Schuhe vollgekotzt hat. Es war mein erstes Halloween in dem Haus in Chevy Chase, und es machte mir großen Spaß, die vielen kleinen kostümierten Bettler und Geister, die an meine Tür kamen, mit selbst gemachtem Popcorn und glasierten Äpfeln zu versorgen. Es waren Dutzende von Kindern – ich war gerade aus einem Hochhaus hierhergezogen und konnte kaum glauben, wie viele Kinder es in der Nachbarschaft gab. Und sie waren so süß in ihren kleinen Kostümen, die winzigen Prinzessinnen und Hexen und Power Rangers. Ich gebe zu, dass ich richtig süchtig nach Kindern bin, wie Emma es nennt. Um halb neun klingelte fast niemand mehr, und um neun schien Halloween vorüber zu sein.

Ich machte das Licht auf der Veranda aus und wollte gerade nach oben gehen um zu duschen, da tat es einen lauten Schlag an der Tür. Es klang, als hätte jemand etwas dagegengeworfen. Vielleicht einen von den Kürbissen, die ich ausgehöhlt und auf die Stufen gestellt hatte. Ich schaute durch den

Spion und sah einen Jungen. Zwei Jungen. Einen kannte ich vom Sehen, deshalb machte ich auf.

»Süßes oder Saures.«

Das haute sie um. Die beiden – sie waren nicht kostümiert – bogen sich vor Lachen und hielten sich aneinander fest. Sie waren betrunken.

»Seid ihr Clowns?« fragte ich.

»Nein, wir sind Gangster«, sagte der, der Kevin hieß, wie ich später erfuhr. Das löste eine neue Lachsalve aus. Sie hatten Kopfkissenbezüge dabei, randvoll mit Süßigkeiten: der Beweis für einen langen, erfolgreichen Halloween-Abend. Was bedeutete, dass niemand ihnen das Handwerk gelegt hatte. Und da wundern sich die Leute über die Jugend von heute.

Jetzt waren die beiden jedenfalls an der falschen Adresse. »Dich kenne ich«, sagte ich und zeigte auf Terry. »Du wohnst in der Meadow Street. In dem weißen Haus an der Ecke. Weiß deine Mutter, was ihr, du und dein Freund, heute Abend treibt?«

»Klar«, sagte er. Aber er hörte auf zu lachen. Er hatte ganz rote Wangen von der kalten, feuchten Nachtluft, und seine Haare standen zu Berge. Damals war Terry fünfzehn, aber in seinen schlampigen, viel zu großen Klamotten sah er jünger aus. Wie ein kleiner Junge, der sich verkleidet hat.

Ich wandte mich brüsk an Kevin. »Wo wohnst du?«

»Leland Street«, murmelte er und wich vor mir zurück. Ich habe immer so eine Wirkung auf Kinder, wenn ich streng bin. Ernüchternd. (In diesem Fall im wahrsten Sinne des Wortes.) Aber nicht, weil ich sie einschüchtere, bestimmt nicht; ich habe so eine Art, ihnen die Realität vor Augen zu führen, wie ich sie sehe: vernünftig.

»Auf welcher Seite der Connecticut Road?«

»Auf dieser«, sagte Kevin.

»Gut.« Ich wollte nicht, dass er, betrunken wie er war, die befahrene Straße überquerte. »Ihr geht jetzt sofort nach Hause. Und den Alkohol lasst ihr hier.« Ich streckte die Hand aus.

Kevin machte ein Gesicht wie ein Baby, allerdings kein besonders süßes. Er hatte fast eine Glatze und ein falsches Totenkopftattoo auf der Wange, eine Art Nazilook, schätze ich. »Blöde Kuh«, sagte er, und: »Das Zeug hat sowieso Terry«, während er die Stufen hinunterschwankte und Richtung Gehsteig torkelte. »Bis bald, T! Wenn die alte Ziege weg ist!«

»Schön gesagt.«

Terry wich zurück und fiel gegen die Tür mit dem Fliegengitter. Er versuchte, unschuldig zu lächeln, doch es gelang ihm nicht. »Kev ist ein Arschloch«, lallte er. »'schuldigung.« Der Kopfkissenbezug rutschte ihm aus den Fingern und schlug krachend auf die Veranda.

Ich hob ihn auf. Unter den Süßigkeiten steckte eine fast leere Halbliterflasche Wodka. Ich rückte einen Kürbis beiseite und stellte die Flasche auf den Treppenpfosten.

»Schaffst du es allein bis nach Hause?«

»Logo.« Aber er rührte sich nicht vom Fleck, und nur seine verdrehten Beine verhinderten, dass er einfach wegrutschte.

Ich seufzte. »Also gut, gehen wir.«

Ich fasste ihn am Arm, um ihn zum Gehen zu bewegen. Wir waren damals ungefähr gleich groß – jetzt ist er fast zwei Meter und stämmig –, aber ich war kräftiger, und so war es kein Problem für mich, ihn beinahe zu tragen, als wir schwankend den leeren Gehweg entlangstolperten. Erst protestierte er, aber je näher wir seinem Haus kamen, desto stiller wurde er. Das Verandalicht war aus, sonst hätte ich vielleicht bemerkt, dass Terry immer blasser und ganz grün im Gesicht wurde, und hätte die Schweißperlen gesehen, die von seiner bartlosen Oberlippe tropften. An der Haustür blieb er hinter mir stehen, als hätte er Angst vor dem, was ihn erwartete.

Ich klopfte. Isabel riss in Null Komma nichts die Tür auf, lächelte und hielt mir eine Schale mit Snickers entgegen. Ich erkannte sie und erwiderte ihr Lächeln. Es war die sympathische ältere Frau, die ihren Beagle auf dem gleichen unbebauten Grundstück – wir nannten es den »Hundepark« – ausführte, wo ich mit Lettice, meinem Spaniel, spazieren ging.

»Terry?« Sie hatte ihren Sohn hinter mir entdeckt und runzelte verwirrt die Stirn.

»Mom?« Eigentlich sagte er: »Mo –?« Wenn er es geschafft hätte, rechtzeitig den Mund zuzumachen, wären meine Schuhe gerettet gewesen. Aber plötzlich erbrach er eine widerliche Mischung aus halbverdauten M&Ms, Mars, Milky Ways und Wodka, und das meiste davon landete auf meinen nagelneuen taubenblauen Wildlederschuhen von Ferragamo.

Isabel schoss heraus. Direkt hinter ihr tauchte Gary auf. Ich weiß nicht mehr, was ich über ihn gedacht habe, als ich ihn das erste Mal sah. Nicht viel – ihr Mann, älter als sie, klein und untersetzt, unauffällig. Schließlich kümmerte er sich um Terry und Isabel versorgte mich.

Seitdem habe ich tausendmal in ihrer Küche gesessen. Isabel ist ganz anders als meine anderen Freundinnen, und am Anfang konnte ich mir nicht vorstellen, dass wir uns jemals näher kommen würden, obwohl ich sie mochte. Sie war älter als ich, das war das eine, zwar nur acht Jahre, aber es kam mir viel mehr vor. Isabel sagt, sie sei eine andere Generation, aber ich glaube, es ist noch was anderes. Manche Menschen wissen von Geburt an Dinge, die andere ihr Leben lang zu lernen versuchen. Und sie sah soviel älter aus. Ihr Haar hatte graue Strähnen, und sie hatte es zu einem Pferdeschwanz zusammengebunden. Ausgerechnet zu einem Pferdeschwanz! Sie hatte überhaupt kein Modebewusstsein. (Ich habe ihr im Lauf der Jahre geholfen, ihren Stil zu finden.) Trotzdem war sie wunderschön. Sie sah aus wie eine alternde Madonna – ich meine nicht die Sängerin. Das war 1987, da hatten die wirklichen Probleme noch gar nicht angefangen, aber schon damals lag etwas Trauriges in Isabels Gesicht. Und Heiterkeit, ein inneres Leuchten, das mir immer wieder außergewöhnlich vorkommt.

Und ich … nun, ich war voll auf damit beschäftigt, halbtags zu unterrichten, gab jede Menge Kurse und schrieb an meiner Doktorarbeit in Erziehungswissenschaften, aber ich war trotzdem ein bisschen einsam. Ich brauchte ein bisschen … Mütterlichkeit. Nicht, dass ich keine Mutter hätte. Oy, und was für eine, wie mein Mann immer sagt. Ich meine, ich fing an, mich nach einem Baby zu sehnen.

Emma sagt, ich weiß nicht, was Ironie ist, aber ich glaube, genau das ist die Definition. Außer Isabel hat keine von uns Kinder, und die Einzige, die welche will, bin ich. Und bei mir klappt es nicht. Dazu kommt – und auch das ist Ironie des Schicksals –, dass ich glaube, Isabel und ich sind die geborenen Mütter, doch beide hatten wir ziemlich kalte Eltern. Ich sterbe vor Sehnsucht danach, Mutter zu sein, bemuttert zu werden. Und sie bemuttert jeden, aber wer bemuttert sie?

Doch wenn ich es mir recht überlege, hat es vielleicht gar nichts mit Ironie zu tun. Vielleicht ist es nur traurig.

Sie überredete mich, meine Strumpfhose aus- und ein Paar saubere Socken – von Terry – anzuziehen, und sie gab mir einen Becher heißen Punsch, während sie meine Schuhe im Waschbecken ihrer Gästetoilette säuberte. Als sie zurückkam, haben wir uns lange und gut unterhalten. Sie wollte alles über mich wissen. Ich erinnere mich noch genau, wie ich ihr von den Schwierigkeiten erzählt habe, in die meine Brüder als Teenager regelmäßig verwickelt waren, und dass sie sich beide zu – wie man so schön sagt – Stützen der Gesellschaft entwickelt haben. Das habe ich gesagt, damit sie sich nicht allzu viele Sorgen machte, dass Terry auf die schiefe

Bahn geraten könnte. Ich blieb nicht lange, aber als ich ging, dachte ich noch, dass sie viel mehr über mich erfahren hatte, als ich über sie.

Am nächsten Tag kam Terry vorbei, entschuldigte sich sehr lieb und brachte mir eine Einladung zum Abendessen. So fing alles an. Isabel und ich wurden Freundinnen. Wenn wir uns nicht gegenseitig besuchten, führten wir die Hunde zusammen spazieren, spielten Tennis oder erkundeten die Umgebung. Ich weinte mit ihr, als Terry beschloss, aufs College nach Montreal zu gehen. Sie hörte sich jede Kleinigkeit über das lange, schüchterne Werben meines Mannes an. Nachdem sie Gary verlassen hatte, wohnten sie und Grace drei Wochen in meinem Gästezimmer, und als sie Krebs bekam, war es, als hätte ich ihn. Ich kann mir kaum noch vorstellen, wie mein Leben war, bevor ich Isabel kennen lernte.

Ungefähr ein Jahr nach Terrys Halloween-Eskapade saßen wir auf dem Linoleumboden und rieben die Hunde nach ihrem letzten Bad im Sommer trocken. »Leah Pavlik«, sagte Isabel, »du verbringst zu viel Zeit mit mir in dieser Küche. Du solltest an die frische Luft gehen und mit Mädchen in deinem Alter spielen.« »*Du* solltest rausgehen und mit Mädchen in meinem Alter spielen«, erwiderte ich. Wir lachten, und dann – ich weiß nicht mehr, wer was sagte, aber ehe wir's uns versahen, sprachen wir davon, eine Frauengruppe zu gründen.

Mein Leben lang hatte ich immer viele Freundinnen, und ich gebe zu, dass ich gerne organisiere. In der fünften oder sechsten Klasse habe ich einen

Club nur für Mädchen gegründet. Wir trafen uns immer in unserem Keller. Und in der High School war ich Vizekapitän der Cheerleader und später Erste Vorsitzende der Studentenverbindung im College. Aber seit ich nach Washington gezogen bin, habe ich, außer Isabel, nicht viele neue Freundinnen dazugewonnen. Die Idee, eine Frauengruppe zu gründen, fand ich wunderbar. Es sollte weder ein Literaturkreis noch eine politische oder eine feministische Gruppe werden. Nur Frauen, die wir mochten und schätzten und von denen wir etwas lernen konnten. Wir wollten uns ab und zu treffen, um über Dinge zu reden, die uns interessierten. Eine ganz bescheidene Tagesordnung. Wir hatten keine Ahnung, dass wir gerade die ersten Samen für einen wunderschönen Garten gesät hatten. Das stammt von Isabel, nicht von mir. Jahre später sagte sie, wir hätten gesundes Gemüse für die Grundversorgung und zauberhafte Blumen für die Freuden gezogen. Ich fragte sie, was ich davon wäre, und war mir sicher, sie würde sagen, ein gesundes Gemüse, aber sie sagte, ich wäre beides. »Wir sind alle beides, du Dummkopf«, waren ihre Worte.

Die ersten Eindrücke. Als es die Gruppe ein Jahr gab, machten wir einmal zum Thema (mein Vorschlag), was wir alle übereinander gedacht hatten – diejenigen, die sich noch nicht gekannt hatten –, als wir uns zum ersten Mal trafen. Ich machte den Anfang und erzählte, dass ich gedacht hatte, Emma sähe aus wie jemand aus der Kunstszene, eine Rocksängerin zum Beispiel. (Eher ein verblassender

Rockstar, meinte ich eigentlich, weil Emma manchmal so eine blasierte, gelangweilte Art an den Tag legt. In Wirklichkeit ist sie ganz und gar nicht abgeklärt, und ich habe nie verstanden, warum es so wichtig für sie ist, immer cool zu wirken.) Jedenfalls war sie begeistert, dass ich fand, sie sähe aus wie eine Rocksängerin. Sie wollte wissen, wem sie ähnelte, und mir fiel Bonnie Raitt ein –, weil beide so ein hübsches, markant geschnittenes Gesicht haben und (auch das muss angemerkt werden) von Zeit zu Zeit denselben leicht arroganten Ausdruck. Auch die Haare waren ähnlich – lang, rotblond und, um es milde auszudrücken, selbst gestylt. (Ich würde Emma für mein Leben gern Harold, meinem Friseur, vorstellen, aber sie sagt, dass sie keine Zeit hat.)

Rudy und Emma sagten beide, dass sie Isabel auf Anhieb mochten, sie fanden sie wunderbar, wenn auch vielleicht ein bisschen altmodisch und eine Spur konservativ. »Damenhaft, aber im positiven Sinn«, meinte Emma, und Rudy fügte hinzu: »Nein, *mütterlich.*« Ich erinnere mich noch, dass Isabel bei dem ersten Treffen eine rote Leinenschürze trug – sie hat sie den ganzen Abend anbehalten, hat sie einfach vergessen. Daran sieht man, dass sie überhaupt nicht eitel ist. Aber konservativ? Nein. Nein, nein. Das ist der beste Beweis, wie falsch und ungenau der erste Eindruck sein kann.

Isabel sagte, Rudy sei eine der schönsten Frauen, die sie je zu Gesicht bekommen hat, und natürlich stimmten Emma und ich ihr zu. Wir anderen sind durchschnittlich attraktiv, meiner Meinung nach.

Aber Rudy ist etwas Besonderes. Sie fällt auf; wir können nirgendwo hingehen, ohne Aufmerksamkeit zu erregen. Sie hat eine Haut wie ein Engel, die Figur eines Topmodels, glänzendes blauschwarzes Haar, das immer so sitzt, wie sie es will. Wenn sie nur ein bildschönes Gesicht hätte, könnte man sie vielleicht hassen, aber hinter ihren klassischen Zügen verbirgt sich soviel Süße, soviel Unschuld und Verletzlichkeit, dass sie in jedem den Beschützerinstinkt weckt. Jeder möchte Rudy retten – vor allem Männer, sagt sie. Aber, so leid es mir tut, bis jetzt ist es noch keinem gelungen.

Als die Reihe an mir war, behauptete Emma, ich sähe auch aus wie ein Rockstar. Wie wer denn, fragte ich beflissen. (Ein alternder Beau hat mir einmal gestanden, ich erinnerte ihn an Marie Osmond; ›die Kluge‹, hatte er gesagt.) Aber Emma sagte: »Sinéad O'Connor.« *Was*? »Oh, nicht wegen der Glatze, obwohl deine Haare damals ziemlich kurz waren, Lee. Eher wegen deiner humorlosen, rechthaberischen Art.« Na vielen Dank! Ich war beleidigt, aber Emma fügte hinzu: »Nein, Sinéad O'Connor ist *wunderbar* – hast du nie ihre Augen bemerkt?« Nein. »Sie ist wunderschön, Lee, das sollte ein Kompliment sein.« Ach wirklich? Das bezweifle ich. Wie auch immer, ich sehe Sinéad O'Connor kein bisschen ähnlich. Ich sehe aus wie meine Mutter: klein, drahtig, dunkelhaarig und ausdrucksvoll. Und ich bin nie rechthaberisch, obwohl es stimmt, dass ich meistens recht habe.

Soviel zu den ersten Eindrücken.

Als ich Henry heiratete, ging mir durch den Kopf, dass ich die Gruppe in Zukunft vielleicht nicht mehr so sehr brauchen oder dass meine Begeisterung nachlassen würde und ich nicht mehr soviel Zeit und Energie haben würde. Nichts von alledem geschah. Es gab eine Zeit von sieben oder acht Monaten, in der ich so darauf fixiert war, mit Henry zu schlafen, dass mein Bewusstsein fast gar nichts anderes mehr registrierte, aber das war ein allgemeines Phänomen und hatte nichts mit den Rettenden Engeln zu tun.

Emma und Rudy konnten sich während dieser Zeit köstlich über mich amüsieren. Ich weiß nicht, wofür die beiden mich hielten, bevor ich Henry kennen lernte – für prüde wahrscheinlich. Was ich nicht bin und auch nie war. Zufällig fluche ich nicht und behalte manche Überlegungen lieber für mich, anstatt sie herauszuposaunen. Oder wenn, formuliere ich sie so, dass sie für gewisse Leute altmodisch, ja beinahe wunderlich klingen. Und als ich Henry kennen lernte und meine bekanntermaßen vernünftigen und phantasielosen Gedanken nur noch um Sex kreisten, fanden sie das natürlich zum Totlachen.

Ich hätte ihren Späßen ein Ende bereiten können, wenn ich einfach den Mund gehalten hätte, aber irgendwie konnte ich nicht aufhören, darüber zu reden. Wahrscheinlich spielten meine Hormone verrückt. So was war mir noch nie in meinem Leben passiert, und ich war siebenunddreißig. An einem Donnerstag Abend machte ich den Fehler, der Gruppe zu erzählen, wie Henry in seinem blauen Overall aussah. Auf der Brusttasche prangte in

Gold sein Name, und quer über dem Rücken stand PATTERSON & SOHN HEIZUNG & SANITÄR. Und er trug einen Werkzeuggürtel. Einen *Werkzeuggürtel*. Wer wusste schon, was das war? Rudy und Emma behaupteten, sie wüssten alles über Werkzeuggürtel – ich spreche über diese ultimativen männlichen Reize, diese unwiderstehliche Kombination aus Sexualität und der offensichtlichen Fähigkeit, Probleme zu lösen –, und sogar Isabel gab zu, dass der Zusammenhang nichts Neues für sie war. Ich frage mich, wo ich bis dahin gelebt habe. Dann machte ich einen noch größeren Fehler. Ich erzählte ihnen, wie er das erste Mal in mein Haus kam (nur um eine verstopfte Toilette zu reparieren; da hatte ich ihn noch nicht beauftragt, die alten Rohre zu erneuern und neue Heizkörper zu installieren) und er mir in einem Buch für Installateure ein Diagramm zeigte, mit dessen Hilfe man genau erkennen konnte, wo das Problem lag und wie man es beseitigen konnte. »Das gehört zum Service«, erklärte er mir mit seiner tiefen Stimme und dem aufregenden Südstaatenakzent. »Ein informierter Kunde ist ein zufriedener Kunde.« Er hatte die Ärmel hochgekrempelt, und in der Sonne, die durch das Badezimmerfenster hereinschien, leuchtete jedes einzelne Haar golden auf seinen – in diesem Fall kann man wirklich sagen, sehnigen – Unterarmen. Man muss das Diagramm sehen, um zu verstehen, was ich meine, aber glauben Sie mir, die Zeichnung dieses »Klosettbohrers«, der sich seinen Weg durch die lange Röhre in die engen Tiefen des schräg nach hinten verlaufenden Überlaufrohres der Toilette bahnt, sah genauso aus, *wirklich genauso*, wie ein Penis in der Vagina einer Frau.

Sie können sich vorstellen, was für Witze ich über meinen »Rohrverleger« in den letzten vier Jahren ertragen musste.

Und noch eine Ironie am Rande. Zusätzlich zu der klaren, befreienden Lust, die ich für Henry beinah vom ersten Augenblick an empfand, wusste ich genau, dass er der wundervollste Vater der Welt sein würde. Meine Gene schreien geradezu nach seinen Genen, sagte ich immer schmunzelnd. Zusammen würden wir süße jüdisch/protestantische, intellektuell/tatkräftige Babys haben (wobei die intellektuelle Seite von meinem Vater stammt, nicht von mir; mein Vater lehrt Quantenphysik an der Universität, und meine Mutter ist Börsenmaklerin). Aber bis heute stehen die Baby-Aktien nicht besonders gut. Irgend etwas scheint mit dem Rohr meines Rohrverlegers nicht zu stimmen. Oder liegt es an mir? Sie wissen es nicht.

Ich versuche, nicht an das Schlimmste, was uns zustoßen kann, zu denken: Kinderlosigkeit. So ein verzweifeltes Wort. Bis jetzt habe ich es noch nie mit mir in Verbindung gebracht. Ich komme mir lächerlich vor, wegen all der Jahre, in denen ich die Pille genommen, Schaum, eine Spirale oder ein Diaphragma benutzt und skrupellos dafür gesorgt habe, dass auch ja nichts passiert.

Es ist mir gelungen, meine schlimmsten Ängste vor der Gruppe zu verbergen, besser jedenfalls als meine ach so amüsante Libido, aber lange werde ich das wahrscheinlich nicht mehr durchhalten. Und warum sollte ich? Um das Bild von der nüchternen, vernünftigen Lee mit dem kühlen Kopf, das sie von mir haben, nicht zu zerstören, vermute ich.

Aber Isabel weiß es sowieso schon. Wie immer. Einmal hat sie mir gesagt, dass sie die Scheidung, den Krebs, die Chemotherapie ohne mich nie überstanden hätte – was sehr nett, ja typisch für sie ist, aber es stimmt nicht. Doch in meinem Fall wird es so sein. Wenn das Schlimmste geschieht, wenn Henry und ich keine Kinder bekommen können, werde ich das ohne Isabel nicht ertragen.

3

RUDY

Ich weiß nicht, warum sich meine Freundinnen mit mir abgeben. Ich würde vor mir davonlaufen. Aber sie sind immer so geduldig und hilfsbereit. Sie legen ihren Arm um meine Schulter und sagen: »Mensch, Rudy, du machst das wirklich gut.« Das ist ein Kode; ich meine, bis jetzt hat mich noch niemand in eine Zwangsjacke gesteckt, also muss es mir ja gut gehen. Das stimmt schon, aber ich habe immer das Gefühl, ich sollte auf Holz klopfen, wenn sie das sagen.

Was ich niemandem erzähle, nicht einmal Emma, die glaubt, sie weiß alles über mich, ist, was für eine Rolle Trimipramin und Valium für mein geistiges Wohlbefinden spielen. Und davor Protriptylin und Alprazolam. Und Meprobamat. Ich könnte noch viele Psychopharmaka aufzählen.

Niemand weiß das, außer Curtis, meinem Mann, und Eric, meinem Therapeuten. Über alles andere rede ich offen, über das Desaster in meiner Familie, die Jahrzehnte, die ich in Therapien verbracht habe, meine Kämpfe gegen Melancholie, Depression und Manie. Die halbe Welt nimmt Tranquilizer und Antidepressiva, das schockt niemanden mehr. Es ist keine Schande, wie Emma es formulierte, mit Hilfe von Chemie besser drauf zu sein.

Aber ich behalte es für mich. Ich will, dass meine Freundinnen glauben, dass das, was ich tue, wie ich mich benehme, echt ist. Das ist es auch – aber wenn sie von meiner geheimen Armee von Psychopharmaka wüssten, wäre alles, was ich tue, »wegen der Medikamente«, egal ob es richtig oder falsch ist. An mir wäre nichts mehr authentisch. In ihren Köpfen gäbe es keine echte Rudy.

Ich weiß jetzt schon, wie sie reagieren werden, wenn ich ihnen erzähle, was ich heute gemacht habe: Emma wird lachen, Isabel wird mitfühlend sein und mich trösten, und Lee wird es missbilligen (sanft). Und alle werden sie denken: *Was haben die sich auch dabei gedacht, als sie sie eingestellt haben*? Aber nicht vor ihrem Urteil habe ich Angst. Sondern vor Curtis'.

Passiert ist folgendes: Man hat mich bei der Krisen-Hotline rausgeschmissen. Zu meiner Schande muss ich hinzufügen, dass ich nur eine Woche dort war. Mrs. Phillips, meine Supervisorin, sagte, ich sei im Gespräch mit einer Anruferin zu persönlich geworden und hätte die Richtlinien absolut übertreten. Ich weiß, dass ich falsch gehandelt habe, ich weiß, dass es Regeln geben muss, aber wenn dieses Mädchen – Stephanie – noch einmal anriefe, würde ich es wieder tun.

Man hat uns erklärt, dass man am Anfang vorsichtig sein soll, und ich hatte bereits mehrere Teenager am Telefon gehabt, die mir einen Streich gespielt haben. Aber Stephanies junge, dünne, angespannte Stimme hat sie so schnell verraten. Ich war mir bereits nach ein paar Minuten sicher, dass das kein Spiel war.

»Krisen-Hotline, mein Name ist Rudy. Hallo? Hier spricht Rudy – wer ist denn da?«

»Hallo, ja. Ich – äh – ich rufe für eine Freundin an.«

»Hallo. Okay. Wie heißt deine Freundin?«

Lange Pause. »Stephanie.«

»Stephanie. Hat Stephanie ein Problem?«

»Ja, das könnte man sagen. Sie hat 'ne Menge Probleme.«

»Eine Menge? Gut, welches ist das größte? Welches macht sie am unglücklichsten?«

»O Gott, ich weiß nicht. Sie weint viel. Verstehen Sie, über alles mögliche. Ihre Familie, ihre Freunde.«

»Was stimmt denn nicht mit ihrer Familie?«

Schniefen. »Alles.«

Ich wartete.

»Also ihre Mutter, die ist eine Katastrophe.«

»Warum?«

Schweigen.

»Warum ist sie eine Katastrophe?«

Keine Antwort.

»Ich wette, sie trinkt zu viel.«

»*Was*?«

»Trinkt Stephanies Mutter zu viel?«

»O Mann, ja, tut sie – haben Sie das jetzt geraten?«

»Na ja, meine Mutter trinkt auch. Ja, ich schätze, ich habe einfach geraten.« Warum habe ich das gesagt? Warum?

»Wirklich? Dann ist sie Alkoholikerin? Meine Mutter ist total abhängig, es ist so schrecklich, und ich weiß nicht, wie … Oh, Scheiße.«

»Nein, warte, das ist schon okay. Hey, Stephanie? Hör zu, es ist okay, wirklich. Ungefähr neunzig Prozent der Leute, die hier anrufen, erzählen erst mal, dass sie für einen Freund oder eine Freundin anrufen. Aber weißt du was? Ich finde es gut – wahrscheinlich würdest du doch auch für eine Freundin anrufen, so nett, wie du bist.« (Normalerweise rede ich nicht so; ich meine, nicht mit dieser Stimme. Aber egal, mit wem ich bei der Hotline spreche, es passiert – passierte – mir immer wieder, dass ich in den Tonfall meines Gesprächspartners verfalle. Mrs. Phillips war der Meinung, das sei eine meiner besten Strategien – bevor sie mich gefeuert hat.)

»Kann sein«, sagte Stephanie skeptisch.

»Nein, wirklich, das bist du, das weiß ich.«
»Wie alt sind Sie?«
»Ich? Einundvierzig.«
Spöttisches Schnauben. »Aha. Und was wissen Sie über Ängste von Teenagern?«
»Ängste von Teenagern.« Ich lachte, und Stephanie fing an mitzulachen – dachte ich, aber dann merkte ich, dass sie weinte.
»O Mann …« Ich hörte, wie ihre Finger über den Hörer strichen – gleich würde sie auflegen.
Hastig sagte ich: »Ja, meine Mutter war Alkoholikerin, sie hat versucht, sich umzubringen, als ich zwölf war. Als ich elf war, hat mein Vater sich umgebracht.«
Langes Schweigen. Ich hatte viel Zeit, darüber nachzugrübeln, warum mir das herausgerutscht war. Ich wusste, dass es gegen die Regeln verstieß, aber in dem Augenblick ist mir nichts anderes eingefallen, um sie daran zu hindern aufzulegen.
Egal, es funktionierte. Sie begann zu reden. »Meine Mutter … fast jeden Tag, wenn ich aus der Schule komme, ist sie besoffen. Oder sie kotzt. Und ich muss mich um sie kümmern. Ich kann niemanden mit nach Hause bringen, deshalb habe ich keine Freundin. Doch, eine Freundin habe ich. Jill. Aber sie ist nicht … Verstehen Sie, ihr kann ich nicht erzählen, was los ist, deshalb …«
»Ich weiß, wie das ist. Ich hatte als Kind auch keine Freunde. Aber das war ein Fehler. Ich habe diesen Fehler gemacht.«
»Wie meinen Sie das?«

»Na ja, ich meine, ich habe mir das selbst angetan, weil ich mich immer so geschämt habe. Als wäre *ich* diejenige, die das Problem hat. Aber hör mir zu, Stephanie, du hast nichts getan, du kannst nichts dafür. Du bist ein Kind. Du hast es nicht verdient, dass dir so etwas geschieht.«

Da brach sie in Tränen aus. Und ich auch. Eine ganze Weile konnten wir beide nichts sagen. Ich bin mir nicht sicher, aber ich glaube, an dem Punkt hat sich Mrs. Phillips eingeschaltet.

»Aber das ist im Moment gar nicht das Schlimmste«, fuhr Stephanie fort, als sie wieder sprechen konnte. »Obwohl es irgendwie *immer* da ist, verstehen Sie?«

»Ich weiß.«

»Aber jetzt ist es was anderes, viel ...«

»Was, Stephanie? Was?«

»O Gott.« Sie fing wieder an zu weinen. Ich wartete einfach. Ich weinte jetzt auch, aber leise. Ich dachte an Eric, meinen Therapeuten. Er weint nie, egal wie sehr ich in seiner Praxis zusammenbreche. Und doch ist er nie kalt oder unbeteiligt – o nein, eher das Gegenteil. Aber er weint nicht. Und das ist gut so. Mein Gott, irgend jemand muss ja die Übersicht behalten.

Also versuchte ich, mich für Stephanie zusammenzureißen. »Was ist geschehen?« fragte ich sie schließlich. »Ich weiß, dass es etwas Schlimmes ist.«

»Es ist schrecklich. Ich hab was getan.«

»Mit einem Jungen?«

Verblüfftes Schweigen. Dann: »Ach *Mist*.«

Ich musste wieder lachen. »Mach dir keine Gedanken, ich habe nur mal wieder geraten. Was hast du getan? Wenn du willst, kannst du es mir erzählen.«

»Sind Sie verheiratet? Wie heißen Sie noch mal?«

»Rudy. Ob ich verheiratet bin? Ja.«

»Wie lange?«

»Viereinhalb Jahre, fast fünf.«

»Dann waren Sie siebenunddreißig?«

»Ja. Alt«, sagte ich, ehe sie es sagen konnte. Ich wusste genau, was sie dachte.

»Haben Sie schon mal etwas getan ... mit einem Jungen ...«

»Wofür ich mich nachher geschämt habe?«

»Ja.«

Es ist uns nicht erlaubt, Geschichten aus dem eigenen Leben zu erzählen. Wir sollen zuhören und Fragen stellen und die Anrufer an eine geeignete Hilfsorganisation weiterleiten. Also sagte ich – und ich fand es wirklich nicht so tragisch: »Steph, ich habe Dinge mit Männern gemacht, die ich nicht mal meinem Therapeuten erzähle.«

Sie lachte nervös, aber erleichtert auf. »Heißt das, Sie gehen zu einem Psychiater?«

»Er heißt Eric Greenburg. Ich werde dir seine Adresse geben. Er ist drüben in Maryland.«

»Hey, warten Sie ...«

»Nein, schreib sie dir auf. Für alle Fälle.« Ich gab ihr auch die Telefonnummer. Ich glaube, sie hat sie aufgeschrieben. Ich brauche nicht zu sagen, dass auch das zu den Dingen gehört, dir wir nicht dürfen.

»Okay«, sagte Stephanie und räusperte sich. »Da ist dieser Typ aus meinem Mathekurs. Er heißt George, aber alle nennen ihn Spider Man. Ich weiß nicht, warum. Ich mag ihn nicht mal besonders, ich meine, er ist nicht mein Freund oder so, aber er war gestern Abend mit ein paar anderen Typen in diesem Einkaufszentrum, und ich war mit Jill dort. Wir haben ein bisschen geredet, und dann hat Spider gesagt, wir sollen doch mit rauskommen zu seinem Auto, da hat er so'n Zeug, und wir könnten was rauchen. Jill hat gesagt, kommt nicht in Frage, wir gehen, und – na ja, das war wirklich ziemlich blöd von mir – ich habe gesagt, sie soll doch gehen, aber ich würde bleiben.«

»Hmm.«

»Dann ist sie gegangen, und ich bin mit Spider und zwei anderen Typen auf den Parkplatz gegangen, und wir haben gekifft.«

»Hmm.«

»Ich hab schon mal geraucht, ich meine, es war nicht das erste Mal oder so. Vielleicht lag es an meiner Stimmung oder so. Und ...«

»Du wolltest nicht nach Hause gehen.«

»Genau.«

»Wolltest etwas erleben. Ausbrechen.«

»Ja. O Gott, Rudy.«

»Ich weiß. Dann ...«

»Dann wissen Sie, was ich danach getan habe?«

»Ich kann es mir vorstellen. Wie war es?«

Sie kicherte – aber dann fing sie wieder an zu weinen. Mein Telefon steht auf einem Tisch, der auf drei

Seiten in Kinnhöhe von einer Wand aus Plexiglas umgeben ist. Wenn ich nicht beobachtet werden will, muss ich mich zusammenkauern und mein Gesicht praktisch auf die Tischplatte legen. Ich stützte den Kopf in die Hände. Stephanie hörte nicht auf zu weinen. »Es ist nicht schlimm. Es ist nicht schlimm. Es ist alles in Ordnung«, sagte ich wieder und wieder. »Du bist immer noch du selbst. Du bist immer noch Stephanie.«

»Es war schrecklich, Rudy, es war so schrecklich. Mann, und ich mag ihn nicht einmal. Und er wird es allen erzählen, all seinen Freunden, und dann …«

»Na und? Du bist nicht so, und *du* weißt das. Vergiss sie.«

»Jill redet nicht mehr mit mir!«

»Sie ist wahrscheinlich sauer, aber …«

»Nein, sie hasst mich, meine beste Freundin hasst mich.«

»Nein, das tut sie nicht.«

»Doch, sie hasst mich.«

»Sie ist verwirrt und sie ist sauer auf dich, aber sie hasst dich nicht, Steph. Ist sie wirklich deine beste Freundin? Seit wann?«

»Seit der fünften Klasse. Seit *vier* Jahren.« Sie sagte das so, wie ich vierzig Jahre sagen würde. »Was soll ich jetzt tun?«

»Ich schätze, du musst mit ihr reden.«

»Sie wird nicht mit mir reden. Und ich kann es ihr sowieso nicht erzählen.«

»Doch, das kannst du. Du hast es mir erzählt. Es ist verdammt schwer, aber es geht.«

»Ich kann nicht. Sie ist so anständig. Und gut. Sie war immer gut. Manchmal denke ich, wenn ich eine Schwester hätte, wäre alles nicht so schlimm. Oder einen Bruder, irgend jemanden.«

»Das muss nicht unbedingt so sein.«

»Ich meine, wenn ich eine Schwester oder so hätte, gäbe es wenigstens jemanden, mit dem ich den ganzen Mist teilen könnte.«

»Das sollte man meinen.«

»Ich glaube, es wäre viel leichter. Alles. Sie wissen schon, die Einsamkeit und überhaupt …«

Da tat ich es wieder. Ich sagte: »Also, ich will dir was sagen. Ich habe Geschwister, und sie haben alles nur noch schlimmer gemacht. Als ich so alt war wie du.«

»Das verstehe ich nicht.«

»Du fühlst dich doch wie ein Versager, weil deine Mutter trinkt?«

»Ja.«

»Nun – überleg mal, wie es wäre, wenn du eine Schwester oder einen Bruder hättest und auch noch ihretwegen das Gefühl hättest, ein Versager zu sein. Plötzlich musst du dir nicht nur um einen Menschen, sondern um drei Sorgen machen. Ich will nur sagen, dass mit Geschwistern nicht in jedem Fall alles besser wird.«

»Trotzdem wünschte ich, ich hätte welche.«

Warum konnte ich es nicht einfach so stehen lassen? »Hör mal, Stephanie – Claire, meine Schwester, ist mit achtzehn von zu Hause weggelaufen. Da war ich sechzehn. Sie ist einer Sekte beigetreten. Da ist sie immer noch.«

»Nein.«

»Doch. Bei dieser Sekte verehren sie Katzen, weil sie glauben, dass Katzen direkte Nachkommen von Jahwe sind. *Katzen.*«

»Von wem?? Jahwe?«

»Gott – Jahwe heißt Gott.«

Stephanie brach in schallendes Gelächter aus.

»Das ist kein Witz. Und das ist nur eines der Dinge, an die sie glauben. Und mein Bruder Allen ist sowieso verloren. Er ist ziemlich abgedriftet. Das ist meine Familie, Steph. Mein Vater hat sich umgebracht, und meine Mutter säuft, meine Schwester ist Mitglied einer Sekte, und mein Bruder ist eine verlorene Seele – und hier bin ich, an diesem Krisentelefon, und benehme mich wie ein ganz normaler Mensch! Nein – hör zu…« Sie kicherte immer noch. »Ich glaube, als erstes sollest du Dr. Greenburg anrufen und dann Jill. Weil du sie jetzt wirklich brauchst.«

»Ja, aber ich weiß nicht…«

Wenn der Supervisor sich einschalten will, beginnt am Telefon ein kleines rotes Lämpchen zu blinken. Die Anweisung lautet, den Anrufer in die Warteschleife zu legen und herauszufinden, was der Supervisor will. Mein rotes Licht blinkte seit zwei Minuten.

»Ich denke, du solltest Jill einfach anrufen. Ich würde es tun, wenn ich du wäre. Magst du sie wirklich?«

»Ja, ich glaube schon.« Sie fing wieder an zu weinen. Jetzt schluchzte sie richtig. Was für einen Nerv hatte ich diesmal getroffen?

»Hey, Stephanie, beruhige dich. Komm, Baby, alles wird gut, schsch. Du bist in Ordnung.« Das rote Lämpchen blinkte hektisch.

»Rudy?«

»Was ist, Kleine?«

»Geht es Ihnen heute wirklich gut?«

»Ja, es geht mir richtig gut.«

Es ist erlaubt zu lügen. Und wenn nicht, sollte es erlaubt sein.

»Aber … was ist mit Ihrer Mutter?« fragte Stephanie mit zittriger Stimme.

»Sie kommt zurecht. Wir haben es beide überlebt. Sie wohnt mit meinem Stiefvater in Rhode Island, und manchmal telefonieren wir.« Ich musste ihr ja nicht erzählen, dass ich sie seit fast fünf Jahren nicht mehr gesehen habe. Seit meiner Hochzeit. »Sie sagt, dass es ihr Leid tut. Einmal hat sie das gesagt.«

»Wirklich?«

»Ja. Das bedeutet mir viel.«

»Gott, Rudy.« Sie seufzte. »Das klingt, als wäre Ihre Familie noch kaputter als meine. Oh, tut mir Leid – darf ich das sagen?«

Süße Stephanie. »Meine Familie, Steph, ist eine Katastrophe. Wenn ich anfange, dir davon zu erzählen, kommst du morgen zu spät zur Schule.« Kichern am anderen Ende der Leitung. Sie war mir so sympathisch. »Hey, wohnst du in der Stadt?«

»Ja, am Tenley Circle. Ich gehe in die Wilson High School.«

»Weißt du was? Wenn du Lust hast, können wir

uns mal treffen und miteinander reden. Willst du? Es ist nur so eine Idee …«

»Ja, gute Idee. Vielleicht an einem Samstag?«

»Samstag wäre super. Mein Mann arbeitet normalerweise am Samstag, wir könnten uns zum Mittagessen treffen …«

»Ach, Mist, ich hab ganz vergessen, dass Sie verheiratet sind.«

»Ja, ich bin verheiratet.«

»Und? Ist das cool?«

»Verheiratet zu sein? Ziemlich cool. Du weißt schon. Meistens.«

»Ja, meistens.« Ihre Stimme sank um eine ganze zynische Oktave. Es brach mir das Herz.

»Also«, sagte ich, »wie wär's mit nächstem Samstag? Sollen wir uns treffen?«

»Das wäre …«

Klick.

»Hallo? Steph? Stephanie? Hallo?«

Ich starrte den stummen Hörer in meiner Hand an. An meinem Telefon blinkten sechs oder sieben grüne Lämpchen, die anzeigten, dass auf anderen Leitungen Gespräche geführt wurden. Hatte man Stephanie mit einem anderen Ehrenamtlichen verbunden? Ich drückte wahllos auf einen Knopf.

»… mein *coming out* zu diesem Zeitpunkt war völlig unpassend, und diese Tunte wusste das …«

Klick.

»*Mrs. Lloyd.*«

Ich fuhr hoch. Mrs. Phillips nannte mich nie ›Mrs. Lloyd‹ – ich sagte Mrs. Phillips zu ihr, und sie nannte mich Rudy. Sie ist schwarz, groß und wunderschön wie ein Statue, und sie jagt mir schreckliche Angst ein. Drohend stand sie hinter mir, schwer und einschüchternd wogte ihr großer Busen über meinem Kopf. Ich konnte nichts anderes tun, als voller Schuldbewusstsein, wie ein unartiges Kind, zu ihr heraufstarren.

»Mrs. Lloyd, legen Sie den Hörer auf, holen Sie Ihre Sachen, und verschwinden Sie aus diesem Büro.«

»Warten Sie, ich weiß, dass ich …«

»Raus.« Sie zeigte aus dem Fenster auf die Straße. Ihre lackierten Fingernägel waren bestimmt zwei Zentimeter lang, sie trug Unmengen Ringe und klimpernde Armbänder. Sie erinnerte mich an eine Göttin, eine Amazone.

»Bitte, Mrs. Phillips, kann ich bitte nur noch zwei Minuten mit dem Mädchen reden. Ich glaube, sie …«

»Hören Sie«, sagte sie ungläubig, »Sie sind *gefeuert*. Was denken Sie sich eigentlich?« Sie war nicht ungehalten, sie war fuchsteufelswild. Bis jetzt hatte ich noch nie gehört, dass sie die Stimme hob.

»Mrs. Phillips, ich habe einen Fehler gemacht, das weiß ich, und ich werde es nie wieder …«

»Wir sind ein Dienstleistungsunternehmen, Mrs. Lloyd. Glauben Sie, wir sind Ihre Therapeuten?«

»Nein, ich …«

»Sie können von Glück sagen, wenn ich keine Anzeige gegen Sie erstatte.«

»Eine Anzeige!«

Alle meine Albträume wurden wahr. Lassen Sie Ihre Wut zu, sagt Eric immer – aber wenn ich jetzt wütend war, saß die Wut zu tief, vergraben unter einem Berg von Schuld und Gewissensbissen, Elend und Kränkung. Das hier war – es war das klassische Versagen in meinem Leben.

Arme Stephanie, warf ich mir auf dem Heimweg vor. Was würde jetzt aus ihr werden? Wenn sie nun zu Spider Man zurückging? Wenn ich sie doch nur irgendwo finden könnte – sie wohnte am Tenley Circle, ging in die Wilson High School, sie war fünfzehn …

Wie kam ich nur auf die Idee, dass ich ihr helfen könnte? Die ganze Zeit hatte ich nur von mir geredet, hatte ihr von meiner trinkenden Mutter erzählt, meiner kaputten Familie. Mrs. Phillips hatte völlig Recht. Ich verdiente die Schmach voll und ganz.

Und ich würde noch mehr Schande ertragen müssen. Die schlimmste Strafe stand mir noch bevor. Sobald ich versuchte, Curtis alles zu erklären.

4

ISABEL

Ich habe ein Buch über eine Frau gelesen, die glaubt, in ihrem früheren Leben eine Sympathisantin der Nazis gewesen zu sein. Sie kollaborierte mit der SS, schreibt sie (oder besser gesagt *er*, denn sie ist fest davon überzeugt, dass sie in jenem Leben ein Mann war), spionierte ihre Nachbarn aus und profitierte schamlos vom Krieg. Ihre Überzeugung basiert nicht nur auf dem Glauben, dass man wieder geboren wird, sondern auch auf ihren derzeitigen Lebensumständen. Die arme Frau ist seit einem grauenvollen Autounfall mit sechzehn vom Hals abwärts gelähmt und kann nur noch die Gesichtsmuskulatur bewegen. Sie sagt, das Leid, das sie jetzt ertragen muss, sei die Strafe für all ihre Sünden während der Nazizeit in Deutschland.

Karma. Wie man in den Wald hineinruft, so schallt es heraus.

Ich habe nie Hypnose oder Rebirthing gemacht, und doch habe ich so viele Leben gelebt, dass ich den Überblick verloren habe. Aber ich schließe die Möglichkeit nicht aus. Skepsis ist ein Luxus, den ich mir nicht mehr leisten kann – das überlasse ich den jungen und unsterblichen Menschen. Aber wenn es stimmt, dass Yin und Yang sich immer die Waage halten, dann möchte ich gerne glauben, dass sie es *jetzt* in mir tun, in diesem Leben. Ich wüßte sogar, wo ich den Angelpunkt setzen würde, an dem das vollkommene Gleichgewicht herrschte: in der Mitte meines sechsundvierzigsten Lebensjahres. Vor und nach diesem merkwürdigen Meilenstein fällt mein Leben auseinander wie ein Flügelpaar, zerbricht, wie ein Herz, in zwei Teile. Ich wurde wieder geboren. Mitten im dritten Jahr meines neuen Lebens versuche ich, das alte auszubalancieren, mit Hoffnung und Liebe, Mitgefühl und Wärme, einer Fülle an guten Taten, grundlosen Freudenausbrüchen. Es gibt so viel aufzuwiegen (wenn auch nichts so Abscheuliches wie die Greueltaten der Nazis); ich hoffe nur, dass mir genug Zeit bleibt. Ich müsste neunzig werden. Fünfundvierzig und fünfundvierzig.

Bei guten Freundinnen sind zehn Jahre kein Altersunterschied, und doch kommt es mir manchmal so vor, als lebten die Rettenden Engel und ich in verschiedenen Jahrhunderten. Ich bin noch nicht ganz fünfzig; so gesehen bin ich ein Kind der Sechziger. Doch mein Vater war Missionar, und ich habe die Hälfte meiner Kindheit in Kamerun und Gabun verbracht, die andere Hälfte in Iowa. Dann verschlug uns der Beruf meines Mannes – er war im Auswärtigen Amt – für die ersten sechs Jahre unserer Ehe nach Indonesien; unser Sohn ist sogar dort geboren. Das sind die offensichtlichen Erklärungen für mein Unbehagen gegenüber unserer Popkultur, aber das ist nicht alles. Es gibt da noch etwas in meinem Innern – Emma würde es ›mega-unhip‹ nennen. Das ist auch eine Erklärung.

Wir sind alle produktive, einigermaßen normale, gut funktionierende erwachsene Frauen, wir Engel, mit nicht mehr emotionalem Gepäck – außer Rudy vielleicht – als eine zufällig ausgewählte Gruppe Yuppie-Frauen mittleren Alters. Und das, obwohl die Kindheit einer jeden von uns ein Desaster war. Natürlich auf unterschiedlichen Ebenen. Rudy könnte ein Buch darüber schreiben; Emma wird wahrscheinlich ein Buch schreiben. Lees Familie hat mit meiner gemeinsam, dass sie nach außen hin normal erscheint, die Realität jedoch ganz anders aussieht. Gelegentlich spielen wir das beliebte Washält-uns-zusammen-Spiel, und die Tatsache, dass wir alle unsere Kindheit überlebt haben, wird dabei oft und immer gleich am Anfang erwähnt.

Ich frage mich, ob ich den Krebs ohne ihre liebevolle Freundschaft überlebt hätte. Überlebt wahrscheinlich schon, mehr aber auch nicht. Nichts, keine andere Erfahrung hat mich je in diesem Ausmaß in die Knie gezwungen. Ich glaubte, ich würde mich nie erholen, wäre in meinen Grundfesten erschüttert. Und das stimmte, aber nicht so, wie ich es erwartet hatte. Ich habe alles gelesen, was ich über die Krankheit finden konnte. Die Geschichten der Frauen, die behaupteten, der Krebs habe ihr Leben verändert, hätte sie zu einem anderen Menschen gemacht, wäre ein *Glück im Unglück* – mein Gott, habe ich mich über diese Geschichten aufgeregt. Ich fühlte mich betrogen, belogen und zutiefst persönlich angegriffen. Und heute – heute bin ich eine dieser Frauen. Es ist jetzt zwei Jahre her, dass ich meine Brust verlor, und ich stelle dieselben Überlegungen an, die ich früher nur zähneknirschend ertragen konnte. »Ich wünsche es wirklich keinem, aber es ist *gut*, dass es mir passiert ist, es hat mein ganzes Leben verändert.«

Nun, mein Leben brauchte eine Veränderung. Es war sozusagen auf Abwege geraten, und den Ausschlag hatte unter anderem die Entdeckung gegeben, dass mein Mann mir chronisch untreu war. In letzter Zeit habe ich ziemlich viel über Gary nachgedacht, ich weiß auch nicht, warum. Ich habe mich gefragt, ob es richtig war, seine damaligen Affären zum Anlass für unsere Trennung zu nehmen. Wenn wir noch verheiratet wären, und es würde heute passieren – würde ich ihm dann verzeihen? Ich glaube schon. Ich hoffe es. Denn ich bin ein anderer Mensch; ich spüre nicht mehr diese Wut in mir. Gott sei Dank. Aber was würde Lee sagen, wenn ich ihr das erzählte? Oder Emma, oder Rudy? Es ist unerträglich, daran zu denken! Der einzige Lichtblick während des Horrors meiner Scheidung war ihre Freundschaft, die Art, wie sie, vereint in der Verachtung für Gary, zu mir hielten. In den zwei Wochen zwischen zwei Treffen änderten sie ihre Meinung über ihn vollständig; sie hatten ihn immer ganz nett gefunden, und jetzt wünschten sie ihn zum Teufel. Damals war das enorm tröstlich für mich.

Bis heute habe ich den Engeln nicht die ganze Geschichte über seine Untreue erzählt. Es war mir wahrscheinlich einfach zu peinlich. Garys Verhalten, die Schmach darüber, sitzt tief, als wäre es zum Teil auch meine Schuld. Vielleicht stimmt das ja auch – ja, ich bin sicher, dass es so ist. Aber ich werde nie ihren wilden, gerechten Zorn vergessen, als ich ihnen erzählte, wie ich Garys ersten Sündenfall herausfand. Es war am Abend unseres neunzehnten Hochzeitstags – rückblickend passt das zu ihm; Gary hatte noch nie ein gutes Timing.

Er führte mich in ein neues indonesisches Restaurant in Bethesda aus – im Gedenken an die gute, alte Zeit am Anfang unserer Ehe in Djakarta. Ich war überrascht und gerührt. Wir tranken Bier und aßen Currykrabben in Kokosnusssauce, und als wir nach Hause kamen, liebten wir uns auf dem Sofa. Das taten wir sonst nie, aber Terry war über Nacht in Richmond, und wir hatten das Haus für uns allein. Irgendwann war ich eingeschlafen und wachte im Dunkeln wieder auf. Ich sammelte meine Kleider ein und ging nach oben. Ich fühlte mich wohl und zufrieden, weil wir nach neunzehn Jahren Ehe immer noch Sex auf dem Sofa hatten. Hinter der halboffenen Schlafzimmertür hörte ich Garys Stimme, leise und vertraulich, und aus reiner Neugier blieb ich auf dem Treppenabsatz stehen. Mit wem konnte er um Mitternacht noch telefonieren? In diesem Tonfall?

Betty Cunnilefski – ein Name, den ich noch sehr lange überhaupt nicht lustig fand. Sie war Sekretärin in seinem Büro. Ich hatte sie einmal getroffen und konnte mich nur dunkel an sie erinnern; klein, schmächtig, farblos, die Art Frauen, die allein in einem Restaurant essen und darauf achten, dass man den Titel des Buches, das sie lesen, nicht sieht.

Gary gab sofort alles zu. Er schwor, er würde sie nicht wieder sehen und dafür sorgen, dass sie in eine andere Abteilung versetzt würde. Trotz meines Schmerzes und meines Zorns empfand ich eine Spur Mitleid mit Betty, die – Gary hielt Wort – noch in derselben Woche in einer anderen Abteilung anfing. Und die er wahrscheinlich wirklich nie wieder sah. Gary weinte so überzeugend und bat mich so inständig um Verzeihung, dass ich ihm glaubte. Er stand beinahe so unter Schock wie ich und konnte nicht erklären, warum er es getan hatte. Was sein Glück war, denn wenn er behauptet hätte, er wäre einsam, unverstanden, sexuell unerfüllt, betrunken, in der Midlife-crisis oder von ihr verführt worden – egal was, dann wäre der stumme, brodelnde Vulkan des Zorns in mir ausgebrochen. Ich war mir dessen kaum bewusst und konnte mir offen gestanden auch gar nicht vorstellen, dass ich dazu fähig war. Und Gary wäre verblüfft gewesen, wenn er auch nur einen Funken Ahnung gehabt hätte.

Es dauerte drei Jahre, bis der Vulkan ausbrach. Vielleicht war Betty seine erste Geliebte, vielleicht auch nicht, aber sie war jedenfalls nicht seine letzte. Wo lernte er diese Frauen kennen? Das ist alles, was ich wissen will, jetzt, wo der Zorn verraucht ist. Gary ist klein, untersetzt und hat ein rundes Gesicht; er trägt einen Vollbart und hat volles graumeliertes Haar. Er hat einen kräftigen Brustkorb, einen Stiernacken und kurze Beine. Im Bett ist er ein Hauruck-Typ. Wunderbar, wenn man da drauf steht, aber über die Jahre habe ich angefangen, es zu hassen. Hinter seinem freundlichen Lächeln ist er in Wirklichkeit kalt und berechnend wie ein Raubtier. Er flirtet mit Nachdruck und albern; ich kann – konnte – ihn mir nicht mit anderen Frauen im Bett vorstellen. Was macht ihn so unwiderstehlich?

Er ist sinnlich und leidenschaftlich – deshalb habe ich mich in ihn verliebt. Und er sucht sich immer arme, einsame, unbeholfene Mädchen aus, die bemitleidenswerten Dinger dieser Welt – Mädchen, die genau so sind, wie ich es früher war. Ich weiß nicht, ob er das absichtlich macht, und deshalb grausam und berechnend ist, oder ob es blinder, untrüglicher Instinkt ist. Ich habe einfach keine Ahnung. Ich will meinen Zweifel zu seinen Gunsten auslegen. Ich will ihm vergeben.

Das ist kein Altruismus. Ich bin keine Heilige. In mir ist kein Platz mehr für Bitterkeit – so einfach ist das. Ich gehe das Risiko ein, bescheuert zu klingen, aber ich wage zu behaupten, dass die Welt voller Bettys ist. Ich weiß nicht, wem ich für diese neue, heitere Einstellung danken soll, und es amüsiert mich, dass es zum Teil vielleicht der lutherische Gott meines Vaters ist. Aber nur zum Teil. Heute fühle ich mich gleichermaßen zu dem Glauben an Kristallkugeln und Steine, Tarot, Reinkarnation, Astrologie, Meditation und Hypnose hingezogen – zu allem möglichen, das unter der Rubrik New Age steht (Hauptsache, es ist spirituell und hat nichts mit Protestantismus zu tun, sagt Emma). Ich glaube an alles. Emmas Spott kennt keine Grenzen, aber sie neckt mich so sanft, so liebevoll. Es ist ein wunderbares Spiel zwischen uns. Wir sind uns näher, als wir uns je waren.

Ich könnte ihr sagen, wie durch und durch glücklich ich bin, weil ich Gott in so vielen Dingen sehe. Die doppelte Last aus Tradition und Vernunft fiel von mir ab, als ich realisierte, dass ich sterben kann, dass ich *wirklich* sterben kann. Jetzt bin ich frei. Frei und neunundvierzig Jahre alt, und so dankbar, dass mein Leben noch einmal von vorne anfängt. Yin und Yang. Ich gehe wieder zur Universität. Ich bin von Chevy Chase nach Burleith und von Burleith nach Adams-Morgan gezogen – das spricht Bände. Ich färbe mir die Haare. Vielleicht nehme ich mir einen Liebhaber. Das Aufwachen ist nicht mehr erschöpfend und voller Pflichtbewusstsein, es kann jeden Morgen der Beginn eines neuen Abenteuers sein. Ich habe mich erholt. Nein, das trifft es nicht – ich bin wie neu geboren, denn meine Lebensumstände haben mich gezwungen, Sterblichkeit neu zu definieren. Und das war es wert: Ich musste dafür nur eine Brust hergeben.

Das Geschäft meines Lebens.

5

EMMA

Schlechte Nachrichten tun nicht so weh, wenn man sie in guter Gesellschaft erfährt. Es ist, als würde man aus einem Fenster im fünften Stock gestoßen, erst auf einer Markise aufprallen, dann über ein Autodach rollen und auf ein paar Plastiktüten voller Abfall landen, ehe man schließlich auf den Gehweg fällt. Die Chance, den Sturz zu überleben, ist ziemlich groß.

Der Vergleich hinkt zu sehr, um ihn fortzuführen, und außerdem kann ich mich nicht entscheiden, wen die Mülltüten verkörpern sollen. Deshalb möchte ich nur soviel sagen: An dem Abend, als ich erfuhr, dass Mick Draco verheiratet ist, waren meine drei besten Freundinnen wirklich spitzenmäßige Prellböcke.

Es war an einem Donnerstag Abend, bei unserem regelmäßigen Treffen, und wir hatten uns im La Cuillerée in Adams-Morgan zum Essen getroffen statt bei Isabel, weil ihr Herd kaputt war. »Meine Kurzgeschichte ist wieder abgelehnt worden«, erzählte ich gerade Rudy, Lee und Isabel und tat ihr Mitgefühl, obwohl es Balsam für meine Seele war, lachend ab, damit sie nicht merkten, wie zerstört ich war. Urplötzlich schweifte Lees Blick über meine Schulter hinweg, und sie sagte: »Mick Draco.«

Ich erstarrte, völlig verstört – vor fünf Minuten hatte ich noch wilde Phantasien über ihn gehabt. *Lee kann meine Gedanken lesen,* staunte ich, dann drehte ich mich um – und sah ihn. Ein unanständiger Traum wurde wahr.

Sie wiederholte seinen Namen und winkte, doch Lee würde eher eine Küchenschabe fressen, als in der Öffentlichkeit ihre Stimme erheben, deshalb hörte er sie nicht. Aber – Lee kannte ihn? Verwirrt stand ich auf und rief: »Hey, Mick!« Und er wirbelte herum, grinste und kam an unseren Tisch.

Ich hatte die letzten vier Tage nur an ihn gedacht, seit wir uns in einem heruntergekommenen Café gegenüber seinem schäbigen Atelier in der Achten Straße zu einem Vorgespräch für ein Interview getroffen hatten. Er hatte mir erzählt, dass er in Columbia Heights wohnt, und trotzdem, ihn hier, in diesem mittelmäßigen französischen Bistro in der Columbia Road, zu treffen, haute mich um.

Doch, er sah immer noch gut aus. Aufrecht und schlank, nicht zu groß, genau mein Typ. Und er hatte immer noch diesen intellektuellen Touch, dunkle Haare mit silbernen Strähnen und helle braune Augen, die aufleuchteten, als er mich sah. »Das ist der Typ, von dem ich dir erzählt habe«, flüsterte ich Rudy zu, ehe er lächelnd, die Hände in den Taschen seines Jacketts, an unseren Tisch kam. Er war fröhlich, ein bisschen nervös, ein wenig unsicher. Und dann dachte ich: *Mist – wenn er einen Blick auf Rudy wirft, wird er vergessen, wie ich heiße.* Das tun die Männer – ich habe mich daran gewöhnt, normalerweise betrachte ich das philosophisch. Heute Abend hätte ich allerdings am liebsten eine Tüte über Rudys Kopf gestülpt.

Lee sagte: »Mick, hallo, schön Sie zu sehen. Ich wollte Sally sowieso anrufen. Ich wusste gar nicht, dass Sie Emma kennen.«

Sally, wer ist Sally? dachte ich, während Lee ihn Rudy und Isabel vorstellte. Doch dann wusste ich es. Seine Frau. Oh, wunderbar, die Geschichte meines Lebens! Und sie würde nicht mal einen guten Witz hergeben, keine lustigen Bemerkungen über die Verabredung mit dem Teufel oder die neuesten, urkomischen Missgeschicke von einem meiner bekanntermaßen unfähigen Männer im Bett. Nein, das hier tat nur weh. Ich war wie vom Blitz getroffen, völlig unvorbereitet auf dieses schreckliche Gefühl. Bin ich vielleicht nicht normal? Unreif oder labil? Weswegen ich so stark darauf reagiere, dass ein Mann, den ich kaum kenne, verheiratet ist? Ich verstehe es auch nicht. Ich kann es nicht erklären. So etwas ist mir noch nie passiert.

»Micks Sohn Jay geht in meinen Kindergarten«, erklärte Lee mit blitzenden schwarzen Augen. Ganz offenbar freute sie sich, ihn zu sehen. »Daher kenne ich Sally.«

Noch ein Schlag. Eine Frau *und* ein Kind. Und es ging in Lees Kindergarten. Ausgerechnet. Ich setzte ein breites Lächeln auf und erzählte, woher ich Mick kannte. »Wir haben uns erst vor ein paar Tagen kennen gelernt. Mick wird der Star eines Artikels, den ich über Männer schreibe, die auf dem Höhepunkt ihrer Karriere plötzlich aussteigen, um etwas völlig anderes zu machen.« Rudy und Isabel waren offensichtlich sehr angetan davon. Er ging nicht darauf ein, deshalb sagte ich: »Früher war er Patentanwalt, und jetzt ist er Maler.«

Er stocherte mit den Händen in seinen Taschen herum und murmelte mit einem schiefen Lächeln: »Möchtegern-Maler.«

Schüchtern – er war schüchtern. O Gott. Ich habe zwei Schwächen: Männer, die schüchtern sind, und Männer, die schlauer sind als ich. Als wir in dem Café saßen, nur er und ich, war er nicht schüchtern gewesen. Und er war auch nicht von Rudy geblendet, denn er schaute die ganze Zeit mich an, während er mit Lee plauderte. Isabel saß nur da und beobachtete. Sie sagte kein Wort, nahm aber alles in sich auf.

Technisch gesehen hatten wir ein Treffen, deshalb forderte ihn niemand auf, sich zu uns zu setzen. Ich war froh darüber – warum sollte ich mich quälen, solange ich noch anders konnte? Als die Unterhaltung erstarb, erklärte er Rudy und Isabel, es sei ihm ein Vergnügen gewesen, sie kennen gelernt zu haben, und sagte zu Lee, er würde Sally ausrichten, dass sie sie anrufen solle. *Sally*. Bis jetzt kannte ich noch keine Frau namens Sally, aber ich hatte keine Schwierigkeiten, sie mir lebhaft vorzustellen. Sally war bestimmt naturblond und kerngesund. Und wenn sie komplizierte, aber gesunde Spezialkekse für ihre Männer backte, trug sie eine Schürze. »Meine Männer« – so würde sie sie nennen.

Mick trat einen Schritt zurück und sah mich zum ersten Mal direkt an.

»Also bis Montag«, sagte er.

»Genau, bis Montag.«

»Wollen wir vorher etwas essen gehen?«

»Nein, keine Zeit. Fangen wir im Atelier an, wie besprochen.« Meine Stimme klang schnippisch – wie dumm. Er hatte nichts falsch gemacht. Er trug zwar keinen Ehering, aber er hatte nicht gelogen, hatte nicht einmal das typische Imponiergehabe an den Tag gelegt, mit dem Männer den Eindruck erwecken wollen, dass sie Single sind. Wenn hier jemand einen Fehler gemacht hatte, dann war ich das, weil ich etwas annahm, was auf reinem Wunschdenken basierte. Anfängerfehler. Ich hätte schwören können, dass ich solche Dummheiten schon vor Jahren hinter mich gebracht hatte.

Wir verabschiedeten uns also voneinander, und Mick setzte sich zu einem breitschultrigen Mann mit einem weißen Pferdeschwanz an einen Tisch am Fenster. Ich beobachtete die beiden aus dem Augenwinkel, während Lee von *Sally* erzählte: wie nett sie war und dass sie sich überlegten, zusammen Ballettstunden zu nehmen. Der Moment verstrich, in dem ich ihnen von meinem gebrochenen Herzen hätte erzählen können – natürlich auf die lustige Tour. Ich habe immer noch ein paar Geheimnisse, von denen die Gruppe nichts weiß, aber Männergeschichten gehören normalerweise nicht dazu. Warum sagte ich dann nichts? Zum einen, weil Lee seine Frau kannte, das machte es irgendwie schwierig, zum anderen wegen Isabel. Ihre Scheidung ist noch nicht so lange her, und Ehebruch ist immer noch ein heikles Thema für sie.

Nicht, dass ich das vorhatte, Gott bewahre, ich hasse betrügen, Betrüger und Untreue, diese ganzen miesen Geschichten. Aber trotzdem. Irgend etwas an Isabel, die einfach nur ruhig dasaß, mit ihrem sanften Gesicht und dem Buddha-Lächeln, dem scharfsinnigen, keineswegs strafenden Ausdruck, hielt mich davon ab, irgendeine zynische, geistreiche Bemerkung darüber zu machen, dass ich auf den verheirateten Mick Draco stand.

Rudy war die Letzte, wie immer, weil sich ihre Viertelstunde meistens zu einer halben bis dreiviertel Stunde ausdehnt. Niemand hat etwas dagegen; es ist eine reine Vorsichtsmaßnahme. Sie erzählte eine lange, witzige Geschichte, wie sie aus ihrem Job bei der Krisen-Hotline rausgeflogen ist.

»Ich wusste, dass du lachen würdest«, sagte sie zu mir. »Aber ich schwör dir, es war überhaupt nicht lustig.«

»Du hast ihr wirklich Greenburgs Telefonnummer gegeben? Mann, Rudy!«

»Warum denn nicht? Er ist Familientherapeut, er berät Jugendliche. Und wenn ein Mädchen genau das brauchte ...«

»Weil es ein Verstoß gegen die Regeln ist«, sagte Lee mit dieser toleranten, belehrenden Stimme, in die sie so oft im Gespräch mit Rudy verfällt. Bei mir traut sie sich das nicht, weil ich ihr sofort in gleichem Ton antworte. Nur dass ich außerdem noch übertreibe, damit es richtig unangenehm klingt und sie es sicher kapiert, was ich meine.

»Ich weiß«, sagte Rudy, »aber ...«

»Solche Dienste dürfen keine Therapeuten empfehlen, Rudy. Hat man dir das nicht erklärt? Gab es denn nicht so eine Art Einführung, ehe man euch auf die Menschheit losgelassen hat?«

»Ja, schon. Man hat uns immer wieder eingeschärft, dass wir keine Ärzte, Therapeuten oder Kliniken empfehlen dürfen. Nicht mal irgendwelche Kurse. Ich weiß, dass ich einen Fehler gemacht habe, aber ich konnte nicht anders. Wenn ihr sie gehört hättet«, langsam sah sie von Lee zu mir und zu Isabel, »hättet ihr dasselbe getan.«

Isabel lächelte. »Ich hoffe es.«

»Aber das geht nicht«, beharrte Lee. »Dann wird die Hotline zu einer Werbefirma. Denkt doch mal daran, wie man das missbrauchen kann.«

Isabel lehnte sich zurück und schüttelte ihre weichen, aschblonden Locken – sie sind gefärbt, und sie sieht fabelhaft damit aus, keinen Tag älter als fünfundvierzig. »Rudy«, sagte sie milde, »für wie viele Wohltätigkeitsorganisationen arbeitest du?«

»Im Moment?« Sie zählte sie an den Fingern ab. »Vier.«

»Wirklich? Was alles?«

»Die Analphabeten, die Suppenküche, die humanitäre Gesellschaft und die Vorlesestunde.«

»Vorlesestunde?«

»In der Kinderklinik.«

»Ah.«

Einen Moment lang herrschte Schweigen, während wir das verdauten. An der Ecke Fünfzehnte/G-Street sitzt immer eine alte Frau, eine Schwarze, und spielt Gitarre. Manchmal werfe ich einen Dollar in ihre Zigarrenkiste, wenn ich an ihr vorbeihaste. Bis auf ein paar Spenden an Weihnachten, wenn ich gerade Geld habe, ist das so ziemlich alles, was ich an Wohltätigkeitsaktionen mache.

Isabel hakte nicht nach. Sie musste es nicht. Lee hörte auf zu belehren, und ich hörte auf zu lachen. Rudy, die süße, blinde Rudy, bestellte noch ein Wasser. Sie hatte nicht einmal gemerkt, dass Isabel einen Einwand gemacht hatte.

Rudy erwischte mich, wie ich sie anstrahlte. »Was ist?« fragte sie und erwiderte mein Lächeln.

»Nichts.«

Ich liebe es, wie Rudy beim Lächeln die Augen zusammenkneift. Vor zwölf Jahren, in der Universitätsbibliothek, hat sie bestimmt nicht viel gelächelt, sonst wäre es mir aufgefallen. Damals haben wir uns nur zugenickt, gequälte Studentinnen, die sich zwar vom Sehen kannten, aber mehr auch nicht. Heute tun wir nichts lieber, als uns über das Glück, den Zufall und die Vorsehung zu wundern – wenn wir zu viel getrunken haben, nennen wir es Schicksal –, und denken, was für eine Tragödie es wäre, wenn wir nicht im selben Jahr nach Washington gezogen und bei demselben Literaturkreis mitgemacht hätten. Wenn das kein Wunder ist?

»Was hast du gedacht, als du mich das erste Mal gesehen hast?« Wieder und wieder stellen wir uns diese Frage, wenn wir es auch geschickter formulieren, nicht so platt. »Du hast über all meine Witze gelacht«, erkläre ich jedes Mal, »niemand in der ganzen Gruppe hatte Sinn für Humor. Und du hast so ein wundervolles Lachen.«

Das stimmt, aber noch mehr hat mich für Rudy eingenommen, dass sie immer laut sagte, was ich nur dachte. Sie konnte alles in Worte fassen, und sie drückte dabei meine tiefsten Gefühle aus, so als wäre sie ich. Es war, als hätte ich mein Double getroffen. Ich bin ihre beste Freundin, aber andere Menschen mögen sie aus denselben Gründen. Ich weiß nicht, ob es daran liegt, dass sie seit Jahren in Therapie ist, aber Rudy hat das Talent, das Unaussprechliche auszusprechen, sodass es normal und menschlich klingt. Verzeihlich.

Wenn ich sie frage, was sie dachte, als sie mich das erste Mal sah, antwortet sie: »Du warst so witzig.« Das ist nett; ich bringe die Menschen gerne zum Lachen, und ich brauche keinen Therapeuten, der mir sagt, warum das so ist. »Und du warst ehrlich. Und irgendwie frech, aber nicht gemein. Ein Klugscheißer mit einem Herzen aus Gold.«

Das ist das Netteste, was je ein Mensch über mich gesagt hat.

Beim Nachtisch schweiften meine Gedanken ab. Und meine Augen. Mick Draco hatte unglaubliche Schultern. Draco – das ist doch griechisch, oder? Aber seine Nase hatte etwas Römisches. Ich setzte meine Brille auf. Über der rechten Augenbraue hatte er einen Leberfleck. Und einen hübschen, ordentlichen Haaransatz. Irgendwie wirkte er so adrett, obwohl seine glatten, strähnigen Haare zu lang waren. (Modisch gesehen; ihm stand die Frisur.) Er lachte über etwas, das sein Freund sagte. Ich konnte sein Lachen wegen des Geräuschpegels im Restaurant nicht hören, aber aus lauter Sympathie lächelte ich auch.

Lee erwiderte mein Lächeln.

Ich nahm die Brille ab und riss mich zusammen. Mick Draco war eine Sackgasse. Und was Beziehungen angeht, bin ich ein Versager. Ein halbes Leben voller Versuche, eine Beziehung mit dem anderen Geschlecht einzugehen, die länger als ein oder zwei Jahre hält, kann man nicht mehr nachsichtig abtun oder noch »Selbstfindung« nennen. Ich werde mich nie selbst finden, weil ich ein Verlierer bin.

»Was würde ich nur ohne euch machen«, unterbrach ich Rudy mitten im Satz. Alle lächelten mich liebevoll an; Isabel schielte auf mein Weinglas – nur so, eine verständnisvolle, mütterliche Geste. »Das meine ich ernst. Wenn ich mit Frauen genauso viel Pech hätte wie mit Männern, müsste ich mich erschießen.«

Rudy tätschelte meine Schulter und erzählte die Geschichte über ihren Psychiater weiter, die sie gerade angefangen hatte. Aber es stimmt wirklich. Vielleicht sterbe ich als alte Jungfer, aber meine Freundinnen bleiben mir immer. Es gibt weiß Gott Schlimmeres, als allein zu leben. Die meisten Männer sind doch nur Bremsklötze, hinderliche Umwege auf dem sonst eigentlich ganz schönen Lebensweg. Ab und zu trifft man vielleicht mal eine ganz gute Ausgabe, aber selbst mit der stimmt meistens irgend etwas nicht. Gute Frauen gibt es dagegen überall. Man hat die Wahl, kann sich die besten aussuchen, eine Frauengruppe gründen und Freundinnen fürs Leben gewinnen.

Als wir das La Cuillerée verließen, drehte Lee sich an der Tür noch einmal um und winkte Mick Draco zum Abschied zu. Ich winkte nicht. Ich segelte hinaus, warf nicht einmal einen Blick in seine Richtung. Ich war über ihn hinweg. Dank meiner Freundinnen hatte ich alles im Griff. Wieder einmal von den Engeln gerettet.

Und am Montag sah ich ihn ja schon wieder.

6

RUDY

Letzte Nacht hatte ich einen schrecklichen Traum. Ich war in Eile, und der Traum war bereits halb vorbei, bevor mir klar wurde warum – ich kam zu spät zu meiner Stunde bei Eric. Ich fuhr mit Curtis' Wagen, anstatt mit meinem, und es gab keinen Parkplatz, deshalb parkte ich auf dem Bürgersteig direkt vor Erics Praxis. *Oh, oh,* dachte ich, *das wird ihm nicht gefallen.* Ich bin nicht sicher, ob ich Eric oder Curtis meinte. Eric, glaube ich. Egal, jedenfalls war ich ganz wild drauf, ihn zu sehen. Ich musste ihm etwas Wichtiges erzählen, etwas über meinen Vater. (Was?) Ich rannte ins Haus, die Treppen hinauf, durch das Wartezimmer direkt in sein Sprechzimmer. Ich klopfte nicht einmal – und – da war er und trieb es mit irgend jemandem auf dem Fußboden.

Das Gesicht der Frau konnte ich nicht sehen. Beide waren noch angezogen – komisch, dass der Traum das zensierte –, aber sie waren zweifellos dabei, sich zu lieben. Eric sah zu mir auf und lächelte, so wie er immer lächelt, und dann sah ich die roten Haare der Frau und ihr blasses, lachendes Gesicht. Emma.

Soll ich Eric den Traum erzählen? Oder Emma? Sie wird lachen – ich kann sie direkt hören. Doch im Traum war es überhaupt nicht lustig. Kein bisschen.

Ich fing an zu weinen. Es brach mir das Herz. Ich versteckte mich hinter der Tür, damit sie mich nicht sehen konnten. Aber sie sahen mich doch, und ich fühlte mich gedemütigt. Dann – dann veränderte sich der Traum, und jetzt schliefen Eric und *ich* miteinander auf seinem mit Velours bezogenen Sofa. *Ohne* Kleider. Emma tauchte auf, die Hände in die Hüften gestützt. Sie sagte: »Das ist ja wunderbar, warte nur, bis Curtis davon erfährt«, und in dem Moment, in dem sie »Curtis« sagte, wachte ich auf und fing an zu zittern.

Ich sah die Konturen seiner Schultern unter der Decke – er wandte mir den Rücken zu. Ich starrte ihn die ganze Zeit an, beobachtete, wie er ein- und ausatmete, und hatte schreckliche Angst, dass er wusste, was ich geträumt hatte, und nur so tat, als schliefe er. *Ich wollte es nicht*, wollte ich ihm sagen. *Sei nicht traurig, es hat nichts zu bedeuten. Ich liebe nur dich.*

Doch je länger ich ihn anstarrte, desto wacher wurde ich, und nach einer Weile schlang ich die Arme um seine Taille und presste mich an ihn. Und da fühlte ich mich in Sicherheit.

Aber – soll ich Eric den Traum erzählen? Er würde ihn wenigstens deuten können. Curtis könnte ich nie davon erzählen, o Gott, niemals. Der Sex war nicht einmal besonders gut. Wenn das überhaupt einen Unterschied macht. Eigentlich war es viel besser zuzusehen, als es selbst zu tun. In dem Traum ging es um mehr als nur Sex, da bin ich mir sicher, vielleicht hat es etwas mit Kontrolle oder Dominanz zu tun, vielleicht sogar mit Liebe. Warum hat Sex in Träumen eigentlich immer eine andere Bedeutung? Wie die Todeskarte im Tarot; sie bedeutet nie den

Tod. Das sagen sie einem jedenfalls immer. Aber hieß mein Traum, dass ich unbewusst etwas wollte oder Angst vor etwas hatte? Oder beides?

Ich weiß es nicht, ich weiß es nicht. Aber ich weiß sowieso nie etwas. Einmal hat Eric gefragt: »Rudy, was wäre das Schlimmste, was passieren könnte, wenn Sie ganz fest von einer Sache überzeugt sind und merken, dass Sie im Unrecht sind?« Doch ich glaube, ganz so ist es nicht. Ich habe keine Angst, im Unrecht zu sein. Ich habe nie Recht, fragen Sie Curtis. Es ist so – wenn man an eine Sache glaubt, darf man nichts anderes mehr glauben. Das ist doch ungerecht. Warum muss man sich entscheiden? Es ist besser, ja, viel *angenehmer*, es nicht zu tun. Viel gerechter. Und außerdem ist es wichtig, sich eine Hintertür offenzulassen, immer einen Ausweg, ein Versteck zu haben.

Nein, ich habe beschlossen, niemandem diesen Traum zu erzählen.

Eric ist von den Rettenden Engeln fasziniert. Wenn er glasige Augen bekommt, weil ich über irgend etwas spreche, was ihn langweilt, kann ich ihn aufwecken, indem ich sie erwähne. Ich denke, es hat etwas mit Sex zu tun. Er würde es wahrscheinlich abstreiten, aber wenn Sie mich fragen, hört mein Therapeut nicht nur gerne etwas über die Rettenden Engel; er hätte sicher auch nichts dagegen, mit ihnen zu schlafen. Mit allen gleichzeitig.

Das würde er natürlich nie tun, selbst wenn er könnte. Aber ich bin mir ziemlich sicher, dass Eric, tief drinnen in seinem ehrenwerten Unterbewusstsein, uns alle gerne vögeln würde.

»Wie sehen die Engel aus?« hat er mich einmal gefragt. »Wie sieht Emma aus?«

»Sie ist wunderschön. Finde ich jedenfalls – sie nicht, sie findet sich zu dick. Sie hat rote Haare und ganz weiße, irische Haut, und in der Sonne bekommt sie Sommersprossen, und sie wird nicht rot, sondern ganz rosa – sie kann einfach nichts verbergen. Sie versucht, immer ganz cool zu sein, und verbreitet eine sorglose Atmosphäre, was einen erst mal täuscht. Aber in Wirklichkeit ist sie – fast hätte ich gesagt, genauso neurotisch wie ich, aber wir wollen ja nicht abschweifen.«

»Aha. Und Isabel?«

»Sie ist natürlich älter, aber wirklich hübsch. Für mich jedenfalls. Als ich sie kennen lernte, hatte sie graue Haare, aber jetzt ist sie blond. Sie hat blaue Augen. Sie ist groß, aber nicht ganz so groß wie ich. Sie geht viel spazieren, so hält sie sich fit. Eigentlich sieht sie jetzt besser aus als vor dem Krebs.« Mehr fiel mir nicht ein. Isabel ist ein stiller Mensch, und ihre Blicke geben nichts preis. Man muss besonders aufmerksam sein oder sie lange kennen, um zu merken, wie wunderbar sie ist.

»Lee ist süß – was sie hasst, aber es stimmt. Sie ist winzig und sieht aus wie eine Elfe. Kinder lieben sie, und ich denke immer, das hängt zum Teil damit zusammen, dass sie nicht viel größer ist als sie. Sie hat dunkle Haare, und seit ich sie kenne, trägt sie sie ganz kurz. Sie findet das praktischer. Das sagt eigentlich alles über Lee.«

»Dann sehen Sie also alle gut aus«, sagte Eric und rieb sich das Kinn. Seine Augen hatten dieses gewisse Leuchten, unschuldig, aber erwartungsvoll, was mich immer zum Lachen bringt. Manchmal ist er so durchschaubar.

»Oh, vielen Dank für das Kompliment«, sagte ich. »Ich habe eigentlich nie darüber nachgedacht, aber wahrscheinlich stimmt es.«

Gestern fragte er mich unvermittelt. »Wie denkt Curtis denn jetzt über Ihre Frauengruppe?«

»Curtis? Ach«, sagte ich, »er ist ambivalent.« Das kann alles mögliche bedeuten, und Eric liebt solche Begriffe besonders.

»Aber anfangs war er doch dagegen, oder nicht?«

»Ehm ...« Hatte ich das ihm gegenüber zugegeben? Jetzt erschien es mir illoyal. »Vielleicht ein bisschen, aber nur am Anfang. Und er hat es nie offen gesagt. Er hat einfach zu viel zu tun.«

»Und ...?«

»Und er mag es, wenn ich da bin, wenn er nach Hause kommt.«

Curtis ist persönlicher Referent des Kongreßabgeordneten Wingert; sein Tag beginnt um sechs und endet abends gegen acht oder neun, manchmal sogar erst um zehn. Er sagt: »Ich rede den ganzen Tag nur mit Arschlöchern, Rudy, und wenn ich nach Hause komme, möchte ich, dass du da bist.« (Ich finde das nicht falsch.) »Ich will meine freie Zeit mit dir verbringen«, sagt er. »Nur wir beide. Ich will es nicht, ich brauche es. Du wirkst so ausgleichend auf mich.«

Ausgerechnet ich wirke ausgleichend.

Eric hakte nach: »Also weshalb wollte er nicht, dass Sie in eine Frauengruppe gehen? Weil Sie weniger zu Hause wären?«

»Nein, nicht deswegen. Eigentlich nicht – ich weiß nicht. Wie würden Sie es nennen?«

Er zuckte die Achseln. Ich weiß, was er dachte: passiv-aggressiv. Einmal habe ich den Fehler gemacht, Eric zu erzählen, wie Curtis es genießt, darauf herumzureiten, dass alles Vererbung sei. Der biologische Imperativ. Curtis meint, Psychosen seien in meiner Familie so durchgängig, dass meine Veranlagung wahrscheinlich vererbt sei. Natürlich hat Eric widersprochen. Das ist das Letzte, was ein Psychiater hören will. (Es ist auch das Letzte, was ich hören will, aber ich kann dem nicht entkommen. Wenn Curtis mich daran erinnert, kann ich nicht aufhören, daran zu denken.) Die Theorie von der Vererbung widerspricht allem, woran Eric glaubt. Er hat sogar Curtis' Motiv infrage gestellt.

Aber in dunklen Zeiten erscheint es mir völlig logisch, und dann ist Curtis meine Stütze und mein Trost. Er nimmt mich in die Arme und schwört, dass er mich beschützen wird, und solange er mich festhält, weiß ich, dass ich sicher bin. Eric findet, ich kümmere mich zu viel um Curtis, aber das versteht er nicht. Wenn überhaupt, ist es umgekehrt.

»Und was denken die anderen drei Engel über Curtis?« fragte Eric nach einigen Minuten des Schweigens.

»Ooch, sie reden nicht viel über ihn. Darum geht es in der Gruppe eigentlich auch nicht, Eric. Wir sitzen nicht die ganze Zeit da und reden über Männer.«

Er machte ein geduldiges Gesicht. Meistens weiß Eric ganz genau, wenn ich ausweiche.

»Okay, manchmal reden wir über Curtis. Natürlich. Aber nicht in der Gruppe. Am meisten rede ich wahrscheinlich mit Isabel über ihn.«

»Wirklich? Nicht mit Emma?«

»Nein, nicht mit Emma. Eigentlich …« Die Erinnerung ist so schmerzlich, dass ich versuche, sie nicht hochkommen zu lassen. »Emma und ich … der schlimmste Streit, den wir je hatten, war wegen Curtis. Vor Jahren. Jetzt reden wir einfach nicht über ihn. Höchstens Belanglosigkeiten – wie geht es Curtis, gut, grüß ihn von mir –, mehr nicht.«

»Davon haben Sie mir nie erzählt. Ein Streit mit Emma? Wann war das?« Ich wollte jetzt nicht mit ihm darüber reden. »Das ist schon ziemlich lang her. Ich glaube immer noch, dass es hauptsächlich ihre Schuld war.«

»Warum?«

»Weil sie bis zum Abend vor meiner Hochzeit gewartet hat, um mir zu verklickern, was sie von Curtis hält. Ich habe ihr verziehen – nun, da ist nichts zu verzeihen. Aber es ist schwer zu vergessen.«

»Erzählen Sie mir davon.«

»Das sind wirklich alte Geschichten, Eric.«

»Ich weiß, aber es interessiert mich.«

»Warum?«

»Warum wohl. Na los, erzählen Sie schon!«

Ich seufzte und erzählte.

Es war vor vier Jahren, im Dezember werden es fünf. Curtis und ich lebten schon seit Jahren zusammen, eine Ewigkeit, aber am Abend vor der Hochzeit ist er ausgezogen, nur so zum Spaß, und Emma kam vorbei, um bei mir zu übernachten. Sie war meine Brautführerin, und sie nahm ihre Aufgabe sehr ernst, war besorgt, überfürsorglich und patent. Was gut war, denn ich brauchte jemanden, der sich um mich kümmerte. Meine Mutter und mein Stiefvater waren aus Rhode Island gekommen, mein Bruder aus L. A., und meine Schwester hatte einen Tag Ausgang von ihrer Sekte und sollte am nächsten Morgen eintreffen. Es war das erste Mal seit fünfundzwanzig Jahren, dass wir alle an einem Ort zusammenkamen. Seit der Beerdigung meines Vaters.

Und dann waren seit zwei Tagen auch Curtis' Eltern aus Georgia da, die im Willard wohnten. Ich weiß nie, wessen Familie mir mehr Unbehagen bereitet, seine oder meine. Er bezeichnet seine Leute als »alten Südstaatenadel«, obwohl ich nicht ganz verstehe, wie man zugleich aristokratisch und völlig pleite sein kann. Die Lloyds haben diesen langsamen, spröden Charme der Südstaatler, bei dem mein neuenglisches Blut gefriert. Sie lächeln dauernd, aber im Herzen sind sie voller Verachtung. Und sie reden nicht, sie ziehen die Worte in die Länge wie klebrigen Sirup. Sie erinnern mich an fette, braune Eidechsen, die sich auf heißen Steinen in der Sonne aalen und zu faul sind, auch nur einen Muskel zu rühren. Sie trinken die ganze Zeit, und das öffentlich, nicht heimlich, wie meine Familie – Martinis, drei

Finger breit Bourbon, Scotch aus matten Silberflaschen, warmen, rauchigen Kognak aus bauchigen Gläsern. Sie haben das Trinken zu einer kostbaren, sinnlichen, obszönen Kunst verfeinert. Wenn wir sie besuchen, beobachte ich sie wie ein Voyeur; ich komme mir vor, als stünde ich hinter einer Magnolie oder einer Geißblatthecke und schaute einer erotischen Szene zu, und alles ist süß und überladen, und ich kann förmlich hören, wie der Typ aus dem Stück von Tennessee Williams »*Lüge*!« schreit.

Gut, ich übertreibe, aber nicht übermäßig. Curtis behauptet, ich trage nur so dick auf, um die Fehler meiner eigenen Familie zu kaschieren. Das stimmt.

Am Abend vor der Hochzeit ging Emma nach dem Probeessen mit mir nach Hause. Sie würde die Nacht über bleiben, am nächsten Morgen früh aufstehen und mir beim Ankleiden helfen. Wir hatten beide schrecklichen Hunger, obwohl wir gerade gegessen hatten, also machten wir uns ein Omelett und holten uns eine Flasche Wein. Und das, nachdem wir beim Essen schon unzählige Gläser Champagner getrunken hatten. Ich weiß, dass ich zu viel trinke, aber an diesem Abend war das das geringste Problem.

Wir schafften es einfach nicht, ins Bett zu gehen. Es wurde Mitternacht, und wir tranken und redeten immer noch und sangen die Lieder aus dem Radio mit. Wahrscheinlich tauschten wir die letzten Geheimnisse unter unverheirateten Frauen aus. Aber wir gaben Acht, das nicht laut zu sagen. Tatsächlich taten wir so, als wäre das Gegenteil der Fall – nichts würde sich ändern, meine Hochzeit mit Curtis war eine reine Formalität. Ich weiß noch, wie Emma bäuchlings auf dem Boden im Wohnzimmer lag – das war in meinem alten Haus in Capitol Hill, einem dunklen, engen Reihenhaus mit sechs Zimmern über drei Stockwerke verteilt –, und ich lag auf dem Sofa, in meinem ältesten, zerrissenen Nachthemd, weil ich die guten alle schon für die Hochzeitsreise eingepackt hatte.

»Natürlich wusste ich, dass sie Curtis nicht mag«, erzählte ich Eric. »Das wusste ich schon, seit ich die beiden vor zehn Jahren miteinander bekannt gemacht hatte, als wir alle noch in Durham wohnten. Aber bis zu dem Abend hatte sie das nie durchblicken lassen. Jedenfalls nicht mit Worten.«

»Der perfekte Zeitpunkt«, sagte Eric mitfühlend.

»Ja.«

Es fing alles ganz harmlos an. Wir redeten über Curtis' neuen Job im Capitol, wie viel er verdienen würde, wie lange es dauern würde, bis wir in ein größeres Haus ziehen würden. Emma sagte: »Ja, das ist toll, aber was ich immer noch nicht ganz kapiere, ist die Sache mit der Hochzeit. Ich meine, warum musst du die Schlinge *zuziehen*?« Ich war überrascht, wie ärgerlich sie war, aber ich sagte nur irgend etwas über Rituale und Zeremonien und Verpflichtung der Öffentlichkeit gegenüber – das Übliche.

Es war Juni, es war heiß, und Emma trug nur ein ärmelloses Footballtrikot und ihre Unterhose. Sie zog das Hemd über die Knie, schlang die Arme um die Waden und schüttelte sich ihre wilden roten Haare aus den Augen. »Ja, aber warum lebst du nicht einfach so weiter mit ihm zusammen? Warum muss es *legalisiert* werden?« Und sie machte irgendeinen Witz über Mickey Rooney oder Liz Taylor, die sich eine Menge Ärger erspart hätten, wenn sie einfach nur gevögelt hätten. Wir lachten, aber es war nicht echt. Ich sah den Ärger in ihren Augen, als sie den Blick von mir abwandte.

Das machte mir natürlich Angst, aber ich sagte: »Es mag vielleicht eine Überraschung für dich sein, aber Curtis macht mich glücklich. Das Problem ist, Em, dass du mich ohne ihn nicht gekannt hast. Du weißt nicht, wie ich bin, wenn er nicht da ist.« Mein Lachen klang falsch. »Ich meine, wenn du glaubst, dass das *schlecht* ist…«

»Das stimmt nicht. Warum sagst du das? Ich treffe dich mit ihm und ohne ihn. Wenn er dabei ist, redest du kein Wort, Rudy. Oder – du siehst ihn an, um dich zu vergewissern, dass das, was du sagst, okay ist. Dabei wird mir schlecht.«

Der Ekel in ihrer Stimme erschreckte uns beide. Ich erwiderte: »Das ist eine Lüge.« Wieder zuckten wir zusammen. Ich stand auf und stellte die Stereoanlage ab.

In all den Jahren, die wir befreundet sind, hatten wir noch nie in diesem Ton miteinander gesprochen. Oder so verletzende Worte gesagt. »Lüge« – das ist so ein hässliches Wort; man sagt es höchstens im Spaß zu einer guten Freundin.

Eric sagte: »Sie waren erschrocken.«

»Und wie. Zu Tode erschrocken. Wir hatten unsere Schwierigkeiten, Dinge, die uns an der anderen ärgerten, aber bis jetzt hatten wir es immer mit Humor genommen. Emma kann ernste Situationen gut mit einem Witz überspielen – so ist sie, und für sie ist es richtig. Sie glaubt, dass es niemand weiß, aber sie würde alles tun, um einer Konfrontation aus dem Weg zu gehen. Sie hat Angst vor Zorn. Besonders vor meinem, glaube ich.« Ich lachte. »Wenn man das überhaupt glauben kann.«

»Sie waren *beide* erschrocken.«

»Ja. Erschrocken, verrückt und betrunken.«

In jener Nacht versuchte sie, mich zu beruhigen, indem sie sagte: »Ist es, weil ihr Kinder wollt? Du und Curtis? Ich könnte verstehen, dass man heiratet, weil man Kinder will.«

»Nein«, sagte ich, »natürlich nicht. Ich will Kinder, aber deshalb heirate ich ihn nicht. Emma, warum bist du so...« Eine grauenvolle Pause entstand, und wir taten alles, um dem Blick der anderen auszuweichen. »Ich liebe Curtis. Warum ist das so schwer zu verstehen? Curtis ist *gut* für mich.«

»Nein, das ist er nicht.« Sie stand auf, das Glas mit dem warmen Chardonnay in der einen Hand, eine brennende Zigarette in der anderen, eine riesige braune ›28‹ auf der Brust – die Nummer irgendeines Footballspielers von den Redskins. Emma trinkt nicht viel, und sie raucht nur, wenn sie mit mir zusammen ist, deshalb gab sie eine seltsame Figur ab. So... süß. Anders kann man es nicht nennen. Ich sehnte mich danach, dass sie etwas Lustiges sagte, um die Situation zu entschärfen und uns wieder zusammenzubringen. Aber sie sagte: »Ich weiß nicht, wie, aber er hat es geschafft, dass du *denkst*, er wäre gut für dich. Siehst du denn nicht, dass das sein Trick ist?«

»Sein Trick? Oh, um …«

»Mensch, Rudy, du bist viel stärker, als er dich glauben macht! Hättest du mit dem Studium aufgehört, wenn Curtis nicht gewesen wäre? Nein, und dann hättest du jetzt einen Job, einen richtigen Beruf.«

»Ach, jetzt gefällt dir mein Job also auch nicht mehr. Super. Das ist ja phantastisch.« Das tat richtig weh. Ich verkaufte Designerschmuck in einer Boutique in Georgetown. Na gut, es war keine Lebensaufgabe, aber der Job war in Ordnung, und ich war ziemlich gut. Doch es war ganz bestimmt nicht Curtis' Schuld. Nach Curtis' Juraexamen zogen wir nach Washington, und – na ja, ich habe mein Kunstgeschichtsstudium eben einfach nicht weitergemacht. Ich sagte: »Wie um alles in der Welt kann Curtis für meinen Job verantwortlich sein? Glaubst du, er hat mich *gezwungen*, die Uni sausenzulassen?«

»Ja, genau das glaube ich. Er hat es nur so hingedreht, dass du es nicht einmal gemerkt hast.«

»Sehr komisch. Du hast merkwürdige Ideen …«

»Rudy, er ist manipulierend und kontrollierend. Diese Worte wurden speziell für Curtis Lloyd *erfunden*, und ich verstehe nicht, warum du das nicht erkennst. Er macht dir weis, dass *du* verrückt bist, aber in Wirklichkeit ist er der unheimliche Psychopath aus dem Süden, wie Bruce Dern, der immer diese Irren gespielt hat …«

Ich warf eine CD nach ihr. Sie traf sie am Hals, und Blut tropfte aus einer winzigen Schnittwunde. Sie wurde weiß wie die Wand. Mit offenem Mund standen wir uns gegenüber, zu Tode erschrocken, und wollten beide, dass die andere sich zuerst entschuldigt. Wenn wir nicht schon seit fünf Uhr nachmittags getrunken hätten, hätten wir bestimmt einen Ausweg gefunden, einen Rückzug, bei dem wir beide das Gesicht gewahrt hätten. Da bin ich mir sicher. Aber wir waren so betrunken. Und wir hatten beide genug von dem ständigen Lügen über Curtis.

Eric starrte mich an, als hätte ich zwei Köpfe. »Das haben Sie getan? Sie haben wirklich eine CD nach ihr geworfen?«

»Das können Sie sich wohl nicht vorstellen?« Ich machte ihm keinen Vorwurf; alle wissen, dass ich Gewalt verabscheue.

»Was geschah dann? Wie ging das Ganze aus?«

»Ich sagte ihr, dass es vielleicht besser wäre, sie kommt nicht zu meiner Hochzeit, wenn sie so über Curtis denkt.«

Eric hat riesige braune Augen, wie eine Figur in einem Velasquez-Gemälde. Wenn er sie hinter seiner Nickelbrille weit aufreißt, weiß ich, dass ich etwas Erstaunliches gesagt habe.

»Und sie sagte, ›gut, wenn du es willst‹, und ich antwortete: ›Ich glaube, du willst es.‹ Und sie sagte: ›Und was willst du?‹ Und so ging es eine ganze Weile hin und her. Das kann Emma auch gut, sich hinter Fragen verstecken, immer eine Gegenfrage stellen. Menschen, die sie nicht kennen, halten sie für freimütig und offen, aber das ist sie nicht. Sie ist einer der zurückhaltendsten Menschen, die ich kenne.«

»Ist sie zu Ihrer Hochzeit gekommen?«

»Ja, sicher. Aber wir haben nichts geklärt.«

»Ist sie über Nacht geblieben?«

»Ja, weil wir einfach nicht mehr darüber gesprochen haben. Wir haben es mit der Angst bekommen. Ich fing an, Teller und Gläser in die Küche zu tragen, und als ich zurückkam, stand sie bei ihrem Koffer und zog sich die Jeans an. Ich zitterte innerlich und ging mit wackeligen Knien, wie ein junger Hund, auf sie zu. ›Gehst du nach Hause?‹ sagte ich. Sie antwortete: ›Ja.‹ Sie sah mich nicht an, aber ich hörte an ihrer Stimme, dass sie weinte. Und das brachte mich beinahe um, denn sie weint nie. Dann heulten wir beide, und ich sagte, dass ich sie bei meiner Hochzeit dabeihaben will, und sie sagte, dass sie kommen will, und das war's. Aber wir haben uns nie ausgesprochen, und keine hat sich je entschuldigt. Wir sind einfach ins Bett gegangen. Besser gesagt, ich wurde bewusstlos. Ich nahm ein paar Pillen und war weg, einfach, um da rauszukommen.

Die Hochzeit – mein Gott, die Hochzeit war schrecklich. Ich wachte mit Kopfschmerzen auf, die drei Tage lang nicht weggingen. Über dem Ausschnitt ihres Kleides konnte ich den kleinen Kratzer an ihrem Hals sehen, und jedes Mal, wenn ich ihn sah, sank ich tief in dieses schwarze Loch der Depression. Lee und Isabel waren Brautjungfern, und es dauerte keine dreißig Sekunden, bis sie merkten, dass zwischen uns etwas nicht stimmte. Emma und ich waren drei Monate lang sauer aufeinander.

»Aber Sie haben sich wieder vertragen?«

»Ja, irgendwann. Ich wünschte, ich hätte Sie da schon gekannt«, sagte ich, und Eric lächelte.

»Wie haben Sie es geschafft – sich zu vertragen, meine ich?«

»Oh, na ja … Das kann ich Ihnen nicht erzählen. Es ist Emmas Geschichte, nicht meine. Dabei ging es auch um das Kreuz mit den Männern; das ist alles, was ich dazu sagen kann. Doch diesmal war es ihr Mann, nicht meiner.«

Eric kam aus dem Kopfschütteln gar nicht mehr heraus. »Wie fühlten Sie sich, als sie Ihnen sagte, dass Curtis manipulierend und – was war das andere Wort? Manipulierend und …«

»Sie nannte ihn einen Psychopathen, Eric, das hat sie wirklich gesagt – was glauben Sie, wie ich mich da gefühlt habe? Es gab mir einen Stich ins Herz. Ich liebe diese beiden Menschen über alles, und ich kann es nicht ertragen, dass sie sich hassen. Aber *er* hasst sie nicht, und das macht es nur noch schlimmer. Er sagt nie etwas Böses über sie, das hat er noch nie getan.«

»Glauben Sie das, Rudy? Glauben Sie wirklich, dass Curtis Emma mag?«

Ich sagte: »Das einzig Gute an der Hochzeit war, dass wir endlich Lees Freund kennen lernten. Obwohl er da noch gar nicht ihr Freund war, es war nämlich ihre erste Verabredung. ›Henry, den Rohrverleger‹, nannten wir ihn. Wir kamen um vor Neugierde, ihn endlich kennen zu lernen, denn wissen Sie, Lee ist eine original amerikanisch-jüdische Prinzessin, und sie *verzehrte* sich geradezu nach diesem Mann, der in ihrem Keller Heizungsrohre und Kupferdrähte installierte. Und es endete damit, dass wir uns alle in ihn verliebten, genau wie Lee, und neun Monate später heiratete sie ihn.«

Und damit waren meine fünfzig Minuten zu Ende.

7

EMMA

Was tut man, wenn man ein modernes Kunstwerk betrachtet und es nicht versteht? Der Kopf ist leer, und es fällt einem nicht einmal ein Witz oder sonst etwas Schlaues dazu ein. Und wenn man es noch dazu mit einem Mann anschaut und nichts anderes denken kann als: Entweder bin ich verrückt oder du, Mr. Superkünstler, und da dies deine Ausstellung ist, die in einem echten Gebäude stattfindet, in dem lauter Menschen herumstehen, die nachdenklich dein Werk in sich aufnehmen und intelligente Dinge darüber sagen, muss ich verrückt sein. Und? Was macht man da?

Ich versuche, so schnell wie möglich zu verschwinden, ohne viel zu sagen, und ich versuche, soviel wie möglich von dem billigen Weißwein zu trinken, wenn es eine Vernissage ist, dann ist der Abend wenigstens nicht völlig im Eimer, und ich habe, wie ich finde, eine Menge mehr über das *œuvre* des Meisters zu sagen, wenn ich, wie soll ich es nennen, leicht beschwipst bin.

Aber all diese Lösungen funktionieren nicht, wenn man mit dem Künstler in dessen Atelier ist, und zwar allein mit ihm und seinen Bildern. Und angenommen, seine Bilder verwirren dich; sie können unbezahlbar sein, sie können genauso gut Dreck sein, du hast keinen blassen Schimmer. Und angenommen, du musst eine ernsthafte, gut bezahlte Reportage über den Künstler machen, für eine bekannte Zeitung, und, o ja, der Körper des Künstlers übt eine schmerzhafte, leidenschaftliche Anziehungskraft auf dich aus, ganz zu schweigen von der heftigen und völlig unpassenden Leidenschaft für sein Herz, und beide sind vergeben? Was dann?

Du bist angeschmiert.

»Also, Mick. Erzählen Sie mir, wie Sie vom Patentrecht zur Kunst gekommen sind! Von der Constitution Avenue zur Siebten Straße.« Man kann nicht früh genug anfangen, in Schlagzeilen zu denken, sage ich immer. »Von der Bourgeoisie zum Bauhaus. Mit Schlips und Kragen in die Postmoderne.«

»Nun …«

»Und wenn Sie schon einmal dabei sind, was ist eigentlich die Postmoderne genau?«

Wenn ich nervös bin, werde ich unerträglich. Ich merke es selbst, aber ich kann nichts dagegen tun. Ich kann meinen Mund nicht halten, und je wichtiger die Sache ist, desto mehr treibe ich die Sache auf die Spitze. Und heute übertraf ich mich selbst.

Wir standen in Mick Dracos kaltem, unordentlichem Atelier, das kleiner war, als ich gedacht hatte, wenn man bedenkt, dass er es mit zwei anderen Malern teilt. Richard, der Fotograf der Zeitung, war gerade gegangen, nachdem er ungefähr zweihundert Aufnahmen von einer Leinwand, auf der Mick schmierige gelbe Farbe mit einer Kelle aufgetragen hatte, geschossen hatte. Aus jedem Blickwinkel, den man sich vorstellen kann, und einigen, auf die man nicht mal im Traum kommen würde. Währenddessen hatte ich viel Zeit, ihn ausgiebig zu betrachten, weil ich nicht reden musste. Ich konnte ihn einfach anstarren. Ich habe gelogen – ich habe drei Schwächen. Die dritte gebe ich nicht gerne zu. Ein schöner Körper. Ich weiß, ich bin oberflächlich, und ich hasse es. Manchmal gehe ich absichtlich mit unattraktiven Männern aus, damit mich niemand der Oberflächlichkeit bezichtigen kann. Aber in Wirklichkeit wäre es mir lieber, sie sähen gut aus, selbst wenn alles andere stimmt.

Während ich Mick beobachtete, entschied ich, dass seine Schönheit zu gleichen Teilen in der Art, wie er sich bewegte, seinem Superkörper, seinen ebenmäßigen Gesichtszügen und seiner Mimik lag – in seinem Gesicht spiegelte sich Humor, Unsicherheit, Geduld, gespannte Konzentration, dann wieder Ungeduld. Er trug schwarze, bequeme Hosen, ein Tweedjackett, ein blaues Arbeitshemd und eine rote Krawatte, und ich dachte, wie lustig, er hat sich fein gemacht, während ich mich bewusst lässig angezogen habe. Als hätten wir heute Morgen beim Anziehen aneinander gedacht.

Zu seiner Ehre beantwortete er keine meiner scherzhaften Fragen. Er sagte: »Möchten Sie sich nicht setzen?« Er nahm einen öligen Lappen vom Arbeitstisch und fuhr damit über den einzigen, mit Gipsstaub bedeckten Stuhl im Raum.

Ich warf einen Blick auf den schmutzigen Stuhl und sagte etwas dämlich: »Äh, nein danke.«

Sein Lächeln ist wunderschön, ganz bescheiden und zurückhaltend. Er senkt dabei die Lider mit Wimpern, die länger sind als meine, und zieht die Mundwinkel hoch, und man meint, seine Gedanken lesen zu können: *Das war wohl nicht sehr witzig von mir*. Er murmelte: »Ja, hier kann man wirklich nicht besonders gut reden. Wollen wir in das Café gegenüber gehen?«

Ja! Ja! Gehen wir wieder in das Café. Murray's, diese triste Kneipe mit dem schlechten Essen und der muffigen Luft, wo alle wie Leichen aussehen und der Kaffee nach Abwaschwasser schmeckt! Wo wir uns, wie letzte Woche, am schmutzigen Fenster bei fahlem Licht an einem zerkratzten Holztisch gegenübersitzen und reden, reden, reden!

»Ja, gerne«, murmelte ich, genau wie er, »wenn Sie möchten.«

Auf dem Weg durch den Novembernieselregen, eingewickelt in unsere Mäntel, beantwortete er meine Hauptfrage, so dachte ich jedenfalls. Wieder ging mir der Gedanke durch den Kopf, dass er schüchtern war oder zumindest sehr reserviert, denn während wir hinübergingen und er mir erklärte, welches seiner Meinung nach das beeindruckendste Ereignis in seinem Leben war, wandte er sich von mir ab und blickte die nass glänzende Straße hinunter. Ich konnte ihn kaum verstehen. Und er hatte sich den abwegigsten Moment für das Thema ausgesucht – wir versuchten, mitten im dichten Verkehr die Straße zu überqueren –, so als wolle er seine Antwort möglichst unbemerkt einflechten. »Ich kam zur Kunst, als ich das Gefühl hatte, ich müsste es tun«, sagte er – glaube ich jedenfalls; er sprach undeutlich. »Die Frage über die Postmoderne war wohl ein Witz …«

»Nein, war sie nicht.«

»… aber wissen Sie, sie hat die Kunst in gewisser Weise befreit, man könnte vielleicht sagen, die Bilder werden wieder beachtet. Sie hat die Bedeutung des Malens wieder in den Mittelpunkt gerückt. Was während der Moderne nicht so sehr erlaubt war.«

An der Kreuzung nahm er meinen Arm, und wir rannten auf die andere Seite. Ich stellte ihm die brillante Frage: »Und weiter?«

Er räusperte sich. »Abstrakte Malerei war nie mein Fall, ich spüre da nichts, verstehe sie nicht. Ich sah mir die Bilder an und wusste, das kann ich nicht, und ich war zu stolz oder dumm genug zu denken, dann kann ich kein Maler sein. Ja, dumm, sehr dumm, jahrelang.« Er murmelte etwas, das ich nicht verstand, und ich wollte schon nachfragen, doch da hielt er mir die Tür auf, also ging ich an ihm vorbei in das Café.

In Murray's Café ist die Theke auf der rechten Seite, davor stehen abgewetzte, mit rotem Kunstleder bezogene Barhocker, und auf der linken Seite gibt es ein paar Tische und Bänke, die ebenfalls mit durchscheinendem rotem Kunstleder bezogen sind. Letzte Woche saßen wir an der Theke, doch heute setzten wir uns an einen Tisch. Das Dekor erinnert an eine Imbissbude an einer Bushaltestelle in Trenton. An den Wänden hängen trübe, sepiabraune Spiegel, und man erschrickt, wenn man sich das erste Mal darin erblickt, weil man trotz des grellen, fluoreszierenden Lichts nicht annähernd so schlecht aussieht wie sein Gegenüber; die fettverschmierten Spiegel wirken wie ein Filter und lassen einen ziemlich gut aussehen. Die Temperatur liegt ungefähr bei zweiundzwanzig Grad, deshalb kommen die Künstler aus den umliegenden Ateliers und Lofts hierher, wie Mick sagt, um sich aufzuwärmen. »Kaffee?« fragte er. Ich nickte, und er ging an die Theke, um ihn zu holen. In Murray's Café bedient man sich selbst.

»Also«, sagte ich, als er zurückkam. Mein Bleistift war gespitzt, das Notizbuch aufgeschlagen, ich war bereit. »Sie sagten, Sie wurden Maler, weil die Atmosphäre der Postmoderne in der Kunstwelt Ihnen das Gefühl gab, sich endlich als Maler fühlen zu können?«

»Nein, das klingt lächerlich. Schreiben Sie das nicht.«

Ich fand, es klang ziemlich gut. »Gut, was dann? Das wird ein Artikel über Menschen, die eine sichere Existenz für einen Traum aufgeben.« Das hatte ich ihm schon mal erklärt, aber ich war der Meinung, ich musste es für uns beide noch einmal deutlich machen. »Wonach ich suche, sind Politiker, die beschließen, Förster zu werden. Zahnärzte, die Krimis schreiben wollen. Washington ist das ideale Pflaster dafür. Die Leute lieben es, über irgendeinen Typen aus dem Finanzamt zu lesen, der alles hinschmeißt, um Jockey, Clown, Hundetrainer oder ein Deadhead zu werden ...«

»Ich weiß, ich verstehe, worauf Sie hinauswollen.«

»Okay. Versuchen wir es andersherum. Was hat Ihnen am Patentrecht nicht gefallen? Warum haben Sie Ihren Beruf aufgegeben?«

Er zwinkerte mit seinen hellen Augen und lächelte mich an. »Ich bin beeindruckt.«

»Warum?«

»Sie haben diese Frage geradeheraus gestellt.«

Ich lachte. Irgendwie fühlte ich mich leicht, so heiter. Er sah so verständnisvoll aus. Als entdecke er Dinge an mir, die ihm gefielen. Aber er machte mir keine Avancen, er mochte mich einfach. Eine Weile saßen wir schweigend da, rührten in unserem Kaffee und zupften dünne Papierservietten aus dem Metallspender.

»Wie auch immer.« Mein Notizbuch erinnerte mich daran, warum ich hier war. »Zurück zur Postmoderne. Sie ...«

»Nein, Emma, vergessen Sie das. Ich werde Ihnen die Wahrheit erzählen.« Aber er machte ein gequältes Gesicht.

Unsicher sagte ich: »Gut. Aber das hier ist kein Verhör oder so was. Erzählen Sie mir nichts, das jemanden verletzen könnte.« Die schlagkräftige investigative Journalistin bei der Arbeit. Schon vorher hatte er mich gebeten, unsere Unterhaltung nicht auf Band aufzunehmen, und normalerweise versuche ich, meinen Interviewpartner davon zu überzeugen, dass es keinem wehtut, im Gegenteil, es ist eine Hilfe für mich und ein Schutz für ihn, bla, bla. Aber als Mick mich darum bat, habe ich kampflos nachgegeben.

Er zog die Schultern hoch, legte die Unterarme auf den Tisch und umfasste die dicke, fleckige Kaffeetasse mit beiden Händen. Schöne Hände, nebenbei gesagt, schlank und sehnig, mit langen Fingern. »Es ist… nun, es ist kein richtiges Geheimnis.« Er hob den Kopf, sah mir in die Augen.

Ich erwiderte seinen Blick, ohne zu blinzeln, und versuchte, Professionalität und Integrität auszustrahlen. Aber ich kam mir vor wie ein Esel im Rampenlicht. Es war so offensichtlich, wie er versuchte einzuschätzen, ob ich seines Vertrauens würdig war. Ich schwieg – was sollte ich auch sagen? –, aber mir ging ein Satz nicht aus dem Kopf: *Oh, Mick, wenn du wüsstest*.

Er richtete sich auf, drehte sich ein bisschen zur Seite, damit er sich an die Wand lehnen konnte, und stellte ein Bein auf die Bank. Er lockerte seine Krawatte. »Draco ist ein griechischer Name«, sagte er beiläufig. Ich kritzelte ›griechisch‹ in mein Notizbuch, obwohl ich noch nicht wusste, was ich damit anfangen sollte. Was hatte er beschlossen? »Mein Vater ist Philip Draco. Kennen Sie ihn?« Ich schüttelte den Kopf. »Percy, Wells, Draco & Dunn. Ziemlich bekannte Kanzlei, mit Büros in den meisten großen Städten. Doch ich heiße eigentlich nicht Draco.«

Ich sah auf. »Nicht?«

»Ich meine, Draco ist nicht mein richtiger Name. Ich wurde adoptiert. Meine richtigen Eltern habe ich nie gekannt.«

»Oh.«

»Ich war ein Einzelkind und wuchs in dem Wissen auf, dass ich eines Tages Anwalt werden sollte – wie mein Vater. Der ein guter Mensch ist«, fügte er hinzu, »wirklich in vieler Hinsicht ein großartiger Mensch. Er ist ein phantastischer Anwalt, wahrscheinlich einer der fünfzig besten Anwälte des Landes.«

»Sind Sie in Washington aufgewachsen?«

»In Chicago.«

»Wie alt waren Sie, als Sie herausfanden, dass Sie adoptiert wurden?«

»Ich wusste es immer.«

»Selbst als Sie klein waren?«

»Ich erinnere mich nicht daran, es nicht gewusst zu haben.« Er zögerte, fing an, mit der Papierunterlage auf dem Tisch zu spielen, einem Stadtplan für Kinder mit Abbildungen von Sehenswürdigkeiten in Washington. »Glauben Sie mir, kein Mensch wollte mir das Gefühl geben, dass ich mich bewähren muss. Meine Eltern waren wunderbar. Wenn überhaupt, habe ich mir das selbst eingeredet. Weil …« Er hob die leere Tasse hoch und studierte den Namen des Herstellers auf der Unterseite.

Ich weiß, dass ich die Leute bei einem Interview nicht drängen darf. Aber ich sagte: »Weil Sie nicht wollten, dass es ihnen Leid tat. Dass sie Sie ausgesucht hatten.«

»Genau.« Sein Gesicht drückte Überraschung und Dankbarkeit aus. Es tat so gut – mir wurde ganz schwindelig. Ich nahm unsere Kaffeetassen und ging zur Theke, um nachschenken zu lassen. Jetzt dachte ich nur noch: *Wir müssen aufhören, solche Augenblicke entstehen zu lassen.*

Aber als ich zurückkam, in meinem Kaffee rührte, trank und so tat, als sei alles ganz normal, merkte ich, dass er mich auf eine neue Art ansah. Man spürt doch, wenn man etwas getan oder gesagt hat, absichtlich oder nicht, das den anderen dazu veranlasst, einen in einem anderen Licht zu betrachten. Wenn sozusagen die nächste Stufe erreicht ist. Und manchmal ist das gut, und manchmal wünscht man sich, man wäre umsichtiger gewesen. Ich wusste nicht, was mir in diesem Fall lieber war, aber eines war klar: Jetzt interessierte nicht nur ich mich für Mick – jetzt interessierte er sich auch für mich.

Ich griff nach meinem Stift. Er nahm den Faden wieder auf.

»Vor ungefähr vier Jahren, nachdem ich lange darüber nachgedacht hatte, beschloss ich, herauszufinden, wer meine richtige Mutter war. Damals war ich bereits seit sieben Jahren Anwalt. Nicht besonders glücklich. Eher todunglücklich«, sagte er lachend und blickte auf. »Ich war verheiratet, und mein Sohn war fast zwei Jahre alt. Sally – meine

Frau – hatte nach Jays Geburt aufgehört zu arbeiten, damit sie sich nur um ihn kümmern konnte.«

»Was hat sie vorher gemacht?« Ich tat geschäftsmäßig, als wäre diese Information lebenswichtig für die Geschichte.

»Sie war Anwaltsgehilfin. So haben wir uns kennen gelernt.«

›Anwaltsgehilfin‹, kritzelte ich. »Und haben Sie Ihre Mutter gefunden?«

»Ja. Aber zuerst muss ich Ihnen über mich erzählen. Ich habe schon immer gemalt oder gezeichnet, gebaut, Collagen gemacht – schon als Kind.«

»Sie waren immer ein Künstler.«

»Vielleicht, aber ich habe es nicht so genannt. Das wäre mir nie in den Sinn gekommen. In der Familie gab es keine Künstler, nicht einmal in der entfernten Verwandtschaft. Ein Cousin zweiten Grades, der ein bisschen fotografiert – das ist alles. Außer ihm sonst niemand.«

Schlagartig verstand ich. »*Ihre Mutter*. Sie haben Sie gefunden – und? Wer war sie? Was war sie?«

Er lächelte. Meine Aufregung gefiel ihm. »Ja, ich habe sie gefunden. Als sie mich weggab, war sie Studentin im zweiten Jahr an der Kunsthochschule in Chicago.«

»Mein Gott, Mick, das ist ja umwerfend.«

»Ich wusste, dass Ihnen das zusagen würde. Eine gute Geschichte, oder?«

»Soll das ein Witz sein?« Die Geschichte war beinahe zu gut. Mein braver Angestellter, der zum Geiger wurde, mein UPS-Mann, der sich an Pfingsten zum Prediger wandelte, sie würden neben dieser Geschichte verblassen. »Das ist der Wahnsinn, das ist eine Geschichte für sich. Sehen Sie Ihre Mutter noch? Was macht sie? Ist sie immer noch …«

»Ich habe sie nie getroffen.«

»Ach, wirklich nicht?«

»Ich habe ihr einen Brief geschrieben, und ich weiß, dass sie ihn bekommen hat, aber sie hat nicht geantwortet. Da habe ich es gelassen. Ich habe nie versucht, sie zu treffen.«

Er hat so eine Art, den Mund zu einem gepressten, halben Lächeln zu verziehen, wenn ihn etwas quält. Es signalisiert: bloß kein Mitleid! Ich verstand den Wink und sagte nichts. Aber ich litt mit ihm.

»Der Punkt ist«, sagte er nach einer Weile, »als ich das über meine Mutter herausfand …«, er berührte mit den Fingerspitzen seine Schläfe, dann machte er eine ausladende Handbewegung, »war das wie eine Explosion. Als sich der Rauch verzog, passte plötzlich alles zusammen – ich wusste, was ich tun musste. Zum ersten Mal verstand ich mich selbst.«

»Wow.« Ich spürte ganz deutlich einen Stachel – Neid. »Wie jemand, der merkt, dass er schwul ist, und sich aus seinem Versteck heraustraut oder so ähnlich.«

»Genau. Es ist nicht über Nacht passiert. Verstehen Sie das nicht falsch – es hat über ein Jahr gedauert, bis der Rauch ganz abgezogen war.«

»Das war wahrscheinlich der Anwalt in Ihnen. Sie wissen schon. Immer vorsichtig.«

»Teilweise.«

Er erklärte das nicht weiter, und ich begann darüber nachzudenken, wie ich einen Satz über seine Frau unterbringen konnte. Wie war das alles für sie? Doch dann tat ich es doch nicht. Einem anderen hätte ich die Frage gestellt. Aber meine Motive waren unlauter. Irgendwie schaffte ich es nicht, Mick danach zu fragen.

Statt dessen fragte ich ihn, wie es am Anfang war, und ob er Angst gehabt hatte, seinen Beruf aufzugeben. Er erklärte, dass es furchtbar war; sein Gehalt sank von – er hielt inne. »Es waren ungefähr achtundneunzig Prozent weniger«, sagte er und sah zu, wie ich das aufschrieb. »Ich bin jetzt seit drei Jahren nur noch Maler, und ich habe zwei Bilder verkauft, beide an Freunde. Vielleicht werde ich damit *nie* Geld verdienen.« Doch ich glaube nicht, dass er das wirklich dachte, denn er sagte es ohne Angst, und er wirkte auf mich nicht wie ein Mann, der nie Schuldgefühle hatte.

Eine verwandte Seele.

Doch er hatte diese Tür aufgemacht, und es war meine Aufgabe, hindurchzugehen. »Ihre Frau – äh …«

»Sally.«

»Sally.« Ich schrieb es auf. »Und sie kommt gut mit der Situation zurecht, sie ist …«

»Sie ist toll, wirklich toll.« Er nickte immer wieder, und ich kritzelte: ›S. ist toll‹. Ich sah ihn erwartungsvoll an. Es ist erstaunlich, was man alles aus einem Menschen herausholen kann, wenn man nichts sagt, nur abwartet. Mick rieb sich die Wange –

eine Rasur würde ihm nicht schaden – und sagte schließlich: »Jay ist in einer Tagesstätte – das wissen Sie ja, Sie kennen Lee Patterson –, weil Sally wieder anfangen musste zu arbeiten. Sie ist Sekretärin im Arbeitsministerium.«

»Aha.«

»Es ging nicht anders. Sonst wären wir verhungert. Und wir sind nach Columbia Heights gezogen.«

»Von wo?«

»Q Street. Dupont Circle. In der Nähe des Parks.«

»Aha.«

»Wir renovieren ein altes Reihenhaus.«

»Ich auch.«

»Wirklich?«

»Na ja, eigentlich nicht. Ich meine, ich habe gerade eins gekauft. Ein altes Stadthaus. Jemand anders hat es renoviert.«

»Aha.« Er lächelte, aber ich glaube, er machte mich nach. »Das ist etwas anderes.«

»Wahrscheinlich.« Der Umzug ließ ahnen, dass er in der Wirklichkeit angekommen war, und sein Verhalten suggerierte, dass ihm das nicht gefiel. Mir war nur nicht klar, ob *er* es nicht mochte oder ob es wegen Sally war, und ich wusste nicht, wie ich ihn danach fragen konnte. Es war sowieso nicht meine Angelegenheit.

Ich warf einen Blick auf meine Notizen. »Wie würden Sie Ihre Malerei charakterisieren?«

Er runzelte die Stirn und legte das Kinn auf sein Knie. »Wie würden Sie sie beschreiben?« Ich lachte nervös, aber er meinte es nicht böse oder aggressiv. Er klang nur neugierig.

»Hören Sie, Mick, ich hasse es, zugeben zu müssen, dass ich absolut nichts von Kunst verstehe. Ehrlich, ich bin ein kompletter Dummkopf, und wenn Sie wollen, dass dieser Artikel gut und richtig wird, sollten Sie offen mit mir reden. Eigentlich sollten Sie mich sogar belehren. Reden Sie mit mir, als wäre ich Ihr Kind.« Er lachte. O Gott, wie gern ich ihn zum Lachen brachte. Viel zu gern. »Und wenn das nicht geht, sprechen Sie einfach ganz, ganz langsam.«

Und das tat er. Ausführlich. Der Kern der Sache war, dass er seinen eigenen Stil noch nicht gefunden hatte, noch nicht einmal sein Thema, aber er arbeitete eher formalistisch, mehr gegenständlich, weil er Übung brauchte und die abstrakte Malerei für ihn eine Sackgasse war. Er hielt die Postmoderne nicht für eine eigenständige Epoche, sondern für das Sprungbrett von der Moderne zur nächsten Phase. Er wollte nicht so dreist sein und behaupten, er wüßte, was danach käme, aber als ich ihn drängte, sagte er, es könnte vielleicht eine Wiederbelebung der früheren Großartigkeit geben, zu der die gegenwärtige Kunst nicht in der Lage war und die sie deswegen – welche Ironie – einfach aufgegeben hatte.

Ich fragte ihn, wen er bewundere, und er antwortete: Rembrandt, Fantin-Latour, Arshile Gorky, Alice Neel, Eric Fischl. Wen hasste er? Das wollte er mir nur unter uns sagen, und dann ratterte er ungefähr fünf Namen herunter, alles Männer, von denen ich keinen einzigen kannte. Er sah sich selbst immer mehr auf Porträtmalerei zusteuern; in seinen Bildern und Zeichnungen tauchte immer wieder dieselbe Gestalt auf, ein junger Mann, vielleicht ein Jugendlicher, den er »Joe« nannte und der wahrscheinlich ihn selbst darstellte. Farbe war seine Stärke, Zeichnen sein Schwachpunkt; er besuchte an vier Abenden der Woche zwei verschiedene Zeichenkurse, und langsam begann er, kleine Fortschritte zu entdecken. Er wünschte, er hätte die Zeit und das Geld, seinen Abschluss auf der Kunstakademie zu machen, denn er war an einem Punkt angelangt, an dem der Mangel an formaler Ausbildung mehr und mehr ein Hindernis wurde.

Das meiste schrieb ich mit, doch je länger er redete, desto zerstreuter wurde ich. Kunst war offensichtlich seine Leidenschaft, sie grenzte fast an Besessenheit, und ich kann Männern, die ihren Beruf wirklich lieben, einfach nicht widerstehen. Ich finde ihre Einseitigkeit unglaublich sexy und begehrenswert. Und das beste daran ist, dass sie *mich* nicht brauchen, um etwas Sinnvolles aus ihrem Leben zu machen.

Mir gingen die Fragen aus. Ich sah auf die Uhr.

»Wollen wir nicht was essen? Ich zittere schon vor Hunger.« Mick streckte eine Hand aus; tatsächlich, seine Finger zitterten. »Ich trinke sonst nie soviel Kaffee«, gab er zu und stand auf, um auf die Toilette zu gehen.

Wir bestellten Cheeseburger, Pommes frites und Milkshakes – alles Dinge, die wir sonst nie aßen oder tranken, wie wir uns gegenseitig versicherten, aber wir verzehrten es problemlos bis zum letzten

Krümel. Während des Essens stellte er *mir* Fragen. Zuerst bemerkte ich es gar nicht; es sah so aus, als führten wir eine ganz normale Unterhaltung, das übliche Frage-und-Antwort-Spiel. Aber als er sagte: »Wollten Sie immer schon für eine Zeitung arbeiten? Oder wen hätten Sie gerne als Mutter, wenn Sie plötzlich herausfänden, dass Ihre Mutter eine andere ist?«, wurde mir klar, dass wir die Rollen getauscht hatten; jetzt interviewte er mich.

Gut, ich war geschmeichelt. Nach meiner Erfahrung kümmert es die meisten Leute wenig, was in einem anderen Menschen vorgeht. Sie sind nett, sie sind höflich, sie fragen dich, wie es dir geht – und sobald man anfängt, es ihnen zu erzählen, schalten sie ab. Ihr Blick wird glasig, sie gehen in eine Art Wartestellung, bis dir die Worte ausgehen oder du eine Pause machst, damit sie einspringen können, um dir zu erzählen, dass ihr Leben viel interessanter als deines ist. Das ist jetzt nicht sarkastisch. Ich sage Ihnen, so läuft es eben meistens.

Die Ausnahme sind natürlich Männer, die mit dir schlafen wollen. Je besser sie in dem Geschäft sind, desto aufmerksamer hören sie zu; je mehr sie dich wollen, desto verzückter reagieren sie auf jede noch so zufällige Äußerung. Das Komische ist, dass diese Methode wirklich funktioniert, jedenfalls bei mir. Und ich bin, wie man so schön sagt, nicht unerfahren, ich müsste es eigentlich besser wissen, aber vergessen Sie's. Es zieht bei mir jedes Mal wieder.

Deshalb sah ich Mick Draco verständlicherweise mit gemischten Gefühlen in seine klugen, braunen

Augen, die mich gerade interessiert und erwartungsvoll fixierten, und dachte über seine Frage nach. *Versuchst du, mich zu verführen?* fragte ich ihn via Telepathie. *O Gott, wie ich das hoffe.*

Nein, tu ich nicht. Das wäre das letzte.

»Mary McCarthy.«

Er zog seine Augenbrauen hoch. »Die Schriftstellerin?«

»Ja. Oder Iris Murdoch. Katherine Anne Porter. Nein, die eigentlich nicht – ich versuche, jemanden zu finden, der alt genug ist, um mich vor ungefähr vierzig Jahren zur Welt gebracht zu haben. Neununddreißig.« *Mist,* ich hatte ihm mein Alter verraten. Und er war jünger! Nur ein Jahr, aber trotzdem.

»Dann würden Sie gerne Romane schreiben?«

Und das war das eigentlich Beunruhigende. Nicht, dass ich ihm mein Alter verraten hatte, sondern meinen geheimen Traum. Ganz geheim ist er zwar nicht – die Engel kennen ihn, obwohl nur Rudy weiß, wie sehr ich es will; und meine Mutter und ein paar Ex-Freunde wissen davon, weil ich blöd genug war, es laut herauszuposaunen, aber eigentlich soll es ein Geheimnis bleiben. Warum? Weil ich es hasse, mich öffentlich lächerlich zu machen. Und weil die Journalistin-die-sich-danach-sehnt-den-großen-amerikanischen-Roman-zu-schreiben so ein dummes, peinliches Klischee ist. Ich will damit nicht in Verbindung gebracht werden.

Aber ich unterhielt mich mit einem Mann, der seinen Beruf als Anwalt für die Malerei aufgegeben hatte. Wenn jemand meinen Traum verstand, dann war es Mick. Also machte ich keinen Rückzieher und versuchte nicht, mich mit einem Witz aus der Affäre zu ziehen; ich sah ihn unverwandt an und sagte: »Ja, das würde ich gerne. Eines Tages. Das ist mein größter Wunsch. Aber ich habe, na ja, ich habe Angst.«

»Ja«, sagte er, als wäre nichts natürlicher. »Weil es beängstigend ist.«

»Genau. Es ist beängstigend.« Allein der Gedanke daran machte mir Angst.

»Und was wollen Sie dagegen tun?«

»Wie? Also ich habe ein paar Kurzgeschichten geschrieben, die furchtbar sind. Niemand will sie.« Da waren sie wieder, meine Abwehrmechanismen; Rückzug auf der ganzen Linie. »Und ich spiele mit etwas Längerem herum, aber es ist nicht gut. Wirklich nicht, das ist keine falsche Bescheidenheit.«

»Hat es jemand gelesen?«

»Sie machen Witze?« Ich lachte, ha, ha. »Gott sei Dank ist mein Sinn für Scham hoch entwickelt, so gerate ich wenigstens nicht in Schwierigkeiten.«

Mick lächelte und sah weg.

Ich fröstelte, als mir klar wurde, dass er ein bisschen verlegen war. Meinetwegen. Weil das, was ich gesagt hatte, so durchschaubar war.

»Ich frage mich«, sagte er, »was persönlicher ist, ein Bild oder ein Gedicht. Was gibt mehr preis?«

»Das ist leicht zu beantworten. Ein Gedicht.«

»Wie kommt das?«

»Weil es leichter ist, sich hinter einem Bild zu verstecken.«

»Wirklich? Warum?«

Ich grinste und versuchte, ihn mit Offenheit zurückzugewinnen. »Weil ich von Bildern nichts verstehe.«

»Und ich verstehe Gedichte nicht.«

Ich lachte, aber er nicht. »Okay«, sagte ich versuchsweise. »Ich verstehe, was Sie meinen.«

»Und was meine ich?«

»Sie sind mutiger als ich. Sie sind ein Held, ich bin ein Feigling. Ich will nicht mit Ihnen streiten, Sie haben ja Recht. Kein Kampf.«

»Das meine ich nicht. Warten Sie, das will ich gar nicht sagen, ich …«

»Gut, mein Fehler. Vergessen Sie's, es macht nichts. Ich weiß sowieso nicht, worüber wir reden.«

Sein Seufzer klang verzweifelt. »Ich bin mir ziemlich sicher, dass ich kein bisschen mutiger bin als Sie, Emma.«

»Aber Sie kennen mich doch gar nicht.«

»Stimmt, aber ich weiß, dass Sie kein Feigling sind.«

»Woher?« Oh, wie peinlich, wie kindisch, unreif und erbärmlich, wie armselig. »Woran erkennen Sie das?«

Er kam nicht dazu, zu antworten. Das ohrenbetäubende Geräusch einer Polizeisirene und eines Krankenwagens machten jedes weitere Gespräch unmöglich. Mick lächelte, zuckte mit den Schultern und beobachte durch die trübe, fettige Scheibe, wie draußen die Streifenwagen vorbeirasten. »O nein! Mein Gott, es ist zehn vor drei.«

Ich sah auf die Uhr über der Eingangstür. »Und …?«

Bestürzt begann er, in seinen Taschen nach seinem Portemonnaie zu suchen. »Ich muss Jay abholen. Tut mir Leid, ich hatte keine Ahnung, dass es schon so spät ist. Ich muss in zehn Minuten am Judiciary Square sein. Ich glaube, ich schaffe es gerade noch. Wie konnte mir das passieren? Sind wir fertig?«

»Ja, ich denke schon.« Ich konnte keinen klaren Gedanken fassen. »Ich bezahle«, sagte ich und schob ein paar Dollarscheine über den Tisch.

»Nein …«

»Die Zeitung bezahlt. Ich habe ein Spesenkonto.«

»Ach so. Na gut. Es tut mir Leid, dass ich gehen muss, aber ich muss wirklich los.«

»Natürlich. Gehen Sie. Nehmen Sie die U-Bahn, es ist nur eine Station.«

»Nein, ich glaube, ich laufe.« Er stand hinter mir, stirnrunzelnd und lächelnd, strich sich das Haar zurück, gequält, unsicher. »Also, wenn Sie noch mehr Fragen haben, wissen Sie ja, wie Sie mich erreichen können.«

»Ja. Und hier ist meine Karte, Sie können mich anrufen, wenn Ihnen noch etwas einfällt.«

»Es wird bestimmt ein großartiger Artikel.«

»Danke für ein wunderbares Interview.«

»Ich habe es wirklich genossen. Wie man sieht.« Er deutete unbeholfen auf die Uhr.

»Ja, ich auch.«

»Also, viel Glück.«

»Danke. In Zukunft werde ich in der *Art World* nach Ihren Bildern Ausschau halten.«

»Ha, ha.«

Schließlich musste ich aufhören zu lächeln. Micks Ausdruck wechselte von hektischer Höflichkeit zu Wachsamkeit. Für die Spanne von ungefähr drei Sekunden waren wir beide völlig ungeschützt. Ich wollte etwas sagen, aber ich konnte nicht. Es war vorbei. Hier endete es. Hallo, auf Wiedersehen. Wenn wir uns doch nur die Hände schütteln würden.

Aber nein – er sagte einfach meinen Namen, senkte den Kopf, und ich sah, wie er die Lippen zu diesem Lächeln zusammenpresste, an dem man sieht, dass nicht alles in bester Ordnung ist. Und dann ging er aus meinem Leben, ohne mich einmal berührt zu haben.

Was gut war. Wir waren nahe dran. Vielleicht hätte ich es nicht geschafft, wieder loszulassen.

Ich fuhr mit dem Bus nach Hause. Ich habe ein Auto, aber in der Stadt fahre ich lieber mit dem Bus oder mit der U-Bahn, dann kann ich besser nachdenken. Wenn ich gute Laune habe, beobachte ich die anderen Fahrgäste und überlege, was sie für ein Leben führen, messe sie an der schmalen, gnadenlosen Skala von Emmas Kriterien für Normalität. Wenn ich schlechte Laune habe, sinke ich tiefer und tiefer hinein, starre lustlos aus dem Fenster, und jedes Gebäude, jeder Fußgänger, jede Telefonzelle wird zu einer Metapher für Korruption, Verfall und städtische Langeweile. Das heitert mich auf.

Aber heute war ich jenseits von guter oder schlechter Laune. Ich war völlig aus der Fassung. Ich verstand mich selbst nicht mehr. Ich bin meine beste Freundin, ich vertraue mir, ich rede ständig mit mir selbst – laut, wenn ich allein bin –, und es ist mir wichtig, dass ich mich kenne. Lebenswichtig. Sonst bricht *Chaos* aus.

Warum war ich so außer mir? Oh, bitte, schon diese Wortwahl »außer mir« beleidigt mich, sie ist so melodramatisch. Ich habe den ganzen Nachmittag mit einem Mann Kaffee getrunken, und wir haben geredet. Es war eine gute Unterhaltung, und es hatte Momente der Ehrlichkeit gegeben, die mich erschauern ließen, kleine Explosionen der Offenheit, die ich mit anderen Menschen, außer mit Rudy, nicht oft erlebe, und die es zwischen mir und den Männern, mit denen ich in den vergangenen, sagen wir mal, fünf Jahren ausgegangen bin, fast nie gibt. Besonders, wenn ich nüchtern bin.

Schön, aber deswegen war es trotzdem nicht so etwas Besonderes. Wenn Mick mir erlaubt hätte, das Interview aufzunehmen, könnte ich es mir jetzt noch einmal anhören. Ich wette, ich würde mich am Kopf kratzen und mich fragen: Und, was war jetzt so toll? Oberflächlich betrachtet, ist nicht viel geschehen. Warum war ich so verwirrt? Warum tat mir alles weh? Ich fühlte mich, als hätte ich einen Unfall gehabt, konnte aber nicht auf die Stelle zeigen, die schmerzte, ich hatte überall Schmerzen.

Das Ganze musste ein wenig zurechtgerückt werden. Ich wollte etwas, das ich nicht haben konnte, das war alles. Man nennt es Verlust, und die Standardreaktion ist Trauer. Also bin ich ganz normal. Und wie lange kann so etwas dauern? Nicht lange – ich bin Emma DeWitt, nicht Emma Bovary.

Um vier Uhr nachmittags war mein Haus so dunkel, als wäre es mitten in der Nacht. Ich ging herum, machte überall Licht an und überlegte, ob ich mir eine Katze zulegen sollte. Oder einen Vogel, einen, der viel Lärm machte, wenn ich nach Hause kam. Ich kochte mir eine Tasse Tee – noch ein bisschen mehr Aufputschmittel, das brauchte ich – und blätterte meine langweilige Post durch. Dann sah ich zu, wie der Regen an meinem Küchenfenster in langen, monotonen Bächen herunterlief.

Das Telefon klingelte, und mein Herz machte einen Satz.

»Hallo?«

»Sondra?«

»Wer?«

»Oh, tut mir leid …« Klick.

Mir auch.

Nun, das war ein verräterischer kleiner Zwischenfall. Ich hatte weiche Knie. Ich stützte die Ellbogen auf den Küchentresen, verbarg das Gesicht in den Händen und schwelgte eine volle Minute lang im Elend.

Mick würde nicht anrufen. Tief in meinem Inneren wollte ich es auch gar nicht. Und ich würde mir auch nicht irgendeine bestechende Last-Minute-Frage für mein Interview ausdenken und ihn anrufen. Das war nicht unser Stil.

Endgültigkeit birgt auch Trost, selbst wenn sie grausam ist. Ich hasse Halbheiten – entweder alles oder nichts. Das Nichts kann ich ertragen, solange es wirklich nichts bleibt, und nicht durch Hoffnung oder ein *ja, aber wenn* verfälscht ist.

Ich beschloss zu baden. Eigentlich dusche ich lieber, aber das Eintauchen in ein heißes Bad hat etwas Heilsames, wenn man traurig ist. Ein Bad oder eine Schüssel warmer Haferschleim mit viel Butter – die beste Medizin gegen Depressionen, die ich kenne. Nicht ganz, aber die gesündeste. Und ich würde das Telefon mit in die Badewanne nehmen und Rudy anrufen. Curtis war bestimmt noch nicht zu Hause, und sie konnte reden.

Oben in meinem Arbeitszimmer blinkte der Anrufbeantworter.

»Hallo, Em, hier ist Lee, es ist Montag, genau ... zwei Uhr siebenundvierzig nachmittags. Ich wollte dich fragen, ob du am Freitag zum Essen kommen kannst.«

Wunderbar! Eine Ablenkung. Und Henry, der mich immer zum Lachen bringt, hatte ich seit einer Ewigkeit nicht gesehen.

»Bist du immer noch mit diesem Brad zusammen, diesem Ingenieur?« Leider ja. »Auch egal, bring ihn mit, wenn du willst, oder wen anders. Oder komm allein, wenn dir das lieber ist. Dann stimmt allerdings die Tischordnung nicht mehr.« Verstanden. »Ich hoffe, du kannst kommen und es ist nicht zu kurzfristig.« Lee hat eine wundervolle, schmeichelnde falsche Vorstellung von meinen gesellschaftlichen Aktivitäten. »Alles ganz zwanglos, jeder bringt irgendwas mit.« Im Klartext hieß das, ich würde in Leggings und Sweartshirt kommen, während sie ein kleines Schwarzes für zweihundert Dollar tragen würde. Sagt man das überhaupt noch, kleines Schwarzes?

»Sonst lade ich nur noch die Dracos ein. Ich habe Sally gestern getroffen, und da fiel mir ein, dass du Mick ja schon kennst. Ich dachte, es ist eine gute Idee, alle mal zusammen einzuladen. Du wirst Sally mögen, Em, sie ist gescheit. Und nett. Ich freue mich richtig, sie näher kennen zu lernen.«

Um Gottes willen.

»Also, ruf mich irgendwann an. Ich bin den ganzen Abend zu Hause. Oder morgen – hinterlass eine Nachricht, wenn du den ganzen Abend auf der Piste bist. Ha, ha. Tschau.«

Wie ich schon sagte. Ich hasse Halbheiten. Man kann sich doch nicht gleichzeitig freuen und im Elend versinken. Ich lief wieder nach unten, denn jetzt war es an der Zeit, die schweren Geschütze aufzufahren. Eine Schüssel Haferschleim *und* ein heißes Bad.

8

LEE

Ich hätte mein Abendessen noch mehr genossen, wenn Emma und Mick Draco, Sallys Mann, sich besser verstanden hätten. Ich finde es unhöflich, seine persönlichen Animositäten bei einem Abendessen auszutragen: Es verunsichert alle. Sie haben nicht gestritten – weit gefehlt; sie haben nicht einmal miteinander geredet. Sie haben sich *kaum* angesehen, und ich finde das jedenfalls unhöflich. Nicht nur dem anderen, sondern vor allem der Gastgeberin gegenüber. Nämlich mir. Ganz offensichtlich ist ihr Interview letzten Montag nicht gut gelaufen, aber das ist doch nicht meine Schuld.

Ich habe, so gut ich konnte, versucht, den Abend zu retten, und einem weniger aufmerksamen Beobachter wäre wahrscheinlich nichts aufgefallen. Henry hat mir anschließend, als wir darüber redeten, erzählt, dass er nichts bemerkt hat. Aber so sind die Männer. Die Frauen sind diejenigen, die die zwischenmenschlichen Spannungen wahrnehmen.

Den Nachtisch gab es im Wohnzimmer (Apfelmus mit einem Spritzer Calvadossauce). »Wie lange seid ihr beide schon verheiratet?« fragte Sally und nippte an ihrem Kaffee.

»Vier Jahre«, sagte ich. »Und Sie und Mick?«

»Sechs. Sechs?« Sie sah ihren Mann an, der nickte. »Wirklich schon so lange? Wie habt ihr euch kennen gelernt? Ich liebe die Geschichten, wie sich glückliche Paare kennen gelernt haben – Sie nicht auch?« Sie ist so eine nette Frau, und ich war ihr so dankbar für ihr Bemühen, die Unterhaltung fröhlich und interessant zu gestalten – sie muss die Spannung zwischen Mick und Emma auch bemerkt haben.

Ich wollte gerade antworten, aber da fing Henry an. »Als ich eines Tages von der Arbeit nach Hause fuhr, rief mich meine Mutter über das Autotelefon an. Sie saß in Alexandria fest und wollte, dass ich ihren letzten Auftrag übernehme.«

»Oh, ist Ihre Mutter auch …?«

»Sie ist Installateurin, wie ich. Ich bin der Sohn bei der Firma Patterson & Sohn.«

»Ach wirklich? Das war mir gar nicht klar.«

»Ja. Jedenfalls bat sie mich, ihren letzten Auftrag zu übernehmen; es ging um die verstopfte Toilette bei irgendeiner Dame in Maryland.«

Sally lachte. »Wie romantisch! Ich nehme an, die Dame war Lee.«

Henry nickte. »Ich fuhr also rüber nach Chevy Chase und klopfte an die Tür – diese Tür –, und das war's. Ein Blick, und ich war hinüber.«

»Oh«, sagte Emma. »Was hattest du an, Lee?«

»Ach je, das weiß ich nicht mehr.«

»Ich aber.« Henry grinste und bedachte mich mit einem schiefen Blick, bei dem einige Erinnerungen wach wurden.

»Einen karierten Anzug, mit einer Weste und einer Fliege. Sehr maskulin, am liebsten hätte ich gelacht, weil sie mit Sicherheit kein Mann war. Und sie trug richtig hochhackige Pumps, rot waren sie, aber trotzdem ging sie mir nur bis zum Kinn. Sie war so süß wie ein ganzes Körbchen voller junger Katzen.«

Ich habe in meinem ganzen Leben noch nie rote Pumps besessen. Burgunderfarbene, ja, und halbhohe, preißelbeerfarbene Lederpumps, aber keine roten. Das sage ich natürlich nicht, wenn Henry die Geschichte erzählt; er erinnert sich so deutlich daran und ist offensichtlich so zufrieden damit, dass ich ihn nie korrigieren würde.

Ich erinnere mich allerdings noch sehr genau

daran, was *er* an jenem ersten Tag anhatte: seinen Blaumann und den Werkzeuggürtel. Und abgetragene Arbeitsstiefel. Und er hatte diesen wunderbaren Südstaatenakzent, und obwohl er mich mit den Augen verschlang, blieb er so höflich und durch und durch sanft und verhielt sich so vorsichtig mir gegenüber, obwohl wir nur über Toiletten sprachen. Ich war diejenige, die »hinüber« war.

»Als ich mit der Reparatur fertig war, bekam ich eine Tasse Tee und einen Keks …«

»Ein Stück Kuchen.« Das musste ich korrigieren.

»Ein Stück Kuchen, und wir saßen am Küchentisch und haben anderthalb Stunden geredet.«

»Worüber?« Sally machte ein fasziniertes Gesicht.

Henry und ich sahen uns an und zuckten die Achseln. »Keine Ahnung«, sagte er, »aber als ich endlich ging, hatte ich den Auftrag, alle alten Wasserleitungen durch neue Kupferrohre zu ersetzen.«

»Und danach kamen die Heizungsrohre dran.«

»Und dann die Klimaanlage für das ganze Haus.«

»Und dann mussten wir heiraten«, witzelte ich, »weil ich pleite war.«

Sally stand auf, um Kaffee nachzuschenken. »Wie war es bei Ihnen, Emma. Wie haben Sie Brad kennen gelernt?« Sie lächelte einladend, versuchte, Emma zu entwaffnen, die sich wand und grimmig dreinschaute und so tat, als fühle sie sich wohl.

»Ach«, murmelte sie, »das Übliche. Liebe auf den ersten Blick.«

»Ah ja«, sagte Sally humorvoll, »das klingt *wirklich* interessant.«

»Eigentlich nicht.«

Brad, der neben Emma saß, legte seine Hand auf ihren Oberschenkel. Sie sah sehr hübsch aus heute Abend. Zur Abwechslung war sie gut geschminkt und trug die Haare zu einem Zopf geflochten. Und sie hatte sich fein gemacht – ich weiß gar nicht mehr, wann ich Emma das letzte Mal in einem Rock gesehen habe. Sie muss Brad wirklich mögen, normalerweise macht sie nicht solche Umstände für eine Verabredung. Brad sagte: »Also *ich* fand es ziemlich interessant. Sie war nicht leicht zu überreden, ich musste all meinen männlichen Charme spielen lassen.«

»Du musstet mir nur genug zu trinken spendieren.«

»Sie macht sich lustig«, versicherte ich Sally – Emmas Humor versteht man erst, wenn man sie kennt. Und selbst dann nicht immer.

»Ich war mit ein paar Typen aus dem Büro unterwegs, und Emma war mit einer Freundin aus ...«

»Mit wem?« unterbrach ich neugierig. Die Geschichte hatte ich noch nicht gehört.

»Du kennst sie nicht«, erklärte Emma, »eine Kollegin aus der Redaktion. Weißt du, es ist wirklich nicht so ...«

»Das war im Shannon's in der L Street, an einem Mittwoch Abend«, fuhr Brad fort, »zwischen Happy Hour und dem Abendessen, wenn man sich nicht entscheiden kann, ob man nach Hause gehen oder bleiben soll.« Er ist Ingenieur und immer sehr präzise. Außer, dass er gut aussieht, ist er eigentlich nicht Emmas Typ, würde ich sagen. Zu normal.

»Ich saß am Nachbartisch. Ich habe sie natürlich den ganzen Abend über angesehen. Und als sie aufstand, um auf die Toilette zu gehen, bin ich auch aufgestanden – erzähl du weiter.«

»Nein, du«, sagte Emma schnell. Ihr Gesicht war wie versteinert.

»Okay – ich sagte: ›Darf ich Ihnen einen Witz erzählen?‹ Und sie fragte: ›Warum?‹, und ich erwiderte: ›Weil Sie so wunderbar lachen und ich es gerne noch einmal hören möchte.‹«

»Oh, das haben Sie *wunderschön* gesagt«, sagte Sally. »Ist das nicht schön?« fragte sie ihren Mann, und er sagte, ja, sehr schön.

»Dann dauerte es noch eine Stunde, bis ich sie überredet hatte, mit mir zu Abend zu essen – stimmt's, Em? – und es tat uns nicht Leid, und …«

»Seht ihr?« unterbrach Emma und schlug die Beine übereinander, um seiner Hand aus dem Weg zu gehen. »Das ist überhaupt nicht interessant.«

»… und dann hat es nur noch zwei Stunden gedauert, bis ich sie überredet hatte, dass ich sie nach Hause bringen darf. Und dann haben wir …«

»Die Geschichte ist zu Ende«, fuhr Emma ihn an. »Und sie lebten glücklich bis an ihr Ende.«

»Okay, okay«, sagte Brad und lachte, »ich hab's kapiert, der Rest ist zensiert.«

Emma zuckte die Achseln.

Brad sagte: »Jetzt kennen wir uns schon fast fünf Monate. Stimmt doch, Emma, oder? Es war der Abend nach dem vierten Juli, in der U-Bahn lag noch der ganze Müll rum.«

»Stimmt«, sagte sie, doch sie schüttelte den Kopf.

Ich sah Emma genauer an. Wurde sie wirklich rot? Ja – sie senkte den Kopf, aber ich sah, wie ihre Wangen sich röteten. Wie interessant. So weit ich weiß, gehört es nicht zu ihren Gewohnheiten, Männer in Bars aufzulesen und mit nach Hause zu nehmen – aber andererseits ist sie keine von den Frauen, die sich etwas daraus machen würde, wenn man *denkt*, sie täte es. »Leck mich«, würde sie sagen und sich nicht weiter darum kümmern. Aber jetzt saß sie da und wurde rot vor Verlegenheit, weil sie und Brad offensichtlich gleich am ersten Abend miteinander ins Bett gegangen waren. Sehr interessant. Bestimmt war Sally der Grund dafür, sie war so erfrischend und gesund. Sicher hatte Emma Angst, sie zu beleidigen.

»Nun«, sagte Sally und schob ihren Arm unter Micks. »*Wir* haben uns kennen gelernt, als er mich gerettet hat. Mein edler Ritter. Er hat verhindert, dass ein Dieb mir die Handtasche von der Schulter reißen konnte. Auf dem McPherson Square.«

»Wie *aufregend*«, sagte ich. Mick beugte sich vor, um Lettice zu streicheln, die mit dem Kinn auf seinen Schuhen vor sich hindöste. Ich konnte sein Gesicht nicht sehen. Er und Sally sind so ein hübsches Paar, so gegensätzlich – er groß, dunkelhaarig und ruhig, sie blond, klein und lebhaft. Sie sehen wirklich so aus, als wären sie füreinander geschaffen.

»Es wird noch besser«, sagte sie und rutschte auf dem Sofa nach vorne. »Er ließ mir keine Zeit, mich zu bedanken, er sagte, er wäre spät dran und müsste rennen – er vergewisserte sich nur, dass mit mir alles in Ordnung war, und ging. Da stand ich nun! Wo er doch so gut aussah in seinem Anzug. Er trug sogar Hosenträger! Ich bin völlig *verrückt* nach Männern mit Hosenträgern.«

Ich lachte. »Darüber hab ich noch nie nachgedacht.«

»Wirklich nicht? Emma, finden Sie Männer mit Hosenträgern nicht auch toll«

»Manchmal, wahrscheinlich.«

»Und *Westen* – ich liebe es, wenn sie das Jackett ausziehen und nur noch die Weste und ihre frischen, gestärkten Hemden anhaben. Es ist so sexy.« Sally blitzte Mick an, der sich halb lächelnd mit dem Finger über die Lippen strich.

»Das muss ich mir merken«, sagte Brad und stupste Emma. »Erinnere mich daran, dass ich mir öfter mal das Jackett ausziehe.« Sie schenkte ihm einen ihrer berühmten vernichtenden Blicke, doch er lachte nur.

»Also – das war am Donnerstag – ratet mal, wem ich am Freitag bei der Weihnachtsfeier im Büro in die Arme gelaufen bin. Genau!«

»Das gibt's nicht!« staunte ich. »Mick?«

»Es stellte sich heraus, dass wir in demselben Gebäude in der Vermont Avenue arbeiteten. Können Sie sich das vorstellen? In derselben Kanzlei.«

»Wir waren uns vorher noch nie begegnet«, Mick musste sich räuspern, um zu sprechen, »weil sie neu war und weil ich viel auf Reisen gewesen war.«

»Trotzdem ein echter Zufall«, sagte Brad.

»Ich hielt es für ein Wunder«, sagte Sally und lehnte sich an Micks Schulter. »Auf jeden Fall ein

Zeichen dafür, dass wir füreinander bestimmt waren. Schicksal!«

»Sehr romantisch«, sagte ich.

»Ja, Romeo und Julia.« Emma stand auf. Wir starrten sie an; sie war selbst ein bisschen überrascht, weil sie plötzlich stand. »Es tut mir Leid, aber ich muss gehen. Ich habe vergessen, dass ich morgen arbeiten muss.«

»Am Samstag?« Brad machte ein erstauntes Gesicht.

»Was soll ich dazu sagen? Die Zeitung erscheint an sieben Tagen in der Woche.«

Daraufhin beschlossen alle, dass sie jetzt gehen müssten, und der Abend endete viel zu früh. Während ich Emma in den Mantel half, entschuldigte sie sich leise bei mir. »Tut mir leid, Lee, ich habe dir den schönen Abend verdorben.«

»Wenn du es mir wenigstens vorher gesagt hättest.«

»Ich weiß, ich habe es einfach vergessen, ich hatte einfach zu viel zu tun. Tut mir wirklich Leid, aber es war super, alles erstklassig, wie immer. Du bist eine wunderbare Gastgeberin.«

Mit dem Rücken zu den anderen, die damit beschäftigt waren, ihre Mäntel anzuziehen und sich unterhielten, flüsterte ich: »Schade, dass du ihn nicht magst.«

»Wen?«

»Mick«, hauchte ich.

Emma hörte nicht auf zu blinzeln und zuckte mit dem Kopf. »*Was?*«

»Schhh, ich rufe dich an, dann können wir reden.«

»Okay.« Und dann lachte sie. Sie warf den Kopf zurück und lachte Tränen.

Alles verstummte und starrte sie an. »Was ist so witzig?« wollte Henry wissen, und ich sagte: »Nichts«, drehte mich um und öffnete die Tür. *Vielleicht habe ich mich auch geirrt*, dachte ich, aber dann fing Sally an, jeden zu umarmen, Brad schüttelte Mick und Henry die Hand, Henry umarmte Emma, Mick umarmte mich – und Mick und Emma sahen sich nicht einmal an. »Nacht«, war alles, was sie sagten. Da wusste ich es, ich irre mich selten in solchen Dingen.

»Das Essen war gut«, sagte Henry später, als er im Spiegel seine Zähne betrachtete.

»Ja, fand ich auch.« Ich hatte *Thaazi saag aur narial* (Rindfleischcurry mit Spinat und Kokosnuss) gekocht; im Rezept stand, für acht Personen, aber wir haben zu sechst alles weggeputzt. Das ist für mich ein gelungenes Essen. Ich sagte: »Sally ist wirklich nett, findest du nicht?« Henry grunzte etwas. »Und du und Mick, ihr habt den Vogel abgeschossen.« Aber das überraschte mich nicht; der Mensch, der Henry nicht mochte, musste erst noch geboren werden.

»Ja, ich mochte ihn auch. Interessanter Typ. Weißt du, was er gesagt hat? Wird zwar sowieso nichts draus, aber er wird Jenny und mich dem Besitzer seines Ateliers für Installationsarbeiten empfehlen. Und rate mal, wem der Schuppen gehört.«

»Wem?«

»Carney Brothers. Wenn wir in einem dieser großen, alten Häuser in der Stadt einen Fuß in die Tür kriegen – da ist immer irgendwas kaputt, die sind eine Goldgrube. Nur ein paar Wartungsaufträge, und wir sind gemachte Leute. Das wär doch was, oder?«

»Das wär es.«

»Ich rufe Jenny morgen an – heute Abend ist es wohl schon zu spät. Wird wahrscheinlich sowieso nichts«, sagte er wieder, »aber es war nett von Mick, es anzubieten. Den meisten Menschen würde so was gar nicht erst einfallen.«

Henry nennt seine Mutter Jenny. Früher fand ich das seltsam – ich kann mir nicht vorstellen, meine Mutter »Irene« zu nennen. Aber er ist in den sechziger Jahren in einer Frauenkommune in North Carolina aufgewachsen, da hatte er viele Mütter. Keine Väter, aber jede Menge Mütter. Und bevor er zu allen »Mom« sagte, nannte er sie lieber beim Vornamen, auch seine Mutter. Wahrscheinlich war das sinnvoll.

»Ja, es war ein schönes Essen, aber ich hatte das Gefühl, irgend etwas lag in der Luft«, sagte Henry und machte Platz, damit ich mich abschminken konnte. »Ich dachte, vielleicht mag Emma Sally nicht, oder sie und Brad haben sich gestritten. Ich verstehe sowieso nicht, was sie an dem Typen findet.«

»Brad? Ich finde ihn nett. Nein, Emma mag kluge Menschen, und Sally ist so gescheit, das ist es nicht. Es ist Mick, den sie nicht mag.«

»Mick? Glaubst du?«

»Hast du gehört, dass sie auch nur zwei Worte gewechselt haben?«

»Hmm«, machte Henry nachdenklich.

»Sie haben sich angesehen, aber sie haben kein Wort miteinander geredet. Offenbar ist das Interview, das die beiden für die Zeitung gemacht haben, nicht gut gelaufen.«

»Hhm.«

Ich putzte mir die Zähne und gähnte. »Müde?« Henry beobachtete mich im Spiegel. Ich war müde, aber ich zuckte mit den Schultern und sagte: »Och«, mit einer nichts sagenden Stimme. Falls er irgend etwas vorhatte.

Aber dann verdarb ich die Stimmung, als ich fragte: »Du kennst doch die Hühnchen mit der Obstfüllung, die ich immer mache? Glaubst du, die sind gut genug für meine Eltern, wenn sie im Dezember kommen?«

Er hatte liebevoll meinen Rücken massiert. Doch da nahm er die Hände weg und erwiderte: »Wahrscheinlich nicht«, und ging hinaus. Und über die Schulter rief er noch: »Aber was ist schon gut genug für sie.«

Als ich fertig war, folgte ich ihm und schob Lettice im Flur vor mir her. Henry lag bereits im Bett, seine Nachtischlampe war aus, er hatte die Augen zu und die Hände auf dem Bauch gefaltet. *O nein, nicht so*, dachte ich, brachte Lettice in ihr Körbchen und setzte mich auf Henrys Bettseite, sodass er mich ansehen musste. »Willst du nicht, dass sie kommen? Es ist nur für zwei Nächte.«

»Klar will ich, dass sie kommen. Es sind deine Eltern.«

»Wirklich?«

»Sicher. Aber es sind nicht nur zwei Nächte, Schatz, es sind vier.«

»Nein, zwei.«

»Zwei auf dem Hinweg und zwei auf dem Rückweg. Macht vier.«

»Nein, *eine* auf dem Hinweg und *eine* auf dem Rückweg.« Meine Eltern planten, uns auf dem Weg in ihren jährlichen Urlaub nach Florida zu besuchen.

»Ach so.«

Er machte ein so erleichtertes Gesicht, dass ich lachen musste. Ich zwirbelte die Enden seines Schnurrbartes zwischen meinen Fingern. Er lächelte und schloss wieder die Augen. Mein Mann sieht aus wie ein alternder Hippie. Man könnte meinen, dass mir das nicht gefällt, aber bei ihm mag ich es. Tagsüber bindet er seine Haare zu einem ordentlichen, kleinen Pferdeschwanz zusammen, aber nachts lässt er sie offen, und sie fallen über das Kissen wie eine glänzende dunkelrote Flagge, dick und prächtig. Ich musste sie einfach immer anfassen.

»Keine Angst, es wird nicht so schlimm«, tröstete ich ihn. »Sie mögen dich. Wirklich.«

»Vor allen Dingen.«

»Wirklich!«

»Lee, gib auf. Du hast einen ungebildeten Handwerker geheiratet, einen ungebildeten, nichtjüdischen Handwerker *aus den Südstaaten*. Was deine Eltern angeht, ist das schlimmer, als einen Araber zu heiraten.«

»O Mann, du hast wirklich keine Ahnung.« Ich stand auf und ging auf meine Seite, ließ mich ins Bett fallen und zog ihm die Decke weg, um mich zuzudecken. »Du hast eine Hetero geheiratet, und deine Mutter hasst mich deswegen nicht.«

Das war gut. Eins zu null für Lee.

Henry fing an zu lachen. Ich wusste nicht, was so komisch war, deswegen hielt ich den Mund. Als er merkte, dass ich nicht lachte, schlug er sich mit der Hand an die Stirn und starrte zur Decke. Brütend.

Ich sage es nicht gern, aber meine Familie schüchtert Henry ein. Sie mögen ihn wirklich, doch er sieht das nicht so. Er kommt nicht darüber hinweg, dass mein Vater Physiker ist, meine Mutter Börsenmaklerin, mein einer Bruder Psychologe und der andere Kardiologe ist. Und er ist nur ein vaterloser Klempner aus dem Süden, der zusammen mit seiner Mutter ein Geschäft hat. Es stimmt, ich habe mehr Geld als Henry, aber nicht, weil ich es verdiene. Mein Spezialgebiet ist die frühkindliche Entwicklung, ein Frauenberuf, das heißt, kein Status und kein Geld. Zufällig komme ich gut zurecht, weil meine Mutter mir rät, welche Aktien ich kaufen soll, und sie sich selten irrt. Leider muss ich hinzufügen, dass das auch ein wunder Punkt bei Henry ist. Er macht es mir nicht zum Vorwurf, sondern sich selbst, und dann wird er immer ganz still und schlecht gelaunt. Und unsere Schwierigkeiten, ein Kind zu bekommen, machen es auch nicht besser, das können Sie mir glauben.

Ich berührte seinen Knöchel mit dem Fuß, dann hielt ich still und tat so, als wäre es aus Versehen geschehen. Er zieht jeden Abend vor dem Zubettgehen saubere Boxershorts und ein frisches T-Shirt an. Ich liebe den Duft nach Weichspüler und den frischen, luftigen Geruch, wenn die Wäsche aus dem Trockner kommt. Dabei komme ich immer in Stimmung.

Aber unser Liebesleben ist so kompliziert geworden. Es hat schon fast nichts mehr mit Lust zu tun, es geht nur noch um Temperaturkurven und fruchtbare Tage. Früh aufstehen, in einen Becher pinkeln und einen Test machen. Ich weiß alles über Lh – Gelbkörperhormon – im Urin. Ich habe im Bad drei verschiedene Sets zur Vorhersage des Eisprungs. Wir dankten Gott, als sich herausstellte, dass Henry eine Varicozele hat – eine Krampfader am Skrotum; dadurch erhöht sich die Temperatur in den Hoden, und es ist der häufigste Grund für männliche Unfruchtbarkeit. Also ließ er sich operieren, und wir fingen von vorne an. Nichts. Jetzt sind wir wieder bei der Basaltemperatur, den fruchtbaren Tagen und kleinen rosa Teststäbchen, die sich blau färben. Dann muss man miteinander schlafen, ob man will oder nicht.

Wieder bewegte ich meinen Fuß ein wenig über den Flaum an seiner Wade. Für mich war es ein guter Zeitpunkt, von den Hormonen her gesehen. Aber das wusste er – ich hatte es ihm am Morgen gesagt. Wenn ich jetzt den Anfang machte, dachte er bestimmt, es war wegen des Eisprungs. Und so war es auch. Wenigstens zum Teil.

O Gott, was geschieht mit uns? Manchmal kann Henry nicht. Nicht oft – es ist erst zweimal passiert. Daran ist ganz offensichtlich der Stress schuld, das wissen wir beide. Beim zweiten Mal sagte er: »Ich war noch nie in meinem Leben impotent«, und ich sagte: »Ich bin genauso impotent, nur dass man es nicht sieht!« Das hat uns ein bisschen geholfen. Seitdem ist es nicht mehr passiert.

Ich möchte so gerne ein Kind. Ich bin blockiert, mein Leben steckt in einer Sackgasse, solange ich dieses Problem nicht gelöst habe. Ich weiß, dass das ungerecht ist, besonders Henry gegenüber, aber ich weiß nicht, was ich dagegen tun soll. Ich weiß einfach nicht, wie ich aus diesem Teufelskreis von ständigen Versuchen und Fehlschlägen herauskommen soll.

Ich seufzte und schaltete das Licht aus. Vor dem Einschlafen küssen wir uns immer. Manchmal führt das zu mehr, aber normalerweise ist es einfach nur ein süßer Gutenachtkuß. Wir tasteten im Dunkeln nacheinander, und schließlich fanden sich unsere Lippen.

»Gute Nacht.«

»Gute Nacht.«

Ich wollte mich wieder auf meine Seite drehen, aber Henry ließ meine Hand nicht los und zog mich an sich, halb auf seine Brust. Er hat einen sehr kräftigen Brustkorb. Zum Schlafen ist es unbequem – ich habe es versucht, es ist wie ein zu dickes Kissen. Ich sagte: »Schatz …«

Aber er fasste mich um die Hüften und zog mich ganz auf sich. »Hey, ich habe nachgedacht.«

Das klang schon besser. Ich streckte mich aus, machte es mir bequem. »Worüber?«

Er ließ seine großen Hände in meine Schlafanzughose gleiten. »Darüber, ob du mich vielleicht verführen willst.«

Ich gähnte. »Vielleicht, aber ich bin ziemlich müde.«

Er versuchte, mir in der Dunkelheit ins Gesicht zu sehen. Ich mache selten Witze – er wusste nicht, ob ich ihn auf den Arm nahm oder nicht. »Wirklich?«

»Nein, eigentlich nicht.« Ich schlang meine Arme um seinen Hals.

Und dann liebten wir uns. Und es war gut, es ist immer gut, aber im kritischen Moment konnte ich nicht kommen. Ich glaube nicht, dass Henry es merkte. Ich wollte ja, aber ich war zu abgelenkt. Ich dachte die ganze Zeit nur: *Diesmal wird es klappen. Bestimmt. Diesmal klappt es.*

9

ISABEL

Gestern Abend hat Kirby mich geküsst. Es kam genauso überraschend, als hätte er eine Pistole gezogen und auf mich geschossen. Ich dachte, er wäre schwul.

Seit Monaten lebe ich in dieser Vorstellung, und jetzt muss ich erkennen, dass sich meine Vermutung nur auf sehr wenig stützte, eigentlich auf gar nichts. Ich habe ihn nie ausgehen sehen, und er hat nie über Frauen gesprochen – das war das eine. Er ist Schauspieler – das war das andere. (Ich schäme mich zutiefst – ehrlich –; ich verabscheue Vorurteile.) Er hat so etwas Mönchhaftes, so etwas Nachdenkliches. Er ist ein ruhiger, sehr freundlicher, ausgesprochen sanfter Mann, der lieber mir zuhört, als über sich selbst spricht.

Was hätte ich also sonst denken sollen?

Wir gingen zu Fuß nach Hause, nach einem Theaterstück im Church Basement Theater in der Siebzehnten Straße, einer experimentellen Produktion eines jüngeren Autors, in dem Kirby einen stummen Kassierer an der Autobahn spielt. Ich hatte kein Wort von dem Stück verstanden, und er versuchte, es mir sehr schüchtern und taktvoll zu erklären. Es hatte gerade angefangen zu schneien, der erste Schnee, und wir waren stehen geblieben, um zuzusehen, wie die dicken, nassen Flocken im Licht der Straßenlaterne herumwirbelten. Wir hatten uns noch nie berührt, nicht einmal an den Händen gefasst. Trotzdem war es ganz natürlich für mich, meinen Kopf an seine Schulter zu lehnen, nur ganz leicht, und zu sagen: »Ist das nicht schön?« Er sah mir in die Augen, wie im Film, und wiederholte: »Schön.« Und er berührte mein Gesicht mit seinen behandschuhten Fingerspitzen.

Er küsste mich auf den Hals. Ich starrte ihn nur an, völlig perplex und plötzlich ganz schüchtern, und suchte nach einer Erklärung für diese verwirrende Wendung der Dinge. Ich dachte: *Aber du bist doch schwul*! Dann küsste er mich auf den Mund, und da wusste ich, dass er es nicht ist. Es war, als entdecke man, dass jemand, den man glaubte zu kennen, sich die ganze Zeit verkleidet hat. Genauso – als fände man heraus, dass die Freundin in Wirklichkeit ein Mann ist.

Er ließ mich los und lächelte mich an, aber ich konnte sein Lächeln nicht erwidern, ich brachte kein Wort heraus. Ich war sprachlos. Nach einer Weile wurde ihm mein Schweigen peinlich. »Es tut mir Leid«, sagte er, »Isabel, es tut mir wirklich Leid.«

»Schon gut«, sagte ich mechanisch. Bedeutungslos. Wir gingen langsam weiter. Er fuhr fort, mir das Stück zu erklären, aber natürlich war die Situation jetzt schrecklich unangenehm. Und ich konnte nichts dagegen tun – ich war viel zu beschäftigt damit, alles, was ich über ihn gedacht hatte, neu zu ordnen. Wir wohnen in demselben Haus, mitten in dem lauten Viertel Adams-Morgan. Sein Apartment im dritten Stock liegt direkt über meinem. Er ist ein ruhiger Nachbar, doch die Wände und Fußböden sind so dünn, dass ich ihn immer mit fast schon beunruhigender Deutlichkeit hören kann; ich weiß zum Beispiel, in welchem Zimmer er ist, und oft genug weiß ich, was er gerade tut. Ich fürchte, dass er mich beinahe genauso gut hören kann – als wir das erste Mal miteinander sprachen, hatte er angerufen, um mich zu bitten, meine Stereoanlage *lauter* zu drehen, damit er sich nicht so anstrengen muss, die »Appassionata« zu hören. Seine tiefe, kultivierte Stimme beeindruckte mich, obwohl ich im ersten Augenblick dachte, er meinte es ironisch. Noch ein Vorurteil.

Als wir uns am nächsten Tag kennen lernten, sprach nichts für, aber auch nichts gegen diesen Eindruck, dass er homosexuell war, der langsam, aber sicher in mir wuchs, je länger ich ihn kannte. Er ist groß, dünn wie eine Bohnenstange, und beinahe völlig kahl. Er sieht die Menschen durchdringend an, und wenn seine Augen nicht so einen gutmütigen, warmen Braunton hätten, wäre sein Blick stechend. Seine Nase ist wie eine Rasierklinge, scharf und spitz, aber seine Lippen sind weich. Überraschend weich. Wie ich jetzt entdeckt habe. Er sieht unterernährt aus, aber in Wirklichkeit ist er sehr kräftig – das weiß ich, weil er so oft schon Möbel für mich geschleppt hat und Dinge im Haushalt für mich repariert hat, seit wir befreundet sind. Die Musik, über die wir uns kennen gelernt haben, ist immer noch unsere stärkste Verbindung. Wir gehen gerne zusammen in Konzerte, und jetzt wundern wir uns, dass wir uns nicht schon früher kennen gelernt oder wenigstens bemerkt haben, denn wir sitzen beide immer auf den billigsten Plätzen im Kennedy Center und den anderen Konzertsälen.

Gestern Abend, nach unserem weniger angenehmen Spaziergang im Schnee, brachte Kirby mich noch bis zu meiner Tür; das tut er immer, um mir gute Nacht zu sagen. Aber diesmal war es natürlich anders.

»Möchtest du noch hereinkommen?« fragte ich.

»Nein, ich gehe lieber nach oben. Es ist schon spät. Danke.«

Beinahe ließ ich ihn gehen, aber dann brachte ich es nicht übers Herz. Irgendwas musste ich sagen. So zu tun, als wäre nichts geschehen, wäre eine Beleidigung für ihn und feige von mir. Aber vielleicht maß ich dem Ganzen auch zu viel Bedeutung bei. Wenn sein Kuss nun ganz spontan gewesen war, eine freundschaftliche Geste, sonst nichts? Nein, es bedeutete mehr für ihn, dessen war ich mir sicher.

»Mein Leben verändert sich, Kirby. Ich verändere mich. So schnell, dass ich es selbst kaum mitbekomme. Ich bin im Moment nur mit mir selbst beschäftigt. Es ist einfach nicht der richtige Zeitpunkt für mich, um eine – eine Liebesbeziehung einzugehen. Ich bin zu egoistisch, zu sehr in mir gefangen, um einem anderen Menschen gerecht zu werden. Unsere Freundschaft ist mir so wichtig, ich will nicht, dass sich das ändert. Ich mag dich sehr gern. Bitte versteh das.«

Ich sagte noch mehr, ich weiß nicht mehr, was alles, und er hörte die ganze Zeit aufmerksam und höflich zu, den Körper leicht vorgeneigt, den Kopf ein wenig schief gelegt. Er ist wirklich ein wunderbarer Zuhörer.

Endlich hörte ich auf zu reden. Ich kam mir dumm vor und war unzufrieden, und vor allem hatte ich das Gefühl, dass mir irgend etwas entging.

Mit leiser, kontrollierter Stimme sagte er: »Isabel, das Letzte, was ich will, ist, dass du dich aufregst. Ich wusste nicht, dass es so überraschend für dich kommt. Es ist nämlich so, dass ich dich schon sehr lange küssen will.«

Vielleicht bin ich rot geworden. Ich erwiderte: »Davon hatte ich keine Ahnung.«

Er runzelte die Stirn, als würde ihn das erstaunen. Was auch immer zwischen uns geschieht, niemals kann ich ihm erzählen, was ich über ihn gedacht habe. Schon jetzt ist es für mich unfassbar, dass ich noch gestern glaubte, er sei schwul.

Er steckte eine Hand in die Manteltasche und sah auf seine Füße. »Denk drüber nach. Lass den Schock abklingen. Dann ...« Er machte eine beiläufige, hoffnungsvolle Handbewegung und warf mir einen scheuen Blick zu.

»Ich kann ehrlich sagen, dass ich heute Abend an nichts anderes denken werde.«

»Da bist du nicht die einzige.«

Ein guter Abgang. Er machte eine kleine Verbeugung, murmelte »gute Nacht« und ging. Und genau zum richtigen Zeitpunkt. Das muss die Theatererfahrung sein. In der Beziehung ist er das Gegenteil von Gary – Gary erwischte immer den falschen Zeitpunkt. Aber eigentlich ist er in allem das Gegenteil von Gary.

Ich hielt Wort und dachte ausführlich über ihn nach. Möglicherweise ist es jetzt Zeit für mich, jemanden zu finden. Ich habe mich vor vier Jahren von Gary scheiden lassen, und seit Richard Smith hat es niemanden mehr gegeben. »Der mit dem passenden Namen Dick«, sagte Emma immer. Ich versuche, nie an ihn zu denken; zu viele schlechte Erinnerungen sind mit ihm verknüpft. Anderthalb Jahre nach der Scheidung, drei Monate nachdem die Beziehung zwischen Richard und mir angefangen hatte – er war mein Dozent an der Uni –, entdeckte ich den Knoten in meiner Brust. Oder besser gesagt, Richard entdeckte ihn, als er im Kino anfing, herumzufummeln. »Was ist das?« flüsterte er mitten in einer rührenden Szene von »Sinn und Sinnlichkeit«.

Ich wusste genau, was es war. Tatsächlich lief in derselben Sekunde alles, was passieren würde, vor meinem inneren Auge ab, einschließlich meinem Tod. Zum Glück hatte ich nur zur Hälfte Recht. Aber das reichte Dick. Er blieb bis nach der Operation, aber danach »sah er keine Zukunft für uns«. Ich war ihm nicht böse – das überließ ich Emma. Was würde ich nur ohne sie tun? Meine Stellvertreterin für all meinen Groll auf die Männer.

Aber Richard war zwei Jahre her, und seitdem hat es niemanden gegeben. Mir hat nichts gefehlt. Ich bin entzückt darüber, wie angenehm es ist, allein zu leben. Ich liebe mein enges Apartment. Ich habe es pfirsichgelb, weiß und meergrün gestrichen, den rostroten Teppichboden herausgerissen und die zerkratzten Dielen freigelegt. In meinem Haus in Chevy Chase gab es zu viele Möbel. Gary kann sie alle behalten. Ich habe meine Bücherregale und meinen Schaukelstuhl. Ein altes Sofa, ein paar wackelige Stehlampen, und für meine Freundinnen habe ich ein paar riesige Kissen, auf denen sie sitzen können, wenn sie mich besuchen kommen. Ich habe Geschirr und Besteck für acht Personen, das reicht. Ich habe heisere, ruhige und exzentrische Nachbarn. Meine Vermieterin, Mrs. Skazafava, spricht kaum Englisch. Lee sagt, ich lebe wie ein Hippie, wahrscheinlich tue ich das auch – als ich jung war, habe ich diese Zeit verpasst. Ramakrishna sagt, unser Leben ist ein Kreislauf ohne Ordnung. Ich durchlaufe eine Phase, die meine Altersgenossen bereits vor dreißig Jahren durchgemacht haben. Macht nichts, es ist die Reise, die zählt.

Am nächsten Morgen saß ich an meinem Schreibtisch, träumte vor mich hin, streichelte Grace und starrte aus dem Fenster, anstatt mich auf mein Examen über Risikofamilien vorzubereiten, als ich hörte, wie die Tür von Kirbys Apartment auf- und wieder zuging. Ich höre es immer, und so habe ich ihn unbewusst und ungewollt unter Kontrolle. Bald darauf hörte ich Schritte im Flur und ein Klopfen an meiner Tür.

Grace hörte sofort auf zu bellen, als ich öffnete und sie Kirby sah. Er hatte seine Uniform an: Kordhosen und einen weiten Pullover. Und er hatte etwas in der Hand. »Sieh mal, was ich dir mitgebracht habe«, sagte er und hielt mir eine eingepackte CD entgegen. Es war Beethoven, das Tripelkonzert. »Möchtest du es hören?«

Also kochte ich Tee, wir setzten uns und hörten zusammen das Konzert an, und es war fast wie in alten Zeiten. Nur dass es nicht so war. Als das Konzert zu Ende war, entschied ich mich gegen Small talk und stellte ihm geradeheraus eine Frage. Ohne Umschweife.

»Warst du schon einmal verheiratet?«

»Ja.«

»Wirklich?« Ich versuchte meine Überraschung zu verbergen und spielte mit dem Teefilter. »Das hast du nie erwähnt.«

»Ich war neunzehn Jahre verheiratet. Ich hatte einen Sohn und eine Tochter.« Er löffelte Zucker in seine Tasse und trank einen Schluck. »Sie sind vor elf Jahren ums Leben gekommen. Alle drei, bei einem Unfall auf der Autobahn. Julie war zwölf, Tyler acht.«

»Das tut mir sehr Leid.« Warum klingt das nur immer so schwach, so herzzerreißend unangemessen? Man wünscht, man könnte es besser ausdrücken, aber es gibt keine Worte dafür. Doch Kirby sagte: »Danke«, als meinte er es wirklich, und das traurige kleine Ritual war vorüber.

»Elf Jahre«, sagte er nach einer Pause. »Das ist eine lange Zeit, wenn man allein ist. Am Anfang war es gut für mich. Jetzt ist es das nicht mehr.« Und er sah mich ganz offen über den Rand seiner Tasse hinweg an.

Ich stand auf, ging zur Stereoanlage, nahm seine CD heraus und legte sie zurück in die Hülle. Suchend fuhr ich mit dem Finger über meine CDs, um etwas zu finden, das zu dem, was ich ihm nun sagen wollte, passen würde. Es war nichts dabei.

»Kirby …« Ich lehnte mich an die Fensterbank. »Du weißt, dass ich Brustkrebs habe.« Er wusste es – ich habe es ihm schon vor Monaten gesagt. Es ist kein Geheimnis, aber ich gehe natürlich auch nicht damit hausieren. Aber Kirby habe ich es erzählt. Nur die Fakten, keine Details. »Ich dachte, dass … du vielleicht glaubst, man hat nur den Tumor entfernt. Oder dass sie die Brust wieder aufgebaut haben. Aber so ist es nicht, ich habe einfach – nichts. Hier.« Ich deutete auf die Stelle. »Ich trage eine Prothese in meinem BH.«

Außer den Ärzten hat noch nie jemand meine nackte, asymmetrische Brust gesehen. In letzter Zeit ist es mir nicht schwer gefallen, mich mit dem Gedanken anzufreunden, dass es auch so bleiben würde. Und deshalb hatte ich mir auch gar nicht mehr ausgemalt, dass ich diese unangenehme Unterhaltung mit einem zukünftigen Liebhaber führen muss.

Kirby entwirrte seine langen Beine, erhob sich vom Fußboden und stellte sich vor mich. Ich kreuzte die Arme vor der Brust. Sein schmales Gesicht sah streng und ein bisschen ungeduldig aus. »Das macht mir überhaupt nichts aus. Es ist mir völlig egal. Interessiert mich nicht im geringsten.«

»Gut«, sagte ich und glaubte ihm.

»Isabel, ich bin dabei, mich in dich zu verlieben.«

Schockiert wich ich zurück. *Das* glaubte ich nicht.

Ich hatte kein Interesse daran, mich in irgend jemanden zu verlieben. Das habe ich hinter mir. Jetzt bin ich zu alt dafür, zu egoistisch. Ich will mich auf mich konzentrieren, nicht auf jemanden, der sich in mich *verliebt*.

»Oh, Kirby, ich wünschte, du hättest das nicht gesagt.«

Er drehte sich um, und es war eine Riesenerleichterung für mich, dass er nicht traurig, wütend oder verlegen war. Er machte ein nachdenkliches Gesicht. Er lächelte. »Dann wünsche ich mir auch, dass ich es nicht gesagt hätte.« Er holte etwas aus der Tasche und hielt es mir hin. Ein Ring – ich erschrak. »Ich habe ein paar Dichtungen zum Ausprobieren mitgebracht«, sagte er sanft.

»Du hast … was?«

»Der Wasserhahn in der Küche. Er tropft doch immer noch, oder?«

Ich nickte benommen.

»Ich schaue mal nach, ob ich ihn reparieren kann.« Er ging in die Küche und begann, dort herumzuwerkeln.

Ich sank, dort wo ich stand, auf den Boden. Grace raffte sich von ihrem Platz an der Heizung auf, trottete zu mir und ließ sich neben mir nieder. Grace liebt Kirby, dachte ich versonnen, und streichelte ihre weiche, graue Schnauze. Sonst konnte ich im Moment keinen zusammenhängenden Gedanken fassen.

Am Dienstag war mein letzter Termin für eine Nachuntersuchung, die bis jetzt alle sechs Monate stattgefunden hatte. Danach – vorausgesetzt, alles war in Ordnung – musste ich nur noch einmal im Jahr zu meinem Onkologen. Wieder ein Meilenstein im Kampf gegen den Brustkrebs geschafft. Während ich Grace streichelte und ins Leere starrte, fasste ich einen Entschluss. Wenn alles in Ordnung war, keine Metastasen, keine neuen Knoten, keine verdächtigen Röntgenbilder – und ich war mir sicher, dass da nichts sein würde –, dann würde ich über die Möglichkeit einer Beziehung mit Kirby nachdenken. *Nachdenken*. Es einfach in Erwägung ziehen. Kein Druck, keine Termine, keine Verhandlungen. Ich würde es mir einfach durch den Kopf gehen lassen.

Inzwischen war es schön, hier mit Grace zu sitzen und zuzuhören, wie ein Mann mir zuliebe in meiner Küche klapperte und klopfte. Geheimnisvolle, männliche Geräusche. Tröstlich. Sie gaben mir das Gefühl, eine Frau zu sein. Ein Gefühl, das ich schon lange nicht mehr gehabt habe.

10

RUDY

Curtis findet, ich sollte mir keinen richtigen Job suchen, weil wir das Geld nicht brauchen. Er sagt, meine ehrenamtlichen Tätigkeiten (außer der Arbeit bei der Krisen-Hotline) helfen anderen, und ich bin zufrieden, jede Art von Bezahlung oder ein Ganztagsjob würde mich verrückt machen, mit dem Streß könnte ich nicht umgehen.

Ich weiß nicht. Sicher bin ich mir da nicht. Wahrscheinlich hat er Recht.

Aber wenn ich mir Lee ansehe: Sie hat einen Doktortitel, ist Leiterin einer städtischen Kindertagesstätte. Sie wusste immer, was sie wollte, und für sie war es nur eine Sache von logischen Schritten, das zu erreichen. Ich kann mir nicht einmal vorstellen, so verantwortungsbewusst oder vorausschauend zu sein. Und Isabel, die mit fünfzig wieder zur Uni geht und systematisch auf einen Abschluss hinarbeitet, der sie genau dorthin bringt, wo sie hin will. Woher wissen sie, was sie wollen? Sogar Emma weiß es, obwohl sie aufpasst, dass niemand von ihrem Geheimnis erfährt.

Sie hat Angst, genau wie ich. Doch sie hat Angst, weil sie stolz ist, sie will sich nicht lächerlich machen. Meine Angst kommt von meiner Unfähigkeit.

Ich habe versucht, ihr das zu erklären, als wir gestern Abend nach dem Kino nach Hause fuhren, aber ich konnte es nicht. Curtis ist der Einzige, der das wirklich versteht. Emma und ich haben uns beinahe gestritten. Ich hielt vor ihrem Haus und wünschte, wir hätten etwas getrunken, statt nach dem Kino Eis essen zu gehen, dann hätte ich besser argumentieren können.

Sie sah mich an, eine Hand am Türgriff, mit der anderen drückte sie die Zigarette im Aschenbecher aus. Bei schlechtem Wetter trägt sie eine schwarze Baskenmütze, die sie tief in die Stirn zieht, fast bis über die Augenbrauen, und ihr wildes, rotes Haar schießt wie Flammen überall hervor. »Rudy, du bist eine Künstlerin. Du bist unglaublich begabt, du könntest alles machen, was du willst, aber es ist, als ob du erstarrt bist oder so etwas. Du steckst fest, und ich kann mir ziemlich gut vorstellen, was dich zurückhält.«

Feigheit. Unfähigkeit. Trägheit. Ich hatte das Gefühl, ich müsste mich verteidigen, aber ich wollte nicht streiten. Und Emma ihre eigenen Ängste ins Gesicht zu schleudern, würde sie nur verletzen.

»Ich *tue* etwas. Vielleicht schicke ich ein paar Abzüge an einen Fotowettbewerb. Ach ja, und man hat mich aufgefordert, nächstes Jahr einen Töpferkurs an der Freien Schule zu geben.«

»Einen Töpferkurs? Aber du töpferst doch gar nicht mehr.«

Noch so ein wunder Punkt. Emma gibt Curtis die Schuld daran, dass ich meine Töpferscheibe verkauft hatte. Sie stand im Keller, und es stimmt, seine Fitnessgeräte brauchten immer mehr Platz, aber das ist nicht der wahre Grund, warum ich aufgehört habe zu töpfern. Es nahm viel Zeit in Anspruch, und Curtis sagte – und irgendwann stimmte ich ihm zu –, wenn ich es nicht ganz machte, eine Karriere als Keramikerin anstrebte, wozu dann das Ganze?

»Ich töpfere zwar nicht aktiv«, erklärte ich Emma, »aber ich kann immer noch Anfänger unterrichten. Wie dem auch sei – ich arbeite an einigen Projekten; ich erzähle dir nur nicht gleich alles.«

»Ja, gut, ich weiß, dass du das tust.« Sie machte einen Rückzieher, sie wusste, dass sie mich mit ihrer Direktheit verletzt hatte. »Tut mir Leid, wenn ich mich wie deine Mutter benommen habe. Na ja, nicht wie deine Mutter, wie eine normale Mutter eben.«

»Allerdings nicht wie meine Mutter.« Ich lachte, damit sie auch lachte, und dann war alles wieder in Ordnung. Aber als sie mich fragte, ob ich noch mit hineinkommen wollte, lehnte ich lieber ab. Obwohl wir uns in letzter Sekunde wieder vertragen hatten, merkte ich, dass Emma gereizt war, und ich hatte Angst, dass sie wieder anfangen würde, wenn ich blieb.

»Nacht«, sagte sie und gab mir einen leichten Klaps auf die Schulter – sie ist keine Freundin von Umarmungen. Ich wartete, während sie im Regen auf ihre Veranda rannte. Als sie drinnen war, machte sie das Verandalicht einmal an und aus – unser Zeichen, dass wir in Sicherheit sind und kein Frauenschänder im Gebüsch lauert –, und ich hupte und fuhr weiter.

Auf der Fahrt wurde aus dem Regen ein Graupelschauer, und da war ich froh, dass wir den Abend nicht mit ein paar Drinks hatten ausklingen lassen. Und als ich zu Hause war und sah, dass im Erdgeschoss alle Lichter brannten, war ich erst recht froh.

Zum Glück bin ich nüchtern, sagte ich mir dankbar und fuhr um den Block auf der Suche nach einem freien Parkplatz. Curtis war einen Tag früher aus Atlanta zurückgekommen, und eigentlich hätte ich da sein sollen. Er hasst es, in ein leeres Haus zu kommen.

Ich dachte an Erics Lektion über grundloses Schuldbewusstsein – ich soll mich genau fragen, was ich falsch gemacht habe, und die Antwort wird fast immer »nichts« sein, sagt er. Na ja, vielleicht, aber ich fühle mich nie unschuldig. Da ist immer diese innere Stimme, besonders bei Curtis, die mir vorschreibt, dass ich mehr tun sollte, tun könnte, es besser machen müsste.

»Curtis?«

Er hatte das Licht angelassen, aber unten war er nicht. Ich lief nach oben und zog im Gehen meinen Mantel aus. Er war nicht im Schlafzimmer, auch nicht im Bad. »Curtis?«

Ich hörte ein Geräusch aus seinem dunklen Arbeitszimmer. Ich ging hinein, aber er drehte sich nicht um; er saß zusammengesunken in seinem Schreibtischstuhl und starrte auf den schwarzen Computerbildschirm. »Curtis?«

Er trug immer noch seinen Anzug. Ich berührte ihn an der Schulter. Als er sich nicht bewegte, ließ ich meine Hand in seinen Nacken gleiten und spürte, wie sich die Sehnen spannten. »Was machst du hier, Baby? So allein im Dunkeln.« Sein Haaransatz bildet im Nacken ein perfektes kleines V. Er hasst es; alle zwei Wochen lässt er es sich bei seinem teuren Friseur in Capitol Hill ausrasieren, aber es geht nie ganz weg. Früher habe ich gerne damit gespielt, aber jetzt lässt er mich nicht mehr. Es ärgert ihn.

»Wo warst du?« fragte er in seinem langsamen, zähen, übertriebenen Südstaatenakzent.

»Ich dachte, du kommst erst morgen wieder.«

Er wartete auf die richtige Antwort.

»Ich war nur im Kino.«

»Allein?«

»Nein, mit Emma. Sie wollte diesen französischen Film sehen, eine Liebesgeschichte, ich habe den Titel vergessen. Ihr hat er gefallen, aber ich fand ihn dumm.« Das war nicht ganz die Wahrheit. »Die Untertitel konnte man kaum lesen«, fügte ich hinzu.

Um deutlicher zu machen, dass es mir eigentlich keinen Spaß gemacht hatte.

Ich schob meine Finger unter seinen Jackettkragen und begann, ihn sanft und langsam zu massieren. Ich konnte sein Rasierwasser und das mit Moschus parfümierte Gel, das er für seine Haare benutzte riechen, es duftete immer noch frisch, nach einem langen Tag. Ganz langsam beugte er ein wenig den Kopf, und ich spürte, wie er sich zu entspannen begann. »Wie war es in Atlanta?« fragte ich.

Ein Fehler. Ich hätte nicht fragen sollen, noch nicht. Wieder spannte er alle Muskeln an. »Ein Desaster.«

Warum fühlte ich mich verantwortlich? Was in Atlanta passiert war, hatte nichts mit mir zu tun, und trotzdem klangen seine Worte für mich wie eine Anklage.

Ich wartete, doch als er es nicht weiter erklärte, fragte ich: »Was ist geschehen?«

»Morris.«

»Oh, nein.« Ich versuchte, ein verächtliches und zugleich mitleidiges Geräusch zu machen, und massierte weiter seine Schultern. Frank Morris ist Curtis' Feind. Er hat viel weniger Erfahrung, aber er ist scharf auf Curtis' Job und versucht immer, Curtis vor dem Abgeordneten schlecht zu machen. »Was hat er getan?«

Keine Antwort.

»Sag, was hat Morris getan?«

»Was kümmert dich das?«

Ich spürte, wie die Schuldgefühle wie dicker Nebel in mir waberten und mich in die Tiefe rissen.

Woher kam das? Warum? »Du weißt, dass es mich kümmert.« Was hatte ich getan? Irgendwas hatte ich falsch gemacht, aber was? Curtis wusste es, doch ich wagte nicht, ihn zu fragen.

Eine lange Minute verstrich, und mir wurde klar, dass er es mir nicht sagen würde. Das war die schlimmste Strafe – mich auszuschließen. Aber warum erkannte er nicht, dass er sich damit genauso bestrafte?

Ich legte die Arme um ihn und lehnte meine Wange gegen sein Ohr. »Baby«, flüsterte ich. Wenn ich ihn nur wärmen könnte, besänftigen. »Curtis, es ist …«

Er stand auf. Meine Hände fielen herunter. Ohne mich eines Blickes zu würdigen, ging er an mir vorbei und aus dem Zimmer.

Wir haben ein Ritual. Das hier war nur ein Teil davon, es würde vorbeigehen. Er schloss mich nicht wirklich aus. Niemand versteht, dass Curtis mich genauso braucht wie ich ihn. Manchmal sogar mehr. Aber er ist der Starke. Ohne ihn wäre ich verloren. Eric sagt nein, aber es stimmt.

Später brachte ich ihm ein Glas Kognak ans Bett.

»Ich will das nicht«, sagte er und wollte es nicht annehmen.

Ich nippte an dem Kognak und beobachtete ihn. Ich hatte sein Lieblingsnachthemd angezogen, schwarz und tief ausgeschnitten, aus weichem Satin. »Müde?«

Er zuckte die Achseln. Beinahe hätte er mich angelächelt.

»Deine Tage sind so schrecklich lang.« Ich stellte das Glas ab. Er ließ zu, dass ich ihm die Zeitschrift aus der Hand nahm und auf den Nachttisch legte. Eine Locke fiel ihm in die Stirn, er sah so jung aus, so jungenhaft, und ich dachte an die Zeit in Durham, als wir zusammengezogen sind. Die glücklichste Zeit meines Lebens. Damals fühlte ich mich sicher, und damals hat er mich wirklich geliebt.

»Morris ist ein richtiger Idiot«, sagte ich. »Ich konnte ihn noch nie leiden.« Curtis grunzte etwas. »Und er kriegt eine Glatze.« Er schnaubte, musste fast lachen und griff nach meiner Hand. Sein Lächeln bedeutete, dass er anfing, mir zu verzeihen.

»Ich werde da aufhören«, sagte er und zog an der schwarzen Schleife meines Nachthemds. »Ich tue mich mit Teeter und Jack zusammen.«

»Was machst du? Wirklich?« Er zog immer noch an der Schleife; ich musste seine Hände festhalten, damit er aufhörte. »Du willst kündigen?«

»Das habe ich heute Abend beschlossen.«

»Aber ...«

»Arschlöcher, Rudy, ich ertrage sie nicht mehr. Und das muss ich auch nicht.«

»Nein – nein, kündige nur. Du warst seit einer Ewigkeit nicht mehr zufrieden.« Was für eine Überraschung! Ich konnte es kaum glauben. Aber er war wirklich nicht glücklich in seinem Job gewesen; im Büro des Abgeordneten Wingert gab es so viele Intrigen, zu viel Heuchelei. Teeter Reese und Jack Birmingham waren alte Freunde aus dem Studium. Sie hatten zusammen eine Agentur für Lobbyismus gegründet und verdienten laut Curtis ein Schweinegeld. Vielleicht wäre das genau das richtige für ihn. Autorität konnte er nicht ertragen, aber wenn er Partner wäre, sein eigener Chef, kein Angestellter mehr, würde er sicher aufblühen. Und wahrscheinlich war es ein genauso gutes Sprungbrett in ein politisches Amt – Curtis' eigentliches Ziel. Es war einfach nur ein anderer Weg.

Er war dabei, mein Nachthemd von den Schultern zu streifen, und fing an, mich zu streicheln. »Wingert kann mich am Arsch lecken«, sagte er mit glänzenden Augen und weiß blitzenden Zähnen. »Morris auch. Von mir aus können sie sich gegenseitig am Arsch lecken.« Seine Obszönitäten schockierten mich – er flucht selten. Er zog mich zu sich herunter. Ich ließ zu, dass er mich sehr grob anfasste, aber das brauchte er jetzt, weil er in einer so seltsamen Stimmung war. Doch als er schließlich merkte, dass ich nicht bei der Sache war, nicht bereit war, hörte er auf. Seine Hände wurden sanfter, zärtlich.

Zärtlichkeit macht mich schwach, und er kennt mich so gut. Er weiß, dass ich so bin, wie er mich haben will, wenn er zärtlich zu mir ist. Er streichelte mir mit den Fingern sanft die Tränen aus dem Gesicht, murmelte: »Brave Rudy, das ist gut«, und drängte mit den Knien meine Beine auseinander. Ich wollte, dass er mich ganz ausfüllte, all die Leere in mir. Mich vervollständigte. Nie, niemals verliert er die Kontrolle über sich, aber er kann mich so erregen. Ich stöhnte sehnsüchtig, nannte ihn Baby, rief laut: »O Gott, ja«, so sehr wollte ich es. Er vergrub sein Gesicht in meinen Haaren. Dann hörte er plötzlich auf.

»Herrgott noch mal.«

Ich hielt still, entsetzt über seinen angewiderten Tonfall. »Was ist los?«

Er spitzte die Lippen, die von seinen Liebkosungen noch nass glänzten. »Was los ist? Ich werde es dir sagen. Du stinkst wie ein beschissener Aschenbecher.« Ich streckte die Hand nach ihm aus. Er schüttelte sie ab und drehte sich auf die Seite.

»Es tut mir Leid.« Meine Haut prickelte überall, ich fror. »Es tut mir Leid. Ich habe eigentlich aufgehört, aber Emma und ich, wir haben – sie hatte welche, und da habe ich eine im Auto mitgeraucht. Es tut mir Leid ...«

Ich zwang mich, nicht weiterzureden. Es ging sowieso nicht um das Rauchen.

»Ich hasse es, wenn du so bist«, flüsterte ich seinem Rücken zu. Ich berührte seine Hüfte mit einem Finger, aber er zog wütend an der Decke, und ich nahm meine Hand weg. »Curtis, *bitte.*«

Er würde nicht antworten, selbst wenn ich ihn auf Knien anflehte. Es ist leichter für mich, mich selbst zu hassen als ihn. Aber manchmal schafft er sogar das.

Ich stand auf und nahm zwei Aspirin gegen die Kopfschmerzen und zwei Nembutal für das Vergessen. Tiefer, traumloser Schlaf ist das einzige Mittel gegen diese Art von Schmerz. Zu schade, dass es nicht von allein funktioniert. Ich brauche eine Garantie.

Am nächsten Morgen rief meine Mutter an.

Ich hatte seit drei Monaten nicht mit ihr gesprochen. Das klingt wahrscheinlich wie eine lange Zeit, aber für uns ist es nichts Ungewöhnliches. Sie hörte sich grauenvoll an. Ich schloss die Augen und dachte, *Scheiße, Scheiße, Scheiße, sie trinkt wieder*.

»Rudelle? Es tut so gut, deine Stimme zu hören. Wie geht es dir, Schatz?«

»Danke, gut, Mutter. Stimmt irgendwas nicht?«

»August ist im Krankenhaus.«

»O nein. Was ist mit ihm? Mom?« Ein lautes Geräusch zwang mich, den Hörer vom Ohr wegzuhalten. »Bist du noch da?«

»Ich hab den Hörer fallen lassen.« Sie fing an zu weinen.

Ich nahm das Telefon aus dem Schlafzimmer mit in den Flur und rollte mich auf dem flauschigen Teppich zusammen.

»Bitte weine nicht, Mom, nicht weinen. Was ist mit August?« Mein Stiefvater wurde im September achtzig. Er ist sechzehn Jahre älter als meine Mutter.

»Sein Herz. Letzte Nacht. Ich habe Allen angerufen, aber er will nicht kommen. O Rudy, wenn du doch kommen könntest.«

»Mutter …«

»Ich trinke nicht. Ich habe keinen Tropfen angerührt.«

Vielleicht. Vielleicht auch nicht. »Hatte er einen Herzinfarkt?«

»Sie nennen es eine Attacke. Ich weiß nicht, was sie noch gesagt haben, ich kann ihnen nicht zuhören.«

»Aber – dann wird er wieder gesund?«

»Sie wollen ihn heute wieder entlassen.«

»Heute ...«

Ich machte die Augen auf. »Dann ist alles in Ordnung. Es war nur ein Warnschuß. Es kann nichts Ernstes sein, Mom, sonst würden sie ihn nicht heute nach Hause lassen.« Ich lag da und dachte, *sie hat Allen zuerst angerufen*, während sie sich die Nase putzte. Mein Bruder ist Alkoholiker, zweimal geschieden, drogensüchtig und arbeitslos, und meine Mutter hat ihn zuerst um Hilfe gebeten. Ich spürte, wie meine Kraft nachließ, die Spannung aus meinen Gesichtsmuskeln wich. Der Anfang meiner »Attacke«.

»Kannst du kommen? Es ist schon so lange her, Rudelle.«

»Ich glaube nicht, dass ich jetzt wegkann.«

»Du könntest Weihnachten kommen. Es ist so schön hier. Weißt du noch? Wie schön die Ferien waren? Du und Curtis. Es ist schon so lange her.«

»Wir können nicht, Mom. Curtis muss arbeiten.« Das war wahrscheinlich nicht mal gelogen. »Mutter, ich muss dich zurückrufen.«

»Rudelle ...«

»Ich habe einen anderen Anruf in der Leitung. Ich rufe dich wieder an.« Ich unterbrach die Verbindung und legte auf.

Früher war sie so schön. Ob sie es wohl immer noch ist? Ich habe sie seit fast fünf Jahren nicht gesehen, seit meiner Hochzeit. Vor meinen Freundinnen nenne ich sie Felicia, nicht »Mutter«, oder »meine Mom«, deshalb nennen sie sie auch so. »Wie geht es

Felicia und ihrem Playboy?« fragt Emma immer. Der achtzigjährige Playboy. August ist Schweizer; Mutter hat ihn in Genf kennen gelernt, ein Jahr bevor mein Vater sich umgebracht hat. Natürlich hatten sie ein Verhältnis. Mussten sie doch.

Ab und zu beschließt meine Mutter, dass sie mich sehen will. Sie ruft an und lamentiert, wie lange es schon her ist, wie wunderbar es wäre, wie sehr sie mich vermisst. Ich kann mich nicht dazu aufraffen, einen Besuch zu arrangieren. Eric findet, ich sollte es tun. Er glaubt, ich müsste mit meiner Mutter ein paar Punkte klären. Aber ich tue nichts in dieser Richtung. Ich kann nicht.

Im Geiste versuchte ich mir vorzustellen, was ich hier für ein Bild abgab, zusammengerollt wie ein Ball auf dem Fußboden im Flur. Eric hat mir das beigebracht – ich soll in mich hineinsehen, mir vor Augen führen, wie ich aussehe, wenn ich glaube, dass mir schlecht wird. Manchmal funktioniert es. Bringt mich dazu, etwas zu tun.

Ich stand auf und wollte ins Bad gehen. Ich schaffte es bis zur Tür, aber sobald ich das Licht anknipste, erstarrte ich, den Fuß halb in der Luft, Zentimeter über den weißen Fliesen. Hör auf, dachte ich panisch, doch ich konnte nicht hineingehen. Meine Hände hatte ich unter Kontrolle – ich machte das Licht wieder aus. Und dann gelang es mir, rückwärts zurück in den Flur zu gehen. Rückwärts lief ich bis ins Schlafzimmer und setzte mich auf die Bettkante.

Das Telefon lag immer noch in meiner Hand. Ich drückte die Memorytaste und die Nummer zwei.

Die Sekretärin in Wingerts Büro sagte, Curtis sei bei einer Besprechung. Sollte sie ihm etwas ausrichten? »Nein, danke.« Schnell legte ich auf und wählte eine andere Nummer.

Emmas Stimme vom Anrufbeantworter beruhigte mich. Ich sah sie so deutlich vor mir, wie sie versuchte, nicht zu lachen, während sie ihre witzige Ansage aufnahm. Als ich auf die Maschine sprach, klang meine Stimme fast normal.

»Hallo, ich bin's. Ich hatte gehofft, dass du zu Hause bist. Wahrscheinlich bist du arbeiten. Es ist nichts … nichts Besonderes.« Jetzt musste ich flüstern: »Tschüs«, weil ich plötzlich anfing zu weinen.

Rudy, Rudy, Rudelle. Wie ich diesen Namen hasse. Er soll deutsch sein und »die Berühmte« bedeuten. Ich bin in Deutschland geboren. Meinen Eltern gefiel Europa besser als Amerika. Schon als Kind habe ich mich selber Rudi getauft. Bis meine Mutter August heiratete, hieß ich Rudi O'Neill. Dann musste ich seinen Namen annehmen, Lacretelle. Rudelle Lacretelle. Auf dem College nahm ich den Namen meiner Mutter, Surratt, an und änderte Rudi zu Rudy. Rudy Surratt. Das gefiel mir. Damit fühlte ich mich wohl. Aber als ich Curtis heiratete, bat er mich, seinen Namen anzunehmen, und jetzt heiße ich Rudy Lloyd. Emma liebt es, meinen Namen laut zu sagen. Sie sagt Ruudy, mit einem langen u, hoch und weich, es klingt wie eine Melodie. Ohne einen bestimmten Grund – wenn wir zum Beispiel irgendwo hinfahren – fängt sie manchmal einfach an, meinen Namen zu singen.

Ich stand auf und wählte wieder. Memorytaste und Nummer eins. Erics Maschine antwortete, aber mitten in meiner Nachricht hob er ab und sagte hallo. »Kann ich Sie heute sehen?«

»Rudy? Ist etwas passiert?«

»Nein, eigentlich nicht. Eric, kann ich kommen? Ja – es ist etwas passiert, aber ich weiß nicht, was.

»Passt es Ihnen um vier?«

»Danke. Danke, Eric. Vielen Dank.«

»Die ersten zwei Jahre nach dem Tod meines Vaters waren die schlimmsten. Aus irgendeinem Grund lebten wir in Österreich, in einem Skigebiet in den Bergen. Habe ich Ihnen das erzählt? Mein Bruder wohnte auch bei uns, weil er aus der Schule in Rhode Island geflogen war. Claire und ich gingen auf eine Klosterschule im Dorf. August lebte die meiste Zeit bei uns, aber er war noch nicht mit meiner Mutter verheiratet. Wir wohnten in einem Hotel. Das habe ich Ihnen doch schon erzählt, oder?«

»Das macht nichts.«

»Sie kennen die Geschichte. Mit meiner Mutter. Wie ich sie gefunden habe.«

»Erzählen Sie es mir noch einmal.«

»Ich bin, ich habe – also gut. Es war im Sommer, ich war zwölf und Claire vierzehn. Allen, mein Bruder, ging jeden Tag weg, wir wussten nicht, wohin. Spazieren, sagte er. Meine Mutter konnte ihn nicht überreden, zu Hause zu bleiben. Aber sie konnte sowieso nichts tun. Nein, nicht ganz – sie konnte trinken und schlafen, und wenn sie die richtigen Pillen nahm, konnte sie so liebevoll und so sagenhaft süß sein. Ich habe sie so geliebt, Eric, nie wieder habe ich so gelitten. Wegen niemandem. Seit diesem Sommer nicht mehr. Ich glaube... seitdem bin ich irgendwie wie erstarrt.«

Ich hörte auf zu sprechen und schloss die Augen. Eric sagte nichts, wartete, dass ich weiterredete. Wie ein alter Film lief die Szene vor meinem inneren Auge ab, in Schwarzweiß, bis auf das Blut.

»Meine Schwester und ich haben sie zusammen gefunden. Wir dachten, sie sei tot. Nackt auf den weißen Fliesen, die Badewanne voller Blut. *Hol Hilfe, hol einen Arzt*! schrie ich Claire immer wieder an. Aber ich hätte es an ihrem Gesicht sehen müssen, es war so ausdruckslos, sie lächelte vage, als würde sie gleich einschlafen. Sie ging einfach hinaus. Irgendwelche Leute haben sie später gefunden und am nächsten Tag zurückgebracht. Sie ist Fahrrad gefahren, haben sie gesagt.«

»Rudy«, sagte Eric.

»Es geht mir gut. Das habe ich Ihnen noch nicht erzählt, oder? Dass ich bei ihr blieb, nur ich, stundenlang? Sie war beinahe so weiß wie die Fliesen. Und kalt, sie fühlte sich an wie Gummi. Ich dachte, wenn ich sie loslasse, stirbt sie. Sie hatte einen Bluterguss im Gesicht, da, wo sie sich beim Sturz verletzt hatte, aber – das Blut, es sah aus wie rote Münzen auf dem Boden –, das Blut – es war Menstruationsblut. Denn sie hatte Pillen genommen. Pillen und Wodka. Wusste sie es denn nicht? Ah, woher sollte sie wissen, wer sie finden würde! Ihre kleinen Mädchen, ihre Babys. O Mutter. Ich hielt sie die ganze Zeit fest, dachte, jetzt haben wir die Rollen getauscht, Mutter und Kind, mein Kind starb, und ich konnte es nicht verhindern, konnte sie nicht aufhalten.«

Ich schluckte, das Blut pochte in meinem Kopf – Eric nahm meine Hände und drückte fest, ganz fest, und ich hörte auf zu schluchzen. »Es geht mir gut, wirklich. Es geht mir gut.«

Als ich mich beruhigt hatte, erzählte ich ihm von dem Anruf meiner Mutter am Morgen. »Deshalb ist alles wiedergekommen. Merkwürdig, Jahre vergehen, und man glaubt, es ist vorbei, aber das ist es nicht. Geht es jemals vorbei?«

»Ich glaube nicht.«

»Nein, ich wusste es«, sagte ich.

»Doch es muss nicht mehr so wehtun.«

»Wie hört es auf, wehzutun? Nicht mit der Zeit. Es ist jetzt dreißig Jahre her. Dreißig Jahre, Eric.«

»Ja.«

Ich lächelte ihn an, er sollte glauben, ich machte Spaß. »Wird es mir jemals gut gehen?«

Ich erwartete keine Antwort, diese Art Fragen ignoriert er gewöhnlich. Aber heute hatte ich ihn erschreckt. Zum ersten Mal hatte sein Gesicht keine Ruhe ausgestrahlt, als er meine Hände gehalten hatte.

»Ich glaube schon«, sagte er und nickte ernst. »Wenn ich nicht daran glauben würde, würde ich Sie nicht behandeln.«

»Wirklich nicht?« Ich rieb meine kalten Arme.

»Wenn ich nicht glauben würde, dass es Ihnen besser gehen wird, würde ich Sie nicht weiter behandeln.«

Aber es geht mir schlechter als am Anfang. Paartherapie, das will er als nächstes versuchen. Ich habe ihm gesagt, dass das unmöglich ist, aber das beeindruckt ihn gar nicht, er versteht es nicht. Curtis wird nicht hierherkommen. Selbst wenn ich sterben müsste und es mein Leben retten könnte, Curtis würde nicht kommen.

»Ich gehe jetzt lieber«, sagte ich, obwohl wir noch zehn Minuten hatten. »Curtis hat gesagt, er kommt heute Abend vielleicht früher nach Hause, und er will, dass ich da bin.«

Eric sagte nichts darauf. Er presste die Lippen zusammen und ließ mich gehen.

11

EMMA

»Das sind Frauen nicht wert.«

Das sagte ich tatsächlich laut und mit Nachdruck. Natürlich hatte ich einen Grund: Krabbenpulen bringt das Schlimmste in einem Menschen zum Vorschein, und nach zwanzig Minuten, zusammengekrümmt über der Spüle, mit nichts anderem als »All Things Considered« als Gesellschaft, hätte selbst Betty Friedan, oder wer auch immer heute das Sagen hat, jede politische Korrektheit vergessen. Ich bin Feministin. Das gehört zu mir, zu meiner Identität, wie die irische Abstammung, der Atheismus oder die gescheiterte Demokratin. Alte Jungfer. Ich sollte darüber stehen, dass nur Männer exzessives Krabbenpulen, Apfelschälen und Zuckerschotenverlesen wert sind.

Ach, aber ich liebe meine Mädels, dachte ich. Im Radio lief gerade ein Interview mit einem Lonnie McIrgendwas, einem Schotten. Er hat einen profanen Bildungsroman über das Erwachsenwerden in Glasgow geschrieben, ein Riesenerfolg, und jetzt feiern sie ihn wie die Wiedergeburt Christi. Ich bin nicht neidisch, nein, mein Freund. Ich schaltete mit dem Handgelenk das Radio aus und machte mich über den nächsten Berg Krabben her.

Wenn ich an der Reihe bin, für die Frauen zu kochen, treibe ich mehr Aufwand als bei einem Essen für andere Freunde. Und weit mehr als für irgendwelche Typen, die von Glück sagen können, wenn sie morgens eine Tasse Kaffee bekommen, ehe ich sie vor die Tür setze. Höflich natürlich – ich bin immer höflich. Und ich genieße es, für meine Mädels zu kochen. Drei von uns stehen in einem ständigen Wettstreit um den Titel für die zweitbeste Köchin (Isabel hat den ersten Platz fest gepachtet), und das heutige Krabbencurry mit Zuckerschoten und Äpfeln liegt gut im Rennen. Und ich habe einen Kuchen gemacht. Nicht selbst gebacken – wer bin ich denn, June Cleaver? –, aber ich habe den Zuckerguss mit roter Speisefarbe gefärbt und in großen Buchstaben über die ausgesprochen künstlerische Abbildung einer Sanduhr geschrieben: »Zwei Jahre – weiter so, Mädchen!« So lange ist es diesen Monat her, dass Isabel den Knoten in ihrer Brust entdeckt hat. Es heißt, man kann erst nach fünf Jahren beruhigt sein, aber trotzdem ist es ein Grund zum Feiern, und, bei Gott, das tun wir.

Viertel nach sieben. Rudy ist spät dran. Sie wollte um sieben kommen, damit wir noch Zeit zum Reden haben. Ich hätte es wissen müssen, hätte halb sieben sagen sollen.

Ich war mit den Krabben fertig und gab Spülmittel auf meine Handflächen, wobei ich mich fragte, wie viele Menschen sich nicht mehr den Fischgeruch von den Händen waschen können, ohne an Susan Sarandon zu denken. Könnte man daraus nicht etwas machen? Was für einen Einfluss hat die amerikanische Filmkunst auf unser tägliches Leben? Wenn ich genug Sarkasmus in den Artikel legte, würde irgend so ein pseudoschlaues Magazin bestimmt anbeißen. Meine Spezialität. Aber lieber würde ich es ehrlich schreiben. Süß. Es muss doch Hunderte von Beispielen geben – unauslöschliche psychische Verbindungen zwischen, sagen wir, Pfeifen und Lauren Bacall. Dreirädern und Außerirdischen. Frage: Warum fühlt man sich sexy, wenn man einen Mann von den Amish People in einem Feld sieht? Antwort: Wegen Harrison Ford in »Der einzige Zeuge«. Gut, ein triviales Beispiel, aber es gibt bestimmt noch zig andere.

»Schrott«, entschied ich. Zu oberflächlich, nichts dahinter; hat man es einmal gesagt, war's das. Und das ist das Problem mit neunzig Prozent meiner Ideen. Aber ich kritzelte: »Sarandon/Zitronen/kult. Bez.« auf den Notizblock am Kühlschrank. Man weiß ja nie.

Es klingelte an der Tür. Ich machte das Licht auf der Veranda an, und da stand Rudy im Lichtkegel, groß und bezaubernd, in ihrem langen, schwarzen Umhang – demselben Umhang, den sie vor acht Jahren auf dem McArthur Boulevard um Grace gewickelt hatte. Demselben Umhang, um den ich sie immer noch beneidete. Sie sah verdrießlich aus, abwesend, ehe sie mich hinter der Scheibe entdeckte; dann hellte sich ihr Gesicht auf, und sie verzog es zu einem breiten Grinsen. Ich machte die Tür auf. Auf einer Wolke von kalter Luft, Kaschmir und Parfum und – Benzin? schwebte Rudy herein.

»Mir ist das Benzin ausgegangen. Kannst du dir das vorstellen? Mitten auf der Sechzehnten Straße, und kein Mensch hat angehalten, um mir zu helfen. Ich musste bis nach Euclid laufen, um den Reservekanister aufzufüllen.«

»Das ist ja schrecklich.« Aber eine exzellente Entschuldigung, und so unerwartet. Rudy kommt immer zu spät; es kümmert sie nicht, normalerweise entschuldigt sie sich nicht einmal. Ich war völlig platt. »Ich werde nie verstehen«, sagte ich mürrisch, »wie jemandem das Benzin ausgehen kann. Schaust du nicht auf die Anzeige, ehe du losfährst?«

Sie lachte nur. »Hey, du siehst klasse aus! Du hast dir die Haare schneiden lassen.«

Ich bin kein Freund von Umarmungen oder Gefühlsausbrüchen – die Frauen sagen es mir immer wieder. Ich wand mich, als Rudy mich mit einem Arm fest umarmte, und fragte mich, was wir wohl gerade in der Einkaufstüte zerquetschten, die unter ihrem anderen Arm klemmte. »Ja«, sagte ich. »Ich musste etwas damit tun. Es ist doch nicht zu kurz, oder? Ich habe ihm gesagt: halblang. Hast du meinen neuen Garderobenständer gesehen? Ein Weihnachtsgeschenk für mich selber. Komm mit in die Küche, da gibt's was zu trinken.«

Ich suchte Gläser, schenkte Wein ein und schüttete Erdnüsse in eine Schale, während Rudy in der Küche herumstöberte und nach Neuheiten seit ihrem letzten Besuch Ausschau hielt. »Oh, du hast es aufgehängt«, rief sie aus und zeigte auf die »Küchencollage«, die sie mir zu Weihnachten geschenkt hatte. »Über der Tür hängt es wirklich gut.«

»Ich mag es sehr.« Es ist wirklich ein Meisterwerk: eine Ansammlung von Küchengeräten aus den fünfziger Jahren, die irgendwie ein Gesicht ergeben. Die Augen sind zwei Meßlöffel, Nase und Augenbrauen eine Käsereibe, ein verbogener Becher aus Aluminium für die Lippen – ach, ich kann es nicht beschreiben, man muss es sehen. Aber ehrlich, man kann dieses Kunstwerk nicht ansehen, ohne zu lachen. Rudy könnte mit diesem Zeug ein Vermögen verdienen.

»Ich stelle immer wieder fest, wie sehr ich mein Eigenheim liebe«, sagte ich und reichte ihr ein Glas Merlot, ihren Lieblingswein. »Es erfüllt mich mit einer ekelhaften, gutbürgerlich-spießigen Befriedigung.«

Ich habe in besseren Vierteln gewohnt – Georgetown, Foggy Bottom, Woodley Park –, aber dort haben mir die Wohnungen nicht gehört, deshalb zählen sie nicht. Mein achtzig Jahre altes Mount-Pleasant-Stadthaus macht nicht viel her, besonders von außen, und die Gegend ist das, was man eine Zwischenlösung nennt, im Klartext heißt das, man sollte abends lieber nicht ohne einen Pitbull auf die Straße gehen. Aber es gehört mir.

»Auf die Sloans«, sagte ich.

»Auf die Sloans.«

Wir tranken auf die früheren Besitzer, die mein Haus für eine kurze Spanne ihres Lebens besessen hatten. Doch als die Frau schwanger wurde, beschlossen sie, den Junior lieber in einem Vorort aufwachsen zu lassen, und zogen Hals über Kopf aus. »Ihre Paranoia ist mein Segen. Langsam fange ich sogar an, die Gitter vor den Fenstern zu mögen.«

»Warum nicht?« sagte Rudy. »Weißes Schmiedeeisen ist wunderschön. Man muss nur Form und Funktion trennen.«

»Und nicht hysterisch werden.«

»Hey, du wolltest doch in unserer schönen, historischen Hauptstadt leben.«

»Man nimmt, was man kriegen kann.«

Wir prosteten uns noch einmal zu.

»Also«, sagte ich, machte es mir auf der Bank am Küchentisch gemütlich und ließ Platz für Rudy. »Wie lief es bei Greenburg?«

Manchmal sieht man Rudy an, dass sie bei ihrem Psychiater war, weil ihre Augen dann rot und geschwollen sind. Aber heute Abend war das nicht so. »War nicht heute dein Greenburg-Tag?«

»Doch.« Sie schüttelte zwei Zigaretten aus der Packung und bot mir eine an. »Es lief gut. Wir haben über meinen Vater geredet. Das ist immer ziemlich intensiv. Eric sagt, es spricht nichts gegen die Annahme, dass er sich vielleicht gar nicht umgebracht hat.«

»Sich nicht umgebracht hat? Warte – das hat er doch, oder? Das hast du immer gesagt. Und jetzt meinst du, er hat es nicht getan?«

»Na ja, ich sage nur, es ist möglich, dass er es nicht getan hat. Niemand weiß es. Es gibt diesen Mythos in meiner Familie, dass er es mit Absicht getan hat, aber es kann genauso gut sein, dass er sich betrunken hat und aus dem Boot gefallen ist.«

Es war nicht nur ein Familienmythos, es war auch ein Mythos in unserer Gruppe. Ich habe die Geschichte schon vor Jahren gehört, und jetzt ist sie so gegenwärtig in meinem Kopf wie ein Super-acht-Film. Es ist am Comer See passiert, vor ungefähr dreißig Jahren, als Rudy elf war. Ich sehe den blauen Himmel, das weiße Segelboot und das weiche, gelbe italienische Licht deutlich vor mir. Es dämmert schon. Rudys Vater, Allen Aubrey O'Neill, trägt eine weite, weiße Hose und einen weißen Pullover. Er ist barfuß; er raucht Camel und sieht aus wie Joseph Cotton. Er schüttet den letzten Schluck Wodka aus dem mit Leder bezogenen Flachmann hinunter. Er greift nach dem Mast, zieht sich hoch. Möwen landen auf dem Wasser und steigen wieder auf, und einen

Augenblick lang lauscht er ihren hungrigen, herzlosen Schreien, atmet ein letztes Mal die würzige, warme Brise ein. Dann macht er einen Schritt ins Leere und versinkt im kühlen, sanften Blau des Sees.

Hier endet der Film – kein unwürdiges Platschen oder nach Luft schnappen, und nie folge ich ihm in die Tiefe oder stelle mir seine Panik, seine Gedanken vor. Rudys hübscher, aristokratischer Vater hat sich einfach davongemacht.

»Er hat viel getrunken, oder?« sage ich langsam.

»O Gott.«

»Ja, also …« Ich nicke vorsichtig. »Warum nicht? Du hast Recht, er kann genauso gut über Bord gefallen sein. Und dann, mein Gott, dann wäre alles anders. O Rudy …«

Ich beugte mich vor, und langsam wurde mir klar, was das für sie bedeuten würde. »Dann hat er gar nicht Selbstmord begangen. Das ist ja großartig, denn wenn er nur betrunken war, nicht …«

»Er war trotzdem manisch-depressiv. Das heißt noch lange nicht, dass er nicht verrückt war, Emma.«

»Nein, ich weiß, aber trotzdem …«

»Es ist nur eine andere Möglichkeit, mehr nicht.«

»Ja.«

»Keine große Sache.«

»Stimmt.« Ich zog mich mit einem Witz aus der Affäre. »Ich wette, Greenburg kann über eure Familie mehr Artikel schreiben als über all seine anderen Patienten.«

Sie lächelte, bog ihren langen Hals zurück und blies Rauch an die Decke. »Ja«, sagte sie und lachte unsicher. »Ich dachte, ich könnte hoffen, aber es sieht so aus, als wäre ich noch nicht so weit. Jedenfalls nicht laut. Nicht in aller Öffentlichkeit.«

»Also ich bin schließlich nicht die Öffentlichkeit.«

Rudy hat feine, graue Augen, wie eine englische Gouvernante aus einem Roman. Ich beobachtete, wie ihr Blick weich und sanft, zärtlich wurde. »Nein, das bist du nicht.« Sie stellte ihr Glas ab. »Okay, ich hoffe, er war sternhagelvoll und ist in den verdammten See gefallen und ertrunken, dann muss ich mir nämlich nur noch wegen meiner genetischen Veranlagung zu Alkohol, Depression, Drogensucht und Schizophrenie Sorgen machen. Aber nicht mehr wegen Selbstmord.«

Keiner von uns erwähnte ihre Mutter, und wir lachten unser lautes, übertriebenes Lachen, das Teil unseres therapeutischen Repertoires ist und für uns beide, für unsere Beziehung so lebenswichtig ist wie nette Worte und Mitgefühl – nein, viel wichtiger. Und danach gab es nichts mehr zu sagen, wenigstens nicht zu dem Thema, wie Rudys Vater gestorben ist. Wir verdrängten es einfach.

Wir schenkten Wein nach und zündeten uns noch eine Zigarette an. Eigentlich müsste ich aufstehen und Zwiebeln schneiden oder so etwas; Lee und Isabel und die neue Frau, Sharon, würden jede Minute da sein. Aber es war so schön, mit Rudy am Küchentisch zu sitzen, zu rauchen, zu trinken und über das Leben zu reden – wie in der Werbung für irgendein Bier, in der es heißt, besser wird's nicht.

»Mein Tag war grauenhaft«, sagte ich fröhlich, und erzählte ihr von dem Artikel für den *Washingtonian*, mit dem ich nicht vorankam und den ich am Montag abliefern musste. Rudy war voller Mitgefühl und erzählte mir von einem Kurs über Landschaftsarchitektur, den sie so gerne machen würde. Er fing im Frühling an und würde zwei Jahre dauern, man bekam ein Diplom, und damit konnte man wahrscheinlich bei einer Firma oder einem Gartenbaumeister anfangen, und damit hätte sie einen Anfang geschafft. Sie war ganz aufgeregt deswegen, aber zum Schluss machte sie doch wieder einen Rückzieher, sagte, es wäre nur so eine Idee, wahrscheinlich würde sie es doch nicht tun, es sei zu teuer und dauere zu lange.

»Aber das hört sich toll an, es klingt, als würde es dir richtig Spaß machen. Du wärest bestimmt gut. Landschaftsarchitektur? Du machst für dein Leben gern Gartenarbeit und kannst wunderbar zeichnen und entwerfen. Rudy, das ist genau das Richtige für dich.«

»Ich weiß nicht, ich weiß nicht. Egal, ich glaube, ich habe sowieso keine Zeit. Es wäre ein Ganztagskurs, sehr intensiv, also ich weiß nicht, ich glaube einfach nicht …« Sie schlug die Beine übereinander und rutschte tiefer in die Bank, geschmeidig wie eine Katze. Rudy hätte *Model* werden sollen. »Ich werde es wahrscheinlich nicht tun. Wir haben noch nicht einmal darüber geredet.«

»Wir« hieß Curtis. Ich habe mich daran gewöhnt, mir in solchen Momenten auf die Zunge zu beißen, es ist gar nicht mehr so schwer. »Wie geht es Curtis?« fragte ich so unbeteiligt wie möglich. Aber das war das Ende unseres vertrauten Gesprächs.

»Gut.« Sie wandte den Blick nicht von ihrer glühenden Zigarettenspitze. »Ich soll dich herzlich grüßen.«

Natürlich. Curtis weiß gar nicht, wohin mit den herzlichen Gefühlen für mich. »Herzliche Grüße zurück«, log ich und stand auf, um die Zwiebeln zu schneiden.

Vor langer Zeit habe ich gelernt, dass der Preis für Rudys Freundschaft ist, bei allem, was ihren Mann betrifft, zu lächeln, die Zähne zusammenzubeißen und zu lügen. Ich hasse es, ich verachte die Heuchelei und die Ungerechtigkeit, aber ich halte mich daran wie an ein Gelübde. Habe ich eine andere Wahl? Ich liebe Rudy. Für niemand anders auf der Welt würde ich das tun.

Ich hörte, wie sie aufstand. »Was gibt es Neues an der Mick-Draco-Front, Em, erzähl?«

Ich konnte es kaum glauben, aber mein Herz setzte tatsächlich einen Schlag aus. Gott sei Dank ist mein Messer stumpf, sonst hätte ich mir vielleicht noch einen Finger abgeschnitten. Ich musste den Kopf senken, damit Rudy nicht merkte, dass ich rot wurde. *Herrgott, es ist schlimmer, als ich dachte.* Erst jetzt wurde mir klar, wie gerne ich über ihn reden wollte.

Aber ich blieb ruhig. »Oh, nicht viel. Am Freitag waren wir noch mal Kaffee trinken. Wieder in dem Café gegenüber von seinem Atelier. Wir haben miteinander geredet, du weißt schon.«

»Geredet?«

»Ja, über alles mögliche. Seinen Sohn, meine Arbeit, seine Malerei.«

»Seine Frau.«

»Ha, ha, nein.«

Ich kenne ihn jetzt drei Monate. Drei lange, qualvolle Monate. Ich bin es gewöhnt, dass Männer mich quälen, aber nicht so. Meistens rufen wir uns an und sagen Dinge wie: »Ich bin zufällig in der Nähe, wollen wir einen Kaffee trinken gehen?« – meine Worte. Oder: »Ich habe gelernt, wie man eine Lithographie macht, willst du sie sehen?« – seine Worte. Da wir beide nicht besonders gerne Kaffee trinken und ich nicht einmal genau weiß, was eine Lithographie ist, kann man wohl sagen, dass das Ausreden sind. Allerdings unschuldige Ausreden, peinvoll unschuldige Ausreden. Ich sterbe daran.

Rudy stützte sich auf den Küchentresen. Ihr Acqua di Giò veredelte den Geruch der Zwiebeln. »Und ? Läuft was? Komm schon, verrate es mir.«

»*Nichts*. Es hat sich nichts geändert, wir treffen uns ab und zu und reden miteinander. Wir sind Freunde. Das ist alles.« Ich legte das Messer weg und sah sie an. »Mensch, Rudy, ich werde verrückt.«

Sie lächelte und kniff mitfühlend die Augen zusammen. »Arme Emma.«

»Ich halte es nicht aus. Wir haben uns noch nicht einmal die Hand gegeben. Aber ich bin total in ihn verliebt, wirklich – und er in mich, glaube ich, obwohl er das nie zugeben würde. Und es wird sich nie was ändern, nie wird irgendwas passieren.«

»Emma, Emma«, sagte Rudy erstaunt. Als sie den Arm um meine Taille legte, hatte ich das dumme Bedürfnis, in Tränen auszubrechen. Ich wandte mich ab und murmelte: »Ach, es geht mir gut«, und lachte, um meine Gefühle zu verbergen. Ich war hin und her gerissen zwischen dem Wunsch, alles zu erzählen – obwohl es wirklich nichts zu sagen gibt – und alles für mich zu behalten. Aber am liebsten wollte ich über ihn hinweg sein und Rudy alles aus der Rückschau erzählen: »Du kannst dir nicht vorstellen, wie verknallt ich in diesen Mick war – erinnerst du dich noch an ihn?«

»Wenn es dir so schlecht dabei geht«, sagte sie, »solltest du ihn vielleicht nicht mehr sehen.«

»Es geht mir nicht schlecht. Jedenfalls nicht die ganze Zeit.« Ich schwanke zwischen Elend und Euphorie. »Aber ich weiß, dass ich ihn nicht mehr sehen darf. Aber dann gibt Lee ein Essen und lädt Mick und die wunderbare Sally ein – das hat sie jetzt schon zweimal gemacht …«

»Du musst Lee sagen, was los ist.«

»Ich kann nicht, dazu ist es zu spät. Ich habe zu lange gewartet. Selbst wenn ich versuche, ihn nicht mehr zu sehen, und ich – ich verliere den Verstand! Und er ist …«

Es klingelte.

»Scheiße«, sagten wir gleichzeitig.

»Alles okay, es geht mir gut, wirklich. Ich erzähle dir den Rest später«, sagte ich hastig und lief in den Flur. »Sag ja nichts, weder seinen Namen noch sonst irgendwas, du weißt schon …« Als ich Rudys Gesichtsausdruck sah – *willst du mich beleidigen* –, lachte ich nervös und wurde wieder rot. »Ich weiß – ich bin verrückt. O Gott, Rudy.«

In den ersten zwanzig Minuten unserer Treffen regiert regelmäßig das Chaos. Jede umarmt jede, Küsse werden ausgetauscht, Wein wird eingeschenkt, eine versucht, ein Schneidebrett zu finden, die andere sucht ein Messer, einen Platz an der Spüle, Neuigkeiten werden erzählt – und das alles gleichzeitig in Küchen, die, bis auf Lees, nicht viel größer sind als ein Klo.

»Bist du mit dem Artikel fertig?«

»Em, deine Frisur ist super.«

»Dieser Käse ist gut – was ist das für einer?«

»Kann ich duschen? Ich komme direkt vom Ballett.«

»Isabel, mach den Reis in der Mikrowelle warm, ja? Ich brauche den ganzen Herd. Und dass keine ein Wort mit mir redet, während ich die Krabben anbrate! Ich brauche fünf Minuten Ruhe und Frieden.«

»Ach, ich werde doch nicht duschen.«

»Sie ist so herrisch, wenn sie kocht.«

Ich liebe es. Ich koche ein gutes Essen für meine Freundinnen, höre ihnen zu, wie sie scherzen und lachen und berichten, wie es ihnen geht, werfe ab und zu selbst einen guten Spruch ein – das ist für mich das Schönste. Wein, Käse, Tratsch und Freundinnen. Wenn man da noch irgendwo Sex unterbringen könnte, hätte man alles, was man sich nur wünschen kann.

Das Telefon klingelte. »Kann mal jemand rangehen?« Ich rührte die Dijonsauce zusammen, ein ausgesprochen trickreiches Unterfangen. Lee hob ab und sagte: »Bei DeWitt. Oh, hallo, Sharon. Nein, hier ist Lee. Ach nein, wirklich? Das tut mir aber Leid.«

»Ich wusste es«, flüsterte Rudy viel sagend.

»Ich mochte sie sowieso nicht besonders«, sagte ich. Lee schnitt eine Grimasse und nahm das Telefon mit ins Eßzimmer. »Wirklich nicht. Sie zupft sich die Augenbrauen und malt sie anschließend nach. Was soll das?«

»Sie hat einen neuen Rekord aufgestellt. Normalerweise halten sie mehr als zweimal durch.«

Lee kam mit grimmigem Gesicht wieder zurück. »Wieder eine, die kalte Füße bekommen hat.« Sie ließ sich auf einen Stuhl sinken. »Liegt es an uns?« Sie sah so entmutigt aus, dass Rudy und ich in Gelächter ausbrachen, »Nein, das meine ich ernst.« Sie wandte sich an Isabel. »Das ist schon die dritte in – wie viel?«

»Ungefähr zwei Jahren.«

»Ich wusste, dass sie nicht dabeibleiben würde.«

»Ich auch«, stimmte Rudy mir zu.

»Hat sie gesagt, warum sie nicht mitmachen will?« fragte Isabel.

»Sie hat keine Zeit.«

»Genau.«

»Ach, stimmt ja«, sagte Rudy. »Was hat sie noch gesagt?«

»Nichts. Na ja, sie sagte, sie hätte gedacht, wir würden mehr diskutieren. Über bestimmte Themen.«

»Themen? Also bitte.« Ich schnaubte. »Frauen am Arbeitsplatz. Der Postfeminismus im ausgehenden zwanzigsten Jahrhundert. Wie finde ich mich selbst? Wie vereinbare ich Arbeit und Familie in ...«

»Hast du ihr denn nicht gesagt«, unterbrach mich Isabel sanft, »dass wir das schon vor ein paar Jahren aufgegeben haben?«

»Ja, aber ...«

»Über Themen«, sagte Rudy, »reden Leute, die sich nicht gut kennen.«

»Über Themen«, erwiderte ich, »reden Männer.«

Lee schüttelte enttäuscht den Kopf.

»Ich glaube, es muss schwer für eine Neue in unserer Gruppe sein«, meinte Isabel. Lee hatte Sharon vorgeschlagen – Isabel wollte nicht, dass sie sich deswegen Vorwürfe machte. »Wir kennen uns schon so lange, sind eine Einheit. Jeder Neuling muss sich als Außenseiter fühlen, egal wie herzlich wir sie aufnehmen.«

»Aber ich verstehe nicht, warum.« Natürlich hatte Isabel Recht, doch ich wollte es so nicht stehen lassen. »Sind wir nicht eine lustige Truppe?« Ich wandte mich an Rudy. »Erinnerst du dich an die mit der Glatze? Die Sorte gealterter Punk. Wie hieß sie noch?«

»Moira, und sie war nett«, sagte Rudy abwehrend – sie hatte sie vorgeschlagen.

»Ich habe nicht gesagt, dass sie nicht nett war, ich sagte, sie hatte eine Glatze. Glatt wie ein Ei, glatt wie eine Billardkugel. Wie ...«

»Wie lange gibt es uns jetzt schon?« fragte Isabel, um mich abzulenken.

Diese Frage wird bei jedem vierten oder fünften Treffen einmal gestellt. Lee weiß es immer genau, und jedes Mal sind wir alle voller Staunen und Unglauben. »Im Juni sind es zehn Jahre«, sagte Lee.

»*Zehn* Jahre.«

»Mein Gott.«

»Wer hätte das gedacht.«

Rudy hob ihr Glas. »Auf uns.«

»Auf uns.« Wir stießen an und tranken. Ich dachte zwei Dinge: *Gott, haben wir ein Glück* und: *Ich will, dass es immer so bleibt.*

»Morgen«, schloss Lee, »hat Henry seinen dritten und letzten Spermatest. Die ersten beiden Male haben sie sich widersprochen, und wir hoffen, dass der morgige Test uns Aufschluss bringt.«

»Seine Spermien widersprechen sich? Ich hasse es, wenn das passiert.«

»Die Testergebnisse waren unterschiedlich. Nach dem ersten hieß es, er hätte zu wenig, nach dem zweiten, sie wären normal. Die Morphologie war beim zweiten Test in Ordnung, aber nicht beim ersten. Und die Beweglichkeit war in beiden Tests Grad II, das heißt, langsam und schlängelnd.

»Was ist Morphologie?« fragte Rudy.

»Die Form. Wenn das Spermium zu spitz ist, könnte das Akrosom fehlen, das sind die Enzyme, die an der Spitze sitzen und dafür verantwortlich sind, dass es die Eihaut durchstoßen kann.«

»Hey, ich esse hier.« Ich wollte nur die Stimmung etwas heben. Lees Kampf gegen die Unfruchtbarkeit dauert jetzt schon zwei Jahre, seit vier Jahren ist sie verheiratet, und langsam fängt sie wirklich an, darunter zu leiden. Ich bin so daran gewöhnt, dass sie die Fröhliche, Normale und Patente in der Gruppe ist, und es fällt mir schwer, zuzusehen, wie sie ein Spiel spielt, bei dem sie immer wieder verliert. Man kennt doch diese Menschen, die immer so unerträglich erfolgreich sind, dass man, ohne es zu wollen, eine gewisse Befriedigung empfindet, wenn ihnen irgendwas nicht gelingt, oder? Ich kenne das Gefühl jedenfalls. Aber in bezug auf Lee gilt das nicht. Sie hat einen tollen Job, jede Menge Geld und einen Superehemann, der sie anbetet. Ich kenne sie seit zehn Jahren, und meiner Meinung nach hat sie das alles verdient. Ich will sie niemals desillusioniert oder enttäuscht sehen, niemals. Es tut mir weh. Bei einem Treffen vor ein paar Wochen hatte sie Tränen in den Augen, als sie während ihrer Viertelstunde darüber sprach, wie sehr sie sich ein Baby wünscht. Mehr hat sie nicht gesagt – aber ich hielt es nicht aus. Ich musste aufstehen und in die Küche gehen. Ich konnte sie nicht ansehen.

»Morgen weißt du mehr«, sagte Isabel. »Die Unsicherheit muss das Schlimmste sein.«

»Genau«, stimmte Lee ihr zu. Sie raufte sich die kurzen, braunen Haare. Themawechsel hieß das für sie. Lee ist einen Meter fünfundfünfzig groß, zierlich und zart, aber sie ist alles andere als zerbrechlich. Sie spielt Golf und Tennis, schwimmt, tanzt – Sportarten der Oberschicht –, und sie ist in allem gut. Einmal, als ich zu viel Gin Tonic getrunken hatte, forderte ich sie zum Armdrücken heraus. Sie beförderte mich direkt unter den Tisch.

»Ich bin fertig«, sagte sie munter. »Rudy, du bist dran.«

»Das ist alles? In der Tagesstätte ist alles in Ordnung, deine Eltern haben dich während Hanukkah wahnsinnig gemacht, und Henry hat morgen einen Spermatest?«

»Das ist alles.« Lee grinste. »So hast du zwanzig Minuten, und die brauchst du bestimmt.«

Rudy lachte, aber es stimmte.

»Na gut, dann fange ich jetzt an. Eine Sache, die ich euch erzählen will, ist ...« Sie wandte sich an Lee und berührte ihre Hand. »Curtis und ich, wir haben in letzter Zeit viel darüber nachgedacht, und ...«

»Was?«

»Na ja, wir haben beschlossen, dass es wohl auch Zeit für uns wäre, an ein Baby zu denken.«

Sie wandte den Blick nicht von Lee und sah mich nicht an, nachdem sie diese Neuigkeit verkündet hatte. Ich fiel in die überraschten Ausrufe und guten Wünsche der anderen ein, aber im Innern war ich wie betäubt. Solange sie keine Kinder hatten, würde das unausweichliche Scheitern von Rudys und Curtis' Ehe nur zwei Menschen treffen, und mir bedeutet nur einer von ihnen etwas. O nein, nein, kein Baby. Da kommt sie nie wieder raus. Über den Tisch hinweg warf Isabel mir schnell einen verstohlenen Blick zu. Sie dachte dasselbe. Ihre Ansicht über Curtis Lloyd ist eine freundlichere und gutmütigere Version von meiner, aber wenn ich sie festnagele, sind wir grundsätzlich einer Meinung: Er ist ein Arschloch.

»Ich habe viel darüber nachgedacht, ob ich es dir jetzt schon sagen soll«, sagte Rudy zu Lee, »aber ich fand es schlimmer, es dir zu verheimlichen. Als hätte ich Angst, du könntest damit nicht umgehen, oder so etwas.«

»Nein, ich bin froh, dass du es gesagt hast. Rudy, ich freue mich wirklich für dich.«

»Und dann dachte ich, was geschieht, wenn ich wirklich schwanger werde. Muss ich das auch vor ihr verbergen?«

Sie fingen an zu lachen, machten Witze darüber, dass Rudy das Baby in eine andere Familie oder Zigeunern geben würde, um es heimlich großzuziehen. Ich wusste nicht, ob Lee sich verstellte oder nicht. Wenn irgend jemand, der in ihrer Situation steckte, sich für Rudy freute, dann sie. Aber was für ein Zeitpunkt! Lee ist auch nur ein Mensch. Wenn Rudy schwanger wird, muss es doch für Lee wie ein Stich ins Herz sein?

Ich stand auf, um noch Brot zu holen, und als ich zurückkam, sprach Rudy wieder über den Kurs für Landschaftsarchitektur. Ich hielt den Mund und überließ es Lee und Isabel, sie zu drängen, sich einzuschreiben. Aber ich wette, sie tut es nicht. Letztes Jahr war sie genauso aufgeregt wegen eines Jobs als Beraterin für ein großes Auktionshaus. Es wäre ein Wunder gewesen, wenn sie ihn bekommen hätte, denn sie hat ihr Kunstgeschichtsstudium abgebrochen, obwohl sie nur noch die Abschlussarbeit hätte schreiben müssen. Aber es war gut, zu sehen, dass sie überhaupt für irgend etwas Interesse zeigte, deshalb haben wir sie alle ermutigt, sich zu bewerben. Am Ende hat sie sich doch nicht beworben, nicht einmal ihre Unterlagen hingeschickt. Warum nicht, Rudy? haben wir sie gefragt. Ich hätte viel reisen müssen. Und? Curtis wollte es nicht.

Ich kann diesen aalglatten, neurotischen Mistkerl nicht ausstehen.

Als ich an der Reihe war, erzählte ich eine ziemlich witzige Geschichte über das Blind Date, das ich an Silvester hatte – als sie passierte, war sie allerdings überhaupt nicht witzig. Lee lachte so sehr, dass sie ein Taschentuch brauchte, um sich die Tränen abzuwischen. »Oh, Emma, das ist unbezahlbar«, japste sie. »Wo gabelst du diese Typen nur immer auf?«

»Ich zieh die an wie ein Magnet. Ihr habt ja keine Ahnung, was ihr für ein Glück habt! Das war's, ich bin fertig – Isabel, du kommst. Sonst gibt es bei mir nichts Neues. Am Dienstag muss ich den Artikel für den *Washingtonian* abgeben, mehr nicht. Also, Isabel, fang an.«

Lee sagte: »Warte mal, nicht so schnell. Was ist mit deinem verheirateten Mann? Irgendwas Neues?«

Vor ein paar Wochen, in einem wirklich schwachen Augenblick, habe ich den Fehler gemacht, Lee und Isabel gegenüber Mick zu erwähnen. Allerdings habe ich nicht gesagt, wie er heißt, und auch sonst nichts, was auf ihn hinweisen könnte. Ich sagte nur, dass ich mich manchmal mit einem Mann treffe, der dummerweise verheiratet ist, und dass wir zwar nichts Verbotenes taten, ich mich aber unglaublich zu ihm hingezogen fühlte, was mich wahnsinnig machte. Das drückte natürlich nicht aus, was ich wirklich empfand, aber ich nehme an, die Gruppe kennt mich gut genug, um meinen Kode, der nur meinem Selbstschutz dient, zu entziffern. Egal, es brach einfach aus mir heraus – ich konnte es nicht verhindern. Und es hat mich nicht einmal befriedigt, da ich ja keine blutigen Einzelheiten liefern konnte. Lee geht jetzt mit Sally zum Ballettunterricht, und Henry hat sich mit Mick angefreundet, und das Ganze ist ein einziges Chaos. Deshalb habe ich ihnen erzählt, es wäre »jemand aus der Arbeit«, was rein technisch gesehen ja auch stimmt.

»Nein«, sagte ich, »nichts Neues an der Ehemann-Front.«

»Triffst du dich nicht mehr mit ihm?«

»Ab und zu begegnen wir uns zufällig und reden ein bisschen miteinander.«

»Und – heißt das, du bist immer noch an ihm interessiert?«

»Ach, wisst ihr, es ist hoffnungslos, deshalb ...« Ich grinste, zuckte die Achseln und beschäftigte mich ausgiebig mit meinem Besteck.

Lee kapierte den Wink. »Okay, ich wollte nur mal fragen, weil du ihn neulich erwähnt hast. Aber es geht dir gut, Em, oder?«

»Klar. Alles bestens, und ich rede nicht über ihn, weil es nichts zu reden gibt.«

»Okay.«

»Okay«, sagte ich lachend, und Rudy warf mir einen sehr kühlen Blick zu, den ich ignorierte. »Also, Isabel, erzähl uns, wie es an der Uni läuft.«

»Die Uni macht Riesenspaß – für meine Seminararbeit über Risikofamilien habe ich ein Sehr gut bekommen.« Allgemeine Begeisterung und beifälliges Klopfen auf den Tisch. Isabel studiert Sozialpädagogik an der American University. »Sonst ...« Wir warteten, aber sie schüttelte nur den Kopf und lächelte. Plötzlich merkte ich, dass sie heute Abend ungewöhnlich still war. Ich sah sie genauer an. Ich finde, Isabel wird jedes Mal jünger und hübscher. Während der Chemotherapie sind ihr fast alle Haare ausgefallen, und als sie nachwuchsen, waren sie ganz weich und lockig, wie das Haar eines jungen Mädchens. Es steht ihr und sieht auch nicht unpassend oder zu jugendlich aus, denn ihr sanftes Gesicht hat fast keine Falten. Sie sieht nicht gelassen aus, das meine ich nicht, eher heiter, wohlwollend. Sie ruht in sich, eine Qualität, die ich eher mit mittelalterlichen Heiligen als einer Studentin der Sozialpädagogik im letzten Jahr verbinde. Sie ist nicht wie die anderen. Isabel ist einmalig.

»Sonst ist nichts passiert?« drängte Lee.

»Eigentlich nicht. Nicht viel.«

»Was ist mit deinem Nachbarn? Und hattest du nicht einen Arzttermin ...«

»Ich musste heute an Gary denken«, sagte sie schnell. Alle stöhnten. »Oder, um genauer zu sein, ich habe über Untreue und Verzeihen nachgedacht. Darüber, wie unterschiedlich Männer und Frauen zu Untreue stehen. Für uns ist es unverzeihlich, Männern bedeutet es nichts.«

»Nicht allen Männern«, korrigierte Lee.

»Nein.« Wie weich ihre Stimme bei diesem kleinen Wort klang, als sie einen Moment lang Lees Arm berührte – zwischen den beiden ist so viel Liebe, ich spürte den Stachel der Eifersucht. »Bestimmt nicht allen Männern.« Sie legte das Kinn auf ihre gefalteten Hände. »Ich werde euch in meiner Viertelstunde eine Geschichte erzählen«, sagte sie. »Gary geht mir in letzter Zeit nicht mehr aus dem Kopf. Ich werde euch von seiner letzten Freundin erzählen.«

»Meinst du Betty Cunnilefski?« Wir kicherten – wie immer, wenn Bettys Name erwähnt wird.

»Nein, Betty war seine erste Freundin. Jedenfalls die erste, von der ich wusste. Es gab noch mehr.«

«Mehr? Plural, Isabel?« Ich sah Rudy an, die genau so überrascht dreinschaute wie ich. Lee sagte gar nichts – sie kannte die Geschichte wahrscheinlich schon.

Rudy sprach aus, was ich dachte: »Warum hast du uns nie davon erzählt?«

»Weil – ich …« Isabel zuckte hilflos mit den Schultern. »Weil – ich wollte nicht. Bis jetzt.«

»War es dir peinlich?« fragte Rudy sanft.

»Nein. Doch. Teilweise. Es ist schwer zuzugeben, dass man einen Mann geliebt hat, der während der zwanzig Jahre, die man mit ihm zusammenlebte, fast immer untreu war.«

»Aber …«

»Aber hauptsächlich, glaube ich, dass ich erst selbst so weit sein musste, ihm zu verzeihen, ehe ich es euch erzählen konnte.«

»Ihm *verzeihen*? Diesem Schwein verzeihen? Isabel, es war schlimm genug, solange es nur die Cunnilingus-Hexe war. Jetzt – über wie viele Frauen sprechen wir, zum Teufel?« Ich verfluchte Gary, aber in Wirklichkeit war ich auch böse auf Isabel, weil sie uns dieses kleine Detail ihres Lebens verheimlicht hatte. Sie spürte es und streckte mir ihre Hand hin.

»Emma, es war alles so übel. Wenn ich es euch erzählt hätte, hätte es nur noch mehr Wut, noch mehr Bitterkeit gegeben.«

»Da hast du verdammt Recht.«

»Aber siehst du denn nicht, dass es nicht geholfen hätte? Alles wäre nur noch schlimmer geworden.«

»Ah so, ich verstehe. Gleichgewicht. Du willst das kosmische Gleichgewicht. Gut, du brauchst nichts mehr zu sagen.«

Sie machte ein geduldiges Gesicht. »Sei nicht böse. Alles hat seine Zeit, und die Zeit, euch das von Gary zu erzählen, war einfach noch nicht reif. Bis jetzt.«

»Schon gut.« Ich lächelte – keine schwierigen Gefühle – und erwähnte nicht, dass die Zeit, es Lee zu erzählen, offensichtlich schon vor einer ganzen Weile reif war. Aber dann hätte ich meine kindische Eifersucht zugegeben, eine Karte in meinem Blatt von Charakterfehlern, die ich lieber nicht aufdeckte.

Rudy unterbrach die unangenehme Pause und fragte: »Wer war denn nun seine letzte Flamme, Isabel?«

»Sie hieß Norma, und eine Flamme war sie bestimmt nicht. Sie war Buchhalterin, noch so eine von Garys Eroberungen im Büro. Nach Betty wusste ich immer, wenn er sich mit einer anderen traf, aber diesmal …«

Ich konnte mich nicht zurückhalten. »Herrje, Isabel, wie viele waren es denn noch?« Gary Kurtz? Ich konnte es mir immer noch nicht vorstellen. Er ist ein untersetzter Typ, mittleren Alters, mit einem Rauschebart, wie der Nikolaus, nur dass ihm die Herzlichkeit fehlt. Er ist Angestellter bei der Regierung, irgendein Generalsekretär oder so ähnlich im Ministerium. Jedenfalls etwas so Langweiliges, dass ich es vergessen habe. Damals, als ich noch mit ihm gesprochen habe, redete er viel von seinem Rasen.

»Ich weiß nicht, wie viele es waren«, antwortete Isabel und sah mich mit hochgezogenen Augenbrauen an, ein seltenes Zeichen von Gereiztheit bei ihr. »Ich wusste nur, dass die Letzte nicht gehen würde. Deshalb habe ich sie besucht.«

Wir starrten sie mit offenen Mündern an.

»Wirklich?«

»Du hast sie besucht?«

»Ich habe ihre Adresse im Telefonbuch nachgesehen, und sie stand drin – Norma Stottlemyer, sie wohnte in der Colesville Road.«

»Woher wusstest du, wie sie heißt?«

»Gary hat es mir gesagt. Er hat nie irgend etwas abgestritten. Das muss ich ihm zugute halten. Er hat mich nie angelogen.«

»Ich finde, das macht es noch schlimmer«, sagte Lee wütend.

»Ich entschied mich für einen Samstagmorgen, an dem er zu Hause war, und erzählte ihm, ich würde einkaufen gehen. Dann fuhr ich rüber nach Silver Spring; es war eines von diesen Ziegelhäusern, Wohnungen mit Garten, dicht an der Straße nach Colesville. Draußen spielten Kinder, überall lag Plastikspielzeug – ich hatte schreckliche Angst, dass sie verheiratet war und es damit enden würde, dass ich *ihre* Ehe zerstörte. Aber falls ein Mann die Tür aufmachen würde – oder ein Kind –, hatte ich schon eine Geschichte parat. Ich sammelte Spenden für Leukämiekranke.

»Das ist gut.«

»Nur dass du keinerlei Ausweis hattest«, bemerkte Lee, immer ganz die Praktische.

»Wie dem auch sei, sie kam selbst an die Tür. In einem rosafarbenen Morgenmantel aus Kordsamt. Noch ehe ich hineinging, wusste ich, dass sie allein lebte. Ich spürte es.«

»Wie alt?« fragte ich.

»Ende Zwanzig.«

»Miststück. Wie sah sie aus?«

»Es war noch sehr früh, ich hatte sie noch ungeschminkt erwischt.«

Rudy und ich sahen uns kopfschüttelnd an. *Hast du das gehört?* Isabel sucht eine Entschuldigung für die Schlampe, die es mit ihrem Mann treibt. »War sie wenigstens hässlich?« fragte ich.

»Nein, nicht hässlich, einfach nicht attraktiv. Nicht

sexy, sie sah nicht einmal interessant aus. Ziemlich gewöhnlich. Als ich sagte: ›Ich bin Isabel Kurtz‹, sah sie mich verständnislos an. Dann sagte ich, ›Garys Frau‹, und ich dachte, jetzt wird sie ohnmächtig.«

»Sie wusste es nicht?«

»Doch, sie wusste, dass er verheiratet ist, aber sie war so schockiert, dass sie es nicht gleich begriffen hat. Sie wich zurück, winkte mich herein, und da wusste ich, dass es keine dramatischen Szenen geben würde. Sie hatte einfach keinen Kampfgeist.«

»Feigling. Miese Null.«

»Ihre Wohnung war voller Schnickschnack und Nippes – du hättest einen beißenden und witzigen Artikel darüber geschrieben, Emma.« Ich beschloss, es als Kompliment aufzufassen. »Sie führte mich in die Küche, nicht ins Wohnzimmer. Aus der Nachbarwohnung konnte man Musik hören, nur die Bässe. Auf dem Küchentisch stand ein halb voller Teller mit Suppe, das weiß ich noch – sie hat Suppe zum Frühstück gegessen. Bohnensuppe.« Sie lächelte halb, ihr Lächeln war trocken, sehnsüchtig und bitter zugleich.

»Über ihrem Herd hing so ein billiges sechsteiliges Gewürzregal. Glasbehälter mit Namensschildchen. Sie kaufte Gewürze, füllte sie in die kleinen Gläser und schrieb ›Zimt‹, ›Schwarzer Pfeffer‹ und ›Knoblauchsalz‹ auf die Schildchen. Nur sechs Stück.« Sie sah uns bedauernd und erstaunt an, aber ich wusste nicht, was sie erbärmlicher fand: die Tatsache, dass Norma ihre Gewürzgläser beschriftete oder dass sie nur sechs verschiedene besaß. »Und –

sie hatte Magnete mit kleinen Katzen auf dem Kühlschrank. Einer spielte eine Melodie. Sie ist darangestoßen, und er fiel auf den Boden und begann zu spielen. ›You Are My Sunshine‹.«

»Isabel«, sagte ich, »du bringst mich um.«

»Aber was ist passiert?« fragte Rudy.

»Ich merkte, dass sie nicht den Anfang machen wollte, also sagte ich: ›Ich wollte nur sehen, was für ein Mensch Sie sind.‹ Ich meinte es wörtlich, genau deswegen war ich gekommen; um sie zu sehen, und zu versuchen, zu verstehen, was Gary so anziehend an ihr fand. Aber sie fühlte sich schuldig und fing an zu weinen.«

»Du meine Güte.«

»Was hast du getan?«

»Ich habe mitgeweint. Wir drehten uns den Rücken zu und vergruben unsere Gesichter in Taschentüchern – ich hatte eins aus Stoff, sie nahm ein Papiertaschentuch.«

Rudy versuchte, nicht zu lachen. »Ich sehe euch direkt vor mir.«

»Danach verlor ich einfach das Interesse. Sie war so eine bemitleidenswerte Feindin, dass ich sie nicht einmal hassen konnte. Aber zum ersten Mal spürte ich Verachtung für Gary. Nur reine Verachtung.«

»Gary ist ein Schwein«, sagte ich.

»Norma hörte auf zu weinen und erklärte, dass es ihr Leid täte, sehr leid, und dass sie ihn nicht mehr sehen würde. Ich fragte sie, ob sie in ihn verliebt sei, und sie sagte ja.« Isabel lächelte schwach. »Aber wisst ihr, das glaube ich nicht. Und ich glaube, ihr wurde das in diesem Moment auch klar. Ich sagte, es macht nichts, ob sie sich weiter mit ihm trifft oder nicht, weil ich ihn verlassen würde. Und dass ich der Meinung war, sie hätte etwas Besseres verdient.«

Ich klatschte in die Hände. »Das war gut.«

»Dann ging ich nach Hause und sagte Gary, dass es vorbei war. Mein einziger Fehler …«

»… war, dass du ihn verlassen hast, statt ihn rauszuschmeißen«, beendete Lee den Satz für sie, und wir nickten alle grimmig. Diese großzügige Geste hatte Isabel im Scheidungsprozess das Haus gekostet. Gary, das Schwein, wohnt immer noch dort, in aller Pracht, mäht seinen verdammten Rasen, während Isabel in einer engen Zwei-Zimmer-Wohnung in einer lauten Straße in Adams-Morgan hausen muss. Zwei Jahre nachdem sie ihn verlassen hatte, bekam sie Brustkrebs, und Gary demonstrierte seine Klasse, indem er versuchte, sie aus seiner Versicherungspolice auszuschließen. Am Ende hat sie gewonnen, aber diese Schlacht hätte sie zu diesem Zeitpunkt weiß Gott nicht gebraucht. Ich glaube, dafür hasse ich ihn mehr als für alles andere, mehr als für die Weibergeschichten.

»Ich weiß gar nicht genau, warum ich euch die Geschichte erzählt habe«, wunderte sich Isabel und schüttelte den Kopf. »Ehrlich, ich habe seit einer Ewigkeit nicht mehr an Norma gedacht.«

»Es ist eine traurige Geschichte«, meinte Rudy.

»Du hast gesagt, dass du über Untreue nachgedacht hast«, erinnerte Lee sie.

»Ja. Aber aus keinem besonderen Grund.«

War es mein Schuldgefühl, dass ich dachte, Isabel würde mich dabei anschauen? Ein schneller abschätzender Blick, ob die Botschaft angekommen war? Denn ich habe in letzter Zeit ebenfalls über Untreue nachgedacht. Ich weiß nicht, ob ich Ehebruch begehen könnte. Wenn sie mir mit der Geschichte etwas hatte sagen wollen, hatte sie es schlau angestellt. Es ist sehr nützlich, im Hinterkopf zu behalten, dass mich nichts außer meiner Einrichtung von Norma Stottlemyer unterscheiden würde, wenn ich eine Affäre mit Mick Draco anfing.

Isabel verschränkte die Arme und lehnte sich auf den Tisch. »Nein, ich weiß, warum ich euch die Geschichte erzählt habe.« Sie sprach mit leiser, ernster Stimme, und wir beugten uns vor, spürten ihre Eindringlichkeit. »Ich wollte, dass ihr wisst, dass ich ihm verziehen habe. Nein, halt ...«, ich muss ein verächtliches Geräusch gemacht haben, »... hört mir zu, es ist wichtig. Niemand weiß, warum ein Mann tut, was er tut ...«

»Isabel, es gibt *Regeln*, es ...« Sie schnitt mir mit einer heftigen Handbewegung das Wort ab. Ich machte den Mund zu.

»Niemand weiß, warum Menschen auf eine bestimmte Weise handeln, wir kennen weder die Zwänge noch die Beweggründe, die dazu führen, wir wissen nicht, ob ein Mensch im Innern die Kraft und die Möglichkeiten besitzt, gegen die Versuchung anzukämpfen. Das können wir nicht beurteilen. Alles, was ich euch sagen will, ist – das Leben ist kurz. Es ist so kurz, und ich kann von meinem Leben nichts mehr für Hass verschwenden. Verzeihen ist nicht schwach, es bedeutet nicht, dass man keine moralischen Maßstäbe mehr hat. Buddha sagt, der Wunsch nach Rache ist, als wolle man gegen den Wind spucken – man schadet sich nur selbst.« Ihr Lächeln war schief und unsicher, sie war sich völlig bewusst, wie albern das für – sagen wir – jemanden wie mich klang. »Und Trennungen sind eine Illusion. Wenn ich Gary verzeihe, verzeihe ich auch mir.«

Wie bringt man ein Gespräch zum Erliegen?

»Ja, nur, dass du nichts getan hast«, warf ich ein, hauptsächlich um die Stille zu durchbrechen. Isabels trauriges Lächeln sagte mir, dass ich es nicht kapiert hatte, sie mich aber trotzdem liebte. Ich stand auf, um Kaffee zu kochen.

Ich dimmte das Licht, als ich den Nachtisch hereinbrachte – Isabels Kuchen mit brennenden Kerzen. Er war der Hit. Wir sangen »For she's a jolly good fellow«, und sie pustete die Kerzen aus.

»Warum habe ich bloß meine Videokamera vergessen«, jammerte Lee. »Ich bin so stolz auf dich«, sagte sie zu Isabel und küsste sie auf beide Wangen.

»Ich auch«, sagte Rudy und beugte sich vor, um sie zu umarmen. »Ich finde es so toll, dass du zur Abwechslung einmal etwas für dich tust. Und ab jetzt wird es nur noch besser.«

»Genau«, sagte ich. »Die zweite Hälfte deines Lebens wird großartig werden.«

»Auf Isabels zweite Lebenshälfte«, schlug Lee vor, und wir prosteten uns mit Kaffeetassen, Wassergläsern und dem Rest Wein zu.

Ich glaubte es kaum, aber sie war sprachlos. Noch nie habe ich Isabel so überwältigt gesehen; ich musste beinahe weinen. Ihre sanften, blauen Augen schimmerten, doch schließlich gelang es ihr zu sagen: »Auf uns alle.«

»Auf uns alle«, stimmte ich ein und fügte meinen Lieblingstrinkspruch hinzu: »Mögen wir ewig leben.«

Rudy blieb noch, nachdem Isabel und Lee gegangen waren. Ich zog mir einen Mantel an, und wir gingen auf die Veranda, um zu rauchen und den Mond anzuschauen. In der Gegend, in der ich wohne, leben ungefähr ein Drittel Schwarze, ein Drittel Weiße und ein Drittel Lateinamerikaner, und mir gefällt es. Das ist die Wirklichkeit. Manchmal ist es ein bisschen zu wirklich, zum Beispiel, wenn man morgens um vier von Sirenengeheul und Polizeifunk geweckt wird oder von einem Raubüberfall einen Block weiter liest oder vor dem südamerikanischen Gemüseladen in einen Drogenhandel hineinplatzt. Doch die Mischung aus verschiedenen Hautfarben und Schichten gefällt mir, die meisten halten die Gesetze ein, und wir alle versuchen zurechtzukommen. Heute Abend war es friedlich, nur ein paar Hunde wurden ausgeführt, und das warme, gelbe Licht in den Fenstern meiner Nachbarn versüßte die Ruhe noch.

»Isabel war schrecklich still, findest du nicht? Bis auf die Geschichte über Norma«, sagte Rudy, und ich gab zu, dass mir das auch aufgefallen war.

»Emma, glaubst du, Lee hat wirklich nichts dagegen, dass Curtis und ich ein Baby wollen?«

Ich antwortete vorsichtig. »Ich denke schon, dass es schwer für sie ist. Vielleicht ist ihr das jetzt noch nicht klar. Ich glaube, für sie und Henry brechen ziemlich harte Zeiten an.« Rudy seufzte. Ich sah zu, wie mein Atem kleine Wolken in der kalten, silbrigen Abendluft bildete. »Ein Baby also. Ich dachte, Curtis hat kein Interesse an Kindern.«

Sie bekam diesen angenehm entschlossenen Blick, den wir beide haben, wenn wir über ihn reden. »Am Anfang war es so, aber jetzt hat er sich mit dem Gedanken angefreundet. Der neue Job, von dem ich dir erzählt habe, ist beinahe unter Dach und Fach, und wenn es klappt, verdienen wir das Doppelte. Und das ist erst der Anfang.«

»Die Lobbygeschichte? Dann wird er jetzt Lobbyist?« Na wunderbar.

»Ja, dann ist Geld kein Thema mehr.«

»Geld hat ihn daran gehindert, Kinder zu bekommen?« Was für ein Egoist, dachte ich.

»Hauptsächlich. O Emma, ich bin so aufgeregt. Ich wollte es nicht zeigen, wegen Lee. Aber kannst du dir mich als Mutter vorstellen?«

Ich antwortete ausweichend mit einer Gegenfrage: »Was sagt Greenburg dazu?«

Sie zog nervös an ihrer Zigarette und schnippte Asche über das Verandageländer. »Gar nichts, er fragt mich nur immer wieder, was ich denke. Und ...« Sie lachte aufgekratzt. »Wahrscheinlich ist er dagegen.«

»Du kannst dein Leben schließlich nicht so leben, wie dein Psychiater es sich vorstellt.« Manchmal wäre das allerdings bestimmt keine schlechte Idee. Immer wieder versuche ich, auf jede nur mögliche Art herauszufinden, was Greenburg von Curtis hält. Rudy erzählt es mir nie; entweder ist sie zu schlau für mich, oder Greenburg ist zu schlau für sie. Ich bin mir nicht einmal sicher, ob ich überhaupt will, dass Greenburg ihr die Illusionen über Curtis nimmt. Manchmal, wenn es darum geht, nichts Schlechtes über Curtis zu sagen, glaube ich, er steckt mit mir unter einer Decke, nur um Rudy vor Verletzungen zu schützen.

»Stimmt, und man kann das Kinderkriegen nicht aufschieben, bis man psychisch kerngesund ist. Mein Gott, bis dahin bin ich tot.«

»Ich hoffe jedenfalls, dass es ein Mädchen wird, das dir ähnlich sieht und nicht Curtis«, sagte ich und tat, als sollte das ein Witz sein.

Lachend schlang sie die Arme um sich. Ihre Augen glänzten sehnsüchtig und voller Hoffnung, und jetzt begriff ich endlich, wie sehr sie sich ein Kind wünschte. »Überleg mal, Emma, in neun Monaten könnte ich Mutter sein.« Sie wandte das Gesicht dem Mond zu, und als sie zitterte, war es nicht wegen der Kälte.

»Ich wünsche es dir«, sagte ich ehrlich. »Ich wünsche es dir wirklich, und ich finde es wunderbar. Ich hoffe, es klappt bald.«

»Danke. Wirklich. Das bedeutet mir viel. Ich glaube, ich mache mich jetzt lieber auf den Weg, es ist schon ziemlich spät.«

Sie umarmte mich fest, ich ließ es geschehen. Sie hatte vergessen, mich nach Mick zu fragen. Und mich bringt die Geschichte so durcheinander, dass ich das Thema nicht zur Sprache bringen kann. »Musst du wirklich schon gehen? Es ist doch erst elf.« Ein Wink mit dem Zaunpfahl. *Bleib noch, und frag mich nach dem Mann, von dem ich besessen bin.*

»Nein, ich muss los. Curtis mag es nicht, wenn ich nachts mit dem Auto unterwegs bin.« Sie wollte die Treppe hinuntergehen.

»Soll ich ihn anrufen?« Das Ekel. »Ihm sagen, dass du auf dem Weg bist?«

»Nicht nötig, ich habe mein Telefon dabei.« Sie klopfte auf ihre Handtasche. »Danke für das Essen, es war super. Wollen wir Montag ins Kino gehen?«

Das heiterte mich auf. »Gern. Ich rufe dich Sonntag Abend an.«

»Okay.« Sie warf mir eine Kußhand zu. »Nacht, Em.«

Sie hatte einen halben Block entfernt geparkt. *Rattenpack,* dachte ich, als ich beobachtete, wie sie mit der Grazie einer erfahrenen Großstädterin versuchte, die Hundehaufen auf dem Grünstreifen zwischen Bordsteinkante und Gehweg zu umgehen. Gedankenlosigkeit, Egoismus, Voreingenommenheit, Vernachlässigung – bei einer entfernten Bekannten mag das angehen, aber nicht bei der besten Freundin. Von ihr erwartet man, dass sie vollkommen ist. Sie soll Gedanken lesen können.

Parken ist in meiner Straße schier unmöglich. Rudys khakifarbener Jeep war eingekeilt. Sie setzte ungefähr zehnmal zentimeterweise vor und zurück, ehe sie endlich aus der Parklücke herauskam. Als sie gerade wegfahren wollte, raste ein Auto mit heulendem Motor vorbei, streifte fast den Jeep und hielt mit quietschenden Bremsen vor dem Weg zu meinem Haus. Mir blieb das Herz stehen, aber als ich sah, was für ein Wagen es war – ein Volvo Kombi – und wer ausstieg, begann es wie wild zu klopfen. Es war Lee.

Rudy und ich liefen zu ihr hin. »Was ist passiert? Wo ist Isabel? Was ist los?«

Sie griff nach uns beiden und klammerte sich fest. Sie weinte, konnte nicht sprechen, und ich musste sie schütteln. »Ich habe sie nach Hause gefahren – sie hat es mir erzählt. Ich darf es nicht weitererzählen ...«

»*Was?*«

»Der Krebs.«

»O mein Gott.«

Sie schluchzte und schluckte. Ich hielt ihre Hand, spürte, wie sie zitterte. »Ein Rückfall. Der Arzt ist sich fast sicher. Sie muss ein Knochenszintigramm machen lassen.« Lee brach zusammen, und Rudy nahm sie in die Arme. Ich legte die Arme um beide; wir standen mitten auf der Straße und hielten uns fest, als ginge es um unser Leben.

Ein Auto kam und hupte uns an. Ich zeigte ihm den Mittelfinger. »Gehen wir.« Ich ging zu Lees Wagen, dessen Motor immer noch lief. »Rudy, du fährst.«

»Wohin? Du meinst, zu Isabel?«

»Wohin sonst, zum Teufel noch mal.«

»Aber ich sollte es euch nicht sagen«, heulte Lee. »Ihr dürft es nicht wissen.«

Ich starrte sie nur an.

»Gut«, sagte sie und wachte aus ihrer Trance auf. »Gehen wir.«

12

ISABEL

An viele Dinge in meiner Kindheit erinnere ich mich nur verschwommen, große Stücke fehlen einfach ganz, als hätte ich zeitweise an Amnesie gelitten, so wie man als Kind Windpocken oder Masern hat. Doch die Erinnerung an die Nacht, in der ich meine Eltern aufgab, ist so unverhüllt und deutlich, als wäre es gestern gewesen. Ich war acht, das weiß ich so genau, weil ich es in meinem Bewusstsein markiert habe, wie eine Seite in einem Buch, so klar war mir, dass etwas Bedeutendes geschehen war. *Ich bin acht*, dachte ich, *und es passiert wirklich. Ich weiß etwas über Mom und Dad.*

Es war in Marshalltown, Iowa, an einem Winterabend. Ich erinnere mich daran, dass im Wohnzimmer das Licht brannte, an den Geruch nach warmem Staub, das Zischen des Heizkörpers. An das Geräusch beim Umblättern einer Seite und an das trockene, überflüssige Husten meiner Mutter. Ich schlich die Treppe hinunter und blieb stehen, um meine Eltern zu beobachten. Ich linste über das Treppengeländer. In unserem kleinen Haus gab es kein Arbeitszimmer; mein Vater schrieb seine Predigt im Wohnzimmer. Er saß in seinem Lehnstuhl, benutzte die breiten Armlehnen als Schreibtisch, auf der einen Seite das Notizbuch, auf der anderen die Bibel. Ein Fuß stand auf einem Schemel, ein Ellbogen war auf das Knie gestützt, die Stirn ruhte in der Handfläche. Langsam, bedächtig und ohne Pause entwarf er die dürre, unsäglich stumpfsinnige Auslegung, die er in einem leidenschaftslosen Monolog am nächsten Sonntag in der evangelisch-lutherischen Concordia-Kirche halten würde.

Über das blaue Oval des gewebten Teppichs hinweg sah ich meine Mutter im billigen, matten Sechzig-Watt-Schimmer der alten Emaillelampe sitzen, über ein schweres Stück Stoff auf ihrem Schoß gebeugt – Vorhänge vielleicht oder einer der düsteren Anzüge meines Vaters. Bei jedem neuen Stich runzelte sie leicht die Stirn, glättete sie wieder, wenn sie langsam und vorsichtig den langen Faden hindurchzog. Es spielte keine Musik, kein Fernseher, kein Radio lief. Und mit Sicherheit unterhielten sie sich nicht. Meine Eltern saßen sich im Halbprofil gegenüber, stumm wie Statuen.

In diesem Augenblick verstand ich – ohne es natürlich zu kennen – die Bedeutung des Wortes Stillstand. Und dass es zwecklos war zu hoffen, dass sich je irgend etwas ändern würde; nicht hier, nicht in diesem Raum. Hier regierte das Schweigen; es füllte alles aus. Nie würde es irgendeine Art Kommunikation zwischen ihnen oder zwischen uns geben. Mein Vater sprach sonntags in der Kirche mehr als die ganze Woche über zu Hause. Und dann kam die Einsicht, die mich rettete: Hier stimmt etwas nicht. Andere Menschen können nicht so leben.

Gehemmt tapste ich die Treppe hinunter, ging unsicher zu meiner Mutter hinüber, stellte mich neben ihren Stuhl. Durch ein Nicken oder ein Schulterzucken gab sie zu erkennen, dass sie mich bemerkt hatte, aber sie blickte nicht auf und sprach nicht mit mir. Sie trug eine braune Strickjacke über einer senfgelben Bluse, weiße Kniestrümpfe und Halbschuhe. Sie war dreiundfünfzig. Ich lehnte mich gegen ihre feste, sehnige Schulter, beobachtete ihr Mienenspiel und dachte, wie grau ihr trockenes, welliges Haar schon war. Als ich meinen Arm gegen ihren Arm presste, sah sie mich überrascht an. »Was ist denn?« Und sie legte ihre kühle, spinnenartige Hand auf meine Stirn. Um zu fühlen, ob ich Fieber hatte.

Ich überlegte, was ich antworten sollte. »Mir ist nicht gut«, hätte ich sagen können. Das hatte ich schon oft gesagt. Ich war ein kluges Kind und war mir nicht zu schade, Krankheit vorzutäuschen, um Aufmerksamkeit zu erheischen. Ich war mir nicht einmal zu schade für Hypochondrie.

Aber heute Abend war es anders; es war der Abend, an dem ich erwachsen wurde. Ich sagte: »Nichts«, und zog mich zurück. Mein Vater sah nicht einmal hoch oder hörte auf zu schreiben. Und da gab ich sie auf. In diesem Augenblick verlor ich jede Hoffnung.

Wie traurig das klingt. Armes kleines Mädchen. In Wirklichkeit war es gar nicht so schrecklich. Und ich glaube, es war viel besser, dort und in dem Moment einen sauberen Schlussstrich zu ziehen, als sich nach einer Nähe, die es nie geben würde, zu sehnen und falsche Hoffnungen zu nähren. Meine Eltern waren keine Monster. Ich habe sie nie gehasst. Jahre später, als mein Vater im Sterben lag, hielt ich mit meiner Mutter und meiner Schwester Wache, während er, wie immer sprachlos und mit versteinertem Gesicht, in seinem Krankenhausbett lag. »Ich liebe dich, Daddy«, sagte ich einmal – nur ein einziges Mal. Da war er noch bei Bewusstsein. Er ließ seine hellen, blauen Augen auf mir ruhen und blinzelte. Mit der Zunge befeuchtete er seine Lippen, und ich dachte, er würde etwas sagen. Doch das tat er nicht. Aber er nickte ein wenig. Und ich dachte – vielleicht war es für ihn selbstverständlich. Vielleicht hat er es all die Jahre so gesehen; man musste es nicht laut aussprechen. Vielleicht.

Meine Schwester ist genau wie sie. Ich kenne sie kaum. Sie ist achtzehn Jahre älter als ich und mehr eine Tante als eine Schwester, irgendeine entfernte Verwandte, die ich selten sehe. Wenn sie mir eine Geburtstagskarte schickt, schreibe ich ihr manchmal freundliche, nichts sagende Dankeschönbriefe. Doch in letzter Zeit habe ich öfter von ihr gehört. »Sollen wir Mutter in ein Altersheim tun?« fragt sie sich. Tja, ich denke schon. Mutter ist vierundneunzig und wird immer verwirrter. Seltsam, sie hat mir nie viel Zuneigung gezeigt, meine Mutter, nie mehr als unbedingt nötig, keine überflüssigen Umarmungen, keine Albernheiten, kein Lachen, keine Gespräche. Und doch, jetzt, wo sie beinahe tot ist, vermisse ich sie sehr. Meinen Vater auch. Es ist seltsam.

Warum bin ich nicht weltfremd und kalt geworden, oder ängstlich und anklammernd, warum habe ich nicht einen Mann nach dem anderen gehabt, auf der Suche nach trügerischer Geborgenheit und Anerkennung? Nur in Ratgeberbüchern oder Talkshows haben einsame Kinder automatisch so ein Schicksal. Das wirkliche Leben ist viel komplizierter. Oder viel einfacher. Eines weiß ich: Die Liebe oder die Suche danach ist stärker als Vernachlässigung, Gleichgültigkeit oder Ablehnung. Ich habe an anderen Orten danach gesucht, nicht in meinem Elternhaus, und ich habe sie gefunden. Irgendwann.

Die Engel sind dann doch nicht gekommen, in jener Nacht, als Lee zu Emma zurückgerast ist und ihr und Rudy alles erzählt hat, obwohl ich sie gerade gebeten hatte, es nicht zu tun. Sie sind zu mir gefahren und haben zehn Minuten im Auto gesessen und darüber diskutiert, was sie tun sollten. Sie beschlossen, eine Erkundungsfahrt zu machen – sie fuhren in die Gasse hinter meinem Haus, um zu sehen, ob Licht brannte. Wenn ja, würden sie parken und klopfen und mich auffordern, sie hineinzulassen.

Es brannte kein Licht.

Sie fingen noch einmal an zu diskutieren und fuhren schließlich zurück zu Emma. Wo sie über eine Stunde im Auto saßen und über mich redeten. Das war mit Sicherheit die beste aller möglichen Lösungen, denn für alle Beteiligten war es in dieser Nacht besser, über mich als mit mir zu reden. »Niemand wollte aussteigen«, berichtete Lee mir nachher. »Wir wollten nicht ankommen. Wollten nicht hineingehen, uns hinsetzen und Kaffee trinken, wollten einander nicht ansehen. Also blieben wir im Auto sitzen, redeten und starrten aus dem Fenster. Als wären wir in einem Drive-in.«

Emma war verletzt, weil ich es Lee erzählt hatte, aber ihr nicht. (Das weiß ich natürlich nicht von ihr – Rudy hat es mir erzählt. Emma denkt immer noch, niemand merkt, dass sie verletzt ist, wenn sie es nur gut genug versteckt.) Aber ich konnte ihr nicht helfen, ich konnte nichts anderes tun als das, was ich getan hatte. Die Nachricht war zu frisch – ich war zu empfindlich. Ich hätte überhaupt nicht zu Emma gehen sollen, aber in letzter Minute wollte ich nicht absagen. Ich wusste, dort war es warm, und ich fror.

»Eine Metastase, ich bin mir fast sicher«, hatte Dr. Glass gesagt. »Es tut mir sehr Leid.« Danach konnte ich ihm kaum noch zuhören. Doch, ich hörte »Stadium vier« und »Knochen« und dachte an die leichten Schmerzen in meiner Hüfte, die ich für eine Muskelzerrung gehalten hatte. Anschließend war ich wie in Trance. Sehr merkwürdig. Ich fror am ganzen Körper, eiskaltes, betäubendes Grauen ergriff mich. Ich weiß noch, wie ich Dr. Glass' Praxis verlassen habe, kann mich aber nicht erinnern, den Lift betreten oder aus dem Haus gegangen zu sein. Ich erinnere mich an Bauarbeiter, die vor dem Haus den Gehweg mit Preßlufthämmern aufrissen. Der Lärm war so ohrenbetäubend, dass ich aus meiner Erstarrung erwachte und plötzlich merkte, dass es regnete. Die Bushaltestelle war zwei Blocks entfernt. Ich überlegte, ob ich mir ein Taxi nehmen sollte. Aber es würde mich nur nach Hause bringen, und was hatte das für einen Sinn? Was hatte überhaupt noch Sinn? Ich stand an der Bordsteinkante und beobachtete die Passanten, die die Kreuzung überquerten, lauschte auf das Klicken der Fußgängerampel. Eine Frau rempelte mich an. »Entschuldigung«, sagte sie, lächelte flüchtig, und ich starrte sie in dumpfer Überraschung an. *Macht es denn etwas*? fragte ich ihren entschwindenden Rücken. Ob Sie mich anrempeln oder Entschuldigung sagen, oder ob man einen warmen Wollmantel trägt oder eine teure Aktentasche kauft oder die Zeitung liest – ob man einen Termin beim Optiker für eine neue Brille macht oder ein Abendessen gibt, genug schläft oder vom Urlaub träumt, einen Mann kennen lernt oder Vitamine nimmt, ob man Blumen beim Händler an der Ecke kauft? Glauben Sie, dass es noch etwas macht? Es ist alles sinnlos. Ich weiß es – warum Sie nicht?

Ich war in den gleichen Kreislauf meiner Gedanken geraten wie beim letzten Mal, als mir jemand mitteilte, ich hätte Krebs. Eine Gewohnheit. Kalter Regen durchnässte meinen Trenchcoat und rüttelte mich wach, wie zuvor der Preßlufthammer. Die

Realität zwang mich, etwas zu tun. Ich konnte nach Hause gehen, mich aufwärmen, mich damit abfinden. Solange du nicht tot bist, lebst du noch. Ich winkte. In dem Augenblick wurden meine Schuhe von einem bremsenden Taxi mit Wasser bespritzt. Ich nannte dem Fahrer meine Adresse, und er brachte mich nach Hause.

Seitdem habe ich von einem Moment zum nächsten gelebt. Ich füttere den Hund, hole die Post, wische Krümel vom Tisch. Mein Leben ist in Dr. Glass' Praxis nicht stehen geblieben, obwohl ich mich so fühlte; es geht weiter, die Zukunft ist ein ebenso großes Geheimnis wie immer. Nein, das stimmt nicht ganz. Das einzig Gute an meiner Situation ist tatsächlich, dass die Ungewissheit ein Ende hat. Es sieht so aus, als würde Isabel Thorlefsen Kurtz an Brustkrebs sterben, nicht bei einem Autounfall, nicht in hohem Alter friedlich im Schlaf, nicht bei einer Schießerei. Keine Fragen mehr; endlich Gewissheit. Das ist doch etwas.

Ich will der Wahrheit hellwach ins Gesicht sehen, mir nichts vormachen, mich nicht zitternd hinter Ironie oder Passivität verstecken. Das Annehmen ist todsicher – verzeihen Sie mir das Wortspiel – das letzte auf der Liste der fünf Stadien. Zuerst kommt das Stadium der Verleugnung, aber das scheine ich übersprungen zu haben. Wahrscheinlich, weil ich schon Erfahrung habe; ich bekam schon einmal diese Diagnose, das hat mich ein wenig abgehärtet. Was ist der Unterschied zwischen Hoffnung und falscher Hoffnung? Wer darf sagen, welches die

»beste Art« zu sterben ist? Woher soll ich das, woher sollen wir das wissen? Aha, ich verstehe, das ist erst der Anfang – früh genug werden mir all die nicht zu beantwortenden Fragen nur zu vertraut sein.

Aber ich habe viel zu erledigen, Entscheidungen zu treffen. Ich muss einen klaren Kopf behalten, darf mich nicht von Fragen über Verlust und Angst einnebeln lassen. Auch dafür ist genug Zeit. Ich bin nicht bereit für das Mitgefühl der Menschen, die mich lieben (das konnte Emma nicht verstehen, und ich werde es ihr begreiflich machen, doch jetzt noch nicht, noch schaffe ich es nicht), ich brauche noch eine Weile das Unpersönliche, die Anonymität. Deshalb habe ich niemanden angerufen. Ich muss meine Angelegenheiten regeln. Es ist schwierig, weiter zu arbeiten, zu planen, so zu leben, als wäre nichts geschehen, als hätte das Leben noch eine Bedeutung. Und – ich muss zugeben, eine kleine Windung in meinem Gehirn ist davon überzeugt, dass ich immer noch entkommen kann. Eine leise, resolute Stimme, die sagt: Du bist erst fünfzig, du wirst nicht sterben. Es kann nicht zu Ende sein.

Die letzten zwei Jahre waren die besten meines Lebens, und es hätte sie nicht gegeben, wenn ich nicht krank geworden wäre. Unausweichlich stelle ich mir die Frage: War es das wert? Ist das ein fairer Handel? Nach außen hin sah es so aus, als erlebte ich gerade jetzt nur das Beste – ich war zufrieden mit meiner Arbeit, hatte endlich etwas Sicherheit und Stabilität, vielleicht sogar eine neue Liebe. Aber im Innern hatte ich bereits alles. Man soll in der Gegenwart leben, nicht rückblickend die Vergangenheit genießen. Mir waren zwei reiche Jahre voll quälender Unsicherheit und unerwarteter Zufriedenheit gegeben. Genügte das?

Ich habe Angst vor der Frage. Ich habe mir gesagt, ich würde das nicht tun. Aber alles hat sich gegen mich verschworen, alles, was ich liebe. Ich habe indischen Tee gekocht und mit Safranhonig gesüßt, und ich habe den moschusartigen, rauchigen Geschmack ausgekostet wie nie zuvor. Wenn ich Scotch hätte, würde ich mir ein kleines Glas einschenken, ihn auf der Zunge prickeln lassen und genüsslich das heiße, männliche Brennen im Hals spüren. Letzte Nacht ist ein Zentimeter Schnee gefallen. Ich öffnete das Fenster, schöpfte eine Hand voll von der Fensterbank und ließ ihn in meiner Handfläche schmelzen. Ich probierte ihn, und der Schnee schmeckte schmutzig und metallisch und köstlich. Ich kann von allem nicht genug bekommen. Musik – ich legte die Klaviersonate von Beethoven auf, bei der ich immer weinen muss. Und als das Adagio kam, brach ich zusammen.

Grace ahnt etwas. Sie beobachtet mich. Ich spüre, wie ihre braunen Augen auf mir ruhen, beständig und voller Sorge. Süßes altes Mädchen. Sie ist zehn, glauben wir, und könnte mich überleben. Damit habe ich nie gerechnet.

Kleinigkeiten. Der Gedanke, kleine Dinge zu verlieren, lässt sie überdeutlich vor meinem inneren Auge erscheinen. In Zeiten wie diesen fällt es leicht zu vergessen, dass zum Leben auch Grausamkeit,

Gleichgültigkeit, Brutalität, Perversion, Bigotterie, Hunger, Habgier, Bestechlichkeit und Wahnsinn gehören. Ich denke nur an die schönen Dinge. Einfache Dinge. An den Halbmond, den Geschmack einer Orange. Den Geruch der Seiten eines neuen Buches. Wenn ich innehalte und lausche, kann ich Kirby hören, wie er oben in seinem Schlafzimmer direkt über meinem herumgeht. Wäre er mein Geliebter geworden? Ich höre die Stimmen meiner Freundinnen, die anrufen und Nachrichten hinterlassen – »Isabel, o Gott, ich weiß nicht, was ich sagen soll«, »Isabel, bitte ruf mich an, ich liebe dich«, und ich weiß, dass ich ihnen nicht mehr lange aus dem Weg gehen kann. Ich muss es meinem Sohn, meiner Mutter, meiner Schwester sagen. Die ganze Welt stürzt auf mich herein; wenn ich nicht aufpasse, werde ich von Liebe erdrückt werden.

Am Dienstag das Knochenszintigramm – pro forma, Glass kennt das Resultat bereits –, dann am Mittwoch der Termin in seiner Praxis. Er hat versprochen, mir alles zu sagen. Ich werde ein Notizbuch mitnehmen und mitschreiben. Ich muss klug sein, aufpassen. Ich werde eine Liste mit Fragen mitnehmen. Vielleicht … nein.

Doch. Ich werde Lee bitten mitzukommen.

13

LEE

Zuerst dachte ich, ich sei die einzige, die Dr. Glass nicht leiden kann, doch es stellte sich heraus, dass wir ihn alle nicht mochten. Bis auf Emma gelang es uns aber, höflich zu bleiben.

»Ich verstehe kein Wort von dem, was Sie da reden«, sagte Emma, und ihr Kopf zuckte, als stecke er in einer Schlinge. »Sie sind der einzige Arzt im Raum, wie Sie vielleicht bemerkt haben, würden Sie also bitte so reden, dass wir es verstehen.«

Noch nie hatte ihre Stimme so schrill geklungen. Normalerweise wäre es mir peinlich gewesen – ich glaube, dass uns in den meisten Situationen eine Konfrontation nicht weiterbringt –, aber auch ich war wütend, und auf ihre Art sprach Emma für uns alle.

An der Wand hinter Dr. Glass' Schreibtisch hingen eine Menge gerahmte Urkunden. Er hatte eine geschmackvolle Praxis, viele Angestellte und einige einflussreiche Verbindungen zu Krankenhäusern. Was er nicht hatte, war Taktgefühl oder irgendein Benehmen, das darauf schließen ließ, dass er sich Gedanken um die Menschen machte, die zu ihm kamen, um das Schlimmste zu erfahren. Vielleicht kümmerte es ihn ja, doch seinen toten Augen oder dem dünnen Lächeln konnte man das nicht entnehmen, geschweige denn seiner praktisch kaum hörbaren Stimme. Er bewegte die Lippen wie ein

Bauchredner – das heißt, eigentlich gar nicht. Wir mussten uns vorbeugen, um sein hastiges Murmeln mitzubekommen, und ich presste dabei mein Notizbuch an die Brust – ich war offiziell zum Mitschreiben auserwählt worden.

»Ich sagte, dass es keine operative Heilung bei einem Karzinom gibt, das sich bereits über seinen Entstehungsort ausgebreitet hat. Trotzdem hat eine Patientin, die an Brustkrebs im Stadium vier erkrankt ist, eine Reihe von Behandlungsmöglichkeiten, wenn auch einige davon, und manchmal auch alle, im konkret vorliegenden Fall nicht indiziert sein mögen. In diesem Fall haben wir ...«

»In Isabels Fall. Sie ist ›in diesem Fall‹ die Patientin, und ihr Name ist Isabel.«

»Emma.« Isabel war kreideweiß, aber ruhig, ruhiger als wir. Selbst als Glass die Metastasen in ihrer Wirbelsäule, ihrem Becken, beiden Oberschenkeln und ihrem Brustkorb aufzählte, hatte sie nicht mit der Wimper gezuckt. Ruhig saß sie da, die Hände im Schoß gefaltet, und wich seinem Blick nicht aus. Ich konnte kaum schreiben, so sehr zitterte meine Hand. Es lag nicht nur daran, was der Arzt uns eröffnete; mein Hirn schaltete immer wieder ab, ein sehr merkwürdiges Gefühl, als würde meine Angst den Blutkreislauf in meinem Gehirn unterbrechen.

Wenigstens weinte ich nicht. Rudy weinte. Um es vor Isabel zu verbergen, stand sie auf, ging zum Fenster und tat so, als beobachte sie den Verkehr auf der Reservoir Road. Aber ich sah, wie sie heimlich ihr Taschentuch aus der Tasche nahm und es sich vor Mund und Nase hielt. Ich wollte sie anschreien: *Brich jetzt nicht zusammen!* Das fehlte uns gerade noch. Nur Emmas Unhöflichkeit bot eine willkommene Ablenkung – wir konnten uns darauf konzentrieren anstatt auf die schrecklichen, verheerenden Dinge, die Dr. Glass unaufhörlich murmelte.

»In *Isabels* Fall«, sagte er, und seine Augen wurden schmal hinter der Ralph-Lauren-Brille, »haben wir eine Patientin in der Menopause mit einem metastasierenden Mammakarzinom, einem positiven Östrogenrezeptor-Status, aber einem negativen Progesteronrezeptor-Status sowie einer Cytotoxintherapie – Chemotherapie – in der Vorgeschichte. Das heißt, die derzeit zur Verfügung stehenden Behandlungsmöglichkeiten sind begrenzt.«

»Was ist mit einer Knochenmarktransplantation?« Emma klammerte sich die ganze Zeit mit beiden Händen an den Armlehnen ihres Stuhls fest, als würde sie wegfliegen, wenn sie losließ. »Das könnte sie doch heilen, oder?«

Er klopfte die Fingerspitzen gegeneinander und bewegte die Lippen auf eine langsame, enervierende Weise, wie ein Fisch. »Es gibt eine Reihe von Faktoren zu bedenken, ehe ich KMT/BCT empfehlen würde. Autologe Knochenmarktransplantation oder Blutkörperchentransplantation«, sagte er, als Emma wütend den Absatz ihres Stiefels in den Teppichboden bohrte. »Eine Reihe von Faktoren.« Mit seinen kalten Augen blickte er Isabel an. »Für den Anfang würde ich eine Anti-Östrogentherapie nicht ausschließen, obwohl die Tatsache, dass Sie

Tamoxifen bereits ohne Erfolg probiert haben, mir hier wenig Hoffnung lässt. Dann bleibt uns die Chemotherapie. Zu diesem Zeitpunkt lässt sich überhaupt nicht voraussagen, ob Sie besser auf HDC oder SDC reagieren …«

»Hochdosierte oder konventionelle Chemotherapie«, unterbrach ich. »Ich habe im Internet darüber gelesen.«

Er lächelte tatsächlich. »Sehr gut.« Aber die Überraschung in seiner Stimme war eine Beleidigung, und ich konnte es Emma nachempfinden, als sie verächtlich zischte. »Möglicherweise – noch kann man es allerdings nicht sagen – kann man sich dafür entscheiden, eine, wie wir es nennen, Induktionschemotherapie zu versuchen, sie geht der HDC kombiniert mit KMT/BCT voraus. Es ist keine Therapie an sich, aber manchmal ist sie hilfreich, um herauszufinden, ob ein Krebs auf hochdosierte Chemotherapie reagiert. Andererseits bedeutet eine erfolgreiche Induktionstherapie nicht, dass eine kombinierte HDC und KMT/BCT-Therapie effektiver als konventionelle Chemotherapie ist, es heißt nicht, dass man mit HDC länger lebt oder eine vergleichbar bessere Lebensqualität hat als mit einer herkömmlichen Therapie.«

»Eigentlich heißt es also gar nichts.«

»Es heißt genau das, was ich sagte.«

Wir sahen von Glass zu Emma, deren Augen nichts preisgaben. Er schien zufrieden, aber sie sah aus wie eine Hexe, eine Furie; ich hätte schwören können, ihr standen die Haare zu Berge. Selbst

Rudy drehte sich um, weil sie die Feindseligkeit im Raum spürte.

Mitten in diesem angespannten Schweigen stand Isabel auf.

»Ich werde Sie anrufen. Wegen der Hormontherapie und der Termine für den Test. Die Tests. Was Sie da über diese Induktion ...« Sie machte eine wegwerfende Handbewegung – der Name war unwichtig, sollte das heißen. Wir alle, sogar Glass und besonders Emma, schlugen reumütig und verlegen die Augen nieder. Denn ein paar Minuten lang war es leichter gewesen, so zu tun, als ginge es um einen persönlichen Konflikt und nicht um das Leben eines Menschen. Isabels Leben.

Verunsichert und in einer seltsamen Stimmung fuhren wir im Lift hinunter, bis Rudy fragte, wohin wir zum Mittagessen gehen sollten. Wir entschieden uns für Sergei's in Georgetown, denn dort konnten wir zu Fuß hingehen. Wir brachten es nicht fertig, einander in die Augen zu sehen, und doch standen wir eng zusammen im Lift, berührten uns an den Schultern und den Armen, wie Marschierende in einem Demonstrationszug. Isabel hatte mich gebeten, sie zu Dr. Glass zu begleiten, nicht Emma oder Rudy. Irgendwie haben sie es doch herausbekommen und darauf bestanden, mitzukommen. Das hatte mich richtig wütend gemacht; wie rücksichtslos, dachte ich, wie unsensibel. Und jetzt ... jetzt will ich nicht einmal daran denken, was ich ohne sie getan hätte.

Wir fanden eine ruhige Ecke im Restaurant, und ich ging telefonieren, um meiner Assistentin Bescheid zu geben, dass ich mich verspäten würde. Als ich zurückkam, bestellte Rudy die Getränke.

»'nen doppelten Scotch mit Eis«, sagte sie – wie ein Mann, wie mein Vater. Isabel und ich bestellten Eistee. »Hey, Mädels, das ist ...«, protestierte Rudy, aber Emma sagte: »Ich trinke mit dir, Rudy. Ein Bier bitte.«

Als die Getränke kamen, prosteten wir uns nicht zu. Sonst tun wir das immer, wenigstens beim ersten Drink. Aber diesmal nippten wir nur an unseren Getränken. Immer noch konnten wir uns nicht richtig ansehen. Ich wusste nicht, was ich sagen sollte, alles erschien mir entweder zu fröhlich oder zu düster, also saß ich einfach nur da. Schließlich sagte Emma: »War ich das Arschloch oder dieser Mistkerl?« Und dann fingen wir alle auf einmal an zu reden.

Glass war schrecklich gewesen, aber das hätte ich nicht gesagt, falls Isabel ihn mochte – schließlich war er seit zwei Jahren ihr Onkologe. Doch sie sagte: »Ich bin zu ihm gegangen, weil ich gehört hatte, dass er gut ist, und später gab es keinen Grund zu wechseln – ich dachte, ich wäre geheilt. Aber ich fand ihn schon immer arrogant.«

»Arrogant? Er ist eine Witzfigur«, wütete Emma. »Ich konnte ihn auf den ersten Blick nicht ausstehen. Habt ihr gemerkt, wie er uns die Tür aufgehalten hat? Sarkastisches Schwein.«

Er hatte nicht gewollt, dass wir alle zusammen in sein Sprechzimmer kommen. »Nur eine«, hatte er mit einem aufgesetzten Lächeln gesagt. »Meinen Sie nicht auch?« Womit er andeutete, dass wir dumm wären, süße Mädchen, die zusammenbleiben wollten. Aber nein, das meinten wir nicht. Zum Teil konnte ich seine Haltung sogar verstehen, trotzdem war ich es, die mit einer gewissen Schärfe sagte: »Wir halten es für wichtig, dass wir alle hören, was Sie zu sagen haben, Herr Doktor. Wir sind Isabels Ersatzfamilie.« Er grinste und breitete die Hände aus, in dem Versuch, uns klarzumachen, dass das absurd war. Wir sahen ihn nur an, rührten uns nicht vom Fleck, und schließlich konnte er nichts dagegen tun. Emma hatte Recht: Er hatte die Tür wirklich nur aufgehalten, um sich über uns lustig zu machen.

Wir bestellten etwas zu essen. *Wir essen*, dachte ich. Wie immer, als wäre nicht etwas Furchtbares geschehen. Isabel nahm den Meeresfrüchtesalat. Über manche Dinge konnten wir reden, über manche nicht. So konnte niemand fragen: »Wie geht es dir jetzt? Wie war das, als er all diese Sachen über den Krebs in deinem Körper gesagt hat? Hast du Angst?« Alles was wir tun konnten, war anscheinend, zusammen zu sein, wir selbst zu sein, einfach wie immer.

Emma stellte die erste wirklich persönliche Frage. »Hast du es Terry oder deiner Mutter schon erzählt?«

»Noch nicht. Ich wollte warten, bis ich es genau weiß.« Isabel legte die Gabel beiseite und lehnte sich zurück. Sie hatte fast nichts gegessen. »Meine Mutter wird es nicht mehr verstehen – wahrscheinlich werde ich es ihr überhaupt nicht sagen. Es hat keinen Sinn.« Ihre Mutter ist gerade in ein Pflegeheim gekommen, sie hat Alzheimer. »Doch meiner Schwester werde ich es sagen müssen. Und Terry. O Gott«, flüsterte sie und schloss ganz fest die Augen.

Rudys Gesicht wurde rot, und sie schlug die Hand vor den Mund. Emma sah weg.

Ich sagte: »Ich werde Terry anrufen. Wenn du willst.«

Isabel streckte die Hand aus und rieb meinen Arm, ganz fest. Sie lächelte mit zusammengepressten Lippen. »Danke. Ich rufe ihn heute Abend an. Es ist besser.« Sie drückte meinen Ellbogen. »Danke«, hauchte sie. So nah war sie den Tränen den ganzen Tag über noch nicht gewesen.

»Ich kann eine Suche im Internet starten«, sagte ich und versuchte, munter zu klingen. »Ich habe es schon einmal von der Arbeit aus gemacht. Es ist erstaunlich, wie viel Wissen da drin angesammelt ist, und es ist ganz einfach, ranzukommen.«

»Kirby hat das schon gemacht.«

»Kirby? Dein Nachbar?«

Isabel nickte.

»Warte mal. Kirby weiß es?« Ich konnte es nicht fassen. Kirby wusste es, und Isabel hatte es noch nicht einmal Terry gesagt?

Ihre Wangen bekamen wieder ein wenig Farbe. Sie drehte den Teelöffel auf dem Tisch hin und her. »Das habe ich euch noch nicht erzählt. Ich hatte noch keine Gelegenheit.«

»Was hast du uns noch nicht erzählt?«

»Kirby …« Sie sah auf und lachte. »Kirby hat sich in mich verliebt. Sagt er.«

»*Was?*«

»Aber er ist doch schwul.«

»Ja, nein. Offensichtlich habe ich mich getäuscht.«

»Wahnsinn.« Emma lehnte sich zurück und fing an zu lachen.

»Und?« fragte Rudy und grinste zufrieden. »Magst du ihn?«

Isabel zuckte die Achseln. »Oh«, sagte sie. Mehr nicht.

»Na ja, seid ihr, du weißt schon …«

»Ein Paar? Nein.«

Emma hörte auf zu lachen und fragte: »Werdet ihr ein Paar?«

Einen Augenblick lang war Leben in Isabels Gesicht zurückgekehrt, doch jetzt verdüsterte es sich wieder. »Vielleicht. Ich hatte mich noch nicht entschieden. Dann …« Sie schüttelte den Kopf. »Er ist ein Freund, ein guter Freund.«

Ein guter Freund. Das hörte ich zum ersten Mal. Und sie hatte ihm von ihrer Krankheit erzählt. Sogar noch vor ihrem eigenen Sohn. Aber mir hatte sie es zuerst erzählt, und das war …

Vielleicht stimmte das ja gar nicht. Vielleicht hatte sie ja Kirby zuerst davon erzählt. Noch vor mir.

Ich hasse Eifersucht. Wie zur Strafe fühlte ich mich grässlich.

Nach einer Weile fingen wir an, über andere Dinge zu sprechen, normale Dinge. Ich fragte mich, ob die anderen auch so überrascht darüber waren wie ich. *So wird es sein,* begriff ich. Was auch geschieht, Isabel würde versuchen, es uns so leicht wie möglich zu machen.

Beim Kaffee erkundigte sie sich nach Henry. »Was ist bei dem Spermatest herausgekommen, Lee? Habt ihr das Ergebnis schon?«

»Ja«, antwortete ich. »Die Sprechstundenhilfe hat gestern angerufen. Sie haben die Ursache gefunden.«

»Wirklich?«

»Was ist es?«

Ich hatte Schuldgefühle gehabt, weil ich glücklich war, weil ich Freude verspürte, trotz der Krise meiner Freundin. Aber als ich die erwartungsvollen Gesichter der Engel sah, Isabels Erwartung, waren sie wie weggewischt. »Ihr werdet es nicht glauben. Henry hat zu viele Spermien.«

Zuerst blieb ihnen der Mund offenstehen, dann brüllten sie vor Lachen – ich wusste, dass sie das tun würden.

»Er ist so erleichtert. Normal sind zwanzig bis zweihundert Millionen pro Millimeter, und Henry hat über eine Milliarde.«

»Sag bloß.«

»Eine Milliarde?«

»Das ist sehr selten.«

»Was für ein männlicher Mann«, sagte Emma atemlos. »Sag ihm, ich bin sprachlos.«

»Und was geschieht jetzt?«

»Auf normalem Weg kann ich wahrscheinlich nicht schwanger werden. Es gibt Probleme mit der Beweglichkeit der Spermien – er hat so viele, dass sie verklumpen und nicht vorwärts kommen. Deshalb müssen wir es mit künstlicher Befruchtung probieren.«

»Mit Spendersamen?«

»Nein, sie können Henrys Samen nehmen.«

»Oh, Lee, das ist ja wunderbar.«

»Ich freue mich so für dich.«

»Die Sprechstundenhilfe hat gesagt, in sechs Monaten kann ich schwanger sein.«

Isabel beugte sich vor und küsste mich. Diese Neuigkeit hatte mich aufgebaut. Wie konnte ich die Hoffnung für sie verlieren, wenn mir so etwas Gutes widerfuhr?

»Das ist großartig. Aber vor fünfzig Jahren hättest du Pech gehabt«, sagte Emma. »Danke Gott für das Wunder der modernen Medizin.« Sie wollte nach ihrem Glas greifen, doch dann hielt sie inne. Eine hilflose Stille breitete sich aus. Emma hatte einen Toast auf die moderne Medizin aussprechen wollen. Dann war es ihr wieder eingefallen; diejenige, die hier ein Wunder am meisten benötigte, war Isabel.

»Also gut«, sagte ich und schob meinen Teller beiseite. »Wie ist der Plan? Was wollen wir tun? Ich werde im Internet suchen. Und Kirby auch – das ist gut, zwei Köpfe sind besser als einer.« Ich meinte es so. »Es sieht so aus, als müsstest du zuerst entscheiden, ob du eine Hormontherapie willst, also fange ich damit an. Wir haben immer noch genug Zeit, etwas über HDC und SDC oder die Transplantation herauszufinden, wenn du beschließt, diesen Weg zu gehen. Mein Vater kennt einen der Chefonkologen im Sloan Kettering; sie haben früher zusammen Golf gespielt. Ich kann ihn anrufen und versuchen, ein paar Empfehlungen zu bekommen. Am liebsten natürlich in Washington. Du solltest mindestens zwei verschiedene Meinungen einholen, findest du nicht? Eine andere als Glass', egal ob seine Ratschläge gut waren, und eine endgültige, das wäre ideal, aber wir werden sehen. Wie steht's mit deiner Krankenversicherung? Hast du überprüft, ob sie nur die schulmedizinische Therapie abdeckt oder auch eine alternative?« Emma fing an zu lachen. »Was ist?« Isabel stimmte ein – selbst Rudy machte ein amüsiertes Gesicht. »Was ist so witzig?«

»Nichts.« Isabel legte den Arm um mich.

»Bin ich zu dominant?«

»Nein.«

»Nein, du bist großartig«, sagte Emma.

»Wirklich«, sagte Rudy.

»Irgendjemand muss das Ganze doch in die Hand nehmen. Und ich nehme an, Zeit ist ein entscheidender Faktor, stimmt's? Habe ich nicht Recht?«

Ihr Lächeln erstarb.

»Du hast Recht«, sagte Isabel ruhig, als niemand antwortete.

14

RUDY

»Es muss ihr doch gut gehen, Emma. Sie sieht gut aus. Sie ist so schön.«

»Ich weiß. Sie hat noch nie besser ausgesehen.«

»Wie konnte das nur passieren? Warum ist sie so krank?«

»Ich weiß es nicht.« Emma schüttelte den Kopf, sie fühlte sich elend. Wir waren nur noch zu zweit. Isabel und Lee waren gegen drei Uhr gegangen, aber Emma und ich konnten uns einfach nicht aufraffen. Wie selbstverständlich blieben wir. Wie in alten Zeiten.

Die Kellnerin kam an unseren Tisch. »Wollen die Damen vielleicht noch einen Kaffee?«

»Nein, aber ich nehme noch einen Whisky«, sagte ich. »Diesmal nur einen einfachen.« Emma zog die Augenbrauen hoch. »Also gut. Das heißt wohl, ich muss noch ein Bier trinken.«

Also fingen wir an zu trinken. Manchmal hilft mir Alkohol wirklich, ist eine echte Antwort. Nicht immer. Aber manchmal ist dieses gewisse Etwas, die Art, wie er die Kehle hinunterrinnt, so leicht und klar und – *hell* vielleicht –, ach, ich kann es nicht erklären. Aber ab und zu weiß ich einfach, dass es genau das Richtige ist.

Diesmal gab der Alkohol mir den Mut zu sagen: »Ich habe solche Angst. O Emma, was ist, wenn sie stirbt?« Ich konnte nur flüstern. »Was ist, wenn Isabel stirbt?«

Sie rutschte von der Bank und setzte sich neben mich. »Ich habe auch Angst. Ich kann an nichts anderes mehr denken.«

»Ich kann es einfach nicht glauben. Immer noch nicht. Letzte Woche ging es ihr noch gut, und jetzt wird sie vielleicht sterben. Wie ist das möglich?«

»Sie stirbt nicht. Menschen können den Krebs besiegen, manche Menschen haben Remissionen, die Jahre dauern, Jahrzehnte. Manche Menschen werden geheilt – man liest doch die ganze Zeit darüber.«

»Das stimmt.«

Emma zog senkrechte Linien auf ihrem Bierglas. »Mein Vater ist an Krebs gestorben.«

»Da warst du noch klein, oder. Du warst nicht dabei.«

»Ich war acht, und meine Eltern waren bereits geschieden. Ich weiß gar nichts darüber, nur dass er an Krebs gestorben ist. Leberkrebs.«

»Ich hasse Krebs.«

»Weil es so langsam geht. Mein Gott, ich möchte lieber von einem Bus überfahren werden. Egal was.«

Ich hörte auf, meine Papierserviette in Fetzen zu reißen und starrte meine Hände an. Wenn ich jetzt sterben würde? Meine Haut ... die Konturen meiner Finger, die graublauen Venen an meinem Handgelenk. Wie konnte ich mich in nichts auflösen? Plötzlich nicht mehr da sein. Einfach aufhören zu existieren. »Sie wird nicht sterben«, sagte ich. »Sie ist zu jung.« Aber was ich meinte war, ich bin zu jung.

Emma sagte: »Kann ich eine Zigarette haben?«

»Ich habe aufgehört.«

»Oh, super, dann hör ich …«

»Lass uns welche kaufen.«

»Okay.« Emma stand auf und kaufte eine Schachtel Winston.

»Kannst du dir vorstellen, dass ich heute Abend eine Verabredung habe?« fragte sie und blies Rauchkringel in die Luft. Sie saß wieder an ihrem Platz und wollte das Thema wechseln, eine andere Stimmung hineinbringen. Für mich. Sie passt auf mich auf.

»Mit wem?«

»Brad. Immer noch derselbe.«

»Ich dachte, ihr habt Schluss gemacht.«

»Haben wir auch, aber dann haben wir uns sozusagen wieder zusammengetan. Aus Trägheit. Aber heute Abend sage ich ihm, dass es wirklich vorbei ist.«

»Was stimmt nicht mit ihm?«

»Alles.«

Wir lächelten, weil wir dieses Gespräch über unterschiedliche Männer ungefähr schon tausendmal geführt hatten. »Was stimmt nicht mit ihm?« »Alles.« Wenn Emma ein Buch schreibt, könnte es diesen Titel tragen.

Sie kniff die Augen zusammen und kratzte mit dem Daumennagel das Etikett von der Bierflasche. Sie hatte die Haare hochgesteckt, damit man die Emailleohrringe sehen konnte, die ich für sie zum Geburtstag gemacht habe. Emma findet sich zu blass, ihre Hüften zu breit, ihre Haare zu rot oder zu kupferfarben oder so – das habe ich nie verstanden. Das stimmt alles nicht. Früher habe ich mir Sorgen gemacht, weil sie nie mit ihrem Äußeren zufrieden war, aber heute kann ich es akzeptieren. So ist Emma eben. Meine Theorie ist, dass Menschen, die unsicher sind, freundlicher und toleranter sind. Sie sorgen dafür, dass wir zivilisiert bleiben.

»Bist du verliebt?«

»Ob ich *verliebt* bin?« Sie schmunzelte und tat so, als dächte sie, ich redete immer noch über Brad. Sie formte kleine Kügelchen aus den Schnipseln des Etiketts und warf sie in den Aschenbecher. Endlich hörte sie auf, herumzuspielen, und sagte: »Wie könnte ich? Ich treffe ihn ja fast nie.«

»Warum triffst du dich überhaupt mit ihm?«

»Weil er mir bei einem Artikel hilft, den ich vielleicht über die Kunstszene in Washington schreibe.«

»Noch ein Artikel?«

»Ein anderer, als freie Autorin. Es war nicht einmal meine Idee«, sagte sie abwehrend. »Dem Chefredakteur von *Capital* hat mein Artikel gefallen, und er hat vorgeschlagen, ich sollte so was Ähnliches für sie machen. Der Stand der Kunst in Washington.«

»Weißt du denn irgendwas über den Stand der Kunst in Washington?«

»Nein.« Sie lachte. »Deshalb hat Mick angeboten, mir zu helfen.«

»Aber tut das nicht weh, Em? Wäre es nicht besser, wenn …«

»Wir sind Freunde, Rudy.«

»Ich weiß, aber – heimliche Freunde.«

Ich wünschte, ich hätte das nicht gesagt. Sie wurde blass, zündete sich, ohne mich anzusehen, eine Zigarette an und hörte auf zu reden.

Ich dachte an die Nacht, in der wir schließlich unseren Streit über Curtis begraben haben; sie rief mich um zwei Uhr morgens an, und ich kam. Sie lag auf dem Sofa im Wohnzimmer in ihrer alten Wohnung in Foggy Bottom. Sie weinte bittere Tränen und verfluchte Peter Cunningham, den sie gerade rausgeworfen hatte. Sie war länger mit ihm zusammengewesen als mit jedem anderen Mann, seit ich sie kenne, hatte es ernster gemeint. Sie hatten sogar vom Heiraten gesprochen.

In jener Nacht hat sie mir richtig Angst eingejagt, aber das hier war irgendwie schlimmer. Das hier war nicht die wütende Trauer, der Zorn des gebrochenen Herzens, den ich nie vergessen werde – das hier war still und unsichtbar. Es fraß sie auf.

Wir bestellten noch etwas zu trinken. Emmas Stimmung hob sich, was auch meine Laune besserte. Ich liebe dieses langsame, warme Gefühl, wie mein Körper taub wird, wenn ich trinke. Es beginnt an den seltsamsten Stellen, an meinen Wangen, meinem Bizeps, in den Oberschenkeln, und am Ende ist es überall. Es ist kein Wunder, dass Leute miteinander schlafen, wenn sie betrunken sind. Ich spüre dann so eine liebevolle Ruhe, soviel Verständnis, als könnte ich mich in jeden hineinversetzen und jeder sich in mich. Heute kann ich es kontrollieren, aber als ich jünger war, konnte ich mit jedem ins Bett gehen. Und ich meine, mit jedem. Nach ein paar Drinks.

Ausgerechnet in diesem Moment kamen ein paar Typen von der Bar zu uns herüber und machten uns an. Einer war süß. Bei Sergei's kann man gut zu Mittag essen, aber am späten Nachmittag verwandelt sich das Restaurant in eine Bar für Singles. Emma schaute die beiden grimmig an. Sie sahen aus, als wären sie Rechtsanwälte, und beide waren jünger als wir. Sie griff über den Tisch nach meiner Hand. »Hey, was dagegen? Wir versuchen gerade, uns zu trennen. Mein Gott, wie unsensibel diese Strafrechtler doch sind.«

Sie sagten: »He, he« und zogen wieder ab.

Wir bestellten noch eine Runde. Emma sah auf die Uhr: »Mann, wie konnte es nur so spät werden?«

»O Gott. Nein.«

»Was ist?«

»Curtis kommt nach Hause. Ich sollte ihn abholen. O mein Gott.«

»Wie spät ist es? Nur die Ruhe, er findet auch allein nach Hause. Das macht er jeden ...«

»Am Flughafen. Ich sollte ihn am Flughafen abholen.«

»Oh, das ist etwas anderes.« Sie kicherte. »Wann?«

»Siebzehn Uhr fünfzig.«

»Oh, oh. Dann bist du in Schwierigkeiten, Rudy. Es ist sechs Uhr.«

Ich presste die Hände auf die Augen, damit alles schwarz wurde. Emmas Gelächter war ansteckend, aber meines war hysterisch.

»Mit welcher Fluggesellschaft kommt er?« fragte sie.

»Delta.«

»Okay, bleib ruhig. Ich werde anrufen und eine Nachricht für ihn hinterlassen – das wird ihm gefallen. »Mr. Curtis Lloyd, bitte kommen Sie zur Information.«

»Was wirst du sagen?«

»Dass du besoffen bist und nicht fahren kannst, was sonst?« Ich muss ein so erschrockenes Gesicht gemacht haben, dass sie mein Handgelenk drückte. »Das war nur ein Scherz. Was soll ich ihm sagen?«

»Sag …, dass ich bei Isabel bin.«

»Das ist gut. Es ist doch nicht schlimm, oder. Er kann mit der U-Bahn bis Eastern Market fahren und dann laufen.«

»Nein, er wird ein Taxi nehmen.«

»Natürlich, das wird er tun«, sagte sie in ihrer milden, ironischen Curtis-Stimme. »Mach dir keine Sorgen, Rudy, ich werde das schon hinkriegen.«

Aber als sie zurückkam, sah sie besorgt, hilflos und amüsiert zugleich aus. »Du sitzt in der Klemme.«

»Warum?«

Sie setzte sich wieder neben mich. »Ich musste eine Nachricht hinterlassen.«

»Und?«

»Sie haben ein neues System. Voice mail. Also wird er wissen, dass ich angerufen habe. Ich meine, er wird meine Stimme hören, nicht die irgendeiner Auskunftsdame mit einer Nachricht für ihn. Er wird wissen, dass ich angerufen habe und nicht du. Ich hätte auflegen sollen.«

»Was hast du gesagt?«

»Dass wir alle zusammen bei Sergei's sitzen und Isabel trösten. Du wolltest ihn abholen, aber es ging ihr so schlecht, dass wir dich nicht weggelassen haben.«

»O Em.« Eine Lüge war schon schlimm genug, doch das waren ungefähr drei.

»Ich weiß, aber ich war so schön in Fahrt und konnte nicht aufhören.«

Ich lachte unsicher. Doch ich wusste, dass ich in Schwierigkeiten war, selbst wenn Curtis Emmas Lügen glaubte.

Die Kellnerin kam und fragte, ob wir noch eine Runde wollten. Wir sahen uns an. Auf einmal fühlte ich mich wunderbar. »Was soll's«, sagten wir gleichzeitig. Es war wie in alten Zeiten, als wir neu in Washington waren und stundenlang in Bars und Restaurants saßen, mit dem Mittagessen anfingen und redeten, bis es Zeit zum Abendessen war. Ehe ich geheiratet habe.

»Hey, Rude. Du hast doch nicht wirklich Angst vor ihm, oder?« Sie muss betrunken gewesen sein. Nüchtern hätte sie mich das nie gefragt.

Ich muss auch betrunken gewesen sein – denn ich hatte nichts dagegen. Und ich log nicht. »Manchmal schon, aber das ist nicht seine Schuld.«

»Warum nicht?«

»Weil ich vor allem Angst habe.«

»Wie kommt das?«

Ich zuckte die Achseln.

Sie sagte: »Hat er dich je geschlagen?«

»Um Gottes willen, Emma, nein!«

»Okay, war nur eine Frage, tut mir Leid. Ich wollte dich nicht kränken.«

»Nun, jetzt weißt du es.«

»Alles klar.«

»Alles klar.«

Doch er hatte mich geschlagen. Einmal. Nur ein einziges Mal, und es war lange her. Ich hatte es ganz vergessen.

»Wovor hast du Angst?« fragte Emma mich wieder.

»Vor allem.«

»Was? Mach eine Liste.«

»Also. Dass er aufhört, mich zu lieben. Dass wir nie ein Kind haben werden. Dass ich mein Leben ruiniere, wenn wir ein Kind haben.« Ich stützte das Gesicht in die Hand und starrte in mein Glas. »Dass ich eines Tages verrückt werde und mich umbringe. Dass Isabel sterben wird. Dass ich nie etwas aus meinem Leben machen werde. Dass ich wie meine Mutter ende. Dass mein Bruder sich mit den Drogen umbringt.«

»Scheiße, Rudy.« Emma legte den Arm um mich. »Das reicht für heute.«

Ich hörte auf, mir Dinge auszudenken, vor denen ich Angst hatte. »Das war nur das, was mir auf Anhieb eingefallen ist«, sagte ich, und wir mussten lachen. Ich lachte, bis mein Whisky salzig schmeckte von den Tränen, die mir die Wangen hinunterliefen.

»Die Leute beobachten uns«, stellte ich fest, während ich mir mit einer Papierserviette die Nase putzte.

»Jetzt glauben sie wirklich, dass wir Lesben sind.«

Wir lümmelten in unserer Ecke und lächelten nichts sagend. Glotzten die Leute an. Aßen von den Hors d'œuvres, die umsonst waren.

»Wahrscheinlich sollten wir gehen«, sagte Emma.

»Ja. Vergiss nicht, du hast eine Verabredung.«

»Ich *habe* es vergessen. Mist. Ich rufe ihn lieber an und sage ab.«

Sie stand auf und schwankte nur ganz wenig.

»Du sagst ab?«

»Mein Gott, ja. In meinem Zustand fange ich entweder Streit an oder mache ihm einen Heiratsantrag. Und egal wie, vorher würde ich mit ihm vögeln.« Sie ging zum Telefon.

Ich wartete und dachte an gar nichts. Ich fühlte mich ziemlich wohl. Einer der Anwälte kam wieder an den Tisch.

»Hey, hat deine Freundin dich sitzen lassen?«

»Nein«, sagte ich, »sie musste telefonieren.«

»Aha. Wie heißt du?«

»Rudy.«

»Hallo, Rudy, ich heiße Simon.«

Simon hatte ein süßes Lächeln und einen Dreitagebart. Eine gelbe Krawatte. Mit Sicherheit Rechtsanwalt.

»Ihr seid doch nicht wirklich lesbisch, oder?«

Er sah freundlich aus und klang weder schüchtern noch feindselig. Deshalb antwortete ich: »Nein, sind wir nicht. Aber ich bin verheiratet.«

»Was für eine Schande.« Er setzte sich auf Emmas Platz und faltete die Hände im Schoß. Er hatte so gar nichts Aggressives, er gefiel mir. Doch dann sah er weg, nickte und zog eine Augenbraue hoch. Ein Zeichen. Sein Freund an der Bar sammelte Getränke und Zigaretten ein und schlenderte herüber. *Emma bringt mich um,* dachte ich, während Simon sagte: »Arbeitet ihr beide hier in der Gegend?«

Dann passierten drei Dinge gleichzeitig. Simons Freund setzte sich neben mich, Emma kam mit zwei neuen Drinks zurück und runzelte die Stirn, und ich sah Curtis genau in dem Moment, in dem er mich sah.

Er musste direkt vom Flughafen hierher gekommen sein; er hatte seine Reisetasche noch in der Hand. Langsam kam er auf mich zu, seine riesigen dunklen Augen glänzten verletzt und berechnend. Ich versuchte aufzustehen, aber der Mann, Simons Freund, war groß und schwer und wusste nicht, was vor sich ging. Er rührte sich nicht von der Stelle.

»Curtis«, sagte Emma jovial, stellte die Drinks ab und sah ihn an. Wie ein Schutzschild stand sie zwischen ihm und mir. »Was für eine Überraschung! Dann hast du meine Nachricht erhalten, super. Willst du dich nicht setzen? Zu schade, dass du Isabel verpasst hast, die beiden hier …« Sie biß sich auf die Lippe. Ihre Stimme wurde wieder normal, sie gab ihre Versuche auf. »Wer zum Teufel seid ihr überhaupt?«

»Curtis, bitte nicht …« Was nicht? Sein starres, wütendes Lächeln lähmte mich.

»Gehen wir nach Hause?« Höflich. Vernünftig. Er war offensichtlich verletzt, doch dahinter lauerte noch etwas anderes: eine Art Resignation und Erregung. *Jetzt habe ich dich*, dachte er.

Endlich ging Simons Freund aus dem Weg. Wie in Zeitlupe stand ich auf, suchte meinen Mantel, meine Handschuhe, meine Tasche zusammen.

»Lass sie nicht fahren«, warnte Emma.

Curtis wirbelte herum. »Sag mir nicht, was ich mit meiner Frau tun soll!« Der blanke Hass zwischen den beiden war zwar ein Schock, überraschte mich aber nicht. Glauben Sie wirklich, dass Curtis Emma mag? hat Eric mich einmal gefragt.

Emma ignorierte Curtis und fasste mich am Arm. »Alles in Ordnung?«

»Ja, sicher.« Ich versuchte zu lachen, die schreckliche Situation herunterzuspielen. Ihr Gesicht war angespannt, aber unentschlossen. Sie sprühte beinahe Funken.

»Warum setzen wir uns nicht alle wieder hin und beruhigen uns?« sagte sie unerwartet, und da wurde mir klar, dass sie Angst hatte – um mich. Curtis blieb regungslos stehen und schwieg. Ich wollte Emma sagen, dass von ihm nichts zu befürchten war, ich fürchtete nur um ihn.

»Wir gehen, ciao.« Ich umarmte sie. »Ruf mich an. Und paß auf, dass du nicht fährst, hörst du?«

Sie nickte. Curtis sah sie nicht einmal an, als er seine Hand ganz leicht auf meinen Rücken legte, damit ich mich umdrehte und vor ihm hinausging.

Auf der Straße war ich einen Moment lang wie erstarrt, mein Kopf war wie leergefegt. Ich konnte mich nicht erinnern, wo ich das Auto geparkt hatte. Ich ging Richtung Wisconsin Avenue, dann fiel es mir wieder ein – auf dem Parkplatz in der K Street. »Oh, hier entlang«, sagte ich leichthin, und Curtis machte mit mir kehrt, ohne ein Wort darüber zu verlieren. Aber er wusste Bescheid. Ich war betrunken, und er wusste es.

Er fuhr.

»Es tut mir Leid, es tut mir *wirklich* Leid, dass ich dich nicht vom Flughafen abgeholt habe«, erklärte ich ihm und kauerte mich frierend auf den Sitz, denn die Heizung des Jeeps war noch nicht warm.

Statt mir zu antworten, schaltete er das Radio ein. Sein hübsches Gesicht wirkte scharf und sauber im Licht der vorbeihuschenden Scheinwerfer. Er wird nie alt aussehen. Er wird mit diesem jungenhaften Mund sterben, mit diesem kindlichen Haaransatz. Ich versuchte, ihn nicht zu lieben – nur für eine Sekunde; ein Experiment. Zu meinem Entsetzen funktionierte es. Ich wandte schnell den Kopf ab und starrte an den Straßenlaternen vorbei auf die vereiste, verlassene Mall. Langsam wurde es wärmer. Obwohl ich das Gebläse auf die höchste Stufe stellte, hörte ich nicht auf zu zittern.

Zu Hause saß ich auf dem Bett und sah zu, wie er auspackte. Socken und Unterhemden in die Wäsche, Hemden auf einen Stapel für die Reinigung, Schuhspanner in die Schuhe, Anzug auf den Kleiderbügel. Er hat einen elektrischen Krawattenständer. Ich habe ihn einmal für ihn gekauft. Als Scherz, aber er liebt ihn.

Ich versuchte es noch einmal.

»Hör mal, es tut mir Leid. Die Männer in der Bar – du *weißt*, dass da nichts war.«

Keine Antwort.

»Und ich war vorher mit Isabel zusammen, aber sie ist gegangen. Bevor du gekommen bist.« Vier Stunden vorher. Ich sah mich im Spiegel über der Kommode. Rote Augen, die Wimperntusche wie Pfotenabdrücke im Gesicht verschmiert. Grauenhaft. Ich sah betrunken aus, und das war ich. Ich spürte schon den Kater.

»Wie ist es in Atlanta gelaufen?«

»Schlecht.« Er wandte sich ab und ging ins Bad. Er schloss nicht die Tür hinter sich.

»O nein«, rief ich. »Was ist passiert?«

»Ich wollte es dir heute Abend erzählen. Ich dachte, wir gehen essen und reden.«

Schuld fühlt sich an, als würde man unter einem Haufen Steinen, Mörtel und Glasscherben lebendig begraben. »Wir können immer noch gehen. Ich ziehe mich um, es ist erst acht.«

»Ich kann jetzt nichts essen.« Er kam in Schlafanzug und Bademantel aus dem Bad – marineblau mit weißen Paspeln, der Bademantel hatte ein helles Schottenmuster. Er sah aus wie ein Model von Brooks Brothers, blond mit rosigen Wangen, gesund und weltmännisch. Ich war überrascht und dankbar, als er sich neben mich auf das Bett setzte.

»Es tut mir Leid.« Manchmal, wenn ich es oft genug sage, lässt er sich erweichen. »Es war meine Schuld. Ich habe zu viel getrunken und die Zeit vergessen. Emma hat sich das nur ausgedacht, dass wir noch mit Isabel zusammen waren. Sie ist schon viel früher gegangen. O Curtis – arme Isabel, es war schrecklich in der Praxis, wie wir da alle saßen und zugehört haben …«

»Dann hat Emma gelogen«, unterbrach er mich.

»Was? Ja, aber das war – sie hat nicht …«

»Rudy. Ich weiß, wie sehr du sie magst, aber ich glaube nicht, dass Emma die gute Freundin ist, für die du sie hältst.«

»Nein, sie …«

»Hör zu«, sagte er sanft. Er berührte mich, und ich lehnte mich an ihn, ganz kraftlos vor Erleichterung. Er hat mir verziehen. Als er in das Restaurant gekommen war und mich gesehen hatte, war die Welt stehen geblieben, und jetzt fing sie langsam wieder an, sich zu drehen.

Ich wandte den Kopf, um seinen wohlriechenden Nacken zu küssen, schlang meine Arme um seine Taille, aber er machte sich steif. Ich ließ ihn los.

»Ich will, dass du sie nicht mehr so oft siehst.«

Ich starrte ihn verständnislos an. »Meinst du Emma?«

»Sieh doch, was sie aus dir macht.« Er berührte angewidert meine verschmierte Wange. Sogar ich konnte den Zigarettenrauch in meinen Haaren, meinen Kleidern riechen. »Ich weiß, dass du sie schon lange kennst. Ich erwarte nicht, dass du sie fallen lässt.«

»Sie fallen lassen?«

»Aber ich denke, es wäre besser, wenn du sie nicht mehr außerhalb der Gruppe triffst.« Er sah mir in die Augen und nahm mein Gesicht in beide Hände. »Nur zu deinem Besten, Rudy. Es überrascht mich, dass Greenburg dir das nicht schon längst vorgeschlagen hat.«

In meinem Kopf drehte sich alles. Ich griff nach seinen Händen. »Eric mag Emma, er würde nie so etwas sagen.«

Er seufzte und zog sich zurück.

Ich versuchte, seine Hände nicht loszulassen. »Sei nicht böse. Sei nicht …«

Er stand auf und ging zur Tür. Drehte sich um. »Dann wirst du also nicht tun, worum ich dich bitte. Dir zuliebe.«

»Emma nicht mehr sehen? Sie ist meine beste Freundin!«

»Also nicht?«

»Curtis, tu das nicht. *Bitte* nicht.« Ich spürte förmlich, wie die Tür zufiel. Ich fror. Er würde weggehen, seine Liebe mitnehmen, alles mitnehmen. »Bitte«, flehte ich. »Curtis, bitte.«

»Ja oder nein.«

Mir zuliebe, hatte er gesagt, aber es war grausam. »Nein, ich kann nicht. Es tut mir Leid, bitte – Emma ist meine beste Freundin. Curtis!«

Er hatte sich umgedreht und war hinausgegangen.

Ich hörte seine ledernen Pantoffeln auf der Treppe. Er würde in die Küche hinuntergehen und sich im Grill ein Käsesandwich toasten, mit Halbfettmargarine auf der einen Seite und nichts auf der anderen. Er würde es am Küchentisch essen, dazu ein Glas fettarme Milch trinken, während er die letzte Ausgabe der *Times* durchblätterte. Ich ging ins Bad und nahm drei Schlaftabletten. Ich hatte Angst, mehr zu nehmen, nach dem vielen Whisky. Drei mussten reichen. Im Bett zog ich mir die Decke über den Kopf. Schwärze, bitte. Ich musste ganz leer werden, um alles von mir fernzuhalten. Jetzt begann eine Zeit der Buße, und nur Curtis konnte sagen, wie lange sie dauern würde. Er hatte den Schlüssel.

Ich träumte von Gott. Er saß auf einem goldenen Thron, umgeben von Engeln mit verschwommenen Gesichtern, die ihn anbeteten. Er sah auf seine Uhr, eine Rolex, wie Curtis'. »Sie kommt zu spät«, sagte er mit schrecklich trauriger Stimme. »Es tut mir sehr Leid, aber sie kommt zu spät.« Er weinte dicke Tränen. Er griff über sich und zog an der Kette einer großen Tiffanylampe und die Welt versank in Dunkelheit.

15

EMMA

Im März habe ich drei lästige Punkte auf meiner Liste der zu erledigenden Dinge abgehakt. In steigender Rangfolge, was den Schwierigkeitsgrad betrifft. Ich habe ein für allemal mit Brad Schluss gemacht, bin nach Virginia gefahren, um meine Mutter zu besuchen, und habe bei der Zeitung gekündigt. Die beiden letzten Punkte waren wirklich sehr schwierig.

Sollte ein Scherz sein. Meine Mutter ist nicht so schlimm. Nachdem sie aufgehört hatte herumzunörgeln, was für ein Idiot ich war, meinen Job aufzugeben, war sie beinahe nett zu mir. Ich glaube, ich habe das Rezept für einen zivilisierten Umgang mit ihr gefunden: Wir sollten uns einfach nur zweimal im Jahr sehen.

Am meisten Angst hat mir die Tatsache eingejagt, dass ich anfange, ihr ähnlich zu sehen. Oder sie fängt an, mir ähnlich zu sehen – ein Gedanke, den man nicht außer acht lassen sollte. Meine Mutter – Kathleen – sieht genauso aus wie ich, wenn ich eine Woche lang nicht geschlafen, nur getrunken, geraucht und rumgehurt hätte. Und mir ständig Sorgen machen würde. So wird man wahrscheinlich, wenn man fünfundsechzig ist, denn der einzige Zeitvertreib, den meine Mutter sich gönnt, ist letzteres (so weit ich weiß). Aber darin ist sie ehrlich Spitzenklasse.

Ich weiß, ich bin zu hart gegen sie. Die Macht der Gewohnheit. Aber ich bin zu alt, um noch auf ihre plumpen Manipulationen und Machenschaften zu reagieren wie früher als schmollender, unleidlicher Teenager. Egal, ich habe gewonnen. Schon vor langer Zeit. Ich bin aus Danville, Virginia, rausgekommen; ich habe nicht geheiratet; ich bin nicht auf ein staatliches College gegangen und Lehrerin geworden, etwas, »auf das man immer zurückgreifen kann«, im Klartext, falls mich, wie sie, mein Mann sitzen lässt. Und nur um sie zu ärgern, bin ich mit voller Absicht so eine liebenswerte Besserwisserin geworden.

Den Job zu kündigen erwies sich als härter, als ich gedacht hatte. Wegen des Geldes. Ich hatte mich daran gewöhnt, immer genug zu haben. Ich kaufte mir Dinge, die ich im Schaufenster sah – ein Blick im Vorbeigehen, rein in den Laden und gekauft. »Das nehme ich.« »Das auch.« Jetzt bin ich erwachsen, dachte ich, wenn ich meine goldene Visakarte oder die Mastercard in Platin zückte. Zu Weihnachten habe ich meiner Mutter einen Videorecorder geschickt. Ich hatte vor, mir im Frühling ein neues Auto zu kaufen, was Sportliches, ein Cabriolet vielleicht. Und die Trinkgelder, die die Kellnerinnen von mir bekamen, waren definitiv menschenfreundlich.

Aber vor allem hatte ich meine ewige Ausrede satt, warum ich keinen Roman schrieb, wo es doch mein Herzenswunsch war. »Ich habe keine Zeit.« Auch wenn es stimmte; der Job bei der Zeitung, nebenher Artikel als freiberufliche Autorin, dann schrieb ich Kurzgeschichten, die keiner haben wollte, und so war ich abends immer ziemlich fertig. Irgendwas musste weg. Also ließ ich den Job sausen, behielt das freie Schreiben bei, um den Kredit abzahlen zu können, und hängte die Kurzgeschichten an den Nagel. Jetzt wird sich herausstellen, ob ich es schaffe.

Ich sage das mit soviel Nachdruck, soviel Inbrunst. Als hätte ich nicht seit meiner Geburt schon alles getan, um genau dem aus dem Weg zu gehen. Konnte es sein? Wurde ich wirklich erwachsen?

Nein. Leider. Der Grund ist eher Feigheit und nicht besonders schmeichelhaft. Ich tue es wegen Isabel. Sie hat mir über die Jahre so viele Lektionen erteilt, doch diese eine wollte ich wirklich nicht lernen, nicht von ihr, nicht so. Sie hat mich gelehrt, wie kurz das Leben ist und wie dumm es wäre, es zu vergeuden.

Ich versuche zu verstehen, warum ihr das passiert, warum nicht Rudy oder Lee oder mir. Warum Isabel? Sie ist die beste von uns. Sie hat das größte Herz. Sie glaubt an alles – ich glaube an nichts. Es ist *Zufall,* dass sie es ist, oder? Sie sagt nein, so etwas wie Zufall gibt es nicht, es hat einen Grund. Was für einen Grund? »Vielleicht kann ich es ertragen und du nicht«, sagte sie zu mir. Aber das ist doch Unsinn, oder?

Sie hat sich von diesem Ekel Glass getrennt und geht zu einem andern Onkologen. Der neue heißt Searle; er fing mit einer Anti-Östrogentherapie an, mit irgendeinem Medikament namens Megace, von dem sie nur zugenommen hat und Hitzewallungen bekam, aber sonst hat es gar nichts bewirkt. Jetzt versucht sie zwei neue Medikamente. Arimidex und noch irgendwas, ich weiß den Namen nicht mehr, und wir drücken ihr alle die Daumen. Zuerst wollte Isabel der Schulmedizin ganz den Rücken kehren und es mit der Stärkung der Selbstheilungskräfte versuchen. Stärkung der Selbstheilungskräfte. Wissen Sie, was das ist? Weizenkleie und Koffeineinläufe, indianische Schwitzhütten, Akupunktur und Hypnose. Phantasiereisen. Verdammtes Bio-Feedback.

Aber ich habe den Mund nicht aufgemacht. Ich habe mir auf die Zunge gebissen und kein Wort gesagt. Rudy und Lee haben es ihr schließlich ausgeredet, und Kirby – der bekehrte schwule Schwarm – hat offensichtlich das Seine getan. (Tut mir leid; das ist gemein. Ich entschuldige mich bei Kirby, den ich immer noch nicht kennen gelernt habe. Isabel sagt, sie sind nur Freunde. Kann sein, aber aus irgendeinem Grund mag ich ihn nicht. Ist es vielleicht Neid oder Eifersucht?)

Ich halte es kaum aus, dass ihr das passiert. Wenn ich sie anrufe, fehlen mir die Worte. Ich komme mir unbeholfen und dumm vor, weil diese Sache zwischen uns, über die wir beide eigentlich nicht sprechen wollen, so unüberwindlich geworden ist. So schiebe ich jeden Anruf vor mir her, und dann vergehen ganze Tage, an denen ich nicht einmal an sie denke. Das ist das Schlimmste: Ich kann meine liebste und beste Freundin vergessen, deren Leben zu einem absoluten Albtraum geworden ist.

Nein, so stimmt es nicht. Mein Leben wäre ein Albtraum, wenn ich in Isabels Haut steckte. Wer weiß, aber es *scheint* so, als würde sie es mit derselben Größe meistern wie all die anderen Gemeinheiten, die das Leben für sie bereithielt. Und wenn wir schon bei Gary sind – er hat sie noch nicht mal angerufen, geschweige denn eine Karte geschickt. Terry wollte für ein langes Wochenende aus Montreal kommen, aber sie hat Nein gesagt. Was für ein lieber Junge. Ich mochte ihn schon immer. Habe mir immer gewünscht, er wäre fünfzehn Jahre älter.

Oh, nein, immer ich. Nichts bringt die eigene Egozentrik mehr ans Licht als die Lebenskrise eines geliebten Menschen. Isabels Krankheit kann ich offenbar nur in bezug auf mich sehen. Wie wird sich *mein* Leben verändern, wenn es ihr schlechter statt besser geht? Wie werde *ich* ohne sie leben, wenn sie stirbt? Schuld, nichts als Schuld. Ich dachte, die Juden wären diejenigen, die sich ihr Leben lang mit Schuldgefühlen herumplagen müssen, nicht wir ungläubigen Ex-Katholiken. Lee ist Jüdin, und sie ist die einzige, die ich kenne, die nie Schuldgefühle hat und überhaupt nicht neurotisch ist. Lästig, aber nicht neurotisch. Isabels Situation macht Lee nur noch effizienter. Und herrischer.

Sie ist übrigens noch nicht schwanger, aber sie ist guten Mutes. In letzter Zeit ruft sie mich nicht mehr an, sondern schickt mir E-mails. Ich vermute, das ist auch effizienter.

An: Emma [DeWitt@Dotcom.com]
Von: L. P. Patterson [LeePatt@Dotcom.com]
Betrifft: Heilkreis
Emma:
Wollte dich nur an Mittwoch Abend, 21-21.30 Uhr erinnern. Ich habe es Rudy schon zweimal gesagt, aber würdest du sie noch einmal darauf ansprechen, wenn du sie in der Zwischenzeit siehst? Du weißt ja, wie sie ist.
Liebe Grüße
Lee

Am Mittwoch halten wir unseren zweiten »Heilkreis« für Isabel ab. Zu einer vorher bestimmten Zeit werden alle – nicht nur die vier Engel, sondern all ihre Freunde und die Familie im ganzen Land, plus Bekannte, falls erwünscht – aufhören, das zu tun, was sie gerade tun, und ihre Gedanken auf Isabel und ihre Heilung konzentrieren. Manche Menschen beten, manche wünschen ihren Krebszellen etwas Schlimmes, manche schicken ihr »weißes Licht«, was auch immer das ist. Rudy starrt in einem dunklen Raum auf eine Kerze und singt irgendwas – hat sie mir erzählt. »Was?« habe ich sie fasziniert gefragt. »Irgendwas. Es ist sozusagen persönlich.« Gut, ich wollte ja nur einen Rat. Weil ich so eine Niete in diesen Dingen bin. Bis jetzt hat es mich nie gestört, dass ich mit diesem New-Age-Kram nichts anfangen kann; ich bin eben durch und durch kopfgesteuert. Aber wenn ich versuche zu beten, zu singen oder weißes Licht zu schicken, erwische ich mich dabei, wie ich von Mick träume oder von Schokoladenkuchen oder an die Inspektion meines Autos denke, und ich habe Angst, dass ich Isabel im Stich lasse.

An: Emma [DeWitt@Dotcom.com]
Von: L. P. Patterson [LeePatt@Dotcom.com]
Betrifft: Jahrestag
Emma:
Es ist alles organisiert – wir können das Haus am Cape Hatteras am zweiten Juniwochenende haben. Ich wollte lieber das dritte, weil da der echte zehnte Jahrestag der Engel ist, aber da ist es schon vermietet. Henry plant, am Sonntag am späten Nachmittag, wenn alle weg sind, nachzukommen, und wir wollen noch drei Tage bleiben. Vielleicht lade ich noch ein Pärchen ein. Hast Du Lust, auch noch zu bleiben? Mit oder ohne Beau – wie du willst.
Ich freue mich auf Freitag Abend,
Lee

An: Emma[DeWitt@Dotcom.com]
Von: L. P. Patterson [LeePatt@Dotcom.com]
Betrifft: Freitag Abend
Emma:
Du kommst doch zu meiner Cocktailparty, oder? (Ich frage, weil du nicht geantwortet hast.) Vorausgesetzt, dass du kommst, habe ich einen kleinen Überfall auf dich vor. Wir haben morgen um 15.30 Uhr einen Termin für die künstliche Befruchtung. (Der vierte, und diesmal klappt es, ich bin mir sicher!) Wahrscheinlich

schaffen wir es nicht, rechtzeitig zurück zu sein, um die Lachsmousse bei Fresh Fields abzuholen. Es liegt auf deinem Weg – könntest du sie abholen? Tausend Dank. Sie ist schon bezahlt; du musst sie nur abholen.
Rate mal, wer kommt und EINE FREUNDIN MITBRINGT?
In Eile
Lee

Ha! Das muss Jenny sein, Lees Schwiegermutter. Die »EINE FREUNDIN MITBRINGT«. Das wird bestimmt gut. Ich liebe es zuzusehen, wie Lees liberales Super-Ego mit ihrem konservativen Über-Ich kämpft.

Doch die einzige, die wirklich auf Lees Party wird leiden müssen, werde ich sein, weil ich versuchen muss, mich in Gegenwart von Mick und Sally, den Dracos *en famille*, normal zu benehmen. Es wird bestimmt ein lustiger Abend werden.

Ich will nicht leugnen, dass ich die Tür beobachtete, und trotzdem habe ich Micks Ankunft verpasst. Als ich ihn endlich sah, lehnte er mit einem Drink in der Hand am Durchgang zur verglasten Veranda. Die untergehende Sonne warf rot glühende Strahlen durch die Jalousien auf das überladene Buffet – und Micks hoch gewachsene, schlanke Silhouette. Unsere Blicke trafen sich. Wie man so schön sagt. Ich wollte ihn anlächeln, aber da schoben sich ein paar andere zwischen uns, ein Knäuel schwatzender Menschen, die Platz für Lee mit einem Tablett voller

Krabben in Blätterteig machten. Als sich das Gedränge aufgelöst hatte, beugte er sich zu seiner Frau hinüber und sagte ihr etwas ins Ohr.

Sally ist auf Partys schüchtern. Sie braucht ein oder zwei Drinks, ehe sie sich von ihrem Mann löst und von sich aus mit anderen spricht.

Woher ich das weiß? Er hat es mir erzählt. Ich weiß nicht mehr, in welchem Zusammenhang. Doch es war ein unschuldiger. All unsere Gespräche sind unschuldig, und Murray's schmieriges, kleines Café ist immer noch unser Treffpunkt. Er hilft mir nicht aus dem Mantel, fasst mich nicht am Arm, wenn wir die Straße überqueren. Wir berühren uns nie, außer wenn unsere Knie unter dem Tisch zufällig aneinanderstoßen. Aber ich habe die heißeste, riskanteste, intensivste Liebesaffäre meines Lebens. Ich glaube, das gilt auch für ihn.

Lee tauchte neben mir auf. »Danke, dass du die Mousse abgeholt hast, Em. Du hattest deswegen doch keine Unannehmlichkeiten, oder?« Ganz vollendete Gastgeberin, in einem bodenlangen Rock und einem Seidentop; Emanuel Ungaro, hatte sie mir in einer E-mail geschrieben.

»Nein, nein«, versicherte ich ihr, »kein Problem. Du siehst klasse aus. Das Haus auch.«

»Du auch! Ganz schön gewagt.«

Ich nehme an, das war ernst gemeint. Ironie war normalerweise mein Revier. Aber jetzt, hier, fühlte ich mich ein wenig unsicher ob meiner Wahl: Ich trug ein Abendjackett mit einem tiefen Ausschnitt, keine Bluse darunter, und einen passenden kurzen Rock.

Es zeigte viel mehr Haut, als ich sonst enthülle. »Es ist doch eine Cocktailparty«, sagte ich abwehrend. »Wo sonst kann ein Mädchen zeigen, was es hat?«

»Am Strand?« Lee lachte, erfreut über ihren kleinen Scherz. »Ach, Emma, was ich noch sagen wollte – wir können jetzt nicht darüber reden, aber vielleicht kannst du schon mal darüber nachdenken.«

»Was?«

Sie warf einen Blick über ihre Schulter und senkte die Stimme. »Was hältst du davon, wenn wir Sally fragen, ob sie bei uns mitmachen will? In unserer Gruppe. Bei den Engeln«, erklärte sie, als ich sie nur anstarrte. »Glaubst du, es wäre eine gute Idee?«

Es verschlug mir die Sprache.

»Du hast sie jetzt schon ein paarmal getroffen. Magst du sie? Ich finde sie richtig nett. Und klug und interessant. Anders als wir, sie würde frischen Wind in die Gruppe bringen.« Abwechslung war wichtig für Lee. Einmal hat sie ihr Veto gegen eine Frau eingelegt, die ich aus der Redaktion kannte, weil wir den gleichen Job hatten. »Dann hätten wir zwei Journalistinnen«, hatte sie argumentiert. »Das ist überflüssig. Wollen wir denn nicht etwas Abwechslung?«

Sally würde Abwechslung bringen. Das sah ich auch so. Eine junge Mutter, aus den Südstaaten, die das Geld in der Familie verdiente, alles einzigartige Eigenschaften. Das Ärgerliche an Sally war, und das habe ich schon mehr als einmal gedacht, dass sie keine Fehler hatte.

Ich griff auf eine feige, aber nahe liegende Ausrede zurück. »Meinst du nicht, jetzt ist der falsche

Zeitpunkt, um ein neues Mitglied aufzunehmen? Wegen Isabel? Wo ist sie übrigens?«

»Sie hat gesagt, dass sie später kommt. Nein, das glaube ich nicht …«

»Hallo, großartig, du siehst zum Anbeißen aus!« Ich erstickte beinah in Henrys riesigen, bärenhaften Armen. Lee runzelte die Stirn wegen der Unterbrechung, griff abwesend nach seinem Arm und lehnte sich an ihn. Pat und Patachon. Er könnte sie in seine Tasche stecken. Sie sind so süß zusammen, so … unzeitgemäß vielleicht. Wenn er sie *tatsächlich* in seine Tasche steckte, würden sie sich beide nichts dabei denken.

»Ich würde das nicht unbedingt sagen, überhaupt nicht«, sagte Lee zu mir. »Sobald sie das richtige Medikament für Isabel finden, hat sie das Schlimmste hinter sich. Und dann wäre es meiner Meinung nach gut für sie *und* die Gruppe, jemand Neues dabeizuhaben. Und sie kennt Sally schon«, fügte sie hinzu und sprach wieder leiser. »Ich habe sie gefragt, und sie sagte, sie mag sie.«

»Du hast sie gefragt? Du hast Isabel wegen …«

»Nicht ob wir sie in die Gruppe aufnehmen sollen, nur ob sie sie mag. Und sie hat ja gesagt.«

»Ach so.« Aber Isabel mag jeden. In der Beziehung ist sie wie Gott. »Ach, Lee, ich weiß nicht. Ich habe nichts gegen Sally, es ist nur – ich weiß einfach nicht, ob es jetzt so gut ist, jemand Neues aufzunehmen.«

»Ich finde das zwar nicht, aber es ist deine Meinung. Ich werde natürlich Rudy fragen, wie sie darüber denkt.«

Tu das. »Natürlich.« Ich nickte heftig. Rudy würde mich nicht hängen lassen. »Und natürlich Isabel.«

»Natürlich.«

Sie ging, um sich ihren Gästen zu widmen. Henry blieb bei mir stehen und unterhielt mich mit ein paar seiner naiven schmutzigen Witze. Dann sagte er: »Weißt du, Em, ich hoffe, ich täusche mich, aber ...« Er bauschte den Teppich mit der Schuhspitze auf.

»Was?«

»Ich bin mir nicht sicher, ob Lee in bezug auf Isabel realistisch ist. Was ihren Zustand angeht. Ich sage nichts dazu, ich will sie nicht entmutigen. Und es gibt Wunder.« Er rieb sich den Nacken. »Was meinst du?«

»Ich glaube, wir tun uns alle schwer und versuchen, jede auf ihre Weise, damit fertig zu werden. Lee ist Optimistin, sie geht wie eine Optimistin damit um.« Eine höflichere Art zu sagen, dass sie es verleugnet. »Rudy hat schreckliche Angst, doch sie lässt es sich nicht anmerken.«

»Und du?«

Ich sah ihn offen an. »Ich bin Pessimistin.«

»Ja.« Sein sorgenvolles Gesicht wurde weich und mitfühlend. »Ich habe einfach Angst, dass Lee wehgetan wird. Wenn etwas passiert. Sie wird nicht darauf vorbereitet sein.«

»Ich weiß.« Ich auch nicht. Wenn etwas Schlimmes geschieht. »Wie gut«, sagte ich, »dass sie dich hat.« Ich rückte näher an ihn heran. »Und, Meister Füllhorn. Meister Superfruchtbar? Wie steht's denn so mit der Liebe?«

Henry ist so süß, er liebt meine Sprüche, die ich immer wieder mache, seit Lee uns von seinem Spermatest erzählt hat. Ich glaube, er ist erleichtert, dass er über das Problem sprechen kann. Vorher konnten wir das nicht. Ist das nicht lächerlich? Solange er zu *wenig* Spermien hatte, war es ein Tabu, aber jetzt ist es in Ordnung.

Nach ein paar weiteren schwachen Witzen über Sperma wurde er wieder ernst und sagte: »Wenn man bedenkt, was im Moment alles los ist, ist der Zeitpunkt für uns optimal. Lee ist überzeugt, dass es diesmal funktioniert. Selbst wenn es nicht klappt, haben wir noch zwei Versuche. Wenn sie ein Baby bekäme, würde ihr das bestimmt darüber hinweghelfen. Wenn …«

»Es klappt«, sagte ich und wollte nichts über *wenn* hören. »Weil du so beeindruckend bist, Patterson. Du bist so verdammt potent, dass du wahrscheinlich Drillinge zeugen wirst. Alles Söhne.«

Er warf den Kopf in den Nacken und lachte. Und errötete. Wie ich Henry liebe. Er ist wie ein großer, schläfriger Bär, ruhig und stark, und verlässlich wie die Morgendämmerung. Er ist gut zu Lee, und er dämpft ihre Zwanghaftigkeit wie … ich weiß auch nicht. Wie ein gutes Beruhigungsmittel. Lees lebendes Rezept für Valium.

Die Party wurde lauter, ein bisschen lockerer. Nicht viel; Lees Partys geraten nie außer Kontrolle. Sie hatte sie mit lauter Bekannten und Freunden aus der Schulzeit oder Kindheit bestückt: kluge, interessante, warmherzige Frauen, deren Männer das Geld verdienen. Ich schwatzte ein bisschen mit denen, die ich schon kannte, lernte ein paar neue kennen. Auf Lees Partys gibt es immer zu wenig allein stehende Männer. Ich weiß auch nicht genau, warum. Meine Theorie ist, dass ihre Freunde so tüchtig sind und sich nie scheiden lassen.

Heute Abend war ich natürlich nicht hinter allein stehenden Männern her. Ich wusste immer, wo Mick war, obwohl ich nicht nach ihm suchte. Antennen. Wir umkreisten einander, achteten jedoch immer darauf, dass genügend Raum zwischen uns war, immer ein Pulk von sich bewegenden Menschen. Ich bewusst; er – ich konnte es nicht sagen. Aber es war ein grausames Spiel, das ich da spielte, wie eine Sucht. Es ist wahr, dass mir innerlich alles wehtat, angesichts der Hoffnungslosigkeit meiner Vernarrtheit, aber gleichzeitig habe ich mich noch nie in meinem Leben so lebendig gefühlt.

Rudy und Curtis kamen spät, wie immer. Er mag ein Schmock sein – nein, er ist mit Sicherheit ein Schmock –, aber man kann nicht leugnen, dass Curtis Lloyd ein gut aussehender Mann ist. Typ junger, ernster Nazi zwar, aber trotzdem. Und Rudy, nun, sie ist wunderschön und hat diesen mühelosen Chic der Models, der normale Leute immer ungeschickt, plattfüßig und viel zu aufgedonnert erscheinen lässt. Leute wie mich. Ich winkte ihr, in der Hoffnung, dass sie sich von Curtis loseisen und allein zu mir kommen würde. Unmöglich. Ich hätte es wissen müssen; er lässt sie auf Partys selten aus den

Augen. Entweder traut er ihr nicht, oder er hat Angst, allein zu sein. Wahrscheinlich beides.

Rudy und ich küssten uns auf die Wangen, während es Curtis und mir gelang, uns zu umarmen, ohne uns tatsächlich zu berühren. »Wo ist Isabel?« fragte Rudy, nachdem wir die üblichen Nettigkeiten ausgetauscht hatten.

»Noch nicht da. Lee sagte, dass sie etwas später kommt.«

»Ich kann es kaum erwarten, diesen Kirby kennen zu lernen.«

»Ich auch nicht.«

Wenn Curtis danebensteht, kann ich nicht mit Rudy reden. Es ist, als versuche man im Gefängnis mit jemandem über ein Telefon zu sprechen, der auf der anderen Seite einer Glaswand sitzt, während die Wärter aufpassen. Noch schlimmer ist es allerdings, mit Curtis allein zu reden.

Deshalb hätte ich Rudy umbringen können, als sie sagte: »Oh, da ist Allison Wilkes, die habe ich seit einer Ewigkeit nicht gesehen. Bin gleich wieder da«, und weg war sie.

Zu jemand anders, der mir nicht besonders nahe steht, hätte ich vielleicht gesagt: »Endlich allein«, mit dem Hintergedanken, die schlimmste Verlegenheit zu überspielen, das mindert die Spannung, selbst wenn es ironisch gemeint ist. Aber bei Curtis behalte ich meine wahren Gefühle für mich – das Treffen bei Sergei's war eine Ausnahme. Rudy hat angeblich keine Angst vor ihm, ich aber schon. Ein bisschen. Weil er mir unheimlich ist. Also benehme ich mich anständig und eindimensional und bewusst gleichgültig: Ich komme mir vor wie ein Zombie bei so viel Selbstkontrolle. Ganz schön bewundernswert, wo es doch mein größter Wunsch wäre, ihm mitten ins Gesicht zu schlagen. Alles nur für Rudy.

Mit leeren Händen – Curtis trinkt nicht in der Öffentlichkeit, er könnte ja die Kontrolle verlieren – wippte er ein wenig auf den Zehenspitzen und überflog die Gäste. Bestimmt wollte er nur herausfinden, ob ihm hier irgend jemand von Nutzen sein konnte, da bin ich mir sicher. Er ist der geborene Politiker, er hat nur einen Fehler: Er mag keine Menschen.

»Also, Emma«, ließ er sich herab zu sagen. »Rudy hat erzählt, dass du gekündigt hast.«

Ich bejahte.

»Und jetzt willst du ein Buch schreiben. Einen Roman.« Er lachte hart und scharf. Maschinengewehrsalven. *Ha, ha, ha, ha.*

»Ist das witzig? Findest du das amüsant?« Lächeln, immer lächeln. Meine Feindseligkeit sah man nur in meinen Augen. Er machte sich nicht die Mühe zu antworten. Mein Zorn war unverhältnismäßig, aber Curtis ist wie ein Scharfschütze, ein Bogenschütze, der perfekt zielt. Mit dem ersten Schuss hatte er meine Achillesferse getroffen.

»Wie ist dein neuer Job?« konterte ich. »Lobbyismus. Das passt so gut zu dir, Curtis. Wirklich, ein …« Ich tat so, als suchte ich das richtige Wort. »Ein *ehrenwerter* Beruf.«

Er lächelte süßlich. Mein Pfeil hatte sogar die Zielscheibe verfehlt. Ich dachte, damit wäre unser

Spielchen vorbei, aber er fragte: »Und worum geht es in deinem Buch?«

Die Frage, die ein Schriftsteller am meisten hasst. Woher wusste er das wohl? »Es ist noch in der Entwicklungsphase«, sagte ich, immer noch lächelnd. Understatement. »Ich möchte lieber nicht darüber sprechen.« Auf der anderen Seite des Raumes sah ich Mick mit Henry reden. Sie lachten, stoßweise und wiehernd, typisch männlich eben. Ihre neue Freundschaft überrascht mich ein wenig. Sie sind so unterschiedlich.

»Man sagt, man soll immer über das schreiben, was man am besten kennt«, sagte Curtis gerade.

»Ja, sicher. Bis zu einem gewissen Punkt.«

»Dann wird deine Geschichte vermutlich von ...«, er schürzte nachdenklich die Lippen, »den geheimen Träumen einer promisken alten Jungfer handeln ... oder so?« Ich drehte mich um und starrte ihn an. Unschuldig, mit einem angedeuteten Lächeln, zog er seine blonden Augenbrauen hoch. Sein Blick wanderte an mir hinunter und verweilte geringschätzig an den Stellen, wo die bloße Haut zu sehen war.

Schuld und Zorn sind eine tödliche Kombination. Heiß schoss mir die Röte ins Gesicht. Ich verabscheute ihn, verachtete diesen wissenden Blick in seinem adretten Gesicht. Ich wusste, wenn ich den Mund aufmachte, würde ich ihn wüst beschimpfen.

»Ich werde mal sehen, wo meine Frau steckt. Pass auf dich auf, Em.« Die Hände in den Taschen, schlenderte er davon.

Auf dem Weg ins Bad nickte ich, lächelte, wechselte belanglose Worte mit ein paar Leuten. Aber als ich drin war, schloss ich die Tür hinter mir ab, hielt mich am Waschbecken fest und starrte mein Spiegelbild an. Hatte Curtis dieses verwundete Gesicht gesehen? Kein Wunder, dass er so zufrieden weggegangen war. »Fall nicht darauf rein«, warnte ich mich, und suchte in meiner Handtasche nach Lippenstift und Wimperntusche. Das war es doch, was er wollte: Ich sollte mich von Rudy verletzt und betrogen fühlen.

Aber wie konnte sie ihm mein Geheimnis erzählen? Ich hatte sie zwar nicht ausdrücklich darum gebeten, es für sich zu behalten, aber ich dachte, das müsste ich nicht! Ich dachte, sie geht mit meinem Vertrauen so um, wie ich mit ihrem: heilig, respektvoll. »Promiske alte Jungfer« – o bitte. Vergiss es, es beweist nur, dass er genauso krank ist, wie ich schon immer behauptet habe. Aber verdammt, Rudy, wie konntest du ihm nur von Mick erzählen?

Es klopfte.

Mist. »Einen Moment noch!« Ich brauchte noch eine Minute – ich sah aus, als hätte ich geweint.

»Tut mir Leid, keine Eile!«

Ich erkannte die hohe, fröhliche Stimme von Sally Draco.

Na wunderbar.

Ich lächelte. Grinste. Warf den Kopf zurück und mimte ein erfreutes Gesicht. Mein Partygesicht. Während ich meinen Rock glattstrich, beschloss ich, Rudy später zur Rede zu stellen, nicht heute Abend, nicht hier, wenn wir beide tranken. Das haben wir einmal getan. Nie wieder.

Sally lehnte im Flur an der Wand und blickte in das überfüllte Wohnzimmer. Als sie hörte, wie die Tür aufging, drehte sie sich um. »Oh, hallo. Du bist es.«

Der zweite Drink musste es gebracht haben; sie freute sich anscheinend wirklich, mich zu sehen. Wenn ich nicht die Arme verschränkt hätte, hätte sie mich wahrscheinlich sogar an ihre Brust gedrückt. Was wirklich übertrieben gewesen wäre, wenn man bedenkt, dass ich sie erst zweimal in meinem Leben gesehen habe, beide Male bei einem Abendessen bei Lee.

»Wie geht es dir, Emma. Ich wollte dich die ganze Zeit schon anrufen, aber du weißt ja, wie es ist...«

»Oh, ja«, sagte ich matt, »die Arbeit *und* das Kind, da bist du bestimmt beschäftigt. Wie läuft's im Job?« fragte ich, denn es sah so aus, als wollte sie ein richtiges Schwätzchen halten, nicht nur ein paar Worte zwischen Tür und Angel wechseln.

Sie verdrehte die Augen. »Sagen wir einfach, es ist nicht der Job meines Lebens.«

»Nicht?« Was war sie gleich noch? Anwaltsgehilfin? Ich kann mir nie merken, was die Leute für Berufe haben. Nein, sie war Anwaltsgehilfin, als Mick sie kennen lernte; jetzt machte sie irgendwas im Arbeitsministerium.

»Aber wahrscheinlich kann nur einer in der Familie das tun, was er wirklich will.« Sie lachte zaghaft, aber ich erkenne versteckte Aggressivität, wenn ich sie höre. »Das ist ein *tolles* Kostüm! Wo hast du das her?«

Also führen wir ein Mädchengespräch, dachte ich, während ich sie musterte und ihr das obligatorische Kompliment über ihr niedliches weißes Cocktailkleid zurückgab. Sie war eine attraktive Frau, keine Frage, mit glatten, glänzenden blonden, kurzen Haaren, was Frauen meistens schöner finden als Männer. Ihre weit auseinanderstehenden Augen und die kräftigen Wangenknochen gaben ihrem Gesicht etwas Exotisches. Ihr Mund war riesig, aber nicht glücklich. Nein, eher sorgenvoll. Aber sinnlich – ihr ganzes Gesicht war sinnlich! Es stellte ihren Körper in den Schatten, der im Vergleich seltsam asexuell wirkte; man bemerkte ihn kaum.

»Mick sagt, ihr seid mit dem Artikel fast fertig. Es freut mich, dass er dir dabei helfen konnte.«

»Ja, er war großartig. Ohne ihn hätte ich es nicht geschafft.«

»Wann erscheint er?«

»Schwer zu sagen. Vielleicht im Juni. Wann immer sie beschließen, ihn zu veröffentlichen.«

»Ich kann es kaum erwarten, ihn zu lesen«, sagte sie mit großen, ernsten Augen.

Gott weiß, dass ich versucht habe, objektiv zu sein. Ich habe mich gefragt, würde ich Sally Draco mögen, wenn es Mick nicht gäbe? Wenn ich sie auf einer Party kennen lernen würde und wir uns einfach unterhalten würden? Würde ich ihre Freundin sein wollen? Und die ehrliche Antwort ist nein, aber aus keinem bestimmten Grund; ich meine, sie ist nicht der Teufel oder so. Sie strahlt viel Wärme aus, die nicht immer echt zu sein scheint, und je länger man mit ihr redet, desto weniger echt scheint der anfängliche Eindruck von Selbstvertrauen zu sein. Sie beobachtet vorsichtig, hoffend, als warte sie auf irgend etwas. In ihren großen Augen sehe ich einen Hilferuf.

Unsere Unterhaltung erstarb. Sie ging ins Bad, ich schlenderte davon und dachte über sie nach. Warum hatte sie Mick geheiratet? Sie sind so unterschiedlich: Er ist wirklich und sie nicht. (Nicht dass ich voreingenommen wäre.) Er spricht selten über sie, und wenn er es tut, dann überaus korrekt und allgemein. Etwas anderes hätte ich auch nicht von ihm erwartet. Es ist frustrierend, aber ich mag seine Diskretion, seine Höflichkeit. Er ist kein Mr. Rochester; der hätte Jane Eyre bestimmt gleich beim ersten Treffen von der Verrückten in seinem Atelier erzählt.

Ich entdeckte Lee im Wohnzimmer, mit einem Tablett voller Lammspießchen und einem gequälten Gesicht. Ich folgte ihrem Blick – sie spähte durch die Küchentür.

Aha. Jenny war da MIT EINER FREUNDIN. Man sah, dass sie Freundinnen waren, weil sie Händchen hielten.

»Wahnsinn, ein bemerkenswertes Paar.« Ich konnte nicht widerstehen.

Lee schloss eine Sekunde lang die Augen. »Kommst du mit?«

»Klar.« Ich ging sogar voraus. Ich mag Jenny.

Henry unterhielt sich mit ihr und ihrer *Freundin*, während er kleine Quiches aus dem Ofen holte und auf einen Teller legte. »Oh, Lee!« rief Jenny, als sie uns sah. »Lee und ihre Freundin. Phyllis, das ist Lee, meine bezaubernde Schwiegertochter.« Sie schloss Lee in ihre gewaltigen Arme und hob sie in die Höhe. Mir wurde eine ähnliche Behandlung zuteil, obwohl sie anscheinend meinen Namen vergessen hatte. Sie kann die Engel nie richtig auseinander halten, aber sie liebt uns alle und jede einzelne.

»Emma«, half ich und reichte der kleinen, hübschen, ungefähr fünfzigjährigen Phyllis die Hand. Jenny hatte sich eine viel zu junge Frau ausgesucht. Phyllis begrüßte mich und strahlte.

Es war unübersehbar, dass es Jenny erwischt hatte: Sie trug ein Kleid – ich sah sie so zum ersten Mal. Ein hübsches Kleid, und rein theoretisch passte es ihr, aber der Anblick war so unpassend, dass sie mich an einen verkleideten Mann erinnerte. Jenny ist ein Meter achtzig groß – in ihren Stiefeln sogar einsfünfundachtzig, sagt sie immer – und hat, was man landläufig einen starken Knochenbau nennt. Sie färbt sich die Haare dunkelbraun und trägt sie zu einer altmodischen Pompadourfrisur hochgesteckt. Hätte sie nicht diesen Südstaatenakzent, würde sie mich an Julia Child erinnern.

»Lee, das ist Phyllis Orr, meine sehr gute Freundin.« Sie zog die Worte in die Länge in diesem typischen, schleppenden Carolina-Dialekt, wie ein weiblicher Jesse Helms. Henry tut das nur ansatzweise.

»Guten Abend. Es ist wunderbar, Sie kennen zu lernen, einfach wunderbar«, plapperte Lee übertrieben laut. »Willkommen in unserem Haus. Ja, wirklich, die Freundinnen von Jenny …« Sie verstummte, als sie sich selbst reden hörte. Henry und ich tauschten Blicke und schmunzelten. »Und wie habt ihr zwei euch kennen gelernt? Ich meine, wenn das nicht zu – ihr müsst nicht – ich habe mich nur ge…«

»Phyllis verwaltet das Apartmenthaus, in dem ich wohne«, sagte Jenny in einem Tonfall, der voller Staunen über die unerwarteten Geschenke des Lebens war. »Man hat versucht, bei mir einzubrechen – ich habe es dir erzählt, Henry, erinnerst du dich? Aber sie haben nur den Riegel geknackt. Sie hat ihn repariert.« Sie klopfte Phyllis spielerisch, aber stolz auf die Schulter.

»Eine tolle Geschichte. Und seitdem seid ihr Freundinnen«, sagte Lee, leicht angestrengt. »Ich finde das einfach wundervoll. Wirklich.«

Phyllis, eine schlanke, drahtige, attraktive Brünette, die den Eindruck machte, als wüßte sie sehr wohl, wie man mit einem Sicherheitsriegel umgeht, sah Lee neugierig an.

»Wer spricht denn hier von Freundinnen«, dröhnte Jenny. »Erzähl Phyllis von eurer Gruppe, Lee, Liebes, na los! Lee hat einen Club nur für Frauen gegründet, schon vor Jahren, und sie sind immer noch zusammen. Emma gehört auch dazu.« Alles im schönsten Südstaatendialekt. »Wie viele Jahre seid ihr jetzt zusammen?«

Lee sagte: »Im Juni werden es zehn Jahre.«

»Ach, wirklich?« sagte Phyllis.

»Wir fahren nach Cape Hatteras, um es zu feiern«, warf ich ein. Lees Familie hat ein Haus dort, das das ganze Jahr über vermietet ist. Bis auf zwei Wochen im Juni und September. Die Rettenden Engel haben bis jetzt drei ihrer neun Jahrestage dort gefeiert, es ist sozusagen eine sporadische Tradition.

»Ich kann es beschwören.« Breit und schleppend.

Jenny stützte sich liebevoll mit dem Ellbogen auf Henrys Schulter. Patterson & Sohn sahen super zusammen aus heute Abend, beide so ungewöhnlich fein herausgeputzt. Lee sah sich um und rieb sich nervös lächelnd die Hände. Einige ihrer Freunde aus der Tagesstätte waren auf der Suche nach Eis oder ähnlichem hereingekommen, und jetzt standen sie um uns herum und hörten zu.

»Als ich so alt war wie ihr – Henry, wann war das?« wollte Jenny wissen.

Er dachte nach. »Ende der Siebziger.«

»Genau – also vor zwanzig Jahren, als ich so alt war wie ihr, stand mir das Leben mit anderen Frauen in einer Gruppe bis hier. Wusstest du, dass ich in einer Kommune gelebt habe?« fragte sie mich. »Auf dem Land, in der Nähe von Ashville, ein wunderbarer Ort. Dort ist Henry aufgewachsen. Ich habe mir immer Sorgen um ihn gemacht, weil er ohne Vater aufwuchs – er ist in Vietnam gefallen –, aber ihr seht ja, was aus ihm geworden ist.« Sie nahm ihn liebevoll in den Schwitzkasten.

»Ach ja?« sagte ich – als hätte ich diese Erinnerungen nicht schon oft von Lee, Henry und Jenny selbst gehört.

»Quiche?« Lee hielt ihrer Schwiegermutter hoffnungsvoll den Teller unter die Nase.

»Frauen, vereinigt euch! Wenn wir zusammenarbeiten, gibt es nichts, was wir nicht können.

Stimmt's, Emma? Lee, Schätzchen? Wir waren schon eine Truppe damals. Freie Liebe, und Männer waren nicht erlaubt. Hat eure Gruppe einen Namen? Wir nannten uns damals die Mannweiber.«

»Weißt du«, versuchte Lee im allgemeinen Gelächter zu erklären, »wir sind nicht so eine Gruppe.« Sie hob die Hand, als wolle sie auf Henry deuten, den einzigen hier mit einem Penis, und sagen: Siehst du: Der lebendige Beweis dafür, dass ich heterosexuell bin.

»Und ob wir radikal waren? Grundgütiger, wir haben bei jeder passenden und unpassenden Gelegenheit demonstriert, Hauptsache es war militant. Ich weiß noch, wie wir einmal bei einer Anti-Kriegs-Demonstration in Raleigh waren, und uns spontan ›Lesben für Mao‹ getauft haben. Meine Freundin und ich haben unsere T-Shirts ausgezogen und auf den Stufen zum Capitol unsere Babys gestillt. Henry, du kennst das Foto.«

»Ja, ich war damals acht.«

»Das kann nicht sein«, sagte Lee entsetzt.

»Aber es hat nicht gehalten. Konnte es wahrscheinlich auch nicht. Wir waren alle so jung. Eine nach der anderen hat die Kommune verlassen, und jetzt gibt es nicht mal mehr eine Farm dort. So ein schöner Fleck. Erinnerst du dich noch an Sue Ellen Rich?« fragte Jenny ihren Sohn. »Sie hat mir letzte Weihnachten eine Karte geschrieben – wir haben immer noch Kontakt –, sie schreibt, dass dort jetzt ein Gebrauchtwagenhändler drin ist. So was.«

Voller Trauer schüttelte sie den Kopf; Phyllis tätschelte ihren Arm und sagte: »O nein.«

»Wir sind nicht besonders politisch«, sagte Lee fröhlich. »Wir treffen uns einfach zum Essen.«

»Aber ihr seid immer noch *zusammen*, darum beneide ich euch. Nach zehn Jahren seid ihr immer noch eine Gruppe. Ihr mögt euch immer noch.«

»Das tun wir«, stimmte ich ihr zu und ließ meinen Arm um Lees Taille gleiten. »Wir lieben uns immer noch.« In letzter Sekunde begriff Lee, was ich vorhatte – ich wollte sie auf den Mund küssen –, und drehte panisch den Kopf zur Seite. Ich erwischte nur noch ihre Wange.

»Ich glaube, ich muss das hier reinbringen«, murmelte sie und befreite sich aus meinem liebevollen Griff. »Sonst werden sie kalt. Entschuldigt mich.« Immer höflich. Aber der Blick, den sie mir auf dem Weg zuwarf, versprühte reine Mordlust.

»Entschuldigt, dass wir so spät kommen. Kirby hat mich vor dem Haus aussteigen lassen«, sagte Isabel atemlos. »Er sucht einen Parkplatz.« Lee wollte ihr die Jacke abnehmen, aber sie sagte: »Ich glaube, ich lasse sie noch an.« Sie entdeckte mich. »Hallo, du«, sagte sie, und ich umarmte sie kurz und sanft. Sie fühlte sich gut an, genau wie immer – nicht zerbrechlich oder so etwas. Was für eine Erleichterung.

Rudy kam herüber, strahlte vor Freude und umarmte sie ebenfalls, lange und fest, wie es ihre Art ist. »Ich hatte schon Angst, du kommst gar nicht mehr.«

»Nein, alles in Ordnung, ich bin nur nicht fertig geworden …«

»Wie geht es dir?« wollte Lee wissen, griff nach Isabels Händen und sah ihr gespannt in die Augen.

»Du siehst wunderbar aus«, sagte Rudy.

Das stimmte nur zum Teil. Isabel trug ein tolles Kleid – da sieht man mal wieder, dass Schwarz zu Recht eine klassische Farbe ist –, und sie hatte eine neue Frisur, die ihr wirklich schmeichelte. Aber ihr Teint war irgendwie zu gelb, und ihre Augen wirkten riesig. Sie behauptete, sie habe mit den neuen Medikamenten kein einziges Pfund zu- oder abgenommen, aber warum sah sie dann um Kinn und Hals leicht aufgeschwemmt aus? Nur ein bisschen; wer sie nicht kannte, würde es wahrscheinlich gar nicht bemerken. Aber ich konnte kaum wegsehen. Ich beobachte sie in letzter Zeit wie eine Mutter ihr krankes Kind. Das tun wir alle. Sie hasst es.

»Wie fühlst du dich?« fragte Lee wieder.

»Gut, großartig, könnte nicht besser sein. Dein Haus ist so hübsch.« Isabel sah sich um und entzog Lee ihre Hände. »Der Spiegel ist neu, oder? Ich würde alles geben, wenn ich deinen Geschmack hätte, Lee. Wie machst du das nur?«

Alles klar. Sogar Lee hat den Wink verstanden. Wir sprechen nicht über meine Gesundheit. Also standen wir vier mitten im Wohnzimmer in einem engen, schützenden Kreis, lachten und plauderten über alles mögliche – Isabels hübsche Ohrringe, meine neuen Schuhe, Lees Pläne für Passah, war das Obsession, wonach Rudy duftete? –, bis sogar ich so weit war, zu vergessen, dass sich etwas Dunkles und Bedrohliches über unsere auserlesene Gemeinschaft gesenkt hatte. Etwas, das uns für immer verändern würde.

Kirby kam. Isabel stellte ihn Rudy und mir vor – Lee kannte ihn bereits – ohne diese vorsichtige Ich-hoffe-so-sehr-dass-er-euch-gefällt-Angst, die ich in so einem Moment empfunden hätte. Und er war irgendwie Furcht einflößend. Er überragte uns alle, obwohl er selbst tropfnass nicht mehr als siebzig Kilo wiegen konnte. Er war praktisch kahl, hatte scharfe, knochige Konturen und hängende Schultern. Er wirkte unbeholfen. Doch trotz der Hagerkeit war nichts Vogelartiges an ihm; er war sehnig und zäh, athletisch. Seine Augen beherrschten das priesterhafte Gesicht, sanft, braun und traurig.

Ich sagte nur: »Hallo, wie geht's«, und hielt mich ansonsten zurück. Wie ein kleiner Knoten standen wir auf der verglasten Sonnenveranda, wir vier und Kirby, und unterhielten uns ein wenig steif. Auch Kirby sagte nicht viel, obwohl er nicht zurückhaltend oder besonders still war. Er wusste, dass wir ihn insgeheim musterten. Seltsamerweise hat Lee behauptet, dass sie ihn mag, und sie will Isabel von uns allen am meisten für sich haben. Aber sie hat bekanntermaßen eine schlechte Menschenkenntnis (siehe Sally – nicht dass ich voreingenommen bin), deswegen zählte ihre Meinung für mich nicht. Offen gesagt, war ich entschlossen, ihn nicht zu mögen, aber Isabel zuliebe versuchte ich, objektiv zu sein.

Es lag nicht an dem, was er sagte, und wenn ich ihn nicht beobachtet hätte wie die Katze das Mauseloch, hätte ich nicht einmal mitbekommen, dass es daran lag, was er tat. Er beschützte sie nicht – es war eher so, als wachte er über sie. Und noch etwas – Lee hatte alle Stühle weggeräumt, um Platz zu schaffen; Kirby löste sich für ein paar Sekunden in Luft auf, dann war er plötzlich mit einem Küchenstuhl wieder da, den er beinahe unsichtbar hinter Isabel stellte – die ganze Aktion vermittelte das unaufdringliche Gefühl von Zauberei. Auf dieselbe Weise brachte er ihr ein Glas Mineralwasser mit einer Zitronenscheibe. Dann füllte er am Buffet einen Teller für sie und runzelte spielerisch die Stirn, bis sie begann, ein bisschen zu essen. Er war wie ein Schutzengel. Unauffällig tat er Gutes.

Es wäre ein Leichtes gewesen, ihn als sonderbar abzustempeln, wegen seines Aussehens, oder als dämonisch, weil er sich zu einer Frau hingezogen fühlte, die, milde ausgedrückt, ernsthaft krank war. Und ich verstand, warum Isabel ihn am Anfang für schwul gehalten hatte; nicht weil er feminin war, sondern weil er anders war; er passte in keine Schablone. Doch langsam wurde mir bewusst, dass er hinter der Fremdartigkeit sanft war. Ich beschloss, ihm zu vertrauen. Nach einer halben Stunde freute ich mich richtig für Isabel. Einen Mann, der Gary Kurtz weniger ähnlich war, hätte sie ohne eine Anzeige in der Zeitung nie gefunden.

Er schlug vor, dass wir uns alle ins Wohnzimmer setzen sollten, und inzwischen wusste ich, dass er dachte, dort wäre es bequemer für Isabel. Als wir uns aufmachten, hielt Isabel mich an der Tür am Ärmel fest.

»Und?«

»Was und?« Sie machte ein ungeduldiges Gesicht, und ich lachte. »Ich mag ihn, er ist nett.«

»Wirklich, Em? Gefällt er dir?«

Ich kann gar nicht sagen, wie ich mich fühlte, als ich merkte, dass es Isabel wichtig war, was ich über ihren Freund dachte. Es war, als würde der Papst sein Blind Date zuerst mit mir absprechen. Ich war wirklich gerührt. Isabel ist meine Mentorin, obwohl wir das beide nicht laut sagen würden. Und mit Sicherheit würden wir nicht dieses Wort benutzen. Sie glaubt an *mich* und nicht nur umgekehrt.

»Natürlich gefällt er mir, was sonst? Aber«, ich konnte der Frage nicht widerstehen, »was ist mit eurer ›Nur Freunde‹-Geschichte?«

»Wir sind Freunde. Genau das.«

»Oh. Hast du ihm das gesagt?«

Sie lächelte ein wenig und schlug die Augen nieder.

»Er ist in dich verliebt, Is.«

»Wenn er das je war, dann ist es jetzt vorbei.«

»Warum?«

Sie antwortete nicht.

»Wie kommt das? Du meinst, weil du wieder krank geworden bist? Also, wenn er so …«

»Emma, es ist jetzt einfach zu kompliziert, das ist alles. Du musst zugeben, dass es kompliziert ist.«

»Alles ist kompliziert, Isabel. Willst du damit sagen, dass Kirby dich nur mag, wenn du vor Gesundheit strotzt?«

»Nein, das will ich nicht sagen.« Sie sah mich entsetzt an. »Du verstehst es wirklich nicht.«

Mir ging ein Licht auf. »Du bist es.«

»Ich bin was?«

»Du bist diejenige, die sich zurückzieht – weil du krank bist. Es ist überhaupt nicht Kirby.« Was für eine Erleichterung, besonders da ich doch beschlossen hatte, ihm zu vertrauen.

Isabel starrte mich abwesend an und dachte nach. Dann schüttelte sie den Kopf und sagte noch einmal: »Nein, es ist komplizierter als das. Wirklich.«

»Gut, wenn du das sagst. Aber du solltest einen klaren Kopf behalten, Isabel.«

Erstaunlich, wie hochgestochen ich daherreden kann, wenn man mich ein bisschen ermutigt. »Ich habe ihn zwar gerade erst kennen gelernt, aber Kirby kommt mir nicht so vor, als könne er keine Schwierigkeiten aushalten. Mit anderen Worten, er sieht nicht aus wie ein Deserteur.«

Isabel wollte gerade antworten, doch Lee unterbrach uns. »Vorsicht, Kamera«, zirpte sie und wedelte mit der gefürchteten Videokamera vor unserer Nase herum. »Kommt mit ins Wohnzimmer, Henry will uns alle zusammen auf dem Sofa.«

Ich lachte. Lee runzelte die Stirn. »Was ist?«

»Nichts.« Ich kenne niemanden, der so wenig Sinn für Zweideutigkeit hat wie Lee.

Henry war wirklich ein guter Kerl. Lee ist eine echte Fotonärrin, eine ihrer lästigsten Eigenschaften. Es war schon schlimm genug, dass sie diese Schnappschüsse machte, aber wenn sie Henry mit hineinzog, bewies er, dass er ein Heiliger war.

Wir vier quetschten uns auf das Sofa. Isabel saß auf einer Seite neben mir, Rudy auf der anderen. Rudy war nicht betrunken, aber sie hatte gute Laune. Sie schnitt Grimassen in die Kamera, tat so, als stecke sie ihre Zunge in mein Ohr. Ich wollte nicht lachen – schließlich war ich sauer auf sie –, aber sie schaffte es trotzdem. Ich entdeckte Curtis unter den Gästen, die uns zusahen. Er lachte nicht mit den anderen, er lächelte nicht einmal. Das half mir, eine Entscheidung zu treffen.

Es war dumm und naiv von mir zu denken, Rudy würde meine Geheimnisse Curtis gegenüber für sich behalten. Wach auf, Emma! Ehepaare erzählen einander solche Dinge. Die Ehe hebt eine Freundschaft auf, sogar die Ehe mit einem Schwein. Ich war nicht mehr böse auf sie. Ich würde kein Drama daraus machen, würde es nicht einmal erwähnen. Dazu wollte er mich doch nur bringen. Er konnte mich mal, er würde keinen Keil zwischen Rudy und mich treiben.

Ich fing seinen Blick auf. Während er uns beobachtete, legte ich den Arm um Rudy und gab ihr einen schmatzenden Kuss auf die Schläfe. Wie wär's damit, Schwachkopf.

Doch es war kein totaler Sieg. Wegen Curtis musste ich von jetzt an aufpassen, was ich Rudy über mich und Mick erzählte. Als mir das kam, ärgerte ich mich schwarz.

»Hallo.«

»Hallo.«

Den ganzen Abend hatte ich mich wie ein Vogel gefühlt, der ein stacheliges Gebüsch umkreist und wegen der Dornen nicht landen kann. Mit den Vogelaugen hatte ich schließlich Lees Garten erspäht, eine große, sanfte Wiese, und dort wartete Mick auf mich.

Na ja, ich weiß nicht, ob er dort auf mich wartete, er war einfach da und rauchte eine Zigarette, neben dem geschmackvoll verblichenen, mit Efeu überwucherten Palisadenzaun, der das Grundstück der Pattersons vom Nachbarn trennte. Er war nicht einmal allein; lachend, trinkend und rauchend standen drei oder vier andere Gäste um eine rostige Schaukel herum, die mindestens so alt wie das Haus war. Es war warm und bewölkt, der Mond nur ein verschwommener Fleck am grauen, sternenlosen Himmel. Im Gegensatz zu der Gegend, wo ich oder Mick wohnten, war es hier an einem Samstagabend ruhig.

»Anders als zu Hause, oder?« sagte ich, und er lächelte, trat einen Schritt beiseite, damit ich neben ihm auf dem Stückchen Beton vor dem Rasen stehen konnte. Ich lächelte auch, aber ich schaute auf meine Füße, damit er es nicht sah. Euphorie ließ mich innerlich erzittern. Die Spannung zwischen uns war beinahe mit Händen zu greifen. Das bedeutete, dass alles, was ich gehofft und gefürchtet hatte, wahr war.

»Ich bin überrascht, dass du rauchst.«

Interessiert schaute er die glühende Zigarettenspitze an. »Irgend jemand hat sie mir angeboten. Normalerweise rauche ich nicht. Alle Jubeljahre einmal.«

»Ich schon, aber nur mit Rudy.«

»Willst du eine? Ich könnte dir eine besorgen.«

»Nein.« Ich lachte – wieder diese Euphorie.

Mücken flogen in das Licht über dem Innenhof. Ein paar Gärten weiter bellte ein Hund aus purer Langeweile. Über uns war das Dröhnen eines unsichtbaren Flugzeugs zu hören. Langsam begannen wir, uns zu entspannen, obwohl wir nicht redeten. Wir sponnen ein Netz um uns, einen Kokon. Das haben wir in Murray's Café schon getan, wir wissen also, wie es geht. Doch es erstaunte mich immer wieder. Wie einfach es war.

»Mein Artikel ist fast fertig«, sagte ich. »Ich muss ihn nur noch einmal durchsehen und ein paar Fakten abklären.«

Er nickte, sagte nicht »gut«, wie ich bemerkte. Wenn der Artikel über Washingtons Kunstszene fertig war, hatte ich keinen Grund mehr, ihn in seinem Atelier anzurufen oder mich zum Kaffee mit ihm zu treffen und Fragen zu stellen. Dann gab es keine legitime Entschuldigung mehr, mit ihm in Kontakt zu bleiben. Außer Freundschaft. Heimliche Freundschaft, wie Rudy es genannt hatte. Und damit war die Legitimität mehr oder weniger aus dem Spiel.

»Vielen Dank für deine Hilfe«, sagte ich förmlich. »Ohne dich hätte ich es nicht geschafft.«

»Ich habe nichts getan.«

»Das stimmt nicht. Ich hätte nicht gewusst, mit wem ich reden soll und wem ich aus dem Weg gehen soll, wenn du es mir nicht gesagt hättest. Ich hätte nicht einmal gewusst, wo ich anfangen soll.« Der Chefredakteur von *Capital* hatte mir gesagt, ich solle die Story aus dem Blickwinkel eines absoluten Laien schreiben, das kam mir gerade recht, anders hätte ich es sowieso nicht schreiben können.

»Du bist die Journalistin«, sagte Mick, »du hättest es schon herausbekommen.«

»Warum sagst du nicht einfach ›gern geschehen‹?«

Er verbeugte sich lächelnd. »Gern geschehen.«

»Kann natürlich sein, dass ihnen der Artikel nicht gefällt. Keine Garantie. Vielleicht lehnen sie ihn sogar ab.«

»Dann kannst du sagen, dass alles meine Schuld ist.«

»O keine Sorge.«

Das war ein bisschen unaufrichtig von mir. Ich fand, dass der Artikel super geworden war; es würde mich wundern, wenn sie ihn ablehnten. Aber ich bin Zweckpessimistin. Es ist der Versuch, den Schaden gering zu halten, Hoffnung nicht zu sehr aufkeimen zu lassen, damit die Enttäuschung nicht so wehtut. Wenigstens nicht in der Öffentlichkeit.

Durch die geschlossene Verandatür beobachteten wir, wie sich die Gäste langsam hin und her bewegten, von der Bar zum Tisch, von einem Grüppchen zum anderen. Micks Frau war in eine Unterhaltung mit Curtis Lloyd vertieft, und ich phantasierte, dass die beiden sich ineinander verliebten und nach Ibiza durchbrannten.

»Ich habe mich mit deiner Freundin Isabel unterhalten«, sagte Mick.

»Aber du hast sie doch schon kennen gelernt.« Hier, bei Lees letztem Abendessen.

Er nickte. »Aber wir haben uns nicht unterhalten. Heute Abend zum ersten Mal ein bisschen. Ich finde sie sehr nett.«

»Wie könnte man sie nicht mögen.«

Er beobachtete mich. »Es ist schwer.«

Bei einem unserer Treffen in Murray's Café hatte ich ihm erzählt, wie viel Angst ich hatte, und war zum Schluss in Tränen ausgebrochen. Was ich *hasse* – lieber würde ich einen Besen fressen, als vor anderen zu weinen. Jetzt war er diplomatisch; er dachte nach, zeigte sein Mitgefühl, sagte aber nichts, um mich nicht aus der Fassung zu bringen.

Er sagte: »Lee hat Sally von dem Heilkreis erzählt, und Sally hat es mir erzählt.«

»Hast du mitgemacht?«

»Ja«, nickte er. »Du nicht?«

»Doch, natürlich. Sozusagen. Wo warst du?« Ich versuchte, mir ihn und Sally vor einer Kerze vorzustellen, wie sie zusammen ein Lied sangen.

»In der U-Bahn; ich kam von einem Zeichenkurs. Es ist mir erst um Viertel vor zehn wieder eingefallen.«

»Was hast du gemacht?«

»Ach, ich habe meditiert. Und du?«

Es war so schön, so darüber zu reden. Mit Rudy und Lee war es irgendwie zu persönlich, und mit Isabel darüber zu sprechen kam natürlich gar nicht in Frage. »Also«, sagte ich, »ich habe *versucht* zu meditieren, aber ich war nicht besonders erfolgreich. Wie kann man seine Gedanken abschalten? Meine springen hin und her.«

»Ich weiß nicht, ob ich wirklich meditiert habe«, sagte er – ein Versuch, es mir leichter zu machen. »Ich habe einfach an sie gedacht. Habe die Augen zugemacht und … ihr Gutes gewünscht.«

»Ich auch.« Ich spürte eine kleine Welle der Erleichterung. »*Ich habe ihr Gutes gewünscht*.«

Eine Frau, die ich nicht kannte, öffnete die Tür zum Innenhof und spähte in das Halbdunkel. Irgend jemand – zweifelsohne Lee – hatte Stéphane Grappelli aufgelegt; der stakkatoartige Jazz-Rhythmus hallte durch die Stille, als führe man an einem Schulhof vorbei, auf dem gerade Pause ist. Die Frau lächelte, beschloss, nicht herauszukommen, und zog die Tür zu. Es wurde wieder still.

Auch wir schwiegen. Bis auf einen Moment, als ich aus meinen Schuhen schlüpfte und Mick fragte, ob ich hineingehen und mich setzten wollte. »Nein«, sagte ich, »hier ist es so schön. Es sei denn, du willst.«

»Nein.« Dann sah er mich an, betrachtete meinen Körper. Etwas, das er sonst versucht zu vermeiden. So scheint es mir jedenfalls.

Wie kommt es, dass manche Männer dich anschauen und dir das Gefühl geben, die reizvollste

Frau der Welt zu sein, während andere den Wunsch in dir wecken, deinen spitzen Absatz in ihren Fuß zu bohren, wenn sie dich mustern? Bei Mick war ich mir meiner selbst plötzlich sehr bewusst. Immer wieder schob sich eine Phantasie zwischen meine Versuche, eine belanglose Unterhaltung zu führen, eine Phantasie, dass ich ihn in den Armen hielt und mich an ihn lehnte. Ich bekam einen trockenen Mund, vergaß, was ich sagen wollte. Plötzlich war mein Kleid zu knapp, zu freizügig. Gab zu viel preis. Ich zeigte eine Menge nackte Haut, und ich wollte, dass er sie berührte. Ich wollte mich ihm hingeben.

Ich stellte mein Glas auf den schmiedeeisernen Blumenständer. Das hier war kein Flirt mit einem süßen Jungen auf irgendeiner Party. Was ich spürte, war gefährliche Begierde, die Leben zerstören konnte. Die potenzielle Katastrophe ernüchterte mich wie ein Sprung ins kalte Wasser.

»Woran arbeitest du zur Zeit?« fragte ich, und war sehr zufrieden mit meinem aufmunternden, aber ernsten Tonfall.

»An etwas Neuem. Porträts in Aquarell. Sieh sie dir an«, lud er mich ein. »Jederzeit. Du kannst jederzeit kommen, Emma.«

Und damit waren wir wieder am Anfang.

Ich wich aus: »Gerne. Das wäre schön. Irgendwann.«

Er fragte mich nicht, wie ich mit dem Schreiben vorankam, weil ich ihn einmal gebeten hatte, das nicht zu tun. »Neun von zehn Mal ist es das Letzte, worüber ich sprechen will«, hatte ich ihm erklärt. »Was soll ich auch darüber sagen. Es geht gut, es geht schlecht. Es ist immer ein Gesprächskiller.« Aber jetzt wollte ich mit ihm darüber reden, und es war meine eigene Schuld, dass ich selbst davon anfangen musste.

»Ich habe Schwierigkeiten mit dem Schreiben«, sagte ich. Ja, das bisschen Offenheit erstaunte mich auch. So ungewohnt. »Die Geschichte, an der ich arbeite, geht nicht besonders gut voran. Ich habe schon gedacht, dass es vielleicht ein Fehler war, bei der Zeitung zu kündigen.«

»Nein, das glaube ich nicht.«

»Ja …«, sagte ich, damit er weitersprach. Bis jetzt hatte er genau das gesagt, was ich hören wollte.

»Jedenfalls ist es viel zu früh, darüber nachzudenken. Wie lange ist es her?«

»Einen Monat.«

»Nicht lange genug.«

»Wie lange wird es dauern, bis ich weiß, ob es ein Fehler war?«

»Was bist du doch für eine Pessimistin«, sagte er lächelnd. »Ein Jahr. Minimum. Zwei Jahre wären besser.«

»Wie lange hat es gedauert, bis du wusstest, dass du keinen Fehler gemacht hast?«

»Ich weiß es immer noch nicht.«

»Ich hätte es nicht getan, wenn du … Du hast mich inspiriert«, sagte ich mit einem schiefen Lächeln. »Wenn ich dich nicht kennen gelernt hätte, hätte ich es nicht gewagt. Also bist du mitschuldig, wenn ich eine Bauchlandung mache.«

»Das wirst du nicht. Du bist gut.«

»Woher willst du das wissen?«

»Einfach so. Du hast eine starke Stimme. Das ist das eine.«

»Du meinst, eine laute Stimme.«

»Und ein großes Herz. Du bist lebendig.«

Ich bin bei dir, dachte ich.

»Du hast ein – ich weiß nicht wie ich es nennen soll. Du hast was, was den Leuten gefallen wird, klugen Leuten.«

Gott sei Dank war es dunkel genug, denn ich wurde tatsächlich rot. »Ich würde alles geben, wenn das wahr wäre«, gab ich ein bisschen atemlos zu. »Aber ich weiß noch nicht einmal, *worüber* ich schreiben soll.«

»Das kommt schon. Du willst alles auf einmal.«

»Das stimmt. Ich hasse es zu warten. Werde ich es schaffen? Wird es funktionieren? Werde ich Erfolg haben? Ich will das alles *jetzt gleich* wissen.«

»Und wenn die Antwort nein lauten würde? Würdest du etwas anders machen?«

Ich schüttelte den Kopf.

»Ich wusste«, sagte er, »dass ich malen musste, als mir klar wurde, dass es das Einzige ist, was ich will, selbst wenn ich nie Erfolg haben sollte. Das war die Prüfung. Es geht nicht darum, was die anderen denken, sondern um *meine* Entwicklung. Herauszufinden, wie ich besser werde, wie ich Dinge verstehe, die vorher ein absolutes Geheimnis für mich waren. Wie sich etwas bewegt. Verändert.«

Ich nickte viel. Solche Gespräche erheiterten und deprimierten mich und gaben mir das Gefühl von Unzulänglichkeit. Ich nehme alles in mich auf und denke später darüber nach.

Eine Sache jedoch wurde mir jetzt klar. Ich hatte es schon lange vermutet. Mick ist viel erwachsener als ich.

Ich sagte: »Wie dem auch sei, ich wollte dir einfach sagen, dass ich wahrscheinlich nicht gekündigt hätte, wenn ich dich nicht kennen gelernt hätte. Ich musste die Gelegenheit einfach beim Schopf packen. So muss es für dich auch gewesen sein – ich habe das damals nicht gewürdigt. Jetzt bewundere ich dich dafür.«

Er schlug die Augen nieder und griff in seine hintere Hosentasche, und eine Schrecksekunde lang dachte ich, er würde sein Taschentuch herausholen, weil er weinte. Ich kam mir dumm vor, als ich erleichtert sah, dass er sein Portemonnaie herauszog und sagte: »Willst du ein Foto von Jay sehen?«

Sein Sohn war sehr hübsch. Natürlich. Was sonst. Ein zerzauster Blondschopf mit rosigen Wangen und einem kindlichen, engelsgleichen Lächeln. »Er sieht aus wie du«, sagte ich. »Aber ich weiß nicht, warum. Seine Züge …«

»Nein. Die Leute sagen immer, er sieht aus wie Sally.«

»Ja, aber irgendwas …« Jay baute mit Mick einen Schneemann im Vorgarten. Ich erkannte das graue

Stadthaus im Hintergrund, weil ich, Gott steh mir bei, einmal daran vorbeigefahren war. Ich wollte sehen, wo Mick wohnte, wollte nur diesen harmlosen weißen Fleck füllen. Auf dem Foto hatte Jay so viele Kleider an – einen blauen Schneeoverall, einen Schal, eine Mütze mit Ohrenklappen, durchnässte wollene Handschuhe, klobige, gelbe Stiefel – er sah aus, als könne er sich unmöglich bewegen, als wäre er neben den drei Schneekugeln festgewachsen. Meine Mutter hat ein Foto von mir in derselben Pose, ein klassisches Kinderfoto; ich halte meinen Schlitten an einem Seil fest, und hinter mir steht der kleine Junge, der zwei Häuser weiter wohnte, größer, älter, mit durchtriebenem Blick. Aber ich habe keine Erinnerungen daran. Wird Jay eines Tages dieses Foto betrachten und sich an nichts erinnern?

»Oh, Mick, er ist süß. Wie alt ist er? Sechs?«

»Fünfeinhalb. Im Dezember wird er sechs.«

»Wolltest du immer Kinder haben?«

»Eigentlich nicht. Jay war … eine Überraschung.« Ich sah auf. Sein Gesicht war ruhig und in sich gekehrt. Er wählte seine Worte mit Bedacht. »Ich hätte nie gedacht, dass mir das Leben eines anderen Menschen mehr bedeuten könnte als mein eigenes. Ich glaube, Jay ist glücklich, ja, das glaube ich. Was mich erschreckt, ist seine Unschuld. Ich will ihn beschützen, und ich weiß, ich kann es nicht.« Jetzt sprach er noch leiser. »Emma, ich könnte nichts tun, was Jay wehtut. Egal, wie sehr ich es wollte. Egal …«

Er sprach nicht weiter. Ich gab ihm wortlos das Foto zurück. Nachricht erhalten.

Ich war erleichtert. Wie ein Kind funktioniere ich besser, wenn jemand die Grenzen absteckt. Jetzt kenne ich die Regeln und werde sie Buchstabe für Buchstabe befolgen. *Was hast du denn gedacht*? fragte ich mich schon jetzt.

Die Tür ging auf. Mick drehte sich um. Sein Gesicht strahlte Unschuld aus. Sally kam auf uns zu, hinter ihr Lee. Mick schien zu warten, bis seine Frau neben ihm stand, ehe er das Foto seines Sohnes wieder in die Geldbörse schob. Und so wieder Schuldlosigkeit demonstrierte.

Wir schwatzten – wir Frauen. Mick beteiligte sich nicht.

Ich fühlte mich wie betäubt, leicht, als wäre ich gar nicht da. Lee sagte, dass Sally mich mit einem Mann aus ihrem Büro zusammenbringen wollte. Anwalt, Ende Vierzig, geschieden, arbeitet als Berater. »Jetzt sag nicht nein, ohne wenigstens darüber nachzudenken, Em, er ist wirklich nett, er …«

»Okay.«

Lee zwinkerte.

»Danke, Sally. Gib ihm meine Nummer, sag ihm, er soll mich anrufen.«

Sie machte ein genauso überraschtes Gesicht wie Lee. Mein Ruf eilte mir voraus. »Das werde ich bestimmt tun«, sagte sie. Sie umfasste mit beiden Händen Micks Oberarm, lehnte sich an ihn und legte den Kopf an seine Schulter. Ein Wink der Ehefrau. Lass uns bald gehen, Schatz, ich bin müde.

Ich machte den Fehler und sah ihn an. Wie viel Leid mir erspart geblieben wäre, wenn er sich in diesem Augenblick abgewandt hätte, wenn er seine Gefühle verborgen hätte oder wenn wenigstens das Licht nicht gewesen wäre! Aber es war hell genug, und Mick kann sich nur halb so gut verstellen wie ich. Ich sah seinen Schmerz, er war groß und roh und demütigend. Die ganze Zeit hatte ich meine Liebe für ihn unterdrückt. Die Illusion, dass ich eine Wahl hatte, löste sich in Wohlgefallen auf.

Zwei schwer wiegende Lektionen, die ich lieber nicht gelernt hätte: Ich kann ihn nicht haben, und ich liebe ihn.

16

ISABEL

Frühling ist mir die liebste Jahreszeit, und der Mai ist mein Lieblingsmonat. Ich liebe die Unschuld des Mais nach dem trügerischen April, die aufrichtige Hoffnung, die er ausstrahlt. Süße. Ich kann mich nicht entscheiden, ob es Glück ist oder ein Schicksalsschlag, dass sich die schlimmste Erfahrung meines Lebens im sanften, gutmütigen Monat Mai zutrug.

Die Anti-Östrogentherapie hat bei mir nicht angeschlagen. Bei meiner Krankengeschichte hatte Dr. Searle von Anfang an nicht viel Hoffnung, aber wir beide wollten, wenn auch aus verschiedenen Gründen, die Chemotherapie so lange wie möglich hinauszögern. Ich, weil ich sie schon kannte und mir der Gedanke daran Angst einjagte. Nicht nur hatte sie das Wiederaufflackern nicht verhindert, sie hatte mir die schlimmste Übelkeit meines Lebens beschert.

Aber noch wusste ich nicht, was Übelkeit war. Dr. Searle hatte seit meiner letzten Party mit Chemo einen neuen Cocktail ersonnen. Er heißt CAF – Cytoxan, Adriamycin und Fluorouracil –, und wenn mich das nicht umbringt, könnte ich meine armen Krebszellen fast bedauern.

Kirby wollte mich zur ersten Behandlung begleiten, doch ich redete es ihm aus; ich erklärte ihm, dass ich es schon mal durchgemacht hatte und wusste, was mich erwartete. So oder so.

Was ich ihm nicht sagte, war, dass die wahren Probleme erst hinterher begannen; sieben bis zehn Stunden nach der Infusion.

Um halb eins hatte ich den Termin. Um Viertel nach zwölf klopfte Lee an meine Tür. »Ich habe mir den Nachmittag freigenommen und begleite dich«, verkündete sie. Ich wusste, schon ehe ich es versuchte, dass Lee es sich, im Gegensatz zu Kirby, nicht ausreden lassen würde, und ich hatte Recht. Aber ich muss zugeben, dass ich trotz meines Ärgers auch eine ungeheure Erleichterung empfand.

Der Arzt hatte seine Anweisungen schon aufgeschrieben, doch bevor man mit der Behandlung beginnen konnte, mussten noch einige Formalitäten erledigt werden: Aufnahme, die zuständige Schwester kennen lernen, Blutabnahme, warten, bis die Medikamente aus der Apotheke kamen. Erst nach drei setzte ich mich in den bequemen, nur allzu vertrauten Liegesessel in einer eigenen kleinen Kabine. Lee saß auf einem harten Stuhl neben mir und schwatzte. Keine Ahnung, worüber – ich war viel zu aufgewühlt, um zuzuhören. Ich bezweifle, dass sie es selbst wusste, denn sie war mindestens genauso nervös wie ich. Aber ich hätte ihr sagen können, dass die eigentliche Infusion nichts ist. Der wirkliche Spaß beginnt erst *danach*.

In den letzten zwei Jahren hatten die Schwestern gewechselt; ich kannte Dorothy nicht, eine kleine, hübsche, dunkelhäutige Schwester, die lächelnd und geschäftig, das Tablett mit den Utensilien in der Hand, hereinkam. »Ah, Sie haben eine Freundin mitgebracht. Das ist schön«, sagte sie mit einem angenehmen englischen Akzent, während sie meine Ellenbeuge beklopfte und nach einer Vene absuchte. Der Stich war sanft und schnell – Gott sei Dank kann sie das, dachte ich. Manche können es überhaupt nicht.

»Was ist da drin?« fragte Lee und beäugte die leuchtend rote Spritze, die Schwester Dorothy an meinem Katheter befestigte.

»Adriamycin. Das ist das Medikament, von dem Ihre Haare ausfallen, Liebes.« Sie sah mir direkt in die Augen; ihr Gesicht war sanft, wie das einer Mutter. Ihr Mitgefühl war echt, und es war beinahe zu viel. Ich war empfindlich, und bei der Chemotherapie zerfloss ich vor Selbstmitleid. Ich glaube, wenn Lee nicht bei mir gewesen wäre, hätte ich geweint. Aber ich fühle mich immer verpflichtet, gute Stimmung auszustrahlen, wenn jemand versucht, mich aufzuheitern, deshalb machte ich einen dummen Witz: »Heute Haare, morgen nichts«, und schloss die Augen, während Dorothy den langsamen, stetigen Fluss des roten Medikaments in meine Vene kontrollierte.

Als nächstes kam Cytoxan über einen langsamen Tropf. Das kannte ich; ich war auf den beunruhigenden und blitzschnellen Nebeneffekt vorbereitet, ein Gefühl, als hätte man gerade frischen Meerrettich gegessen; die Nebenhöhlen sind plötzlich weit offen und prickeln vor Kälte. Fluorouracil kam zum Schluss, anschließend entfernte die Schwester den Katheter und wies mich an, liegen zu bleiben, sie würde gleich wiederkommen, um Puls und Blutdruck zu messen und mir noch einige Instruktionen wegen der Nebenwirkungen geben.

Mit geschlossenen Augen lag ich da, alle Sinne beinahe krankhaft gespannt in dem Versuch zu erspüren, was ich fühlte. Nicht viel – es war noch zu früh. Lee war sehr still geworden. Ich dachte, sie würde wieder anfangen zu reden, als ich hörte, wie sie mit ihrem Stuhl näher zu mir rutschte. Statt dessen schob sie ihre Hand in meine. Sie zitterte leicht. »Stellen wir uns etwas vor«, murmelte sie. »Stellen wir uns vor, wie die Chemotherapie die Krebszellen tötet. Willst du?«

Ich weiß nicht, wie sie sich das vorstellte, aber meine Phantasie entlockte mir ein Lächeln. »Was ist so lustig?« fragte sie, doch ich schüttelte nur den Kopf. Ich glaube nicht, dass sie es so liebenswert wie ich finden würde – Lee als Gladiatorin in Strümpfen mit dem Muster des Sternenbanners und einem ärmellosen Trikot, wie sie die rüpelhaften Krebszellen, eine nach der anderen, von einer Plattform aus mit einem Styroporschwert erschlägt.

»Henry und ich streiten uns nur noch«, erzählte sie mir bei einem frühen Mittagessen in einem spanischen Restaurant in der Nähe meiner Wohnung. Ich hatte Hunger und sah ihr zu, wie sie Muscheln und Krabbenstückchen auf einem Teller mit Safranreis hin und her schob. Aber ich bestellte eine Linsensuppe und einen kleinen Salat, voller Sorge, dass ich das nicht lange bei mir behalten würde.

»Weshalb streitet ihr euch?«

»Wegen allem. Alles, was er sagt, macht mich wütend. Ich kann nichts dagegen tun.«

»Das ist der Streß. Ihr seid beide …«

»Das weiß ich. Gestern Abend habe ich ihn angeschrien, dass er aufhören muss zu trinken, und seitdem haben wir nicht miteinander gesprochen.«

»Mit dem Trinken aufhören? Aber Henry trinkt doch nicht viel, oder?« *Henry?*

»Manchmal trinkt er nach der Arbeit ein Bier. Alkohol schädigt die Spermien, Isabel, das ist bekannt. Ich finde nicht, dass ich zu viel verlange; ich bin diejenige, die alles tut. Er muss nur – alle paar Wochen in eine Flasche onanieren, mehr nicht, während ich – alles andere tun muss …« Sie ließ die Gabel auf den Teller fallen und schlug die Hände vors Gesicht.

»Lee, oh, Süße …« Ich war so überrascht, dass ich nur über den Tisch hinweg ihren Arm tätscheln konnte.

»Tut mir Leid.« Sie suchte in ihrer Tasche nach einem Taschentuch. »Es war ein schrecklicher Tag.« Sie blickte auf, ihr Gesicht war gerötet. »Ich habe meine Periode«, flüsterte sie und brach in Tränen aus.

»Oh, nein. Das tut mir so Leid.«

»Ich weiß nicht, was mit mir geschieht. Es ist schlimm, dass ich dir das ausgerechnet jetzt erzähle, aber …«

»Das macht doch nichts.«

»… aber ich kann nicht anders. Ich bin nicht mehr *ich selbst*, ich bin wirklich außer mir, ich könnte nur noch heulen und auf irgend etwas *einschlagen*. Ich habe solche Angst, Isabel, dass wir nie ein Baby bekommen werden, und wenn das passiert …« Sie fasste sich erschrocken an den Mund, sah sich peinlich berührt um, entsetzt, dass jemand sie gehört haben könnte.

»Aber ihr könnt doch noch mehr versuchen, oder? Wenn die künstliche Befruchtung nicht klappt …«

»Es gibt noch eine Million andere Dinge. In vitro, GIFT, ZIFT, irgendwas namens ICSI, es gibt Leihmütter – wir sind erst am Anfang, und alles dauert ewig und kostet ein Vermögen. Henry fragt immer: ›Was machen denn *arme* Leute?‹, und ich weiß, dass es ihn verrückt macht, soviel Geld auszugeben, aber es ist mein Geld, doch wenn ich das sage, ist er verletzt und wird wütend. O mein Gott.«

So hatte ich sie noch nie erlebt. Emma und Lee machen gutmütige Späße über Lees Selbstbeherrschung, ihre Vernunft, ihre Tendenz, die Dinge schwarzweiß zu sehen, nicht nach Nuancen zu suchen – aber in Wirklichkeit ist sie natürlich genauso leidenschaftlich wie jede von uns. Ihre persönliche Meinung darüber, welche Gefühle man in der Öffentlichkeit zeigt, ist streng und hart, konservativ und altmodisch, und genau deswegen war dieser Ausbruch so schockierend.

Sie hatte sich schnell wieder gefangen und hörte nicht auf, sich zu entschuldigen. Ich wollte, dass sie weitersprach, forderte sie auf, den Satz zu beenden, der mit »wenn das geschieht« in der Luft hing. Aber es war der falsche Zeitpunkt und der falsche Ort.

Als wir mit dem Essen fertig waren, bestand sie darauf, mit mir nach Hause zu gehen. »Vielleicht wird dir schlecht, Isabel, und irgend jemand sollte bei dir sein.«

Ich protestierte, wohl wissend, dass es sinnlos war, und war doch erleichtert. Wahrscheinlich würde mir schlecht werden – ich rechnete fest damit –, aber ich erklärte ihr, dass sie nichts dagegen tun konnte. »Wirklich, Lee. Was ist mit Henry? Du solltest nach Hause gehen, es ist Freitag Abend.«

»Und? Er kommt gut allein zurecht. Ich rufe ihn an und sage ihm, dass ich später komme – mach dir seinetwegen keine Gedanken.«

Das war ihre Art, ihren Mann zu bestrafen, weil es ihr schlecht ging. Wenn doch nur alle Ehepaare ihre Wut aufeinander so harmlos austragen würden, dachte ich und meinte damit Gary und mich.

Zu Hause zog ich mich aus und ging ins Bett, obwohl es erst acht war. Schlafen würde ich wahrscheinlich nicht können, doch vielleicht konnte ich mich ein bisschen ausruhen, ehe – oder *wenn*, versuchte ich positiv zu denken – mir übel wurde.

»Wie fühlst du dich jetzt?« fragte Lee, beugte sich herunter, strich die Decke glatt und stopfte sie liebevoll um mich fest.

»Schwer zu beschreiben. Mir ist warm, meine Haut spannt ein bisschen. Ich fühle mich einfach seltsam. Als ob mein ganzer Körper summt.«

Sie setzte sich auf die Bettkante und legte mir die Hand auf die Stirn. »Kein Fieber«, stellte sie fest. »Mach dir keine Sorgen, Isabel, ich bleibe bei dir. Wir kriegen dich schon da durch.«

»Natürlich.« Ich wollte ihr sagen, was für eine wundervolle Mutter sie gewesen wäre – sein würde –, aber ich hatte Angst, dass wir beide anfangen würden zu weinen.

»Möchtest du ein Glas Wasser?«

»Ja. Ja, beinahe hätte ich vergessen, dass ich viel trinken soll.«

»Das ist bestimmt sinnvoll. Das Gift soll doch nicht länger als nötig in deiner Blase und deinen Nieren bleiben«, sagte sie, ganz die Praktische, und stand auf. »Soll ich das Licht ausmachen?«

»Ja, bitte.«

»Okay. Ich hole dir das Wasser, und dann versuchst du, etwas zu schlafen.«

»Was wirst du tun?«

»Ich werde ein bisschen nachdenken. Stört es dich, wenn ich leise fernsehe?«

»Nein.«

»Alles klar. Gute Nacht, Isabel.«

»Gute Nacht. Danke für alles.«

Sie warf mir eine Kußhand zu.

Ein paar Minuten später hörte ich sie leise telefonieren. Mit Henry wahrscheinlich. Ich hoffte, dass sie sich wieder vertragen würden. Ich wollte lauschen, wollte hören, ob es eine dauerhafte Versöhnung war, doch ich muss eingeschlafen sein. Ich fuhr hoch, als das Telefon klingelte.

Lee hob sofort ab, noch ehe ich aufstehen konnte. »Es geht ihr gut«, hörte ich sie munter, aber förmlich, fast unfreundlich sagen, so dass ich beinahe sicher war, dass Kirby am Telefon war. Sekunden später überrollte mich eine Woge von Übelkeit.

Ich stolperte aus dem Bett. Das Bad war gleich neben dem Schlafzimmer, auf der anderen Seite eines kleinen, engen Flurs. Nur zehn oder zwölf Schritte entfernt, nicht mehr, aber ich schaffte es nicht.

Ich erbrach mich auf den Teppich im Flur, die rosa Fliesen und den runden Vorleger vor dem Waschbecken. Eine Explosion. Alles, was ich gegessen hatte, Frühstück, Mittagessen, Abendessen, eine Unmenge dicke, schwärzliche Galle – alles brach völlig unkontrollierbar heraus, wie aus einem Geysir. Ich kauerte über der Toilette, würgte und hustete, während Lee mir den Arm um die Taille legte und sagte: »Sehr gut, das ist schon viel besser.«

»O Gott«, sagte ich, als ich wieder sprechen konnte. »Mach nicht sauber – ich werde …«

»Schh, Isabel. Geht es wieder?«

Nein. Wieder würgte ich, hielt mir den Bauch und erbrach, bis schließlich nichts mehr kam. Aber als ich versuchte, mir über dem Waschbecken den Mund auszuspülen, erfasste mich eine neue Welle der Übelkeit, und ich hing abermals über der Toilette.

Lee brachte mich ins Bett, wo ich schweißgebadet lag und lauschte, wie sie den Teppich schrubbte und den Boden wischte. Von dem Lysolgeruch wurde mir wieder schlecht. Sie schaffte es kaum, mir aus dem Weg zu gehen, ehe ich mich wieder in ihre blitzsaubere Toilette erbrach.

Es hörte nicht auf. »Wo kommt das alles her? Es kann doch nichts mehr drin sein.« Und schließlich war auch nichts mehr drin, aber die Übelkeit war deswegen nicht vorüber. »Ich rufe den Arzt an«, drohte Lee, doch ich erklärte ihr, dass es sinnlos war. Ich hatte die Tabletten gegen die Übelkeit bereits genommen. »So ist es nun einmal und man kann nichts dagegen tun.« Aber diesmal war es schlimmer als beim ersten Mal. Das musste das Adriamycin sein, das neue Medikament im Cocktail. Ich kroch zurück ins Bett und versuchte, mich auszuruhen, doch ich konnte nicht stillliegen, ich hielt es in keiner Position länger als ein paar Sekunden aus. Meine Bauchmuskeln schmerzten und waren völlig verspannt, alle Nerven schienen in Flammen zu stehen.

Lee wollte, dass ich Wasser trank, aber ich konnte nicht – schon bei dem Gedanken daran musste ich würgen.

Jemand klopfte an die Tür. Ich warf einen Blick auf den Wecker: zwanzig nach zwölf. Lee öffnete, und kurz darauf hörte ich Kirbys leise, ernste Stimme besorgte Fragen stellen. Plötzlich schämte ich mich, ohne Grund, und vergrub den Kopf in meinem Kissen. Natürlich hatte er mich gehört; mein Bad lag direkt unter seinem, und die Decke war nicht sehr geräuschdämmend. Ich hatte nichts dagegen, als Lee ihn wegschickte. »Gut, ich rufe dich an, aber du kannst nichts tun. Trotzdem danke.« Sie schloss fest die Tür hinter ihm.

Ich wünschte, es hätte jenes abgebrochene halbromantische Intermezzo vorigen Dezember nie gegeben. Ich wünschte, er hätte mich nie geküsst, nie all die Worte über Liebe gesagt. Dann wäre es für uns beide nicht so peinlich gewesen, als sich herausstellte, dass es keine Zukunft für uns gab. Emma hatte teilweise Recht, als sie sagte, ich wäre diejenige, die sich zurückzog. Aber nur teilweise. Nachdem ich Kirby von meiner neuen Diagnose berichtet hatte, verschwand er ganze sechs Tage lang, rief nicht an und besuchte mich nicht. Eine lange Zeit für uns; wir waren daran gewöhnt, uns täglich zu sehen. Als er wieder auftauchte, taten wir so, als wäre nichts geschehen, und seitdem war er die Hilfsbereitschaft in Person; ein Beispiel an Mitgefühl und selbstloser Freundschaft. Es war offensichtlich, dass Anstand ihn trieb, nicht »Liebe«, und natürlich machte ich ihm keinen Vorwurf. Er hatte Frau und Kinder an einen frühen, sinnlosen Tod verloren. Er wäre verrückt, krank oder selbstzerstörerisch, wenn er ein Verhältnis mit einer Frau in meiner Lage einginge. Nein, nein, nein, ich nahm es ihm nicht übel, aber ich hasste es, dass ich nun noch einen Verlust betrauern musste.

Seit wann gehöre ich zu den Menschen, die *Liebe* in Anführungszeichen setzen?

»Geh nach Hause«, sagte ich um eins zu Lee. »Ich glaube, es wird besser.« Eine Lüge; ich zitterte vor Schwäche und Übelkeit, mir war heiß, meine Haut war gerötet, ich war völlig erschöpft, aber unfähig, still zu liegen.

»Ich habe Henry schon angerufen und ihm gesagt, dass ich hier bleibe. Wenn ich doch nur etwas tun könnte. Soll ich dir den Rücken massieren?«

Ich schüttelte den Kopf. »Danke. Eine Berührung könnte ich jetzt nicht ertragen.«

»Wie wär's mit ein bisschen schöner Musik? Um dich abzulenken.«

»Ich weiß nicht. Ich glaube nicht.«

»Wir können es doch versuchen. In Ordnung?«

Ich sagte ja, um sie nicht zu enttäuschen. »Terry hat mir Glenn Goulds Intermezzi von Brahms geschickt. Leg die auf.«

Sie tat es, und Minuten später stolperte ich wieder ins Bad. »Mach wieder aus, bitte, mach sie nicht kaputt...« Ich weinte, frustriert und vor Schwäche und Angst, dass die unglückselige Übelkeit mir so etwas Schönes, etwas, das ich so sehr liebte, zerstören könnte. »Lee, mach sie aus, schnell, mach sie aus …«

Als ich ins Schlafzimmer zurückkam und mich behutsam neben sie setzte, war ihr Gesicht verängstigt. »Ich glaube, wir sollten den Arzt anrufen«, sagte sie wieder. »Das kann doch nicht normal sein.«

»Das ist es auch nicht. Es ist das Gift.« Ich zog die Beine an meinen schmerzenden Bauch. »Ich halte es nur aus, wenn ich daran denke, dass es den Krebs auffrisst. Wie Säure.«

»Aber das ist zu viel. Lass mich anrufen, Isabel, nur um zu fragen.«

»Es hat keinen Sinn – wenn ich's dir sage! So ist es nun mal.«

»Lass mich einfach *anrufen.*«

»Dann ruf an.« Ich war zu schwach zum Streiten.

Sie stand auf und telefonierte. Sie murmelte ins Telefon, aber ich machte mir nicht die Mühe zuzuhören.

»Ich habe dem Auftragsdienst erklärt, dass es ein Notfall ist«, verkündete sie zufrieden von der Tür her. »Der Doktor wird zurückrufen.«

Ich grunzte etwas. Wenigstens einem von uns ging es jetzt besser.

Ein paar Minuten später klingelte das Telefon.

»Er gibt telefonisch ein Rezept bei der Nachtapotheke in der Columbia Street durch«, berichtete sie nach einem weiteren leisen Telefongespräch. »Ich hole es ab. Kannst du zwanzig Minuten allein bleiben? Ich bin …«

»Du wirst um halb zwei Uhr in der Nacht nicht in die Apotheke fahren.« Das Sprechen strengte mich so an, dass eine neue Welle von Übelkeit in mir aufstieg.

»Sei nicht dumm. Ich bin ...«

Ich setzte mich auf. »Nicht, Lee, ich meine es ernst. Ich verbiete es dir.«

Sie lachte nicht. Das muss man ihr lassen. Sie starrte mich ein paar Sekunden nachdenklich an. »Okay. Ich rufe Kirby an, dann kann er es holen.«

Ich sagte wieder nein und fing an zu schimpfen, aber sie zog nur die Augenbrauen hoch und wartete, bis ich mich stöhnend wieder hinlegen musste. So kam es, dass ich um drei Uhr morgens unter einer Decke auf dem Sofa im Wohnzimmer lag, zuhörte, wie Lee und Kirby sich höflich unterhielten, und langsam begann, mich ein bisschen besser zu fühlen. Die Pausen zwischen dem Erbrechen dauerten inzwischen bis zu einer halben Stunde, und ich war nicht mehr so fiebrig. Aber ich konnte immer noch kein Wasser trinken, und meine Reaktion auf Kirbys unschuldigen Vorschlag, ich solle es mit ein paar Salzstangen versuchen, war vorhersehbar. Er wiederholte ihn nicht. Lee kochte Tee; sie tranken leise und knabberten ab und zu verstohlen an irgend etwas, wenn sie dachten, ich sähe es nicht. Es war die schlimmste Nacht meines Lebens, und doch merkte ich plötzlich, dass ich mich nicht verstecken musste, und mein Stolz, anderen nicht zur Last zu fallen, interessierte mich nicht mehr. Tatsächlich sehnte ich mich nach Gesellschaft.

Kirby saß wie ein Yogi auf dem Boden, die Beine gekreuzt, die Handgelenke locker und elegant auf den Knien drapiert. Neben ihm auf dem Schaukelstuhl gähnte Lee ungeniert, ohne die Hand vor den Mund zu halten – für sie ein schwerer Schnitzer und ein sicheres Zeichen für ihre Müdigkeit. »Wie lange lebst du schon in Washington? Ist Kirby der Nachname oder der Vorname?«

»Der Nachname. Seit 1980. Meine Frau und ich sind aus Pittsburgh hierhergezogen.«

»Oh, Pittsburgh, da habe ich Freunde. Kennst du die Newmanns? Mark und Patti?«

Kirby verneinte.

»Bist du in Pittsburgh *geboren*?« fragte Lee.

»Nein, ursprünglich komme ich aus Upstate New York. Und du?«

»Meine Familie stammt aus der Gegend von Boston.«

»Ah.«

Pause.

»Wie hast du Isabel kennen gelernt?« fragte Kirby freundlich.

»Wir waren sozusagen Nachbarn in Chevy Chase. Als sie noch mit Gary verheiratet war. Zuerst habe ich ihren Sohn Terry kennen gelernt. An Halloween.«

Ich lächelte schwach bei der Erinnerung.

Kirby sagte: »Als ich Isabel das erste Mal gesehen habe, sprach sie mit der obdachlosen Frau, die immer an der Ecke kampierte. Die Frau saß auf dem Bürgersteig, all ihre Habseligkeiten um sich herum gestapelt, und Isabel hockte neben ihr, damit sie ihr in die Augen sehen konnte. Isabel trug einen dunkelgrünen Rock und eine hellblaue Bluse und flache Schuhe. Die Frau redete die ganze Zeit. Ein paarmal lachten die beiden. Isabel gab ihr kein Geld, aber bevor sie ging, drückte sie ihren Tennisschuh. Ganz sanft. Es war eine sehr … liebevolle Geste.«

Ich wandte den Kopf und sah ihn an.

»Als ich sie das zweite Mal sah«, fuhr er in demselben, leisen, beiläufigen Tonfall fort, »setzte sie sich im Bus neben mich. Ich habe sie nicht gleich erkannt; ich dachte, das könnte dieselbe Frau sein, die so freundlich mit der obdachlosen Frau gesprochen hat, aber ich war mir nicht sicher. Diesmal trug sie Hosen und einen braunen Pullover. Und Stiefel. Sie hatte den Arm voller Bücher, Lehrbücher, dachte ich, aber ich konnte die Titel nicht lesen. Ihre Finger waren voller Tinte. In der F Street holte sie einen Walkman aus ihrer Tasche und setzte Kopfhörer auf. Ich beobachtete sie aus dem Augenwinkel. Ihr Gesicht glättete sich und sie lächelte. Nur ein wenig. Ihre Hände auf ihrem Schoß entspannten sich. Die Musik war kaum zu hören; obwohl ich es versuchte, fand ich nicht heraus, was es war. Ich hatte bereits entschieden, dass sie vollkommen war, doch der Gedanke, dass sie zu der Musik von *Megadeath* oder den *Beastie Boys* so selig lächeln könnte, erfüllte mich mit Schrecken. Du kannst dir vorstellen, wie erleichtert ich war, als sie am Dupont Circle den Kassettenrecorder öffnete, um die Kassette umzudrehen, und ich sah, dass es Mozart war. Die G-Dur-Symphonie.«

»Du meine Güte«, sagte Lee leise.

»Sie stieg an derselben Haltestelle aus wie ich und lief die Ontario Road entlang Richtung Euclid. Ich folgte ihr. Als sie die Treppe zum Haus hinaufging und die Haustür aufschloss, fragte ich mich, ob ich an Halluzinationen litt. Wunschdenken. Sie sah mich – zum ersten Mal –, als sie in den Lift steigen wollte, und hielt mir die Tür auf. Schweigend fuhren wir bis zu ihrem Stockwerk. Mir fiel nicht ein, was ich zu ihr sagen könnte – alles würde so … abgedroschen klingen. Nicht wichtig genug für dieses Ereignis. Die Tür ging auf, und dann sagte ich etwas – ich weiß nicht mehr, was es war; ich habe es vergessen –, und sie nannte mir ihren Namen. Auch ich sagte, wie ich hieß. Der Summer warnte, dass die Lifttür zu lange offen war, und sie trat zurück und sagte: ›Also dann‹, und winkte.«

Er hielt inne. Die Geschichte war zu Ende. Er schaute mich nicht an, aber Lee sah mich mit großen, faszinierten Augen an.

Ich setzte mich auf. Ganz langsam. Ich wusste nicht, was ich sagen sollte, aber es schien, als sei irgend etwas angebracht. Doch ich hatte mich zu schnell bewegt. Das Schlimmste passierte – die Übelkeit überfiel mich ohne Vorwarnung, und ich konnte nur noch murmeln: »Es ist nicht persönlich gemeint – ehrlich …«, ehe ich die Decke zurückwarf und ausgesprochen würdelos ins Bad rannte.

Als ich zurückkam, lachten Kirby und Lee fröhlich und sprachen über etwas völlig anderes. Der belastende Augenblick war vorüber, und ich war natürlich erleichtert – und doch, etwas in mir wollte ihn zurückholen, wie unangenehm es auch war.

Ich legte mich auf die Seite und beobachtete Kirby, sein schmales Gesicht, die Haut, zart und blass über den scharfen Konturen, seine braunen Augen, müde und leicht eingesunken. Ich hörte zu, wie er eine Geschichte von seiner Tochter Julie erzählte, die er verloren hatte, als sie zwölf war, und während er sprach, merkte ich, wie er Lee, gründlich und geduldig und mit Sicherheit unbewusst für sich einnahm: Aus der eifersüchtigen, argwöhnischen Kritikerin wurde eine Freundin. Mein Blick verschwamm, die Augen fielen mir zu, und schließlich döste ich ein.

Dämmerung.

»Ihr beide geht jetzt nach Hause.«

Kirby war auf dem Fußboden eingeschlafen, Lee im Schaukelstuhl. Krampfartig zitternd kauerte ich mich unter meiner Decke zusammen; mir war nicht mehr heiß, ich fror.

»Kannst du jetzt vielleicht ein bisschen Tee trinken?« fragte Lee, stolperte hoch und streckte sich.

Ich konnte. Ein Wunder. Wir schlürften Tee und sprachen nicht. Ich weiß nicht, wer von uns grauer aussah – wahrscheinlich ich, aber ich würde nicht in den Spiegel schauen.

»Was für eine Nacht!« Ich kratzte mich mit beiden Händen am Kopf. »Mein Schädel juckt«, erklärte ich – dann erstarrte ich. Verständnislos sahen sie mich an. Ich ließ die Hände sinken. »Adriamycin«, sagte ich und versuchte zu lachen. »Totaler Haarausfall bei allen Patienten. Keine Ausnahmen. In zwei Wochen habe ich eine Glatze.«

»Oh, Is.« Lee setzte sich neben mich, nahm mich in den Arm und küsste mich auf den Kopf. Ich spannte alle Muskeln an, gleich würde ich anfangen zu weinen. Wenn Kirby nicht gewesen wäre, hätte ich es vielleicht sogar genossen.

»Warum schneidest du sie dir nicht selbst ab?« fragte er.

Ich sah ihn an. »Wie bitte?«

»Ja.« Lee richtete sich auf. »Schneid sie ab, bevor sie anfangen auszufallen.«

»Selbst abschneiden?« Ich berührte meine weichen, lockigen Haare mit den Fingerspitzen. »Wie – jetzt?«

»Zeig ihnen, wer der Boß ist«, sagte Lee. Ihre Augen flackerten unbarmherzig und aufgeregt. »Gib's ihnen, bevor sie's dir geben.«

»Ich könnte sie dir abrasieren«, sagte Kirby leise und beobachtete mich. »Mit meinem elektrischen Rasierapparat. Wir können es zusammen machen. Jetzt. Wir drei.«

Da weinte ich, aber nur ein bisschen. Ich weinte um all die Verluste, die auf mich warteten, weinte aus Dankbarkeit für die Liebe meiner Freunde, die manchmal genauso schmerzhaft wie Grausamkeit ist. Und – ein bisschen – um meine Haare.

17

LEE

Die Rettenden Engel haben die meisten Jahrestage (vier) in Neap Tide, dem Haus meiner Familie an den Outer Banks, gefeiert, deshalb war die Entscheidung, wo wir den zehnten Jahrestag feiern sollten, nicht schwer. Wir fuhren am Freitag morgen, später als geplant, weil Rudy Schwierigkeiten hatte, Curtis' Auto zu bekommen, und dann dauerte es ewig, bis wir da waren, weil Rudy und Emma jede Stunde anhalten mussten, um auf die Toilette zu gehen. Sie stritten es ab, aber ich halte es durchaus für möglich, dass sie eine Taschenflasche dabei hatten und vorne im Wagen tranken.

»Ihr beide trinkt doch nicht, oder?« fragte ich nach der dritten Pinkelpause. Emma drehte sich um und schaute mich an, als hätte ich den Verstand verloren. Ich weiß es nicht. Ich weiß nur, dass sie immer lauter wurden, über jede Kleinigkeit lachten und laut zu den Kassetten mitsangen, die Emma mitgebracht hatte. Alte Rock-'n'-Roll-Songs, die ich früher schon nicht leiden konnte, und dann Country Songs von Tammy Wynette und Dolly Parton und wer weiß wem, die noch schlimmer waren. Schließlich musste ich ihnen sagen, dass Isabel zu schlafen versuchte, was auch stimmte. Seit sie die Chemotherapie bekommt, macht sie jeden Nachmittag ein

Nickerchen, und sogar Emma und Rudy waren reif genug, das zu respektieren.

Neap Tide heißt eigentlich Neap Tide II. Neap Tide I hatte während des Hurrikans Emily so viele Sturmschäden davongetragen, dass man das Haus abreißen und wieder aufbauen musste. Das neue Haus ist größer und hat ein paar mehr Annehmlichkeiten, wie Deckenventilatoren, eine zweite, überdachte Veranda und nagelneue Küchengeräte. Aber im Großen und Ganzen ist es so heimelig und unverfälscht wie das alte. Mit anderen Worten, nicht wie die noblen Anwesen für anderthalb Millionen Dollar, die man heutzutage am Meer baut. Henry und ich kommen zweimal im Jahr her, meine Eltern vielleicht alle zwei Jahre und meine Brüder nie. Sie fahren lieber ans Cape Cod. Die übrige Zeit vermieten meine Eltern Neap Tide an Touristen.

Als Rudy endlich den Wagen zwischen den Pfeilern unter der langen, verwitterten Veranda abstellte, waren wir ziemlich erschöpft. Emma musste sofort einen Blick aufs Meer werfen, während Rudy und ich unsere (und Emmas) Sachen die zwei Außentreppen hinaufschleppten und entschieden, wer welches Zimmer bekommen sollte. Ich schlug vor, dass Isabel und ich jede ein eigenes Zimmer bekommen, und Rudy und Emma zusammen im dritten Zimmer schlafen. Niemand hatte etwas dagegen. Nachdem Emma zurück war und alle ausgepackt hatten, trafen wir uns in der Küche, um (wieder auf meinen Vorschlag hin) das Kochen und all die anderen Pflichten zu besprechen. Da hatten wir unseren ersten Streit.

Es war kein richtiger Streit – das sollte ich nicht sagen. Unseren ersten Gefühlsausbruch. Ich war gerade dabei zu erklären, warum es sinnvoller war, heute Abend selbst zu kochen und morgen auszugehen (wir wollten nicht mehr fahren, wir hatten Steaks in der Kühltasche, die man nur noch grillen musste), und versuchte, bestimmte Pflichten so zu verteilen, dass jede das tat, was ihr am meisten lag (Emma zum Beispiel ist eine gute Köchin, aber schrecklich unordentlich, während Rudy in der Küche nicht ganz so kreativ ist, dafür aber im Vorbeigehen wunderbar aufräumt) – als Emma, die bereits ein Bier aufgemacht und halb getrunken hatte, plötzlich strammstand und salutierte. »Ja, Sir!« bellte sie wie ein Matrose.

Ich bin ihren nicht gerade versteckten Sarkasmus gewohnt, deshalb übersah ich das. Aber ein paar Minuten später, als ich versuchte, einen Putzdienst für die gemeinsamen Räume wie Wohnzimmer, Eßzimmer, Küche und die Veranden zu organisieren – und ich entschuldige mich nicht dafür, es war nicht übereifrig von mir; irgendjemand muss diese Dinge am Anfang zur Sprache bringen, um spätere Missverständnisse zu vermeiden –, machte Emma eine Bemerkung. Leise, so als spräche sie mit sich selbst, aber vernehmlich. Es war eine Anspielung auf mein Sexualleben. Und wer denn da »die Organisation« übernahm, ich oder Henry. Ich wandte mich ab. Alle schwiegen, bis Isabel ganz leise sagte: »O Emma.« Ich weiß nicht, ob es an Emmas Bemerkung lag oder an Isabels sanfter, missbilligender Stimme, jedenfalls begann ich zu weinen.

Und dann konnte ich nicht mehr aufhören. Ich versuchte die ganze Zeit, den anderen den Rücken zuzukehren, und Isabel versuchte die ganze Zeit, mich dazu zu bewegen, mich umzudrehen. Ich setzte mich an den Küchentisch und schlug die Hände vors Gesicht.

Emma kniete sich neben mich. »Lee, es tut mir Leid«, sagte sie, »es tut mir wirklich Leid.« In ihrer Stimme schwang echte Angst mit. Isabel stand hinter mir und strich mir über den Kopf. Rudy brachte mir ein Glas Wasser.

Ich war beschämt. »Das liegt an den Hormonen«, erklärte ich ihnen. »Ich nehme Clomifen, das verursacht Stimmungsschwankungen. Ich kann nichts dagegen tun.«

»Nein, es ist meine Schuld«, sagte Emma. »Wie konnte ich nur so etwas unglaublich Dummes sagen. Lee, na komm, hör einfach nicht auf mich.«

»Nein, es liegt an mir. Es funktioniert einfach nicht. Ich kann nicht schwanger werden, und ich komme mir wie ein Idiot vor. Ich habe zu lange gewartet – ich bin einundvierzig! Es ist meine Schuld, und das ertrage ich nicht.«

»Es ist nicht deine Schuld«, versuchte Rudy mich zu beruhigen, »es liegt an Henrys Sperma.«

»Vielleicht nicht. Der Arzt sagt, es könnte auch eine andere Ursache haben, denn inzwischen hätte es klappen müssen. Ich glaube, er denkt, es liegt an mir. Und ich glaube wirklich, dass Henry *froh* darüber ist! Weil es nicht mehr nur seine Schuld ist!« Ich versuchte, mit dem Weinen aufzuhören, weil ich merkte, dass ich ihnen Angst machte, aber ich konnte nicht. Und ich konnte nicht aufhören zu reden.

»Was habe ich getan? Habe ich irgend etwas falsch gemacht? Geschieht das alles, weil ich mit zu vielen Männern geschlafen habe, als ich jung war? Ich hatte einen *One-night stand*!« sagte ich hitzig, woraufhin Emma und Rudy lachten und sogar Isabel sich ein Lächeln nicht verkneifen konnte. »Vielleicht hatte ich eine Infektion, ohne dass ich es gemerkt habe. Und natürlich musste ich mir eine Spirale einsetzen lassen, als ich dreißig war, damit ich mir keine Sorgen machen musste, wenn ich mit Männern ins Bett gehen wollte, und heute wissen wir, was sie anrichten können.«

»Lee, das ist nicht …«

»Wenn ich doch nur nicht so lange gewartet hätte, aber nein, alles musste vollkommen sein, meine Karriere, mein Haus, mein Mann – warum habe ich nicht geheiratet, als ich Mitte Zwanzig war? O Gott, ich wusste immer, was ich wollte, habe es geplant, dafür gearbeitet – und habe es bekommen. Und jetzt bricht alles zusammen. Es ist, als wäre ich gelähmt. Ich kann nichts tun, ich kann es nicht in Ordnung bringen.« Mehr Tränen. Es war alles furchtbar peinlich.

Rudy hatte sich einen Stuhl herangezogen. »Und bei der Arbeit muss es schwer für dich sein«, sagte sie, »immer mit all den Kindern zusammenzusein.

Ich meine, dass du ausgerechnet diesen Job haben musst.«

»*Ja*«, sagte ich schluchzend und war so froh, dass jemand es einmal laut ausgesprochen hatte. Vielleicht war es zu offensichtlich, aber aus irgendeinem Grund hatte das noch nie jemand gesagt – wie schrecklich grausam es war, dass ich die Leiterin einer Kindertagesstätte war; was für einen gemeinen Streich das Leben mir spielte. »Es ist schrecklich. Ich weiß nicht, ob ich das weitermachen kann. Es tut wirklich sehr weh.«

»Arme Lee.« Emma schlang die Arme um meine Knie.

»Es ist zu viel, es ist wie eine dauernde Folter, aber was soll ich sonst tun? Ich könnte als Erziehungsberaterin arbeiten, Artikel schreiben, ein Lehrbuch – aber trotzdem ist es ...«

»Es hat immer mit Kindern zu tun«, ergänzte Rudy. »Immer.«

»Ja, und eigentlich ist es doch auch dasselbe, wenn ich in einer Bank arbeiten würde. Auch da würde ich immerzu Babys sehen, im Kinderwagen, in Autositzen, stillende Mütter im Waschraum bei Nordstrom's. Immer würde ich Mütter sehen, die Pampers kaufen, und Geschichten über Teenager lesen, die ihre neu geborenen Babys in die Mülltonne werfen.«

Isabel nahm mich von hinten in die Arme, und lehnte ihre Wange an mein nasses Gesicht. »Lass nur, Weinen tut gut. Hast du Henry davon erzählt? Ich wette, er sehnt sich schrecklich danach, mit dir zu reden.«

Ich entzog mich ihr, ich schämte mich, ich war ihr Mitgefühl nicht wert, doch trotzdem erwiderte ich: »Ich bin so wütend auf ihn. Ich versuche, es nicht zu sein, ich weiß, dass es unlogisch ist, aber ich kann nichts dagegen tun. Ich nehme diese scheußlichen Medikamente, ich habe eine Million Tests gemacht, in eine Million Becher gepieselt, man hat mich durch und durch untersucht, geröntgt und gestochen, und alles, was er tun muss, ist masturbieren.« Als Emma ihr Gesicht auf meinen Oberschenkel presste und schnaubte, musste ich lächeln. »Es stimmt doch. Tief drinnen bin ich wütend auf ihn, auch wenn es nicht seine Schuld ist, und ich *weiß*, dass die ganze Sache für ihn genauso schlimm ist wie für mich. Für Henry ist Sex etwas ganz Privates, er hält die Offenheit nicht aus, all die Fragen, die er vor so vielen Schwestern und Ärzten beantworten muss. Er hat sogar eine verächtliche Bemerkung über die Gruppe gemacht.«

»Nein. Echt?«

»Nicht über jemand Bestimmten, nur, dass ihr wahrscheinlich alles über ihn wisst, jedes kleine Geheimnis, und das hasst er. Und er hasst es, in die Klinik gehen zu müssen, um Sperma zu liefern, und jeder weiß genau, was er da tut. Er kommt sich lächerlich vor. Dazu kommt, dass all das nur wegen seinem Sperma sein muss. Deshalb ...«

»Er fühlt sich schuldig«, sagte Rudy. »Er will dir alles geben, und er hat das Gefühl, dass er bei dem, was du dir am meisten wünschst, versagt.«

Ich nickte. »Er redet nicht darüber, aber zum Teil möchte er deshalb gerne Vater werden, weil er selbst keinen hatte. Ich glaube, sehr viel Schmerz aus der Kindheit kommt wieder hoch. Das macht alles nur noch schlimmer.«

»Mein Gott«, sagte Emma. »Ein doppelter Schlag.«

»Genau.« Es war ein wunderbares Gefühl, all das auszusprechen, verstanden und bemitleidet zu werden. Aber es gab andere Dinge, über die ich nicht sprechen *konnte*. Wie zum Beispiel meinen heimlichen Wunsch, ich hätte jemanden anders geheiratet, egal wen, solange er mir nur Kinder schenken konnte. Und natürlich konnte ich ihnen nicht erzählen, wie furchtbar unser Liebesleben geworden war. Wir schliefen nur noch miteinander, wenn wir mussten. Wozu auch? Aus Leidenschaft? Die gab es nicht mehr. Ich kam mir unattraktiv und reizlos vor, und Henry fühlte sich wie ein Versager. Der Sex war so mechanisch, so unsicher; das letzte Mal, als wir es probierten, hatte ich keinen Orgasmus, und er konnte auch beinahe nicht kommen. Ich hätte ihm etwas vorspielen sollen, aber es war mir egal. Das Ganze war uns so unangenehm, dass wir seitdem nicht mehr miteinander geschlafen haben.

»Wie wäre es mit einer Beratung?« fragte Rudy. »Wenn ihr beide mal mit jemandem darüber redet?«

»Henry will nicht. Und allein gehe ich nicht.«

»Irgendwann klappt es«, sagte Emma. »Über Nacht kann sich alles ändern, weißt du, Lee. Ein Anruf aus der Klinik. Ein blaues Teststäbchen.«

»Aber das sage ich mir seit Monaten. Warten und hoffen. Warten und hoffen, das ist alles, was in meinem Leben noch zählt.«

»Lee«, sagte Isabel leise, »du sprichst nie über die Möglichkeit einer Adoption.«

»Nein, weil Henry es nicht will; er will sein eigenes Kind. Und ich auch – und meine Eltern.«

»Deine Eltern?«

»Warte mal«, warf Emma ein, »Henry will kein Kind adoptieren? Das hat er gesagt?«

»Jenny sagt, sein Vater ist im Vietnamkrieg gefallen, aber Henry glaubt – erzählt das jetzt bitte nicht weiter –, dass sie in Wirklichkeit gar nicht weiß, wer sein Vater ist. Deshalb – will er wirklich ein eigenes Kind. Wir haben schon vor langer Zeit darüber gesprochen und waren einer Meinung.«

»Gut, aber jetzt vielleicht ...«

»Nein, ich will es, und ich gebe nicht auf. Ich werde schwanger werden.«

»Aber wenn es dich wahnsinnig macht ...«

»Es macht mich nicht wahnsinnig, Rudy. Ich bin entschlossen, das ist alles. Ich werde mich nicht geschlagen geben. Zwischen Wahnsinn und Entschlossenheit ist ein Unterschied.«

»Natürlich. Ich meinte ja auch nicht richtig wahnsinnig. Nicht wie ich, Lee. Du bist die Normalste von uns allen.«

»Das bezweifle ich«, murmelte Emma. Wir kicherten, dankbar über die Leichtigkeit, mit der sie widersprach.

»Genug jetzt«, sagte ich. Es war mir unangenehm, so lange im Mittelpunkt zu stehen, außerdem wollte ich nicht über meine Eltern reden. Ich bereute es, dass mir das herausgerutscht war –, dass sie ein »richtiges« Enkelkind von mir wollten, einen neuen, kleinen Pavlik, um ihre genialen Gene weiterzugeben. Ihr Benehmen ist mir peinlich; ich konnte mir jetzt schon Emmas Kommentar dazu vorstellen. »Du hast Recht, irgendwann wird es klappen.« Ich stand auf. Alle purzelten durcheinander. »Es dauert einfach eine Weile, und das macht mich müde. Mädels, ihr seid toll! Und das war meine Viertelstunde«, sagte ich lachend, »und es geht mir viel besser.«

Sie glaubten mir nicht, doch sie hörten auf, um mich herumzuflattern, und fingen an, sich Drinks zu mixen, die wir mit auf die Terrasse nahmen. Es war, als würde uns allen gleichzeitig klar, dass unser Wochenende gefährlich begonnen hatte und wir lieber die Gangart wechseln sollten, um es nicht zu verderben. Ich wusste, dass sie über mich sprechen würden, sobald ich nicht in der Nähe war. »Arme Lee, ich hatte ja keine Ahnung, so habe ich sie noch nie erlebt, sie war gar nicht wie sonst.« Ich habe mich auch noch nie so erlebt. Ich weiß kaum noch, wer ich bin. Ich will mein altes Leben zurück.

Die untergehende Sonne blendete uns, und wir mussten unsere Stühle verrücken, bis sie am Horizont verschwunden war. »Das ist ein Leben«, sagten wir immer wieder, lagen gemütlich im Liegestuhl, die nackten Füße auf dem Geländer. »So sollte es immer sein.« Rudy konnte sich nicht erinnern, ob wir zum dritten oder zum vierten Mal zur Feier unseres Jahrestages in Hatteras waren, und wir fingen alle an, Erinnerungen auszutauschen. »Wollen wir nicht einen Spaziergang am Strand machen«, unterbrach ich. Ich hatte noch eine Überraschung für sie, aber erst morgen Abend; zu viel Nostalgie könnte alles verderben.

Die Flut ging zurück. Wir liefen jeweils zu zweit am Strand entlang, Rudy und Emma in der Gischt, die Hosenbeine hochgekrempelt, Isabel und ich weiter oben, im nassen Sand. Isabel hatte sich einen hübschen Schal um den Kopf geschlungen, und sie sah wunderschön aus, man würde nie vermuten, dass mit ihr etwas nicht stimmte. Sie behauptete, durch die Medikamente würde sie zunehmen, aber ich konnte das nicht bestätigen.

»Wie fühlst du dich?« fragte ich.

»Großartig.«

»Es war eine lange Fahrt – ich bin auch müde. Ist wirklich alles in Ordnung?«

»Es geht mir gut.«

»Wie geht es Kirby?«

»Sehr gut. Er lässt dich grüßen.«

»Ich mag ihn sehr.« Sie lächelte. »Am Anfang war ich mir nicht sicher«, gab ich zu. »Aber seit der Nacht nach deiner ersten Chemotherapie finde ich ihn richtig nett.«

Sie nickte. »Was für eine Nacht, wie?«

Letzte Woche hatte sie die zweite Behandlung, und es war viel besser gelaufen als das erste Mal. Ihr war nicht so schlecht, und die Übelkeit dauerte nicht so lange. Diesmal war Emma bei ihr geblieben, aber nicht die ganze Nacht.

»Und«, sagte ich, »ist er immer noch in dich verliebt?«

Sie schüttelte leicht den Kopf, mehr, weil ihr die Frage lästig war, als um sie zu beantworten.

Sie sprach nie über Kirby, höchstens um anzumerken, dass seine Liebe zum falschen Zeitpunkt kam und sie dankbar war, dass er immer noch ihr Freund war. Ich kann nicht sagen, ob sie darüber traurig ist oder nicht. Isabels Heiterkeit ist nicht immer ein Segen. Manchmal ist sie eine Mauer.

Ich verlangsamte meine Schritte immer wieder, um mich ihrem Tempo anzupassen, bis sie schließlich stehen blieb. »Geh du nur weiter, Lee, ich glaube, ich setze mich eine Weile hin und schaue aufs Wasser.«

»Du bist *doch* müde. Ich bleibe bei dir.«

»Nein, geh weiter, hol Emma und Rudy ein, und sammelt mich auf dem Rückweg auf.«

Das sind die Kleinigkeiten, die ich nicht ertragen kann. Sie lullt mich ein, bis ich denke, sie ist gar nicht so krank, und es manchmal sogar *vergesse* – und dann ermüdet sie viel zu schnell, oder ich ertappe sie dabei, wie sie sich übervorsichtig hinsetzt, wie eine alte Frau mit Arthrose. Die Realität holt mich ein, und jedes Mal ist es von neuem ein Schock. Wahrscheinlich ist es für sie auch so, nur schlimmer, viel schlimmer.

Wir aßen im Eßzimmer zu Abend, mit Kerzen und leiser Musik und einer Vase mit Wiesenblumen, die Emma aus dem Nachbargarten gestohlen hatte. Alles schmeckte köstlich, sogar die Kartoffeln aus der Mikrowelle. Wir prosteten uns andauernd zu, und zum Schluss waren wir eine ziemlich fröhliche Truppe. Ich will nicht sagen, dass mein Ausbruch in der Küche vergessen war, nein, ich glaube sogar, er überschattete den ganzen Abend, und wir gingen sehr vorsichtig miteinander um. Besonders Emma benahm sich gut, sprach sehr behutsam mit mir und machte keine einzige ironische Bemerkung; sie berührte mich immer wieder, legte ihre Hand auf meinen Arm, stupste mich leicht an, wenn sie einen Witz machte. Ich muss ihr wirklich Angst eingejagt haben.

Wir nahmen den Kaffee mit auf die Terrasse, saßen in den Liegestühlen, lauschten der Brandung und beobachteten, wie die Wolken am Mond vorbeizogen. Es war eine schöne Nacht, mild und sternenklar, und vom Meer wehte eine leichte Brise herüber. Neap Tide liegt nicht am Wasser, aber von der Terrasse aus kann man zur Linken den Atlantik sehen und zur Rechten die Pamlico-Bucht, und nachts, wenn auf der Route 12 kein Verkehr mehr ist, hört man die Wellen beinahe so deutlich, als säße man am Strand.

»Also, ich bin auch nicht schwanger«, sagte Rudy unvermittelt in eine Gesprächspause hinein. »Falls sich das irgend jemand gefragt hat.« Mit lang ausgestreckten Beinen lag sie auf der Ottomane, die Arme anmutig hinter dem Kopf verschränkt. Wir wirkten alle eher grau und unscheinbar, aber Rudys schwarze Haare strahlten im Mondlicht, und ihre grauen Augen glitzerten. Sogar im Dunkeln sticht sie heraus. Ich wollte etwas erwidern, doch sie setzte sich auf und beugte sich zu mir herüber. »Ich wollte nur nicht, dass du denkst, ich verstecke es vor dir, verheimliche es, damit du nicht verletzt bist. Das würde ich nicht tun, es wäre ...«

»Erniedrigend«, half Emma, »und nicht nötig.« Sie lächelte mich an.

»Ja«, sagte Rudy. »Ich wollte nur, dass du das weißt.«

Um die Wahrheit zu sagen, hatte ich vergessen, dass sie und Curtis es versuchten. Wahrscheinlich habe ich es verdrängt.

»Machst du dir Sorgen?« fragte ich sie. »Wie lange versucht ihr es schon?«

»Seit Januar. Ja, ein bisschen schon. Weil ich irgendwo gelesen habe, wenn es nach sechs Monaten nicht klappt, könnte etwas nicht in Ordnung sein.«

»Ja, das heißt es.« Das hätte ich gerne schon vor zwei Jahren gewusst.

Emma sah Rudy in der Dunkelheit an. »Glaubst du wirklich, dass etwas nicht stimmt? Machst du alles richtig, misst Temperatur und so?«

Die Frage überraschte mich; Emma und Rudy sind so eng befreundet; ich hätte gedacht, dass sie schon längst darüber gesprochen haben.

»Am Anfang nicht, aber seit zwei Monaten messe ich.«

»Zwei Monate ist noch nicht lange«, sagte Isabel.

»Ich weiß.« Rudy ließ einen ihrer langen, schweren, unzufriedenen Seufzer hören.

»Wie geht es Curtis?« fragte ich. »Wie gefällt ihm sein neuer Job?«

»Curtis ...« Sie zögerte so lange, dass wir sie alle drei anstarrten. »Ach ...« Wieder schwieg sie. »Es geht ihm gut«, sagte sie schließlich mit dünner Stimme und stand auf. »Ich hole mir ein Bier – soll ich jemandem eins mitbringen?«

Wie seltsam. Während sie drinnen war, sahen wir uns an und machten leise, fragende Geräusche: »Hmmm«, und »Aha ...«, aber wir sprachen nicht. Das hier war neu; wir wussten noch nicht, was wir davon halten sollten. Besonders Emma schien verwirrt zu sein.

»Was für eine wunderschöne Nacht«, sagte Isabel. »Spürt ihr die Brise? Hat jemand etwas dagegen, wenn ich den Schal abnehme?«

Wir fielen über sie her, wir waren empört, Emma fluchte sogar – »Verdammt, Isabel, wie kannst du überhaupt *fragen*« –, aber in Wirklichkeit ist es am Anfang immer ein Schock, Isabels kahlen Kopf zu sehen. Doch man gewöhnt sich schnell daran, und dann finde ich, dass sie richtig süß aussieht. Wirklich. Sie ist natürlich anderer Meinung, und selbst für mich ist es schwer, ihr Aussehen unabhängig von dem Grund dafür zu sehen – es ist schwer, sie schön zu finden, ohne zu leiden, wenn man an das Warum denkt.

»Und wie läuft es?« fragte Emma sanft. Sie streckte die Hand aus und legte sie an Isabels Stuhl. »Ich will jede Kleinigkeit wissen.«

Isabel blickte zu ihr hinüber und lächelte. »Ganz gut. Ich werde so leicht müde. Das ist das Schlimmste.«

»Was ist mit deiner Hüfte?« fragte Emma. Dort hatte Isabel in letzter Zeit häufig Schmerzen gehabt. Sie spielte es herunter, aber manchmal musste sie hinken.

»Der Arzt sagt, wenn es schlimmer wird, kann man sie bestrahlen. Dann wird es besser.«

»Du meinst, *wenn* es schlimmer wird«, sagte ich.

»Ja.«

»Weil die Chemo dich heilen sollte. Dazu ist sie da, ich meine, das ist ihre *Aufgabe.*«

Sie nickte und lächelte. Manchmal denke ich, ich gehe besser damit um als sie.

»Gut, das war der Körper«, sagte Emma. »Wie geht's der Seele?«

»Auch gut. Ich habe Hoffnung.«

Wir lauschten dem Klang des Wortes nach. Isabel sagte normalerweise immer die einfache Wahrheit. Wenn sie es jetzt so ausdrückte, konnten wir wahrscheinlich nicht mehr erwarten.

Rudy stand auf und stellte sich hinter Isabels Stuhl. »Ich habe etwas über heilende Hände gelesen. Lasst es uns versuchen.«

»Glaubst du, dass du sie hast?« Emma grinste verstohlen.

»Könnte doch sein. Und du auch, Schlauberger. Woher willst du es wissen, wenn du es nicht ausprobierst.«

»Vielleicht hilft es, wenn man daran glaubt«, sagte ich ein bisschen kühl. Manchmal ärgert mich Emmas Zynismus. Isabel schloss die Augen und lächelte.

»Schhh«, machte Rudy. »Denkt heilende Gedanken. Alle. Ich lege die Hände über dich, ohne dich zu berühren, und spüre deine Aura, Isabel.« Langsam bewegte sie die Hände knapp über Isabels Kopf, als umschlösse sie die Luft. Sie ließ sie tiefer gleiten, zu ihrem Hals, über ihre Schultern, die Arme. »Ich lasse meine Hände über deinen ganzen Körper wandern«, murmelte Rudy, und Isabel nickte langsam. »Spürst du etwas?«

»Ich spüre Wärme, da, wo deine Hände waren.«

Ich wandte den Kopf, um Emma einen siegessicheren Blick zuzuwerfen, doch sie hatte die Augen geschlossen. Sie war völlig konzentriert.

»Ich weiß, dass ich deine Energie spüren kann«, sagte Rudy positiv. »Welche Hüfte tut weh?«

»Diese hier«, sagte Isabel, und Rudy ließ ihre heilenden Hände darübergleiten.

Ich schloss die Augen und konzentrierte mich auf meine Lieblingsmeditation. Ich stelle mir eine Art mexikanische Scharfschützeneinheit vor. Isabels Krebszellen sind Verbrecher, ganz in Schwarz gekleidet, mit Munitionsgürteln quer über der Brust – eigentlich haben sie gar keine Brust, in meiner Phantasie sehen sie eher wie Feuerbohnen mit Sombreros aus –, die in einer langen Reihe aufgestellt sind, während ein Haufen guter Soldaten mit langen schwarzen Gewehren auf sie anlegt und sie erschießt. *Peng*, tot sind sie, und eine neue Reihe marschiert auf. Das Ganze ist sehr wirkungsvoll, und ich kann endlos weitermachen.

Rudy beendete ihre Prozedur und setzte sich wieder. »Willst du es auch mal versuchen?« fragte sie Emma.

»Um Gottes willen, nein, Isabel ist meine Freundin – vielleicht hat sie dann einen Rückfall.«

Sie lachten, aber ich fand den Witz eher erbärmlich.

Ich stand auf, um ins Bad zu gehen. Selbst durch die geschlossene Tür konnte ich deutlich hören, wie Emmas Stimme immer lauter wurde und plötzlich schrill vor Zorn klang. Als ich eilig zurückkam, war Emma aufgestanden und lehnte am Geländer. Sie tobte.

»Ich hasse diesen Körper-Seele-Quatsch, wenn du die Wahrheit wissen willst, und diesen Shorter kann ich nicht ausstehen. Ich glaube, dass er kranken Menschen mehr Schaden zugefügt hat als je ein Blutegel.

»Wer ist Shorter?« fragte ich Rudy.

»Der Arzt, der das Buch über …«

»Er ist ein Spinner, und er kotzt mich an. Wenn du seine Spielchen glaubst, dann glaubst du, dass Isabel Krebs bekommen hat, weil sie ein emotionaler Krüppel ist. Vergiss diesen Shorter, Isabel ist nicht schuld an ihrem Krebs.«

»Em, das ist nicht ganz …«

»Was ich nicht kapiere, ist, wie ein *Arzt* so blöd sein kann. Und so destruktiv. Jedes Mal, wenn Isabel deprimiert ist – was logischerweise jeder ab und zu mal ist, findet ihr nicht? Unter den Umständen? –, behauptet Shorter, dass dadurch ihr Tumor wächst! Was für ein Idiot!«

Isabel versuchte es noch einmal. »Ich glaube nicht, dass er wirklich meint …«

»Das ist doch alles ein Riesenmist! Was ist mit der Wissenschaft? Isabel, er will dir weismachen, dass du dich krank gemacht hast. Was ist mit Bakterien, Viren? Erbanlagen? Was ist mit Rauchen und Asbest? Nitraten? Smog!« Durch die Seeluft sträubten sich ihre Haare wie ein Hexenbesen. Sie tigerte vor dem Geländer auf und ab, und manchmal schlug sie mit der Faust darauf, um ihre Worte zu unterstreichen. Sie war kein bisschen betrunken, sie war nur stocksauer.

»Was ist der Unterschied zwischen einem Shorter, der deine Neurosen für deinen Krebs verantwortlich macht, und einem Jerry Falwell, der die Sünde für den Auslöser von Aids hält? Krebs *passiert*. Du bist nicht verantwortlich. Das Leben ist ungerecht – herrje, muss ich das wirklich *sagen*? Du hast einfach schlechte Karten erwischt. Mehr nicht. Kleiner Scherz von oben. Tut mir Leid, nächstes Mal hast du vielleicht mehr Glück.«

»Ich verstehe, worauf du hinauswillst – setz dich hin, Emma, würdest du bitte aufhören hin und her zu laufen? –, und manchmal denke ich genauso. Aber ob es uns gefällt oder nicht, es gibt eine Verbindung zwischen Körper und Seele. Menschen ohne Glauben sterben früher – nur als Beispiel. Das ist bewiesen.«

»Nicht für mich.«

Isabel schnalzte mit der Zunge. »Ich kann es dir nicht erklären, aber es hat etwas mit Neuropeptiden und T-Zellen und Endorphinen zu tun. Dein Gehirn *kommuniziert* mit deinem Körper. Wirklich. Du kannst mir glauben.«

»Na gut.« Emma plumpste beleidigt in den Liegestuhl.

»Ich weiß, was du sagen willst«, sagte Rudy teilnahmsvoll. »Mir gefällt der Gedanke auch nicht, dass man sich selber krank machen kann ...«

»Dass *Isabel* sich krank macht«, fing Emma wieder an. »Das ist doch totaler Schwachsinn. Da versuchst du, dein Leben so gut es geht zu meistern, niemanden zu verletzen, und *zack*, eines Tages bekommst du Krebs. Und dann kommt dieser – Quacksalber daher und schreibt einen Bestseller darüber, dass alles nur deine Schuld ist. Nach dem Motto, wer den Schaden hat, braucht für den Spott nicht zu sorgen!«

»Du weißt, dass du übertreibst«, schalt Isabel. »Bei keinem dieser Autoren, egal ob Shorter oder einem anderen, steht, dass es *unsere Schuld* ist.«

»Aber das impliziert es.«

Rudy fragte: »Emma, glaubst du, unsere Heilkreise sind Blödsinn? Glaubst du, es ist sinnlos, dass Isabel meditiert?«

»Nein, nein, das glaube ich nicht.«

Isabel sagte: »Also gut, wenn du glaubst, ich kann mich selbst mit positiver mentaler Energie heilen, wieso bezweifelst du dann die Umkehrung – dass ich durch negative Energie meine Krankheit beeinflussen kann?«

Emma wandte sich wütend zu ihr um: »Glaubst du das?«

»Ich weiß nicht. Ich glaube, dass es möglich ist.«

»Nun, ich nicht. Jemand anders kann das vielleicht, aber nicht du, Isabel! Nicht du.«

Langes, bedrückendes Schweigen breitete sich aus, und ich war mir nicht sicher, was geschehen würde – vielleicht brachen wir gleich alle zusammen in Tränen aus.

Ich war diejenige, die das Schweigen brach und sagte: »Ich stimme Emma zu.« Meine Stimme klang dünn und fremd; sie sahen mich neugierig an. Ich räusperte mich und sagte mit Nachdruck: »Ich glaube, manchmal können wir uns selbst krank machen, und manchmal geschieht es einfach. Aber Isabel ist nicht Gift für sich selbst. Es gibt niemanden, der …«, ich suchte nach dem richtigen Wort, »reiner ist, das meine ich so. Niemanden, der gütiger ist.« Jetzt flüsterte ich. »Und niemanden, der es weniger verdient.«

Isabel hielt mir ihre Hand entgegen. Ich ergriff sie, und sie zog mich an sich. Wir weinten nicht, doch wir sahen uns alle vier intensiv und eindringlich an. Ich spürte einen Anflug von Furcht und Erregung. Ich weiß nicht, wie sehr ich an diese Körper-Seele-Verbindung glaube, aber wenn alles, was man darüber sagt, wahr ist, knisterte zwischen uns in diesem Moment soviel psychische Energie, dass wir ein ganzes Hospiz voller sterbender Menschen hätten heilen können.

Den Samstagmorgen verbrachten wir am Strand, wo Emma uns ununterbrochen vor der Sonne warnte. »Lasst euch nicht davon täuschen, dass der Himmel bedeckt ist«, sagte sie immer wieder, räkelte sich auf ihrer Strandliege, eingewickelt in ein Badelaken und mit Sonnencreme und Zinksalbe eingeschmiert. Ich nahm es ihr nicht übel – sie ist hellhäutig; erst bekommt sie Sommersprossen, dann einen Sonnenbrand, und dann schält sie sich. Aber sie klang wie ein Schallplatte, die einen Sprung hat.

»Okay, aber wenn wir alt sind und die Leute fragen, warum so ein hübsches, junges Ding wie ich Pflegerin von drei verhutzelten alten Schachteln ist, wird es …«

»Wird es uns Leid tun«, murmelte Rudy, die bäuchlings auf ihrem gestreiften Handtuch lag, das Gesicht in der Ellenbeuge vergraben. Rudy würde nie eine verhutzelte alte Schachtel sein. Als ich sie betrachtete, schlank und groß, sonnengebräunt in ihrem Bikini, war ich eifersüchtig auf ihren Körper – wir alle waren es, wer wäre das nicht? –, und bis gestern Abend war ich auch eifersüchtig auf ihr Liebesleben. Nein, ich meine ihr Sexualleben; mit Sicherheit nicht auf ihr Liebesleben, ihre Ehe, oder alles, was mit Curtis Lloyd zu tun hat. Aber ich habe mir immer vorgestellt, dass es für sie und Curtis im Bett unwahrscheinlich leidenschaftlich und befriedigend ist, obwohl mir keine bessere Begründung dafür einfiel, als dass sie beide so schön sind. Und als ich erfuhr, dass sie, bis jetzt jedenfalls, kein Baby bekommen können – kam ich mir dumm und oberflächlich vor, weil ich gedankenlos körperliche Schönheit mit Fruchtbarkeit gleich gesetzt hatte.

Man sollte meinen, ich wüßte es besser, weil ich mit Henry verheiratet bin.

Und – noch etwas, das ich nur ungern zugebe. Ein dunkler, hässlicher Teil von mir war insgeheim froh, als sie uns von dem Problem berichtete. Ich schäme mich. Aber es ist wahr. Ich wünsche Rudy, dass sie ein Kind bekommt, natürlich tue ich das, *aber ich will, dass Henry und ich zuerst eins bekommen*.

»Ich gehe spazieren«, sagte Isabel, schüttelte den Sand aus ihrem Handtuch und legte es sich über die Schultern.

»Möchtest du Gesellschaft?« fragte ich.

»Nein, danke, ich gehe nicht lange.« Sie schlenderte davon. Wir sahen ihr nach, und als sie außer Hörweite war, redeten wir über sie.

Das tun wir neuerdings, wir drei. Am Anfang hatten wir das Gefühl, es sei illoyal, aber das ist jetzt anders. Wir erzählen uns alles, was wir wissen, alles, was wir in letzter Zeit über Krebs gehört oder gelesen haben, was Isabel gesagt hat, als wir sie das letzte Mal gesehen haben, wie sie aussah, wie sie am Telefon klang.

»Sie sieht gut aus.«

»Aber sie läuft so langsam.«

»Sie ist noch nicht schwimmen gegangen.«

»Das wird sie schon noch tun. Sie schwimmt so gerne.«

»Sie ist nicht sehr kräftig. Wenn sie ins Wasser geht, muss eine von uns mitgehen.«

»Ich glaube, sie isst nicht genug.«

»Sie sagt, von der Therapie bekommt sie einen schlechten Geschmack im Mund.«

»Aber sie geht immer noch sehr gut damit um.«

»Meinst du nicht, dass sie uns etwas vormacht? Sich uns zuliebe zuversichtlicher gibt, als sie in Wirklichkeit ist?«

»Und wenn schon, das tut ihr gut. Denk an die Studie, die gezeigt hat, dass Lächeln glücklicher macht.«

»Es wird ihr wieder gut gehen. Sie macht alles richtig, und die Chemotherapie schlägt an.«

»Wenn sie sie nicht vorher umbringt.«

»Gott sei Dank, dass es Kirby gibt.«

»Glaubst du, dass sie zusammenkommen?«

»Ja. Wenn sie wieder Kraft hat.«

»Hast du ihre Collage gesehen?«

»Nein.«

»Welche Collage?«

»An der Wand in ihrem Schlafzimmer. Sie hat ein Poster über ihr Leben gemacht. Ihre Vergangenheit, die Zukunft, Meilensteine, wichtige Ereignisse. Sie hat Fotos von sich als kleines Kind ausgeschnitten, von ihren Eltern, ihrer Hochzeit, Bilder von Terry. Von uns.«

»Von uns?«

»Und sie hat Zeichnungen von sich selbst als Kranke gemacht, und was sie tut, um den Krebs zu besiegen.«

»Isabel kann nicht zeichnen.«

»Es sind Cartoons, Strichmännchen.«

»Was hat sie für die Zukunft genommen?«

»Fotos aus Reisekatalogen – von Orten in Indien und Nepal. Eine Zeichnung von einem Zeugnis. Ein Foto von Terry mit ihr. Noch ein Foto von uns. Oh, und die erste Seite des Vereinsblattes der amerikanischen Gesellschaft für Pensionäre. Und ganz zum Schluss ein Babyfoto.«

»Ein Babyfoto?«

»Sie sagt, das ist sie. Nach der Wiedergeburt.«

»Aha.« Rudy nickte.

»Was auch immer«, sagte Emma und lächelte. Voller Hoffnung.

Wie geplant gingen wir zum Abendessen aus, in ein neues, beliebtes Fischrestaurant in Hatteras. Es war den ganzen Tag bewölkt gewesen, und während wir zum Essen fuhren, fing es an zu regnen. »Da geht unser Spaziergang im Mondschein dahin«, trauerte Rudy. »Lasst uns bei der Videothek halten und einen Film ausleihen.« Außer mir waren alle dafür. »Nein, lasst uns was anderes machen«, sagte ich immer wieder, und als sie fragten: »Was denn?«, fiel mir keine Antwort ein. Die Diskussion wurde immer lächerlicher. Schließlich musste ich es ihnen gestehen. »Also gut, dann ist es eben keine Überraschung mehr. Ich habe schon ein Video für heute Abend.«

»Wirklich?«

»Was ist es?«

»Ich will keine Zeichentrickfilme von Walt Disney sehen«, maulte Emma, die es offensichtlich leid war, nett zu mir zu sein. Das bezog sich auf das vorige Mal, als wir hier waren. Da hatte auch ich die Filme ausgeliehen, nämlich: *Der Glöckner von Notre Dame, Pocahontas* und *Aladin*. Ich hätte wissen müssen, dass sie Disneyfilme hasst.

»Es ist kein Zeichentrick, es ist unser Film«, sagte ich. »Zehn Jahre ›Rettende Engel‹. Ich habe zu unserem Jahrestag alle alten Filme zu einem zusammengeschnitten. Er ist sechsundzwanzig Minuten lang.«

»Das ist wunderbar«, rief Isabel, und Rudy ließ das Lenkrad los und klatschte in die Hände. Sogar Emma sah zufrieden aus, obwohl sie in ihrem Sitz herunterrutschte und witzeln musste: »O Gott, Puschenkino.« Aber sie freute sich, alle freuten sich, und ich war zufrieden. Gelegentlich, nicht oft genug, muss das aufmerksame, kompetente, organisierte Mitglied der Gruppe auch einmal die Würdigung bekommen, die es verdient.

»O Gott, der Pony, DeWitt.« Emma schnitt ihrem Abbild auf dem Bildschirm eine Grimasse. »Das war eine grauenvolle Frisur. Wieso hat mir das niemand gesagt?«

»Psst, ich kann nichts verstehen?«

»Ich will wissen, wer mich in diesem Kleid aus dem Haus gelassen hat«, fing Rudy an. »Da bin ich noch nicht mal dreißig. Ich sollte niemals Beige tragen.«

»Wisst ihr noch, als wir unseren Farbtyp bestimmen haben lassen?«

»Ich finde, ihr seht beide wunderschön aus«, sagte Isabel. »Wir alle sehen gut aus.«

»Wahnsinn, sieh mal, wie dünn ich war«, staunte Emma und zeigte auf den Bildschirm. »Wann war das?«

»Du bist jetzt auch noch dünn, du siehst es nur nicht«, meinte Rudy.

»Ja, genau.«

»Ich habe gelesen, dass Frauen, die mit ihrem Körper zufrieden sind, doppelt so viele Orgasmen haben wie Frauen, die sich nicht schön finden.«

»Ah, mach dir auf dem Gebiet keine Sorgen um mich …«

»Psst«, wiederholte ich. Wenn man leise war und zuhörte, konnte man manchmal verstehen, was wir in dem Film sagten. Normalerweise war es nur ein Knistern und Rauschen, weil wir meistens alle auf einmal redeten. Das überrascht mich jedes Mal, wenn ich mir unsere alten Filme anschaue; wir sind anscheinend nie still, und das, was wir sagen, klingt selten wichtig, oft nicht einmal besonders zusammenhängend. Doch wenn wir uns treffen, denke ich immer, dass wir uns klar und deutlich ausdrücken.

»Fitness-Camp! Wisst ihr noch?« Emma deutete auf ihr Bild. »Ich habe in sechs Tagen sieben Pfund abgenommen.«

»Ich drei.«

»Vier, und ich habe sie alle wieder.«

»Innerhalb einer Woche.«

»Das sollten wir noch mal machen«, sagte Rudy. »Es hat richtig Spaß gemacht.«

Wir lachten über die Bilder von Emma und Rudy, wie sie kritisch das einfache Häuschen betrachteten, in dem wir uns 1990 eine Woche lang einquartiert hatten. »Fitness-Camp«, die Schönheitsfarm für arme Frauen; es war einfach ein Ferienlager des CVJM in Poconos. Wir hatten uns das ausgesucht, und nicht irgendein schöneres Hotel, weil Emma damals kein Geld hatte.

»Du bist so eine dumme Kuh«, sagte Rudy liebevoll und zauste Emmas Haare. »Warum kannst du nie ein normales Gesicht machen?«

Es stimmte – jedes Mal, wenn ich die Kamera auf Emma richte, dreht sie mir entweder den Rücken zu oder macht eine Fratze. Oder irgendeine obszöne Geste, stützt das Kinn auf die Hand und lässt dabei rein zufällig den ausgestreckten Mittelfinger auf ihrer Wange liegen. Und alles mit einem listigen Lächeln, das wahrscheinlich witzig sein soll, aber kindisch ist; ich kann gar nicht zählen, wie viele schöne Fotos sie schon verdorben hat, weil sie in letzter Sekunde jemandem hinter seinem Rücken Hörner aufgesetzt hat.

Mich sieht man in den Videos selten; ich stehe hinter der Kamera, ein undankbarer Job, den die anderen erst zu würdigen wissen, wenn wir das vollendete Werk anschauen. Dann hocken sie wie angewurzelt vor dem Fernseher.

»Oh, jetzt kommt es. Hoffentlich«, sagte Emma und rieb sich die Hände. »Lee, hast du es dringelassen? Sag schon! Ich wette, du hast es herausgeschnitten.«

Das hätte ich tun sollen. Habe ich aber nicht, und ich hoffe, das räumt ein für allemal mit dem Vorurteil auf, ich sei eine Spielverderberin. Und deshalb filme ich lieber selbst – man sieht ja, was passiert, wenn jemand anders (Emma) meine Kamera in die Finger bekommt.

Wir hatten eines unser regelmäßigen Treffen zum Abendessen in dem Haus in Capitol Hill, das Rudy und Curtis gerade gekauft hatten, und ich hatte die Videokamera mitgebracht, um es zu filmen. Die Kassette wollte ich später Rudy schenken, damit sie sie ihrer Mutter oder ihrer Schwester oder wem auch immer schicken konnte – ihre Familie besucht sie nicht, und ich dachte, sonst sehen sie ihr neues Zuhause nie. Das war das eine. Das andere war, dass ich gerade vom Ballett kam; mir war heiß, und ich war verschwitzt. Ich fragte Rudy, ob ich vor dem Essen noch duschen könnte.

»Jetzt kommt es, jetzt kommt es«, sagte Emma gespannt. Rudy und Isabel kicherten schon. Die Kamera wackelte in ungeübten Händen und war auf eine geschlossene Tür und eine ausgestreckte Hand gerichtet, die am Türknauf drehte. Emma sagte mit unschuldiger Stimme: »Was da wohl drin ist? Was könnte hinter dieser Tür sein? Sollen wir nachsehen?« Als sie aufmachte, quoll Dampf heraus. Dann Wasserrauschen und meine Stimme: »Ja?«

Dabei brechen sie immer zusammen – anscheinend klinge ich zu würdevoll oder so etwas Ähnliches.

Die Kamera kommt immer näher. Durch den Dampf sieht man den blau-weiß gestreiften Duschvorhang. »Hallo?« sagte ich dahinter. Emma sagt: »Ich will nur etwas …« Der Rest ist unverständlich, und ich sage immer noch freundlich: »Klar, natürlich.«

Eine Hand zieht den Vorhang zurück, und da stehe ich. Splitternackt, von vorne. Aber ich wasche mir gerade die Haare und habe die Augen zu, deshalb bin ich mir der Schmach volle fünfzehn Sekunden lang nicht bewusst. (Das weiß ich, weil Henry einmal die Zeit gestoppt hat.) Fünfzehn Sekunden sind eine lange Zeit, wenn man nackt vor der Kamera steht und es nicht weiß. Wenn Emma nicht so atemlos und sexy gesagt hätte: »Hallo, du«, wäre es vielleicht noch länger geworden.

Ich öffne die Augen, mache den Mund auf – und schreie.

Schnitt.

Wie lustig. Meine Freundinnen kugelten sich vor Vergnügen auf dem Sofa. Sogar Isabel. Ich lachte mit ihnen, wenn auch nicht ganz so herzlich. Dieser Zwischenfall hat sich vor sieben Jahren ereignet, und ich überlege immer noch, wie ich es Emma heimzahlen kann. Bis jetzt ist mir nichts richtig Gutes eingefallen, aber das wird es noch. O ja.

Als nächstes kam Rudys Hochzeit.

»Mein Gott, sieh dir Henry an! Seine Haare.«

»Ein echter Knüller.«

Das ist meine Lieblingsstelle in dem Video – unsere erste Verabredung. Rudys Hochzeit war sehr förmlich, doch Henry trug eine sportliche Kordjacke, braune Hosen und keine Krawatte – *und es machte nichts*. Es war mir egal. Als ich das begriff, wusste ich, dass ich verliebt war. Und seine Haare –

sie waren lang und fielen über seine Schultern, einfach prachtvoll, schöner als Emmas, und sie hatten ungefähr die gleiche Farbe.

»Wahnsinn, seht ihr beide *heiß* aus«, sagte sie, und das stimmte hundertprozentig. Irgend jemand, ich glaube es war Isabel, hatte uns beim Tanzen auf Rudys Hochzeitsempfang gefilmt. Die Band spielte *Sea of Love*, und Henry und ich gingen förmlich darin unter. Wenn ich damals gewusst hätte, was wir für einen Eindruck machten, wäre ich im Erdboden versunken. Weil es so peinlich war. Aber es war auch schön. Ich schaue es mir gerne an, und oft spule ich zurück, weil es mir nicht lange genug dauert. Ich bin völlig gefesselt davon, wie Henry mir die Arme um die Taille legt, wie meine Hände auf seinem Rücken aussehen, wie meine Finger mit seinem Haar spielen. Unsere Gesichter berühren sich, wir sehen aus, als würden wir uns gleich küssen, doch wir tun es nicht. Dieser Tanz war das Vorspiel in der Öffentlichkeit. Ein paar Stunden später waren wir zu Hause in meinem Bett und liebten uns zum allerersten Mal.

Als nächstes kam eine Hinterhofparty bei Isabel im Sommer 1995. Emma zischte, als Gary auf dem Bildschirm erschien, doch Isabel guckte nur nachdenklich. Ich glaube, sie hat ihm wirklich verziehen. Er sah mollig und wichtigtuerisch aus – die Kamera lügt nie, sagt man – in karierten Hosen und dem Pullover mit den hochgeschobenen Ärmeln, der seine behaarten, muskulösen Unterarme zur Schau stellte. Er bemerkte die Kamera, grinste und breitete die Arme aus – *seht mich an, bin ich nicht ein*

Teddybär. Es gab eine Zeit, da mochte ich ihn; es gefiel mir, wie er flirtete, ich fand es süß und sogar ein bisschen schmeichelhaft. Heute bekomme ich bei seinem Anblick eine Gänsehaut.

»Lisa Ommert«, rief Rudy. »Was sie wohl jetzt macht? Habt ihr mal was von ihr gehört? Wie lange hat sie es ausgehalten, Lee, ein Jahr?«

»Neun Monate«, sagte ich und betrachtete Lisa, die ein Rettender Engel war, bis sie und ihr Mann in die Schweiz zogen, wie sie sich anscheinend sehr angeregt mit Gary, Emma und Emmas damaligem Freund, Peter Dickenson, unterhielt.

»Man muss sich fragen«, sagte Emma mit einem seltsam grimmigen Unterton, »worüber wir uns überhaupt unterhalten konnten.«

»Das ist bereits ganz am Ende der Party«, warf Rudy ein. »Wahrscheinlich waren wir alle betrunken.«

»Oh, keine Frage.«

Ich warf Emma aus dem Augenwinkel einen Blick zu. Sie und Peter haben sich ganz plötzlich getrennt – heute noch bis über beide Ohren verliebt, einen Tag später bitterböse aufeinander –, und wir dürfen immer noch nicht fragen, warum. Rudy weiß es, aber Isabel und ich nicht. Isabel vielleicht, intuitiv. Meine Intuition sagt mir, dass eine andere Frau im Spiel war und dass Emma es auf irgendeine schrecklich demütigende Art herausgefunden hat. Was sonst hätte sie so verletzen können, dass sie so viele Jahre später immer noch nicht daran erinnert werden will?

»Wie läuft es mit Clay?« fragte ich beiläufig. Clay ist der Mann, den Emma über Sally Draco kennen gelernt hat. Ich konnte es kaum glauben, als sie zustimmte, sich mit ihm zu treffen, und als sie sogar ein zweites Mal miteinander ausgingen, war ich noch mehr überrascht. Die erste Verabredung sollte ein Treffen zu viert werden, aber Sally und Mick sagten in letzter Sekunde ab; Mick fühlte sich nicht wohl. Trotz der unangenehmen Situation, die ein Blind Date mit sich bringt, hatten sich die beiden ganz unerwartet amüsiert und sich ein zweites Mal getroffen.

»Ganz gut«, murmelte Emma.

»Mehr nicht?«

Sie zuckte die Achseln und wandte den Blick nicht vom Fernseher. Ihr Gesicht bekam einen starren Ausdruck, wie so oft in letzter Zeit, wenn das Thema Männer zur Sprache kam. Halt dich raus, hieß das.

Ich weiß nicht, warum ich dann sagte: »Du hast schon lange nichts mehr von dem verheirateten Mann erzählt. Ist das vorbei?«

»Da es nie angefangen hat, muss es wohl vorbei sein.« Sie sagte das mit zusammengebissenen Zähnen. »Lee, könnten wir einfach den Film anschauen?«

»Entschuldige. Ich wusste nicht, dass du so empfindlich bist.«

»Meine Damen«, sagte Rudy.

Vornübergebeugt, die Unterarme auf den Knien, saß Emma angespannt da. »Tut mir Leid«, sagte sie, lehnte sich abrupt zurück und lächelte.

»Klar«, sagte ich und meinte, *mir auch*. Ich wusste nicht einmal, was uns Leid tat, aber es war schön, sich wieder zu vertragen.

Die letzten paar Minuten des Videos zeigten uns genau vor einem Jahr, hier, in Neap Tide, wo wir unseren neunten Jahrestag gefeiert hatten. Während ich zusah, wurde mir bewusst, dass dies genau der richtige Schluss der Retrospektive der Rettenden Engel war, weil die Kamera uns alle so ... tja, einfach mit all unseren Eigenheiten, das ist, glaube ich, die richtige Wendung, eingefangen hatte. So, wie wir eben waren. Da war Emma, am Strand, auf einem Liegestuhl, in Tücher eingewickelt, die Kapuze ihres Sweatshirts über den Kopf gezogen, die Nase in einem Buch; neben ihr Rudy, braun gebrannt und wunderschön, wie sie einen kräftigen Schluck Bloody Mary aus einer Thermosflasche nimmt; Isabel, die mit blauen Lippen von einem Bad im Meer zurückkommt und über nichts Bestimmtes lacht – einfach nur fröhlich ist. Sogar die Aufnahme von mir, die Rudy machte, war charakteristisch, nehme ich an: Ich stehe in der Küche und hänge eine Tabelle an den Kühlschrank, die ich gerade ausgearbeitet hatte: »Vorschlag für die Einteilung der Hausarbeit«. (Ich weiß noch, dass Emma später eine neue Sparte hinzufügte, »Schlafen«, und überall ihren Namen hineinschrieb.) Es war ein fröhliches Wochenende gewesen, doch als ich uns jetzt alle vier auf dem Bildschirm sah, so albern und verrückt und süß, wurde ich traurig. Wir sahen so unschuldig aus. Die Zukunft hielt so viel für uns bereit, doch wir waren nur damit beschäftigt, »wir selbst« zu sein, verschwendeten keinen Gedanken an die Zukunft und dachten, alles würde immer so bleiben.

Die allerletzte Aufnahme war sehr künstlerisch, wenn ich das so sagen darf. Ich stand hinter den dunklen Köpfen von Isabel, Rudy und Emma, die auf der Terrasse in einen glutroten Sonnenuntergang schauten. Man sieht nur die Silhouetten ihrer dunklen Köpfe vor dem roten Hintergrund und hört ihr Stimmengemurmel, leise und voller Staunen. In der letzten Sekunde hörte Isabel mich und drehte sich um. Es ist gerade noch hell genug, um sie lächeln zu sehen.

Blende. Aus.

»Wisst ihr noch, worüber wir an dem Abend gesprochen haben?« fragte Isabel nach einer kleinen, anerkennenden Pause.

»Ja.« Emma griff nach der Fernbedienung und schaltete den Fernseher aus.

»Ich auch«, sagte Rudy.

»Lebensziele«, sagte ich.

»Ja.« Isabel lächelte. »Ich habe gesagt, dass ich meinen Abschluss machen, eine Stelle in der Altenpflege finden und reisen will.«

»Ich habe gesagt, dass ich ein Baby will.«

»Mir ist nichts eingefallen.« Rudy wandte sich an Emma: »Du hast gesagt, du willst auf dem Land wohnen und ein Konzert mit James Brown sehen.«

»Und eine Nacht mit Harrison Ford verbringen«, erinnerte sich Emma. »Das hat sich übrigens geändert. Heute ist David Duchovny der Auserwählte.«

Jetzt fiel mir alles wieder ein. Wir hatten angefangen, über Lebensziele zu reden, waren dann aber zu den Dingen gekommen, die wir noch tun wollten, bevor wir zu alt dazu waren – damit wir nichts bedauern mussten, wenn wir auf dem Totenbett lagen. Ich wollte in einem Radiowettbewerb gewinnen und in der »Nußknackersuite« tanzen. Noch vor einem Jahr war es so ein sicheres Thema gewesen. Spaß. Ein Spiel.

Ich konnte Isabel nicht anschauen.

Sie brach das Schweigen und sagte: »Meine Ziele haben sich seitdem nicht geändert. Seltsam, nicht wahr? Ich bedaure mehr, habe aber dieselben Ziele.«

»Was bedauerst du?« frage Rudy scheu.

»Oh…« Heute Abend trug sie ihren Schal. Sie spielte mit den Fransen, die auf ihrer Schulter lagen, und lächelte entrückt, so süß, so melancholisch. »Nun, am meisten bedaure ich immer noch, nicht mehr dafür getan zu haben, dass meine Ehe gehalten hat. Terry zuliebe«, erklärte sie, als wir sie alle auf einmal unterbrechen wollten. »Vielleicht ist es eine Illusion, aber wenn Gary und ich einen Weg gefunden hätten zusammenzubleiben, wäre Terry vielleicht nicht so weit weggegangen. Vielleicht. Ich weiß es nicht.«

»Nein, das weißt du nicht.« Emma presste die Lippen zusammen.

»Aber jetzt bedaure ich noch andere Dinge«, fuhr sie fort. »Dinge, die mir früher nie in den Sinn gekommen sind.«

»Zum Beispiel?«

»Zum Beispiel …, dass ich nie Klavier spielen gelernt habe. Nie Aquarell zeichnen. Ich habe nie Carlos Castañeda kennen gelernt, um ihn zu fragen, ob das alles wahr ist«, sagte sie und lachte. »Ich kenne die Sternbilder nicht, kann einen Fink nicht von einem Zaunkönig unterscheiden – weil ich nicht weiß, wie sie singen. Und Wildblumen.« Rudy schob ihren Arm unter Isabels und legte den Kopf an ihre Schulter. »Ich war nie die Wetterprophetin auf Channel 5«, sinnierte Isabel leise. »Ich habe nie auf der Bühne gestanden oder getanzt, ich habe nicht einmal ein Gedicht geschrieben. Ich habe keine Enkelkinder.«

»Warum tust du es nicht einfach?« sagte Emma nach einer verzweifelten Pause. Ich hätte sie küssen können. »Natürlich nicht alles. Wetterprophetin kannst du wahrscheinlich nicht mehr werden, aber das ist deren Pech.«

»Ich glaube, ich habe mitbekommen, dass Carlos Castañeda gestorben ist«, warf Rudy ein.

»Na gut, aber der Rest – warum machst du es nicht einfach? Ich meine es ernst! Du kannst sofort ein Gedicht schreiben, da ist doch nichts dabei. Ich helfe dir. Nächste Woche kaufst du Aquarellfarben und ein Astronomiebuch und – was war das noch?« Isabel fing an zu lachen. »Vogelstimmen. Du kaufst dir einfach eine von diesen CDs, auf denen alle Stimmen drauf sind und irgendein Vogelkundler dir mit sonorer Stimme erklärt, welcher Vogel gerade singt. Genauso machst du es mit den Wildblumen. Du kaufst dir ein Buch und machst einen Spaziergang im Rock Creek Park. Was noch? Enkelkinder? Jetzt hast du mich. Darüber wirst du mit Terry verhandeln müssen.«

»Verstehe.« Isabel lehnte sich auf dem Sofa zurück. Ihre Traurigkeit war verschwunden; sie sah entspannt und belustigt aus. Ehrlich, ich bin nicht neidisch, aber ich würde wer weiß was dafür geben, wenn ich andere Menschen so aufheitern könnte wie Emma (wenn ihr danach ist).

»Wollt ihr wissen, was ich bedaure?« Emma hob den Zeigefinger. »Ich bin nie mit einem Auto hundertsechzig gefahren.« Sie hob den Daumen. »Ich habe nie ein ausführliches Gespräch mit dem Papst gehabt. Ich habe nie Elvis' Graceland gesehen …«

»Wartet«, unterbrach Rudy. »Wartet einen Moment. Ich will etwas sagen. Zu dir, Isabel – und *für* uns alle. Ich weiß, dass ich für uns alle spreche, da muss ich gar nicht erst fragen. Ich möchte einfach nur sagen, also zuerst einmal, wir wissen, dass du wieder gesund werden wirst, das ist die Hauptsache.« Emma und ich nickten heftig. »Und das zweite ist, ich glaube, es wäre gut, wenn wir jetzt einen Beschluss fassen. Ich weiß, dass es selbstverständlich ist, aber manchmal ist es wichtig, so etwas laut auszusprechen. Deshalb will ich für uns alle sagen, dass wir da sein werden, egal was passiert – ich meine, im Ganzen gesehen. Du wirst nicht allein sein. Nie. Ich kann es nicht richtig ausdrücken …«

»Doch«, sagte Emma. »Das hast du gut gesagt – Isabel, du musst nichts allein durchstehen. Uns wirst du einfach nicht los.«

Ich brachte kein Wort heraus, obwohl ich wusste, dass sie es von mir erwarteten. Ich hatte solche Angst, dass ich anfangen würde zu weinen. Und ich würde vor Zorn und vor Trauer weinen. Wie konnten sie es wagen, so mit ihr zu sprechen, als würde sie sterben? Sie stirbt *nicht*. Sie wird wieder gesund. Aber sie haben gelogen, sie glauben es nicht, und das war wie Verrat, nicht nur an Isabel, auch an mir.

Natürlich war sie gerührt. Sie nahm die beiden in den Arm und blinzelte, um die Tränen zurückzuhalten. Ich wollte sie vor Emmas und Rudys Pessimismus beschützen, aber was konnte ich tun? Als sie mich mit feuchten Augen anlächelte und ihre Hand nach mir ausstreckte, stand ich auf. »Ich hole das Eis«, sagte ich und ging hinein. In der Küche weinte ich.

18

RUDY

»Glaubst du, dass Lee durchdreht?«

Emma sprach leise, flüsterte beinahe; Lees Zimmer war nebenan, Isabels auf der anderen Seite des Flurs, und wir hatten unsere Tür einen Spalt offengelassen, damit es ein bisschen Durchzug gab.

»Du meinst, wegen des Kindes? Nein, das glaube

ich nicht«, sagte ich. »Ich finde es gut, dass sie uns alles erzählt hat. Sie behält zu viel für sich, sie ist …«

»Nein, ich meine nicht, weil sie sich hat gehen lassen. Ich finde auch, dass ihr das gut getan hat, es war sehr heilsam. Ich meine, wegen der ganzen Geschichte mit dem Kinderkriegen.«

»Oh.«

»Sie hat nur noch diesen einen Wunsch im Kopf. Allem anderen gegenüber ist sie blind. Und ich glaube ihr, wenn sie erklärt, dass sie nie aufgeben wird. Warum adoptieren sie nicht einfach ein Kind, Rudy? Nein, sie ist wie besessen, so gefangen in der Welt des Kindermachens, dass sie nichts anderes mehr sehen kann.«

Ich seufzte. »Ich weiß. Was hat sie über ihre Eltern gesagt?«

»Keine Ahnung. Noch ein Grund mehr, an nichts anderes zu denken. Wenn wir doch nur irgendwas tun könnten.«

»Aber was?«

»Nichts. Wir können gar nichts tun.«

»Wir können sie nur trösten«, sagte ich.

»Ja.« Sie sah zu mir herüber. »Hey, Rude. Was du da zu Isabel gesagt hast, war wirklich schön!«

»Ach, ich weiß nicht. Ich habe nur versucht, mich in ihre Lage zu versetzen und mir vorzustellen, wovor ich am meisten Angst hätte.« Wenn ich glaubte, dass ich sterben müsste. »Und das ist das Alleinsein. Deshalb wollte ich, dass sie weiß, dass sie nie allein sein wird.«

»Ist das das Schlimmste?«

»Für mich schon, glaube ich.«

Auf dem Tisch zwischen unseren Feldbetten brannte ein Windlicht. Im Schimmer der Kerze und im Mondschein konnte ich Emma deutlich sehen, wie sie ausgestreckt in ihrem blauen Nachthemd dalag und einen Finger in den Oberschenkel drückte – um zu prüfen, ob sie zu viel Sonne abbekommen hatte. »Für mich«, sagte sie, »ist das Schlimmste die Vergänglichkeit. Du bist – und dann bist du nicht mehr. Selbst wenn alle Menschen, die du kennst, am Ende bei dir sind, deine Hand halten und dir sagen, dass alles gut ist, dass sie dich lieben und so, bist du doch in der letzten Sekunde allein. Wohin du auch gehst, niemand geht mit dir.«

»Wahnsinn. Das ist so greulich.«

»Nein, ist es nicht. Warum denn? Du kannst mir nicht erzählen, dass du nicht über so etwas nachdenkst.«

»Natürlich denke ich darüber nach.« Aber in letzter Zeit war es viel besser geworden. »Weißt du, warum Lee dachte, wir würden trinken? Gestern, auf der Fahrt?« Das klang wohl ziemlich zusammenhanglos, doch nachdem ich es ausgesprochen hatte, wurde mir die Bedeutung schnell klar.

»Du kennst doch Lee. Wenn man soviel Spaß hat, muss man betrunken sein.«

»Ich habe in letzter Zeit überhaupt nicht viel getrunken«, erzählte ich ihr. »Gestern Abend war es mehr als die ganzen letzten Wochen.«

»Das habe ich gemerkt. Hat es einen Grund?«

»Na ja, ich glaube, ich fühle mich ein bisschen stärker. Ich komme mit meinem Leben besser zurecht.«

»Wie kommt das?«

»Ich weiß nicht. Aber Eric und ich haben viel gute Arbeit geleistet. Schwere Arbeit, aber es scheint so, als würden wir zur Abwechslung mal ein Stück weiterkommen. Er sagt, es ist nicht ungewöhnlich, dass lange gar nichts passiert und plötzlich der große Durchbruch kommt.«

»Wie bei einer Diät.«

»Genau.«

»Als ob du da mitreden könntest«, spottete Emma. »Eric – er ist sehr nett, oder? Geduldig. Er hat nichts dagegen, wenn es langsam vorangeht.«

Hörte ich da einen Hintergedanken heraus? »Du meinst, ich komme nicht weiter. Er tut nichts. Du glaubst, in Wirklichkeit ist die Therapie reine Zeitverschwendung.«

Emma drehte sich zu mir um und sah mich an. »Früher habe ich das geglaubt«, sagte sie überraschend – ich dachte, sie würde es abstreiten. »Aber jetzt glaube ich, dass Greenburg vielleicht doch ein bisschen schlauer ist als ich.«

»Oh, Emma, das ist das größte Kompliment. Er wird begeistert sein, wenn ich ihm das berichte.«

Wir lächelten im Dunkeln.

»Du, Emma?«

»Was ist?«

»Dieser Kurs für Landschaftsarchitektur. Erinnerst du dich?«

»Klar erinnere ich mich.«

»Also, ich habe beschlossen, dass ich ihn machen werde.«

Sie setzte sich auf. »Oh, *Rudy*.«

»Er fängt im September an.«

»Das ist ja phantastisch. Was hat Curtis gesagt?«

»Äh. Also.«

Sie sank wieder ins Kissen, sah mich aber immer noch an.

»Du hast es ihm noch nicht gebeichtet.«

»Noch nicht. Ich warte sozusagen auf eine günstige Gelegenheit.«

»Versteh ich. Und was hältst du davon: Du hast es ihm noch nicht gesagt, weil du weißt, dass es ihm nicht gefallen wird? Ich meine, was ...«

»Ich weiß, was du meinst. Du hast dich gerade wie Eric angehört, Emma, das ist richtig unheimlich.«

»Und, wie lautet deine Antwort?«

»Die Antwort lautet – es gefällt mir nicht. Es gefällt mir nicht, was es über mich oder Curtis aussagt.«

»*Oder* Curtis, das gefällt mir.«

»Wir müssen uns einigen Dingen stellen, das weiß ich. Ich muss ihm sagen, was ich denke. Es ist etwas anderes, wenn ich es Eric oder dir erzähle. Ich muss es *ihm* sagen.«

Sie beugte sich vor. »Das ist neu, Rudy, das ist gut. So kenne ich dich gar nicht.«

»Ja, wird auch langsam Zeit, findest du nicht?«

Darauf sagte sie nichts. Ab und zu ist Emma taktvoll.

»Es liegt auch nicht an den Medikamenten.«

»Wie bitte?«

»Ich nehme ein – Antidepressivum.« Ein *neues* Antidepressivum, besser gesagt. »Und es stimmt, ich bin nicht depressiv, aber ich glaube nicht, dass das der einzige Grund ist. Eric sagt, nur weil die verrückten Pillen helfen, ist man noch lange nicht verrückt.«

Ich hatte den Satz nie besonders witzig gefunden, aber Emma lachte so laut, dass ich sie zur Ruhe mahnen musste.

Eric sagt auch, Lachen ist befreiend und reinigend, es ist gut für Körper und Seele, und wenn es von Herzen kommt, ist es besser als Sex. Wie viele Stunden hatte ich in den letzten dreizehn Jahren mit Emma prustend vor Lachen, mit Seitenstechen und Tränen in den Augen zugebracht? Wenn ich *jetzt* verrückt bin, was wäre geschehen, wenn ich sie nie kennen gelernt hätte?

Und wenn man miteinander lachen kann, bedeutet das, man hat Vertrauen zueinander. Deshalb ist mir wahrscheinlich als nächstes herausgerutscht: »Wir haben den ganzen Dezember nicht miteinander geschlafen.«

»Dezember – letztes Jahr?«

»Ja.«

»Du und Curtis?«

»Wer sonst?«

»Hmm …« Emma starrte mich an und dachte sich ihren Teil. »Gab es irgendeinen besonderen Grund?«

»Das ist es ja, wenn es einen Grund gab, dann kenne ich ihn nicht. Ich hatte nichts getan, wofür er mich hätte strafen können. Er hat einfach nie – er wollte – wir haben es einfach nicht getan, das ist alles. Ich habe nichts gesagt. Ich hätte eigentlich mit ihm reden sollen, aber ich konnte nicht. Ich habe es nicht mal Eric erzählt.«

»Du hast kein Wort zu Curtis gesagt?«

»Nein.« Ich zuckte zusammen. Wie peinlich. Wie feige von mir. »Und dann, an Neujahr – haben wir es getan. Als wäre nichts gewesen. Und anschließend sagte ich: ›Na dann, frohes neues Jahr‹, oder so ähnlich, du weißt schon, damit er etwas sagen konnte, wenn er wollte. Doch er – er hat mich nur ganz kalt angesehen, so … Seitdem geht es uns gut, normal. Sexuell gesehen.«

»Sexuell gesehen?«

»Ja.«

»Aber sonst nicht.«

Es ist komisch, manchmal ist es leichter, über sein Sexualleben zu sprechen, so intim das Thema auch sein mag, als über alles andere. »Na ja«, sagte ich, »da kommen einfach ein paar Dinge zusammen. Ich denke viel nach und überlege, dass ich mit Curtis reden muss. Bald.«

Emma seufzte. »Woran denkst du? Nenn mir ein Beispiel. Damit hier mal ein Gespräch daraus wird.«

»Also, zum Beispiel heute Abend. Auf der Videokassette. Die Stelle, als wir alle vor meinem Haus standen und ins Fitness-Camp aufbrechen wollten. Als Curtis mir einen Abschiedskuss gibt.«

»Ja, das war ein bisschen merkwürdig.«

Sie hatten mich als Letzte abgeholt, und wir waren albern und aufgeregt, wollten endlich los. Wir wollten alle vier abnehmen, aber der Plan war, auf dem Weg in einem Landgasthaus, das wir in einem Reiseführer gefunden hatten, anzuhalten und ein letztes opulentes, richtig dick machendes Festessen zu verzehren; die Theorie war, dass unser Gewicht beim ersten Wiegen im Camp auf dem absoluten Höhepunkt sein sollte. Deshalb waren wir so kindisch und kicherten aus Vorfreude, waren in Gedanken sozusagen schon unterwegs. Ich hätte wissen müssen, dass diese Art von Unaufmerksamkeit und Vernachlässigung von meiner Seite Curtis verletzt. Nein, es ist mehr, tatsächlich macht es ihm Angst. Er braucht das Gefühl, dass ich mir seiner immer *bewusst* bin. Er muss im Mittelpunkt stehen. Sonst scheint er zu glauben, dass er gar nicht existiert.

Jedenfalls – als er mich küsste, war es kein süßer, zarter Abschiedskuss zwischen Ehepaaren vor anderen Leuten. Kein »Wiedersehen, Schatz«, »pass auf dich auf«, »ich liebe dich«. Nicht ein kleiner, liebevoller Kuss, bei dem sich die Lippen nur kurz berühren, vielleicht noch eine feste Umarmung. Spielerisch und sanft, aber eher leichthin, wie es manchmal ist. Nein, so war es nicht. Überhaupt nicht. Ohne mich auch nur ein Stückchen von der Gruppe wegzuziehen und wohl wissend, dass Lee filmte, legte Curtis die Arme um mich, und gab mir einen langen, langsamen *Filmkuss*, sehr leidenschaftlich, erotisch und drängend – und als ich versuchte, mich zu befreien, wollte er mich nicht loslassen. Er zwang mich, all meine Gedanken ihm zuzuwenden. Er tat es mit voller Absicht. Mich so zu küssen, so unter Kontrolle zu bringen, war seine Art, mir zu sagen: »Denk an mich« – und: »Sie gehört mir« zu den Engeln. Irgendwie war es schlimmer, die Szene heute Abend, Jahre später, im Film zu sehen, als sie damals gewesen war. Weil es plötzlich zu so vielen anderen Erinnerungen passt. Ähnlichen Erinnerungen, und manche sind noch viel beunruhigender.

»Ich glaube«, fing ich langsam an, »ich will nicht mehr besessen werden. Und früher wollte ich das.«

»Besessen? – Ich glaube, ich weiß, was du meinst«, sagte Emma, »es ist nur so ein … seltsames Wort.«

»Wahrscheinlich. Aber ich habe auch Angst vor jeder Veränderung. Ich hasse Veränderungen.«

»Bist du dir sicher? Ist es nicht Curtis, der Veränderungen hasst, und was du hasst, ist, ihn herauszufordern? Ihn aufzuregen?«

»Hmm.« Gedankenfutter.

»Du kommst langsam voran, aber das ist in Ordnung, es ist wahrscheinlich sogar gut. Wie bei einer Diät – wie schon gesagt, obwohl du dir darüber nicht den Kopf zerbrechen musst. Hauptsache, es bewegt sich was. Wir müssen davon ausgehen, dass dein Psychiater weiß, was er tut.«

»Ich habe vor ihm geraucht«, sagte ich.

»Vor wem? Eric?«

»Curtis.«

»Mach keine Witze!«

»Nicht im Haus, wenn er da ist, das finde ich nicht nett, aber wenn er weg ist. Aber ich gurgele hinterher nicht und sprühe auch kein Raumspray auf die Vorhänge, damit er es nicht merkt – gar nichts. Und ich rauche vor seiner Nase, wenn wir draußen sind oder ausgehen. Eric findet es großartig. Na ja, eigentlich findet er es *schrecklich*, dass ich rauche, aber es gefällt ihm, dass ich es nicht mehr vor Curtis verstecke. Es ist viel gesünder, sagt er.«

»Wahrscheinlich hat er Recht. Ja. So gesehen bist du richtig mutig, Rudy. Kämpfst für dich und ruinierst dabei deine Lunge. Persönliche Entwicklung durch ein Emphysem.«

»Wollen wir eine rauchen?«

»Klar.«

Wir zündeten uns eine Zigarette an.

»Als ich jung war, habe ich das nie gemacht.«

»Was?«

»Du weißt schon.« Mit aufgestützten Ellbogen lagen wir wie Teenager in den schmalen Feldbetten, beugten uns ab und zu hinüber, um an den Aschenbecher zu kommen. »Im Dunkeln Geheimnisse erzählen. Heimlich rauchen. Eine beste Freundin haben. Ich hatte das nie.«

»Weil du total fertig warst«, sagte Emma beiläufig. »Deine Familie hat dich kaputtgemacht, aber jetzt machst du dich davon frei. Jetzt wirst du gesund. Langsam.«

»Glaubst du?«

»Ja, das glaube ich.«

Sie sagte das so eindringlich, dass ich mich wegdrehte, damit sie mein Gesicht im Kerzenlicht nicht mehr sehen konnte. Die aufkeimende Hoffnung. Ich wollte nicht rührselig werden. »Ich hoffe es«, sagte ich.

»Ja, wirklich, du wirst schon sehen. Vor Curtis rauchen, mein Gott, Rudy, das ist ja richtig wild.« Sie meinte es nicht ironisch. »Das ist verdammt klasse.«

Wenn ich daran denke, dass Curtis mich einmal aufgefordert hat, mit Emma zu brechen. »Nur zu deinem Besten«, hatte er gesagt. Wie *verachtenswert*, wenn man es richtig bedenkt. Emma konnte ich das nicht erzählen – es war zu beschämend. Ich schämte mich für Curtis. Es stimmte, hatte ich später begriffen – Eric hat mir geholfen, es zu erkennen –, dass Curtis die ganze Zeit nur so getan hatte, als hätte er nichts gegen Emma, trotz ihrer Feindseligkeit. Er mag sie nicht. Emma beißt sich auf die Zunge und sagt nicht, was sie wirklich von ihm denkt. Sie tut es mir zuliebe. Aus Taktgefühl. Sie respektiert und liebt mich. Curtis tut nur so, weil er unehrlich ist. Noch eine Art, auf die er mich *besitzt*.

Emma gähnte. Wir machten die Zigaretten aus und löschten die Kerze.

»Wir reden immer über mich«, sagte ich schläfrig.

»Ich weiß.« Sie hatte die Augen schon zu. »Weil du so selbstsüchtig bist.«

Ich schnaubte. »Weil man dir immer alles aus der Nase ziehen muss. Du redest nie von selbst. Oh, das habe ich ganz vergessen, dir zu erzählen – Lee hat mich gefragt, was ich davon halte, wenn wir Sally fragen, ob sie bei uns mitmachen will.«

»Ja? Ich wusste, dass sie dich fragen wollte. Was hast du gesagt?«

»Ich bin dafür.«

»*Was?*«

Ich lachte. »Spaßvogel«, knurrte Emma und legte sich wieder hin; sie hatte sich beinahe den Kopf gestoßen, als sie hochschoss. »Was hast du wirklich geantwortet?«

»Dasselbe wie du. Ich finde, im Augenblick ist kein guter Zeitpunkt, wegen Isabel.«

Emma machte es sich wieder gemütlich. »Glaubst du, Lee war enttäuscht?«

»Nein, überhaupt nicht. Ich weiß nicht einmal, warum sie mich gefragt hat. Der Gerechtigkeit halber, schätze ich. Aber die Freundschaft kühlt sich ab.« Das erinnerte mich an etwas. »Wieso hast du Lee gesagt, dass du zwei Tage länger bleibst?« Emma öffnete ein Auge. »Das finde ich nicht sehr vernünftig, Em. Eigentlich ist es doch absolut daneben.«

»Findest du, dass ich vernünftig bin?«

»Na ja, verglichen mit mir.«

»Oh. Verglichen mit dir.« Trotz der Dunkelheit sah ich, dass sie lächelte.

Heute Abend hatte Lee uns angefleht – eine, zwei, alle drei, das war ihr egal –, bis Dienstag zu bleiben und mit ihr und Henry zurückzufahren. Keine wollte so recht. Wir haben sie immer wieder gefragt, warum, und zum Schluss rückte sie damit heraus: Ihre Begeisterung für Sally Draco war nicht mehr so groß. Sie hatte die Dracos schon vor Monaten nach Neap Tide eingeladen, doch jetzt hatte sie keine Lust mehr, zwei volle Tage allein mit Sally zu verbringen, wenn nur die Männer ab und zu die Vertraulichkeit unterbrechen würden.

»Warum magst du sie plötzlich nicht mehr?« hatte Emma betont gleichgültig gefragt.

»Ach, ich weiß auch nicht, es gibt eigentlich keinen Grund«, hatte Lee geantwortet. »Sie ist ganz in Ordnung, ich fühle mich einfach nicht mehr so wohl in ihrer Gegenwart, das ist alles.«

Ich auch nicht, aber das war nie anders. Vielleicht irre ich mich ja, aber ich glaube, Sally hat große Probleme. Und Emma ist noch das geringste.

Isabel und ich konnten Lee nicht beistehen, wir mussten beide am Sonntag zu Hause sein. Ich konnte förmlich sehen, wie Emma darüber nachdachte, doch ich war völlig überrascht, als sie sagte: »Okay, ich bleibe, wenn du willst. Ich habe etwas zum Arbeiten mitgebracht, das kann ich genauso gut hier machen.«

Ich hatte sie nur angestarrt; sie sah mich die ganze Zeit über nicht an, während Lee sie mit Dank überschüttete und Emma nur immer wiederholte, dass es keine große Affäre sei, Sally sei nett, und dann sei alles viel einfacher. Isabel sagte keinen Ton. Sie beobachtete nur.

»Also, Em«, begann ich wieder, »warum hast du gesagt, dass du bleibst? Meinst du nicht, dass das gefährlich ist? Wenn du Mick die ganze Zeit mit Sally zusammen siehst, meinst du nicht, es könnte … wehtun? Hey, Em«, flüsterte ich. »Schläfst du schon?«

Vielleicht, vielleicht auch nicht. Sie antwortete nicht.

19

EMMA

Rudy und Isabel fuhren erst am späten Sonntagnachmittag. Sobald sie fort waren, machte ich einen Spaziergang am Strand. Eigentlich hätte ich Lee helfen müssen, das Haus sauberzumachen – Mick, Henry und Sally sollten in einer Stunde da sein. Aber ich tat es nicht. Warum nicht? Nicht, weil ich zu faul war – ich wollte nicht da sein, wenn sie kamen. Der Gedanke, neben Lee am Geländer zu stehen, ihnen entgegenzusehen, zu winken, zu lächeln, »Hallo, wie geht es, wie war die Fahrt?« war unerträglich. Außerdem wollte ich Lee die Gelegenheit geben, Mick gewissermaßen vorzuwarnen. Er erwartete mich nicht, und sein Gesicht kann so viel verraten; es wäre schon schlimm genug, wenn man ihm die Freude, mich zu treffen, ansehen würde, aber noch schlimmer wäre es, wenn er – wie sagte man? – abschätzig gucken würde.

Eigentlich war es ein wunderschöner Tag. Viel blauer Himmel und weiße Wolken, eine leichte Brandung, Möwen und Wasserläufer, Muscheln. Die Flut kam, das bemerkte ich, weil die Leute ihre Decken immer weiter zurückzogen und die Sonnenschirme versetzten. Aber im Großen und Ganzen bekam ich nicht viel mit; ich hätte genauso gut mitten durch die Stadt laufen können. »Meinst du nicht, es könnte wehtun?« Ja, Rudy, das könnte durchaus der Fall sein. Warum habe ich mir das nicht früher überlegt? Vermutlich macht Liebe nicht nur blind, sondern auch masochistisch.

Seit Lees Party hatte ich ihn einmal gesehen. In seinem Atelier. Und einmal hatte ich mit ihm telefoniert. Beides waren aufwühlende, unbefriedigende Geschichten gewesen, zwischen uns blieb alles ungesagt, wir zeigten nichts. Man mag es kaum glauben, aber ich blühe nicht auf, wenn es Probleme mit Männern gibt, und ich gehöre auch nicht zu den Frauen, die sich immer wieder Männer suchen, die die gleichen Fehler haben, und das offensichtlich auch noch genießen. Nein, ich suche mir jedes Mal einen anderen Fehler aus, und wenn ich ihn entdecke, mache ich mich so schnell wie möglich aus dem Staub. Warum quäle ich mich also mit Mick herum, der gar keinen Fehler hat? Warum ruft er mich immer wieder an? Wir sind beide nicht leichtsinnig – warum tun wir es dann?

Wenn man durch die Gärten der drei Häuser zwischen Lees Haus und dem Strand schleicht, kann man die Straße ganz umgehen, was sich empfiehlt, wenn man barfuß ist. Lee hat uns verboten, diese Abkürzung zu nehmen, weil es »illegal« ist, aber wenn sie nicht dabei ist, nehmen wir sie natürlich doch. Ich war noch ein Haus von Neap Tide II entfernt (was soll das überhaupt sein, Neap Tide, eine Nippflut?), als ich Sally Dracos lautes, hohes, glockenhelles und begeistertes Lachen hörte. Da wusste ich, dass ich den größten Fehler meines Lebens gemacht hatte.

Ich konnte sie noch nicht sehen, nur hören: Henrys schleppenden Bariton, Lees klare, feste Stimme, Sallys schrille, gepresste Töne. Ich blieb stehen, lauschte auf Micks Stimme, bis ich schließlich sein leises, unverbindliches Lachen hörte.

Was hatte ich getan? Ich gehörte nicht hierher. Die anderen vielleicht. Sie gehörten zueinander. Aber zu spät – es gab kein Entkommen. Einsamkeit legte sich wie ein Tuch über mich, und ich zitterte, unglücklich und deprimiert, weil ich alles verdient hatte, was nun kommen würde.

Niemand nahm Notiz von mir, obwohl ich die hölzernen Stufen zur Terrasse laut hinaufstapfte. Sie waren zu sehr damit beschäftigt, zu reden und zu lachen. Nein – einer bemerkte mich. Ich blieb überrascht stehen, als wäre mir plötzlich ein kleines Tier über den Weg gelaufen. Ein Kind, Jay, Micks kleiner Junge – ihn hatte ich völlig vergessen. Hatte Lee ihn erwartet? Er saß im Schneidersitz auf dem Holzboden, mit spitzen Knien und weißblonden Haaren, und war konzentriert damit beschäftigt, Knoten in den Schwanz eines Drachens zu binden. Er blickte auf und schien überhaupt nicht überrascht. Einen kurzen Augenblick lang musterte er mich aus blauen Augen ernst und mit schüchterner Neugier. Als ich lächelte, sah er über die Schultern zu seinen Eltern. *Darf ich,* hörte man ihn förmlich rufen.

»Da bist du ja«, dröhnte Henry, als er mich endlich entdeckte. Alle drehten sich um. Ich ging auf sie zu – lächeln, lächeln. »Hallo, wie geht's, wie war die Fahrt?« Ich küsste Henry und umarmte notgedrungen Sally. Mick – Mick winkte ich zu, eine spielerische Handbewegung aus zwei Metern Entfernung. Ich sah ihn kaum an, nahm ihn nur am Rand meines Blickfeldes wahr, als wäre er die Sonne. Aber ich bemerkte, dass seine Haare kürzer waren, und das ließ ihn jünger aussehen, ein bisschen wie gerupft. Es war ein schlechter Haarschnitt, an den Seiten schimmerte die Kopfhaut durch. Und er war zu blass, sein Gesicht war angespannt, blauschwarz hoben sich die Bartstoppeln von seiner weißen Haut ab. War er krank gewesen?

»Ich bin so froh, dass du dich entschieden hast, noch zu bleiben«, plapperte Sally. Sie ergriff tatsächlich meine Hände und blickte mir tief in die Augen. »Wie geht es dir? Alles in Ordnung?«

Panikartig durchzuckte mich der Gedanke, dass sie alles wusste und mich nur quälen wollte. Wie *geht* es dir, alles in *Ordnung*? – nicht einmal meiner Mutter gebe ich auf diese Fragen eine ehrliche Antwort. »Gut, sehr gut«, sagte ich und versuchte, ihrer Eindringlichkeit standzuhalten. »Ist das dein Sohn?«

Das funktionierte: sie ließ meine Hände los und rief ihn zu sich. »Jay, komm her und sag hallo zu Emma.«

Das arme Kind. Warum tun die Menschen das? Das war bestimmt genau das, was Jay wollte, herüberkommen und irgendeiner alten Freundin seiner Eltern hallo sagen. Er rappelte sich auf, schlich herüber, murmelte ein pflichtbewusstes »Hallo«, streckte seine Hand aus und starrte auf meine Knie. Mick legte seinem Sohn die Hände auf die mageren Schultern. Dankbar lehnte der Kleine sich an ihn. Entspannte sich. Er sah genauso aus wie auf dem Foto, engelsgleich. Und oberflächlich betrachtet wie seine Mutter, wegen der blonden Haare und der hellen Augen, aber seine Kopfform hatte etwas Würdevolles und Edles, und das konnte er nur von seinem Vater haben. Nicht, dass ich voreingenommen wäre.

»Alle Mann umziehen – wir gehen an den Strand«, verkündete Henry zu Jays Entzücken.

»Ich nicht«, lehnte ich ab. »Ich hatte genug Sonne für heute.«

Das führte natürlich zu dem üblichen ungläubigen Gelächter und Witzen auf meine Kosten. Henry war besonders erfinderisch, nannte mich »Fischweiß« und verglich meinen Teint mit dem von Casper, dem kleinen Gespenst. »Schon gut«, erklärte ich ihm, »ich bin den Spott der Ignoranten und Irrgläubigen gewohnt. Wenn sie eines Tages wegen eines Melanoms tot umfallen, werden sie nicht mehr so laut lachen.«

Doch der wahre Grund war natürlich, dass ich keine Lust hatte, das Familienidyll mitzuerleben, das Lachen, Planschen im Wasser, die Kapriolen, ein Schnappschuss nach dem anderen fürs Familienalbum. Als endlich alle gingen und mich allein ließen, mixte ich mir einen gigantischen Gin Tonic und trank ihn unter der Dusche. Ich hätte nichts dagegen zu ertrinken, dachte ich kläglich. Ich könnte mit dem Wasser und dem Seifenschaum im Abfluss verschwinden, und niemand würde mich je vermissen.

Bis zum Abendessen war ich wieder nüchtern. Alle sechs schichteten wir uns in den Lieferwagen der Pattersons und fuhren zu Brother's, wo wir Fisch und Fleisch vom Grill bestellten und Berge von in Mayonnaise getränktem Krautsalat. Ich saß Sally gegenüber, die nicht aufhörte zu reden. Ihr Haar hatte eine neue Farbe, eine Art Silberblond, was sehr teuer aussah und ihre riesigen blauen Augen unter den geschwungenen schwarzen Augenbrauen betonte. Sie wäre eine faszinierende Frau, wenn sie nur den Mund halten würde. Sie hatte die zwanghafte Angewohnheit, jeden Einzelnen von uns anzuschauen und die Reaktion zu prüfen, nachdem sie etwas gesagt hatte, egal wie nichts sagend es war. Jede Äußerung wurde von einem gekünstelten Lachen begleitet, als müsse sie im Voraus ankündigen, *passt auf, das ist lustig*. Ich fragte mich, ob sie überhaupt gut drauf sein konnte. Wahrscheinlich nicht, sie war gespannt wie eine Sprungfeder, übertrieb zu sehr, war viel zu schrill.

Vielleicht hatten sie Streit. Mick saß schweigsam und angestrengt lächelnd neben ihr. Und doch irgendwie um sie besorgt. Ich konnte ihn immer noch nicht direkt ansehen, aber seine Haltung, ja sogar die Art, wie er den Kopf schief legte, drückte Erschöpfung aus. Nein, Streit hatten sie nicht, das glaubte ich nicht. So lebten sie.

»Mick hat vielleicht einen Job«, verkündete Sally. Da hob ich den Kopf. Wieder dieses nervöse Lachen, als sie sich verspielt gegen seinen steifen Arm lehnte. Eine Sekunde lang fing ich seinen Blick auf und sah Verzweiflung. »Ihr wisst schon, einen richtigen Job, wo man Geld verdient.«

Lee rutschte verlegen auf ihrem Stuhl herum. Sallys Unzufriedenheit war unangenehm spürbar. Und Gespräche über die persönliche finanzielle Situation brachen eine Kardinalsregel in Lees Buch der Etikette. Doch sie sah Mick erwartungsvoll an – wir alle taten das.

Leichthin sagte er: »Ja, ich habe daran gedacht, mir einen Teilzeitjob zu suchen.«

»Du würdest nicht aufhören zu malen«, sagte ich.

»Nein.« Er warf mir einen raschen Blick zu, ehe wir uns beide wieder unserem Teller zuwandten. »Nein.«

»Zu schade, dass du kein Klempner bist, sonst könntest du bei mir arbeiten«, sagte Henry herzlich, und die Spannung löste sich. »Was für einen Job suchst du denn?«

»Nachtwächter«, piepste Jay.

Mick lachte, und Jay grinste ihn überrascht an. »Das war ein Witz«, erklärte der Vater dem Sohn. »Wie ein Job bei McDonald's.«

»Aber wenn du ein Nachtwächter wärest, tätst du eine Waffe haben.«

»Hättest«, sagte Sally automatisch. Wieder dieses aufgesetzte Lachen. »Jay möchte, dass Mick entweder im Zoo oder bei McDonald's oder auf dem Rodeoplatz arbeitet.«

»Oder bei der Air Force«, warf Jay ein.

»Ich fände es toll, wenn er bei der Kelly Family mitsingen würde. Hauptsache, ein regelmäßiges Einkommen. Ha, ha!«

Ich stocherte in meinen kalten Pommes frites herum und sah nicht auf. Das unangenehme Schweigen dehnte sich unendlich. Was mich erbitterte, war, dass er es ihr wahrscheinlich nicht einmal übel nahm. Sie hatte ihn überzeugt, dass er sie enttäuscht hatte, aber sie konnte es nicht offen sagen, sie konnte nur aus dem Hinterhalt schießen. Ich hatte das Bedürfnis, ihr mein Bier über den Schoß zu kippen.

»Die Miete fürs Atelier wurde gerade erhöht«, erklärte Mick, als wäre nichts gewesen. »Im Moment habe ich immer noch kein Einkommen, deshalb werde ich wahrscheinlich wieder in meiner alten Kanzlei anfangen und ein paar Aufträge für sie übernehmen. Patente bearbeiten, Forderungen einklagen, solche Sachen.« Er sah mich an. »So schlimm ist es nicht.«

Aber was wird aus seinen Bildern, seinen wunderbaren Bildern. Mir war schlecht. Und ich hatte Angst und war wütend über die Ungerechtigkeit. Und wenn ich vorher nicht gewusst hatte, dass es Liebe ist, dann wusste ich es jetzt, denn in Wirklichkeit sagen mir seine Bildern rein gar nichts.

Als wir nach Hause fuhren, erschien mir der Gedanke unerträglich, noch einige Stunden in Micks und Sallys Gesellschaft zu verbringen. Pech gehabt, Lee, du musst es allein schaffen. »Alles in Ordnung?« fragte sie mich, als ich sagte, dass ich früh zu Bett gehen wollte. »Ja, danke, ich glaube ich habe zu viel Sonne abbekommen.« Eine gute Ausrede; die ist doch immer ein paar gutmütige Späße wert.

Auf meine Kosten. Ich wünschte gute Nacht und verschwand.

Dann lag ich im Bett und lauschte ihren Stimmen und ihrem Gelächter auf der Veranda über mir. Manchmal konnte ich einzelne Worte verstehen, meistens verfolgte ich nur den Rhythmus. Wie er sich hob und wieder senkte, eigenwillig und zögerlich. Ich kam mir vor wie ein Kind, das auf dem Höhepunkt der elterlichen Party zu Bett geschickt wird. Jay schlief auf einer Liege am Fußende von Micks und Sallys Bett. Ich hätte ihnen anbieten können, dass er bei mir schläft, in Rudys leerem Bett. Habe ich aber nicht. Warum wohl?

Gegen elf hörte ich Schritte die Außentreppe hinuntergehen, die sich knirschend auf dem Sandweg entfernten. Ich kam zu spät ans Fenster, um zu sehen, welches Paar es war, aber ein paar Minuten später hörte ich von oben Henrys Stimme. Also waren es Mick und Sally. Sie waren spazieren gegangen. Bei Vollmond, wie romantisch. Und in ihrem Schlafzimmer lag ihr Kind …

Du hast es verdient. Wenn man die Eifersuchtsqualen erleidet, ist das allerdings kein Trost. Jedes Mal, wenn der Minutenzeiger meines Reiseweckers umsprang, hatte ich das Gefühl, ich bekäme eine Kugel in den Kopf. Ich kämpfte gegen die Vorstellung, wie die beiden eng umschlungen in dem kalten Sand unter einem blauen Mond lagen, doch als das Bild einmal Gestalt angenommen hatte, war es unauslöschlich. Sie ist schön, sie ist reizend, besonders wenn sie den Mund hält, und er ist ein leidenschaftlicher Mann, das weiß ich mit Sicherheit, selbst wenn er mich noch nie berührt hat.

Elf Uhr vierunddreißig zeigte der Wecker, als Lee und Henry auf Zehenspitzen durch den Flur schlichen und die Tür zu ihrem Zimmer hinter sich zuzogen. Um elf Uhr vierzig stand ich auf und ging in das Bad, das ich mit den Dracos teilte. Vorgeblich, um eine Schlaftablette zu nehmen, aber in Wirklichkeit – ich staunte über mich selbst –, um in Micks Waschbeutel zu gucken. Nur ein Blick. Um zu sehen, was er mit auf Reisen nimmt. Eine erbärmliche, peinliche Art, ihm nah zu sein, aber ich hatte alle Scham verloren.

Rasierzeug; er benutzte Rasierschaum und einen Rasierer von Gillette. Kein Aftershave. Eine elastische Binde. Ein Kamm, aber keine Bürste. Nagelschere. Eine Packung Aspirin, Lippenpomade, Magentabletten. Sonnengläser, die man auf die normalen Brillengläser aufsteckt. Keine Kondome. Zahnseide. Ein Deodorantstift. Zahnpasta und eine Zahnbürste von Oral B. Keine Kondome. Ganz unten Streichhölzer und Sicherheitsnadeln und eine Menge alte Pflaster.

Warum keine Kondome? Drei Möglichkeiten. Erstens, sie war für die Verhütung zuständig. Zweitens, sie versuchten, ein Kind zu zeugen. Drittens, sie schliefen nicht mehr miteinander.

Die dritte Möglichkeit gefiel mir am besten.

Sallys mit Blumen bedruckte Kosmetiktasche stand auf dem Klodeckel, aber ich rührte sie nicht an. Trotz der Entdeckung, dass Mick keine Kondome dabei hatte, war ich nicht auf Informationen aus. Ich wollte nur seine Sachen sehen. Wirklich. Traurig, ich weiß, aber ich wollte mit dem Daumennagel über die Zähne seines Kamms streichen, zählen, wie viele Aspirin noch in der Packung waren, an seinem Rasierschaum riechen. Wollte sehen, ob an seinem Deodorantstift noch ein Achselhaar klebte. Zum Lachen – es war mir egal. Wie gesagt, ich war verloren.

Um elf Uhr sechsundfünfzig kamen sie zurück. Sie gingen nacheinander ins Bad, und um zwölf Uhr zehn waren sie im Bett. Das Licht war aus, die Tür zu. Nein, ich linste nicht durchs Schlüsselloch, ich sah an dem Widerschein in der Kiefer vor unseren nebeneinander liegenden Fenstern, wie es ausging.

Stille.

Jetzt konnte ich mich richtig quälen.

Es ist nicht leicht zuzugeben, dass die Vorstellung, wie der Mann deiner Träume in den Armen einer anderen liegt, nicht nur uneingeschränkte Folter ist; sie hat auch etwas Prickelndes. Tut mir Leid, aber so ist es. Es ist sexy. Warum auch nicht? Gefühlsqualen und Erregung schließen sich nicht immer aus. Nein, wirklich. Der Schmerz macht die Erregung nur schärfer. Dunkler. Und wenn man dazu verdammt ist, sich selbst Erleichterung zu verschaffen, fühlt man sich nur noch schlechter, noch einsamer und – überflüssig. Benutzt. In der grauen, abscheulichen Stunde, ehe die Dämmerung einsetzt, dachte ich daran, meine Sachen zu packen und zu verschwinden, aber die Durchführung hielt mich zurück. Ich müsste den Wagen stehlen.

Als ich endlich einschlief, fiel ich ins Koma und verschlief den halben Tag. Das geht mir anscheinend immer so; in der Nacht, als ich Peter Dickenson aus meiner Wohnung warf – vor Jahren –, ging ich ins Bett und schlief vierundzwanzig Stunden wie eine Tote. Das ist gar nicht so verkehrt; sicherer als Medikamente oder Alkohol und viel billiger. Man könnte es natürliches Nembutal nennen.

Ich wachte auf und stolperte nach oben – die gemeinsamen Räume des Hauses befinden sich im zweiten, die Schlafräume im ersten Stock – und fand das ganze Haus leer. Gut, dachte ich bis zur dritten Tasse Kaffee und dem zweiten Sandwich mit Käse und Tomaten; dann begann ich mich ernsthaft zu langweilen. Ich zog meinen Badeanzug an und machte mich auf den Weg zum Strand.

Wie malerisch – die Männer spielten Frisbee, und die Frauen sahen ihnen zu. Ich ertrug die Fragen nach meinem Befinden, und nachdem ich allen versichert hatte, dass es mir gut ging, die Späße über meine Faulheit. Um ein bisschen Schatten von Lees Sonnenschirm zu ergattern, breitete ich mein Handtuch quer hinter ihrem aus. Sally lag neben Lee. Ich arrangierte meine Sachen – Buch, Sonnencreme, Sonnenbrille, Hut, ein zusammengerolltes Handtuch als Kopfkissen – und streckte mich bäuchlings aus. Und gesellte mich zu den Frauen, die den Männern zusahen.

Sie spielten zu dritt. Henry und Mick standen sich gegenüber, Jay in der Mitte zwischen ihnen. Die

Männer schleuderten sich die Scheibe mit kräftigen, von Stöhnen begleiteten olympischen Würfen zu, spielten sie langsam und sanft mit übertriebener Genauigkeit zu dem Kind. Männern beim Spielen mit Kindern zuzusehen hat etwas Tröstliches. Wenn sie geduldig und zart sind, wenn sie Zugeständnisse machen, Kompromisse schließen und ihre Überlegenheit verbergen – mit anderen Worten, wenn sie sich wie Frauen benehmen –, beweist das irgendwie, dass sie zivilisierte Menschen sind.

Doch ich war besorgt um Lee und Henry. Ich musterte ihre Gesichter, aber keiner von beiden zeigte mehr als uneingeschränktes Vergnügen. Doch wie schafften sie es, nicht zu leiden? Wie Rudy war ich froh gewesen, dass Lee sich ein wenig hatte gehen lassen, soviel es ihr möglich war, und uns von ihren Ängsten und ihrer Wut über die Kinderlosigkeit erzählt hatte. Lee ist von uns allen die Unabhängigste, sie nutzt die Gruppe ganz selten als Therapie für sich. Und obwohl ich bis zu einem gewissen Grad gewusst hatte, dass sie all diese hässlichen Gefühle wie Groll und Eifersucht, Wut und Schuld haben musste, war es doch ein Schock, sie aus ihrem Mund zu hören. Und jetzt Henry zu sehen, wie er so liebevoll und süß mit Jay spielte, der aussieht wie ein goldener Engel, der Inbegriff des vollkommenen Kindes, der Traumsohn eines jeden Mannes – wie sollte ihr dabei nicht das Herz brechen?

Aber sie schaffen es, glaube ich. Hoffe ich. Ganz tief drinnen. Weil diese beiden wirklich füreinander geschaffen sind. Von Anfang an hat Lee in der Gruppe erstaunlich offen über ihre Leidenschaft für Henry gesprochen, und wenn man mit ihnen zusammen ist, spürt man richtig, wie es zwischen den beiden knistert. Nicht offen und demonstrativ – Gott bewahre –, aber ich sage Ihnen, die Luft zwischen den beiden vibriert praktisch vor Hitze. Zum Teil ist es die Art, wie er sie anschaut, als wäre sie die Göttin des Sex, und als hätte er die letzten hundert Jahre keinen gehabt, und zum Teil ist es Lees sprödes, zugeknöpftes Wesen. Wenn ich die beiden beobachte, geht meine Phantasie immer sehr erotische Wege. Es macht mich ein bisschen scharf, wenn ich ehrlich bin.

Ehe ich gestern Abend ins Bett floh, ging ich noch auf die Terrasse, um ein bisschen frische Luft zu schnappen. Henry und Lee waren draußen und lehnten in einer dunklen Ecke am Geländer. »Ups.« Beinahe hätte ich eine Entschuldigung gemurmelt und mich zurückgezogen. Obwohl sie gar nichts taten – er hatte von hinten die Arme um sie gelegt, und sie lehnte sich an ihn, ihre Hände ruhten auf seinen Handgelenken. Sie lächelten mir zu, dann betrachteten sie wieder den Mond. Meine Gegenwart störte sie überhaupt nicht, aber ich fühlte mich, als hätte ich eine Liebesszene gestört. So intim war es, so persönlich, diese Wand, der Schleier von Zärtlichkeit, der sie umgab. Als er sich vorbeugte und seine Wange an ihrer rieb, langsam und sanft, eine so reine Geste voller Liebe, spürte ich einen Kloß im Hals. Ich sagte gute Nacht und ging hinein.

Ich will auch, was sie haben. Ich sehne mich so danach. Jeder sehnt sich doch danach, oder? Süße, tiefe Vertrautheit mit einem andern Menschen. Und ich weiß, dass es eine Chimäre ist, ein Traum, der, wenn überhaupt, nur manchmal aufflackert und selten in Erfüllung geht – es ist mir egal. Die Art, wie sie miteinander verschmolzen sind, wie sie eins wurden, dort im Schatten … es löste ein Welle von Einsamkeit in mir aus. Echt oder nicht, es gibt Zeiten, da würde ich mich dankbar mit dem Traum zufrieden geben.

»Mir wird das Ballett wirklich abgehen«, sagte Sally und setzte sich auf, um sich die Beine mit Sonnenmilch einzureiben. Ich sah sie verständnislos an. »Ich habe es Lee gerade erzählt«, erklärte sie mir in einem besorgten Tonfall, ängstlich darauf bedacht, mich in die Unterhaltung einzubeziehen. »Ich muss mit den Stunden aufhören. Wir können es uns nicht mehr leisten. Es gibt zu viele andere Dinge, die wichtiger sind. Es ist das Einzige, was ich für mich tue, deshalb ist es wirklich schwer. Aber was soll man machen?« Tapferes, forsches Lächeln.

»Ja, das ist schade«, bestätigte ich. Lee sagte gar nichts und sah sie kaum an. Hm. Das war doch schlimmer, als ich erwartet hatte. Und ich war bisher der einen Aufgabe ausgewichen, die Lee mir zugedacht hatte, nämlich dieses Wochenende den Puffer zwischen ihr und Sally zu spielen. Ich fühlte mich schlecht, aber mein Gott, sie hatte einfach die falsche Person für diesen Job ausgesucht.

Ich sah die Frisbeescheibe erst, als sie mich an der Schulter traf – sie schlug auf dem Knochen auf, und es tat höllisch weh. Verschwitzt und japsend wie ein

Hund kam Henry herangetrottet und sagte grinsend: »Tut mir Leid, Em. Alles in Ordnung?

»Ja.« Mit einem sportlichen Lächeln reichte ich ihm das Frisbee. Seine rot-weiß-blau gestreifte Badehose hing ihm in den Kniekehlen, weit und ungewöhnlich modisch. Er warf die Scheibe in die Luft, hoch über Jays Blondschopf. Mick beugte die Knie und vollführte einen erstaunlichen Sprung, der seinem Sohn Begeisterungsrufe entlockte. Um mich vor Sallys Blick zu schützen, legte ich eine Hand an die Schläfe und starrte ihren Mann an.

Er hatte abgenommen. Er war zu dünn. Ich machte es ihr zum Vorwurf, was ich eigentlich nicht hätte tun dürfen. Außer an den Unterarmen war er beinahe so blass wie ich. Ich wollte die zarte Linie an seinem Bizeps berühren, die die weiße Haut von goldbrauner trennte, wollte mit meinen Lippen darüber fahren, mit meinen Zähnen. Alles an ihm erregte mich, alles war genau richtig. Es war nicht erlaubt, ja praktisch tabu, ihn so anzusehen, offen auf seine Schenkel zu starren, seine Waden, seine Rippen, die Haare auf seiner Brust, sein Schlüsselbein. Ihn rennen und springen zu sehen, wo ich ihn doch bis jetzt nur gehend und sitzend kannte.

Die Tatsache, dass Mick und seine Beine, sein langer Rücken, sein fester Bauch für mich *verboten* waren, machte ihn so unerträglich anziehend für mich – ich wusste das –, und trotzdem war er wunderschön, ja wirklich, es spielte keine Rolle, dass er zu dünn war, zu blass, seine Haare zu kurz. »Er sieht ein bisschen aus wie Daniel Day-Lewis«, hatte

Isabel einmal vor langer Zeit gesagt. Ich hatte natürlich nicht darauf reagiert, aber ich weiß noch, dass ich dachte: *Daniel kann sich glücklich schätzen.*

Doch warum lasse ich mich immer weiter von ihm quälen? Was ist das für eine verhängnisvolle, verrückte, selbstzerstörerische Sucht, die es unmöglich macht, ihn mir aus dem Kopf zu schlagen? Warum kann ich ihn nicht vergessen – warum kann er mich nicht vergessen?

Ich will nicht für ihn sprechen, aber ich für meinen Teil kann einfach nicht widerstehen. Immer wieder. Ich merke, dass meine Sucht (nicht mein Verlangen; da stehe ich drüber) stärker ist als mein Wille (nicht mein Gewissen; wir haben immer noch nichts Unrechtes getan). Meine Vernunft sagt mir, dass unsere unregelmäßigen Treffen unvorsichtig sind, nicht unmoralisch. Sie tun niemandem weh, außer mir. Und ihm.

O Gott, das ist das Gefährliche, Verführerische daran: die Möglichkeit, dass es ihm genauso geht wie mir. Ich glaube, dass es so ist. Er kann es nicht besonders gut verbergen – darin bin ich viel besser –, er versteckt seine Freude nicht, wenn wir zusammen sind, und am Telefon ist er nicht kühl und verbindlich. Unsere Gespräche werden immer persönlicher. Das letzte Mal fing ich damit an, ihm zu erzählen, wann ich meine Mutter zuletzt gesehen hatte, und endete bei meiner Kindheit. Wie ich mich fühlte, als mein Vater uns verlassen hat, wie ich mich fühlte, als er starb. Jetzt weiß er Dinge über mich, die vorher nur Rudy wusste.

Aber ich weiß auch Dinge über ihn. Ich kann mir den ernsten, übereifrigen Jungen vorstellen, der er war, der Medaillen gewann und die besten Zensuren für Mom und Dad nach Hause brachte, der sein junges Leben seinen Adoptiveltern widmete, damit sie stolz auf ihn sein konnten. Stolz und nicht enttäuscht. Er hat mir erzählt, dass er nicht nur Sally enttäuscht hat, als er seinen Beruf aufgab, sondern auch seine Eltern. In gewisser Weise war es sogar schlimmer, seine Eltern zu enttäuschen, weil ihre Erwartungen so hoch gewesen waren. Jetzt lachen sie mit ihren Freunden über ihn – glaubt er –, aber gutmütig, stolz; philosophisch. *Was willst du machen*? hört er sie sagen. Das schmerzt ihn so sehr.

Wir – wissen Dinge übereinander. Wir sind auf sehr seltsame Weise vertraut miteinander, wie Gefangene, die über Wasserrohre miteinander kommunizieren oder über einen Kode, den sie mit ihren Blechtassen gegen die Wand klopfen. Wir teilen Geheimnisse, berühren uns aber nie.

Jay wurde müde und stapfte durch den Sand zu unserem Sonnenschirmlager. Er ließ sich zwischen mein Handtuch und das seiner Mutter fallen und bat um etwas zu trinken aus der Kühltasche. Er trank geräuschvoll, ohne den Blick von Mick und Henry zu wenden, deren Spiel jetzt, da sie nur noch zu zweit waren, auf der Macho-Skala deutlich ein paar Stufen nach oben gerutscht war. »Hallo«, sagte er zu mir und grinste mich schüchtern von der Seite an.

»Selber hallo.«

»Du hast ganz schön lange geschlafen«, stellte er fest.

»Ja. Ich war wohl müde.«

»Wovon?«

»Hmmm.« Ich dachte nach. »Schlechte Träume.«

Er nickte. »Habe ich auch. Ich habe Albträume. Ich wache auf, und dann kommt mein Vater. Manchmal auch meine Mutter. Dann kann ich wieder einschlafen.«

»Ich auch.« Bis auf den Teil mit Vater und Mutter. »Wovon träumst du?«

»Von Monstern. Und du?«

»Meistens träume ich, dass ich zu irgendwas zu spät komme und nicht weiß, wo ich bin.« Ich komme zu spät und habe mich verirrt; das träume ich immer wieder. »Ich weiß nicht, wo der Bahnhof ist oder die Bushaltestelle, und jeder sagt etwas anderes. Dann kommt der Zug oder der Bus, aber ich weiß nicht, wo sie hinfahren. Ich kann die Zahl nicht lesen, ich bin spät dran, und alles geht wieder von vorne los. So lange, bis ich vor lauter Langeweile aufwache.«

Jay starrte mich eine lange Sekunde an, dann rülpste er.

»'tschuldigung«, murmelte er mit einem Blick auf Sally. Sie lächelte nur und zog die Augenbrauen hoch.

Wenn ich doch nur sagen könnte, dass sie eine schlechte Mutter ist – nein, das kann ich nicht. Nein, das ist nur so eine Redewendung, so weit bin selbst ich noch nicht heruntergekommen, dass ich einem hilflosen Kind eine schlechte Mutter wünsche. Und sie ist ja auch gar keine schlechte Mutter; in meinen neidischen Augen scheint sie mir sogar eine sehr gute zu sein, sie ist sehr aufmerksam und zurückhaltend, sehr liebevoll. Aber – es muss ja ein Aber geben – Jay benimmt sich bei Sally anders als bei Mick. Mit seinem Vater ist er albern und locker, lustig und entspannt und glücklich, ein ganz normales Kind. Doch bei seiner Mutter wird er schnell ernst. Seine kindliche Stirn bekommt Falten, und er beobachtet sie genau. Besorgt. Mit fünfeinhalb ist er schon ein echter kleiner, fürsorglicher Mann.

Nicht dass ich Expertin für Kinder wäre. Teufel noch mal, natürlich nicht – sie machen mir richtig Angst. Sie sind irgendwie so autonom. So unversöhnlich, so geradeheraus. Ironie gehört nicht zu ihrem Wortschatz, deswegen verstehen sie meine Witze nicht. Ich habe es mir zur Regel gemacht, ihnen aus dem Weg zu gehen – aber dieses Kind faszinierte mich verständlicherweise, und ich schenkte ihm besondere Aufmerksamkeit. Was ich sah, war ein höflicher, besorgter Junge, schüchtern und sehr süß, aber viel zu wachsam für sein Alter. Als wäre er gezwungen, immer wieder die Temperatur der emotionalen Atmosphäre zu messen, in der er sich gerade befand.

Man glaubt es kaum, aber Jay hat beschlossen, mich zu mögen. Das war gestern Abend bei Brother's, und ich spürte die Veränderung so deutlich, sah in seinem offenen, unschuldigen Gesicht, wie er die Entscheidung traf. Fragen Sie mich nicht, warum. Ich habe den Zusammenhang vergessen, aber ich hatte gerade eine kleine Tirade gegen die Perversität von Anthropomorphismen und die erstaunliche Arroganz von uns Menschen gegenüber den so genannten niederen Kreaturen losgelassen – na gut, ich hatte ein paar Bier getrunken –, und ich hatte zum Beispiel Worte wie »Pfannenfisch«, »Taschenspringmaus« und »Bärenrobbe« erwähnt, Lebewesen, deren Existenz wir bedrohen und denen wir Namen gegeben haben, die einzig und allein ihre Bedeutung für uns ausdrücken. Aus unerfindlichen Gründen fand Jay das Wort »Pfannenfisch« so witzig, dass er sich kaputtlachte.

Er konnte nicht aufhören, und sein Lachen klang so süß, leise und glucksend, es war die reine Freude. Niemand konnte dem widerstehen, und bald kicherten wir alle. Dann fingen Henry und ich an, Fische mit den albernsten Namen aufzuzählen, damit er weiterlachte – Kabeljau, Flunder, Hammerhai, Scheibenputzer und so weiter. Ich sagte: »Quakfisch«, und Jay war verloren – er kugelte sich vor Lachen und fiel beinah vom Stuhl. Was für ein Spaß; ich glaube, ich habe den besten Zuhörer aller Zeiten gefunden. Und als er sich endlich erholt hatte, hörte er nicht auf, mich mit seinem verschmitzten, bezaubernden, süßen Gesicht anzustrahlen.

Frage: Bilde ich es mir nur ein, oder ist das wirklich das netteste, klügste Kind, das ich je kennen gelernt habe?

Der Tag ging gemütlich und faul zu Ende – viel zu früh für mich, weil ich lange geschlafen hatte. Zum

Abendessen blieben wir zu Hause und aßen Hamburger und Hotdogs vom Grill. Danach erwischte Lee mich allein und wollte wissen, was los war.

»Nichts ist los. Was meinst du?« Ich versuchte, ein erstauntes Gesicht zu machen, aber insgeheim flackerte Panik in mir auf. Wusste sie Bescheid?

»Es ist wegen Mick, oder?«

»Nein«, leugnete ich erschrocken.

»Ich verstehe einfach nicht, warum du ihn nicht magst.«

»Aber ich …«

»Ich hätte dich nicht bitten sollen zu bleiben. Es tut mir Leid, Em.« Sie hatte jeden Zentimeter des Herdes gescheuert. Mit dem feuchten Geschirrtuch in der einen und einem Glas Eiswasser in der anderen Hand setzte sie sich an den Küchentisch. Sie war verschwitzt und verärgert. Sie presste das Glas an die Stirn, und jetzt sah ich, dass sie auch müde war.

»Nein«, beharrte ich, »ich bin gerne geblieben. Wirklich. Ich fühle mich wohl.«

Sie wischte das mit einer Handbewegung beiseite. »Ich nehme dir nicht übel, dass du es nicht zugibst – wenn ich du wäre, würde ich es genauso machen. Um ehrlich zu sein, es ist Sally, die ich nicht mehr so gern mag.« Sie flüsterte fast. Eine unnötige Vorsichtsmaßnahme, denn außer uns war niemand im Haus; Henry, Mick, Sally und Jay machten einen Mondscheinspaziergang am Strand. Seufzend fuhr Lee sich mit den Fingern durch ihre kurzen, braunen Haare. »Wenn sie doch nur damit aufhören würde, mir Sachen zu erzählen, die ich nicht wissen will.«

»Persönliche Geschichten?«

Sie nickte. »Als wir uns anfreundeten, habe ich ihr ein bisschen von mir – von uns, Henry und mir, erzählt. Nichts wirklich Persönliches«, fügte sie schnell hinzu, »wie ich es der Gruppe erzähle ...«

»Nein, nein.«

»Aber irgendwie persönlich eben, verstehst du ...«

»Natürlich.«

»Jetzt mache ich das nicht mehr, aber sie erzählt mir dauernd alles mögliche.«

»Zum Beispiel ...« Ich wartete hoffnungsvoll. Schamlos.

»Zum Beispiel – sie sind seit sechs Jahren zusammen, und seit fünf Jahren machen sie eine Paartherapie.«

»Wahnsinn.« Mick hatte so etwas nicht einmal angedeutet. Wie diskret. Die meisten Männer in derselben Situation hätten es getan, meinen Sie nicht? Eine vernünftige Begründung: *Meine Ehe ist kaputt – tun wir uns doch zusammen*.

»Und ich hasse die Art, wie sie über ihren Mann spricht«, fuhr Lee fort und beugte sich vor. »Henry findet Mick richtig nett, und ich mag ihn auch. Wir fühlen uns ihm inzwischen viel mehr verbunden als ihr.«

»Was sagt sie über ihn?«

»Ach, du weißt schon, sie nimmt ihm übel, dass er seinen Job aufgegeben hat, weil es ihren Lebensstil und überhaupt alles verändert hat. Sie kommt aus Delaware – offensichtlich hat ihre Familie Geld. Sie hat wörtlich zu mir gesagt: ›So habe ich nicht gewettet.‹ Hinterher hat sie darüber gelacht und so getan, als sollte es ein Witz sein, aber das war es nicht.«

»Nein.«

»Es ist so – es macht mich einfach wütend. Ich habe einen Klempner geheiratet, aber ich habe mich wegen Henry nie geschämt. Es ist ein Teil von ihm, also ist es auch ein Teil von dem, was ich an ihm liebe.« Sie lehnte sich zurück und blies eine Haarsträhne aus den Augen. »Aber was wäre, wenn er plötzlich beschließt, die Klempnerei aufzugeben und – keine Ahnung, Wein anbauen will oder so. Wie würde mir das gefallen?«

»Wie würde es dir denn gefallen?«

Sie schüttelte den Kopf. »Es würde mir nichts ausmachen.«

»Richtig. Weil es immer noch Henry wäre.«

»Und den liebe ich.«

Ich dachte an Sally und wen sie liebte. Vermutlich liebte sie Mick, den Anwalt. Michael Draco, Hochwohlgeboren, war es wert, geliebt zu werden, besonders in seinem dreiteiligen Anzug und mit Hosenträgern. Aber Mick, der mittellose Maler, war ihre Liebe nicht wert. So hatte sie nicht gewettet.

Sie war schon eine harte Nuß. Ihre Unsicherheit war bemitleidenswert, und ihre Unaufrichtigkeit machte sie unsympathisch. Aber sie war eine gute Mutter; im Umgang mit Jay schien sie all ihre Neurosen zu überwinden.

Armer Mick. Sogar ich erkannte, dass er in der Falle saß.

Gegen zehn Uhr nachts wachte Jay schreiend auf. Ich hörte ihn zuerst gar nicht; wir fünf saßen oben vor dem Fernseher, obwohl nur Henry irgendeinem Basketballspiel zusah. Mick sprang als Erster auf, doch Sally sagte: »Ich gehe schon«, und lief eilig aus dem Zimmer.

Lee hatte gelesen. Sie legte das Magazin beiseite und fragte: »Hat er häufig Albträume, Mick?«

»In letzter Zeit, ja. Fast jede Nacht.« Urplötzlich hörte das Schreien auf. Er entspannte sich ein wenig, und sein Gesicht glättete sich ein bisschen.

»In seinem Alter ist das gar nicht so ungewöhnlich«, versicherte Lee ihm. »Wahrscheinlich wäre es ungewöhnlich, wenn er keine Albträume hätte. Du solltest dir nicht allzu große Sorgen machen. Wirklich.«

Er lächelte sie dankbar an. »Ich weiß, dass es normal ist, aber trotzdem …«

»Es ist beunruhigend.«

Er stand wieder auf. »Ich schaue nur mal nach. Für alle Fälle«, murmelte er entschuldigend und verschwand.

Ein paar Minuten später war er wieder da und sah erleichtert aus. »Es ist alles in Ordnung. Er schläft«, berichtete er, und wir sagten alle: »Wie gut.« »Sally geht übrigens ins Bett. Ich soll allen eine gute Nacht wünschen.«

Da waren es also nur noch wir vier, die den letzten Abend lesend oder fernsehend verbrachten. Henry hatte das Sofa für sich, ein Bier auf der Brust, und murmelte ab und zu Sätze wie: »So ein gemeines

Foul«, oder »Wirf doch, zum Teufel, worauf wartest du denn noch?« Lee saß am Eßtisch und war in die Juliausgabe der *Vogue* vertieft. Mick schaute sich abwechselnd das Spiel an und las in einem Buch aus der Bücherei, einem Hardcover mit dem Titel: »Mord auf dem Felsen«. Und ich? Ich tat so, als lese ich das neueste Buch von Louise Erdrich, das ich nur mitgebracht hatte, um Eindruck zu schinden, aber in Wirklichkeit beobachtete ich Mick. Und manchmal beobachtete er mich.

Lee gähnte und streckte sich. »Also ich gehe ins Bett, Henry.«

»Ja, ich komme in einer Minute.«

»Gute Nacht, ihr beiden«, sagte Lee zu Mick und mir. Wir wünschten ihr dasselbe.

Henrys Minute wurde zu einer Viertelstunde, weil seine Mannschaft andauernd Auszeiten nahm. Ich sollte vor ihm gehen, sagte ich mir wieder und wieder. Gleich würden nur noch Mick und ich hier sitzen, und das würde bestimmt unangenehm. Aber ich las hundertmal denselben Absatz und rührte mich nicht von der Stelle.

Schließlich sprang Henry voller Energie vom Sofa, weil seine Mannschaft gewonnen hatte. »Super Spiel! Ist Lee im Bett?«

Kichernd bejahten wir seine Frage.

»Und wann wollt ihr morgen los? Früh oder spät?«

»Ich fürchte, wir müssen früh los«, sagte Mick. »Sallys Eltern kommen zum Abendessen.« Aus Delaware, nahm ich an. Die Leute mit dem Geld.

»Und du, Em? Hast du es eilig?«

»Nein, eigentlich nicht. Wir können fahren, wann ihr wollt.«

»Großartig. Dann sehen wir uns morgen früh am Strand.« Ich kenne niemanden, der das Meer so sehr liebt, wie Henry, nicht einmal Isabel. Er ist wie ein Kind. »Vielleicht«, musste er natürlich noch hinzufügen, »hast du ja auch schon genug. Wie viele Minuten hast du dieses Wochenende in der prallen Sonne verbracht? Zehn? Fünfzehn? Ha, ha!«

»Ha, ha.«

Immer noch lachend warf er seine Bierdose in den Abfalleimer – »drei Punkte« – und ging nach unten.

Er hatte den Fernseher angelassen. Mick und ich sahen einander an, dann wandten wir beide gleichzeitig den Blick ab und starrten die beiden Sportreporter an, ein Schwarzer und ein Weißer, die das Spiel analysierten. Das taten wir eine ganze Weile. Dann kündigte eine neue Stimme an, wenn wir dranblieben, könnten wir gleich die neuesten Sportergebnisse aus dem ganzen Land hören. Ich stand auf.

Ich weiß nicht, warum die Spannung so groß war. Wir waren schon früher allein gewesen. Wir waren *Freunde*. Aber als ich Mick ansah, ließ mich mein Körper im Stich. Mit weichen Knien stand ich da, atmete flach und hatte das Gefühl, als passe ich nicht mehr in meine Haut. Sie war zu dünn geworden, zu empfindlich, zu eng.

Er stand auch auf. Ein Blick in sein Gesicht, und es war vorbei. Ich weiß ehrlich nicht mehr, wer sich zuerst bewegte, wer als erster die Hand ausstreckte. Bis zur letzten Sekunde hätte es ganz unschuldig bleiben können – nur eine Berührung, ein kurzes Aneinanderlegen der Finger als Gutenachtgruß. Doch wir hielten uns an den Händen fest, und einen Moment später lagen wir uns in den Armen.

Wir ließen uns sofort wieder los. Schicksalsergeben klammerte ich mich an die vage Erinnerung seiner harten Schultern, den Baumwollgeruch seines T-Shirts, gefangen von dem Gedanken, dass das alles war, was ich haben konnte. Er sagte etwas. Ich verstand ihn nicht, meine Sinne waren wie benebelt. »Was?« Er griff nach meiner Hand und zog mich nach draußen auf die Terrasse.

Viel zu hell – viel zu offen. So leise wir konnten, schlichen wir, ich barfuß, Mick in offenen Turnschuhen, die Außentreppe hinunter. In einer schattigen Ecke zwischen seinem Auto und einem Vorratsschuppen, der mit einem Vorhängeschloss gesichert war, blieben wir stehen. Eine Sekunde lang sahen wir uns in die Augen, berührten uns nicht, waren noch bei Vernunft. Noch konnten wir zurückgehen, noch konnten wir einfach nur reden …

Wir küssten uns. Es war schmerzlich, nicht freudvoll, doch ich konnte nicht aufhören – als tränke ich Meerwasser, weil ich sonst verdursten würde; am Ende würde es mich umbringen, aber ich musste es tun. Ich klammerte mich an seine Arme, bedeckte seinen Mund mit meinen Küssen, rieb meinen Körper an seinem. Er drehte sich mit mir, presste mich gegen den Schuppen. Mein Kopf stieß an etwas Hartes – den Sicherungskasten. »Au.« Mick wollte die Hände von mir lösen, aber ich hielt ihn fest.

»Küß mich«, sagte ich, obwohl er es bereits tat. Immer wieder sagte ich es, als wäre es etwas aufregend Unanständiges, denn es fühlte sich gut an, zur Abwechslung einmal *die Wahrheit* zu sagen, ihm endlich einmal zu sagen, was ich wirklich wollte. Er drückte es nicht so deutlich aus – er murmelte leise Verwünschungen zwischen den Küssen, aber für mich klangen sie wie Liebesgedichte. Er spielte mit meinen Haaren. »So hübsch«, sagte er, und mein Herz jubilierte. Noch nie hatte er mir ein Kompliment gemacht. Es bedeutete so viel. Ich küsste ihn zärtlich, nicht mehr wie eine Verrückte, und wir fingen beide an zu zittern. Er ließ seine Hände von hinten in meine Bluse gleiten. Haut auf Haut.

Ich erschauerte und brachte atemlos die fatale Frage heraus: »Mick, Mick, wo können wir hingehen?«

Der Schein der Außenbeleuchtung spiegelte sich in seinen Augen, als er den Kopf wandte und sich umschaute. In seinem Blick lag dieselbe Gleichgültigkeit gegenüber den Konsequenzen, die ich spürte. Er nahm meine Hand. Wir liefen an dem niedrigen Holzzaun vorbei, durch das Gras über einen schmalen, ausgetretenen Pfad auf eine Reihe von Kiefern zu, die Neap Tide von dem angrenzenden Haus trennte. Von dort aus führte der Weg zum Meer. Wohin brachte er mich? Würden wir unter den Kiefern zu Boden sinken und uns im Dunkeln weiter küssen? Würden wir bis zum Meer laufen und uns im Mondschein auf dem kalten Sand lieben? Ich folgte ihm blind, ohne nachzudenken, ich liebte das Gefühl, mitgezogen zu werden, und ich war so froh, dass es seine Entscheidung war und nicht meine.

Dann trat ich in etwas Spitzes.

Mick hielt mich am Ellbogen fest, als ich anfing, fluchend auf einem Bein zu hüpfen. Ich zog den Fuß hinter mir hoch und zerrte an der Distel, erwischte jedoch nur einen Teil; sobald ich auftrat, musste ich wieder humpeln. »Setz dich«, befahl er, und wir ließen uns zusammen in den Sand fallen.

War das nicht wie mein ganzes Leben? Eine Analogie dazu? Wie in der Kunst, eine zufällige Performance? Er streckte mein Bein und legte meinen Fuß in seinen Schoß. Er versuchte, zartfühlend zu sein, doch als er endlich den letzten, dornigen Stachel aus meiner Fußsohle gezogen hatte, waren wir zwei andere Menschen. Wir waren wieder wir selbst. Wir konnten wieder denken. Ich trauerte so sehr über den Verlust, dass ich am liebsten geweint hätte.

Der Wind blies die fedrigen Ähren des Strandhafers herüber, fuhr durch das Gras und trug den schweren Geruch nach Meer zu uns. So viele Sterne standen am Himmel, der schwarze Himmel war kaum zu sehen, und der Mond war noch fast voll. Wir blieben, wo wir waren, umgeben vom Rauschen der Brandung, und beobachteten einander. Mick betrachtete seine blasse Hand auf meinem noch blasseren Knöchel, und ich taxierte das Gewicht meiner Wade auf seinem Oberschenkel. Er trug eine graue Jogginghose und ein schwarzes T-Shirt. Das Mondlicht pickte die silbernen Fäden in seinem zu kurzen Haar heraus, und ich beugte mich vor, um ihn zu berühren, überwältigt von einer durchdringenden, unwiderstehlichen Zärtlichkeit. Gleichzeitig setzten wir zum Sprechen an. Ich machte eine Handbewegung – *du zuerst*.

»Als wir herkamen und ich hörte, dass du noch da bist –« Er hielt inne. Ich rutschte näher. »Ich dachte, ich würde nur Spuren von dir finden. Ich freute mich darauf, ein altes Buch zu entdecken, das du gelesen und weggelegt hast, ein…« Er lachte geräuschlos. »Ein nasses Handtuch.«

»Ich habe in deinen Waschbeutel geguckt«, platzte ich heraus. »Nur so. Ich wollte deine Sachen berühren.« Er legte seine Hand auf meine Wange, und ich schloss die Augen. »Ich hätte nicht bleiben sollen. O Mick. Ich wusste es, sobald ich dich gesehen habe.«

»Aber ich bin froh, dass du geblieben bist.«

»Ich bin auch froh, aber es ist Wahnsinn.«

»Ich weiß.«

»Was sollen wir tun?«

»Ich weiß nicht.«

Soviel zu meiner stillen Hoffnung, dass mir die Entscheidung abgenommen würde, dass Mick die Verantwortung übernehmen, Entscheidungen treffen würde, mir sagen würde, was zu tun sei, mich *überreden* würde, es zu tun, falls ich Einwände hätte. Wie ein Vater und sein kleines Mädchen.

Ich schämte mich.

»Emma – ich glaube, ich kann meine Familie nicht verlassen. Ich kann Jay nicht verlassen.«

»Ich weiß. Das weiß ich. Ich bitte dich nicht darum«, sagte ich so hastig, dass ich mich verhaspelte. Wie konnte er auch nur eine Sekunde lang denken, ich wollte seine Ehe zerstören – doch er brach mir das Herz mit seiner Endgültigkeit, die ohne jede Zweideutigkeit war. Ich wollte keine Spielchen, aber ich brauchte irgend etwas, einen Funken Hoffnung, an den ich mich klammern konnte.

Ich legte meine Hand über seine auf meiner Wange. »Ich habe dir so viel zu sagen.« Er beugte den Kopf näher zu mir. »Und ich habe dir nichts zu sagen. Wenn du sie nicht verlassen kannst.«

Er schluckte mit leerem, schmerzlichem Gesicht

Auch ich schluckte schwer. »Schlaft ihr noch miteinander? Hast du andere Frauen außer mir? Ich weiß nichts über dich. Wie kann ich dich lieben? Wir waren nie im Kino. Ich *hasse* das hier. Ich will – ich will mit dir Händchen halten, dich anrufen ...«

Das war Folter. Er schwieg, antwortete nicht. Nicht einmal jetzt konnte er mit mir über seine Ehe sprechen, konnte Sally nicht betrügen. Und jetzt war der ideale Zeitpunkt zu sagen: »*Emma, es geht mir schlecht, sie versteht mich nicht – ich liebe dich.*« Doch Mick machte ihr keinen Vorwurf, verhielt sich nicht wie ein typischer Ehemann, entschuldigte sich nicht damit, die Fehler seiner Frau aufzuzählen. Und am allerwenigsten konnte er seinen kleinen Jungen verlassen, der sich sowieso schon Sorgen um Mommy machte und nachts schreiend aufwachte, weil er Albträume hatte.

»Das war's dann, oder? Mehr können wir nicht haben.« Ich berührte Micks Mund, seine unrasierte Wange. Ich ließ meine Finger durch sein Haar gleiten. »Liebling, wer hat dir diesen grausamen Haarschnitt verpasst?« Ich erstickte beinahe an zärtlichen Gefühlen, Tränen brannten in meinen Augen.

Er sagte: »Ich wollte nicht, dass das hier passiert. Das Letzte, was ich will, ist, dir wehtun.«

»Das weiß ich. Aber jetzt ist es zu spät.«

»Emma ...«

Dann küssten wir uns wieder, die Augen fest geschlossen, als könnten wir die Wahrheit ausblenden; es gab keine Hoffnung, wir schoben das Unvermeidliche nur hinaus. Aber bei Gott, es fühlte sich richtig an, ihn in den Armen zu halten, es war, als wäre es das Ehrlichste, das wir getan hatten, seit wir uns kannten.

Ich musste aufhören. Zittrig ließen wir uns los, wie Teenager auf dem Rücksitz im Autokino. »O Gott«, sagte ich, und er: »Emma, um Himmels willen«, und wir saßen beide wie festgewachsen da und starrten uns an.

»Okay, okay«, sagte ich, »es ist vorbei. Aus. Denn das hier bringt mich um.«

Er half mir hoch. Das klingt dumm, aber ich brauchte Hilfe. Er warf einen Blick auf das Haus, und ich sah mich ebenfalls um – ein Reflex. Es war nichts zu sehen, es brannte kein Licht, kein argwöhnisches Weib stand auf der Terrasse und beobachtete, die Hände in die Hüften gestützt, die Dünen.

Doch seine Angst steckte mich an. Sie hinterließ ein flaues Gefühl im Magen.

»Soll ich zuerst zurückgehen?«

Er sah mich scharf an. »Nein.«

»Da siehst du, wie es wäre«, sagte ich ein wenig wild. »Wir hätten nicht einmal Spaß. Wir können uns nicht mehr sehen, Mick, überhaupt nicht mehr. Ruf mich nicht an, versuch nicht, mich zu treffen.«

Er nickte einmal. Er presste die Handflächen gegen die Stirn. »Lee und Henry werden uns zusammen einladen.«

»Ich weiß. Wenn ich höre, dass du eingeladen bist, werde ich nicht hingehen.«

»Nein, du gehst – ich werde nicht kommen.«

»Nein, du bist Henrys Freund, und ich kann Lee jederzeit sehen. Du gehst.«

Ich drehte mich um und machte mich auf den Weg zurück zum Haus, den Blick wachsam auf den dornigen Pfad geheftet. Wieder so eine Metapher. Mick und ich hatten es nicht einmal bis zum Strand geschafft, hatten nicht einmal eine wunderbare, hinreißende Liebesnacht neben den tosenden Wellen miteinander verbracht. Wegen einer Distel hatten wir im kalten Sand gekauert und uns mit ein paar flüchtigen Küssen zufrieden gegeben.

Ich weine nie vor anderen Leuten. Vielleicht ist es Stolz, vielleicht auch eine Angst von mir. Ich tue es nicht. Stellen Sie sich meinen Kummer vor, als wir die Treppe am Haus erreichten und mir klar wurde, dass ich die Tränen nicht zurückhalten konnte. Ich hätte zum Abschied winken und allein hinaufrennen können – er hätte nie etwas gemerkt. Doch ich wollte ihn noch nicht verlassen.

»Scheiße«, flüsterte ich, als er mich in die Arme nahm. Waren wir hier sicher? Wenn nun jemand herauskam – Henry, um eine Zigarre zu rauchen? Jay, weil er schlafwandelte? Lee, die einer plötzlichen Eingebung folgte und unbedingt die Terrasse fegen musste? »Ich hasse das hier, ich hasse es.«

»Ich auch, und es ist meine Schuld. Ich schwöre, ich habe es nicht gewollt.«

»Hör auf damit. Niemand hat Schuld. Und wir haben ja auch nichts getan.«

»Meinetwegen geht es dir nicht gut.«

»Das ist wahr. Ich verzeihe dir.«

Wir küssten uns lächelnd. Aber dann verdarb ich alles und fing wieder an zu weinen. »Ich bin nicht so«, versicherte ich ihm und benutzte sein T-Shirt, um meine Tränen zu trocknen. »Wirklich nicht. Das ist das erste Mal.«

Er tat so, als glaubte er mir. Er wischte mir sanft mit den Fingern die Tränen von den Wangen, dann lehnte er sich an mich und presste sein Gesicht auf meines. »Es tut mir Leid, dass ich dir wehtue. Es tut mir nicht Leid, was geschehen ist. Ich habe von Anfang an gelogen.«

»Ich auch.«

»Wenigstens …«

»Ja.« Wenigstens mussten wir jetzt nicht mehr lügen. Darin lag ein gewisser Trost.

»Ich werde dich vermissen«, flüsterte er.

»Oh, bitte nicht.« Aber ich löste mich nicht von ihm, ich wollte jede einzelne, noch so kurze, schmerzliche Sekunde auskosten.

Ein letzter Kuss, sehr zart. Keine Leidenschaft, einfach – auf Wiedersehen. Ich mag das Gefühl nicht, wie mein Herz bricht. Es ist sehr romantisch, aber es brennt wie Feuer.

»Auf Wiedersehen. Ich schlafe morgen aus, Mick – ich will dich nicht sehen.«

Das waren die letzten Worte. Die Scheinwerfer eines Autos leuchteten von der Straße in unsere Sackgasse, ein fremdes Auto, aber es erschreckte uns. Wir lösten uns voneinander und wichen zurück. Ich drehte mich um und rannte die Stufen hinauf, ging auf Zehenspitzen ins Haus, schlich durch den Flur an der geschlossenen Tür zu Sallys Zimmer vorbei und verdrückte mich in meines.

Machte die Tür zu. Setzte mich im Dunkeln aufs Bett und wartete, bis ich Mick im Flur hörte. Leise öffnete und schloss sich seine Tür. Ich lauschte wie ein Tier, ein Wolf, aber alles blieb still. Kein Geräusch, kein Stimmengemurmel. Nichts.

Ich hatte viel Zeit, die ganze Nacht, unter meiner Enttäuschung zu leiden. Ich hatte gewollt, dass sie ihn erwischt. Ich hatte gewollt, dass das Spiel aus ist.

Er hat nicht Recht – er sollte sie für mich verlassen. Ich könnte ihn glücklich machen, und ich könnte mich in Jay verlieben. Das bin ich bereits.

Aber.

Aber was ich an meinem Geliebten so liebe, ist, dass er treu ist. Verdammt. Er hat mich umgebracht.

20

ISABEL

Ich habe das Fegefeuer entdeckt. Nicht die Hölle – das ist zu langweilig. Das Fegefeuer hat gedämpfte Beleuchtung und ist mit Velours ausgelegt, die Wände sind malvenfarben gestrichen, es ist still wie in einer Bibliothek, bis auf einen Fernseher, der an die Wand montiert ist und permanent auf CNN geschaltet ist. Es ist die Abteilung für Röntgendiagnostik.

Im Wartezimmer verlangsamt sich mein Herzschlag unweigerlich. Ich sitze auf einem der dünn mit Tweedstoff überzogenen Stühle und spüre, wie die Spannung aus meinen Gesichtsmuskeln weicht. Ich sehe nicht richtig; alles ist verschwommen und grobkörnig. Die pastellfarbenen Wände, die hell geflieste Decke, die kraftlosen Renoir-Drucke saugen alles auf, meine Nerven, meine Energie, alles. Ich fühle mich klein. *Bitte, kümmert euch um mich,* flehe ich innerlich. *Seid sanft. Tut mir nicht weh.* Es ist eine Preisgabe, ich gebe die Verantwortung ab – die medizinische Version von »So nimm denn meine Hände«. Absolute Passivität. Ich kann nichts tun. Es ist eine Erleichterung loszulassen, nicht mehr für mein Leben verantwortlich zu sein, wenn auch nur für eine kleine Weile.

Heute komme ich wegen einer Röntgenaufnahme des Thorax. Vorausgegangen sind tagelange Bestrahlungen meiner Hüfte. Ich weiß nicht, ob sie geholfen haben, aber es geht mir besser – die Hüfte tut kaum noch weh, und ich muss nicht mehr humpeln. So gesehen sollte man meinen, dass dieser Ort mir gefällt. Aber nein. Ich denke an Grace: Man hat ihr beim Tierarzt nie richtig wehgetan, doch sie fängt vor Schreck an zu zittern, wenn sie schnüffelnd über den Parkplatz läuft.

Hier sieht niemand verängstigt aus, nicht einmal die Kinder. Ich mache insgeheim eine Studie meiner Kameraden in der Röntgenabteilung, auf der Suche nach Anzeichen von Verzweiflung, Panik, Hoffnungslosigkeit. Ich bin immer erfolglos. Niemand weint leise vor sich hin; niemand bricht je zusammen. Sehe ich aus wie diese Menschen? Sie könnten ebenso gut auf ihren Versicherungsvertreter oder den Zahnarzt warten. Ist mein Gesicht genauso ausdruckslos und leer? So alltäglich?

»Mrs. Kurtz?«

Eine dünne, junge Frau mit Sommersprossen und wuscheligen Haaren lächelt mich von der Doppeltür her an. Ich folge ihr durch zwei kurze Flure zur Umkleidekabine. »Hallo, wie geht es Ihnen heute?« fragt sie auf dem Weg. Sie zieht den Vorhang vor einer der winzigen Kabinen zurück. »Machen Sie bitte den Oberkörper frei, und ziehen sie den Kittel an. Ich bin gleich wieder da und hole Sie ab.«

Ich ziehe meinen Pullover, die Bluse und den BH mit der Prothese aus und streife den blauen Kittel über. Mit dem über der Hose gegürteten Kittel komme ich mir vor wie ein Hippie. Mein Gesicht sieht schrecklich aus in dem Neonlicht, doch ich spüre, wie mich eine Welle von Liebe für mich selbst durchflutet, eine schmerzliche Zärtlichkeit. O arme Isabel.

Die Assistentin kommt zurück. Auf ihrem Namensschild steht, dass sie Mrs. Willett heißt. In dem weitläufigen Röntgenraum will ich den Kittel ausziehen, doch sie sagt: »Das brauchen Sie nicht«, und stellt mich vor ein weißes Viereck aus Plastik oder Holz, das aussieht wie die Rückwand eines Basketballkorbs. Meine Arme hängen neben meinem Körper. Sie verschwindet. Ich höre ihre Stimme von der anderen Seite des Raumes; sie steht hinter der Bleiwand. »Okay, stillhalten. Tief einatmen. Luft anhalten. Und ausatmen.«

Eine Aufnahme von der Seite und dann noch eine von hinten. »Schön, das war's. Warten Sie hier einen Augenblick. Ich bin gleich wieder da.«

Es dauert nie einen Augenblick. Immer länger, fünf Minuten, oft zehn. Sie sucht den Radiologen, der nachsehen wird, ob die Aufnahmen etwas geworden sind. Manchmal müssen sie sie noch mal machen. Das Warten darauf, dass die Assistentin zurückkommt, ist das Schlimmste. Und wenn sie kommt, sagt sie nie etwas, deshalb ist die Anspannung sinnlos, aber ich bin trotzdem jedes Mal nervös. Meine Ängste, mein Fatalismus und mein Selbstmitleid erreichen in diesem Stadium ihren Höhepunkt. Dann gehe ich immer zum Zeitungsstand und greife nach einer *Vogue* oder der *Times*, irgendwas, und blättere in den Seiten mit schlankmachenden Hühnchenrezepten, Artikeln über das

Wunder von Anti-Aging-Cremes, viel versprechenden Modereportagen: ›Sexy am Abend in hautengen Gitzerhosen‹.

»Alles klar«, sagt Mrs. Willett fröhlich, als sie mit leeren Händen zurückkommt. »Sie können sich anziehen.« Ich erforsche ihr Gesicht. War das Mitgefühl in ihrer Stimme? Sie weiß, was auf den Röntgenaufnahmen ist. Hat der Arzt auf einen Fleck gezeigt und mit ihr den Kopf geschüttelt? Nein, das kann nicht sein. Ihr Lächeln ist zu munter. Ich kann keine Lungenmetastase haben – dann würde sie ein anderes Gesicht machen.

Wie auch immer, es geht mir sofort besser. Das Anziehen in der Kabine ist das genaue Gegenteil zum Ausziehen, gefühlsmäßig und mental. Ich fahre mit dem Aufzug nach oben, schlendere durch die Automatiktür auf die Straße und atme die saubere, nicht medizinische Luft ein – ich bin eine neue Frau. Hier draußen. Ich bin normal, nicht mehr über meine Krankheit definiert, von den vorbeieilenden, sorglosen, gesunden Menschen nicht zu unterscheiden. Genau wie sie könnte ich unsterblich sein.

Ich überquerte die Pennsylvania Avenue und lief die K Street entlang. Ich ließ mir Zeit. Auf dem Weg ins Krankenhaus hatte ich nicht recht bemerkt, was für ein Tag es war. Sonst hätte ich mich vielleicht geärgert. Denn er war wunderschön, einer dieser goldenen Tage, wenn der Sommer zu Ende geht und der Herbst noch nicht begonnen hat. Die Luft roch süß, und die Sonne schien schräg durch die müden, welken, immer noch grünen Blätter der Bäume, wie durch den Weichzeichner eines einfühlsamen Fotografen. Die Hauptverkehrszeit hatte gerade begonnen, doch die Passanten waren nicht gehetzt und hatten entspannte Gesichter – der milde Nachmittag hatte sie genauso verführt wie mich.

Aber als ich am Farragut Square ankam, war ich müde, zu müde, um auf den Bus zu warten. Ich kaufte mir an einem Kiosk einen Becher Kaffee – Koffein ist das einzige Laster, das ich noch habe; sonst lebe ich strikt makrobiotisch – und setzte mich auf eine Bank im Park.

Und verfiel in ein morbides Spiel, bei dem ich mich manchmal an schlechten Tagen erwische. Verhutzelte, alte Frauen, Kinder, junge Männer, hübsche Mädchen, Mütter mit Kleinkindern, mürrische Teenager, alte Männer – jeden, der an mir vorbeischlenderte oder hüpfte oder rannte, bedachte ich mit dem einen Gedanken: *Du wirst sterben. Du wirst sterben und du wirst sterben und du wirst sterben und du wirst sterben und du wirst sterben und du wirst sterben und du wirst sterben.* Ich tat das nicht, um mich zu trösten. Nein. Vielleicht war es eine Art, mich mit dem Undenkbaren abzufinden, dem Unausweichlichen – niemand kommt lebend davon.

Vielleicht ist es nicht wichtig, an den Tod zu glauben. Vielleicht reicht es zu wissen, dass man am Leben ist. In diesem unwiederbringlichen Moment in der grenzenlosen Weite von Raum und Zeit hatte ich, Isabel, das wundersame Vorrecht zu existieren. Und einen heißen Kaffee mit köstlichem, fettarmem

Milchpulver zu trinken. Er schmeckt wirklich gut. In den Eichen sitzen Stare. Es riecht abwechselnd nach Parfum und Abgasen. Es ist schön, die abgenutzte Bank mit meinen Fingern zu berühren, von Millionen Hinterteilen glatt gewetzt. Hier bin ich, jetzt, in dieser Minute. Nie zuvor war ich so, und nie wieder werde ich so sein. Ich bin einfach da, und es ist wunderbar. Eine Ehre und ein Geschenk. Ein schier unglaubliches Wunder.

»Darf ich?«

Ich blickte auf, in das Gesicht eines Mannes, der sich mit einem breiten Lächeln zu mir hinunterbeugte. Ich war ziemlich perplex, bis er steifarmig auf den leeren Platz neben mir deutete. »Nein – ja. Natürlich, setzen Sie sich.« Ich rückte ein paar Zentimeter zur Seite und zog meine Tasche heran.

Mit einem lauten Seufzer der Erleichterung: »Aahh«, ließ er sich langsam auf die Bank sinken und rutschte zentimeterweise zurück, wie ein alter Hund, der sich auf der Veranda niederlässt. Aus dem Augenwinkel beobachtete ich, wie er ein Taschentuch aus der Tasche seiner schweren, braunen Strickjacke zog, die viel zu warm für den milden Septembertag war, und sich mit einer schwieligen, fleckigen Hand vorsichtig die Nase betupfte. Er wandte sich mir zu, sah mich direkt an, verzog seine dünnen Lippen zu dem breitesten Lächeln, das ich je gesehen hatte – es ging praktisch von Ohr zu Ohr –, und sagte: »Schöner Tag heute, nicht wahr?«

»Wunderbar«, nickte ich.

»Ich mag diese Feuchtigkeit nicht.«

»Nein, ich auch nicht. Aber heute ist es trocken.«

»Schöner Tag heute.«

»Ja, wirklich.«

Er blies seine fleckigen Wangen auf wie ein Frosch und schaute mit freundlichen, blassen Augen zu den Zweigen über unseren Köpfen. Er schob eine Hand unter das Knie, zog es hoch und legte es ächzend über das andere Bein. Seine Füße quollen aus beigen Strümpfen und abgetragenen braunen Sandalen, als wären sie entzündet und voller Hühneraugen und was weiß ich noch. »Wo haben Sie den Kaffee her?« fragte er.

»Vom Kiosk auf der anderen Straßenseite.« Ich zeigte hinüber.

Er lächelte und nickte. »Aha. Riecht gut.«

»Möchten Sie einen? Ich kann Ihnen einen Becher holen.«

»Nein, nein. Vielen Dank!« Er grinste und zeigte ein strahlend weißes Gebiß. »Ich trinke keinen Kaffee mehr. Er war schlecht für meine Nerven. Aber den Geruch mag ich noch. Nicht wie bei Zigaretten. Mit dem Rauchen habe ich auch aufgehört, und jetzt riecht es schrecklich, wie die Hölle. Rauchen Sie?«

»Nein, ich habe noch nie geraucht.«

»Sehr weise. Meine Frau hat auch nicht geraucht.« Er brach ab und hustete in sein Taschentuch. Das raue, feuchte Husten eines alten Mannes. Er wandte sich ab, um diskret in sein Taschentuch zu spucken, dann stopfte er es wieder in die Jackentasche. Er griff unter seinen Pullover und förderte, vermutlich aus der Hemdtasche, eine Fotografie zutage. Nein, zwei Fotos. »Das hier ist Anna, meine Frau. Wir haben uns während des Krieges in Italien kennen gelernt. Sie war Italienerin.«

Er drückte mir die Fotos in die Hand. Ich nahm sie und sah zwei Versionen von Anna, schlank und hübsch die eine, mollig und hübsch die andere, und beide Male lag ein geheimnisvolles Lächeln auf ihrem Gesicht. Ich fand es geheimnisvoll – man weiß nie, was das Lächeln eines Fremden bedeutet.

»Ich habe sie 1979 verloren.« Immer wieder pustete er die Backen auf.

»Woran ist sie gestorben?« Die Frage war viel zu persönlich, doch ich konnte sie nicht unterdrücken.

»Sie hatte Gebärmutterkrebs.«

»Das tut mir Leid. Haben Sie Kinder?«

Er schüttelte den Kopf. »Ein Baby, ein Mädchen, aber sie ist sehr früh gestorben. Sehr früh. Danach konnten wir keine Kinder mehr bekommen.«

»Das tut mir wirklich Leid.« Beinah hätte ich ihn berührt. Und ich hatte das viel zu inbrünstig gesagt; es war so lange her. Mein Mitgefühl musste extrem geklungen haben.

Er spreizte die Finger über den Knien seiner fadenscheinigen braunen Hose, eine Art Schulterzucken mit den Händen. »Danke«, sagte er würdevoll. »Sind Sie verheiratet, wenn ich das fragen darf?«

»Nein.« Aus irgendeinem Grund fügte ich hinzu: »Ich habe einen Sohn.«

»Ist er verheiratet?«

»Nein. Aber er lebt mit jemandem zusammen.« Mit einer Frau, die ich nur vom Hörensagen kannte und noch nie gesehen habe. Susan; sie ist Grundschullehrerin. Wann habe ich Terry verloren? Er ist auf die Universität nach Montreal gegangen und nie wiedergekommen. Ich habe lange Zeit versucht, es nicht Flucht zu nennen, aber nach zehn Jahren geht das nicht mehr. Terry ist vor seinem Vater und mir weggelaufen. Ich mache es ihm nicht zum Vorwurf, und ich glaube nicht daran, dass man etwas sein Leben lang bedauern kann, aber dieses Versagen ist die einzige Tragödie in meinem Leben.

»Das macht man heutzutage so, nicht wahr«, sagte der alte Mann. »Niemand denkt sich was dabei.«

Ich nickte. »Wir haben es wilde Ehe genannt.«

»Stimmt. Wilde Ehe.« Er lachte herzlich. »Ich heiße Sheldon Herman. Ich gebe Ihnen lieber nicht die Hand, weil ich erkältet bin.«

»Ich bin Isabel.«

»Nett, Sie kennen zu lernen. Sehen Sie mal.« Er holte noch ein Foto hervor. »Das ist Moxie.« Ein Schäferhundmischling mit Schlappohren und roten Augen vom Blitzlicht. »Der beste Freund des Menschen«, sagte Sheldon Herman mit rauer Stimme. »Sie war ein gutes Mädchen. Mit viel Herz. Hat mir immer gute Gesellschaft geleistet, nachdem ich meine Frau verloren hatte. Sie starb '88 mit dreizehn Jahren.«

Ich seufzte mitfühlend.

»Ich habe sie im Garten begraben. Mit einer richtigen kleinen Beerdigung, wissen Sie, mit Blumen auf dem Grab, und ihren Tennisball habe ich ihr mit hineingelegt. Gleich neben ihre Pfoten.«

»Ja.«

»Danach musste ich umziehen. Wenn man alt ist, überreden Sie einen dazu. Deshalb lebe ich jetzt in einem Altersheim. Es ist nicht schlecht. Könnte schlimmer sein.« Er drehte mir seinen schlaffen, formlosen Körper zu. Tiefe Falten, die früher wahrscheinlich einmal Grübchen gewesen waren, zogen sich über seine weißbärtigen Wangen. Es war schwer zu sagen, was er wohl einmal für eine Haarfarbe hatte, blond oder dunkel. Jetzt wirkte er wie ausgewaschen. Er war beinahe nicht mehr von dieser Welt.

»Was ich am meisten vermisst habe«, sagte er, »ist, für jemanden zu sorgen. Da wo ich wohne, sind wir alle allein. Meistens. Ich habe ein eigenes Zimmer. Es wohnen nur Männer dort.« Er betrachtete mich mit seinem breiten Lächeln. »Sind Sie ein zimperliches Mädchen, Isabel?«

»Wie bitte?«

»Sie wissen schon, haben Sie Angst vor Spinnen und so?«

»Nein«, sagte ich langsam, »ich glaube nicht, dass ich bei so etwas zimperlich bin. Warum, Mr. Herman?«

»Fallen Sie jetzt bloß nicht in Ohnmacht«, sagte er und griff in eine weitere Tasche seiner Strickjacke. Ich machte mich ein bisschen steif, war zwar nicht richtig besorgt, ging aber sicherheitshalber in Habachtstellung. Er brachte etwas zum Vorschein, das ich erst richtig sehen konnte, als er seine fleckige, geäderte Hand aufmachte. Eine Maus.

»Die habe ich in einer Falle in der Küche gefunden. Ihre Pfote ist zerdrückt, sehen Sie? Sie humpelt. Ich könnte es Ihnen zeigen, aber nachher fallen Sie mir noch vor Schreck um. Ich nenne sie Brownie. Sie ist jetzt mein kleiner Freund.«

»Süß.« Das war sie wirklich. Mit wachen Augen und rosafarbenen Zehen und weichem, rostbraunem Fell kauerte sie auf seiner Hand, sah sich ängstlich um und zupfte an ihren Schnurrhaaren.

»Ich füttere sie mit Käse und Brot. Und Salat. Ich weiß nicht, ob sie im Heim wissen, dass ich sie habe, aber niemand fragt mich danach. Wollen Sie sie streicheln?« Seine blassen Augen zwinkerten mich herausfordernd an.

Ich strich der Maus mit den Fingern über den samtweichen Rücken. »Sie leistet Ihnen Gesellschaft«, sagte ich.

»Genau. Irgend jemanden braucht der Mensch. Egal wen, Hauptsache es ist lebendig. Es darf kein Gegenstand sein, es muss atmen, das ist die einzige Bedingung. Das war immer meine Meinung. Und heutzutage mehr als früher. Gehört wahrscheinlich dazu, wenn man alt wird.«

»Wahrscheinlich.«

»Wissen Sie, ich habe meine Frau mehr als alles andere geliebt, mehr als mein Leben, doch wenn ich zurückblicke, wünschte ich, ich hätte sie wieder, damit ich es noch besser machen kann. Und das würde ich auch.«

Er hob die Maus hoch und küsste sie mit seinen dünnen Lippen auf den Kopf. Dann steckte er sie wieder in die Tasche seiner Jacke, so fürsorglich wie eine Mutter, die ihr Neugeborenes schlafen legt. »Schöner Tag heute«, sagte er mit einem Seufzer, lehnte sich zurück und schaute wieder in die Zweige über unseren Köpfen. »Der Sommer ist fast vorbei, wie? Ich wette, viele solche Tage wird es nicht mehr geben.«

»Nein«, stimmte ich ihm zu. »Viele nicht.«

Ein paar Minuten später sah ich meinen Bus die K Street entlangkommen. Ich verabschiedete mich von Mr. Herman, der mir von der Bank aus lächelnd nachsah, während die schwächer werdende Sonne Schatten auf seine zusammengesunkene Gestalt warf.

Als ich nach Hause kam, ging ich nicht sofort hinein. Langsam ging ich um das Haus herum, um nach meinem Garten zu sehen. Kirbys Garten, genauer gesagt; er hat im Frühjahr das Umgraben und Pflanzen übernommen, weil ich nach den ersten Zyklen der Chemotherapie zu schwach war. Und im Sommer hat er immer gegossen und Unkraut gejätet, wenn ich abends nach einem Kurs spät nach Hause kam und so erschöpft war, dass ich nur noch ins Bett wollte. Ohne Kirby hätte ich mich dieses Jahr nicht um den Garten gekümmert, obwohl es bei weitem das Schönste an meiner Mietwohnung ist. Mrs. Skazafava, meine Vermieterin, hat früher das ganze Grundstück hinter dem Haus selbst bepflanzt, ungefähr zweitausend Quadratmeter. Jetzt ist sie zu alt, und vor ein paar Jahren hat sie das Grundstück in vier Teile geteilt und an die Mieter gegeben. Überraschenderweise werden nicht immer alle Gärten genommen, obwohl das Haus zwölf Wohnungen hat. Ich habe, seit ich hier eingezogen bin, jedes Jahr einen Garten genommen – das ist jetzt das dritte Jahr. Ich liebe Gärtnern. Es ist meine Leidenschaft.

Kirby hat im letzten Frühling eine Holztonne in der Gasse hinter dem Haus gefunden und hergerollt, damit wir sie als Gartenstuhl benutzen können. Jetzt taten mir die Beine weh, und ich setzte mich auf die Tonne. Die meisten Mieter pflanzen Gemüse an, doch ich mag Blumen lieber. So spät im Jahr gab es mehr Blätter als Blumen, aber die Spinnenpflanzen blühten noch, und die Astern und der Tabakskampfer, die winterharten Miesmäulchen mit ihren rosa Blüten. Es wurde langsam dunkel. Eine Biene summte in den Astern, dann stieg sie auf und flog heimwärts. Die Vögel ließen ein letztes Mal ihre Stimmen erklingen, bevor es dunkel wurde. Auf der anderen Seite des Weges streckte meine Nachbarin Helen den Kopf aus der Hintertür und rief in dem typischen, nur aus zwei Tönen bestehenden Singsang ihre Kinder ins Haus.

Ich hörte Schritte, und als ich mich umdrehte, sah ich Kirby den Asphaltweg entlangkommen, der die Gärten voneinander trennte. Er trug seine Sommeruniform – abgeschnittene Armeehosen, mausgraues T-Shirt und Birkenstocksandalen, keine Socken. Beim Anblick der Sandalen musste ich an Mr. Herman und seine geschwollenen Füße denken. Eine leise Melancholie legte sich über mich.

Kirby blieb neben mir stehen, die Hände in den großen Taschen. »Hallo«, sagten wir gleichzeitig, lächelten und nickten. Aber seine Augen blickten streng unter den schweren Lidern. »Es ist beinahe an der Zeit, Chrysanthemen zu pflanzen«, sagte ich. »Sieh mal, wie schön die Anemonen und die Silberkerzen sind. Du hast sie genau an der richtigen Stelle gepflanzt.«

Er quetschte sich neben mich, legte die Unterarme auf die Knie und die Handflächen aneinander. »Wie ist es gelaufen?«

Eine Sekunde lang wusste ich nicht, was er meinte. »Ach so, das Röntgen? Gut, es ist gut gelaufen.«

»Haben sie etwas gesagt?«

»Nein, aber das tun sie nie – der Arzt ruft an, wenn etwas ist.«

»Ich verstehe.« Er runzelte die Stirn, sagte jedoch nichts mehr. Er ist wunderbar. Ich weiß, dass es ihm wichtig ist, doch er drückt sein Mitgefühl für mich in Taten aus, nicht in Worten. Und er ist einer der seltenen Männer, die sich nicht verpflichtet fühlen, zu allem eine Meinung zu äußern. Oder, noch schlimmer, eine Lösung parat zu haben.

Er sah auf den Boden. Sein schlanker Nacken sah nackt und zart aus, wie der eines kleinen Jungen. Ich verspürte das Bedürfnis, die verspannten Sehnen zu berühren, das weiche Haar, das in der Mitte spitz zulief. Ich streckte die Hand aus. Er drehte sich um, und meine Finger streiften seinen Nacken nur. Anstatt meine Hand zurückzuziehen, öffnete ich sie und legte sie leicht gegen seine Wange. Ich liebkoste ihn.

»Isabel«, sagte er ruhig und staunend.

»Ich sterbe vielleicht«, sagte ich. »Vielleicht schaffe ich es; ich habe eine Chance, aber vielleicht auch nicht. Wahrscheinlich nicht. Das weißt du, oder?«

»Ja.«

»Nein, weißt du es wirklich? Begreifst du es, verstehst du es wirklich?«

»Nein, aber verstehst *du* es wirklich?« Er nahm meine Hand und legte sie auf seinen Mund. Ich wollte sie wegziehen, doch er hielt sie fest. Wir hatten uns nicht berührt, nicht so, seit der Nacht, in der er mich unter der Straßenlaterne geküsst hatte.

Ich fuhr mit den Fingern über seinen hageren Wangenknochen. Er senkte den Blick, sodass die Wimpern seine Augen verbargen. »Ich bin krank, Kirby, und ich habe eine Glatze, in meinem Körper ist nicht die richtige Isabel. Ich weiß nicht, warum du das wollen solltest, aber wenn …«

»Aber wenn …«

»Wenn du es …« Ich verstummte schlagartig, weil ich plötzlich schrecklich schüchtern wurde. Und ich hatte eine abergläubische Furcht davor, das, was mir gerade klar geworden war, in Worte zu fassen.

Er stand auf, ließ meine Hand nicht los, und half mir vorsichtig hoch. »Ich habe meine Meinung nicht geändert. Kein bisschen. Ich habe nur gewartet.« Er sah so dankbar aus. Er legte den Arm um meine Schulter und hielt mich fest.

Es fühlte sich so gut an, ich konnte es kaum glauben. »Nur, wenn du mich willst«, murmelte ich in sein T-Shirt, »nicht aus Mitleid. Bitte, bitte lüge mich nicht an.«

Er zuckte zusammen und hielt mich sehr fest. »Was ist passiert?«

»Nichts ...«

»Geht es dir schlechter?«

»Nein!«

»Schwörst du es?«

»Es geht mir gut, nichts ist passiert. Ehrlich.« Jedenfalls nichts, was ich ihm jetzt erklären könnte. Eine Veränderung in meinem Herzen. Es hatte etwas mit Reue zu tun, und damit, soviel wie möglich davon auszulöschen, solange ich es noch konnte. Und mit der Erkenntnis, dass es nicht wichtig war, woher die Liebe kam, oder wann, oder wie sie aussah. Ich wollte nicht mit dem Wunsch sterben, alles noch einmal, besser, anders oder ausgiebiger machen zu können. Das ist es. Mein Leben. Hier und jetzt.

»Dann ist es gut«, sagte Kirby. »Hör auf, dummes Zeug zu reden, und lass uns hineingehen.«

Ich träumte, dass ich in einem hohen, schwarzen Schrank eingesperrt war. Immer wieder schlug ich mit den Fäusten gegen den schmalen Lichtstreifen am Fuß der verschlossenen Tür und schrie: »Hilfe, hilft mir denn niemand? Lasst mich raus«, bis das Licht schwächer wurde und schließlich ganz verschwand und ich allein in absoluter Dunkelheit war. Ich schrie und schrie, doch ich hatte keine Stimme. Als ich aufwachte, war mein Gesicht tränenüberströmt.

Kirby lag mit dem Rücken zu mir und schlief. Er rührte sich nicht, als ich meine rechte Hand zwischen die Matratze und die warme Haut seiner Taille schob. Ich wartete, während das sanfte Pochen eines Pulses mich beruhigte. War es seiner oder meiner?

Es war ein alter Traum. Ich wusste, was er bedeutete, und ich hatte ihn schon so oft geträumt, dass er längst nicht mehr die Macht hatte, mich bis zur Dämmerung in seinen eisigen Fängen zu halten. Ich konzentrierte mich auf den Rhythmus von Kirbys Atemzügen, die besänftigend wie ein Herzschlag waren, und schlief wieder ein.

Als ich aufwachte, war es nicht, wie sonst, mit einem Gefühl unbestimmter Angst, das plötzlich in kalte, grelle Panik umschlägt. Mein Herz bleibt stehen, und der Schweiß bricht mir aus. *Der Krebs ist wieder in meinem Körper, und diesmal wird er mich umbringen.* Ich wartete, aber zur Abwechslung war das Aufwachen gefahrlos, diesmal überfiel mich keine Angst aus dem Hinterhalt. Als ich mich umdrehte, sah ich Kirbys scharfes Profil in der kalkweißen Dämmerung. Er schlief, nahm ich an, obwohl die Falten in seinem ernsten Gesicht nicht entspannt und geglättet waren und er unhörbar ein- und ausatmete. Ich dachte an Gary und versuchte, Vergleiche zu ziehen.

Wenn man das erste Mal mit jemandem schläft, ist man immer unbeholfen – nehme ich an; bis gestern

Abend hatte ich diese Erfahrung erst einmal gemacht. Zum ersten Mal mit einer Frau zu schlafen, die nur eine Brust hat und kahl ist – das musste die Unbeholfenheit noch steigern. Nach Gary mit einem Mann wie Kirby, der einen solchen Körper hatte, ins Bett zu gehen, genügte, um meine Leidenschaft zu ersticken und mich mit Zweifeln und Unsicherheit zu erfüllen. Und manchmal wird die Erwartung, dass es ein Desaster wird, zu einer sich selbst erfüllenden Prophezeiung.

Kirby rettete uns – es war nicht mein Verdienst. Ich habe es beinahe ruiniert. Als wir uns auszogen und in mein Bett stiegen, lag ich da und staunte über seinen festen Körper, dachte an Gary und fragte mich, ob Kirby an seine Frau dachte, fürchtete, dass er jetzt, da er mich haben konnte, vielleicht alles bereute – und er streichelte mich nur. Seine Hände waren so zärtlich. Wieder etwas Neues für mich.

Am Ende war ich so einfach zu verführen. »Nicht denken«, sagte er, als er in mich eindrang und mich mit seinen stürmischen, leidenschaftlichen Küssen bedeckte. Leichter gesagt als getan, dachte ich, und doch begann ich zu vergessen. Er half mir, die Fremdheit, meine Unbeholfenheit, das Absonderliche unserer – manche würden sagen – Vereinigung zu vergessen. Einen Augenblick lang vergaß ich sogar das Schlimmste, die tiefsitzende Angst, die mich nie verlässt. Licht brach herein und verwirrte mich. Aber ich dachte sofort, *dieses Loslassen ist eine Probe* – und verdarb es. Eine krankhafte Phantasie; ich war schockiert über mich selbst.

Doch die lange Nacht begann erst. Ehe wir eng umschlungen einschliefen, gelang es Kirby, mich, wenigstens für eine Weile, von meinen Todesgedanken zu befreien. Er ist ein Mann mit vielen unterschiedlichen und überraschenden Talenten.

Ich glaube nicht, dass Sex, der Liebesakt, Menschen verwandelt. Emma würde mir widersprechen, aber ich bin einfach keine Romantikerin. Jetzt muss ich zugeben, dass ich mich heute Morgen anders fühlte. Ich lag ganz ruhig da, und sehr bald wusste ich, was fehlte.

Die Angst.

Durch die Ritzen der Vorhänge fiel das erste blasse Licht der Sonne herein, und ich studierte die Linien in meiner Handfläche. Wenn es nach der Linie geht, die sich beinahe endlos vom Handgelenk um den Daumen herumzieht, werde ich ungefähr hundertzehn. Ich glaube ein bisschen daran, und doch wird mir klar, dass es eigentlich egal ist. Die gestrigen Entdeckungen gehen weiter. Im Großen und Ganzen gesehen ist es nicht von Bedeutung, ob mein Leben noch fünfzig oder fünf Jahre dauert. Oder zwei. Ich muss leben, ich darf die Zeit nicht mit Warten vergeuden. Und jetzt bin ich am Leben – ich kann Blumen pflücken, den Hund streicheln, Zimttoast essen. Wie dumm wäre ich, ließe ich mir von meiner Sterblichkeit, die von der ersten Sekunde meines Lebens an da war, meine Liebe für all diese Dinge verderben. Das werde ich nicht tun. Daran muss ich mich regelmäßig erinnern, und ich fange jetzt damit an; ich habe vor, zu leben bis ich sterbe.

Ich weckte Kirby, um es ihm zu erzählen. Innerhalb eines Augenzwinkerns war er hellwach. Sein Lächeln blendete mich. »Danke«, sagte ich, statt ihm von meiner Offenbarung zu berichten.

»Wofür?«

»Das Geschenk, das du mir gemacht hast.«

»Geschenk?« Ich konnte sehen, dass er dachte, ich meinte den Sex. Eigentlich ist es ganz erfrischend, wenn Kirby sich wie ein typischer Mann verhält. »Ich fürchte, das ist eine Illusion«, sagte er rau und fuhr sich mit der Zunge über die Zähne. Sein behaarter Unterarm lag dunkel und erschreckend auf der jungfräulich rosafarbenen Bettdecke. »Ich habe dir gar nichts gegeben. Ich habe mir etwas genommen.«

»Du skrupelloser Kerl.«

Er verzog den Mund. »Dreh es bitte nicht um. Mach mich nicht zu dem Menschen, der selbstlos ist und gibt.« Er wurde ernst. Er nahm mein Gesicht in seine Hände und strich mit dem Daumen über die paar armseligen Haare an meiner Schläfe. Er ist sehr liebevoll. Für mich ist alles, was er tut, genau richtig.

»Was habe ich doch für ein Glück«, begriff ich plötzlich, und ich küsste ihn auf jeden Fleck in seinem überraschten Gesicht. Ich fange jetzt damit an, erinnerte ich mich. Kein Warten mehr, von jetzt an gibt es nur noch »leben«. »Mach es noch einmal«, schlug ich vor. Ein schöner Anfang.

21

LEE

Ich döste noch, als Henry beim dritten Klingeln im Flur ans Telefon ging. »Hallo, Em«, hörte ich ihn mit fröhlicher Stimme sagen, während er die Treppe heraufkam. »Ja, sie ist noch im Bett. Na ja, es tut noch ein bisschen weh. Ja. Ein oder zwei Tage, sagen sie. Gestern. Nein, alles lief gut.«

An der Tür zum Schlafzimmer blieb er stehen. »Bleib dran, ich sehe mal nach.« Er legte die Hand über die Sprechmuschel. »Bist du wach? Willst du mit Emma sprechen?«

Ich schaute ihn kalt an. »Alles lief gut?«

Sein Gesicht wurde verschlossen; jetzt sah er nicht mehr so verdammt glücklich aus. »Hier ist sie«, sagte er ins Telefon. »Sie wird dir alles erzählen.«

Ich nahm ihm das Telefon ab und bedeckte die Muschel. »Warum hast du gesagt, dass alles gut gelaufen ist?«

»Ich meinte«, sagte er, »es gab keine Komplikationen.« Er klang doch tatsächlich gereizt.

»Du bist froh, oder? Warum gibst du es nicht zu?«

»Was?«

»Es ist nicht mehr deine Schuld.«

»Lee, du bist ...« Er holte tief Luft, gab sich größte Mühe, seinen Zorn zu zügeln. »Du bist verrückt«, sagte er leise und ging aus dem Zimmer.

Ich trocknete mir mit einem frischen Taschentuch die Augen und sagte hallo ins Telefon.

»Hallo! Wie war es? Wie fühlst du dich?«

Oh, hör schon auf damit, dachte ich. Wie sollte das denn klingen? Wie eine Krankenschwester? »Ganz gut. Müde.«

»Ja? Keine Schmerzen?«

»Jetzt nicht mehr.«

»Was haben sie mit dir gemacht?«

»Ein HSG, Hysterosalpingogramm – eine Eileiterspiegelung –, und anschließend haben sie eine Laparoskopie gemacht.«

»Wahnsinn. Hast du geschlafen?«

»Nicht bei der HSG, bei der Laparoskopie schon.«

»Hat es wehgetan?«

»Ja.«

»Oh, Lee. War Henry bei dir?«

»Er musste arbeiten. Er hat mich abgeholt und nach Hause gebracht.«

Pause. Meine tonlose Stimme schien endlich zu ihr durchzudringen. Zögernd fragte sie: »Schlechte Neuigkeiten? Was haben sie herausgefunden?«

»Ich habe eine Salpingitis isthmica nodosa.«

»Was heißt das?«

»Die Eileiter sind verklebt. Das bedeutet, dass so kleine Dinge wie Eier, Spermien und Embryos nicht durchkommen können.«

»O nein, Lee. Können sie es nicht operieren?«

»Manchmal. In meinem Fall nicht. Weil ich es auf beiden Seiten habe – bipolar, das heißt, beide Eileiter sind verklebt, nicht nur einer.«

»Scheiße.«

»Ja.«

»Aber irgend etwas muss man doch tun können. Heutzutage ...«

»Es bleibt nur noch In-vitro-Fertilisation.«

»Was ist das?«

»Man nimmt ein Ei aus dem Eierstock, befruchtet es im Reagenzglas, ein Embryo entsteht, und dann pflanzen sie es in die Gebärmutter ein.«

»Verstehe. Und – das funktioniert?«

»Vielleicht. Die Chancen steigen, wenn man Spendersamen nimmt.«

»Spendersamen? Du meinst – nicht Henrys?«

»Korrekt.«

»Wirst du – wäre das ...«

»Im Moment ist mir das völlig egal.«

»Aha. Und für Henry ist das auch okay?«

Ich hatte keine Lust mehr, Fragen zu beantworten. »Das wird ein bisschen persönlich«, sagte ich.

Sie holte hörbar Luft. »Hey, tut mir Leid, entschuldige, ich wollte nur – ich hätte nicht fragen sollen, sonst haben wir immer – egal, entschuldige.«

»Ist schon gut.«

»Also dann als nächstes *in vitro*. Ich bin sicher, es wird klappen. Wahrscheinlich hätten sie damit anfangen sollen, aber hinterher ist man immer schlauer.«

Ich wartete.

»Ja, also, du klingst müde, ich lasse dich wohl lieber in Ruhe. Ich sage Rudy, wie es dir geht. Sie wird dich wahrscheinlich anrufen.«

»Gut.«

»Was sagst du dazu, dass sie mit diesem Kurs für Landschaftsarchitektur angefangen hat? Ich kann es kaum glauben. Ich war mir sicher, Curtis würde sie daran hindern oder sie wäre zu feige. Ich finde es einfach großartig. Unsere Rudy zeigt die Zähne.«

»Ja, super.«

»Hast du mit Isabel gesprochen?«

»Gestern Abend. Kurz.«

»Wie klang sie?«

»Gut. Es tat ihr Leid, was sie bei mir gefunden haben. Dass die Eileiter verklebt sind.«

»Aber wie geht es ihr? Hörte sie sich gut an?«

»Ja, gut, sie klang prima. Ich muss jetzt auflegen.«

»Lee? Süße, es tut mir wirklich Leid, ich weiß, es ist hart, aber ...«

»Nein, das weißt du nicht, du weißt gar nichts darüber. Und ich hoffe nur, dass dir das niemals passiert, Emma, weil du es dann nicht mehr so banal finden würdest.«

»Ich finde es nicht banal! Was meinst du damit? Wie kommst du darauf?«

»Ich muss jetzt auflegen.«

»Gut, dann leg auf.«

»Ja.«

»Oh, Lee ...«

Ich legte auf. Ich hatte ihr gesagt, dass ich es tun würde – ich hatte sie also nicht abgehängt. Rein theoretisch.

Ich stand auf und zog mich an.

Henry rührte in der Küche in einem großen Topf

auf dem Herd. Er drehte sich um, als er mich hörte. »Du bist auf?« Er sah überrascht aus, wenn auch nicht besonders angenehm. »Bist du sicher, dass du aufstehen solltest? Sie haben doch gesagt …«

»Ein oder zwei Tage und jetzt ist es einen Tag her. Ich fühle mich wohl. Ich gehe hinüber zu Isabel.«

»Zu Isabel? Aber ich mache Abendessen – es ist sieben Uhr.«

»Ich weiß, wie spät es ist. Ich habe keinen Hunger. Vor allen Dingen nicht auf Chili.« Das ist alles, was er kochen kann, aber trotzdem, wie gedankenlos. Jeder weiß doch, dass man einer frisch Operierten nicht gerade Chili anbietet?

Aber alles an ihm ärgerte mich, sein Flanellhemd, der Kochlöffel, von dem Soße auf den Boden tropfte, sein neuer Haarschnitt, mit dem er aussah wie ein Mädchen. Deswegen hatten wir uns letzte Woche gestritten. »Du bist zu alt für lange Haare«, hatte ich erklärt – also war er losgezogen und hatte sie schneiden lassen, ohne mich vorher zu fragen. Es gefiel ihm gar nicht, als ich sagte: »Jetzt siehst du aus wie Prinz Eisenherz. Wenn du dir schon die Haare schneiden lässt, dann wenigstens richtig! Versuch zur Abwechslung mal wie ein normaler Mann auszusehen.« Daraufhin haben wir zwei Tage lang nicht miteinander gesprochen.

»Also«, sagte ich jetzt, »ich gehe dann.«

»Wann kommst du wieder?«

Vorsichtig zog ich meinen Mantel an; wenn ich mich zu schnell bewegte, zog es in meinem Bauch. »Ich weiß nicht.«

»Ruf an, ehe du losfährst«, sagte er und fing wieder an, im Topf zu rühren.

»Warum?«

»Damit ich es weiß.«

»Was weiß?«

Er sah mich irritiert an. »Dass du losfährst.«

»Was macht das schon für einen Unterschied?«

Wütend wandte er sich ab. Von mir aus.

»Was würdest du tun, wenn mir das Auto geklaut wird? Was sollte mein Anruf nützen, wenn ich in Adams-Morgan überfallen werde …«

»Dann lass es.« Er knallte den Löffel auf den Herd. »Ruf nicht an, wen kümmert's schon?« Er ging aus der Küche ins Fernsehzimmer.

Mein Bauch tat weh. Vor Wut schäumend folgte ich ihm.

»Du bist froh, oder?«

»Scheiße.« Er warf die Fernbedienung auf den Tisch.

»Es liegt nicht mehr an deinem wertvollen Sperma, es liegt an mir.«

»Du verlierst den Verstand.«

»Nein, tue ich nicht. Sag mir, dass du nicht insgeheim erleichtert bist – siehst du, das kannst du nicht!«

»Lee, es liegt an uns beiden.«

»Ja, und darüber bist du froh. Du hast nicht allein die Schuld.«

»Schuld?« Er fluchte, obwohl er weiß, dass ich das hasse. »Warum soll es denn jemandes Schuld sein? Es ist einfach so, niemand ist schuld …«

»Das hättest du wohl gern.«

Er raufte sich die Haare, zerwühlte seinen Pagenschnitt. »Was zum Teufel soll das heißen?«

Ich hatte keine Ahnung. »Nichts.« Ich fing an zu weinen.

Er rührte sich nicht, kam nicht zu mir, um mich zu trösten. Wir standen uns gegenüber und starrten uns an.

»Ich gehe zu Isabel«, erklärte ich und ließ ihn allein.

Kirby machte die Tür auf. Er hatte eine Serviette in der Hand und musste erst runterschlucken, bevor er sagte: »Komm rein.«

»O nein. Ihr esst gerade – tut mir Leid! Ich dachte, ihr seid …«

»Lee?« rief Isabel. Kirby zog die Tür auf, und ich sah sie an dem kleinen, abgeteilten Essplatz sitzen, den sie Esszimmer nannte. »Komm rein, wir sind gerade fertig.«

»Komm«, sagte auch Kirby und winkte mich herein. Sogar Grace trottete auf mich zu, um mich zu begrüßen.

Also kam ich herein.

Die Wohnung sah aus wie ein Gemach – eine Kirche. Auf jedem Tisch, jedem Regalbrett stand eine Vase mit Blumen, Dahlien, Petunien, Astern. Von der Stereoanlage klang klassische Musik, und es roch nach Weihrauch und Ingwer. Chinesisches Essen? Durch ein Glasbild mit einem Engel, das im Wohnzimmerfenster hing, fielen die letzten Sonnenstrahlen herein, sonst brannten nur Kerzen – sie standen überall, wie die Blumen.

»Was ist los?« fragte ich dumm. Kirby versuchte, mir den Mantel abzunehmen. »Was macht ihr?«

»Was meinst du? Wir haben zu Abend gegessen, und jetzt sind wir fertig.« Isabel hielt sich mit einer Hand an der Tischkante fest, schob den Stuhl zurück und stand auf. Unsicher stand sie halb gebeugt da und griff suchend hinter sich, bis sie gefunden hatte, was sie brauchte. Einen Stock.

»Ich störe doch. Steh nicht auf, ihr feiert etwas, ich kann ...«

»Nein, nein.« Langsam, aber mit normalen Schritten kam sie auf mich zu. Sie knipste das Licht im Wohnzimmer an, und ich sah, wie blass sie war. Ihr faltenloses Gesicht war wunderschön, ihre Augen hatten dunkle Ringe und waren viel zu groß, ihre Wangenknochen traten scharf hervor. Das neue Medikament – das musste es sein. Davon ging es ihr wieder schlecht. Der Arzt hat alles andere abgesetzt und ihr Taxol verschrieben. Sie lächelte mich an, wollte, dass ich mich wohl fühle. Kirby stand immer noch hinter mir. Ich brach in Tränen aus.

Ich spürte, wie vier Hände mich streichelten, mich beruhigen wollten. Als ich aufblickte, sah ich, wie Isabel Kirby einen viel sagenden Blick zuwarf. Er sagte: »Ja, also, ich glaube, ich werde ...«, und ging, den Rest vor sich hin murmelnd, ins Schlafzimmer.

»O nein«, jammerte ich, »jetzt habe ich ihn vertrieben, er ist ...«

»Schhh, ruhig. Er wohnt hier, er ist in sein Zimmer gegangen. Du hast ihn nicht vertrieben. Hast du etwas gegessen?«

»Er wohnt hier?«

»Na ja, sozusagen.« Sie schob eine Hand unter meinen Arm, mit der anderen hielt sie den Stock, und führte mich zum Essplatz. Ein Holzstock mit einem Messinggriff. »Setz dich. Es ist noch so viel da.«

»Ich habe keinen Hunger. Guter Gott, Isabel, was ist das?«

»Das? Misosuppe. Und Tofu und Naturreis. Möchtest du ein Glas Pflaumensaft?«

»Nein, danke.«

»Wir haben ein neues Kochbuch ausprobiert. Ich wette, du weißt nicht, dass man makrobiotisches Essen in der nördlichen Hemisphäre gegen den Uhrzeigersinn umrühren muss, während man in der südlichen Halbkugel mit dem Uhrzeigersinn rührt.«

»Ach ja?«

»Das muss ich unbedingt Emma erzählen. Sollen wir uns setzen, oder möchtest du lieber im Wohnzimmer reden?«

»Im Wohnzimmer.« Und als wir es uns im Wohnzimmer auf dem Sofa gemütlich gemacht hatten, Isabel mit einem Glas Pflaumensaft und ich mit Grace zu meinen Füßen, die mich anhimmelte, hatte ich mich wieder unter Kontrolle und schniefte und weinte nicht mehr. »Tut mir Leid«, sagte ich und putzte mir ein letztes Mal die Nase. »Das fehlte dir gerade noch. Ich hätte vorher anrufen sollen, aber ich …«

»Schon gut.«

»Ich bin sozusagen geflüchtet. Vor mir selbst und dem Haus. Emma hat heute Abend angerufen, und ich habe einfach aufgelegt.«

»Was?«

»Ich weiß, es ist idiotisch. Ich rufe sie morgen an und versuche, mich zu entschuldigen. Sie hat gar nichts getan. Es liegt an mir, ich bin nicht mehr ich selbst. Und Henry – o Gott, wir streiten wegen jeder Kleinigkeit. Isabel«, unterbrach ich mich, »lebt ihr immer so?« Ich zeigte auf die Blumen, die Kerzen. »Es ist wunderschön.« Plötzlich schoss mir die Frage durch den Kopf – wie kann Isabel sterben? Sie hat diesen hübschen Teppich, den sie so liebt, diese Kissen, die Lithographien mit den Wildblumen an der Wand. All ihre Dinge, ihre Habseligkeiten, waren plötzlich so gegenwärtig, ein Beweis dafür, dass sie nicht gehen konnte – sie musste weiterleben. Es wäre zu grausam.

Sie lächelte. »Ja, es ist Absicht. Kirbys Idee. Ein Ort zum Gesundwerden, sagt er. Jetzt erzähl mir von dem Eingriff.«

»Es war schrecklich. Man muss auf einem gynäkologischen Stuhl unter einem riesigen Röntgenapparat liegen. Sie schieben einen Katheter durch den Muttermund in die Gebärmutter. Sie haben mir etwas gegeben und gesagt, es würde nicht wehtun, aber es war qualvoll. Meine Muskeln haben sich völlig verkrampft.«

»Oh, mein Gott.« Sie drückte meine Hand.

»Dann haben sie einen Farbstoff durch den Katheter gespritzt. Wenn es kein Hindernis gibt, geht er problemlos durch die Eileiter, aber wenn irgend etwas im Weg ist, kommt es zu einem Stau. Bei mir war es so, deshalb mussten sie eine Laparoskopie machen. Um herauszufinden, wie schlimm es ist.«

»Und?«

»Schlimm. Man kann nichts machen, eine Operation ist unmöglich. Ich kann kein Kind bekommen, außer durch In-vitro-Fertilisation, und die Chancen, dass das in meinem Alter noch klappt, sind zwölf Prozent, auch wenn sie Spendersamen nehmen. Dazu kommt, dass es jedes Mal ein Vermögen kostet.«

»Wie viel?«

»Ungefähr elftausend Dollar.« Isabel sah mich mit offenem Mund an. »Henry ist – er kann nicht einmal darüber sprechen. Wir reden kaum noch miteinander.«

Sie schüttelte mitfühlend den Kopf. »Was wirst du tun?«

»In-vitro.«

Isabel lehnte sich zurück. Sie wollte etwas sagen, tat es dann aber doch nicht.

»Es ist schließlich mein Geld, nicht seins.«

»Ja, aber es ist so viel Geld.«

»Was macht das schon für einen Unterschied? Wenn ich eine schreckliche Krankheit hätte …«

»Was wäre, wenn du eine schreckliche Krankheit hättest?« fragte sie, als ich nicht weitersprach. Heute Abend machte ich aber auch alles falsch.

»Ich meine nur, wenn ich operiert werden müsste oder so, um zu überleben, hätte er nichts dagegen, das Geld dafür auszugeben.«

»Nein.«

»Und, es ist doch wohl dasselbe?«

»Wirklich?«

»Für mich schon.«

Isabel presste nachdenklich die locker zur Faust geballte Hand an den Mund. Lange betrachtete sie mich mit ihren sanften Augen. Ich beugte mich hinunter und streichelte den Hund. »Was ist mit einer Adoption, Lee?«

»Nein, das habe ich dir doch schon erzählt.«

»Ich weiß, aber ...«

»Das kommt für uns nicht in Betracht.«

»Ich verstehe.«

Ich richtete mich auf und sah sie an. »Die In-vitro-Fertilisation kann funktionieren, Isabel«, sagte ich und verbarg meine Aufregung nicht. »Zwölf Prozent – das ist nicht sehr viel, aber es sind jedes Mal zwölf Prozent, das summiert sich. So sehe ich das. Ich habe Hoffnung, wirklich. Ich wünschte nur, wir hätten nicht soviel Zeit vertan und damit angefangen.«

»Lee ...«

»Was ist?«

Sie lächelte, und ich merkte, dass ich sehr ungeduldig mit ihr gesprochen hatte. »Ich habe keine guten Ratschläge«, versicherte sie mir, »keine Sorge.«

»Ich habe nichts gegen Ratschläge«, sagte ich zerknirscht.

»Ich fände es nur furchtbar, wenn man dir wieder wehtun würde. Das ist alles.«

»Das weiß ich. Ja, bestimmt, und du hast Recht – ich spüre, wie es wieder geschieht, wie die Hoffnung aufkommt. Jedes Mal – jeden Monat ...« Ich schlug die Hände vors Gesicht. »Ich habe solche Angst, dass es nicht klappt, dann denke ich wieder, ein Wunder geschieht und es klappt bestimmt. Und dann war es doch nichts, und ich habe wieder Angst. Ich bin so müde. Wenn ich mich doch nur ein bisschen ausruhen könnte ...«

»Warum machst du nicht ...«

»Ich habe keine Zeit. Ich habe schon zu viele Jahre vergehen lassen. Das ist es, was mich umbringt, zum Teil jedenfalls. Ich habe immer, immer mein Leben im Griff gehabt, alles, und jetzt sind mir beim Allerwichtigsten die Hände gebunden. Ich bin wie gelähmt. Ich kann diese Unsicherheit nicht länger ertragen.«

Isabel seufzte. Langsam schob sie sich ein Kissen hinter ihren schmalen Rücken. Ihre Zerbrechlichkeit irritierte mich, aber das lag bestimmt am Taxol. Soviel Chemotherapie ist schlimmer als die Krankheit, die sie heilen soll.

»Lee«, sagte sie bedächtig. »Dies ist kein guter Rat, nur eine Frage. Du sollst darüber nachdenken, okay?«

»Natürlich. Nur zu.« Ich beugte mich wieder hinunter, um Grace zu streicheln.

»Ist ein Baby das Wichtigste in deinem Leben? Wichtiger als Henry?«

Ich spürte einen Kloß im Hals; ich konnte nicht antworten.

»Frag dich, ob der Wunsch nach einem eigenen Kind stärker ist als alles andere in deinem Leben, auch deine Ehe. Ich weiß, du liebst Henry, das steht außer Zweifel. Aber wenn deine Antwort ja ist, könnte es sein, dass du ihn verlierst. Warum hast du ihn geheiratet?« fragte sie sanft. »Es gibt keine falsche oder richtige Antwort – wenn du ihn geheiratet hast, um ein eigenes Kind zu haben, kein fremdes, dann ist das die Antwort. Doch vielleicht kannst du deinen Mann dann nicht halten. Weinst du?«

»Ich kann nicht anders.«

Ich spürte, wie sie näherrutschte. Sie legte den Arm um mich. »Ich weiß. All der Schmerz – am schlimmsten ist es, wenn man ihn unterdrücken will. Der Wille ist ein Tyrann. Arme Lee, du willst es so sehr.«

»Was ist das? Buddhismus?«

Sie umarmte mich. »Ja, ist es tatsächlich, tut mir Leid.«

»Ich habe nichts dagegen. Verwechsel mich nicht mit Emma.« Sie lachte. Ich putzte mir die Nase. »Ich weiß, ich bin … wie sagt man? Nicht ›besessen‹.«

Isabel zog die Augenbrauen hoch.

»Das bin ich nicht. Ich bin … zerstört, das ist es. Ich weiß, unsere Unfruchtbarkeit zerstört mich, und das ist Henry gegenüber nicht fair. Wir müssen vorher auch schon Probleme gehabt haben, aber ich kann mich nicht einmal mehr daran erinnern. Er sagt, ich mache die Tatsache, dass wir keine Kinder haben können, für alles, was zwischen uns ist, verantwortlich, für alles, was in meinem ganzen Leben nicht stimmt. Das ist wahr. Ich weiß es – ich weiß, ich vertreibe ihn, aber …«

Ich weinte wieder, und Isabel zog mich an sich. Am liebsten hätte ich meinen Kopf in ihren Schoß gelegt, um mich von ihr trösten zu lassen, aber als ich das merkte, hörte ich ein für allemal mit dem Weinen auf. Meine einzige Entschuldigung ist, dass ich am tiefsten Punkt einer der schlimmsten Nächte meines Lebens angekommen war und Isabel immer für mich da gewesen ist, so liebevoll und einfühlsam wie eine Mutter.

Doch jetzt war es anders. Irgendwann würde sie wieder gesund sein, dessen war ich mir sicher, aber im Augenblick waren meine Probleme im Vergleich zu ihren beschämend klein. Ich setzte mich auf. »Es geht mir viel besser. Danke, dass du dir das alles angehört hast. Lass uns in die Küche gehen. Während du mir erzählst, wie es *dir* geht, mache ich den Abwasch.« Sie protestierte, doch ich siegte, indem ich sie ignorierte. »Der ist neu«, sagte ich beiläufig, als wir aufstanden.

»Der Stock? Kirby hat ihn für mich besorgt.« Sie lächelte und fuhr mit den Fingern über den geschwungenen Messinggriff des Stocks, der wie ein – Pferd? geformt war »Ein Drache«, sagte sie. »Es ist ein Symbol für Hoffnung.«

»Oh.« Sollte das heißen, dass sie ihn nicht brauchte? Oder dass sie ihn nur als Glücksbringer brauchte, aber nicht zum Gehen? Ich hatte Angst, sie zu fragen.

Sie hat mir nie erzählt, wie es ihr ging, nicht wirklich. Sie sagte, dass das neue Medikament nicht so viele Nebenwirkungen hatte wie die alten, was mich überraschte. Weil sie nicht gut aussah. Wunderschön, aber nicht gut. »Ich bin nur müde«, sagte sie und wischte mit einem Schwamm die Krümel von der Küchentheke in das Spülbecken. »Ich habe das Gefühl, ich könnte eine Woche lang schlafen.«

»Wie läuft es an der Uni?«

»Ganz gut«, antwortete sie nach einer Pause. Es klang vage.

»Wirklich? Machst du immer noch alle Seminare mit?«

Sie fand einen Fleck auf dem Tresen, der geschrubbt werden musste, und antwortete nicht.

»Isabel?«

Sie kann nicht lügen. Sie kann ausweichen, aber nicht lügen. »Ich musste ein paar davon streichen. Es war ein bisschen zu viel. Ich werde sie nächsten Sommer nachholen.«

»Aber du bist immer noch eingeschrieben, du hast nicht …«

»Ja, natürlich«, versicherte sie fröhlich. »Ich arbeite viel und genieße das Semester sehr. Ich mache ein paar tolle Sachen. Morgen muss ich eine Arbeit über Gesellschaft und Alter abgeben.«

»O nein. Ist sie fertig?«

»Fast. Ich muss nur noch …«

»Warum hast du mir das nicht gesagt? Ach, Isabel!«

»Was? Sei nicht albern.« Lachend folgte sie mir ins Wohnzimmer. »Was machst du? Weglaufen?«

»Zuerst vertreibe ich Kirby, ehe er mit dem Essen fertig ist – wo ist mein Mantel, hat er ihn aufgehängt?«

»Lee, du musst nicht gehen.«

»Dann rede ich eine halbe Stunde lang nur über meine Probleme, und du hast keine Chance, ein Wort zu sagen, und dann ...«

»Ein paar Worte habe ich schon gesagt.«

»Das einzig Gute, das ich gemacht habe, ist der Abwasch.«

»Geh nicht – du musst nicht. Ich muss nur noch die Anmerkungen einfügen.«

Ich küsste sie. Sie fühlte sich anders an, irgendwie zerbrechlich. Ich hatte Angst, sie zu fest zu umarmen. »Sag Kirby, dass es mir Leid tut.« Sie schnitt eine Grimasse. »Ich rufe dich morgen an. Danke für alles. Das meine ich ernst.«

»Fahr vorsichtig.«

»Tschüss.«

»Gute Nacht.«

Ich war schon beim Lift, hatte schon auf den Knopf gedrückt, als es mir wieder einfiel. Ich lief zurück zu Isabels Wohnung. »Hallo, lange nicht gesehen«, witzelte ich. »Kannst du mir noch einen Gefallen tun?«

»Klar.« Sie trat einen Schritt zurück, um mich hereinzulassen. »Was denn?«

»Ruf Henry an. Sag ihm, ich komme nach Hause.«

22

RUDY

Erics Praxis ist in der Carolina Avenue in Capitol Hill, schräg gegenüber vom Eastern Market. Ich kann von zu Hause aus zu Fuß gehen, und normalerweise tue ich das auch, aber heute fuhr ich mit dem Auto. Und war spät dran. Ich weiß – wie immer. Ich fand einen Parkplatz, nicht ganz legal, nahm mir nicht einmal die Zeit, meinen Schirm aufzuspannen, und rannte durch den kalten Regen. Die Praxis befindet sich in einem alten Stadthaus aus roten Backsteinen, das zu Büroeinheiten umgebaut war, und Erics Praxis ist im obersten Stockwerk. Ich stürzte direkt ins Sprechzimmer, ohne mir im Wartezimmer meinen tropfnassen Mantel auszuziehen.

»Tut mir Leid, Entschuldigung, der Verkehr war unglaublich, und es gab keinen Parkplatz, und ich war sowieso spät dran. Kann ich den hier drauflegen?« Eric nickte, und ich legte meinen Mantel über die Heizung. »Da bin ich. Endlich.«

Ich sank in den großen, schwarzen Liegesessel, gegenüber dem identischen großen, schwarzen Liegesessel, auf dem er saß. Unsere Ausgangsposition war gleich, außer dass auf einem kleinen Tischchen neben meinem Stuhl eine Schachtel mit Kleenex stand, die immer voll war. »Wie geht es Ihnen?«

»Mir geht es großartig – und Ihnen?«

Das sagt er immer. Mit einem fragenden Lächeln, sodass man glaubt, er meint es ernst. Er ist wirklich toll, aber er will lieber über dich sprechen als über sich. Eine sehr gute Eigenschaft für einen Psychotherapeuten. Ich weiß erstaunlich wenig über Eric, wenn man bedenkt, dass ich ihn seit mehr als sieben Jahren einmal die Woche und in Notfällen auch öfter sehe. Er ist sechsundvierzig und lebt, soviel ich weiß, mit einer etwas älteren Frau zusammen. In letzter Zeit gab es zu Hause Spannungen; das ließ er vor ein paar Wochen einfließen, und es hat mich sehr berührt. Unverhältnismäßig stark berührt. Es war, als hätte ich schließlich herausgefunden, wer meine richtigen Eltern sind oder so etwas Ähnliches – als hätte ich unerwartet eine Entdeckung gemacht, mit der ich schon nicht mehr gerechnet hatte.

»Also mir geht es auch großartig«, sagte ich, »und wie oft kann ich das schon sagen? Ich komme gerade von Emma, und es war ziemlich schlimm, aber ich fühle mich immer noch großartig.«

Eric schüttelte fragend den Kopf. »Ist etwas passiert?«

»Anscheinend.«

»Also, was ist mit Emma?«

»Das ist der zweite Grund, warum ich zu spät komme. Sie lässt sich völlig gehen – das hat sie schon lange nicht mehr getan, jedenfalls nicht vor mir.«

Eric machte sein Reden-Sie-weiter-Gesicht.

»Erinnern Sie sich noch daran, dass ich Ihnen erzählt habe, dass sie in einen verheirateten Mann verliebt ist?« Mehr hatte ich nicht gesagt; ich spreche nicht über Emmas Geheimnisse. Na ja, außer einmal, mit Curtis. Ich habe aber nur gesagt, dass sie Mick nett findet, keine Details. Und das war eher ein unglücklicher Zufall – alkoholbedingt. »Also«, sagte ich zu Eric, »es ist nichts daraus geworden, und ich dachte, sie ist darüber hinweg. Ich muss wirklich blind gewesen sein, im Nachhinein betrachtet.«

»Sie liebt ihn noch?«

»Ja, und es geht ihr schrecklich. Sie geht mit niemandem aus, und das ist sowieso schon ungewöhnlich – irgendwo schwirrt immer ein Mann in Emmas Leben herum. Sie schreibt nicht. Sie bleibt nur zu Hause. Ich habe ihr erklärt, dass sie trauert, und sie hat gesagt, natürlich, das wüßte sie. Sie war ganz offen, hat nichts versteckt, was auch ungewöhnlich ist. Ich glaube, ihre Strategie ist warten, Sie wissen schon, stillhalten, bis es ihr wieder besser geht. Sie ist zu Boden gegangen, und das ist mit Sicherheit nicht ihr normaler Mechanismus im Umgang mit Männern. Sie sagt, Männer sind wie Hunde; wenn einer stirbt, sollte man sich gleich einen neuen anschaffen.«

»Ha.«

»Und auf der Fahrt hierher habe ich darüber nachgedacht, wie viel sicherer Emmas Art ist – zu Hause zu bleiben und allein zu trauern – als, na ja, sagen wir, die Wege, die ich gewählt habe, um aus der Depression herauszukommen.«

»Vielleicht sind ihre Depressionen anders als Ihre.«

»Ich weiß, aber ...« Das ist offensichtlich, meine sind chronisch, Emmas sind akut. Meine sind krank, ihre sind – egal. Doch was Eric gesagt hatte, heiterte mich auf, und das sagte ich ihm.

»Wie kommt das?« fragte er.

»Na ja, weil … ich quäle mich selbst mit Fragen, ob ich die richtige Wahl treffe, ich mache lauter verrückte Sachen. Aber jeder fängt woanders an, und wenn man bedenkt, wo ich angefangen habe …«

»Was dann? Sagen Sie es.«

»Okay.« Ich holte tief Luft. »Es geht mir ziemlich gut.«

Er strahlte. »Sehr gut, Rudy. Sehr, sehr gut.«

Er sah so zufrieden aus, und ich überlegte, was ich ihm noch Gutes sagen konnte. »Raten Sie mal, wer eine Eins minus für seine Halbjahresarbeit bekommen hat?«

»Toll!«

»Wir mussten den Hinterhof für ein Mietshaus in der Stadt planen, nur fünfhundert Quadratmeter groß, mit Pflanzen, Wegen, Bänken, versteckten kleinen Ecken. Ich habe sogar einen kleinen Springbrunnen untergebracht. Und ich habe sehr gut abgeschnitten.«

»Das ist klasse.«

»Es war ziemlich schwer. Ich finde alle Kurse schwer. Aber es macht mir großen Spaß, und ich bin so glücklich, dass ich damit angefangen habe. Danke, Eric.«

»Wofür?«

»Dafür, dass Sie mir geholfen haben, es durchzustehen.« Er setzte zum Sprechen an, wollte es abstreiten – das tut er immer –, deshalb redete ich einfach weiter. »Sie haben mir geholfen, genau wie Emma mit ihrer Nörgelei und Isabel auf ihre Art. Sie hat nie etwas gesagt, aber ich wusste, dass sie an mich glaubt. Sie hatte Vertrauen. Ich wollte sie nicht enttäuschen – nicht dass sie jemals enttäuscht von mir wäre. Aber – ich wollte einfach, dass sie sich für mich freut. Ich wollte sie glücklich machen.«

Eric nickte verständnisvoll. »Wie geht es ihr?«

»Ach ...« Ich seufzte. »Schwer zu sagen. Sie weicht aus. Sie sagt immer, dass es ihr besser geht, aber sie sieht nicht gut aus. Ich habe gehört, dass man bei Chemotherapie zunehmen kann, aber sie wird immer dünner. Ich glaube, sie nimmt sogar Cortison, trotzdem nimmt sie ab. Es ist erschreckend. Sie sagt, es liegt an ihrer neuen Diät, aber ich weiß nicht so recht. Niemand weiß es. Kirby vielleicht, doch wir nicht. Wir, die Gruppe.«

»Ärgert Sie das?«

»Was?«

»Dass sie Kirby mehr erzählt als Ihnen.«

»Nein, mich nicht. Vielleicht ärgert es Emma ein bisschen. Lee bestimmt, aber sie ist Isabel näher als Emma und ich.«

Eric zog die Augenbrauen hoch.

»In manchen Dingen. Nicht in allen. Es ist ein bisschen kompliziert. Jedenfalls ...« An der Wand über Erics Kopf hängt eine Uhr; er hat sie dort hingehängt, damit die Patienten sie sehen und sich die Zeit einteilen können. Demnach war meine Zeit schon halb um, und ich hatte ihm das Wesentliche noch gar nicht berichtet.

»Jedenfalls – jetzt kommt das, was ich Ihnen eigentlich erzählen will. Ich glaube, ich bin mir jetzt ziemlich sicher, dass ich mit Curtis über unsere Beziehung sprechen will. Ich werde ihn damit konfrontieren und ihn zwingen, mit mir zu reden.« Ich lachte, ich klatschte sogar in die Hände, als ich seinen Gesichtsausdruck sah. »Ich weiß, es ist erstaunlich, ich staune über mich selbst! Woher nehme ich plötzlich all den Mut? Liegt es an den Medikamenten?«

»Welchen Medikamenten?«

»Ich meine das neue Antidepressivum. Das ist das einzige Medikament, das ich nehme.«

»Das hoffe ich. Aber Sie sagten Medikamente.«

»Die Macht der Gewohnheit.«

Wir lachten beide.

»Tja, Rudy«, sagte er, »das ist sehr interessant. Was werden Sie sagen? Wollen Sie ein Rollenspiel machen?«

»Hm ... Nein, ich glaube nicht.« Das könnte ich ihm nie gestehen, aber jedes Mal, wenn wir ein Rollenspiel machen und Eric versucht, Curtis zu sein, muss ich mich zusammenreißen, damit ich nicht lache. »Ich werde ihm zuerst sagen, dass ich ihn liebe, was ja auch stimmt. Sie wissen schon, grundsätzlich. Aber ich finde, dass manche Dinge nicht immer so gut zwischen uns laufen. Und dass es ein paar Verhaltensmuster gibt, die wir meiner Meinung nach durchbrechen müssten.«

Eric wartete.

»Dass ich zum Beispiel seine Zustimmung so sehr brauche. Oder seine Ablehnung. Dass er mich damit unter Kontrolle hat. Er ist besitzergreifend – und ich lasse zu, dass er so ist, ja, ich mag es sogar.«

Eric strich sich übers Kinn; er sah mich aufmerksam an.

»Ich werde ihm sagen, dass es einige Dinge gibt, die wir miteinander machen, die ich für nicht gut halte. Beide. Man könnte sagen, wir haben ein symbiotisches Verhältnis.« Emma sagt, das hört sich nicht so banal an wie Hörigkeit. »Und …«

»Und?«

»Ich werde ihm sagen, dass ich möchte, dass wir eine Paartherapie machen. Bei einem Therapeuten seiner Wahl, der wahrscheinlich nicht Sie sein werden.«

Er nickte bereitwillig.

»Ich wünschte, Sie könnten es sein. Aber das wird Curtis nicht wollen, das kann ich Ihnen jetzt schon sagen – er wird niemanden wollen, aber ich werde darauf bestehen.«

Ich hielt inne, damit wir beide dem Klang dieser Worte nachlauschen konnten. *Darauf bestehen.*

»Also«, sagte ich, »was halten Sie davon?«

»Ich bin sehr zufrieden«, erwiderte er, und ich drückte die Hände zwischen meinen Knien zusammen. Ich war so froh. »Das ist ein ausgezeichneter, ja wirklich, ein ausgezeichneter Schritt.«

»Ich weiß. Ich bin voller Hoffnung. Er hat sich wegen des Kurses für Landschaftsarchitektur so gut verhalten. Ich meine, er hat es nicht verboten oder so. Er ist natürlich nicht glücklich darüber. Ich glaube …« Ich lehnte mich zurück und sank in mich zusammen. »Ich glaube, er denkt, ich falle sowieso durch – warum dann einen Aufstand machen? O Gott, Eric, mache ich einen Fehler?«

»Rudy.«

»Ich weiß, aber was ist, wenn alles nur noch schlimmer wird? Was ist, wenn ich ihm all das erzähle, und er ...«

»Was? Was ist das Schlimmste, das passieren kann? Dass er wütend auf Sie wird?«

»Nein, daran bin ich gewöhnt.«

»Was dann?«

»Dass er mich nicht liebt?« sagte ich kleinlaut. »Ist das das Schlimmste?«

»Sagen Sie es mir.«

»Ich weiß es nicht! O Gott!« Ich rieb mir das Gesicht und richtete mich auf. »Aber ich tue es, auf jeden Fall. Heute Abend. Vielleicht.« Ein Anflug von Furcht ließ meine Kopfhaut prickeln, doch das schwächte meinen Entschluss nicht; wenn überhaupt bestärkte es mich nur. »Ich tue es«, wiederholte ich. Versuchte, mich selbst davon zu überzeugen.

»Gut«, sagte Eric. »Es ist die richtige Entscheidung. Rufen Sie mich morgen an, wenn Sie wollen. Ich werde an Sie denken.«

Ich wollte Curtis sein Lieblingsessen kochen, doch wir hatten kein Kalbfleisch mehr. Statt dessen machte ich Lammkoteletts mit Pfefferkruste, die er fast genauso gern mag. Ich kam mir vor wie die Mutter in »Vater ist der Beste«, die dem Patriarchen

Honig um den Bart schmiert, ehe sie ihn fragt, ob sie eine neue Sitzgarnitur kaufen können. Wahrscheinlich erniedrige ich mich mit solchen Tricks, aber wir tun alle, was wir tun müssen. Und wenn es idiotisch wirkt, dass ich Lammkoteletts für Curtis mache, dann kann ich damit leben.

Ich weiß nicht, ob es am Essen lag, aber als wir bei Tisch saßen, war er einigermaßen guter Laune. Ein wenig ruhig vielleicht, aber das ist nichts Ungewöhnliches. Wir aßen in der Küche – er wirft beim Essen gerne ab und zu einen Blick in den Fernseher (der Ton ist abgedreht), und ich habe inzwischen nichts mehr dagegen. Ich habe mich damit abgefunden.

Ich brannte darauf, ihm zu erzählen, welche Note ich für meine Halbjahresarbeit bekommen hatte, doch ich hielt mich zurück. Meine Methode, ihm den Kurs schmackhaft zu machen, ist unter anderem, ihm sowenig wie möglich davon zu zeigen oder zu erzählen. Ich bin immer da, wenn er nach Hause kommt, ich lerne nie vor ihm, spreche nie über den Kurs oder die Dozenten, die Zensuren oder die Leute, die ich dort kennen lerne. Und vor allen Dingen spreche ich nicht darüber, wo das alles hinführen könnte, über den Job, den ich vielleicht mit meinem Zeugnis bekommen könnte.

Es ist nicht einfach, in zwei völlig verschiedenen Welten zu leben. Aber bis jetzt klappt es, und der Erfolg gibt mir Recht.

Nach dem Essen holte Curtis seinen Aktenkoffer und nahm ihn mit ins Wohnzimmer. Ein gutes Zeichen. Er würde ein bisschen arbeiten, während ich abwusch. An manchen Abenden arbeitet er oben in seinem Arbeitszimmer, dann will er nicht gestört werden. Wenn er im Wohnzimmer arbeitete, war er ansprechbar; er war immer noch in meiner Welt.

Beinahe hätte ich mir noch ein Glas Wein eingeschenkt. Es war so verführerisch – aber, nein. Es war ganz normal, wenn ich ein bisschen nervös war. Mit einem klaren Kopf würde ich viel besser reden können als mit schwerer Zunge.

Ich brachte ihm den Kaffee in einer besonderen Tasse. Sie gehörte zu einem Service, das ich vor Jahren getöpfert hatte. Um der Leichtigkeit und Zerbrechlichkeit des Geschirrs gerecht zu werden, hatte ich eine blaßgrüne Glasur benutzt. Ich war wirklich ziemlich gut, bevor ich das Töpfern aufgegeben habe. Meine besten Stücke bewahre ich immer noch im Wohnzimmer auf, in einer kleinen Vitrine, und jedes Mal, wenn ich sie betrachte, freue ich mich darüber und werde zugleich traurig. Sie erinnern mich daran, dass ich Talent habe, aber anscheinend nie bei einer Sache bleiben kann.

Vielleicht, dachte ich, als ich Curtis seine hübsche Tasse reichte, fange ich irgendwann wieder damit an. Wenn er wüßte, was es mir bedeutet, weil ich es ihm erklärt habe, würde er sich vielleicht gar nicht mehr über die Stunden am Abend oder meine Töpferscheibe im Keller beschweren. Vielleicht markierte das bevorstehende Gespräch ja einen neuen Anfang in vieler Hinsicht.

Ohne überhaupt einen Blick auf die Tasse zu werfen, fragte Curtis: »Ist er koffeinfrei?«

Ich setzte mich neben ihn. »Natürlich.«

Er trank einen Schluck und lächelte mich an. »Wie war dein Tag?«

»Gut. Curtis?«

»Hmm?«

Tief Luft holen. »Wir müssen miteinander reden.«

»O nein. Die vier meistgefürchteten Worte im Leben«, neckte er mich. »Worüber?«

»Über uns.«

Er wandte sich ab, um die Tasse abzustellen, und als er mich wieder ansah, war sein Gesicht verschlossen und kalt. »Wie du siehst, bin ich im Moment ein bisschen beschäftigt.«

»Ich weiß, aber es ist wichtig.«

»Das hier auch.«

»Curtis.« Ich stand auf und ging zu dem Sessel auf der anderen Seite des Kamins. Distanz und Objektivität. Doch ich hatte bereits vergessen, was ich sagen wollte. Es lief jetzt schon schief.

»Du weißt, dass ich dich liebe. Das ist die Hauptsache – dass wir uns lieben. Aber wir haben ein paar Gewohnheiten, zum Beispiel, wie wir miteinander umgehen, die nicht immer so – hilfreich sind. Ich habe einfach das Gefühl, dass wir uns Verhaltensmuster angewöhnt haben, die nicht immer besonders gut funktionieren.«

Er stand auf. Er hatte sein Jackett ausgezogen; er wirkte so groß und sah so gut aus, hemdsärmelig, nur in der Weste und der locker gebundenen Krawatte mit den Tupfen. Aber er rieb sich so merkwürdig mit beiden Händen die Stirn, als wäre er verwirrt oder hätte Schmerzen. »Rudy, bitte.«

»Was ist?«

»Es geht mir nicht besonders gut.«

»Wirklich? Vor zwei Sekunden ging es dir noch prima.«

Ich hatte Angst, dass ihn das wütend machen würde. Doch er sagte nichts darauf. Er ging die paar Schritte zum Kamin, lehnte sich mit verschränkten Armen gegen den Sims und sah mich nicht an.

Ich machte einen neuen Versuch. »Ich habe einfach das Gefühl, wir sollten über ein paar Dinge reden, die unsere Beziehung betreffen. Jede Ehe kann – jedes Paar kann … nur weil es einfacher ist, denkt man plötzlich nicht mehr darüber nach, und es vergehen Jahre, bis man es merkt …« Ich machte eine Atemübung. »Ich habe das Gefühl – ich will – ich möchte gerne, dass wir etwas verändern. Vielleicht. Oder wenigstens darüber reden. Curtis, hörst du mir überhaupt zu?«

»Rudy, nicht jetzt.« Sogar seine Stimme klang seltsam.

»Was ist los?«

»Nichts.«

»Bist du wirklich krank?«

»Nein, ich kann nur nicht …«

Ich stand auf und ging zu ihm. Jetzt oder nie. »Ich habe an eine Paartherapie gedacht«, fuhr ich hastig fort. »Vielleicht ist es genau das Richtige für uns. Würde uns zum Reden bringen, verstehst du? Ich glaube wirklich, dass das gut für uns wäre.«

Ich berührte seinen Rücken. Er fühlte sich heiß an, feucht. »Curtis?« Ich versuchte, ihm ins Gesicht zu sehen, aber er wich immer aus. Schließlich erhaschte ich einen Blick auf sein Gesicht in dem Spiegel über dem Kamin. »Was ist los?« Zu meinem Entsetzen sackte er plötzlich in sich zusammen. Ich warf meine Arme um seine Taille.

»Alles in Ordnung.« Er richtete sich auf und entzog sich mir. »Es geht mir gut.« Er ging langsam zum Sofa, setzte sich vorsichtig hin und machte das Licht auf dem Beistelltisch aus.

Ich sank neben ihm aufs Sofa und versuchte, seine Hand zu nehmen. Was war das? Er wich meinem Blick immer noch aus. Ich sah, wie eine Träne über seine Wange lief, ehe er sie wegwischen konnte – mir blieb das Herz stehen.

»Was ist los?« flüsterte ich voller Entsetzen. »Was ist mit dir?«

»Ich will es dir nicht sagen.« Seine Stimme klang gepresst, so als hätte er Halsschmerzen. »Ich will nicht, dass du es weißt.«

»Ist es etwas Schlimmes?« Er nickte. »Sag es mir nicht.« Ich hielt mir die Ohren zu. Meine Haut fühlte sich an, als würde sie schrumpfen, sie zog sich zusammen wie ein Blatt bei Frost.

Er bewegte sich nicht; mit hängenden Schultern saß er da, das Gesicht blass und voller Angst.

»Gut«, sagte ich. »Erzähl es mir.«

»Vielleicht muss ich sterben.«

Ich lachte.

»Ich weiß es seit Dienstag.«

»Hör auf. Was soll das? Hör auf damit, ich mag das nicht. Was redest du da?« Er sah mir direkt ins Gesicht. »Curtis!« Ich schrie seinen Namen heraus, und er nahm mich in die Arme.

Er zitterte am ganzen Körper und hielt mich fest. »Bei meinem letzten Check-up habe ich Dr. Slater gesagt, dass ich müde bin, das ist alles. Manchmal ein bisschen schwindelig, Magenschmerzen.«

»Nein, nein – das hast du mir gar nicht erzählt – das ist nicht wahr.« Meine Zähne fingen an zu klappern.

»Ich habe gedacht, es ist nichts Ernstes. Grippe – ich dachte, es wäre die Grippe. Ich hätte es ihm beinah gar nicht gesagt. Aber – er hat ein paar Tests angeordnet, und bei der Blutuntersuchung kam heraus, dass ich zu viele Leukozyten habe. Rudy – ich habe Leukämie.«

»Nein, das ist ein Irrtum. Wer hat dir das gesagt? Das ist nicht wahr.«

»Es ist kein Irrtum.« Seine Augen standen voller Tränen. »Die Ärzte sind gut dort, Rudy. Es sind die besten.«

»Wo?«

»In Georgetown.«

»O Gott.«

»Weine nicht – es tut mir Leid. Deshalb habe ich es dir nicht gesagt. Du machst dir schon genug Sorgen um Isabel. Ich wollte dir das nicht auch noch antun.«

Durch einen Tränenschleier sah ich sein angespanntes, angstvolles Gesicht – Angst um *mich*, er machte sich Sorgen um *mich*. Ich zerknüllte sein Hemd in meinen Händen, knetete seine Schultern, unfähig, das, was er mir da erzählte, mit unserem Leben in Zusammenhang zu bringen.

»Bis jetzt habe ich noch keine anderen Symptome«, sagte er mit fester Stimme und ließ mich nicht aus den Augen. »Das ist gut – das heißt, dass die Krankheit vielleicht nur langsam fortschreitet. Ich kann Jahre damit leben, ohne dass überhaupt eine Behandlung nötig ist. Oder – auch nicht. Das können sie noch nicht sagen. Für eine Prognose ist es in meinem Fall noch zu früh.«

»Nein, nein, nein, nein …«

Er zog mich an sich und streichelte meinen Rücken, sagte, alles sei gut. Nichts war gut, es war wie eine Lawine, die Decke stürzte auf mich herunter, Schutt und Staub und Steinbrocken flogen durch die Luft, deckten mich zu, schwere Schläge prasselten auf meinen Kopf, meinen Rücken. Ich konnte kaum verstehen, was er sagte, er klang so gedämpft und so weit weg.

»Wir dürfen es jetzt noch niemandem sagen, Rudy. Wenn sie es im Büro herausfinden, kann ich meinen Job verlieren. Das können wir uns nicht leisten, nicht, solange es vermeidbar ist.«

»Niemandem sagen?« Ich versuchte, mich darauf zu konzentrieren. Niemandem sagen? »Das ist doch verrückt, oder?«

»Ich weiß, aber so ist es nun einmal. Und ich könnte nicht arbeiten, wenn es alle wüssten. Außer dir darf es niemand erfahren – weder meine Familie noch deine, weder deine Freundinnen noch Greenburg.«

»Oh, aber …«

»Versprich mir, dass du es niemandem sagen wirst.«

»Wie bitte?«

»Bitte, Rudy. Ich könnte es – einfach noch nicht ertragen. Kannst du das denn nicht verstehen? Ich kann nur mit dir darüber reden, mit niemandem sonst. Versprich es, es ist wichtig für mich.«

»Also gut.« O mein Gott.

Er nahm mich wieder in den Arm. »Wir kämpfen zusammen, mein Liebling. Zusammen sind wir stark.«

»Ja.«

»Wir gegen den Rest der Welt, Rudy. So wie es immer war.«

Ich wusste nicht, was er meinte. Wann? Als wir frisch verliebt waren? Jene Tage in Durham, als wir nur mit uns selbst beschäftigt waren und niemand sonst für uns existierte. Es stimmt, das war die beste Zeit, wir waren in Sicherheit. Seitdem haben wir immer versucht, diese Zeit wiederaufleben zu lassen. Und jetzt haben wir es geschafft.

Er wollte mit mir schlafen. Ich wollte sterben. Ich ließ ihn alles tun, was er wollte, und er wollte es auf der Stelle, vor dem kalten Kamin, halb angezogen – manchmal mag er es so, er findet es zügellos. Ich spürte nur Angst und Kälte, als würde ein Geist mit mir schlafen. Nichts war wirklich. Curtis konnte nicht sterben. Was ist Leukämie, wie stirbt man daran? *Nicht wirklich, nicht wirklich,* dachte ich, während er sich auf mir bewegte, meine Passivität nicht wahrnahm, sie fraglos akzeptierte.

Nachher lagen wir auf dem rauen Teppich, und ich tat so, als wäre es ein Traum. Gleich würde ich aufwachen und sagen: »Curtis, ich habe geträumt, dass du stirbst – es war schrecklich, ein Albtraum!« Ich wandte mich ihm zu und sah sein friedliches Gesicht, er hatte die Augen geschlossen, sein Mund war entspannt. Er wirkte anders – so undeutlich, substanzlos. Wo war seine Festigkeit? Seine Haut, die Fingernägel, die Haare auf seinen Unterarmen, alles sah so verletzlich aus, so vergänglich und schwach. Doch er lächelte leicht, seine Lider flatterten. Ich habe zu diesem Lächeln beigetragen, dachte ich. Das war von nun an meine Aufgabe. Ich würde an nichts anderes mehr denken.

Wir gingen zusammen nach oben. Während er duschte, überlegte ich, ob ich Emma anrufen sollte. Fast hätte ich es getan – ich hatte den Hörer schon in der Hand. Zählte mein Versprechen? Wie konnte ich es ihr nicht erzählen? Wie konnte ich es Eric nicht erzählen?

Doch ich legte auf und rief niemanden an. Es ist schwer zu erklären, warum. In gewisser Weise habe ich Curtis während unserer Ehe immer betrogen. Er ist ein sehr zurückgezogener Mensch, sehr empfindlich, und manchmal habe ich seine Geheimnisse allen erzählt, die ich liebe.

Diesmal werde ich es nicht tun. Dies geschieht ihm, nicht mir. Wenn es für ihn leichter zu ertragen ist, wenn es ein Geheimnis bleibt, wie sollte ich dann nicht seine Komplizin sein?

»Wir werden es durchstehen«, erklärte er mir im Bett und hielt meine Hand unter der Decke. »Du weißt gar nicht, wie viel besser ich mich fühle, jetzt, wo ich es dir gesagt habe. Die letzten Tage waren die schwersten meines Lebens.«

»Liebling«, war alles, was ich sagen konnte.

»Vielleicht hätte ich es dir nicht sagen sollen. Vielleicht war es egoistisch.«

»O nein.«

»Aber ich konnte nicht anders. Mir wurde schwindelig, ich hatte sogar Angst, dass ich ohnmächtig werde. Da blieb mir nichts anderes übrig, als es dir zu sagen. Wegen der Schwäche brauchst du dir übrigens keine Sorgen zu machen. Die Ärzte haben gesagt, dass so etwas von Zeit zu Zeit vorkommen kann. Und Nachtschweiß. Oder Fieber.«

Ich presste mein Gesicht an seine Schulter.

»Und, Rudy?«

»Ja.«

Er knipste die Nachttischlampe aus. »Eins solltest du noch wissen. Ich habe gefragt, ob es vom Passivrauchen kommen kann, und sie meinten, wahrscheinlich nicht.«

»Was?«

»Ich konnte einfach nicht verstehen, warum mir das passiert. Ich habe verzweifelt überlegt, ob irgend jemand in meiner Familie – aber da gibt es niemanden. Also – keine genetische Disposition.«

»Passivrauchen?«

»Das war das Einzige, was mir eingefallen ist. Aber sie haben gesagt, die Chancen, dass das der Grund ist, sind sehr gering. Eigentlich gleich null. Deswegen brauchst du dir also keine Sorgen zu machen.«

Er deckte uns zu, und ich drehte mich auf die Seite, mit dem Rücken zu ihm. Er legte seinen schweren Arm um meine Taille, die Hand auf meiner Brust. »Ich werde heute Nacht gut schlafen«, sagte er in mein Haar. »Danke, Rudy. Ich liebe dich.«

»Ich liebe dich auch, Curtis.«

Er schlief sofort ein.

Ich lag ganz still und wartete, bis er anfing zu schnarchen, ehe ich aus dem Bett kroch und auf Zehenspitzen ins Badezimmer schlich. Ich hatte eine fast volle Schachtel Schlaftabletten, weil ich seit Monaten keine einzige genommen hatte. Ich schüttelte vier Tabletten heraus und schluckte sie mit Leitungswasser. Bei vier konnte nichts passieren, da ich nicht getrunken hatte. Noch nicht. All meine schlechten Angewohnheiten lächelten mich an, winkten mir zu, konnten es kaum erwarten, dass ich sie wieder aufnahm. Ich wusste kaum, mit welcher ich anfangen sollte.

23

ISABEL

Ende November kam Terry. Es war ein kurzer Besuch, nur von Freitag bis Sonntag, und ich musste ihn ein bisschen mit seinem Vater teilen. Gary holte ihn am Freitagnachmittag vom Flughafen ab und brachte ihn direkt zu meiner Wohnung. Meine Nerven waren zum Zerreißen gespannt. Seit Tagen hatte ich meine drei Zimmer und das Bad geputzt, das Essen geplant und hin und her überlegt, was ich anziehen sollte. Ich hatte Terry beinahe zwei Jahre lang nicht gesehen.

Vater und Sohn versuchten einen gleichermaßen bestürzten Gesichtsausdruck zu verbergen, als ich die Tür öffnete. Terry umarmte mich steif, als befürchte er, ich würde zerbrechen, wenn er mich zu fest in den Arm nahm. Gary konnte nicht bleiben, musste gehen, schön dich zu sehen, du siehst gut aus, Isabel, log er. Ich sah ihn kaum an; er hatte zugenommen und weniger Haare – das war alles, was mir auffiel. Terry, siebenundzwanzig Jahre alt, ein Mann, kein kleiner Junge mehr, galt meine ganze Aufmerksamkeit. Ich konnte nicht aufhören, ihn zu berühren, anzusehen, zu bestaunen.

»Du siehst noch besser aus als früher«, sagte ich, während ich Thunfischsalat für ein Sandwich zubereitete und er in der Küche herumschlich, was den Raum irgendwie noch kleiner wirken ließ, als wenn

Kirby hier war. Er war auch nervös, genau wie ich, er hatte dieselben Vorahnungen. »Nein, es ist wahr«, beharrte ich, als er das Gesicht verzog. »Deine Haare sind dunkler. Du bist größer.«

»Mom, das kann gar nicht sein.«

»Doch. Und deine Augen ähneln Garys mehr. Dein Vater hat wunderschöne Augen.« Doch in Terrys strengem Mund mit den schmalen Lippen erkannte ich die Unnachgiebigkeit meines Vaters, und das beunruhigte mich. Lass los, entspann dich, das Leben ist nicht nur Kampf, wollte ich ihm sagen.

Ich setzte mich ihm gegenüber und beobachtete ihn beim Essen. »Hast du im Flugzeug nichts bekommen?«

»Doch. Wann gibt's Abendessen?«

Wir lachten, fanden uns in der angenehmen Vorstellung wieder, dass wir immer noch Mutter und Sohn waren, uns gut genug kannten, um am Küchentisch miteinander zu scherzen, zu lästern und anzugeben. Doch in Wirklichkeit hatte sich schon vor Jahren eine bedenkliche Höflichkeit zwischen Terry und mir eingeschlichen. Die Zeit und die Entfernung haben das nur unterstützt, und jetzt benehmen wir uns herzlich und respektvoll wie Fremde – wie die Mutter einer Gastfamilie und der höfliche Austauschschüler.

Doch vielleicht konnten wir es diesmal vermeiden, konnten das Muster durchbrechen. Wenn es je einen richtigen Zeitpunkt dafür gab, dann mit Sicherheit jetzt.

»Wie läuft es in der Uni, Mom?«

»Oh, wunderbar. Es macht so viel Spaß. Im Moment mache ich eine Pause, aber im Januar will ich wieder anfangen.«

»Eine Pause?«

So schnell hatte ich nicht da hineingeraten wollen. »Die Chemotherapie hat mich ein bisschen aus der Bahn geworfen«, sagte ich achselzuckend. »Ich habe einige Einschreibetermine versäumt. Deshalb dachte ich, es ist besser, eine Weile auszusetzen, als schlechte Noten zu bekommen.«

Ich konnte ihm nicht sagen, was für ein Schlag es für mich gewesen war, als mir klar wurde, dass ich die Abschlussprüfung nicht machen konnte. Das Studium bedeutete mir ungeheuer viel, und das nicht nur, weil es der Schlüssel zu meiner Zukunft war. Die Universität stand für Normalität, Gesundheit. Die Seminare, die anstrengenden Stunden, in denen ich lernen musste, das Leben nach einem Stundenplan – all das hatte meine Tage geformt und strukturiert, während der Krebs sein Möglichstes tat, sie in ein Chaos zu verwandeln.

»Was für Medikamente nimmst du jetzt?«

Herrgott. Aber vielleicht war es besser, das alles jetzt zu klären und dann nicht mehr darüber sprechen zu müssen. Meine Krankheit ist wie ein lästiger, ungebetener Gast, zu unbequem, als dass man ihn ignorieren könnte. Doch Terry wollte immer über Strategien reden, über Protokolle, Prozentzahlen, und ich hatte ihm so viele andere Dinge zu sagen.

»Im Moment nehme ich gar nichts.«

»Was meinst du damit? Überhaupt nichts?«

»Wir machen eine Pause.«

»Aber, Mom ...«

»Das ist in Ordnung, der Arzt hat nichts dagegen. Ich bekomme seit elf Monaten Chemotherapie, Terry. Wir finden, mein Körper kann ein wenig Ruhe gebrauchen.«

»Ja, aber ...« Er hielt inne, plötzlich war er ganz schüchtern. Mir jetzt noch medizinische Ratschläge zu geben, kam ihm wahrscheinlich auch unpassend vor.

»Ich weiß, dass dir das nicht gefällt. Du bist Wissenschaftler, warum sollte es?« Sein Spezialgebiet ist Molekulargenetik, aber was Knochenmetastasen bei Brustkrebs bedeuten, ist ihm natürlich klar. »Es wird dir noch weniger gefallen, dass ich kurz davor bin, ganz auf die Schulmedizin zu verzichten.«

»Zugunsten von was? Kristallkugeln?« Er lachte – und ich lachte mit ihm. Es war besser, wenn er es für einen Scherz hielt.

»Ich glaube, ich werde versuchen, mich selbst zu heilen. Du weißt, dass heilen und kurieren nicht dasselbe ist«, sagte ich, und er lächelte, dachte, er würde mich aufheitern.

Kirby kam rechtzeitig zum Abendessen, ganz nach Plan. Eine meiner vielen Sorgen war, was Terry von ihm halten würde. Und – was er von der Tatsache halten würde, dass seine schwer kranke Mutter einen Liebhaber hatte. Ich beobachtete die beiden den ganzen Abend wie eine Spionin. Kirby hat die seltsame Angewohnheit, sich in Gesellschaft so zu benehmen, als wäre er allein. Am Anfang ist es abschreckend, dann reizvoll. Für die meisten. Doch ich machte mir Sorgen, dass Terry ihn unnahbar statt unabhängig finden würde, dass er Kirbys zurückhaltendes Schweigen für Kälte, ja Arroganz halten könnte. Ich hätte mir keine Gedanken machen sollen. Kirbys stiller Zauber wirkte, langsam, aber sicher, und am Ende des Abends verstand Terry sogar seine Witze, die trockener als Kreidestaub sind, trockener als heißer Wüstensand.

Die Bettenverteilung war auch so eine Sache, über die ich mir stundenlang den Kopf zerbrochen hatte. Mein Sofa ist zwar bequem, aber zu kurz und lässt sich nicht ausklappen. Terry ist über einen Meter neunzig groß. Wie vernünftig wäre es, ihm Kirbys Schlafzimmer, ein Stockwerk höher, anzubieten; ein ganzes Apartment für ihn allein, während Kirby schlief, wo er immer schlief, bei mir. Sehr vernünftig – aber ich brachte es nicht fertig. Es hätte einen Grundsatz verletzt, der altmodisch und tief verwurzelt ist, einen Ehrenkodex, den ich nicht verteidigen werde und den ich nicht einmal besonders befürworte, und doch komme ich nicht davon los. Ein Produkt meiner Erziehung. Und ich bin mir der Heuchelei dabei durchaus bewusst. Zu meiner Rechtfertigung könnte ich nur sagen, dass auch sie ein Teil meiner Erziehung war. Wie auch immer, Terry übernachtete auf dem Sofa, und Kirby schlief oben in seinem eigenen Bett.

Am Samstag machten Terry und ich einen Ausflug mit Kirbys Wagen. Er wollte in unser altes Viertel, seine Schule sehen, seine Lieblingsecken. »Der

Hot Shoppe ist weg?« Er konnte es nicht glauben. »Wo ist People's? Wo ist die Bank? Wann ist das alles hier so schnieke geworden?« Schon vor langer Zeit, hätte ich ihm sagen können. Er war beinahe zehn Jahre fort gewesen, doch seine klarsten Erinnerungen lagen viel länger zurück. »Kein Wunder, dass du hier weggezogen bist, Mom. Wenn man hier wohnen will, muss man ja stinkreich sein.«

Er zeigte mir Ecken, an die er sich erinnerte. »Hier hast du mir das Autofahren beigebracht« – der Parkplatz der katholischen Kirche am Ost-West-Highway. »Einmal hat Dad es versucht. Nur ein einziges Mal. Erinnerst du dich daran?«

»Lebhaft. Als er nach Hause kam, sah er aus wie ein Zombie. Ich dachte, er bekommt gleich einen Herzinfarkt.«

»Wie kommt es, dass du so ruhig warst?«

»Drogen. Rudy hat mir immer Qualude gegeben.«

»Wirklich?«

»Nein.« Ich lachte. »Du warst eben ein guter Fahrer.«

»Das fand Dad nicht. Da ist das Haus der Domsetts. Wohnen die noch hier?«

»Keine Ahnung, wahrscheinlich.«

»Ich habe immer ihren Rasen gemäht und versucht, von ihr das Geld zu kriegen, weil sie mehr Trinkgeld gegeben hat. Weißt du noch, wie ich von zu Hause weggelaufen bin? Du hast mir Obst eingepackt.«

»Du wolltest es in einem Bündel an einem Stock gebunden haben – das hast du im Fernsehen gesehen.«

»Und du hast gesagt, solange ich nicht über die Straße gehe, darf ich weglaufen. Dann hast du mir einen Abschiedskuss gegeben, und ich bin so lange um den Block gelaufen, bis ich müde war, und dann bin ich wieder nach Hause gekommen.«

Er erzählte mir eine grauenhafte Geschichte, wie er sich einmal mit seinem Freund Kevin bei einem Schulfest betrunken hat und sie sich auf der Old Georgetown Road Autorennen lieferten. »Ich hätte den Rest meines Lebens ohne diese Geschichte leben können«, sagte ich. Er erzählte von Sharon Waxman, einem Mädchen aus seiner High-School-Klasse, die letztes Jahr Selbstmord begangen hat. Er fragte mich, ob ich gerne zu Hause geblieben war.

Ich schaute ihn neugierig an. Er war ein Mann, kein kleiner Junge mehr, wie er da Kirbys alten Sedan durch den Samstagnachmittagsverkehr manövrierte. »Ja, ich mochte es«, sagte ich. »Meistens. Fandest du mich altmodisch, weil ich keinen Job hatte?«

»Nein«, sagte er. Es klang überrascht. »Du hast doch immer irgendwas gemacht. Es war ja nicht so, als hättest du nur Bonbons gegessen und Seifenopern angeschaut. Du warst für uns das Zuhause«, sagte er ernst. »Das war dein Job.«

Ich fühlte mich lächerlich geschmeichelt.

»Obwohl es dich wohl doch nicht ausgefüllt hat, oder? Wo du jetzt wieder zur Uni gehst. Wahrscheinlich wünschst du dir, du hättest das schon früher gemacht.«

Das war eine neue Art von Gespräch. Irgendwann kommt er für jeden von uns, der Moment, in dem die Eltern richtige Menschen werden, mit Motiven und Hoffnungen, die genauso echt sind wie unsere eigenen – aber ich konnte nicht umhin zu bereuen, dass meine Situation Terrys Erwachsenwerden beschleunigt hatte. »Ja, manchmal«, antwortete ich ihm wahrheitsgemäß. »Es wäre schön gewesen, wenn ich mich unabhängiger gefühlt hätte. Wenn ich nicht nur auf deinen Vater gebaut hätte. Und da würde er mir sicherlich zustimmen.«

Das Thema Gary hing unausgesprochen zwischen uns. Wenn Terry mich jetzt nach der Scheidung gefragt hätte, hätte ich ihm alles erzählt, was er wissen wollte. Aber es musste von ihm kommen. Doch der Moment verstrich, und es tat mir nicht Leid.

Am Nachmittag besuchte Terry seinen Vater und spielte mit seinen alten Freunden von der High School Basketball. Anschließend gingen sie in eine Bar, und als er zu spät zum Abendessen nach Hause kam, war er bester Laune.

»Du hast noch kein Wort über Susan gesagt«, sagte ich beim Kaffee im Wohnzimmer.

»Da gibt es nichts zu sagen.« Er streckte die Arme über den Kopf und dehnte seine Muskeln. »Wir haben uns getrennt.«

»Oh, Terry, nein.«

»Schon gut, Mom. Es war unsere gemeinsame Entscheidung.«

Gemeinsam vielleicht, aber ganz offensichtlich war es nicht gut. Er streckte sich, tat so, als müsse er gähnen, und mied ganz zufällig meinen Blick; die

Ablenkungsmanöver meines Sohnes waren immer noch dieselben.

»Was ist passiert? Wenn ich fragen darf.«

»Nichts ist passiert, es hat einfach nicht funktioniert. Wir hatten unterschiedliche Erwartungen.«

»Was hatte sie für welche?« fragte ich.

»Ach, die üblichen. Du weißt schon, heiraten, Kinder.«

»Aha. Liebst du sie noch?«

»Ich weiß nicht, Mom, ich glaube schon.« Meine dreiste Frage überraschte ihn. Wie direkt ich doch heutzutage bin. Das spart viel Zeit, und Zeit ist nicht mehr dasselbe für mich, was es einmal war. »Es ist kompliziert«, meinte er. »Wir sind immer noch Freunde.«

Ich wartete, aber mehr wollte er nicht sagen. Und irgendwann in den letzten zehn Jahren habe ich das Recht verloren, neugierige Fragen zu stellen. Doch den zynischen Unterton in seiner Stimme, als er gesagt hatte: »Ach, die üblichen«, nahm ich ihm nicht ab. Die meisten Eltern fühlen sich schuldig, wenn ihre Kinder nicht vollkommen sind, und ich bin da keine Ausnahme. Terrys Desinteresse an einer konventionellen Familie (»heiraten, Kinder«) war, fürchte ich, allein unser Verdienst, meines und Garys. Das Thema, das ich heute Nachmittag im Auto angeschnitten hatte, tauchte wieder auf. Doch Terry gähnte, streckte sich auf dem Boden aus und schlief prompt ein.

Um zehn weckte ich ihn und half ihm, sein Bett auf dem Sofa zu machen. In stummer Panik gab ich ihm einen Gutenachtkuss und lag wach im Bett, während auf dem Wecker die Stunden, die uns noch blieben, verstrichen. Die Wirkung meiner Situation auf die Menschen, die ich liebe, kann ich kaum ertragen. Es ist zu schmerzlich. Ich habe nicht den Mut, ihnen Schmerzen zuzufügen. Aber an Terrys letztem Tag war noch so viel ungesagt zwischen uns, dass ich nicht länger ausweichen konnte.

Kirby und ich sollten ihn zum Flughafen fahren. Ich saß auf der Sofakante, während Terry schmutzige Kleidung in seine Reisetasche stopfte. In seinen abgetragenen Jeans kniete er auf dem Boden, die Ärmel des gelben Pullovers bis zu den Ellbogen hochgeschoben. Ohne nachzudenken streckte ich die Hand aus und strich ihm das Haar aus der Stirn. Er grinste mich an und packte weiter, doch in dieser Sekunde, mit dem schiefgelegten Kopf und den fröhlichen Augen, sah er sich selbst als Baby und später als kleiner Junge so ähnlich – dem Terry, an den ich mich am besten erinnere –, dass mir ganz warm ums Herz wurde.

»Ich wünschte, du hättest einen Bruder oder eine Schwester, Terry. Manchmal«, fügte ich trocken hinzu, »wünschte ich mir das für mich auch.«

»Wie meinst du das? Du hast Tante Patty.«

»Wie ich es sage.«

»Oh«, sagte er und grinste. »Ja, ihr beide seid euch nicht besonders nah, wie?«

»Nein, sind wir nicht. Das liegt natürlich am Altersunterschied, aber nicht nur. Ich war auch meinen Eltern nicht nah. Unser Haus war so kalt.

Streng. Hauptsächlich wegen meines Vaters, aber meine Mutter war auch ein sehr verschlossener Mensch. Meine eigene Familie sollte nie so sein. Ein Grund, warum ich deinen Vater geheiratet habe, war, dass er so leidenschaftlich war.« Terry blickte interessiert auf. »Er ist ein gefühlsbetonter Mann. Besonders, als wir jünger waren. Er hatte viel Feuer und Wärme.«

»Wahrscheinlich«, sagte Terry unsicher und nachdenklich.

»Aber die Dinge entwickelten sich nicht so, wie sie sollten. Ich habe Gary die Schuld an allem gegeben, als wir uns trennten, aber es war nicht nur seine Schuld. Überhaupt nicht.« Ich beugte mich zu ihm hinunter, ich wollte, dass er das richtig verstand. »Wenn wir dich vertrieben haben, Terry, dann war das das Letzte, was ich wollte. Es war nicht deine Schuld. Nein. Niemals – weißt du das? Du warst das Beste in meinem Leben. Es tut mir Leid, wenn ich dir nicht gezeigt habe, wie sehr ich dich liebe. Ich habe dich geliebt. Ich liebe dich von ganzem Herzen. So, wie ich nie jemanden geliebt habe. Es ist, als – es erfüllt mein ganzes Herz. Aber wenn es für dich nicht so ist, dann tut es mir wirklich Leid.«

Ich hatte meinen Sohn nicht mehr weinen sehen, seit er zwölf war. Er legte den Kopf in meinen Schoß, um sein Gesicht zu verstecken. Seine Schultern zuckten. Ich spürte seine Tränen durch den Stoff meiner Jeans auf den Knien. »Schon gut«, sagte ich, strich ihm über den Kopf, küsste ihn verstohlen. Ich hoffte, dass er sich nicht schämte. »Weinen tut gut, das habe ich herausgefunden. Jedenfalls sollte man es auf keinen Fall um jeden Preis vermeiden. Es zeigt nur, dass man Gefühle hat, mehr nicht.«

Ich wischte ihm die Tränen aus dem Gesicht und lächelte ihn an. Jetzt fiel mir das Reden leichter, es war, als spräche ich mit meinem kleinen Jungen.

»Ich habe dir nie erzählt, warum dein Vater und ich uns getrennt haben. Du hast mir eigentlich auch nicht erzählt, warum du und Susan euch getrennt habt. Die Details spielen keine Rolle. Aber Terry, du musst dir deiner Sache sicher sein. Wenn es nur darum geht, dass nicht alles hundertprozentig ist, dann ist das vielleicht nicht Grund genug. Liebst du sie? Das Leben ist so kurz. Mit siebenundzwanzig sieht es unendlich aus, ich weiß, aber ...«

Ich hasse es zu predigen, aber ich hatte zu lange gewartet, und jetzt musste ich ihm einfach ein paar Dinge sagen.

»Wirf Liebe niemals weg, vernachlässige sie nicht. Denk niemals, du wirst bessere Liebe finden. Greif danach, wenn du das Glück hast, ihr zu begegnen, und versuch immer, etwas davon zurückzugeben.« Ich presste meine Lippen auf seine Stirn. »Nimm nicht alles als selbstverständlich hin«, flüsterte ich. »Das ist meine letzte kleine Weisheit, und es ist die wichtigste.«

Kirby hat, wie schon gesagt, ein wundervolles Timing. Er wählte diesen Augenblick, um einmal an die Tür zu klopfen und hereinzukommen. Terry wandte sich nicht schuldbewusst und verlegen ab, er holte ein Taschentuch aus seiner Tasche, wischte sich das Gesicht ab und putzte sich mannhaft die Nase.

»Fertig?« fragte Kirby mit sanfter Stimme. »Wir sollten bald losfahren.«

Wir standen auf. Terry schlüpfte in seine Jacke und warf die Reisetasche über seine kräftige Schulter. »Wisst ihr was«, sagte ich, »ich habe beschlossen, euch beide doch nicht zu begleiten. Ich glaube, ich werde mich hier verabschieden.«

Terry machte ein niedergeschlagenes Gesicht, widersprach aber nicht. »Ich rufe dich heute Abend an, wenn ich zu Hause bin«, versprach er und umarmte mich fest. »Und ich komme wieder, Mom, sobald ich kann. Oder du besuchst mich – wie wäre das? Vielleicht Weihnachten.«

»Das ist eine Idee«, sagte ich und ging froh auf die kleine Verschwörung ein. »Pass in der Zwischenzeit auf dich auf.«

»Du auch. Pass gut auf sie auf, Kirby.«

»Das werde ich.«

»Ich liebe dich«, flüsterte ich, als ich seine feuchten Wangen küsste.

»Ich liebe dich auch, Mom, ich liebe dich.« Er konnte sich nicht losreißen. Ich schluckte schwer und schniefte ein wenig, um die Tränen zurückzuhalten. »Beeilt euch lieber, du willst doch nicht dein Flugzeug verpassen!«

»Ich rufe dich an«, sagte er noch einmal und ging hinter Kirby her zum Aufzug, der sofort kam. »Und ich schreibe öfter! Wirklich, Mom.«

Ich lächelte und warf ihm Kusshände zu, bis sich die Türen schlossen.

Und dann war ich so müde, dass ich es nicht mehr bis ins Schlafzimmer schaffte. Ich brach auf dem Sofa zusammen und deckte mich mit der Wolldecke zu. Die alte, wohlriechende, durchlöcherte Wolldecke, die ich vor unendlich vielen Jahren, als ich noch Hausfrau war, selbst gestrickt habe. Du warst für uns das Zuhause, hatte Terry gesagt. Es hatte viele glückliche Zeiten gegeben, in jenen Tagen, die ich ohne besonderen Grund oft vergesse. Wehmut hüllte mich ein, wie ein angenehmer Nebel, und dämpfte den Schmerz über Terrys Abreise. Sonntagnachmittags hat Gary immer ein Nickerchen unter dieser Decke gemacht. Ich saß neben ihm, las oder strickte, das Radio lief leise, und manchmal sah ich auf und beobachtete, wie sich sein kleines Bäuchlein unter dem damals noch leuchtenden Muster der Decke regelmäßig hob und senkte. Ich habe sie mir immer umgewickelt, wenn ich im Nachthemd nach draußen gelaufen bin, um die Zeitung hereinzuholen. Terry drapierte sie über zwei Esszimmerstühle und spielte, dass er ein Soldat in einer Festung war.

Ob Gary jetzt zu Hause war? Ich könnte ihn anrufen. Nur um zu reden. »Hallo, wie geht es dir? Was hältst du von unserem Sohn? Nach alldem ist er doch gar nicht so übel geworden, findest du nicht?« Aber das Telefon stand zu weit weg, ich war zu müde, um aufzustehen. Ich machte die Augen zu und begann zu träumen. Ein süßer, heller Traum über eine Familie. Ich ließ ihn glücklich enden.

24

EMMA

Mein Geburtstag ist vier Tage nach Weihnachten, das heißt, ich bin ein Steinbock. Die Ziege. Wie langweilig und passend, vor allem dieses Jahr.

Oft fahre ich an Weihnachten weg, besuche meine Mutter in Danville, und manchmal fahre ich weiter nach Durham und Chapel Hill, um mich mit alten Freunden aus der Uni zu treffen und Silvester mit ihnen zu feiern. Dieses Jahr wurde mir schon bei dem Gedanken ans Packen schlecht, von Wegfahren, Ankommen, Begrüßung, Lächeln und Reden ganz zu schweigen. Besonders das Lächeln und Reden; wenn ich daran dachte, wurde mir richtig übel. Deshalb blieb ich zu Hause.

Doch es wurde kein Trauerfest. Nein, nein. Ich zog mich richtig an, rief all meine Lieben an und raffte mich sogar dazu auf, Isabel ihr Geschenk persönlich zu bringen. Nein, das Trauern sparte ich mir wohlweislich für den achtundzwanzigsten auf, wenn ich, ganz für mich allein, vierzig wurde. Ist das nicht heldenhaft? Ausschweifendes Selbstmitleid auf der ganzen Linie.

Meine Einsamkeit war selbstgewählt – meine Freundinnen haben mich nicht im Stich gelassen. Mit gutem Gewissen konnte ich sie nicht mit mir belasten, deshalb bat ich sie, nicht vorbeizukommen. (Rudy war sowieso nicht in der Stadt.) Der Tag begann ganz normal, sprich voller Frustration und Selbstverachtung. Was aus dem Roman geworden ist, den ich im Frühling angefangen habe zu schreiben? Im August habe ich ihn weggeworfen. Ein Gnadentod, glauben Sie mir. Er war das, was man einen Bildungsroman nennt. Ein übernatürlich wortgewandter Jugendlicher lernt alles über die Liebe, das Leben, Sex und Vergebung inmitten einer farbenfrohen Ansammlung von Charakteren eines typischen Seelen-erstickenden jüdischen Oberschichtghettos in einer Stadt im mittleren Westen. Ich ließ meinen Roman in einer hässlichen kleinen Stadt im Süden von Virginia namens Tomstown spielen. Wie schon gesagt, ein Gnadentod. Soviel zum Schreiben.

Jetzt arbeite ich an etwas vollkommen anderem (»arbeiten« ist vielleicht etwas euphemistisch). Es ist ein Krimi, ein Thriller, mit vielen spannenden Intrigen, einer Frau in Gefahr, die Leichen türmen sich. Ich finde, er hat absolut Bestsellerqualität und das Potenzial, verfilmt zu werden. Zu schade, dass er eigentlich zum Kotzen ist. Eines allerdings habe ich beim Schreiben der Geschichte gelernt: Ich bringe richtig gerne Leute um. Ich meine, ich lasse mich davon mitreißen. Also mache ich so weiter. Die Gefahr dabei ist nur, dass all meine Personen tot sind, ehe das Buch zu Ende ist. Es könnte sich herausstellen, dass Gott der Erzähler ist.

Das andere, was mich dieses Buch lehrt, dieses und sein wertvoller, banaler Vorgänger, ist, dass ich eine Schwindlerin bin. Mein ganzes Leben lang wollte ich Romane schreiben, jedenfalls habe ich das behauptet. Sachbücher waren nicht gut genug; ich wollte die Geschichte einen anderen Weg nehmen lassen, die Wahrheit beschreibt nie die Wirklichkeit, bla, bla. Und jetzt? Es stellt sich heraus, dass ich als Journalistin viel besser war. Ich muss mich fragen, ob mich nur die Vorstellung gereizt hat. Ich wollte wie eine Schriftstellerin aussehen. Ich wollte die Frage »Was machen Sie beruflich?« auf Partys mit »Ich schreibe Bücher« beantworten.

Wenn das so ist, weiß ich nicht, was ich tun werde. Es ist, als renne ich durch eine Glastür. Ich dachte, ich hätte eine Perspektive, eine Zukunft, doch vielleicht bleiben nur der Schock, die Peinlichkeit und blutende Wunden.

Herzlichen Glückwunsch zum Geburtstag, Emma.

Ich brauchte einen Kuchen. Eine Eisbombe, eine von diesen Torten aus der Werbung; Viennetta oder Violetta oder wie sie hießen. Dabei läuft mir immer das Wasser im Mund zusammen. Einmal hätte ich fast eine gekauft, bis ich die Fettwerte und Kalorienangaben auf der Rückseite las. Na und, was soll's, ich bin vierzig Jahre alt. Ich kann jede verdammte Torte kaufen, die ich will. Oder Wein. Wein und Eisbomben. Einen richtig guten Wein, nicht diesen billigen Fusel aus dem Kühlschrank.

Als ich auf die Straße trat und in mein Auto stieg, war mir, als betrete ich einen neuen Planeten. Wie lange war es her, dass ich das Haus verlassen hatte? Vier Tage. O Gott. Das spricht irgendwie für einen richtigen Job. Nicht übermäßig, aber ein bisschen schon. Der tief hängende Himmel an diesem Spätnachmittag im Dezember war von diesem verwaschenen Grau, das Regen oder Schnee verspricht, ich konnte mich nicht entscheiden. Bis ich in der Columbia Road parkte und die anderthalb Blocks zum Weinladen lief – da wurde mir die Entscheidung abgenommen. Schneeregen.

Am Weihnachtsabend zog ich eine alte Jogginghose an, eine schwarze Bluse und meinen bequemsten Pullover, eine verfilzte, schmutzig braune Strickjacke mit großen Taschen und nur noch einem Lederknopf. Die Aufmachung gefiel mir so gut, dass ich sie am nächsten Tag gleich wieder anzog. Und die beiden nächsten. Und heute. Ich hatte mir seit einer Woche nicht die Haare gewaschen – wozu auch? –, und ich brauche nicht hinzufügen, dass ich natürlich überhaupt nicht geschminkt war. Ich hatte das Haus in einem Regenmantel und meinen perlenbestickten Hausschuhen verlassen, ohne Strümpfe. Ein wunderbarer Anblick.

Mick bekam ihn zu Gesicht, als er die Tür zum Weinladen aufmachte und wir beinahe zusammenprallten. Er murmelte: »Entschuldigung«, und trat zurück – es dauerte zwei Sekunden, bis er mich erkannte. Im Nachhinein kann ich mich nicht entscheiden, ob das eine Beleidigung oder ein Kompliment war. Dann riskierte er einen zweiten Blick – auf einen unbeteiligten Zuschauer wirkte es vermutlich sehr komisch – und blieb wie angewurzelt stehen.

Ich auch. »Mick, hallo«, sagte ich meiner Meinung nach ganz beiläufig. Doch mir blieb das Herz stehen. Ich glaube, ich wurde weiß, doch er bekam leuchtend rote Wangen, als hätte man ihn geohrfeigt. »Wie geht's?« fragte ich. Ich stand gegen den Türrahmen gepresst, eine Papiertüte mit klirrenden Weinflaschen im Arm, und er hielt verkrampft die Glastür mit ausgestrecktem Arm auf.

»Emma.« Er konnte nicht einmal lächeln, er sah mich mit seinen brennenden Augen einfach nur an. Sein Schock half mir, meinen eigenen zu überwinden. Ich war beinahe so weit, etwas Kluges, vielleicht sogar Wahres zu sagen – »ich habe dich vermisst«, etwas in der Art –, als er mit dem Kopf in Richtung Straße deutete. »Meine Familie wartet draußen.«

Ah, ja, wirklich. Im Auto; ich erkannte den kleinen, weißen Ford, der einen halben Block entfernt am Straßenrand parkte. Durch den Schneeregen und die verschmierte Windschutzscheibe konnte ich die Konturen der Insassen allerdings nur verschwommen erkennen.

»Also dann. Sag ihnen viele Grüße. War wirklich schön, dich zu sehen.«

Keiner von uns rührte sich.

»Wie geht es dir, Emma?«

»Gut. Es geht mir gut. Und dir?«

Ich bin keine besonders gute Lügnerin, aber ich habe es wenigstens probiert. Mick versuchte es nicht einmal. »Schrecklich«, sagte er.

Ich spürte, wie mein Gesicht ganz heiß wurde. »Das ist nicht fair«, flüsterte ich. »Verdammt, das ist nicht fair.«

Ein Kunde und dann noch einer, die durch die Tür wollten, machten der Qual ein Ende. Wir mussten uns trennen; ich ging hinaus, und Mick hinein. Wir sagten uns nicht auf Wiedersehen, aber wir winkten uns durch die Tür zu. Wie bescheuert. Ich dankte Gott, dass mein Auto in der anderen Richtung stand, und Sally winkte ich nicht. Durch den kalten Schneeregen stapfte ich mit meinen Weinflaschen nach Hause.

Als an diesem Abend das Telefon klingelte, wusste ich, dass es Mick war. Manchmal erkennt man einfach am Klingeln, wer es ist. Ich hatte lange vor dem Kamin gesessen, das Feuer war heruntergebrannt. Gott sei Dank war ich nicht betrunken; ich hatte ein oder zwei Gläser von einem teuren Cabernet getrunken, doch dann hatte ich es sein lassen. Kein Interesse.

Beim dritten Klingeln hob ich in der Küche den Hörer ab und sagte mit klarem Kopf und fester, täuschend fröhlicher Stimme: »Hallo?«

»Herzlichen Glückwunsch zum Geburtstag.«

»Danke.« Es war Lee. Ich sank auf einen Stuhl und wartete darauf, dass sich mein Puls beruhigte. »Wie geht es dir?«

»Gut.« Vor noch nicht allzu langer Zeit hat sie diese Frage immer mit: »Ich bin nicht schwanger«, beantwortet, aber damit hat sie aufgehört. Niemand findet es mehr witzig, vor allem nicht Lee. Bis jetzt hat die In-vitro-Fertilisation nicht geklappt. »Wie ist dein Geburtstag?« fragte sie.

»Lausig.«

»O nein. Möchtest du vielleicht vorbeikommen?«

»Nein, danke.«

»Wir machen nichts Besonderes. Wir streiten uns nicht mal. Komm schon, wir heitern dich auf.«

»Nein, aber trotzdem vielen Dank, das ist nett von dir. Wirklich. Wie geht es dir?«

»Gut«, wiederholte sie. »Rudy ist von den Bahamas zurück.«

»Ach ja? Scit wann?«

»Seit heute.«

»Hat sie dich angerufen?«

»Ja.«

Ach, Mist. Rudy gratuliert mir nicht zum Geburtstag, aber sie kann Lee anrufen, um ihr zu erzählen, dass sie aus ihren »zweiten Flitterwochen« zurück ist – ich schwöre, so hat sie es genannt. »Wie klang sie?« fragte ich.

»So wie vorher.«

»Das heißt …«

»Nicht besonders. Ich glaube, sie hat nur angerufen, um mir zu sagen, dass sie morgen nicht zum Essen kommt. Dann sind wir nur zu dritt, du, Isabel und ich.«

Herrgott, wir fallen auseinander, wir vier. »Hat sie gesagt, warum?«

»Sie muss mit Curtis irgendwohin.«

Ich stieß einen wirklich ordinären Fluch aus, so dass Lee zischte wie eine Katze. Ich musste einfach fragen: »Redet sie in letzter Zeit mit dir? Hat sie dir irgendwas erzählt? Was mit ihr los ist?«

»Nein. Dann … hat sie dir auch nichts gesagt?«

»Nein, und ich weiß, dass sie auch nicht mit Isabel gesprochen hat, weil ich sie gefragt habe.«

Wir seufzten beide ins Telefon.

»Also«, sagte Lee niedergeschlagen. »Bis morgen Abend dann. Vergiss den Salat nicht.«

»Wann habe ich den schon mal vergessen?«

»Und du holst Isabel ab?«

»Natürlich.«

»Alles Gute zum Geburtstag, Em.«

»Gute Nacht, Lee.«

Wir legten auf.

Noch ehe ich aufgestanden war, klingelte das Telefon wieder.

»Hallo?«

»Emma? Hier ist Mick.«

Alles löste sich auf, nur meine Hand am Hörer und seine Stimme in meinem Ohr blieben übrig. Und ich fühlte mich ganz krank vor Verlangen. Er war es, und es war kein Traum. Ich war so nahe daran gewesen, mir einzureden, dass alles nicht wahr war – er war nicht der einzige Mann in meinem Leben, und ich würde darüber hinwegkommen.

»Darf ich dich sehen?« Er klang krank.

»Geht es dir gut?«

»Alles in Ordnung.« Er lachte. Es klang ärgerlich. »Außer ...«

In die Stille und sein tiefes, frustriertes Atmen phantasierte ich alles, was er nicht sagen konnte. Ich stellte mir vor, wie er in seinem Haus, wahrscheinlich in der Küche, stand, während Sally oben Jay ins Bett brachte. »Bist du zu Hause?«

»Nein, im Auto. Sally hat ein Handy.«

»Oh.« Soviel zu meiner Intuition. »Es klingt ziemlich nah.«

Wieder dieses humorlose Lachen. »Weil ich bei dir um die Ecke stehe.«

»O Gott.«

Ein paar schrecklich lange Sekunden war es ruhig, dann sagte er mit belegter Stimme: »Keine Angst, ich bin einfach gefahren und irgendwie hierher gekommen. Ich werde nicht …«

»Gib mir fünf Minuten.«

»Was?«

»Ich brauche fünf Minuten. Ich muss – ich bin nicht richtig angezogen. Aber dann komm.«

»Bist du sicher?«

»Ja. Ich lege jetzt auf.«

Er lachte, und diesmal war es ein echtes Lachen, nicht traurig oder gezwungen. Ich wartete, bis es völlig vorbei war, schwelgte einfach darin. Dann legte ich auf.

Fünf Minuten. Ich hätte zehn sagen sollen. Ich raste nach oben ins Bad und schaute in den Spiegel. Ich hätte eineinhalb Stunden sagen sollen.

Zum Duschen oder Umziehen war es zu spät. Keine Zeit, das Haus zu putzen oder neue Klamotten zu kaufen. Ich zog die angefressene Strickjacke aus und putzte mir die Zähne. Ich versuchte, mir die Haare zu kämmen, aber es war unmöglich, ich band sie kurzerhand zu einem Pferdeschwanz zusammen. Ich tuschte mir die Wimpern, ein bisschen Lippenstift. O Gott. Ich würde das Licht dimmen.

Unten war nicht einmal genug Zeit, das Feuer wieder anzufachen. Ich sammelte hastig die Zeitungen ein, die überall verstreut lagen, schüttelte die Sofakissen auf und pustete Krümel von den Beistelltischen. Ich stellte Musik an, dann machte ich sie wieder aus. Ob ihm mein Haus gefiel? Es war nicht besonders künstlerisch. Ich hatte ein paar Bilder, ein paar Drucke, die ich sehr gern mochte, aber wahrscheinlich waren sie unpassend. Verdammt, jetzt würde er es herausfinden, würde merken, dass ich billig, verlogen und einfältig war. Was für eine idiotische Idee das hier war. Als anständige, ordentliche Tragödie gefiel mir unsere Beziehung besser. Keine schmutzige Wirklichkeit. Untadelig.

Es klingelte an der Tür. Mein Herz machte einen gefährlichen Sprung – wenn das so weiterging, war ich morgen Früh tot. Tiefes, reinigendes Durchatmen. Ich setzte ein normales Gesicht auf und öffnete die Tür.

»Hallo«, sagten wir. Er brachte Kälte und Feuchtigkeit mit herein. Sein Gesicht war starr vor Kälte, die Ohren bläulich verfärbt. »Zieh den Mantel aus«, sagte ich. Als er ihn mir gab, merkte ich, dass seine Hände eiskalt waren. »Du frierst ja. Bist du gelaufen?«

»Eine Weile.« Er ging ins Wohnzimmer, auf den Kamin zu, doch als er sah, dass kein Feuer brannte, blieb er stehen.

»Es ist runtergebrannt«, sagte ich dümmlich. »Sollen wir uns hierher setzen?«

Er setzte sich auf einen Stuhl, ich hockte auf der Sofakante. Ein Fehler. Wie konnten wir so miteinander reden? Sehr merkwürdig – Mick und ich in meinem Wohnzimmer, wie wir uns über meinen schicken Sisalteppich hinweg anschauen. Wir waren nicht wir selbst, wir waren Schauspieler in einem Theaterstück.

»Möchtest du etwas trinken? Ich habe zufällig ein paar Flaschen Wein da.«

»Nein, danke.«

»Kaffee?«

»Das wäre wunderbar.«

Ich sprang auf. »Komm mit.«

In der Küche war es viel besser. Er lehnte am Tresen und sah mir zu, wie ich Wasser in den Kessel füllte, den Kaffee abmaß und ihn langsam aufgoss. Sehr arbeitsintensiv, dieses System, sehr gut, wenn man eine Beschäftigung brauchte. »Jay hat heute Geburtstag«, sagte er in die emsige Stille hinein.

Ich sah auf. »Wirklich?« So ein Zufall.

»Er wird sechs. Ich habe mir heute Nachmittag frei genommen. Er hat eine kleine Party im Zoo gegeben. Nur acht Freunde – als wir es planten, hörte sich das nicht viel an.« Er massierte seine Stirn, als hätte er Kopfschmerzen. »Wahnsinn.«

»Ach, du versuchst doch nur, eine Entschuldigung dafür zu finden, dass du im Weinladen warst.«

Wir lachten. Das lockerte die Spannung ein wenig.

Er begann, vor dem schwarzen Viereck des Fensters auf und ab zu laufen. Ich beobachtete ihn aus dem Augenwinkel. Er sah anders aus – schon wieder. Er trug graue Hosen, ein anständiges sportliches Jackett und eine locker gebundene blaue Krawatte. Er musste sich für seinen Halbtagsjob in seiner alten Kanzlei anständig anziehen. Wenn er ihn noch hatte. Den Umstand, dass ich nicht einmal das wusste, dass es hunderttausend neue Kleinigkeiten in seinem Leben geben konnte, von denen ich keine Ahnung hatte, fand ich plötzlich unendlich traurig.

»Wie geht es Isabel?« fragte er, nahm den roten Salzstreuer in Form eines Hahns in die Hand und stellte ihn wieder hin. »Und Rudy? Sally erzählt mir manchmal von Lee, aber von den anderen höre ich gar nichts mehr.«

Kein Wunder, dass ich ihn liebte. Er machte nicht nur Konversation. Es interessierte ihn wirklich, wie es meinen Freundinnen ging, er fragte nicht nur meinetwegen.

Ich goss den Kaffee in große Tassen und tat bei seinem viel Milch hinein. »Isabel ist sehr krank. Ich weiß nicht, was passieren wird.«

»Das tut mir Leid, Emma.«

»Ja.« Sein Mitgefühl brachte mich beinahe um. Ich war wirklich nahe am Abgrund. Ich reichte ihm seine Tasse und griff nach der Keksdose. »Möchtest du einen Keks? Rudy ist auch nicht gut drauf. Sie hat mit dem Kurs aufgehört. Wusstest du, dass sie angefangen hatte, Landschaftsarchitektur zu studieren?« Er schüttelte den Kopf. »Na ja, sie hat wieder aufgehört. Weiß Gott, was sie jetzt macht, ich weiß es jedenfalls nicht.« Meine Stimme klang so kalt und gleichgültig.

»Das tut mir Leid«, sagte er noch einmal.

»Ja, das Leben ist hart.« Ich stand kurz davor, mich lächerlich zu machen und zu heulen. »Warum bist du hergekommen, Mick? Um ein bisschen zu plaudern? Willst du eine Affäre mit mir anfangen? Aber wir wissen doch schon genau, was dabei herauskommen wird.« Ich hasste meinen Tonfall. Das hier war Wahnsinn – warum war ich so gemein zu ihm?

»Ich kann gehen ...«

»Nein, geh nicht, es tut mir Leid. Geh nicht. Ich bin – das solltest du wissen, es ist nur fair, dir das zu sagen –, wenn es mir schlecht geht, kann ich eine schreckliche Hexe sein, Mick.«

»Ich will nicht, dass es dir schlecht geht.«

»Zu spät. Du kannst nichts mehr daran ändern.« Wirklich nicht? Warum war er gekommen?

Vorsichtig stellte er seine Tasse ab. »Ich habe immer gedacht, ich würde dich wieder sehen. Ich konnte einfach nicht glauben, dass wir uns nie über den Weg gelaufen sind. Seit Monaten nicht.«

»Ich weiß. Ich habe dich gesehen. Auf der Straße, im Auto, im Kino. Aber in Wirklichkeit warst du es nie.« Nur eine arglistige Täuschung, ein Doppelgänger. Manchmal sahen sie ihm nicht einmal ähnlich; ich hatte ihn aus dem Gesicht irgendeines gut aussehenden Typs heraufbeschworen, aus dessen Augen, Haaren, Mund zusammengesetzt. Eine Fata Morgana.

»Und dann heute«, sagte er.

»Ja. Ein wunderbarer Anblick.« Mann, halt den Mund, Emma.

»Ein wunderbarer Anblick.« Er lächelte, doch es sollte kein Witz sein, und aus seinem Mund klang meine alberne Bemerkung gar nicht albern. »Es war, als würde ich rückfällig werden. Nur ein Drink, eine Zigarette.«

O Gott, hilf mir. Ich falle.

»Ich musste dich sehen. Lach nicht. Ich dachte – ich dachte, wenn wir uns nur noch einmal sehen, könnten wir uns danach in Frieden trennen.«

»Wirklich?« Ich nickte ernst, stimmte ihm durchaus zu. Es klang extrem bestechend, wenn er das meinte, was ich dachte. Den riesigen Haken an der Geschichte verdrängte ich lieber, so sehr wollte ich es.

»Dich nie wieder zu sehen …« Er berührte meine Hand, mit der ich mich am Küchentresen festklammerte. »Das ist schlimmer, als zusammenzusein. So kommt es mir vor. Unnatürlich, Emma. Wie eine – Sünde.«

»Eine Sünde.« Als Ex-Katholikin ließ mich das Wort erstarren. »Wäre es das für dich? Mit mir zu schlafen wäre eine Sünde?«

Er schüttelte den Kopf und lächelte hilflos.

»Gut, es ist mir egal. Dein schlechtes Gewissen oder deine unsterbliche Seele sind mir egal. Wie findest du das? Und deine Frau, dein glückliches Zuhause oder dein …« Ich schluckte, brachte es nicht heraus. All die Gründe, dass diese Idee genauso schlecht war wie jede andere, schlichen sich von hinten an und stürzten sich auf mich. »Dein Sohn«, beendete ich den Satz und versuchte, mutig zu klingen, obwohl ich dabei war, die Nerven zu verlieren.

Er tat das einzig Richtige – er nahm mich in die Arme und hielt mich fest.

Ich schloss die Augen, um den Schmerz und die Zweifel in seinem Gesicht nicht sehen zu müssen. Worte hatten uns noch nie weitergebracht – das hilft einfach nicht, wenn die Situation unhaltbar ist. Ich küsste ihn, um mich abzulenken, und es funktionierte; langsam löste sich alles auf, alles, bis auf Micks Mund, seine kratzigen Bartstoppeln und das Gefühl seiner Hand in meinem Nacken. Wir küssten uns, bis wir keine Luft mehr bekamen und uns nur noch liebkosten, bis es nur noch um Sex ging, nicht mehr um Trost oder die Sorge um den anderen. Ich wollte mich gehen lassen, aufhören zu denken, es einfach tun. Vielleicht würde sich etwas ändern, wenn wir es geschehen ließen, etwas, das wir nicht voraussehen konnten. Und es fühlte sich so natürlich an, die Beine zu öffnen, damit Mick näher kommen und mich gegen die scharfe Kante des Küchentresens pressen konnte, die hart und schmerzhaft gegen meinen Rücken drückte. Es machte mir nichts aus, dass es weh tat, ich wollte das Gefühl, wollte seine Hände überall auf mir spüren. »Nach oben«, murmelte ich – in der Horizontalen würde ich mehr von ihm haben.

Wir fassten uns an den Händen und liefen blind durch den Flur und die Treppe hinauf ins Schlafzimmer. Fast hätte ich kein Licht gemacht – aus

Angst vor seinem Gesicht –, aber das blaue, kalte Mondlicht ließ mich frieren. Ich sehnte mich nach Wärme, deshalb zog ich die Vorhänge zu und knipste die Nachttischlampe an.

An meinem hübschen, ungemachten Bett, das die Form eines Schlittens hatte, standen wir uns gegenüber und beobachteten einander. Meine Angst war berechtigt gewesen – sein Gesicht sagte alles. »Was ist?« fragte ich und fing an, meine Bluse aufzuknöpfen. Nicht sehr romantisch, aber einer von uns musste den Anfang machen. Mick drehte sich um und setzte sich auf die Bettkante. Doch er rührte sich nicht, machte seinen Gürtel nicht auf, zog auch nicht die Schuhe aus. Ich wusste genau, was geschehen würde.

Ich überlegte, ob ich ihn anschreien sollte, eine Szene machen, Wut und Scham ab jetzt freien Lauf lassen sollte – mal sehen, wie das war. Ich verwarf den Gedanken, doch ich war so wütend und verletzt, dass ich es ihn spüren lassen wollte. Ich machte meine Bluse nicht wieder zu, als ich um das Bett herumging und mich vor ihm aufbaute. Ich habe wundervolle Brüste – zwanzig Männer haben mir das bestätigt, sie sind das Beste an meiner Figur. Es hatte etwas Tröstliches, sie Mick vorzuführen, zu sehen, wie sich sein Blick verdüsterte und er die Augen niederschlug. *Siehst du, was dir entgangen ist,* dachte ich verächtlich und reckte die Brust noch ein bisschen vor.

Er lächelte. Er sah mich mit soviel Zärtlichkeit, soviel Verständnis an, dass ich anfing zu weinen.

»Ich bin so ein Idiot«, sagte er, ergriff meine Hand und zog mich neben sich. »Das weiß ich. Ich verachte mich genauso, wie du mich jetzt verachtest.«

»Das tue ich nicht, nein.« Aber ich musste flüstern. »Was ist geschehen?« Zwischen Küche und Schlafzimmer? Was ist schief gelaufen? Hätten wir es auf dem Küchentresen treiben sollen?

»Du weißt, was passiert ist. Ich habe lauter Lügen erzählt.«

»Was war gelogen?« fragte ich angstvoll.

»Dass wir es einmal tun können.«

»Ach, die Lüge. Denkst du, ich habe dir geglaubt?«

Er lächelte, und wir fingen gleichzeitig an, uns gegenseitig die Hand zu küssen. Es war ein bisschen wie Tauziehen. Ich legte den Kopf auf seine Schulter.

»Also hat sich im Grunde nichts geändert«, sagte ich benommen. »Du bist nur hergekommen, um mich zu foltern. Wieder einmal. Ich war fast über dich hinweg. Nein, war ich nicht.«

»Ich bin gekommen, weil ...« Seine Schultern hoben und senkten sich, als er seufzte. »Alles klingt so dumm. Ich könnte sagen, ich konnte nicht widerstehen. Ich könnte sagen, dass ich es satt hatte, mich nach dir zu sehnen, dass ich dich sehen musste. Ich weiß nicht, ob sich nichts geändert hat, Emma – irgendwas muss doch anders sein. Ich habe genug gelitten.«

»Ich auch.«

Er sah mich an. »Es gab keine anderen Frauen. Das hast du mich am Strand gefragt. Es gibt nur dich.«

»Ich habe dich noch etwas gefragt.«

An der Art, wie seine Wimpern flatterten, erkannte ich, dass er sich daran erinnerte. Eine ganze Weile sagte er nichts. »Ich schlafe mit meiner Frau. Ja. Nicht oft. Sie braucht – die Illusion, und ich versuche, sie ihr zu geben, wenn ich schon nichts anderes tun kann.«

»Die Illusion?«

»Dass wir eine Ehe führen.«

»Ah. Und du denkst, es ist ein Geschenk?«

Er rutschte hin und her, zuckte beinahe zurück. »Ich habe nicht die Hoffnung, dass ich es dir verständlich machen kann.«

»Versuch es.«

»Emma – ich bin alles, was sie hat. Obwohl ich glaube, dass sie mich die meiste Zeit hasst. Ich habe Angst, ihr Jay zu überlassen, und ich habe Angst, ihn ihr wegzunehmen.« Er sprach, als hätte er Glasscherben im Hals, so schwer fiel ihm das Reden. Er hasste es immer noch, Sally mir gegenüber zu verraten, selbst diese paar Sätze. Und das tat weh.

»Mick, warum hast du sie geheiratet?«

»Weil sie schwanger war.«

»Oh.«

Betretenes Schweigen.

Müde begann er, wieder zu sprechen. »Sie ist das Gegenteil von dir. Sie ist nicht stark. Sie hat sich immer darüber definiert, was andere Leute denken, ihre Familie, ihre Freunde.«

»Du.«

»Vor allem ich.«

»Hast du sie je geliebt?«

»Ich liebe dich.«

»Nein!« Ich verbarg mein Gesicht in meinen Händen. »Warum bist du hergekommen?« fragte ich ihn wieder. Eine seltsame Erschöpfung ergriff von mir Besitz. Ich fühlte mich beinahe krank.

»Ich glaube – ich bin gekommen, um dich zu bitten zu warten.«

»Warten? Weil du sie immer noch nicht verlassen kannst? Glaubst du immer noch, mit ihr zusammenzubleiben ist besser für Jay als eine Trennung?«

Er raufte sich die Haare. »Ich weiß es nicht.«

Ich war mir ziemlich sicher, dass das ja hieß. »Geh, Mick«, sagte ich und stand auf.

»Emma …«

»Ich bin nicht deine Psychotherapeutin. Komm nicht zu mir, um deine Probleme loszuwerden. Es ist – es ist das erste Mal, dass du so etwas Egoistisches getan hast, und es gefällt mir nicht. Die Wunde war schon fast verheilt, und jetzt kommst du und reißt alles wieder auf. Und willst nicht einmal mit mir schlafen. Geh, bitte, verschwinde für sechs Monate. Ich bin keine Masochistin. Bis dahin bin ich drüber weg. Das verspreche ich dir.«

Er stand auf. Er wird nie wütend – jetzt passte mir das überhaupt nicht. »Es tut mir Leid«, sagte er, »es tut mir Leid«, dann murmelte er etwas, das klang wie: »Mir war so kalt.« Und dann ging er.

Im Flur holte ich ihn ein, schlang von hinten meine Arme um ihn und presste meine Wange gegen seinen Tweedmantel. Ziemlich symbolisch –

kein Blickkontakt; ich halte den Mann fest, der mich immer wieder verlässt.

Er versuchte, sich umzudrehen, aber ich ließ ihn nicht. Es war besser, es so zu sagen. »Hör mir zu. Ich will dich heiraten, Mick. Kinder haben. Ich will mit dir ein armes Künstlerleben führen. Was ich nicht will, ist, eine vierzigjährige alte Jungfer sein, die eine Affäre hat. Oder auch nicht, das ist sogar noch schlimmer.« Ich spürte seinen Herzschlag unter dem weichen Hemdenstoff. »Ich kann nicht auf dich warten«, sagte ich, und meine blöde Stimme zitterte. »Darum hättest du mich nicht bitten dürfen. Ich muss mein Leben weiterleben. Ruf mich nicht an, und komm nicht mehr her; das macht alles nur schlimmer.«

»Ich weiß. Ich werde es nicht tun.« Er senkte den Kopf. »Ich liebe dich. Das sage ich nicht, damit du deine Meinung änderst, sondern damit du es weißt.« Er drückte meine Arme, nur ganz kurz, und dann verließ er mich.

Später, viel später rief ich Rudy an.

»Oh, Mist, du hast schon geschlafen.«

»Emma.«

»Es tut mir Leid.«

»Was ist los? Warte einen Moment ...« Sie legte die Hand über die Muschel. Gedämpfte Geräusche am anderen Ende. Ihr Schlafzimmertelefon ist schnurlos; ich sah sie vor mir, wie sie Curtis sagte, er sollte weiterschlafen, aus dem Bett schlüpfte und in den Flur oder ins Bad ging.

»Emma?«

»Ich habe gar nicht auf die Uhr geschaut, Rudy. Es tut mir wirklich Leid.«

»Schon gut.«

»Curtis ist wahrscheinlich jetzt sauer.«

»Nein, natürlich nicht.«

Das hätte ich nicht sagen brauchen, ich hörte es an ihrem Tonfall. Sie war schon immer empfindlich, was ihn betraf, deswegen hielt ich mich in ihrer Nähe mit meinen schlagfertigen Bemerkungen über Curtis zurück, doch in letzter Zeit war sie noch empfindlicher geworden. Irgend etwas richtig Schlimmes musste passiert sein, aber ich bekam einfach nicht heraus, was es war.

»Und, Rudy, wie war dein Urlaub?«

»Super.«

»Wirklich?«

»Ja.«

»Du klingst nicht so, als wäre alles super gewesen. Geht es dir gut?«

»Ich bin gerade aufgewacht.«

»Ach ja, stimmt.«

Schweigen. Sie wartete darauf, dass ich zur Sache kam. Das Gespräch lief so merkwürdig, dass ich beinahe nicht mehr wusste, warum ich sie angerufen hatte.

Dann fiel es mir wieder ein. »Ich habe Mick heute gesehen.«

»Oh.«

Oh? »Ja, im Weinladen in der Columbia Road. Du hättest mich sehen sollen, meine Mutter würde sagen, ich sah aus wie der Zorn Gottes. Wir haben nicht – wir haben uns nur angesehen und konnten eigentlich nicht viel reden. Es war so ein Schock, verstehst du? Und seine Familie wartete im Auto, deshalb …«

»So ein Mist.«

»Genau. Dann hat er mich heute Abend angerufen. Aus dem Auto. Ich habe gesagt, er kann vorbeikommen.«

»Oh, Em.«

»Ich weiß, aber es ging nicht anders. Ich meine, ich konnte ihn doch nicht *nicht* sehen, oder? Warte mal, wie viele Verneinungen waren das?«

»Hast du mit ihm geschlafen?«

»Nein. Fast.«

Sie seufzte. Es klang mitfühlend.

»Eigentlich war es eine Wiederholung der Szene am Strand, außer dass wir diesmal wirklich … wir haben endlich über die ganze Situation gesprochen, aber es ist hoffnungslos. Das war's also. Es ist vorbei, und ich bin …« Ich blute. Hilf mir.

»Das tut mir Leid, Em. Wirklich Leid. Vielleicht ist es so am besten.«

»Wahrscheinlich.« Ich wartete, aber mehr kam nicht. Kein Trost, kein Mitgefühl von Rudy heute Nacht. Ich hätte die Telefonseelsorge anrufen sollen.

»Ja«, sagte ich, »es ist ziemlich spät.«

»Stimmt. Ich muss ins Bett. Ich rufe dich an.«

»Wirklich? Das wäre ja was ganz Neues.«

Ach je, das hätte ich auch nicht sagen sollen. Diese kleine Spitze hätte mir nicht über die Lippen kommen dürfen. Ich hatte sie verletzt, das hörte ich an der Stille zwischen uns.

»Nacht, Rudy«, sagte ich sanft. »Tut mir Leid, dass ich dich geweckt habe.«

»Nacht, Em. Ich lieb dich wirklich.«

»Hey, das ist …«

Klick.

Mit gerunzelter Stirn und einem Lächeln auf den Lippen und ein bisschen atemlos legte ich langsam auf. »Ich lieb dich auch«, sagte ich.

Aber ich war krank vor Sorge. Obwohl sie nicht, wie sonst, der Fels in der Brandung war, tröstend und verständnisvoll, konnte ich nicht wütend auf sie sein. Mein gebrochenes Herz tat höllisch weh, doch es würde heilen. Eines Tages. Was auch immer Rudy hatte, vielleicht nicht. Wenn sie doch nur mit mir sprechen würde. Was war los? Was geschah mit ihr? Es hatte etwas mit Curtis zu tun, das stand fest, aber was?

Als wir miteinander telefonierten, musste ich immer wieder daran denken, wie sie mir vor Jahren geholfen hat, über einen anderen Mann hinwegzukommen. Peter Dickenson. Peter, das Schwein. Ich war verrückt nach diesem Kerl, total von Sinnen, ich wollte ihn heiraten. Halten Sie mich für zynisch, was Männer betrifft? Sie hätten mich vor sechs Jahren erleben sollen, P. P. Prä-Peter. Ich war das personifizierte Dummchen, ich war wie ein verdammtes Hündchen. Dieser Typ – er sah aus wie der Bruder von Alec Baldwin, der dünne, aalglatte, mit den zurückgekämmten Haaren, der, dem man nie trauen kann. Ich wohnte allein in einer großen Wohnung in Foggy Bottom und genoss meine Einsamkeit. Aber – und das ist die Geschichte von der Unschuld vom Lande – ich war so hin und weg von Peter, dem Schwein, dass ich ihm anbot, bei mir einzuziehen. Fast vier Monate lang lebten wir glücklich und zufrieden.

Eines Abends kam ich früh von einem Treffen der Engel nach Hause und – dreimal dürfen Sie raten. Genau. Aber egal wie abgedroschen die Geschichte ist, egal, wie oft sie in Schlagern oder Country-Western-Songs besungen oder in Seifenopern abgenudelt wird, wenn es einem selbst passiert, ist es gar nicht witzig. Ich erwischte sie klassisch, in flagranti, und zwar in meinem eigenen Bett.

Ich schlug die Tür gleich wieder zu, aber das Bild hat sich auf meiner Netzhaut eingebrannt. Das Liebespaar hatte mich auch gesehen, deshalb ging ich ins Wohnzimmer, setzte mich aufs Sofa und wartete. Es dauerte nicht lange. Peter tauchte als Erster auf, in seiner Unterwäsche. Er kniete vor mir nieder. Bla, bla. Er war gerade bei: »Sie bedeutet mir überhaupt nichts«, als das Mädchen herauskam. Wenigstens kannte ich sie nicht. Sie sah aus wie eine Studentin, lange Beine, jede Menge langes, blondes Haar. Sie erbleichte, als sie hörte, dass sie ihm nichts bedeutete – da tat sie mir tatsächlich ein bisschen Leid. Dann ging sie, und Peter hörte nicht auf zu reden. Und daran erinnere ich mich überdeutlich: Ich stellte meinen Fuß mitten auf seine nackte Brust und trat zu, sodass er umkippte und auf den Hintern fiel. Raus! erklärte ich ihm, doch er ging nicht. Also rief ich die Polizei. Das erste und einzige Mal, dass ich den Notruf wählte. Peter sah das Blaulicht und war verschwunden, ehe die Polizisten kamen.

Und damals – deswegen habe ich die Geschichte erzählt – rief ich Rudy an. Eigentlich sprachen wir gerade nicht miteinander. Eine lange Geschichte; es war direkt nach ihrer Hochzeit mit Curtis, und wir hatten seinetwegen Streit gehabt, den schlimmsten, seit wir uns kannten, und obwohl wir der Gruppe zuliebe so taten, als sei alles in Ordnung, war es das nicht. Doch ich rief sie an, und ich musste nicht mehr sagen als: »O Gott, Rudy«, und sie sagte: »Ich bin gleich da.«

Sie blieb die ganze Nacht bei mir. Ich weinte viel. Wir tranken Gin und rauchten tausend Zigaretten, und gegen sechs Uhr früh fuhren wir ins Howard Johnson's in der Virginia Avenue und aßen Speck und Pfannkuchen. Ich war fix und fertig, aber Rudy half mir, darüber hinwegzukommen – wirklich wahr. Wer weiß, wie lange ich Peter ohne sie nachgeweint hätte. Und wer weiß, was Curtis mit ihr gemacht hat, als sie erst um neun nach Hause kam? Das ist der Punkt. Deswegen bedeutet es, was unsere Freundschaft betrifft, gar nichts, dass sie diese gewagte Hilfsaktion heute Nacht nicht wiederholen konnte. Rudy und ich sind unzertrennlich.

Vor nicht allzu langer Zeit hätte ich noch gesagt, das Problem sind die Männer. »Männer machen alles kaputt«, hat meine Mutter immer gesagt; ich bin damit aufgewachsen, und nach einer Weile kann man schwer etwas dagegensetzten.

Doch jetzt liebe ich einen Mann, und er macht, wie man so schön sagt, seinem Geschlecht alle Ehre. Mir geht es miserabel, aber ich kann die Schuld daran nicht auf die übliche Weise verteilen. Ich kann niemandem eine Schuld geben, und das macht mich fertig. Nennt man das erwachsen werden? Wenn ja, dann bin ich dagegen. Mittleres Alter – das habe ich heute erreicht, und ich verabscheue es jetzt schon. Ich sehe in der Zukunft nur Einsamkeit, Reife, keinen Spaß mehr und Hormontherapie.

Herzlichen Glückwunsch, Emma. Willkommen im Rest deines Lebens.

25

LEE

Am späten Nachmittag kam der Anruf aus Dr. Jergens' Praxis. Ob es gute oder schlechte Nachrichten sind: Zwischen vier und fünf teilen die Schwestern den Patientinnen die neuesten Ergebnisse ihrer letzten Blutuntersuchung und der Labortests mit. Deshalb wusste ich, wer aller Wahrscheinlichkeit nach um Viertel vor fünf an einem kalten, bereits dunklen Nachmittag in der zweiten Januarwoche am Telefon sein würde. Ich hatte mich den ganzen Tag über schon so mutlos gefühlt. Eine Vorahnung? Ich ließ das Telefon dreieinhalbmal klingeln, und fast hätte ich gewartet, bis sich der Anrufbeantworter einschaltet.

»Mrs. Patterson?«

Es war Patti. Eine der netten Schwestern. Sie zeigt immer Mitgefühl, wenn es schlechte Nachrichten sind. Manche tun das nicht; sie könnten genauso gut Börsenkurse vorlesen, so nüchtern und geschäftsmäßig, wie ihre Stimmen am Telefon klingen.

»Ja?«

»Hallo, wie geht es Ihnen?«

»Gut. Und Ihnen?«

»Danke, gut. Ich rufe wegen der Ergebnisse Ihrer letzten IVF an.«

»Ja.«

»Es tut mir wirklich Leid. Diesmal hatten Sie kein Glück.«

Diesmal kein Glück. Und Henry hat Käse auf dem Einkaufszettel falsch geschrieben. »Kese« steht da. Ich habe so viele Magneten am Kühlschrank. Zu viele. Es sieht unordentlich aus. Auf einem steht: »Mein Karma hat mein Dogma überrannt« – ein Geschenk von Emma. Er hält ein Foto von den Engeln: wir alle vier auf den Stufen von Rudys Veranda im letzten Sommer. Wir sind braun gebrannt und sehen langbeinig und hübsch aus in Shorts und ärmellosen Oberteilen.

»Mrs. Patterson?«

Henry hat mit einem Magneten in Form eines Truthahnschlegels den Spielplan seiner Basketballmannschaft, den Wizards, am Kühlschrank befestigt. Heute Abend spielen sie gegen die Charlotte Hornets. Ein Auswärtsspiel.

»Mrs. Patterson? Sind Sie noch da?«

»Ja. Danke für den Anruf.«

»Nichts zu danken. Ich wollte Sie noch daran erinnern, den nächsten Termin bis Ende der Woche zu machen. Wenn Sie wollen, können Sie ihn auch jetzt gleich machen. Sie können natürlich auch, äh, warten.«

Ich habe einen Magneten, auf dem eine Umrechnungstabelle von Tassen in Liter und Milliliter ist. Ich fand ihn so praktisch, doch ich brauche die Maße selten.

»Hallo?«

Ganz ruhig legte ich auf.

Ich wollte den Hörer nicht loslassen. Und dann wollte ich nicht hinausgehen. Aber ich zwang mich, die Hintertür zu öffnen und dem Klang von Henrys Axt zu folgen, ein scharfes Krachen, das durch die eiskalte Abendluft schnitt wie berstendes Eis. Der Baumstumpf einer alten Ulme dient ihm als Hackklotz. Ich sehe ihm gerne zu, wenn er die schweren, scheinbar unteilbaren Eichenstämme auf den Hackklotz legt, ausholt und sie mit einem einzigen, sauberen Hieb spaltet.

Er hörte mich nicht. Er drehte sich um und wollte nach einem Stück Holz greifen, das heruntergefallen war. Da sah er mich, richtete sich auf und begann zu lächeln. Dann hielt er plötzlich mitten in der Bewegung inne, die Axt baumelte locker in seiner Faust.

»Sie haben angerufen.«

Er kam auf mich zu, ließ die Axt fallen, Holz und Laub knackten unter seinen grauen Arbeitsstiefeln. »Wo ist dein Mantel? Du wirst hier draußen frieren.«

Alles wurde plötzlich sehr klar. Die schmutzigen, schwarzen Scheiben der Garage, die dunklen Stellen zwischen den Ziegeln, wo der Mörtel herausbröckelt, ein tränenförmiger Kaffeefleck auf Henrys Winterjacke. »Ich bin nicht schwanger. Es hat nicht geklappt.«

»Lee, Liebes.« Er streckte die Hand aus, berührte nur meinen Ellbogen mit den Fingerspitzen. Ich zuckte zusammen. Er wich zurück.

»Es ist vorbei.«

»Was?«

»Viermal. Das ist genug. Ich werde es nicht noch einmal versuchen.«

Ich wartete darauf, dass er nicken würde, traurig, aber verständnisvoll, mich in den Arm nehmen und mir sagen würde, dass es die richtige Entscheidung war. »Es ist vorbei«, echote er, mehr für sich selbst. Auf seiner glatten Stirn trocknete der Schweiß. Er sah mir in die Augen – vergewisserte sich, dass mit mir alles in Ordnung war. Ich fühlte sehr wenig; fast gar nichts. Ich war nur müde. »Okay.« Henry schluckte. »Bist du dir sicher?«

»Ja.«

Er wandte sich ab, ging zurück zu seinem Hackklotz und begann, das Brennholz in die Schubkarre zu werfen. Ich wartete, während er sich bückte und wegdrehte, mit beiden Händen nach den Holzscheiten griff und sie, ohne sich aufzurichten, in die Schubkarre warf. Er traf jedes Mal. Ich erhaschte einen Blick auf sein Gesicht. Aus Versehen – er versuchte, es mir nicht zu zeigen. Er weinte.

Vor Schreck war ich wie versteinert. Langsam begann ich, etwas zu fühlen. Hitze breitete sich brennend in meiner Brust aus. »Henry?« Ich packte ihn am Arm – erwischte den Ärmel seiner Jacke. Ich zog und zog, bis er mich anschauen musste. Tränen liefen ihm über die vor Kälte geröteten Wangen. »Ist es ein Fehler? Ich werde es noch mal versuchen. Liebling. Ich tue es noch mal, wir können es wieder versuchen.«

»Nein. Das will ich nicht, Lee. Ich will, dass du aufhörst. Ich bin – es ist …«

»Traurig.«

Er knöpfte seine Jacke auf und zog mich an sich, wickelte mich ein, und sofort linderte seine Körperwärme das Brennen in meiner Brust. Ich legte meine Hände auf sein nasses Gesicht und hielt ihn fest. Ich hatte Henry noch nie weinen sehen, niemals. Ich schmolz. Ich taute von innen her auf.

»Es tut mir so Leid.«

»Sag das nicht …«

»So Leid. Oh, Henry, es tut mir so Leid.«

»Es ist gut.« Er zog mich fester an sich. »Lee, ich liebe dich.«

»Ich weiß. Es tut mir so Leid.« Ich gab auf und weinte.

Und es tat nicht weh. Es brannte nicht wie Säure in meinen Augen, ich spürte keine Angst, keine Verzweiflung. Auch Henry weinte, und ich dachte, vielleicht hilft es gegen den Schmerz, wenn wir gemeinsam weinen. Ich weiß, dass es ein Anfang war. Isabel hat einmal gesagt, dass Hoffnungslosigkeit manchmal ein Segen ist, und jetzt erkenne ich, dass das stimmt.

»Komm mit hinein. Wir können uns gegenseitig wärmen«, sagte ich, und so fing es an. Henry und ich begannen, wieder gesund zu werden.

Anfang Februar fand das Treffen der Engel endlich bei Isabel zu Hause statt. Sie hatte es zweimal hintereinander in letzter Minute abgesagt – einmal war sie zu müde, das andere Mal hatte sie einen späten Termin beim Arzt –, aber als ich sie am Donnerstagnachmittag anrief, um zu fragen, ob es dabei blieb, sagte sie: »Ja, kommt, kommt nur. Ich kann es kaum erwarten, euch zu sehen.«

Auf dem Weg zu ihr fuhr ich auf der Connecticut Avenue hinter einem Subaru Kombi her. An jeder roten Ampel zwischen Van Ness und dem Zoo winkten mir zwei kleine Mädchen vom Rücksitz zu. Am Anfang winkte ich zurück, warf ihnen sogar eine Kußhand zu; doch sie wurden immer wilder und alberner, und sehr bald machte ich ein ernstes Erwachsenengesicht, um sie zu beruhigen. Sie waren ungefähr sechs oder sieben, keine Schwestern, eher Freundinnen, dachte ich, die eine blond, die andere dunkel. Sie drückten sich die Nasen an der

Scheibe platt, streckten mir die Zunge raus, duckten sich, sprangen plötzlich wieder hoch und schnitten Grimassen, um mich zu erschrecken. Das Lachen und Kreischen muss wohl zu laut geworden sein: Plötzlich schauten sie nur noch nach vorne, es gab keine fröhlichen Gesichter mehr. Die Frau auf dem Fahrersitz musste ein Machtwort gesprochen haben. Danach grinsten mich die Mädchen nur noch ab und zu durch die Rückscheibe an – ein paar verschwörerische Blicke. Aber ich war schnell vergessen und an der Woodley Street bog der Subaru ab.

Erst ein paar Straßen weiter fiel es mir auf: Ich hatte nicht geweint. Bis vor kurzem hätte ich das unweigerlich getan. Ich glaube, langsam bekommt mein Herz eine Hornhaut. Henry und ich sind kinderlos. Kinderlos. Manchmal sage ich es laut, weil ich daran glaube, dass es gut ist, die Dinge beim Namen zu nennen.

Das ist ein Geheimnis: Ich habe mit dem Gedanken gespielt, Dr. Greenburg, Rudys Therapeuten, anzurufen und einen Termin auszumachen. Da würden die Engel sicher staunen. Lee, die Normale, braucht einen Psychiater? Ich werde es wahrscheinlich nicht tun. Heutzutage klingt das vielleicht altmodisch, aber ich glaube an die Unabhängigkeit, daran, dass jeder Mensch selbst für sein Glück verantwortlich ist. Ich habe natürlich nichts dagegen, wenn andere psychologische Hilfe in Anspruch nehmen – mit meiner Einstellung könnte ich in meinem Beruf nicht lange bestehen –, aber ich glaube, für mich ist das nichts. Die Pavliks gehen nicht zum

Psychiater. Wie sollte ich das meiner Mutter erklären?

Emma machte mir die Tür auf. »Wo ist sie«, fragte ich leise. »Geht es ihr gut?«

»Klar. Sie ist in der Küche. Komm rein.«

Isabel saß am Tisch. Sie stand nicht auf, aber sie breitete die Arme für mich aus. Ich umarmte sie lange und sanft. »Wie geht es dir? Wie fühlst du dich? Du siehst wunderschön aus.« Ja, aber auch zerbrechlich und müde. Ihr Pullover und ihre Hosen ließen ihren Körper winzig erscheinen, auch die Perücke wirkte viel zu groß für ihr mageres Gesicht. Ich wünschte, sie würde sie nicht mehr tragen; ich mochte ihr eigenes, kurzes, sprödes Haar viel lieber.

Sie sagte, was sie immer sagte: »Es geht mir gut«, tätschelte meinen Rücken und strahlte mich mit so viel Freude an. Ich spürte, wie sich in meinem Hals ein Kloß bildete. »Was hast du in der Tüte?« fragte sie.

»Das Essen. Hast du den Reis gemacht?« Sie hatte zwar darauf bestanden, dass wir uns bei ihr zu Hause treffen, doch wir ließen sie nicht kochen. Nur den Naturreis, weil der Hauptbestandteil ihrer neuen Diät war.

»Kirby hat ihn gekocht«, sagte sie. »Er ist nicht da; er spielt heute Theater. Ich soll euch ausrichten, dass er euch alle liebt.«

»Was für ein Kerl«, sagte Emma und blickte von dem Gemüse auf, das sie für den Salat schnitt. »Nicht jeder Mann würden einer Frauengruppe ausrichten lassen, dass er sie alle liebt. Das ist wahrscheinlich nicht männlich genug.«

»Wohl wahr«, erwiderte ich. »Henry lässt einfach nur grüßen. Emma, was ist das? Ist das Spinat?«

»Ja.«

»Isabel darf das nicht essen.«

»Oh, Mist. Isabel?«

Sie zuckte lächelnd die Achseln. »Das ist jedenfalls die Theorie.«

»Ich habe noch Chicorée«, sagte Emma zu ihrer Verteidigung, »das ist sehr yang. Rhabarber allerdings ist fast nur yin, wusstest du das? Den darfst du nicht essen.«

»Angeberin«, sagte Isabel. Wir haben uns alle makrobiotische Kochbücher gekauft und bringen Isabel abwechselnd an ein paar Abenden in der Woche das Essen. So hat Kirby ab und zu Pause.

»Rudy kommt zu spät«, bemerkte Emma. »Na ja, das ist nichts Neues. Vielleicht kommt sie ja überhaupt nicht.«

»Hat irgend jemand mit ihr gesprochen?«

»Eigentlich nicht«, sagte Isabel. »Sie kommt manchmal vorbei, aber sie bleibt nie lange. Kaum ist sie da, ist sie schon wieder weg, und sie spricht nie über sich.«

»Ärgerlich und nicht normal«, murmelte Emma.

Ich fing einen Blick von Isabel auf. Was auch immer mit Rudy los war – Emma war am meisten verletzt. Bis jetzt hatten sie meines Wissens noch nie Geheimnisse voreinander gehabt. Ich konnte mir nicht helfen, aber ich fand, dass Rudy die ganze Gruppe im

Stich ließ, nicht nur Emma. Ja, sie hatte Probleme – na und? Wer hatte die nicht? Ich hatte keine Ahnung, was ihr Problem war, aber schlimmer als Isabels Situation konnte es nicht sein. Wenn es je eine Zeit gab, in der wir zusammenhalten und unsere persönlichen Neurosen hintanstellen sollten, dann jetzt.

Das sagte ich natürlich nicht laut. Es hätte eine Regel gebrochen – eine Regel, die ich übrigens nicht aufgestellt habe; eigentlich haben wir es nie ausgesprochen, nie darüber diskutiert. Wenn jemand von uns etwas Negatives über eine andere aus der Gruppe sagt (Emmas Anspielung: »ärgerlich und nicht normal«, zum Beispiel), darf niemand eine kritische Bemerkung hinzufügen. Das würde das Gleichgewicht stören; es würde sich aufschaukeln. So etwas ist nie geschehen, aber ich glaube, wenn wir fünf sind, nehmen wir die Regel nicht so ernst. Doch, wie gesagt, es ist noch nie passiert. Wenn überhaupt, halten wir eher mehr zusammen, wenn wir zu fünft sind. Wir vier, meine ich. Wie ein Mann treten wir der armen Neuen gegenüber und lassen sie wissen, dass sie, die vorübergehende, es ja nicht wagen darf, eine von uns zu kritisieren.

»Wenigstens trinkt sie nicht«, meinte Emma, als wolle sie ihre bissige Bemerkung von vorhin wieder gutmachen. »So weit wir wissen. Aber woher sollen wir es eigentlich wissen?«

»Sie ist unglücklich, Emma«, sagte Isabel.

»Das weiß ich.« Mechanisch zerhackte sie ein Brokkoliröschen zu Pulver. »Aber wer ist das nicht? Kannst du mir das sagen?«

»Wie läuft es mit dem Schreiben?« Nach dem Blick, den sie mir zuwarf, hätte ich die Frage wohl besser nicht gestellt.

»Ich habe alles in den Müll geworfen«, brummte sie.

»O nein. Den Krimi?«

»War es das? Danke, dass du mir das sagst. Ich war mir nie sicher.«

»Was wirst du als nächstes versuchen?« fragte Isabel.

»Na ja … vielleicht eine Liebesgeschichte.«

Ich lachte. »Du?« Aber es sollte kein Witz sein. »Tut mir Leid«, sagte ich, als ich es begriffen hatte. »Ich dachte nur, du weißt schon, dass du zu …«

»Was? Was bin ich?«

»Zu zynisch. Vielleicht. Für Liebesgeschichten. Aber woher soll ich das wissen.«

»Ja, woher sollst du das wissen.«

»Ich finde nicht, dass du zu zynisch bist«, sagte Isabel nachdenklich. »Ja, eigentlich bist du überhaupt nicht zynisch.«

Emma wurde rot.

Einen Augenblick später überraschte sie mich, indem sie mich mit der Hüfte anstieß, als wir beim Schneiden nebeneinander standen. »Du bist dran, Lee-Lee. Wie geht es dir?«

Diesen Kosenamen benutzt Emma nur sehr selten, meistens, wenn sie zu viel Wein getrunken hat. Oder wenn sie Angst hat, mich verletzt zu haben. »Oh«, sagte ich, »mir geht es gut.«

»Wirklich?«

»Wirklich.« Ich erzählte ihnen von den beiden Mädchen im Auto und dass ich nicht geweint hatte. »Hauptsächlich bin ich erleichtert.«

»Und bist du dir immer noch sicher, dass es das Richtige war? *Ich* finde, es war richtig«, sagte Emma schnell. »Ich meine, das heißt nichts, aber ich fände es furchtbar, wenn du deine Entscheidung bedauerst.«

»Ja.« Es gibt Zweifel und es gibt Bedauern. »Wir haben alles versucht.«

»Genau. Ihr habt alles getan, und jetzt könnt ihr zurückblicken und …«

»Wir hätten uns natürlich noch auf die Liste für eine Eispende setzen lassen können.«

»Aber was genug ist, ist genug.«

»Das dachten wir auch. Wir hatten beide das Gefühl, jetzt ist es an der Zeit aufzuhören.«

»Wie geht es Henry?«

»Auch besser. Es geht uns beiden besser.« Ich lachte. »Wir fangen an, uns daran zu erinnern, warum wir uns mögen.«

»Da bin ich aber froh.« Emma stieß mich mit der Schulter an – noch so eine ungewohnt liebevolle Geste. »Sag dem alten Lümmel, ich lasse ihn auch grüßen.«

»Wollen wir auf Rudy warten, oder soll ich anfangen zu kochen?« Ich wollte einen Eintopf aus Kürbis, Steckrüben, Lotoswurzeln und Kichererbsen kochen. Ich habe ihn schon mal gemacht – er schmeckt besser, als es klingt.

Isabel sagte: »Warten«, und Emma sagte gleichzeitig: »Kochen.«

»Dann warte ich noch ein paar Minuten«, entschied ich. Ich setzte mich mit einem Glas Wein für mich und einer Tasse grünen Tee für Isabel zu den beiden an den Tisch. Kirby kocht jeden Morgen gleich vier Liter davon. Sie schwört, dass er ihr gut tut.

»Was macht dein Liebesleben?« fragte ich Emma. Ich war ein bisschen unsicher, weil ich so ein banales Thema anschnitt. Sollten wir nicht über wichtigere Dinge sprechen? Den Sinn des Lebens zum Beispiel? Aber das haben wir noch nie getan. Wir sprachen über dieselben Dinge wie immer. Isabel schien nichts dagegen zu haben; sie sprach nicht viel, aber sie schenkte uns ihr sanftes Lächeln und ließ ihre Augen friedlich und ruhig auf derjenigen ruhen, die gerade sprach. Manchmal war ich mir nicht einmal sicher, ob sie überhaupt zuhörte; sie wirkte so verträumt, als lausche sie nur dem Klang unserer Stimmen.

»Mein Liebesleben?« Emma rutschte ein Stück auf ihrem Stuhl herunter. »Das ist ein Widerspruch in sich.« Sie war ganz in Schwarz gekleidet. Schwarze Jeans, schwarzer Pullover, schwarze Stiefel. Hoffentlich ist das nur eine Phase, denn Schwarz ist nicht ihre Farbe.

»Ich dachte, du bist mit diesem Makler zusammen?«

»Stuart? Nicht mehr.«

»Und was ist mit dem Anwalt? Bill, Will …«

»Phil. Wir passten nicht zusammen.«

Ich seufzte. »Keine Ahnung, was ich noch tun soll. Mir fällt schon seit einem Jahr niemand mehr ein, mit dem ich dich zusammenbringen könnte.«

»Du bist der einzige Lichtblick in dem Morast meines Lebens.«

»Wie undankbar.«

»Kupplerin.«

»Dann gibt es also niemanden?« Isabels Stimme hat sich verändert. Ich kann mir nicht vorstellen, warum. Sie ist irgendwie höher geworden, heller, ein bisschen atemlos. Sie fuhr mit dem Zeigefinger über Emmas Hand, als wolle sie sagen, lass uns einmal ernst sein. Es gefiel mir gar nicht, wie die Knöchel an ihrem Handgelenk aus dem Ärmel ihres Sweatshirts herausstachen; sie waren zu weiß und zu spitz, die Haut spannte sich darüber. »Bist du sicher, Em? Keinen Menschen.«

Emma sah sie beunruhigt an – als hätte sie Angst, Isabel wüßte etwas, was sie nicht wissen sollte. Dann zog sie den Kopf ein und betrachtete intensiv ihr Weinglas. Als sie nicht antwortete, fiel mir etwas ein.

»Was ist eigentlich aus dem verheirateten Mann geworden?«

»Über den will ich lieber nicht reden«, fuhr sie mich an.

»*Entschuldige* …«

»Oh, Lee, tut mir Leid.« Sie lächelte, versuchte, mir ein Lächeln zu entlocken. »Tut mir wirklich Leid, ich kann es einfach nicht lassen. Dieser Typ ist nur …« Sie schüttelte den Kopf.

»Aber das ist doch schon Monate her, das war im *Frühling*. Bist du immer noch nicht über ihn weg?

Mensch, Em, das wusste ich nicht. Du hättest etwas sagen sollen.« Sie hatte uns nicht einmal seinen Namen verraten.

Sie warf Isabel einen Blick zu. »Vielleicht hätte ich das tun sollen. Aber die Sache ist die, der Mann ist verheiratet. Ich wollte einfach nicht über ihn reden.«

»Aber ihr habt doch gar nichts getan«, warf ich ein. »Oder …« Hm.

»Haben wir auch nicht. Zufällig.« Aber besonders glücklich sah sie nicht aus.

»Und – liebst du ihn wirklich?«

Sie sah mich grimmig an. »Ja, aber lass uns nicht darüber reden. Es wird sich nichts ändern, was soll's. Was?« fragte sie Isabel herausfordernd, die sie nur ansah. »Keine weisen Worte von dir?« Es klang unecht, aber ich war sicher, dass ich in ihren Augen einen Hoffnungsschimmer aufblitzen sah.

Isabel drückte Emmas Hand. »Was für ein Durcheinander«, sagte sie sanft. »Die große Liebe. Endlich.«

»Ja.« Sie rang sich ein Lächeln ab. »Mein großes Glück.«

»Vielleicht klappt es ja noch.«

»Das glaube ich nicht, Is. Ich glaube, ich kann mit Sicherheit sagen, dass ich verloren habe.«

Stumm und traurig saßen wir um den Tisch, bis ich mir die Frage nicht verkneifen konnte: »Warum muss es uns allen gleichzeitig schlecht gehen?« Ich drehte mich zu Isabel um – als wüßte sie eine Antwort, und Emma tat dasselbe. »Ist es Karma? Eine gemeinsame Sünde, die wir vor langer Zeit begangen haben und an die wir uns nicht erinnern können?«

»Ich weiß – es ist wegen der Lüge, die wir dieser – wie hieß sie noch? – aufgetischt haben. Dieser schrecklichen Frau, die du angeschleppt hast, Lee. Dass die Gruppe sich aufgelöst hat, damit wir sie loswerden.«

Isabel lachte. »Ich glaube nicht, dass wir eine Sünde begangen haben. Karma – wenn es so etwas gibt«, sagte sie zu Emma gewandt, »– ist keine Strafe, es ist eine Lektion. Wir müssen alle irgendwann unsere Lektion lernen. Wenn nicht in diesem Leben …« Sie lächelte und ließ den Rest des Satzes in der Schwebe.

»Das *Karma-Curriculum*«, sagte Emma und grinste.

»Genau.«

»Also, ich glaube, das gefällt mir nicht«, sagte ich. »Das hier sind schreckliche Lektionen, die ich nie lernen will.«

Isabel lächelte nur, aber Emma meinte grimmig: »Ich auch nicht«, und in diesem Augenblick war sie mir sehr nah. Näher als Isabel.

Wir beschlossen, ohne Rudy mit dem Essen anzufangen. Ich briet gerade das Fleisch an, als es klingelte. »Wird aber auch Zeit«, brummte Emma, doch sie war erleichtert, das sah man ihr an. »Ich gehe schon.«

Über dem Geräusch von zischendem Öl hörte ich sie sagen: »Um Himmels willen! Was ist passiert?«

Ich drehte mich um. Isabel hatte sich halb von ihrem Stuhl hochgezogen und starrte schockiert ins Wohnzimmer. Rudy erschien in der Tür zur Küche, noch vor Emma. Ich drehte das Gas ab und rannte zu ihr.

»Rudy, was ist geschehen? Hattest du einen Unfall?«

»Was?« Sie sah mich durch einen Tränenschleier an. Ihr nasses Gesicht wurde leuchtend rot, und sie schluchzte erstickt. »Ob ich was hatte?« Emma umklammerte den Ärmel ihres Mantels, auf dem der Schnee schmolz. Als Isabel endlich aufgestanden war und auf sie zugehen wollte, sagte Rudy: »Mir geht es gut, niemand ist tot, niemand verletzt«, und Isabel zitterte vor Erleichterung – wir alle zitterten.

»Setz dich«, befahl Emma, zog ihr den Mantel aus und schob sie auf einen Stuhl. »Erzähl uns, was passiert ist. Du hattest keinen Unfall, das ist …«

»Doch, hatte ich. Gerade eben, direkt vor deinem Haus.«

»Vor meinem Haus?« Emma starrte sie an.

»Ich habe vergessen, dass wir uns heute treffen. Ich bin ziellos durch die Gegend gefahren und schließlich bei dir gelandet, und beim Einparken habe ich einen Hydranten gerammt. Aber es macht nichts. Es war Curtis' BMW.« Sie griff nach Emmas Weinglas, trank zwei große Schlucke und rang nach Atem.

Über ihren Kopf hinweg tauschten wir Blicke aus. War sie betrunken? Ich holte eine Schachtel Kleenex von der Fensterbank und stellte sie vor Rudy hin.

Sie zupfte drei auf einmal heraus und vergrub ihr Gesicht darin. Sie sah furchtbar aus, ihre Haare waren nass und zerzaust, ihre Augen blutunterlaufen, und sie hatte einen irren Blick. »Okay. Folgendes ist passiert: Curtis hat gesagt, er hat Krebs und muss vielleicht sterben.«

»Nein!« schrie ich. Emma atmete hörbar ein, und Isabel sagte: »Oh, mein Gott, mein Gott«, und sank auf ihrem Stuhl in sich zusammen.

»Nein!« Rudy ergriff ihre Hand. »Nein, es ist alles in Ordnung«, sagte sie, und ihre grauen Augen schwammen in Tränen. Sie drückte Isabels Hand viel zu fest. »Er ist nicht krank, es geht ihm gut, alles in Ordnung.«

»Was? Oh, Gott sei Dank«, hauchte Isabel und sah sich verwirrt um.

Rudy lachte und ließ ihre Hand los. Ein seltsames Lachen. Es jagte mir einen Schauer über den Rücken. »Ich habe ihn verlassen. Kann ich bei dir bleiben?«

Emma nickte dümmlich. »Du hast was?«

»Rudy, um Himmels willen«, sagte Isabel, »erzähl uns, was los war.«

Emma und ich ließen uns links und rechts neben Rudy auf einen Stuhl fallen, und wir beugten uns alle drei gespannt vor. Sie gluckste vor Lachen, diesmal klang es viel natürlicher. »Ihr Süßen – Gott sei Dank ...«

Sie putzte sich noch einmal die Nase, und dann erzählte sie uns die Geschichte.

»Also gut. Im November hat Curtis mir erzählt, dass man bei ihm die Diagnose chronisch lymphatische Leukämie gestellt hätte – CLL. Man kann sie nicht heilen, aber sie verläuft nicht immer tödlich. Er sagte, dass er eine schleichende Form habe, er könne gut noch fünf bis zehn Jahre leben, und bis dahin könne man die Krankheit vielleicht sogar heilen. Er war sehr zuversichtlich.«

»Halt – hast du nicht gesagt, er ist nicht krank?« hakte ich nach. »Er hat keine Leukämie.«

»Er hat keine Leukämie.«

»Himmelherrgottsakrament.« Emma starrte in die Luft, und drückte die Fingerspitzen gegen die Stirn, sodass ihre Augen noch riesiger wirkten.

»Ich fand es merkwürdig, dass er so selten zum Arzt musste und ich nie mitkommen durfte. Er wollte mich nicht aufregen, sagte er. Jeden Morgen nahm er Pillen, aber das war alles.« Rudy sah uns hilflos an. »Ich glaube, es waren Vitamine.«

»Heiliger Strohsack.«

»Die meiste Zeit schien es ihm gut zu gehen, und er hatte richtig gute Laune. Ich dachte, sie hätten ihm ein Antidepressivum verschrieben oder ein Aufputschmittel, damit er nicht niedergeschlagen ist. Ab und zu sagte er, dass er müde sei oder schwindelig, weil seine Leukozyten zu niedrig seien, und einmal, im Kino, sah er alles doppelt.

»Was? Bei Leukämie?« Emmas ungläubige Frage brachte uns zum Lachen, aber bis jetzt war die Geschichte nicht lustig. Ich konnte mir nicht vorstellen, was daran witzig sein sollte.

»Er sagte, die Ärzte hätten ihm erklärt, seine Symptome seien völlig normal, von Zeit zu Zeit könnten kleine Schwächeanfälle auftreten, aber ich solle mir keine Sorgen machen. Jetzt weiß ich, dass er die Schwächeanfälle nur bekam, wenn wir Streit hatten. Oder wenn ich ihn angefleht habe, es wenigstens Eric erzählen zu dürfen. Und euch«, fügte sie hinzu, doch sie sah Emma dabei an. »Er wollte nicht, dass ich es euch erzähle. Ich musste es ver – ver …« Sie brach von neuem in Tränen aus.

»Oh, Rudy.« Emma nahm sie in die Arme. »Es ist gut, alles ist gut, Rudy«, beruhigte sie sie und wiegte sie sanft. »Es ist gut, ich verzeihe dir.«

Isabel und ich bekamen feuchte Augen. Es klang so lustig, als Emma sagte: »Ich verzeihe dir«, und doch war es das, was Rudy wollte. Vergebung.

»Dann bin ich zu Dr. Slater gegangen – er ist unser Hausarzt. Ich hatte das Gefühl, dass Curtis mir nicht alles gesagt hat, und ich wollte auch das Schlimmste erfahren. Ich dachte, dass es schlimmer ist, als er mir erzählt hat, dass er deswegen so geheimnisvoll tut – um mich zu *schützen*. Mein Gott.« Sie presste ihre zitternden Hände gegen ihre Wangen. »Könnt ihr euch das vorstellen?«

»Nein. Hier«, sagte Emma, füllte das Weinglas auf und schob es ihr hin.

Doch sie übersah es und redete weiter. »Also bin ich zu Dr. Slater gegangen. Heute. Heute Nachmittag – Gott, es ist, als wäre es Wochen her. Vielleicht finde ich es eines Tages lustig, wenn ich zurückdenke und sein Gesicht vor mir sehe, als ich ihn fragte, wie lange Curtis noch zu leben hätte.«

Emma sah sie mit offenem Mund an, dann lachte sie. Sogar Rudy lachte vor Entsetzen.

»Er sagte, er hätte keine Ahnung, wovon ich rede. Ich habe mit ihm gestritten.« Sie verbarg das Gesicht in ihren Händen. »Ich war so schwer von Begriff.«

»Nein«, setzte Isabel an, aber Rudy ergriff ihre Hand.

»Wartet«, sagte sie, »es kommt noch schlimmer.« Ihre Augen glitzerten. Sie verzog die Lippen zu einem schrecklichen Lächeln. »Seid ihr so weit? Ich erzählte Dr. Slater, dass ich nicht mehr versuchen würde, schwanger zu werden, seit ich wüßte, dass Curtis Leukämie hat, und er sagte – er sagte ...«

»*Was*?«

»Curtis hat sich sterilisieren lassen.«

»Nein!«

»Letztes Jahr. Erinnerst du dich daran, wie ich dir erzählt habe, dass wir den ganzen Dezember nicht miteinander geschlafen haben?« Emma nickte. »Deswegen. Die Wunde musste heilen! Und gleich danach hat er gesagt, er will ein Kind von mir haben.«

Benommen lehnte sie sich an. Sie weinte nicht mehr. Sie sah aus, als hätte sie jemand k. o. geschlagen und sie würde gerade wieder zu sich kommen.

Isabel und ich brachten vor Schreck kein Wort heraus, aber Emma fluchte für uns alle zusammen. »Was zum Teufel wollte dieser Hurensohn tun, wenn die fünf Jahre vorbei sind? Das hätte ich gerne gewusst. Und wie zum Teufel glaubte er, eine Sterilisation vor seiner eigenen Frau verheimlichen zu können? Die zu demselben Arzt geht? Hat er sich denn nicht denken können, dass du eines Tages zu Slater gehst, um ihn zu fragen, warum du nicht schwanger wirst? Was ist das nur für eine Überheblichkeit?«

»Was hat er gesagt, als du ihm erzählt hast, dass du Bescheid weißt?« unterbrach Isabel Emma. »Wie hat er sich verteidigt?«

Rudy sah Isabel an. Langsam wurde ihr Blick scharf. »Ich habe noch nicht mit ihm gesprochen. Ich habe ihm einen Zettel geschrieben und bin gegangen. Ich hätte eine Tasche packen sollen, aber ich konnte nicht denken. Ich habe seinen BMW genommen«, fügte sie hinzu. Ihr Lachen brach ab.

»Das wird ihn ärgern«, freute Emma sich hämisch.

Doch wir waren enttäuscht. Aber niemand sagte es. Wir gingen die ganze Geschichte noch einmal durch; all die mörderischen, unglaublichen Details von Curtis' Lüge und Rudys Leichtgläubigkeit. Was hatte sie in den letzten drei Monaten durchmachen müssen! Nach einer Weile hörte sie auf zu zittern. Ich überredete sie, etwas Brot zu essen, nicht nur Wein zu trinken, und bald bekam sie auch wieder eine gesündere Farbe und sah nicht mehr aus wie ein Geist. Doch ihre Augen waren immer noch zu dunkel und flackerten wild.

Isabel, die lange nichts gesagt hatte, verkündete plötzlich: »Rudy, ich glaube, du solltest nach Hause gehen.«

Verblüfftes Schweigen, dann redeten wir alle auf einmal. »Niemals! Curtis zu verlassen ist das beste, was sie seit Jahren getan hat. – Bist du verrückt? – Sie kann unmöglich …«

»Was wirst du tun?« unterbrach Isabel. »Eine Weile bei Emma bleiben, ich weiß, aber dann?«

»Ich werde schon etwas finden.«

»Womit?«

Sie sagte: »Curtis …« und brach ab.

»Ich habe Geld«, sagte Emma angriffslustig.

»Ich auch«, sagte ich. Aber ich wurde nachdenklich.

Wir schwiegen.

»Es geht nicht nur ums Geld«, setzte Isabel in geduldigem Ton wieder an.

»Was er nicht hergeben wird«, folgerte Emma messerscharf. »Er kann das Haus behalten, die Kreditkarten, alles, was du besitzt. Deine Krankenversicherung.«

Alles, erkannten wir schlagartig.

»Auf jeden Fall wird er erst einmal die Hand draufhalten«, sagte ich wütend. »Er ist ein gottverdammter Anwalt.«

Den anderen fiel der Unterkiefer herunter. Gleich krachen sie euch auf den Tisch, dachte ich. Es ist ja nicht so, dass ich nie fluche, Herrgott noch mal. Im Gegensatz zu den meisten Menschen hebe ich es mir nur für die wichtigen Gelegenheiten auf.

»Ach, Scheiße«, sagte Rudy und wachte langsam auf.

»Und du hast ihn verlassen«, erinnerte Emma sie.

»Es geht nicht nur ums Geld«, wiederholte Isabel in die allgemeine Niedergeschlagenheit hinein.

»Was meinst du, Isabel?«

Langsam fuhr sie mit den Fingern über den Rand ihrer leeren Teetasse. »Ich habe es immer bereut, dass ich Gary verlassen habe. Nicht die Scheidung«, sagte sie, als wir protestierten. »Dass ich gegangen bin. Ich war die Verletzte, und es gab mir eine gewisse Befriedigung zu gehen und ihn seinem Schicksal zu überlassen. Doch er hat mich betrogen, und dem hat er sich nie gestellt, er hat es nicht einmal zugegeben. Bis heute nicht. Das hat nichts damit zu tun, dass ich ihm verziehen habe.«

»Das ist schon eine Lektion für sich bei dieser Karma-Geschichte.«

»Das stimmt«, sagte ich, als Isabel Emma verständnislos ansah. »Er war im Unrecht, Isabel, und er hat nie dafür bezahlt.«

»Ja«, sagte Emma. »Dieser ekelhafte Schweinehund hat gelogen und betrogen und andere Frauen gevögelt und nie gelitten.«

»Wie Curtis«, sagte ich.

»Oh«, sagte Rudy, »aber das kann man nicht vergleichen.«

»Doch, das kann man.«

»Was Curtis getan hat, ist schlimmer«, erklärte Emma mit einem Blick auf Isabel. »Ich meine, in gewisser Weise. Findet ihr nicht? Klar, er ist krank, aber keine Neurose der Welt rechtfertigt, was er der armen Rudy angetan hat. Gary war komplett schwanzgesteuert, und dann hat er auch noch gelogen. Ich hoffe, er schmort dafür in der Hölle, aber das ist nicht wirklich böse.«

»Aber Curtis …« Rudy machte den Mund wieder zu. »Nein, ich werde nichts sagen. Ich werde ihn nicht in Schutz nehmen.«

»Das ist auch besser so«, warnte Emma sie drohend.

»Also«, sagte Isabel, und wir sahen sie alle an. »Was ich versuche, euch klarzumachen, ist folgendes: Gary hat mein Vertrauen missbraucht. Ich will nicht sagen, er hat ›gesündigt‹ …«

»Er hat seine Verantwortung dir gegenüber geleugnet? Er hat keine Einsicht gezeigt?«

»Danke«, sagte Isabel. »Wie auch immer ihr es nennen wollt, er musste sich nie stellen, und er hätte in irgendeiner Form dafür bezahlen sollen. Eine Wiedergutmachung. Und genau das sollte Curtis tun.«

»Du hast verdammt Recht.«

»Nicht aus Rache«, fügte Isabel hinzu, als sie den Glanz in Emmas Augen bemerkte. »Als Ausgleich.«

»Was auch immer.«

»Sie hat Recht, Rudy«, sagte ich. »Du bist es dir selbst schuldig, dass du ihn rauswirfst. Ist er jetzt zu Hause?«

»Nein, er ist auf Geschäftsreise. Er kommt heute Abend zurück.«

»Wann?«

»Spät.«

Wir überlegten.

»Ich habe ein bisschen Angst vor ihm«, sagte Rudy mit dünner Stimme.

Die Temperatur fiel um ein paar Grad. Isabel und ich sahen uns gequält an. »Warum?« fragte ich beiläufig.

»Er hat mich nie geschlagen oder so. Na ja, einmal, aber das ist lange her. Es ist mehr – wahrscheinlich liegt es nur an mir, aber ...« Wir rutschten ungeduldig auf unseren Stühlen hin und her. Rudy schloss die Augen. »O Gott, hört zu. Ich weiß nicht, wie er es macht, wie er es immer wieder schafft, dass ich tue, was er will. Nicht mit Gewalt. Aber ich habe trotzdem Angst vor ihm. Ich fürchte mich, und ich schäme mich so, euch das zu gestehen.«

Ich legte meine Hand auf ihren Arm. »Sag die Wahrheit, Rudy: Liebst du ihn noch?«

»Ich weiß es nicht, Lee. Wie könnte ich?« Ihre Nasenspitze wurde rosa. »Ich glaube, die Liebe stirbt. Jetzt und hier. Ich spüre es. Es ist wie eine Fehlgeburt.«

Emma durchbrach die Stille und sagte: »Wenn du willst, komme ich mit dir nach Hause. Ich habe keine Angst vor diesem Schwein.«

»Ich auch nicht«, stimmte ich mit ein. Aber sicherheitshalber würde ich vorher Henry anrufen.

»Wir kommen alle mit.« Isabel stützte sich auf ihren Stock und stand mühsam auf. »Wir fahren besser mit zwei Autos.« Wir sahen sie fragend an. »Weil Rudy anschließend nicht mit zu Emma gehen wird. Sie wird zu Hause bleiben.«

26

RUDY

An der Uni bin ich durchgedreht. Nicht vorher – aus irgendeinem Grund entfaltete das Gift, das ich seit meiner Kindheit im Kreislauf hatte, erst mit sechsundzwanzig seine volle Wirkung. Es ist ein Wunder, dass ich noch lebe. Niemand, der mich heute kennt (außer Curtis), weiß, wie ich damals war – ich kannte Emma noch nicht, und ich habe es ihr nie erzählt, jedenfalls nicht alles. Ich musste so lachen, als Lee eines Abends damit herausplatzte, dass sie einen One-night stand gehabt hatte. Sie sah so süß dabei aus, sie schämte sich so und war so trotzig. Wenn ich für jeden One-night stand einen Cent bekäme, ach was, für jeden *One-hour stand* …

Das Lustige ist, dass mich damals niemand für eine Schlampe hielt – glaube ich wenigstens. Aus irgendeinem Grund hatte ich einfach nicht diesen Ruf, wie wir es nannten. Vielleicht liegt es an meinem Aussehen (respektabel), doch ich glaube, ich habe den Trick von meiner Mutter geerbt; inmitten des größten Gefühlschaos und Zusammenbruchs bewahrte sie nach außen den Schein von Anstand und Würde. Meine Mutter – kann man sich Katherine Hepburn anstelle von Olivia de Havilland in »Die Schlangengrube« vorstellen? Nein, ich weiß, genau das ist der Punkt.

Es war nicht nur der Sex, den ich maßlos übertrieb, obwohl hier der Exzess am offensichtlichsten war. Ich habe mit verheirateten Männern geschlafen, mit wilden, verrückten, sadistischen. Ich habe Sex als Analgetikum benutzt – und das wusste ich auch, ich kannte das Wort, verstand den therapeutischen Zusammenhang, habe alles kapiert. Ich habe es trotzdem getan. Die Männer wollten mich, und ich konnte jeden haben – das hat mir geholfen. Es kam mir nie in den Sinn, für mich zu bleiben, mich zurückzuhalten. Und wie ich schon sagte, es war nicht nur Sex; die Drogen und der Alkohol waren auch nicht ohne. Ich machte eine Therapie – ich mache Therapien, seit ich dreizehn bin –, aber der Psychologe, zu dem ich damals in Durham ging, war besonders unfähig. Für jede Art von Psychopharmaka war er allerdings immer zu haben, also nahm ich alles, was legal war, und alles, was illegal war.

Ich rannte einfach, so schnell ich konnte, nahm die Drogen für die Illusion, die Männer, um mich abzulenken, und trank, um zu vergessen, und das alles tat ich, um vor der wachsenden Angst davonzulaufen, dass ich entweder sehr bald schizophren oder manisch-depressiv werden würde. Das war keine paranoide Wahnvorstellung – beide Krankheiten ziehen sich durch meine Familie. Aber warum wählte ich so einen wahnsinnigen Weg, um dem Wahnsinn zu entkommen? Das frage ich mich heute noch, und eigentlich habe ich mich nicht verändert. Eric ist anderer Meinung, aber ich glaube ihm nicht. Meine größte Angst – nein, ich will es nicht aussprechen. Aber es ist dieselbe, immer dieselbe. In Wirklichkeit hat sich nichts geändert.

Und so lernte ich Curtis kennen. Ich ging mit einem Mann namens Jean-Etienne Leutze aus, einem Schweizer, der an der Uni Literatur studieren sollte, sich aber in Wirklichkeit zu Tode soff. Natürlich fühlte ich mich zu ihm hingezogen. Wir waren schon ein seltsames Paar. »Feurig«, wie unsere oberflächlichen Freunde es nannten, aber sie wussten nicht einmal die Hälfte. Eines Nachts hatten wir Streit in Jean-Etiennes engem, schmutzigem Ein-Zimmer-Apartment in einem farbenfrohen, runtergekommenen Studentenheim weit weg vom Campus. Bis zu diesem Abend waren wir an unseren Streitereien gewachsen, ja, ich fand uns wirklich kreativ, wenn wir uns Beleidigungen an den Kopf warfen oder mit schweren Gegenständen aufeinander losgingen. Ich wollte um jeden Preis ausbrechen, alle Fenster aufreißen und frische, gefährliche Luft atmen. Jean-Etienne war der ideale Partner für mich. So dachte ich jedenfalls damals.

Es konnte nicht gut gehen. Gewalt eskaliert immer. Eines Nachts hat er mich verdroschen und aus seinem Apartment geschmissen – im wahrsten Sinne des Wortes: Er riss die Tür auf, *zack*, und ich landete auf dem Treppenabsatz an der Wand. Ich war nicht verletzt, die Knochen waren heil, aber ich war total betrunken und – das war wirklich peinlich – nackt bis auf die Unterhose.

Curtis wohnte nebenan. Ich hatte ihn ein- oder zweimal gesehen, nur kurz im Vorbeigehen, aber lange genug, um zu denken, du gehörst hier nicht her. Viel zu adrett und anständig. Blond, blauäugig und ernst, immer mit einem Stapel Bücher oder einer Aktentasche unter dem Arm. Er hatte mich auch bemerkt, aber wahrscheinlich eher wegen des Krachs aus der Nachbarwohnung, entweder weil wir miteinander schliefen oder uns anschrien, und er war bestimmt neugierig, was für eine dekadente Freundin Jean-Etienne da hatte.

Er kam aus seinem Apartment und fand mich halb nackt, weinend und völlig verwirrt auf dem Treppenabsatz. Es war spät, lange nach Mitternacht, doch Curtis war vollständig angezogen, er trug Khakihosen, Polohemd und Collegeschuhe – er hatte gearbeitet. Er sah mich die ganze Zeit nur an, half mir auf die Beine, stützte mich, als ich in sein Apartment stolperte. Nicht eine Sekunde schien ich irgendein sexuelles Interesse in ihm zu wecken. Das war eine neue Erfahrung für mich. Und verführerisch. Er ist sich dieser Macht voll bewusst und hat sie seitdem unzählige Male eingesetzt. Doch in dieser Nacht war es etwas Neues für mich, und ich verfiel seinem Zauber, ohne nachzudenken.

Er gab mir seinen Bademantel, damit ich meine Blöße bedecken konnte, und kochte Kaffee, damit ich wieder nüchtern wurde. Er wollte die Polizei rufen, das weiß ich noch, und das rührte mich, ich war ihm so dankbar, er war so ritterlich. Wir redeten stundenlang – besser gesagt, ich redete, und er hörte aufmerksam zu, und auch das war sehr verführerisch. Damals war er noch dünner und unerfahrener, weniger allwissend, doch auch damals hatte er schon diese Selbstbeherrschung, die mich mit großer Macht anzog. Ich hatte davon so wenig.

Als es Zeit war, ins Bett zu gehen, ging ich davon aus, dass wir miteinander schlafen würden. Aber er überraschte mich wieder, als er Laken, Kissen und Decken holte und mich hübsch ordentlich auf das Sofa packte. Er küsste mich nicht einmal.

Am nächsten Morgen wachte ich zuerst auf. Ich duschte in seinem peinlich sauberen Badezimmer – das Gegenteil von Jean-Etiennes Schweinestall –, dann ging ich in Curtis' Zimmer und schlüpfte neben ihm ins Bett. Das sollte mein Dankeschön werden. Ein kleines Geschenk für den kleinen Gefallen, den er mir getan hatte.

Er wies mich zurück. Er wollte mich – er schlief nackt, es war offensichtlich –, aber die Art, wie er mich wegschob – ohne ein Wort, mit einem kleinen, bedenklichen Lächeln, freundlich, aber bestimmt und irgendwie praktisch –, war beschämend. Und zeigte seine Macht über mich.

Damals fing es an – jetzt sehe ich es deutlich vor mir –: Ich tat etwas Unrechtes, und Curtis verzieh mir. Ich schlug über die Stränge, er missbilligte es und ließ sich dann erweichen. Es dauerte Wochen, bis wir miteinander schliefen. Er machte mich wild vor Verlangen nach ihm, und selbst damals erkannte ich schon, dass genau das seine Absicht war. Ich mochte es. Willig spielte ich das Spiel mit, verleugnete und disziplinierte mich, weil es ihm gefiel, und schnell wurde ich süchtig nach seiner Kontrolle über mich. Er war nicht wie die Männer, die ich bis dahin kennen gelernt hatte; er war zielstrebig und konzentriert, und im Gegensatz zu mir wusste er, was er wollte: eine politische Karriere. Das Jurastudium war für ihn nur ein Sprungbrett.

Unsere Beziehung lief nie gut, nicht einmal am Anfang. Auf Außenstehende machte sie einen einseitigen Eindruck: Curtis hatte das Sagen, ich gehorchte. Aber die Dinge sind nie so, wie sie scheinen, und sie sind nie so einfach.

Kurz bevor wir Durham verließen, erklärte ich ihm, dass ich nicht mehr mit ihm zusammenwohnen wollte. Wenn wir nach Washington zogen, wollte ich mir eine eigene Wohnung suchen. Ich wollte mich nicht trennen, ich brauchte nur etwas mehr Freiraum, wie man damals sagte. Ich wollte die Dinge langsamer angehen. In den seltenen Momenten von Selbsterkenntnis verstand ich, dass sein Besitzergreifen krankhaft und meine Bereitwilligkeit, mich ihm unterzuordnen, grenzwertig pathologisch war.

Und ich war einfach nicht bereit, eine endgültige Bindung einzugehen. Ich brauchte immer noch viel Raum, um mich auszutoben, viel Freiheit für meine Selbstzerstörung, und ich wollte all die Stabilität nicht, die Curtis' gute Seiten versprachen – na ja, ich wollte es, aber ich hatte Angst, wieder in meine alten Verhaltensmuster zurückzufallen und alles mit einem riesigen, spektakulären Schlag zu zerstören.

Was dann geschah, konnte ich nicht glauben. Er versuchte natürlich, mir das Ganze auszureden, sehr vernünftig und systematisch, wie nur Curtis es fertig bringt, aber diesmal blieb ich hart. Dann hänselte er mich und lachte mich aus, und das war schwerer auszuhalten, aber irgendwie schaffte ich es. Ich würde nicht nachgeben.

Also fing er an zu trinken.

Das ist ein Laster in der Familie Lloyd. Es ist schlimm, keine Frage, aber ich dachte immer, was für ein Vorteil es doch ist, aus einer Familie zu kommen, die nur einen Makel hat. Aber Curtis trank nicht, oder fast gar nicht, vielleicht ein Bier am Samstagnachmittag oder ein Glas Wein im Restaurant, und meistens trank ich es für ihn aus. Er musste in drei Wochen Examen schreiben, und dafür lernte er seit Monaten wie ein Irrer. Am Tag nach unserem großen Streit wegen der gemeinsamen Wohnung kam ich aus der Uni nach Hause (damals studierte ich noch Kunstgeschichte) und fand ihn bewusstlos auf dem Sofa. Ich dachte, er wäre krank – ich schaltete nicht einmal, als ich die leere Whiskyflasche zwischen den Sofakissen sah. Als ich endlich kapierte, dass er betrunken war, dachte ich noch, es sei nur ein Ausrutscher, und verspottete ihn, hielt ihm eine ernste, missbilligende Standpauke, während ich ihm Kaffee in den Hals schüttete und ihn unter die Dusche trieb. Er sagte kein einziges Wort: Er war sturzbetrunken und hatte sich immer noch unter Kontrolle.

Als er wieder halbwegs nüchtern war, zog er sich saubere Kleider an und ging, ohne ein Wort zu sagen. (Was für eine mächtige Waffe doch Schweigen ist.) Er kam mit vier Flaschen Wodka zurück, die er während der nächsten sechs Tage hinter der verschlossenen Schlafzimmertür leerte.

Ich war außer mir. Wie schon gesagt, wir hatten nur wenig gemeinsame Freunde, und ich wollte keinen davon anrufen. Ich rief seine Eltern in Savannah an. Ein überflüssiges Gespräch, völlig surreal, als wollte ich versuchen, einen Fisch davon zu überzeugen, dass seine Kinder ertranken. Einmal, als Curtis im Bad war, rannte ich ins Schlafzimmer und versuchte, ihm seinen Vorrat an Alkohol wegzunehmen. Ich dachte, er könnte daran sterben – ich dachte, er vergiftet sich. Er sah aus wie der Tod, war schmutzig und ungepflegt und stank, was bei einem Mann, der so auf sich hielt wie Curtis, umso erschreckender war. Er erwischte mich, ehe ich mit den Flaschen verschwinden konnte, und zum ersten und einzigen Mal in unserem gemeinsamen Leben schlug er mich. Nicht fest, dazu war er zu betrunken, aber ich verlor das Gleichgewicht und schlug mir den Kopf am Türrahmen auf.

Als Curtis das Blut sah, begann er zu weinen. Er lief zurück ins Bad und erbrach sich. Ich dachte, dass es damit vorbei war, doch er stolperte wieder zurück ins Schlafzimmer und trank weiter.

Ich gab auf.

»Ich werde dich nicht verlassen«, erklärte ich ihm. Wir weinten beide wie zwei kleine Kinder. »Wir werden eine wunderbare Wohnung in Washington finden, mitten auf dem Capitol Hill, und wir werden reich und berühmt werden, du wirst Präsident und ich First Lady, und wir bleiben immer zusammen.« Er zitterte, konnte nicht aufhören zu schluchzen, ein trockenes, bellendes, schmerzhaftes Schluchzen, das ich nie vergessen werde, obwohl so etwas nie wieder geschah. Nachdem er sich erholt hatte, nahm er sein normales Leben wieder auf, als wäre nichts gewesen, und war wieder der alte, ernsthafte, nüchterne, zielstrebige Curtis.

Die unvorstellbare Erkenntnis, dass ich Macht über ihn haben könnte – dass ich sein Leben ruinieren konnte, indem ich einfach nicht mehr mitmachte –, entsetzte und erregte mich gleichzeitig. Eine schreckliche Verantwortung. Ich würde so vorsichtig, so liebevoll sein müssen, so zart.

Es dauerte Jahre, bis ich erkannte – und auch dann nur verschwommen und für kurze Momente, niemals klar, niemals für lange –, dass es nur ein weiteres Spiel war. Er hatte immer noch die Macht, nicht ich. Er war wie ein Kind, das den Atem anhält, um seinen Willen zu bekommen.

Nun, dieses Bild ist nur allzu wahr, oder nicht? Curtis droht mit seinem eigenen *Tod*, um seinen Willen zu bekommen. Aber diesmal ist er zu weit gegangen. Jetzt sehe sogar ich, die Blinde, sein wahres Gesicht. Es ist vorbei. Ich glaube, es ist vorbei. Wie kann ich bei einem Mann bleiben, der noch viel verrückter ist als ich?

»Ich finde, du solltest all seine Klamotten auf die Straße schmeißen.«

Ich warf Lee einen Blick zu, als sie den BMW mit Vollgas in den zweispurigen Verkehr auf dem Rock Creek Parkway einfädelte. Vielleicht war es doch keine so gute Idee gewesen, sie fahren zu lassen. Sie hatte es selbst vorgeschlagen, Isabel war dafür, und es hatte vernünftig geklungen – ich war viel zu aufgeregt und hatte Schluckauf. Aber ich hatte Lee noch nie so wütend gesehen, und sie fuhr wie der Teufel, sodass ich mich am Türgriff festklammerte und wünschte, Curtis' Wagen hätte Seitenairbags. Ich hätte bei Emma mitfahren sollen, die direkt hinter uns war und versuchte, mit ihrem kleinen, roten Mazda mit uns Schritt zu halten.

»Und du musst auf jeden Fall einen Schlosser anrufen«, fügte Lee hinzu. »Eigentlich solltest du sofort anrufen. Du musst alle Schlösser in eurem Haus auswechseln lassen, Rudy. Ich habe mein Telefon dabei – kannst du es aus meiner Tasche holen?«

Ich nahm das Telefon heraus, aber einen Schlosser anzurufen brachte ich nicht fertig. Ich drehte mich um, um herauszufinden, wie Isabel darüber dachte.

»Vielleicht ist das gar keine so schlechte Idee«, meinte sie auf dem Rücksitz. »Aber das hat wahrscheinlich Zeit, bis wir da sind.«

»Na gut«, sagte Lee, in einer Sag-bloß-nicht-dass-ich-dich-nicht-gewarnt-habe-Stimme. »Aber es kann durchaus sein, dass er dann erst morgen kommen kann. Zeit ist das Wichtigste. Noch was – sobald du zu Hause bist, musst du deine Kreditkartenfirmen anrufen. Wenn er nachtragend ist, wird er versuchen, dir den Geldhahn zuzudrehen, deshalb musst du zuerst zuschlagen. Im Moment bist du im Vorteil, weil du etwas weißt, was er nicht weiß, doch sobald er Bescheid weiß, kann die Sache schwierig werden. Kennst du irgendwelche guten Anwälte? Ich werde meine Mutter anrufen, sie kennt jeden. Isabel, würdest du deinen Anwalt empfehlen? Ehrlich gesagt, bin ich der Meinung, Rudy braucht einen, der härter ist. Einen Piranha, das ist es, was wir wollen.« Sie fletschte die Zähne. *Gottverdammter Anwalt* hörte ich sie in meinem Kopf schimpfen. Vor heute Abend hatte ich Lee noch nie etwas Schlimmeres als »Mist« sagen hören. Sie machte mir Angst. Ich war froh, dass sie auf meiner Seite war.

»Gib mir das Telefon«, sagte sie. »Ich muss Henry anrufen.«

»Ich wähle für dich.« Sie fuhr mit siebzig um die Kurven; ich wollte, dass sie beide Hände am Steuer hatte.

»Ruf nicht zu Hause an, er ist bei seiner Mutter.« Sie diktierte mir die Nummer. Meine Finger zitterten, ich musste zweimal wählen. Ich konnte nicht sagen, welches Gefühl überwog, Angst oder Aufregung, Bedrohung oder Vorfreude. Und über allem lag ein Gefühl der Schwäche. Mir wurde schlecht bei dem Gedanken, was mein Mann mir angetan hatte. Mein bester Freund. Der Mensch auf der Welt, dem ich am meisten vertraut hatte.

»Es ist besetzt«, erklärte ich Lee. »Lass mich bei Eric anrufen.« Ich wählte und hörte zu meiner Enttäuschung nur die Ansage auf seinem Anrufbeantworter. »Eric? Hier ist Rudy.« Ich musste hicksen, dann lachen. »Ich habe einen Schluckauf. Ich sitze mit Lee und Isabel in einem Auto, das viel zu schnell fährt, Emma ist hinter uns, wir fahren zu mir nach Hause, um Curtis auszusperren. Hick.« Lee und Isabel kicherten – wir klangen alle ziemlich hysterisch. »Sie werden es nicht glauben, aber Curtis hat mir erzählt, er hätte Leukämie – das ist es, was ich Ihnen nicht erzählen durfte –, und heute habe ich herausgefunden, dass es eine Lüge ist.«

»Sag das von der Sterilisation«, knurrte Lee und bog schlingernd in die Independence Avenue ein.

»Und er hat sich schon vor über einem Jahr sterilisieren lassen. Ich bin nicht betrunken, das ist wirklich passiert! Also, ich verlasse ihn. Oder ich wollte ihn verlassen, aber jetzt schmeiße ich ihn raus. Alle Engel sind bei mir. Ich wünschte, Sie wären auch hier. Wenn Sie nicht zu spät nach Hause kommen, rufen Sie mich an. Jederzeit. Bitte rufen Sie mich an, ich muss wirklich unbedingt mit Ihnen sprechen.«

»Leg auf«, sagte Lee. »Ich muss Henry anrufen.«

»Okay«, sagte ich in den Hörer, »ich lege jetzt auf. Drücken Sie mir die Daumen.« Ich ließ aus Versehen das Telefon fallen. »O Gott, ich bin fix und fertig. Wie soll ich das nur schaffen? Schaffe ich das?«

»Ja.« Isabel beugte sich über die Lehne und nahm mir das Telefon aus der Hand. »Lee, wie ist die Nummer von deiner Schwiegermutter?«

Es stellte sich heraus, dass Henry sowieso nicht da war. Jenny hatte einen Notruf bekommen, und er war für sie hingefahren. Lee erklärte Jenny in wenigen, einfachen Sätzen das Problem, und Jenny versprach, zu versuchen, Henry eine Nachricht zukommen zu lassen. »Ja, tu das«, sagte Lee, »es ist wirklich wichtig. Wo ist der Notfall? Oh, Scheiße.« Isabel und ich glotzten uns an. Lee brach heute Abend alle Rekorde. »Er ist draußen in Burke«, gab sie an uns weiter. »Sag ihm, er soll, so schnell er kann, zu Rudy kommen. Ja, er weiß, wo das ist. Genau, Capitol Hill. Er weiß Bescheid. Danke, Jenny. Bis bald.« Sie legte auf. »Sie sagt, wir sollen vorsichtig sein. Ha. Ich hoffe, er versucht irgendeinen miesen Trick. Nein, das hoffe ich nicht«, sagte sie hastig und riss sich zusammen. Sie bog in meine Straße ein. »Soll ich das Auto verstecken?«

»Ob du das Auto verstecken sollst?«

»Wenn er es sieht, nimmt er es. Welches soll er behalten? Den Jeep oder den BMW?«

»Herrje.« Ich konnte nicht denken. »Das hier ist sein Auto. Ich glaube, sie gehören beide ihm.«

»Beide Autos sind auf Curtis zugelassen?«

»Ich glaube. Ich weiß es nicht. Vielleicht läuft der Jeep auf uns beide.«

Lee stieß immer wieder neue Flüche aus. »Zum Teufel, was soll's.« Sie fand einen Parkplatz direkt vor dem Haus. »Ich hoffe, du fährst gern mit der U-Bahn.«

Wir stiegen aus, und in diesem Augenblick bemerkte ich das Licht auf der Veranda.

»O nein, nein, nein, nein.«

Isabel ergriff meinen Arm. »Ist er da?«

Ich nickte. Er war zu Hause – dann hatte er meinen Zettel gelesen. *Ich war bei Dr. Slater* stand darauf. *Ich weiß alles. Ich verlasse dich.*

Emma eilte herüber; sie hatte auf der anderen Straßenseite geparkt. »Rudy, hast du das Licht angelassen?«

»Nein.«

»Oh, oh.«

»Er ist da«, bestätigte Lee, und im Licht der Straßenlaterne sah ich, wie ihre Augen vor Vorfreude leuchteten.

Emma nahm meine Hände. »Dir ist eiskalt, und deine Hände sind feucht.« Sie fing an, sie zu reiben, und versuchte, mich zu wärmen. »Jetzt hör mir zu, Rudy. Wenn du willst, bleiben wir draußen.« Lee sagte »Was?«, aber Emma überhörte sie. »Es ist deine Entscheidung. Wenn du mit ihm allein sprechen willst, ist das deine Sache. Egal, wir sind auf deiner Seite.«

»Nein, ich will, dass ihr mitkommt.«

Sie sahen alle erleichtert aus.

»Du kannst das, du bist stark«, erklärte Emma und sah mir in die Augen. »Und denk dran, in ein paar Minuten ist das Schlimmste vorbei.«

»Genau«, sagte Lee, »es wird nur ein Viertel so schwer sein, weil wir zusammen sind.«

»Okay?« fragte Emma, und eine Sekunde lang dachte ich, sie wollte das Ganze mit einem verschwörerischen Handschlag besiegeln. »Gehen wir. Alles klar? Tun wir es.«

Wir marschierten Arm in Arm über den Bürgersteig, wie eine Phalanx langsam aufrückender Soldaten. Langsam, weil Isabel mit ihrem Stock nicht so schnell war, und an der Treppe mussten wir uns teilen, weil sie zu eng für uns vier nebeneinander war. Doch wir verloren unseren Kampfgeist nicht, und es war tatsächlich, als marschierten wir in die Schlacht. Wir vier gegen einen schlauen, gefährlichen Feind, dessen Reaktion nicht vorhersehbar war und den ich vielleicht selbst jetzt noch liebte.

Ich holte meinen Schlüssel heraus und schloss die Haustür auf. Das Licht in der Eingangshalle brannte – Curtis kam die Treppe herunter. Als er mich sah, blieb er abrupt stehen. Sein Gesicht war blass und beherrscht, doch jetzt breitete sich ein erstauntes, frohes Lächeln darin aus.

Ich wurde weich, schmolz wie Schnee in der Sonne. Dann machte ich die Tür weiter auf, damit er sah, wer hinter mir stand. Der Ausdruck der Erleichterung verwandelte sich bei ihm in den offener Feindschaft, und da war ich mir meiner Sache wieder sicher.

»Was wird das? Eine Pyjamaparty?«

So ist es gut, dachte ich, sei ein Ekel, das hilft mir. Lee kam als Letzte herein und schloss die Tür hinter sich. Irgendwo auf dem Weg vom Auto zum Haus hatte mein Schluckauf aufgehört.

»Curtis?« sagte ich, und meine Stimme klang hoch und unsicher. »Curtis, ich will, dass du dieses Haus verlässt.« Ich klang tatsächlich gefasst. Gespielt natürlich; im Innern wechselten sich Panik und das seltsame Gefühl, nicht ich selbst zu sein, ab. Ihn so zu sehen, wie er immer aussah, und zu wissen, was ich jetzt über ihn wusste, war verwirrend, wie der Versuch, den Mann mit seinem dunklen Schatten in Einklang zu bringen.

»Rudy«, sagte Curtis, als hätte ich nichts gesagt, »wir müssen miteinander reden.«

»O nein, ich rede nicht mit dir. Ich will, dass du gehst. Geh in ein Hotel oder zu deinem Freund Teeter.«

»Rudy«, sagte er mit zusammengebissenen Zähnen. »Bitte sag deinen Freundinnen, dass sie gehen sollen. Ich habe dir viel zu sagen, aber ich werde es nicht vor Publikum tun.« Er streckte die Hände nach mir aus – eine raffinierte Kapitulation. Und er hatte »bitte« gesagt.

Die anderen sahen mich an. Sie würden es hassen, aber wenn ich sie bitten würde zu gehen, würden sie es tun. Lee und Isabel jedenfalls; bei Emma war ich mir nicht sicher. Doch ich sagte: »Nein«, mit fester Stimme. »Sie gehen nicht« – und daran, wie sich ihre Gesichter aufhellten, wie sie sich aufrichteten, erkannte ich, dass sie stolz auf mich waren. Ich wurde mutig. »Hier geht niemand außer dir.«

Unter seinem linken Auge zuckte ein Muskel. »Du machst einen Fehler. Wir reden später«, sagte er und marschierte zurück die Treppe hinauf.

Emma, Lee und Isabel sahen mich an. »Curtis«, rief ich. »Ich will, dass du gehst.«

Keine Antwort. Er verschwand um die Ecke.

Wie konnte ich nur darauf kommen, dass es leicht sein würde? »Was jetzt?« Ich sah mich verzweifelt um.

»Du warst großartig«, sagte Emma und klopfte mir auf die Schulter.

»Das warst du«, stimmte Isabel ihr zu.

»Ja«, sagte ich schwach. »Ich habe nicht klein beigegeben.«

»Aber«, sagte Lee, »du musst ihn immer noch aus dem Haus bekommen.«

»Wie?«

»Du musst mit ihm reden.« O Isabel, dachte ich. Von dir hätte ich keine Naivität erwartet. »Und«, fügte sie hinzu, »wir begleiten dich.«

»Wirklich? Du meinst – alle?«

Sie nickten.

Wie grotesk. Aber ich wollte gar nicht erst darüber nachdenken. »Okay, gehen wir.«

Curtis' Gesicht, als er uns sah, war – unbeschreiblich. Er stand gebückt vor seinem offenen Kleiderschrank, hatte die Krawatte bereits abgelegt und war dabei, die Schuhe auszuziehen. »Was zum Teufel soll das?« Er versuchte zu lachen, aber sein Gesicht war wutverzerrt. Ich zeigte mit einem zitternden Finger auf seine Reisetasche, die er auf das Bett geworfen hatte. »Wie gut, dass du noch nicht ausgepackt hast; du kannst sie gleich wieder mitnehmen, wenn du gehst.«

Er sah mich an, als würde er mich nicht erkennen. Dann seufzte er tief und geduldig; dieses alles verzeihende Seufzen, mit dem er mich so oft um den Finger gewickelt hatte. »Rudy, jetzt ist nicht der richtige Moment, um das zu diskutieren.«

»Da stimme ich dir zu. Ich diskutiere nicht. Ich will, dass du das Haus verlässt. Ich weiß, was du getan hast, und du leugnest es nicht einmal. Ich bin nicht diejenige, die geht, sondern du.«

Isabel stand zu meiner Rechten, Lee zur Linken. Emma hatte sich aufs Bett gesetzt – der Sturm besetzte feindliches Gebiet. Sei im Besitz und du wohnst im Recht.

Curtis versuchte, ein humorvolles Gesicht zu machen, ein vernünftiger Mann gegen eine Horde unvernünftiger Weiber. »Isabel, kannst du deinen Freundinnen nicht Vernunft beibringen?«

Sie ging zwei Schritte auf ihn zu. In der einen Hand hielt sie den Stock, in der anderen ihre Tasche; sie hatte immer noch den Mantel an – wir alle hatten den Mantel noch an. »Rudy bittet nur um Fairness. Ein bisschen Großzügigkeit von deiner Seite. Findest du nicht, dass du ihr das schuldig bist? Um das Ganze ein wenig zurechtzurücken?«

In diesem Moment liebte ich sie so sehr. Sie war die beste, die liebste Freundin. Ihre einfache, würdevolle Art würde doch bestimmt zu Curtis durchdringen, ihm helfen, sein abwegiges Verhalten zu erkennen.

Er lächelte. Atmete schnaubend durch die Nase aus. Machte sich nicht einmal die Mühe, ihr zu antworten.

Lee räusperte sich. »Du glaubst doch nicht wirklich, dass du dich rausreden kannst, oder? Nach dem, was du getan hast, glaubst du doch nicht etwa, dass Rudy dir verzeihen wird und du einfach wieder zum Alltag übergehen kannst. Oder?«

Curtis knurrte: »Scher dich raus.«

Sie richtete sich etwas auf und sagte nur noch würdevoller: »Niemand schert sich raus. Das hast du dir selbst zuzuschreiben. Rudy würde uns nicht brauchen, wenn du nicht so ein Tyrann wärst.«

»Ein Tyrann?«

»Ja. Ein Gefühlstyrann.«

»Curtis«, sagte ich. Er sah mich hoffnungsvoll an – er hatte meine Freundinnen aufgegeben. »Es gibt nichts zu sagen, es gibt keinerlei Erklärung. Ich weiß, was du getan hast, ich weiß sogar, warum du es getan hast, deshalb brauchen wir nicht mehr darüber zu reden. Ich bitte dich nur zu gehen. Mehr will ich nicht.«

Er fegte an Isabel vorbei und baute sich so nah vor mir auf, dass ich mich zwingen musste, nicht zurückzuweichen. »Dann reden wir eben später darüber«, sagte er leise, aber mit fester Stimme, so dass nur ich es hören konnte. »Wenn du willst, gehe ich, aber ich werde zurückkommen, wenn deine Leibwächter verschwunden sind, und dann werden wir die Sache besprechen. Rudy, du weißt, dass wir miteinander reden müssen.«

War das zu viel verlangt? Nach vier Jahren Zusammenleben und sechs Jahren Ehe? Wir mussten miteinander reden, oder? Angespanntes, unentschlossenes Schweigen breitete sich aus. Im Spiegel der Schranktür sah ich, wie Emma die Augen niederschlug und die Schultern hängenließ. Sie wusste, dass ich nachgeben würde. Und sie wusste, wenn er mich allein erwischte, würde er gewinnen.

»Nein.« Um mich herum hörte ich ein leises Aufatmen. »Es tut mir Leid, Curtis. Wenn wir das nächste Mal miteinander reden, wird es im Büro eines Anwalts sein.«

Er hörte nicht auf, den Kopf zu schütteln. »Das meinst du doch nicht ernst. Du wirst Vernunft annehmen, wenn du in Ruhe über alles nachdenkst. Allein. Ich kenne dich, Rudy …«

»Ich bin vernünftig. Es ist …«, ich atmete tief ein, »sehr erfrischend. Curtis, würdest du jetzt bitte, bitte gehen.«

»Hör mir zu«, sagte er hastig. »Ich wollte es dir heute Abend sagen. Ich konnte nicht mehr damit leben. Ich habe es nur getan, um dich zu halten – ich weiß, dass es nicht fair war, nicht richtig war. Heute Abend wollte ich dir die Wahrheit sagen, ich schwöre es, und ich wollte eine Paartherapie vorschlagen. Bei Greenburg, wenn du willst.«

»Ach, Curtis.« Ich konnte nicht anders, ich musste lachen. Lee und Emma fingen auch an zu lachen, selbst Isabel lächelte traurig. Wenn er Eric nicht ins Spiel gebracht hätte, hätte ich ihm vielleicht geglaubt.

»Dann leck mich doch«, sagte er, und endlich zeigte sich seine ganze Bosheit, als er die Zähne fletschte und uns hasserfüllt ansah. »Geht mir aus dem Weg.« Er stürmte aus dem Zimmer, stieß dabei mit Lee zusammen und stolperte nach unten.

Wir lauschten, doch die Haustür öffnete und schloss sich nicht.

Lee sagte: »Und jetzt?«

»Deine Entscheidung«, sagte Emma. »Ich kann das die ganze Nacht machen.«

Isabel nickte. »Von Zimmer zu Zimmer zu Zimmer.«

Ich konnte nicht klar denken. »Ist das lustig?« fragte ich Emma und presste die Handflächen gegeneinander.

»Noch nicht, aber bald.«

»Bist du sicher?«

»Ja.«

»Also gut.« Wir zogen los. Auf dem Weg schnappte sich Emma Curtis' Reisetasche vom Bett.

Wir fanden ihn in der Küche, wo er versuchte, sich Kaffee zu machen. Wir quetschten uns in die Küche, ich in der Mitte, die anderen drei mit dem Rücken zum Küchentresen. Das gelbe Licht milderte die Anspannung in unseren Gesichtern. Vier Jäger und ein Gejagter. Doch Curtis hatte die Kontrolle über sich wieder, und das ist tödlicher als sein Zorn.

»Es ist sinnlos, Curtis …« Ich hatte das Bedürfnis, uns beide daran zu erinnern: *»Du hast mir erzählt, du hättest Leukämie.«*

Er füllte koffeinfreien Kaffee in den Filter und stellte die Maschine an. Er drehte sich um. Schützend legte er die Hände ans Gesicht, wie Scheuklappen, als wolle er, dass nur ich ihn sehen konnte. »Stell mich nicht bloß«, sagte er, und zum allerersten Mal klang er aufrichtig. »Wenn du mir nur die Gelegenheit geben würdest, zu erklären, warum ich es getan habe.«

Tief drinnen spürte ich wieder, wie ich anfing, weich zu werden.

Gott sei Dank war Isabel da. Sie sagte: »Aber das ist nicht die einzige Lüge, die du verbreitet hast.«

Wie konnte ich das vergessen? Es war so ein gutes Gefühl, als mein Misstrauen und meine Empörung mit Pauken und Trompeten zurückkehrten, sodass mir förmlich die Ohren klangen. Und Curtis hatte wenigstens soviel Anstand, den Blick zu senken.

»Das allein ist meiner Meinung nach Grund genug für eine Scheidung«, sagte Lee. »Deiner Frau zu erzählen, du willst ein Baby, nachdem du dich heimlich hast sterilisieren lassen.« Sie machte ein verwirrtes, ungläubiges Gesicht. »*Wolltest* du erwischt werden? Herrgott noch mal – du und Rudy, ihr habt denselben Arzt.«

Er machte den Mund auf und wieder zu. Vor meinen Augen verwandelte er sich in einen Mann, den ich nicht nur nicht liebte, sondern den ich nicht einmal mochte. Endlich fiel ihm eine Antwort für Lee ein. »Leck mich am Arsch.«

Wie erbärmlich. Ich kam mir so lächerlich vor. »Was um alles in der Welt habe ich getan?« fragte ich. »Warum habe ich dich so lange geliebt?«

»Weil er alles, was er anfängt, gut macht«, antwortete Lee. »Das heißt, Menschen kontrollieren und manipulieren. Ich finde«, sagte sie zu Curtis, »du bist Abschaum.«

»Leck mich doch am Arsch«, wiederholte er. Bemitleidenswert. In seinen Mundwinkeln klebte Speichel. »*Rudy, würdest du sie bitte rausschmeißen*?«

»Nein, du gehst.«

Er stürzte sich auf mich, stieß mich zurück. Kein harter Schlag, doch Emma schrie: »Hey!« Lee und Isabel umringten uns.

Es klingelte an der Tür.

Es hörte nicht auf, *ding-dong, ding-dong, ding-dong, ding-dong,* wer auch immer es war, er klebte am Klingelknopf. Das Knäuel in der Küche begann, sich aufzulösen. Curtis wollte zur Tür gehen, aber Lee war schneller und überholte ihn. Da fiel es mir wieder ein – sie hatte Henry angerufen.

Emma sah mich fragend an, als wir ins Wohnzimmer gingen – *alles in Ordnung*? Ich zitterte wie wild am ganzen Körper. Aber je länger das hier dauerte, desto besser fühlte ich mich. Curtis' Angriff auf mich wirkte wie ein Amphetaminstoß. Mir war beinahe ein bisschen schwindelig davon. Ein unnatürliches Hoch, aber wen kümmerte das? Die Gefahr erregte mich.

Vor der Tür stand nicht Henry, sondern seine Mutter.

Ich habe Jenny noch nie in ihrer Arbeitskluft gesehen. Lees Schilderungen wurden diesem Anblick hier nicht gerecht. Sie trug einen Overall und ein rotes Flanellhemd. Um die Hüften hing ein Werkzeuggürtel aus Leder, und ihre Füße steckten bis zu den Knien in schlammverkrusteten Gummistiefeln. Auf ihrem Dutt saß eine Kappe mit der Aufschrift »Patterson & Sohn«, und quer über ihrer Brust stand in leuchtend gelber Schrift »Jenny«.

Als sie uns sah, brach sie ihre leise Unterhaltung mit Lee ab. »Ich höre, hier gibt es ein paar Schwierigkeiten?« sagte sie in ihrem lang gezogenen Südstaatenakzent, bei dem die Worte zäh wie Sirup klangen.

»Ha, ha, ha.« Curtis versuchte zu lachen, aber es klang so hohl, dass ich Mitleid mit ihm hatte. »Das ist ja großartig. Jetzt geht der Zirkus erst los. Die Lesben kommen zur Verstärkung.«

»Pass auf, was du sagst, Süßer«, warnte ihn Jenny. Jetzt wehte ein anderer Wind. Sie war wie frische Luft in einem Krankenzimmer.

Auch Curtis spürte das. Die Fassade wurde dünner und fing an zu bröckeln, und dahinter wirkte er wie ein gehetzter Hund. Sekundenbruchteile ehe er es tat, wusste ich, was er vorhatte.

»Nicht!« schrie ich gerade noch, dann packte er mit beiden Händen die Vitrine aus Messing und Glas neben dem Fenster. »Curtis, nicht!«

Er konnte sie nicht hochheben, deshalb stieß er sie um. *Krach* – zwei Quadratmeter Glasböden und Keramik zerbarsten klirrend auf dem Fußboden. All meine Schalen, meine hübschen Vasen und Becher, meine Schüsseln zerbrachen, nichts blieb davon übrig, außer Tonsplitter und Scherben in einem Haufen glitzernder Glassplitter. Weg.

Niemand bewegte sich. Curtis atmete schwer mit offenem Mund, beobachtete uns drohend. Wehe, jemand wagte es, ihm in die Quere zu kommen. Emma machte ein gepresstes, wütendes Geräusch, aus dem Augenwinkel sah ich, wie Isabel ihren Arm ergriff und versuchte, sie zurückzuhalten.

Dieses Geräusch und Emmas Wut verliehen mir neue Kraft. Ich verließ den schützenden Kreis der Engel und ging auf Curtis zu. Immer näher, bis ich ihm Auge in Auge gegenüberstand. Ich hatte keine Angst, und ich war froh, dass er meine Schüsseln zerbrochen hatte. Wie sein erster Stoß hatte es mir einen klaren Kopf verschafft. Doch meine Stimme klang immer noch atemlos und hoch, und jedes Wort stand für sich allein. »Raus. Oder ich hole die Polizei.«

Er lachte.

»Und ich werde es Teeter sagen. Ich werde ihm sagen, was du getan hast.«

Er erstarrte. Wurde leichenblass. Endlich hatte ich seinen wunden Punkt gefunden.

»Versuch nie wieder, mir weh zu tun. Du wirst nicht gewählt werden. Zu gar nichts. Du – Hundefänger.«

Er schüttelte den Kopf. Traute seinen Ohren nicht.

Ich wurde noch deutlicher: »Rattenfänger.«

Jemand lachte. Ich glaube, es war Jenny.

Curtis wirbelte herum. Wir fünf rückten zusammen. Ich glaube, er hätte immer noch gewalttätig werden können, mir, oder uns allen, etwas antun können oder die Einrichtung zertrümmern, doch wir umringten ihn drohend und schüchterten ihn ein. Wir waren in der Überzahl. Und eine von uns hatte einen Stock, die andere einen Vierundzwanziger-Schraubenschlüssel.

»Geh«, sagte ich.

Er ging.

Jenny machte den Kamin an. Lee goss den Kaffee ein, den Curtis aufgesetzt hatte. Emma sagte immer wieder: »Könnte mich bitte mal jemand loben, weil ich nichts gesagt habe!« Ich zitterte nicht mehr und konnte Eric anrufen, doch er war immer noch nicht zu Hause. Ich hinterließ eine unzusammenhängende Nachricht, die mit dem Satz endete: »Ich bin froh, dass Sie nicht da sind, so konnten Sie mir nicht helfen. Ich musste es allein schaffen.«

Was nicht stimmte – ohne meine Frauen hätte ich es nicht geschafft.

»Hier ist eine, die nicht kaputtgegangen ist.« Isabel hielt eine kleine, purpurrot glasierte Vase in Form einer Aubergine hoch. Ein frühes Werk und nicht besonders gut, aber ich hatte sie immer gemocht. Sie musste es überstanden haben, weil sie so schwer war. »Und ich glaube, das eine oder andere kann man kleben, wirklich, Rudy.«

»Pass auf die Scherben auf«, warnte Lee sie vom Sofa aus. »Komm her und setz dich ans Feuer, Isabel.«

»Ich wusste, wenn ich ein Wort sage, würde er durchdrehen, deshalb habe ich lieber den Mund gehalten.«

»Emma«, sagte Lee pflichtbewusst, »du warst toll.«

»Nein, aber es war nicht so wie damals, als ihr Grace gerettet habt und ich gar nichts gemacht habe. Diesmal habe ich mit Absicht nichts gemacht. Ehrlich, es war ein reiner Willensakt.«

Ich umarmte sie, und schließlich grinste sie und ließ sich besänftigen. »Du warst klasse. Wirklich. Und ich wusste, was du tun würdest.«

»Nein, *du* warst klasse«, sagte sie. »Oh, Rudy, was für ein Augenblick. Du warst Furcht erregend.«

»Rattenfänger«, sagte Lee. »Das war wunderbar.«

»Wieso hast du dich überhaupt mit so einem Verrückten eingelassen?« fragte Jenny und machte es sich auf dem Sofa gemütlich. Sie hatte ihre Stiefel ausgezogen und den Werkzeuggürtel abgelegt, ihre Kappe nach hinten geschoben. Sie sah aus wie die Frau in den alten »Ma-und-Pa-Kettle«-Filmen. Marjorie Main?

»Ich sehe immer wieder sein Gesicht vor mir, als wir alle ins Schlafzimmer kamen«, sagte Lee und rieb sich die Hände. »Das war doch unbezahlbar.«

»Du warst auch klasse«, sagte Emma zu ihr. »Ich finde, du bist Abschaum«, machte sie Lee nach.

»Das finde ich auch. Und er konnte nichts darauf erwidern, er hatte absolut keine Entschuldigung. Rudy, fühlst du dich jetzt nicht richtig gut? Du musst überhaupt keine Schuldgefühle haben, du kannst nur stolz auf dich sein.«

»Ich weiß, das bin ich.« Aber hin und wieder fing ich an, mit den Zähnen zu klappern und zu zittern. Weder das Feuer im Kamin, der Kaffee oder die Decke, in die Emma mich eingewickelt hatte, schienen die kalte, zitternde Stelle in mir zu erwärmen. Vielleicht ein Drink?

»Jetzt wird er gar nichts tun«, sagte Emma. »Ich meine, er wird dich niemals verfolgen oder so. Mit dem Hundefänger hast du wirklich seinen wunden Punkt erwischt.«

»Ja«, stimmte Lee zu. »Ihm damit zu drohen, es seinem Partner zu erzählen, war genial. Jetzt kannst du alles von ihm haben.«

»Ich will nichts.«

»Das sagst du jetzt.«

»Nein, wirklich, ich will nichts. Nur so lange, bis ich weiß, was ich tun werde.« Ich schlang unter der Decke die Arme um mich. Ich zitterte wieder.

»Rudy, wenn du dieses Schwein nicht bluten lässt, rede ich kein Wort mehr mit dir«, drohte Emma, und das war nicht nur als Scherz gemeint.

Sie fingen an, darüber zu reden, dass ich die Schlösser austauschen musste, dass ich die Bank und die Versicherungsgesellschaft anrufen sollte, mir die Namen von guten Rechtsanwälten besorgen sollte. Lee war voller guter Ratschläge; man hätte glauben können, sie wäre schon sechsmal geschieden. Ganz langsam kam ich zu mir, und der Knoten in mir löste sich. Konnte das funktionieren? Es sah so aus. Aber selbst das machte mir Angst: die Aussicht auf Erfolg. Es ist noch zu früh, darüber nachzudenken, beruhigte ich mich; es gibt immer noch eine Million Chancen, dass der Schuss nach hinten losgeht. Und ich hatte das seltsame, drängende Gefühl, meine Mutter anrufen zu müssen. Woher kam das? Ich stand auf, um es noch einmal bei Eric zu probieren.

»Ich muss jetzt gehen«, sagte Lee und kam mir zuvor. »Wer fährt zurück – Emma? Jenny müsste einen zu großen Umweg fahren.« Henry hatte vor einer Stunde aus dem Auto angerufen, hatte gehört, dass wir ihn nicht mehr brauchten, und war nach Hause gefahren. »Isabel, bist du fertig?«

Keine Antwort.

»Sie schläft«, sagte Emma. »Sie ist auf dem Fußboden eingeschlafen.«

Ruhig ging Lee zu Isabel, die halb auf dem Teppich und halb auf dem Holzboden auf der Seite lag. »Is, bist du wach? Wir wollen jetzt gehen.« Sie kniete sich hin. »Isabel?«

Emma und ich erstarrten. Wir kamen näher. Irgend etwas in Lees Stimme zog uns an. Dann öffnete Isabel die Augen und lächelte – und die dunkle Furcht, die mich unbewusst ergriffen hatte, löste sich auf.

»Steh auf, Schlafmütze«, murmelte Lee.

Isabel legte ihre dünne, weiße Hand auf Lees Knie. »Ich glaube, ich kann nicht.«

»Warum? Ist dir schlecht? Was ist los?« Lee sah sich nach uns um. »Rudy, ruf einen Krankenwagen.«

»Nein, nein.« Isabel befeuchtete ihre Lippen. Ihr Mund, ihre Zähne – sie wirkten viel zu riesig für ihr Gesicht. »Ruf Kirby an«, sagte sie langsam, vorsichtig. »Lee? Ruf einfach Kirby an.«

27

ISABEL

Februar –

Als ich ein paar alte Briefe und Papiere durchsah, fand ich mein altes Adressbuch, das ich bis vor ungefähr fünfzehn Jahren benutzt habe. Ich las die Namen, die ich mit soviel Sorgfalt hineingeschrieben hatte, manche mit kleinen Notizen für mich, wie dem Vornamen des Partners oder den Geburtstagen der Kinder. Ich weiß nicht, was ich davon halten soll, dass eine ganze Reihe von diesen Menschen, eher ein Drittel als ein Viertel, es nicht in das neue Buch geschafft haben. Natürliche Auslese? Harte Worte für eine der kleinen Tragödien des Lebens. Menschen ziehen weg, man verliert sich aus den Augen, irgendwie gehen sie auf dem Weg verloren. Als Gary und ich uns trennten, verschwanden viele Bekannte einfach. Doch der Verlust anderer Menschen ist mir rätselhaft.

Diese Frau – Fay Kempner – wohnte in der Thornapple Street; wir haben uns im Hundepark kennen gelernt, wo ich auch Lee zum ersten Mal getroffen habe. Wir beide liebten Blumen; wir haben zusammen eine Besichtigungstour von schönen Häusern und Gärten mitgemacht; sie hatte eine Tochter in Terrys Alter, wir haben stundenlang am Telefon über unsere Kinder geredet. Und trotzdem hat die Freundschaft nicht gehalten. Unsere Männer kamen nie besonders gut miteinander aus, das war das eine, aber es erklärt nicht alles. Ich mochte Fay, doch ich habe nichts dafür getan, sie zu halten. Und sie hat nicht um mich gekämpft. Wir haben einander einfach gehen lassen. Es gibt noch ein Dutzend Frauen wie sie, und ich weiß, dass wir alle solche Beinah-Freundinnen haben, eine unbarmherzige Notwendigkeit, bedingt durch Lebensumstände, Geschmack, Zufall, Gleichgültigkeit – doch es macht mich traurig.

Mein ganzes Leben lang wollte ich den Menschen immer sagen, dass ich sie liebe. Meist hielt mich Angst zurück. Die Angst, dass es ihnen unwichtig war, sie es nicht hören wollten oder dass sie mich ausnutzen würden, wenn sie es wüssten.

Jetzt ist es anders. Die Jahre türmen sich wie Schnee auf der Fensterbank. Ich darf keinen Augenblick verpassen.

Diese Zeit des Tages ängstigt mich. Ich will nicht im Winter sterben. Will nicht, dass mein letzter Blick aus dem Schlafzimmerfenster auf diesen blutleeren Sonnenuntergang fällt, will nicht die kahlen Zweige vor dem düsteren Himmel sehen. Der Wind ist so kalt und herzlos; ich stelle mir vor, wie er mich mit rauer Stimme ruft. Ich will gehen, wenn es warm ist und die Luft blau vibriert. Ich möchte hören, wie eine Fliege vor dem Fliegengitter summt, ein Flugzeug am wolkenlosen Himmel dröhnt. Eine Unterhaltung im Nebenzimmer. Lachen. Den Geruch von Gras.

Ich kann meinem Körper nicht verzeihen, dass er mich verrät. Ich bin meine beste Freundin, und ich habe mich im Stich gelassen. Wem kann ich noch trauen? Das ist dumm, ich weiß. Aber der Mythos meiner Unsterblichkeit ist immer noch in mir, wenn auch verständlicherweise etwas fadenscheinig. Da ist Platz für Panikattacken. *Ich sterbe,* denke ich plötzlich, nach einer unerklärlichen Periode des Vergessens, und das Blut in meinen Adern beginnt zu rauschen, mir wird heiß vor Schreck. Mein Magen krampft sich zusammen. Ich weine schnelle, schmerzliche Tränen. Dann die tiefen Atemzüge, die Schultern straffen. Schwere, einsame Trauer. Um mich und um jeden auf der ganzen Welt. Was für eine Last tragen wir unter dem Schatten des Todes. Unter den Flügeln des dunklen Vogels.

Warum ist der Tod so ein Geheimnis? Er ist tabu, wie Sex für eine Jungfrau, ein sorgfältig gehütetes Geheimnis. Ich habe mein ganzes Leben in dem Glauben verbracht, dass jeder sterben wird, außer mir.

Nur so können wir leben, nehme ich an. Wir glauben, unsere Seele und unser Körper sind eins. Es ist unnatürlich, Fleisch, Blut und Knochen als Leihgabe zu betrachten, die uns wieder genommen wird. Doch in letzter Zeit komme ich dem Geheimnis immer näher, lerne die Lektion: Der Tod ist keine absonderliche, abscheuliche, unaussprechliche Katastrophe. Das Leben verläuft kreisförmig, nicht auf einer geraden Linie, je länger, desto besser. Der Kreis hört nicht auf, er wird nur größer.

März –

Emma besucht mich beinahe jeden Tag. Sie bringt mich immer zum Lachen. »›O Gott‹ sind die letzten Worte eines Christen«, sagt sie; »›O Scheiße‹ die eines Atheisten!«

Mick Dracos Namen erwähnt sie nicht. Also habe ich das letzte Mal das Gespräch auf ihn gebracht. (Warten auf »den richtigen Zeitpunkt« ist ein Privileg, das mir nicht mehr gewährt wird.) Sie war beeindruckt und erleichtert, aber nicht besonders überrascht, dass ich wusste, wer er ist. »Ich dachte mir schon, dass du Bescheid weißt«, sagte sie. »Wie oft wollte ich es dir erzählen.«

»Aber du dachtest, ich würde es missbilligen. Weil er verheiratet ist.«

»Nein, du würdest nie etwas missbilligen, Isabel. Was ich tue, meine ich. Oder irgend jemand anders, den du liebst.«

»Dann sagen wir eben, ich wäre nicht sehr erfreut darüber.«

»Okay. Du wärst nicht erfreut.«

»Es ist wahr«, erwiderte ich, »Ehebruch ist etwas, das mir rein theoretisch nicht gefällt, das ich sogar verabscheue.«

»Prima, da sind wir einer Meinung.«

»Doch der Einzelfall ist ein bisschen komplexer, nicht wahr?«

»Aber Mick und ich haben bis heute nichts getan.«

»Und jetzt ist es vorbei?«

»Ja. Ich habe Schluss gemacht. Er hat mich gebeten, auf ihn zu warten. Er versucht, aus seiner Ehe herauszukommen, ohne seiner Frau wehzutun.« Sie verzog das Gesicht zu einem trockenen, ironischen Lächeln. »Das erscheint mir allerdings unwahrscheinlich, zumal Lee mir erzählt hat, dass sie seit fünf Jahren eine Paartherapie machen. Sagen wir mal so – ich sitze nicht da und warte auf den großen Durchbruch.«

»Und bist du jetzt glücklich?«

»Nein. Ich fühle mich furchtbar.«

»Vielleicht hättest du ihm sagen sollen, dass du wartest.« In letzter Zeit habe ich keinerlei Schwierigkeiten, gute Ratschläge zu verteilen. Sie sprudeln aus mir heraus wie ein Springbrunnen.

»Aber warten heißt leiden, Isabel. Ich habe keinen Platz für noch mehr Leid.«

Sie meinte mich – sie leidet wegen mir. Ich merke, dass ich die Menschen, die ich liebe, tröste, statt um mich selbst zu trauern. Fortwährend spreche ich Trost zu. Es erschöpft mich. Aber es hat auch etwas Gutes. Denn in dem Maße, in dem ich sie davon überzeuge, dass das, was mit mir geschieht, keine Tragödie ist, glaube ich es beinahe selbst.

Lee ist nicht so leicht zu trösten und unmöglich zu überzeugen. Die Lösung für ihr Problem erscheint mir so einfach, doch selbst ich, in extremis, maße mir nicht an, es für sie lösen zu können. Sie machte einen Ausflug mit mir. Ich war seit Wochen nicht mehr aus meiner Wohnung herausgekommen, außer zu einem Arzttermin, zur Akupunktur oder zur Massage. Zu diesen Terminen nehme ich mir ein Taxi; Kirby begleitet mich. Doch ich fühlte mich ungewöhnlich stark, und der Ausflug war ein Vergnügen für Lee und mich. Ein reines Vergnügen. Wir nahmen Grace mit. Der Winter ist endlich vorbei – ich dankte all meinen Göttern dafür; eine Sorge weniger. Es war ein wunderbares Gefühl, bei offenem Fenster durch die hübschen, kleinen Straßen in der Gegend von Purcellville und Philomont zu fahren und den Wind im Gesicht zu spüren. Grace steckte ihre graue Schnauze zum Fenster hinaus, der Wind blies auch ihr um die Ohren, und sie sah aus wie ein fliegender Hund.

»Wirst du sie nehmen?«

Lee tat so, als hätte sie mich nicht gehört.

»Kirby würde sie bestimmt nehmen, wenn ich ihn darum bitte. Aber ich fände es schöner, wenn sie bei dir bliebe.«

Ich dachte, sie würde es einfach überhören und nicht antworten. Aber nach einer Weile sagte sie: »Ja, ich werde sie nehmen.« Und dann taten wir beide so, als wäre es der Wind, der uns die Tränen in die Augen trieb.

Süße alte Grace. Das heißt Anmut. Und Gnade. Darüber denke ich in letzter Zeit viel nach. Mir wird die Gnade zuteil, unsere, nun, unsere Verbundenheit zu sehen. Es ist fast schon banal, so einfach ist es. Es ist alles miteinander verbunden, und mein Zorn hat sich beinahe aufgelöst und einem neuen Gefühl Platz gemacht. Ich bin eins mit allem. Mit jedem.

Ein Geschenk.

Und doch. Wie viel leichter wäre es, wenn wir jemanden mitnehmen könnten. Einen Partner, einen

Gefährten. Ach, wenn wir doch nur einen Freund mitnehmen könnten. Dann wäre es viel weniger einsam.

Ich habe jetzt zweimal in der Woche eine Hilfe. Eine Frau vom Sozialdienst kam und fragte mich aus; seitdem kommt Dienstag und Donnerstagnachmittag eine Schwester. Roxanne Kilmer heißt sie; sie ist jung, erst siebenundzwanzig, und ich mache mir Sorgen, dass sie den falschen Job hat oder zu früh damit angefangen hat. Eine Frau sollte mehr Erfahrung haben, mehr vom Leben gesehen haben, ehe sie die Dinge sieht, die Roxanne sieht.

Doch ich mag sie und ich bin so egoistisch und will sie behalten. Sie hilft mir beim Baden, wechselt die Bettwäsche, kauft ein und sorgt dafür, dass ich meine Medikamente nehme. Ich mag ihr Geschick und ihre Munterkeit; sie ist nett zu mir, ohne mitleidig zu sein. Ich habe soviel Glück – ich habe Roxanne und Mrs. Skazafava (meine Vermieterin, sie ist glücklich, jeden Nachmittag um vier mit dem Hund spazieren gehen zu dürfen), und ich habe die Engel. Das schwerste für Menschen in meiner Situation – die Sorge, dass nicht genug Betreuer da sind, wenn die schwere Zeit anbricht – ist nicht eingetreten. Es steht einfach nicht mehr auf meiner Liste.

Und dann ist da natürlich Kirby. Die Frau vom Sozialdienst hat aufgeschrieben, dass er mein »Hauptbetreuer« ist, eine offensichtliche Tatsache, die ich aus irgendeinem Grund nicht ganz realisiert oder akzeptiert hatte. Wahrscheinlich, weil er so zurückhaltend ist. Und weil er so leise in mein Leben geschlüpft ist. Wie ein schnell wachsender Schößling: Man pflanzt ihn im Frühling, und schon ein Jahr später ist ein stattlicher Ahorn daraus geworden, und man kann sich die Stelle im Garten gar nicht mehr ohne ihn vorstellen. Ich mache mir nur Sorgen, dass er sich zu viel Zeit für mich nimmt und seinen Job vernachlässigt, aber darüber diskutiert er nicht mit mir. Es steht nicht zur Debatte.

In letzter Zeit ermüdet mich das Sprechen, und das Gleichgewicht zwischen uns hat sich verschoben. Zur Abwechslung redet Kirby einmal mehr als ich. Am Anfang war er ein wenig aus der Übung, und selbst jetzt ist er noch nicht sehr gesprächig. Aber er zeigt Ausdauer, weil er weiß, dass ich ihm gerne zuhöre. Er erzählt mir von seinem Vater, der ein hochrangiger Offizier im Vietnamkrieg war, und über seine Mutter, die einst in Musicals in New York auf der Bühne getanzt hat. In ihrem Sohn, der seine kreative, unkonventionelle Seite mit einer täuschend ruhigen, irgendwie grauen Gleichförmigkeit tarnt, erkenne ich etwas von beiden wieder.

Ich habe ihn gefragt, warum er bei mir bleibt. »Weil ich dich liebe«, sagte er ernst. »Ganz einfach.« Aber ist es das wirklich? Macht es überhaupt etwas? Warum sollte ich, oder irgend jemand anders, ein schlechtes Gewissen haben, wenn er bei mir bleibt, weil es für ihn eine Möglichkeit ist, Abschied zu nehmen? Ein anständiger, menschlicher, würdiger Weg, den er mit seiner Frau und seinen Kindern nicht gehen konnte, als sie ihm genommen wurden? Wie auch immer, es ist Liebe. Was macht es also?

Er hilft mir, einen Brief an die Engel zu schreiben. Ich diktiere, und er tippt ihn auf seinem Laptop. An den Abenden liest er mir vor. Ich liege auf dem Sofa unter der alten Wolldecke, Grace auf dem Boden neben mir, und Kirby sitzt unter der Lampe auf dem Schaukelstuhl. Die langen Beine übereinandergeschlagen, den Kopf nach hinten geneigt, damit er durch seine halbe Brille sehen kann. Seine theatralische Stimme ist wundervoll ausdrucksstark. Ich kann ihm stundenlang zuhören. Er liest mir klassische Stücke vor: Shakespeares Komödien, Ibsen, Molière, Oscar Wilde. Und Bücher, die ich als Kind geliebt habe und die er in der Bücherei findet: »Der geheime Garten«, »Betty und ihre Schwestern«. Und aus der Bibel, aus dem Koran. Gedichte. Sie sind mir ein großer Trost, die Stimmen der anderen, ihre Welt. Ich bin so dankbar, wenn sie mich entführen.

Er hilft mir auch bei meiner Post. So viele Genesungswünsche, so viele freundliche, ängstliche, großherzige, unpassende, hilflose, taktlose und gewandte Briefe, manche von Leuten, mit denen ich seit Jahren keinen Kontakt habe, geschweige denn an sie gedacht habe. Genauso interessant finde ich, wie viele Menschen mir nicht schreiben, nicht anrufen oder meine Krankheit irgendwie nicht wahrhaben wollen. Ich verzeihe ihnen natürlich, und in letzter Zeit habe ich angefangen, kleine Nachrichten zu verschicken, um ihnen das zu sagen – mit anderen Worten. Ich verstehe, dass das, was geschieht, für einige unaussprechlich ist, im wahrsten Sinne des Wortes. Sie können nichts dafür. Ich nehme es nicht persönlich. Nicht mehr. Keine Zeit.

Gary ist einer von denen, die nicht sprechen können. Ich habe ihn angerufen, in der Hoffnung auf irgendwas. Nähe, Erkennen, vielleicht Vergebung. Es war unheimlich. Nein, es war unmöglich. Also werden Gary und ich getrennt und weit voneinander entfernt sterben. Das weiß ich jetzt, und es macht mich traurig. Der Gedanke, dass unser Versprechen nichts wert war.

April –

Kirby und ich schlafen nicht mehr miteinander; es ist einfach nicht mehr möglich. Aber wir sind zärtlich zueinander. Es gibt ein indisches Heilungsritual, bei dem man Fußwaschungen vornimmt und den Körper mit ätherischen Ölen einreibt. Das tut Kirby für mich und summt dabei die langsamen, meditativen Melodien, die dazugehören. Er gibt mir das Gefühl, als sei mein schwächer werdender, dahinwelkender Körper ein Heiligtum.

Nachts liegen wir beieinander und reden über unser Leben. Eine Zeit lang haben wir Reisen geplant, doch jetzt tun wir das nicht mehr – diese Phantasien haben wir vor kurzem aufgegeben. Diese Täuschung. Ich bin nicht mehr so gierig. Ich bitte Gott nicht darum, mir noch fünf Jahre zu schenken, oder drei oder zwei. Meine Ansprüche sind geschrumpft. Ich will nicht im Winter sterben und nicht im Krankenhaus – das ist alles. Ganz schüchtern. Lieber Gott, siehst du, wie bescheiden ich bin?

Ich denke darüber nach, etwas zu schreiben, einen Satz, eine Anspielung über etwas, das wir geteilt haben – ich weiß noch nicht, was es sein wird –, was Kirby öffnen wird, wenn ich nicht mehr da bin. Eine Erinnerung. Etwas, das mich für ihn lebendig erhält.

Eine Überraschung – da ist noch etwas, wenn es keine Hoffnung mehr gibt. Glauben Sie mir – das Annehmen birgt auch Freude. Ja, und von da ist es nicht weit zum Feiern. Ich sehne mich danach, mit meinen liebsten Freundinnen zusammenzusein. Ich habe heute einen sehr guten Tag. Ich will Lee und Emma und Rudy anrufen und ihnen sagen, dass unser Treffen morgen bei mir stattfinden soll. Es ist so lange her. Und ich habe viel zu sagen. Ha. Das Schwerste ist es, Lebewohl zu sagen, und doch meine ich fast, dass ich es kann. Ich glaube, ich kann es sagen.

Was ist das Beste, was ich über mich sagen kann? Dass ich geliebt habe und geliebt wurde. Alles andere ist am Ende unwichtig. Ich bin zufrieden.

28

EMMA

Isabel ist am zehnten April, irgendwann nach Mitternacht, im Schlaf gestorben. Sie hatte eine Embolie – ein Blutgerinnsel; es blockierte eine Lungenarterie, und sie war sofort tot. Hoffe ich. Kirby war nicht bei ihr; er schlief auf dem Sofa im Wohnzimmer, weil sie so unruhig gewesen war und er dachte, sie würde besser schlafen, wenn sie allein ist.

Er fand sie am Morgen; sie lag auf der Seite, die Augen geschlossen. Das gefällt mir – ich glaube, es beweist, dass sie geschlafen hat, als sie starb. Er sagte, die Decken und Laken waren ganz ordentlich, nicht zerwühlt. Sie sah friedlich aus. Ich glaube, sie hat geträumt. Einen süßen Traum, in dem alle ihre Freunde vorkamen, alle, die sie liebten. Und dann – ich glaube, dann ist sie einfach eingeschlafen.

Sie wollte keine Beerdigung, sie wollte nicht begraben werden. Sie hat in ihrem Testament verfügt, dass ihr Sohn Terry nach der Einäscherung die Urne bekommen und darüber nach seinem Willen verfügen soll.

Niemandem gefiel der Gedanke, besonders Terry nicht, der keine Ahnung hatte, was er mit den sterblichen Überresten seiner Mutter machen sollte. Wir fanden es besonders furchtbar, dass es keine Totenwache, keine Trauerfeier, gar nichts geben sollte. Deshalb habe ich ungefähr drei Wochen nach ihrem

Tod so viele wie möglich von Isabels Freunden, ihrer Familie und ihren Bekannten, alle, die ich aufspüren konnte, eingeladen, und wir hielten bei mir zu Hause eine Gedenkfeier für sie ab.

Das Haus war voll. Es gab nur noch Stehplätze. Überall waren Menschen, im Esszimmer, im Flur, im Eingang, auf den Treppenstufen. Wir hatten keinen Pfarrer – Isabel hatte im Laufe ihres Lebens so vielen Religionen angehört – welchen hätten wir da wählen sollen? Aber wir hatten Kirby, und das war viel besser. Er strahlt so ein Leuchten, so etwas Priesterliches aus, das bei Isabels letzter Feier sozusagen gute Dienste leistete. Ich fand immer, dass Kirby auch etwas Geheimnisvolles hat, besonders am Anfang, bevor ich ihn kannte. Aber sein Geheimnis war, dass er Isabel von ganzem Herzen liebte, und das hat wiederum gar nichts Geheimnisvolles.

Ich wünschte, ich hätte mich mehr bemüht, ihn besser kennen zu lernen, als Isabel noch am Leben war. Ich wünschte, ich wäre netter zu ihm gewesen. Ich war nicht gemein zu ihm, aber – wahrscheinlich war ich eifersüchtig. Er war ein Fremder, ein Eindringling. Ein Mann. Wir Engel sind nicht besonders freundlich zu Neulingen. Doch Isabel hat ihn sehr geliebt, und ich weiß, ich weiß es wirklich, dass immer noch genug Liebe für uns blieb. Für mich. Isabel hatte für jeden genug Liebe.

Sie hatte so viele Freunde, dass viele auf dem Fußboden im Wohnzimmer sitzen mussten, weil es nicht genug Stühle gab. Ich hatte Kaffee gekocht und Brownies und Plätzchen und Kuchen aus der

Bäckerei geholt. Wenn sich die Menge lichtete, wollte ich den Alkohol herausholen, um mit den engsten Freunden noch ein bisschen beisammenzusitzen. Ich dachte, das würde Isabel gefallen. Kirby hatte einige ihrer Lieblings-CDs mitgebracht, und wenn die Leute nicht liebevoll über sie redeten, lauschten wir der Musik von New-Age-Gruppen, Mozart und Emmylou Harris. Menschen kamen und gingen, als wäre es ein offenes Haus, was es wohl auch war – Menschen aus ihrer alten Nachbarschaft, Klassenkameraden und Professoren aus der Uni, Frauen aus ihrem alten Bridge-Club, aus der Selbsthilfegruppe für Krebskranke, Menschen aus dem Heilkreis, aus der Meditationsgruppe, ein Häufchen neuer Nachbarn aus Adams-Morgan. Es erstaunte mich, wie viele von ihnen aufstanden, sich räusperten und bewegt und unsicher darüber sprachen, was Isabel für sie bedeutete.

Einen Augenblick lang setzte mein Herz aus, als Mick hereinkam. Ohne Sally. Er schlängelte sich zu dem Durchgang vom Wohn- und Eßzimmer, wo ich stand, und zögerte den Bruchteil einer Sekunde – mir kam es vor wie eine Stunde –, ehe er sich hinunterbeugte und mich auf die Wange küsste. Er war ungefähr der fünfzigste, der murmelte: »Es tut mir so Leid«, doch *seine Worte* hörte ich, sein Mitgefühl nahm ich mit meinem Herzen auf. Mechanisch sagte ich: »Wie schön, dass du gekommen bist«, dann ließ er mich allein und suchte sich auf der anderen Seite des Zimmers einen Platz auf dem Fußboden.

Zufällig begegnete ich Rudys Blick. Sie zog die Augenbraue nur einen Millimeter hoch. Das sagte alles.

Dann wandte sie ihre Aufmerksamkeit wieder Mrs. Skazafava zu, die von Isabels erstaunlichem grünem Daumen erzählte und wie ihr kleiner Garten hinter dem Haus alle anderen in den Schatten gestellt hatte. Grace, Isabels Hund, lag neben Rudy, die weiße Schnauze in ihrem Schoß. Sie gehört jetzt Rudy. Eigentlich sollte Lee sie bekommen, doch bei ihrer Ankunft bekam die überempfindliche Lettice einen Eifersuchtsanfall. Rudy ist inzwischen aus ihrem Haus ausgezogen (ich weiß, nach alldem) und wohnt jetzt in einer Wohnung, in der Haustiere erlaubt sind; die Lösung hat sich also angeboten. Und sie passen gut zusammen, Rudy und Grace. Denn jetzt können sie sich gegenseitig das geben, was sie brauchen.

Lee weinte während der ganzen Feier, von Anfang bis Ende. Henry hielt ihre Hand, gab ihr sein großes, rotes Taschentuch, nahm sie in den Arm, so dass sie sich an seiner Schulter ausweinen konnte.

Jemand trug ein Gedicht vor. Eine Frau aus dem Heilkreis stand auf und sang ein Lied, das sie extra für Isabel geschrieben hatte. A cappella. Und es gelang ihr, uns alle zum Mitsingen zu bewegen, nachdem sie uns den süßlichen Refrain beigebracht hatte. Wieder tauschte ich zufällig einen Blick mit Rudy. Ein großer Fehler. Ich musste mich abwenden und verbarg das Gesicht in den Händen, als überwältigten mich meine Gefühle. Mein Lachen endete in Tränen, dann putzte ich mir die Nase und riss mich zusammen.

Terry war einen Tag nach Isabels Tod aus Montreal gekommen und noch nicht zurückgeflogen. Seine Freundin, eine wunderschöne Schwarze namens Susan, war vor ein paar Tagen nachgekommen, und er hatte sie zu der Feier mitgebracht. Ich dachte, er würde vielleicht aufstehen und ein paar Worte über seine Mutter sagen, doch er tat es nicht. Ich glaube, er hatte Angst, dass er weinen musste. (Deshalb habe ich nichts gesagt.) Er brachte einen kleinen länglichen Perlmuttkasten mit Isabels Asche mit und stellte ihn auf meinen Kaminsims. Das klingt irgendwie unheimlich, aber das war es nicht. Überhaupt nicht. Ich hatte Lilien um den hübschen Kasten drapiert und ein richtiges kleines Arrangement gemacht. Alle Blicke verweilten immer wieder darauf, und es sah würdig, friedlich und süß aus. Wie Isabel.

Gary kam nicht. Doch er schickte Blumen und schrieb einen kurzen, sehr lieben Brief, den Kirby vorlas. Ich hatte nicht den Wunsch, Gary je wieder zu sehen oder mit ihm zu sprechen, aber ich fragte mich trotzdem, wie er damit fertig wurde, dass Isabel nicht mehr da war. Ich hoffte, dass er litt. Ordentlich. Ich hoffte, er musste wenigstens ein Zehntel von dem leiden, was ich litt.

Die spontanen Ansprachen wurden weniger. Kirby stand auf. Ich hatte ihn noch nie im Anzug gesehen – er trug einen dunkelgrauen mit einer Weste, ein weißes Hemd, keine Krawatte –, und er sah gut aus. Erschöpft, aber gut. Isabel war, wenn man so will, immer schöner, ihr Gesicht immer reiner geworden, je kränker sie wurde. Und auf eine seltsame Weise ist das auch mit Kirby geschehen. Isabels Krankheit hat ihren wahren Charakter in ihren Gesichtszügen zum Vorschein gebracht.

»Viel mehr habe ich nicht zu sagen«, sagte er, die Hände locker hinter dem Rücken gefaltet. »Isabel verzweifelte nie, obwohl sie, glaube ich, von Anfang an genau wusste, was passieren würde. Sie mochte die Gedichte von Walt Whitman, besonders das eine mit den Zeilen: ›Alles geht vorwärts und nach außen, nichts verfällt; Und das Sterben ist anders, als je einer gedacht, und glückseliger.‹ Sie versuchte, daran zu glauben, und ich weiß, dass sie darin Trost fand. Sie war sehr mutig. Immer. Sie versteckte ihren Zorn und ihre Trauer, doch ich weiß, dass sie da waren. Denn sie hat nicht nur einen Menschen, den sie liebt, verloren – wie wir. Sie hat alle verloren.«

Kirby holte sein Taschentuch heraus und putzte sich ungeniert die Nase.

»Isabel glaubte, dass der Tod ein Schritt ist, kein Ende. Sie sagte, es ist ihre Aufgabe, solange sie kann und so gut es geht, am Leben festzuhalten – das war sie ihrem Karma schuldig, wie sie es nannte. Aber sie vertraute auch darauf, dass danach etwas kommt, etwas Besseres. Nicht dass sie es eilig hatte, dorthin zu kommen«, sagte er und versuchte zu lächeln. »Sie sprach sehr offen über ihre Ängste, ihre Trauer. Aber ihr uneingeschränktes Vertrauen, dass der Tod nicht das Ende ist, bewahrte sie davor zu verzweifeln. Sie wünschte sich nur – sie wünschte sich nur, nicht allein gehen zu müssen.«

Hilflos sah er sich im Raum um, blickte uns mit feuchten Augen an, als wünschte er, seine Ansprache nicht mit dieser Bemerkung beendet zu haben.

»Also, ich möchte euch allen danken, dass ihr gekommen seid. Isabel wäre zutiefst gerührt über all die guten Wünsche, die – schönen Worte. Danke. Ich danke euch allen.«

Niemand von den Rettenden Engeln hatte geredet. Kirby war dabei, den offiziellen Teil zu beenden, und keine von uns hatte etwas über Isabel gesagt.

Lee presste Henrys Taschentuch auf den Mund und lehnte ihren Kopf an seine Brust. Sie war in einem hoffnungslosen Zustand. Ich warf Rudy einen drängenden Blick zu – *Steh auf! Steh auf und sag etwas.* Aber sie lächelte nur traurig und schüttelte den Kopf. Ich hätte sie umbringen können.

»Ich möchte gerne etwas sagen.« Meine Stimme klang, als hätte ich die schlimmste Erkältung meines Lebens. Leute, die bereits aufgestanden waren, setzten sich wieder. Als ich all die erwartungsvollen, ernsten Gesichter sah, bekam ich Herzklopfen.

»Ich will nur sagen – auch ich möchte mich bedanken, dass ihr gekommen seid, und ich danke Kirby für alles. Und ich will sagen …« Wie sehr ich meine Freundin vermissen werde, wie sehr ich sie liebe, wie viel sie mir bedeutet hat. Wo soll ich anfangen? Meine Gedanken sprangen immer weiter zurück auf der Suche nach dem, was ich ihnen über sie sagen sollte.

»Ich möchte auch Lee danken – Lee Patterson –, weil sie vor ungefähr elf Jahren die Idee zu unserer Frauengruppe hatte. Die Rettenden Engel.« Als wüßte sie, dass das auch ihr galt, hob Grace neben Rudy den Kopf, sah mich an und schien zu lächeln. »Da habe ich Isabel kennen gelernt. Unser erstes Treffen fand sogar bei ihr zu Hause statt. Auch dich habe ich an dem Abend das erste Mal gesehen, Terry, weißt du noch?« Er lächelte und schüttelte den Kopf. »Du warst sechzehn und hattest ziemlich schlechte Laune.«

Gelächter.

»Damals waren wir fünf, aber über die Jahre sind wir auf vier zusammengeschmolzen. Isabel und Lee, Rudy Lloyd – jetzt wieder Rudy Surratt –, und ich. Ich – wenn ich – für mich ...« Ich kam ins Stottern. »Wenn ich versuche, euch zu erzählen, was die Rettenden Engel mir bedeuten, würde ich den ganzen Tag brauchen und hätte immer noch nicht alles gesagt. Isabel war älter als wir anderen, und sie war anders. Ich meine nicht, weil sie älter war, einfach weil sie – sie war einzigartig. Ich hatte immer das Gefühl, wir haben sie nicht verdient. Ich sowieso nicht. Sie war der sanfteste Mensch, den ich je kannte. Sehr ruhig. Sie war eine wundervolle Zuhörerin. Sie hat die Menschen beobachtet, aber nicht beurteilt. Sie hat nie jemanden verurteilt. Ich wusste immer, dass sie mich liebt. Sehr.«

Oh, Scheiße. Gleich musste ich heulen und würde alles verderben.

»Ich glaube«, redete ich tapfer weiter, »in Freundschaften lernen wir viel, wir wachsen daran und verändern uns. Die Engel haben einander so viel beigebracht, wir haben gelernt, unsere Unterschiede zu tolerieren. Wie man eine gute Ehe führt. Haben gelernt, Verständnis für die … Sehnsucht der anderen zu haben. Mehr Sinn für Albernheiten vielleicht – einen schärferen Sinn für Ironie. Nähe. Umarmen. Hundert Sachen. Und Isabel war nicht unsere Anführerin. Nein, aber ich glaube, sie war unsere Seele. Selbstlos und gut stand sie hinter allem, was wir taten. Ich weiß nicht, wie ich das besser erklären soll, aber Isabel war unsere Mutter, im besten Sinne. Und – ohne sie bin ich verloren. Ich fühle mich wie ein Waisenkind.«

Ich redete immer weiter und sah Lee oder Rudy nicht an. Ich wusste, wenn ich das tat, würden wir alle zusammenbrechen.

»Ich kann einfach nicht glauben, dass sie nicht mehr da ist. Schon tausendmal wollte ich sie anrufen und ihr etwas erzählen, etwas, das nur sie verstehen würde, worauf nur sie genau richtig reagieren würde. Ich habe sogar den Hörer abgenommen und angefangen zu wählen. Dann fällt es mir wieder ein. Lee geht es auch so – sie hat es mir gesagt. Wir haben unsere beste Freundin verloren, unsere allerliebste und so uneigennützige Freundin. Ich versuche, etwas zu finden, irgend etwas, das es erträglicher macht, aber es gibt nichts. Sie starb, ehe sie schlimme Qualen leiden musste – das ist alles, woran ich denken kann. Also gut. Gott sei Dank dafür.

Am Ende war es schwer, sie zu besuchen. Ich wusste nie, was ich sagen sollte. Ich konnte mich nicht verabschieden. Weil es dann keine Hoffnung mehr gibt. Solange man sich nicht verabschiedet hat, kann man immer noch etwas sagen, Dinge tun. Es richtig machen. Es noch einmal versuchen. Ich glaube, so leben wir unser Leben – wir verschieben es, machen es noch einmal, sagen uns, vielleicht das nächste Mal. Und wenn es dann kein nächstes Mal gibt, können wir es nicht ertragen.

Ich konnte mich nicht von Isabel verabschieden. Ich weiß nicht, ob sie es gewollt hätte. Sie war so lieb – sie hat darauf geachtet, was von uns kam. Ich glaube, sie ist so gestorben, wie sie glaubte, dass es für die Menschen, die sie liebte, am leichtesten wäre. Das war typisch für sie.

Und – es war so leicht, sie glücklich zu machen. Am Ende, nachdem ich endlich annehmen konnte, dass ich nichts tun konnte, dass nichts sie heilen würde, die Krankheit nicht besser werden oder verschwinden würde – nachdem ich wirklich wusste, dass ich sie verlieren würde –, wurde alles viel, viel leichter. Es gab keine Zukunft, also musste alles gleich passieren. Ihr Gesicht hellte sich auf, wenn sie mich sah. Ich brachte sie zum Lachen. Ich sagte: ›Ich liebe dich, Isabel‹, und sie lächelte. Mehr konnte ich nicht tun, aber es war sehr viel. Und in Wirklichkeit können wir *nie* mehr füreinander tun, doch wir leben in der Illusion, dass wir unendlich viel Zeit haben, dass wir alle unsterblich sind und es nicht nötig ist, alles immer sofort richtig zu machen. Nicht jetzt, noch nicht. Isabel hat mich viele Lektionen gelehrt, aber ich glaube, diese eine war die wichtigste.

Es tut mir Leid – ich wollte nicht so schulmeisterlich klingen. Ich wollte über sie sprechen, nicht über mich. Ich glaube, jetzt lächelt sie gerade. Sie denkt, o je, und sie hat nicht mal getrunken. Sie hat immer gesagt, ich rede viel, wenn ich mehr als ein Glas Wein getrunken habe. Das stimmt. Deshalb höre ich jetzt auf. Ich will nur noch sagen – Isabel, ich liebe dich, und ich werde dich so sehr vermissen. Rudy passt gut auf deinen Hund auf, und wir alle werden auf Terry Acht geben. Und auf Kirby – wir werden auch auf ihn Acht geben, weil er einsam sein wird. Und wir hoffen, dass du jetzt an einem wundervollen Ort bist, an einem Ort, der dich verdient. Und dass du deinen Frieden gefunden hast. Und – wir werden dich nie vergessen.« Ich ließ den Kopf hängen und flüsterte: »Auf Wiedersehen, Isabel.« Und weil das schier unerträglich war, fügte ich für mich selbst hinzu: »Wir reden später.«

Rudy und Lee standen auf und umarmten mich. Als schniefendes, schwankendes Dreigespann standen wir mitten im Wohnzimmer, und das war anscheinend das Zeichen für die meisten, dass die Feier vorüber war.

Viele gingen, aber viele blieben auch zum Essen und Trinken und um sich fröhlich zu unterhalten.

Das schafft mich jedes Mal, wie wir es fertig bringen, bei solchen Anlässen so gesellig zu sein. Ich bin es auch – ich sage nicht, dass es falsch ist, nur erstaunlich. Ich war auf Beerdigungen, wo die Toten aufgebahrt waren, und außer der engsten Familie – manchmal aber auch die – macht jeder weiter, als wäre es ein Klassentreffen. Nun, so muss es wahrscheinlich sein. Unsere primitive und feige Art, mit zu viel Trauer oder dem Tod umzugehen. Wenn irgend jemand das verstehen und verzeihen würde, wäre es Isabel.

Also verwandelte ich mich in die Gastgeberin, teilte Getränke aus, reichte das Essen herum und dankte immer wieder all den Menschen, die mir sagten, wie tapfer sie mich fanden, weil ich gesprochen hatte, wie gut es war, dass ich diese Feier machte, es hätte Isabel so gut gefallen. Die ganze Zeit über war ich mir Micks Gegenwart bewusst. Er redete mit Lee und Rudy, dann eine ganze Weile mit Henry. Immer wenn ich es mir erlaubte, ihn anzusehen, ruhte sein Blick bereits auf mir. Es war jetzt vier Monate her, seit wir uns in meinem Schlafzimmer getrennt hatten, und seitdem hatte ich ihn nicht mehr gesehen, nicht ein einziges Mal. Lee war nicht mehr so oft mit Sally zusammen; diese Informationsquelle war also auch versiegt. Er sah aus wie immer. Das heißt, er sah gut aus. Gesünder als letzten Winter. Nicht mehr so bleich. Der grauenvolle Haarschnitt war herausgewachsen, und er hatte ein paar mehr silberne Strähnen. Sehr attraktiv. Ich sah ihn an und bekam weiche Knie. Hatte sich also nichts geändert? Vielleicht war es eine Gewohnheit. Wie der Pawlowsche Reflex. Reine Konditionierung. Es war sowieso eine dumme Affäre gewesen. Erbärmlich und hoffnungslos von Anfang an. *Hör auf, mich mit deinen braunen Augen anzuschauen, verdammt noch mal.*

Das musste er gehört haben. Er wandte mir den Rücken zu.

Terry zog mich nach draußen, um ein paar Worte unter vier Augen mit mir zu reden. Er ist richtig erwachsen geworden, groß und gut aussehend, mit Garys blauen Augen, aber etwas von Isabels Sanftheit darin. Man kann es zwar nicht flirten nennen, aber es gefällt ihm, wenn ich im Spaß sage, ich wünschte, er wäre fünfzehn Jahre älter.

»Noch einmal vielen Dank für all das hier«, sagte er. »Es bedeutet mir wirklich viel.«

»Das freut mich, aber ich habe nichts getan.«

»Ich wünschte, sie hätte eine richtige Beerdigung gehabt.«

»Ja.« Ich auch, irgendwie. »Aber sie wollte es nicht.«

»Ich weiß. Hör zu, Emma.« Er rieb seine Nasenspitze zwischen Daumen und Zeigefinger, eine typisch männliche Geste der Unentschlossenheit. Ich kann es einfach nicht fassen, wie erwachsen er geworden ist.

»Was?«

Er sah weg und sagte: »Ich weiß nicht, was ich mit der Asche machen soll.«

»Oh.«

»Ich habe einfach keine Ahnung. Soll ich sie beerdigen? In einem Urnengrab? Aber hätte Mom das gewollt?«

Wir schüttelten übereinstimmend den Kopf.

»Weißt du, ob sie einen Lieblingsort hatte? Ich habe meinen Vater gefragt, aber er wusste es nicht. Was soll ich deiner Meinung nach tun? Ich habe daran gedacht, sie Kirby zu geben, aber … ich weiß es einfach nicht.«

»Hm.« Es war ein Problem. Terry würde nach Montreal zurückkehren, wahrscheinlich Susan heiraten und alle Jubeljahre nach Hause kommen, um seinen Vater zu besuchen. Was sollte Isabels Asche in Kanada?

»Ich habe mir etwas überlegt«, sagte er und schaute mich hoffnungsvoll an. »Ich dachte, vielleicht wollen ja die Rettenden Engel die, na ja, du weißt schon, die Verantwortung dafür übernehmen.«

Ich hatte dasselbe gedacht. Aber ich erwiderte: »Ich weiß nicht, Terry. Sie wollte, dass du sie hast. Sie muss einen Grund gehabt haben.«

»Na ja, sie hat gesagt, ich soll damit tun, was ich für richtig halte.«

»Hm.« Er hatte offensichtlich darüber nachgedacht. »Hast du mit Lee darüber gesprochen?« Ich war daran gewöhnt, dass sie die großen Entscheidungen für die Gruppe traf.

Er schüttelte den Kopf. »Sie ist so am Boden. Ich dachte, ich frage lieber dich.«

»Oh.« Ich fühlte mich tatsächlich ein wenig geschmeichelt. Man stelle sich vor, ich, die Erwachsene. »Also ja. Gut. Ich glaube, ich kann für uns alle sagen, für Rudy, Lee und mich, dass es eine Ehre ist. Ich sage ja, aber ich werde dich anrufen oder dir schreiben, was wir damit machen werden.«

»Das wäre großartig.« Er grinste erleichtert, und ich bekam eine leise Ahnung davon, was für eine Last es für ihn gewesen war. Wie komisch. Wahrscheinlich ist es verständlich. Aber mir kam der Gedanke, dass wir Engel Isabel vielleicht besser gekannt hatten als ihr eigener Sohn und dass er reif genug war, das zu erkennen. Und er übergab ihre Asche denjenigen, denen sie am meisten vertraut hatte, damit sie das Richtige damit taten. War das traurig? Oder war es ein Trost? Darüber würde ich später noch nachdenken.

Terry und ich umarmten uns und weinten ein bisschen. Ich sagte ihm noch einmal, wie sehr Isabel ihn angebetet hatte und wie stolz sie auf ihn war. Er sagte, am meisten bedauerte er, dass sie Susan nicht kennen gelernt hatte. Ich versicherte ihm, dass Isabel auch sie geliebt hätte, und wir weinten noch ein bisschen mehr.

Drinnen brach inzwischen auch der harte Kern auf. Wieder dankten mir die Menschen, und ich dankte ihnen dafür, dass sie gekommen waren. Aus reiner Gewohnheit sah ich mich nach Mick um – er stand direkt hinter mir. »Emma«, sagte er, »ich muss gehen.«

Ich begleitete ihn nach draußen. Die Sonne ging gerade unter und versank in Orange und Gold hinter den Häusern der Neunzehnten Straße. Es war

Ende April, mitten im Frühling, und doch ein grausamer Monat; die verblühten Azaleen entlang meines Weges zitterten in einer eiskalten Brise, und mein Rasen bestand immer noch mehr aus Schlamm als aus Gras. Ich schlang die Arme um mich und bedankte mich bei Mick, dass er gekommen war.

»Ich wollte es«, sagte er. Sallys Abwesenheit hing über uns wie eine Dunstglocke. *Wo ist deine Frau*? wollte ich fragen. *Weiß sie, dass du hier bist*? Mick hatte Isabel natürlich gemocht, aber er hatte sie nicht besonders gut gekannt. Er war wegen mir gekommen.

»Was du gesagt hast, hat mir gefallen«, ergänzte er.

»Ich habe zu viel geredet.«

»Nein.«

»Doch. Es war mir selbst peinlich. Ich bin Schriftstellerin, keine Rednerin.«

Das erinnerte ihn an etwas. »Wie kommst du ...«

»Frag nicht.«

Er lächelte, und mein idiotisches Herz spielte verrückt.

Ein Mann und seine Frau, Stan oder Sam und Hilda Irgendwer kamen heraus. Der Mann war mit Isabel in der Selbsthilfegruppe gewesen. Jetzt sah er ziemlich gesund aus, bemerkte ich leicht verstimmt. »Müssen Sie schon gehen? Vielen Dank, dass Sie gekommen sind.« »Ja, es ist spät, danke, dass Sie uns eingeladen haben.« »Alles Gute.« »Gott segne Sie« – und so weiter, während Mick unbeholfen abseits stand und darauf wartete, dass wir wieder allein waren. Anscheinend verbrachten wir viel Zeit mit Warten.

Endlich gingen Stan und Hilda. Mick und ich standen Seite an Seite am Geländer der Veranda und sahen ins Leere, auf die von Autos gesäumte Straße, die Häuser gegenüber. »Du wirst sie vermissen«, sagte er.

»Ich dachte, ich wäre vorbereitet, aber das bin ich nicht. Sie fehlt mir so sehr.«

»Wenigstens hast du deine Freundinnen.«

»Ja.« Ich seufzte.

»Darum habe ich dich immer beneidet.«

»Worum? Um die Engel?«

»Ich habe einen Freund, mit dem ich ein Mal im Jahr im Frühling Forellen angeln gehe, oben in den Bergen. Den Rest des Jahres sehe ich ihn vielleicht drei- oder viermal. Er ist mein bester Freund.«

»Das kommt daher, weil du ein Mann bist. Männerfreundschaften sind anders als Frauenfreundschaften. Ihr habt eure – Frauen oder Freundinnen als beste Freunde. Wir haben uns gegenseitig.« Rede einfach weiter, Emma, lass den Fuß in der Tür. Aber der Gedanke, dass er meinen könnte, ich spielte auf die Abwesenheit seiner Frau an, war demütigend, wo ich doch nur das erstbeste, was mir in den Sinn kam, vor mich hinplapperte.

»Emma«, sagte er schließlich. Ich liebte es, wenn er meinen Namen sagte, danach hatte ich mich wirklich gesehnt. »Kann ich dich anrufen?«

»Wozu?«

Er lachte und blickte auf seine Hände, die das weiß gestrichene Holzgeländer umklammerten. Er trug ein braunes Kordjackett und ein blaues Hemd. Ich betrachtete sein Profil, den Schatten seines dunklen Bartwuchses auf seiner scharfkantigen Wange. Seine Frage ließ mich nicht jubeln. Ich spürte nur Müdigkeit.

»Hat sich irgendwas geändert?« Ich hasste es, ihn das fragen zu müssen. Wie dem auch sei, ich konnte die Antwort in seinem Gesicht lesen. »Nein, bitte ruf mich nicht an, ich will dich nicht sehen. O Mick. Ich leide so sehr. Wenn du auch noch dazukommst…«

»In Ordnung, Emma. Es ist in Ordnung.«

Nie wollte ich mehr von ihm in den Arm genommen werden. Doch wir berührten uns nicht, nicht einmal an den Händen, und nach einer Weile fühlte es sich richtig an, nichts mehr zu haben. Isabel war nicht mehr da, und da war ein großes Loch in der Welt, und ich hatte keine Hoffnung, es zu füllen.

Und doch rührte mich Micks gesenkter Kopf. Sein Haar war verwirrend schön. Abrupt wandte ich mich ab – er sah auf. Seine Wimpern, seine Nasenflügel, die Form seines Mundes, alles an ihm zog mich wie ein schweres Gewicht hinunter. Ich musste die Leine kappen, ehe ich ertrank.

Zum Glück kamen wieder ein paar Leute auf die Veranda, die ich verabschieden musste. »Adieu«, sagte ich zu ihm, und ich meinte es. Er wusste – wir wussten beide, dass dies das Ende war. Ich drehte mich um und sagte all die üblichen Floskeln zu dem

Ehepaar, das gehen wollte. Nette Leute, eine von Isabels Dozentinnen und ihr Mann. Als ich mich wieder umsah, war Mick verschwunden. Und dann ging ich hinein und tat all die Dinge, die man von mir erwartete, wie zum Beispiel auf Wiedersehen zu ungefähr zwanzig Leuten sagen. Man sollte meinen, dass ich mit der Zeit besser darin wurde, dass mir die Worte glatter über die Lippen kamen. Auf Wiedersehen, auf Wiedersehen, auf Wiedersehen. Doch zum Schluss blieben sie mir im Hals stecken.

Rudy bemerkte es. O Gott, Rudy, hilf mir, dachte ich, aber sie wusste bereits Bescheid. Sie verabschiedete den Rest und blieb über Nacht bei mir. »Vielleicht sollte ich mir eine Katze anschaffen«, meinte ich, als ich sie mit Grace beobachtete; eine so leichte, bewundernswerte Beziehung zwischen Mensch und Tier.

»Genau«, erwiderte sie sanft. Sie zündete sich eine Zigarette an und gab sie an mich weiter. »Das werden wir als nächstes tun, Emma. Wir werden dir eine Katze besorgen.«

29

RUDY

Niemand hatte über die Logistik des Verstreuens von Asche nachgedacht, bis es so weit war. »Wir werden sie über dem Meer verstreuen«, sagten wir und dachten nicht weiter als diese sieben Worte, die so passend klangen, ja beinahe romantisch. Isabel würde es gefallen, darin stimmten wir überein; sie hatte das Meer geliebt, besonders die Outer Banks und Cape Hatteras, unseren Ort, das besondere Fleckchen der Rettenden Engel. Außerdem war sie ein Wassermann, und sie glaubte an solche Dinge wie Astrologie. Ihre Asche über dem Meer zu verstreuen würde genau richtig sein.

Aber es geht nicht, unmöglich, wenigstens nicht vom Land aus. Der Wind pustet die Asche sofort zurück, *landeinwärts*, ganz und gar nicht dorthin, wo man will. Zum Glück erkannten wir das – oder besser gesagt, Lee –, ehe wir den kleinen Perlmuttkasten öffneten, und bewahrten so Isabels Asche davor, wieder in die Dünen geweht zu werden. Was meiner Meinung nach auch nicht so schlimm gewesen wäre, aber wir wollten sie *auf dem Meer* verstreuen.

Lee schlug vor, ein Boot zu mieten und ein Stück hinauszusegeln, ehe wir den Kasten öffneten – sie hatte das einmal in einem Film gesehen, und da hatte es ganz gut geklappt. Emma meinte, vielleicht könnten wir ja bis ans Ende der Pier in San Francisco laufen und die Asche von dort aus verstreuen. Doch am Ende wurden beide Lösungen aus demselben Grund verworfen: Es würden zu viele andere Menschen dabei sein. Wir wollten allein sein, wenn wir Isabel zum letzten Mal adieu sagten.

Doch auch die Lösung, die wir schließlich fanden, war in der Theorie viel besser als in der Praxis. Wir zogen unsere Badeanzüge an und schwammen einfach so weit hinaus, wie wir konnten. Die stillschweigende Übereinkunft war, dass jede ein paar Worte sagen würde, dann würde Lee den Kasten öffnen, und der Wind würde die Asche sanft über dem Meer verwehen. Was auch geschah – doch blieb uns keine Zeit, viel zu sagen, weil Emma beinahe ertrank. Wir waren zu weit hinausgeschwommen und hatten vergessen, was für eine schlechte Schwimmerin sie ist. Das waren unsere beiden Fehler.

»Ich muss zurück«, brachte sie noch heraus, spuckte, paddelte wie ein Hund und schluckte Salzwasser. »Ich kann nicht mehr. Tu es jetzt, Lee, tu es jetzt.«

Lee schwimmt wie ein Delphin – sie war den ganzen Weg mit den Armen über dem Kopf geschwommen, ganz vorsichtig, damit der Kasten nicht mit dem Wasser in Berührung kam. »Okay«, sagte sie. »Warte, dann tun wir es hier, es ist weit ...«

»Nein, beeil dich! Ich muss zurück!«

»Gut. Also – wir übergeben die Asche unserer liebsten Freundin dem Ozean, den sie so sehr liebte, als sie noch bei uns war. Isabel, wir ...«

»Hilfe!«

Ich bekam Emmas Haare zu fassen, kurz bevor sie unterging. »Beeil dich, Lee, mach es einfach«, schrie ich, während ich versuchte, Emma auf mich zu ziehen. »Halt still, ich hab dich, ich hab dich. Sag was!«

»Was?« Emma hustete und spuckte Wasser.

»Sag was über Isabel.«

»Auf Wiedersehen, Isabel!«

Lee starrte sie an, während sie entschlossen auf der Stelle schwamm.

»Wir übergeben diese Asche dem Meer. Okay, ich mache es jetzt auf. Rudy?«

»Ich werde dich vermissen, Isabel. Ich liebe dich. Ruhe in Frieden.« Ich hatte eigentlich etwas Schöneres sagen wollen, aber Emma war dabei, uns beide in die Tiefe zu ziehen. Lee öffnete den Kasten – und in einer grellen, rauchigen Wolke ergriff der Wind die verklumpte Asche. Einen Moment lang lag sie auf der Wasseroberfläche, dann verschmolz sie wie Schneeflocken mit dem Meer. Mit der nächsten Welle war sie verschwunden.

»Ich werfe jetzt den Kasten hinein.«

»Oh, nein«, sagte ich. »Also gut. Aber ich weiß nicht. Emma soll sie …«

»Um Himmels willen!«

Lee warf den Kasten ins Wasser, und ich begann zum Strand zurückzuschwimmen und zerrte Emma mit mir, einen Arm um ihre Brust, wie ein Rettungsschwimmer. Ich wusste gar nicht, dass ich das kann. Lee blieb noch ein oder zwei Minuten, dann kam sie uns nach.

Später kann man über solche Geschichten lachen, und wir versuchten es sogar gleich, aber in Wirklichkeit ärgerten wir uns. Wenn wir länger gewartet hätten, ein Jahr vielleicht, statt zwei Monate, vielleicht hätte die Zeit das Gefühl, versagt zu haben, gemildert. Doch wir saßen schweigend und elend im Sand, während die Sonne hinter uns unterging, und Lee war wütend. Es war nicht gerade unsere beste Stunde. Es hätte bewegend und wichtig sein sollen, ja sogar erlösend, statt dessen war es ein unwürdiges Fiasko geworden, das Isabel nicht gerecht wurde. Wir hatten das Gefühl, als hätten wir sie im Stich gelassen.

Es war unser erster Abend von zwei Tagen in Neap Tide. Wir hatten keine Zeit gehabt einzukaufen, deshalb gingen wir zum Essen zu Brother's, unserem alten Stammlokal. Aber nicht einmal ein gutes, fettes gegrilltes Steak konnte uns aufheitern. Zu viele Erinnerungen wurden wach. Und ich hatte seit drei Monaten nicht getrunken, deshalb konnte ich auch künstlich keine gute Laune herstellen.

Trübsinnig fuhren wir zurück zum Haus, wo sich die Lage auch nicht besserte. Niemand sprach es aus, aber ich wusste, dass wir alle dasselbe dachten: *Wieso hat das je Spaß gemacht*? Was ist so Besonderes daran, herumzusitzen und Rommé zu spielen oder alberne Shows im Fernsehen anzugucken, die man zu Hause nicht mal im Traum anschauen würde. Was ist so schön daran, zu viel zu essen, Bücher zu lesen, auf die man sich sowieso nicht konzentrieren kann, weil man ständig unterbrochen wird? Über

Bagatellen und Unsinn zu reden, weil man alles, was man zu sagen hat, bereits auf der Fahrt bis in jede Einzelheit durchgekaut hat und nur noch gedankenloses Geschwätz übrig bleibt?

Früher schien es kein gedankenloses Geschwätz gewesen zu sein. Vielleicht war es nicht tief schürfend, aber wenn Isabel dabei war, war es nie gedankenlos. Vielleicht waren wir ohne sie nicht mehr gut. Vielleicht war die Gruppe am Ende.

Vielleicht würden wir uns noch eine Weile regelmäßig treffen, dann unmerklich immer seltener, jede würde so tun, als wäre alles in Ordnung, bis wir uns eines Tages überhaupt nicht mehr treffen würden. Ich habe immer gedacht, es wäre die rechthaberische, eifrige Lee, die die Gruppe zusammenhielt. War es in Wirklichkeit Isabel gewesen? Aber sie war immer so ruhig. Emma hat gesagt, sie war unsere »Seele«. Und wenn wir nun ohne sie verloren waren?

»Ich glaube, ich gehe ins Bett«, sagte ich um zehn. Emma und Lee sahen wie zwei Eulen mit großen, tief liegenden Augen zu mir auf und dann schnell wieder weg. Keine sagte: »So früh?« Wir wünschten uns eine gute Nacht, und ich wanderte entmutigt nach unten.

Diesmal hatte ich ein Zimmer für mich allein, dasselbe, das Emma und ich letzten Sommer geteilt hatten. Ich fühlte mich einsam, so ganz allein. Ich vermisste Grace. Eigentlich hatte ich sie mitnehmen wollen, doch dann hatte ich Kirby gebeten, übers Wochenende auf sie aufzupassen. Ihre Hinterbeine sind durch Arthrose so verkrüppelt – sie hätte es nicht geschafft, immer wieder die Holztreppen rauf und runter zu laufen.

Als ich im Bett lag, hatte ich Heimweh. Eigentlich ein gutes Zeichen, wenn man bedenkt, dass ich kein Heim mehr habe. Ich habe es Curtis überlassen – ja, ich weiß, nach alldem –, und jetzt wohne ich in einer sonnigen Zwei-Zimmer Wohnung am westlichen Zipfel von Georgetown. Curtis kämpft nicht gegen die Scheidung. Überhaupt nicht. Allerdings will ich auch nicht viel von ihm. Einen finanziellen Ausgleich, das ist alles, so viel, dass ich leben kann, bis ich auf eigenen Füßen stehe und selbst Geld verdiene. (Womit?) Danach ist es vorbei. Als wäre es nie gewesen.

Lee und Emma passt mein Großmut überhaupt nicht. Selbst Eric findet, dass ich voreilig handle. Doch das ist es mir wert; ich würde alles tun, damit es glatt abläuft. Ich habe schreckliche Angst, dass der Schuss nach hinten losgeht. Es läuft zu gut, ich traue meinem Glück nicht. Ich gehe vorsichtig über ein Minenfeld, ganz vorsichtig und voller Panik, dass unter meinen Füßen eine Bombe explodieren könnte. Es hat mich so viel Energie gekostet, Curtis zu verlassen. Ich bin völlig leer. Doch langsam schöpfe ich wieder Kraft. Diese Dinge brauchen Zeit.

Ich bin zum Beispiel noch nicht wieder in den Kurs gegangen. Aber im Herbst werde ich weitermachen. Was tue ich die ganze Zeit? Ich habe wieder angefangen zu töpfern, und es macht so viel

Spaß. Ich kann gar nicht mehr verstehen, warum ich überhaupt damit aufgehört habe. Ich führe ein Tagebuch. Gehe zu Eric. Trinke nicht. Mache lange Spaziergänge mit Grace. Arbeite ein bisschen ehrenamtlich.

Beinahe jeden Tag entdecke ich etwas Neues, worin Curtis mich … »ausgebeutet hat« ist nicht das richtige Wort. Ausgetrickst hat? Was auch immer, hier nur ein kleines Beispiel. Wir mochten unterschiedliche Fernsehprogramme. Curtis wollte immer nur Nachrichten sehen. Sonst nichts. Ich mochte Geschichten – Spielfilme, Seifenopern, Theaterstücke, egal was, Hauptsache, es war eine Geschichte. Er wusste das, aber er ging darüber hinweg, hat es immer missbilligt. Intelligente Menschen schauten sich die Rede des Innenministers im Senat an oder die Pressekonferenzen der Regierungssprecher. Und wenn die zu Ende waren, schalteten intelligente Menschen den Fernseher aus.

Curtis machte mich zu seiner Komplizin, indem er die Sendungen, die ich mochte, verspottete; sie waren trivial, sentimental, melodramatisch, banal, die Schauspieler spielten schlecht, unecht, kitschig, waren zu aufgesetzt – und er tat immer so, als wäre ich seiner Meinung, als stünden wir beide über diesem Schwachsinn. Ich weiß, ich war feige, aber seine Verachtung war so schneidend, so geringschätzig, dass ich ihm zustimmte. Ich habe gelogen. Ich kann nicht erklären, wie er das mit mir machen konnte. Ich weiß nur, dass ich hilflos war. Er hielt sich für etwas Besseres. Unter seinem Einfluss hätte ich geschworen, dass Schwarz Blau ist, wenn er es gewollt hätte.

Jetzt ist er weg, und ich schaue »Emergency Room«, »Seinfeld« und alte Filme an. Ich bin ein Stubenhocker! Es sind nicht so sehr die Filme, die mich begeistern, eher die Schuldlosigkeit, mit der ich sie anschaue. Ich komme mir vor wie ein Sträfling auf Hafturlaub. Ich bin auf Probe draußen, ich muss immer noch aufpassen, darf nicht übertreiben, nicht zu viel Spaß haben. Aber ich spüre etwas, das ich seit Jahren nicht mehr hatte. Vielleicht nie. Hoffnung.

»Gute Nacht, Em.«

»Gute Nacht, Lee.«

Sie flüsterten; leise zogen sie die Türen hinter sich zu, um mich nicht zu stören. Würden sie, wie ich, frustriert wach liegen, über ihre eigenen Probleme grübeln und sich fragen, warum wir drei offenbar nicht zusammenkommen konnten? Wir trauen uns als Gruppe nicht mehr. Es ist – als hätte man statt vier Beinen plötzlich nur noch drei und müsste unter Qualen wieder laufen lernen, wenn man es überhaupt je wieder lernte. Und wahrscheinlich mochte man sich selbst nicht mehr leiden, weil man so unbeholfen war, so ... ungelenk.

Ich denke daran, wie ich das letzte Mal in diesem Bett lag und Emma in dem anderen und wir bis spät in die Nacht hinein über unser Leben redeten. Da begann sich mein Leben gerade zu ändern, ich fing an, mich stärker zu fühlen. Emma sagte: »Mein

Gott, Rudy, das ist ja richtig wild«, als ich ihr erzählte, dass ich vor Curtis rauche. Ungefähr zu dem Zeitpunkt musste er gemerkt haben, dass ich mich veränderte. Das bedeutet, er hatte sechs Monate lang Angst, mich zu verlieren – die alte Rudy, die abhängige, deren Leben sich nur um ihn drehte –, ehe er den verhängnisvollen Schritt tat und mir vormachte, er müsse sterben.

Mein Gott, was für ein Akt der Verzweiflung. Ich kann es immer noch nicht fassen. Es ist pathologisch. Eric meinte, Curtis hat eine Therapie viel nötiger als ich.

Ja, ich glaube, das habe ich schon immer gewusst. Wir waren durch unsere Bedürftigkeit zusammengeschweißt. Und es war nur eine Illusion, dass er der Stärkere war. Man kann unser Verhältnis krank nennen, aber die Menschen tun alles mögliche, um zu überleben, und wir haben wenigstens nur uns selbst weh getan. Ich hasse ihn nicht. Eric und ich arbeiten immer noch daran, was ich fühle, aber es ist nicht Hass, nicht einmal mehr Wut. Ich verstehe Curtis zu gut, ich bin ihm so ähnlich, ich kann das, was er mir angetan hat, nicht guten Gewissens verachten.

Doch ich kann nicht zu ihm zurück, und das beweist, dass ich mich wirklich verändert habe. So lange habe ich gedacht, dass ich mich nie ändern würde – eigentlich mein ganzes Leben lang. Ich glaube, das ist echte Verzweiflung – wenn man nicht mehr an Veränderungen glaubt.

Und jetzt habe ich es nicht nur erkannt, ich habe es provoziert. Ich bin eine wilde Frau. Ich schwanke zwischen Euphorie und panischer Angst, doch ich bin nicht manisch-depressiv, eher – ganz normal verrückt. Man könnte es vielleicht eine ganz alltägliche Neurose nennen. Wie erfrischend und erfreulich – theoretisch.

Doch ich habe Angst, und ich brauche viel Hilfe, und der Gedanke, dass die Engel sie mir vielleicht nicht geben können, ist beängstigend. Kann das wirklich passieren? Wir trauern alle, sind gefangen in unseren persönlichen Tragödien. Wir teilen die Trauer um Isabel, aber wir haben auch alle unsere ganz eigenen Verluste. Ich trauere um Curtis, Emma um Mick, Lee um ein Baby.

Vielleicht brauchen wir nur Zeit, um uns an die Dreibeinigkeit zu gewöhnen. Trotzdem habe ich Angst. Nicht jede Veränderung ist gut. Oh, ich wünschte, du wärest hier, Isabel! Du würdest uns nicht sagen, was wir tun sollen. Aber wenn du hier wärest, wüssten wir es irgendwie.

30

LEE

Die Engel haben in Neap Tide immer Muschelsuppe gegessen. Na ja, viermal waren wir zusammen hier, und zweimal haben wir es gemacht. Jetzt sind wir das fünfte Mal hier, und wenn wir je eine

Tradition brauchten, dann jetzt. Also bestand ich darauf.

»Ihr beide schält die Kartoffeln«, wies ich Rudy und Emma an – ich hatte fünf Pfund von zu Hause mitgebracht, wozu neue kaufen, wenn ich so viele hatte? –, »und ich gehe frische Muscheln kaufen. Ich bin in zwanzig Minuten wieder da.«

Es wurden vierzig Minuten, doch als ich zurückkam, schälten sie immer noch. Sie saßen am Küchentisch, ihre Köpfe berührten sich beinahe, und ließen die Schalen in eine Papiertüte fallen, die zwischen ihnen stand. Wie oft haben wir in den letzten elf Jahren zusammen gekocht? Wie viele Gläser Wein haben wir getrunken? Wie viele Geheimnisse geteilt? Sie sahen auf, lächelten mich an und arbeiteten weiter. Die Stille zwischen ihnen war angenehm und leicht, sie waren wie ein altes Ehepaar. Ich beneidete sie – beide hatten ihre beste Freundin noch. Doch Rudy ist dünner geworden. Und Emma stiller. Und ich? Trauriger.

Rudy sah mich neugierig an. »Hast du die Muscheln bekommen?« Ich stand immer noch an der Tür.

»Ja.« Ich stellte die Tüte auf den Tresen. »Ich war auch auf der Post. Manchmal ist eine Rechnung da oder ein Steuerbescheid. Ich schicke alles an meine Mutter weiter.«

»Und?« Emma runzelte die Stirn. »Was ist das?«

Ich drehte den Umschlag in meiner Hand hin und her. »Ein Brief. Er ist von Isabel.«

Sie starrten mich an. Sie schoben die Stühle zurück und standen auf.

»Was meinst du?«

»Das ist nicht ihre Schrift.«

»Aber es ist ihre Adresse.«

»Lass mal sehen. Was steht auf dem Poststempel?«

Ich gab den Brief nicht aus der Hand und setzte mich an den Tisch. »Es ist Kirbys Schrift. Der Stempel ist vom achten Mai.«

»Vom achten Mai. Aber sie ist …«

»Kirby hat ihn eingeworfen«, sagte ich. »Danach. Er ist an uns alle in Neap Tide adressiert. Sie muss gewusst haben, dass wir hierherkommen. Sie wollte, dass wir ihn hier lesen.«

Ich legte den Umschlag auf den Tisch, und wir schauten ihn an, sahen unsere Namen in Kirbys ordentlicher Schrift untereinander stehen. Isabels Absender oben in der Ecke.

»Sollen wir ihn aufmachen?« Aufrecht und steif stand Rudy da, die Hände fest unter dem Kinn gefaltet.

»Nein – werfen wir ihn in den Müll. Wir müssen Kartoffeln schälen.«

Sie streckte Emma die Zunge raus. »Ich meine, sollen wir ihn *jetzt* aufmachen? Vielleicht warten wir lieber bis zum Essen.«

»Warum?«

»Ich weiß nicht. Es ist …«

»Feierlicher«, sagte ich. »Wenn alles erledigt ist. Wir können ihn mit auf die Terrasse nehmen und dort lesen.«

»Es regnet und es ist zu dunkel«, gab Emma zu bedenken.

»Vielleicht hat es bis dahin aufgehört. Wir können Kerzen anzünden.«

Emma hob die Hände und ließ sie auf ihre Schenkel klatschen. »Du willst Isabels Brief erst nach dem Essen lesen?«

Also lasen wir ihn vor dem Essen. Doch vorher ging Rudy nach unten und holte sich noch eine Schachtel Zigaretten. Emma öffnete die beste Flasche Wein, den Chardonnay, den wir für die Muschelsuppe aufgehoben hatten, und schenkte zwei Gläser ein. Rudy machte sich einen Eistee. Ich ging ins Bad und stopfte mir die Taschen mit Kleenex voll.

»Wer liest?«

»Ich«, sagte ich.

Emma zog die Augenbrauen hoch, sagte aber nichts.

Draußen nieselte es immer noch, deshalb setzten wir uns im Wohnzimmer auf den Fußboden, Aschenbecher, Getränke und Taschentücher an strategischen Stellen um uns herum verteilt. Ich wollte gerade den Umschlag aufreißen, da sagte Rudy: »Warte«, und sprang auf. »Ich muss aufs Klo.«

Emma verzog grimmig das Gesicht und trank einen Schluck Wein, während wir warteten. Sie sah mich nicht an. Versteckte sich. Sie zeigt ihre Gefühle nicht gerne. Ich hoffte, dass sie nicht weinen würde, das wäre der Weltuntergang.

Rudy ließ sich wieder auf den Boden plumpsen und zündete sich eine Zigarette an. »Okay«, sagte sie und pustete das Streichholz aus. »Ich bin fertig.«

In dem Umschlag waren drei maschinengeschriebene Blätter und ein viertes handschriftliches. »Das ist von Kirby.«

»Lies vor.«

»Liebe Emma, Lee und Rudy.«

»In alphabetischer Reihenfolge«, merkte Emma an.

»In den letzten Wochen ihres Lebens begann Isabel sich immer mehr von den Dingen und auch von den Menschen, die sie liebte, zu lösen. Sie nannte es ein Geschenk, das der Tod den Lebenden machte, eines, auf das sie im Großen und Ganzen auch hätte verzichten können. Sie sagte, es sei schwer, sich daran zu erinnern, wer sie gewesen war, an die ›alte Isabel‹, und sie fand es besonders schwierig, an die vielen Dinge zu denken oder darüber zu sprechen, die einst eine so lebenswichtige Rolle für sie spielten.

Aber sie wollte den Rettenden Engeln einen Brief schreiben, und so musste sie noch einmal zurückkehren. Es war eine Reise, die ihr nicht immer leicht fiel. Eine Reise für die Liebe, nannte sie es, wenn sie, mit ihrer linken Seite an die Sofakissen gelehnt, der einzigen Position, in der sie am Ende noch bequem sitzen konnte, langsam die Worte diktierte, die ich für sie in meinen Computer schrieb. Wie ihr wisst, war sie da schon sehr schwach, und so benötigte sie mehrere Sitzungen dafür. Ich weiß, dass sie sich danach sehnte zu gehen, und ein Teil von ihr war bereits gegangen. Viele Stunden lag sie einfach nur da, ohne zu sprechen, sie schlief nicht, aber vielleicht träumte sie, löste sich von diesem Leben, um langsam in ein anderes zu gehen.

Ich glaube, der schnelle körperliche Abbau am Ende traf sie überraschend – sie dachte, sie hätte mehr Zeit. Als sie die Wahrheit erkannte, hatte sie keine andere Wahl, als mir das zu sagen, was ihr noch auf dem Herzen lag. Ich hoffe, ihr habt nichts dagegen. Es war unvermeidlich. Isabels Vertrauen in mich als Übermittler erfüllt mich mit Stolz und tiefer Zufriedenheit. Ihr hattet das Privileg, sie länger zu kennen, aber ich glaube nicht, dass ihr sie mehr geliebt habt.

Mit herzlichen Grüßen, Goodloe Kirby.«

»Wer?«

»Goodloe?«

Wir lächelten. Ein passender Name.

»Okay«, sagte Rudy leise, und ich begann, Isabels Brief vorzulesen.

Meine Lieben. Ich hoffe, ich habe Recht und ihr seid alle drei in Neap Tide. Ich möchte glauben, dass ihr alle zusammen seid und das hier – Lee, du liest vor – gleichzeitig hört. Ist es ein schöner Tag? Ich stelle mir vor, dass ihr am späten Nachmittag auf der Terrasse sitzt und die Sonne über dem Meer untergeht. Emma braucht sich jetzt nicht mehr vor zu viel Sonne zu fürchten, sie sitzt in ihren abgeschnittenen Jeans und dem verblassten roten Sweatshirt da; sie hat sich den ganzen Tag über in einem Buch vergraben, und jetzt braucht sie einen Drink und ein bisschen Unterhaltung. Rudy, du geschmeidige schwarze Katze, was hast du heute getan? Am Strand gezeichnet, würde ich sagen. Und du bist allein spazieren gegangen. Aber jetzt trinkst du eine Cola und freust dich auf ein bisschen Geselligkeit. Und du, Lee? du hast wahrscheinlich eine köstliche Vorspeise gezaubert oder einen exotischen Drink gemixt. Du siehst umwerfend aus in irgendeinem einfachen Kleid, das du gerade bei Saks erstanden hast; in der Farbe, die gerade der letzte Schrei ist, und du siehst darin wunderschön aus.

»Wenn du anfängst zu weinen«, drohte Emma, »kannst du nicht weiter vorlesen.«

Zuerst dachte ich daran, drei einzelne, ganz persönliche Briefe zu schreiben, aber dann habe ich mich dagegen entschieden. Wir haben alle über die Jahre das eine oder andere Geheimnis gehabt, das wir für uns behalten oder nur mit einer geteilt haben, aber meistens waren wir eine Gruppe. Deswegen schreibe ich an euch alle gemeinsam. Außerdem kosten Geheimnisse zu viel Kraft.

Rudy – du bist meine Heldin. Nie war ich so stolz auf dich wie in der Nacht, als du Curtis aus dem Haus geworfen hast. So tapfer! Ich wünschte, du wüsstest, wie stark du bist. Du hast gesagt, ohne uns hättest du es nicht geschafft, aber das glaube ich nicht. Und selbst wenn es so wäre, sind Freundinnen nicht dafür da? Aber schau auf dein Leben – sieh, wie anmutig du es lebst. Du glaubst mir nicht, ich weiß. Emma, Lee – versucht, sie davon zu überzeugen. Rudy, du bist so ein freundlicher Mensch, ohne jeden schlechten Gedanken gegenüber anderen. Ich bewundere deine Stärke und deine Beherztheit, all deinen Mut, angesichts einer Kindheit, einem Erbe, das jeden anderen, der nicht so tapfer ist wie du, längst zerstört hätte. Ich glaube, du wirst es nie leicht haben, nicht in diesem Leben, es tut mir Leid, dir das sagen zu müssen, aber du wirst dein Leben gut meistern. Vergiss deine wahren Freundinnen nicht, die immer für dich da sind und dich immer lieben werden.

Zu den Männern. Ich hoffe, du kannst lernen, wieder einem Mann zu vertrauen. Ich weiß, dass du das kannst, und ich hoffe, es geschieht eher früher als später, denn du hast so viel zu geben. Teile es das nächste Mal mit jemandem, der dich verdient. Und sei vorsichtig. Leih dir etwas von Emmas Skepsis – nur ein wenig. Bitte um ein Stückchen von Lees Glück.

Einen kleinen Ratschlag habe ich noch. (Findest du nicht, dass ich das aus meiner erhabenen Stellung jetzt darf?) Wenn du kannst, schließ Frieden mit deiner Mutter. Lass die Wunde heilen. Ich bin mir nicht sicher – Eric wird es wissen, frag ihn –, aber ich glaube, du musst zuerst das versuchen, ehe du weiterkommen kannst. Ich sage dir das als Tochter und als Mutter. Vielleicht geht es nicht, aber du musst es versuchen. Du wirst nie in der Lage sein, die Fehler deiner Familie zu beheben, aber sie werden dir nichts anhaben können – sie sind nicht mehr ansteckend, denn du bist immun dagegen geworden. Wirklich, Rudy. Du bist nicht mehr das kleine Mädchen, das mit seiner Mutter im Bad allein war, mit ihr auf den blutverschmierten Fliesen lag, bis die Erwachsenen kamen. Du bist Rudy Sur-

ratt, du bist jetzt erwachsen, klug und kreativ und so liebenswert mit deinem großen, versöhnlichen Herzen.

Ich liebe dich, Rudy. Ich habe so viel Vertrauen in dich. Ich werde dich beobachten, denn dein neues Leben wird so spannend sein. Pass gut auf dich auf. Sei so sanft zu dir, wie du zu anderen bist, und du wirst aufblühen.

Ich hielt inne. »Das ist alles«, sagte ich. »Das nächste Stück ist für Emma.«

Rudy legte sich auf den Rücken und bedeckte die Augen mit den Händen. »Lies weiter«, sagte sie mit belegter Stimme. »Was schreibt sie Emma?«

Zuerst musste ich mir die Nase putzen.

Emma – Weißt du, was ich am meisten vermissen werde? Die Art, wie du für dich behältst, dass du meinen Glauben an alles, was New Age ist, für Scheiße hältst. So viel Nachsicht! Ich finde es wunderbar, wenn du wegschaust und die Augen verdrehst, aber nie ein Wort sagst. Toleranz ist die Essenz einer Freundschaft, weißt du. Deine Toleranz bewies deine Freundschaft, Gott sei Dank, nicht deine Gleichgültigkeit. Du bist mir so lieb, Emma.

Auch für dich habe ich natürlich einen Ratschlag. Oh, viele. Irgendwie klingen sie alle wie nette, kleine Sprüche:

Angst ist tödlich. Dein Selbstschutz wird sich irgendwann gegen dich kehren. Versagen ist nicht Versagen, es ist ein Schritt, und das Leben besteht aus

Schritten. Oder Versagen, und dazwischen gibt es ab und zu mal einen Erfolg. Wenn man nicht ziemlich regelmäßig durchdreht, tritt man auf der Stelle. Und Schmerz ist nicht so schlimm, wie man allgemein annimmt. Ich spreche aus Erfahrung. Und ein Leben in der Angst vor dem Schmerz ist kein Leben.

Kapiert?

Und nun zum Eigentlichen – wieso weißt du nicht, worüber du schreiben sollst? »Ich habe mich noch nicht gefunden«, behauptest du. (Dem kann ich nur zustimmen, wenn du mir von deinen Versuchen erzählst.) Ich sehe sehr deutlich, wo das Problem liegt: Du hast dich bis jetzt immer hinter Geschichten versteckt. Vielleicht waren es gute Geschichten, aber sie waren nicht wahr, und deshalb hasst du sie. Und dann hasst du dich selbst. Hör damit auf. Die Wahrheit zu erzählen macht Angst, ich weiß, aber du hast genug Courage. Wirklich. Emma, weißt du wirklich nicht, worüber du schreiben sollst? Über uns, mein Schatz. Meinst du nicht auch? Schreib ein Buch über uns.

Und nun zum dem Mann, den du liebst. Dieser Rat mag dich überraschen – wahrscheinlich denkst du, ich habe kein Herz für die andere Frau, und das nach meiner eigenen Geschichte. Ich glaube daran, dass richtiges Verhalten wichtig ist, ebenso wie Ehre und Ehrlichkeit. Aber wenn jeder mit besten Absichten immer das Falsche tut, dann bleibt es falsch. Das Kind, das ihr beide schützen wollt, kann nicht geschützt werden. Nicht so. Und die Frau auch nicht. Es ist Zeit, etwas zu bewegen, Emma, lass das Leben seinen Lauf nehmen.

Es ist so kurz, o ja, es ist kurz. Nimm dir jetzt, was du willst. Ich glaube wirklich, dass du das darfst.

Versuch, nicht so ängstlich zu sein. Du hast mir gesagt, dass du keinen Platz für noch mehr Leid hast. Nun, ich bin nicht mehr da; ich habe ein bisschen Platz gemacht. Ha. Ich kann nicht leugnen, dass Liebe manchmal Leid mit sich bringt, aber wenn dieser Mann der richtige für dich ist, dann ist er es wert.

Muss ich ihn immer diesen Mann nennen? Herrgott noch mal, sag Lee, wer er ist. Ich verspreche dir, es wird sie nicht umhauen.

Danke für all die Geschenke, die du mir immer gemacht hast – so viel Lachen, deine liebenswerten Unsicherheiten, deine Loyalität. Du bist einmalig. Für mich war es etwas ganz Besonderes, dich zu lieben. Jetzt sei mutig – folge Rudys Beispiel! Und alles wird gut werden.

Ich blickte auf. »Das ist der Schluss. Okay, wer ist der Typ?« Emma sah aus, als wäre sie den Tränen nahe. Das regte mich so auf, dass ich einen Witz machte. »Es ist Henry, oder?«

Sie starrte mich mit offenem Mund an – sie glaubte tatsächlich, dass das mein Ernst war. Es war wunderbar – das passiert sonst *nie*, es ist immer umgekehrt. Dann kapierte sie es und fing prustend an zu lachen. »O Gott«, sagte sie und ließ sich neben Rudy auf den Rücken fallen. Ich sah zu, wie ihre Bäuche vor Lachen hüpften und sie mit tränenverschmierten Gesichtern kicherten. Oh, dann wusste es Rudy also auch.

»Bin ich die Einzige, die nicht weiß, wer dieser Mann ist?«

Emma schoss hoch. »Es tut mir Leid – es war so schwierig, Lee. Ich konnte es dir einfach nicht sagen.«

»Wirklich? Und? Dann sag es mir jetzt.«

Sie zuckte mit den Schultern, versuchte ungerührt auszusehen, aber ich merkte, dass sie nervös war. »Okay. Es ist Mick.«

»Mick! Mick Draco?« Das überraschte mich total. »Aber ich dachte, du magst ihn nicht!« Ich wollte Details wissen – aber zuerst wollte ich Isabels Brief an mich lesen. »Warum hast du mir das nicht gesagt? Ich sehe Sally kaum noch, wenn es das ist, worüber du dir Sorgen gemacht hast.«

»Na ja, du weißt schon. Ja. Teilweise.«

»Henry trifft sich allerdings ab und zu mit Mick«, sagte ich. »Du weißt, dass Sally zurück nach Delaware gegangen ist.«

Emma fiel der Unterkiefer herunter. Ein deutliches Nein.

»Wie war das?« fragte Rudy und setzte sich auf.

»Sie haben sich getrennt. Wusstet ihr das nicht? Mick wird wahrscheinlich nach Baltimore ziehen, damit er am Maryland Institute Kunst studieren kann.«

»Aber – Jay – was ist mit Jay?« Emma hatte ihre Zunge kaum unter Kontrolle. Erst war sie weiß geworden, jetzt wurde sie rot. »Sie kriegen es hin. Im Moment ist er bei Sally, doch sie wollen gemeinsames Sorgerecht beantragen. Laut Henry ist das alles gerade erst letzte Woche passiert.«

»Warum hast du mir das nicht erzählt?« Sie wurde wieder weiß. Bevor ich ihre lächerliche Frage beantworten konnte, flüsterte sie: »Warum hat *er* es mir nicht erzählt?« und schlug die Hand vor den Mund. »Ich habe ihm gesagt, dass ich nicht warten will«, murmelte sie. »Und wenn er jetzt nicht mehr will? Bei der Feier war er doch so… Aber warum, glaubt ihr, hat er mir nichts gesagt? Soll ich ihn anrufen? Ist das zu aufdringlich? Und wenn er jetzt kein Interesse mehr hat? Wenn er weg ist? Wenn er jemanden anders gefunden hat?«

»In einer *Woche*?«

»Es ist doch möglich.«

»Tja, dann wirst du leiden«, meinte Rudy.

»Isabel findet, das ist es wert«, sagte ich.

Emma ließ ihre Hand sinken. »Gut. In Ordnung. Ich werde ihn anrufen.« Sie wollte aufstehen.

»Hey!«

»Oh.« Sie setzte sich wieder hin, lachte und wurde rot vor Verlegenheit. »Entschuldige, lies weiter, lies den Brief zu Ende.«

»Also, wenn es dir im Moment nicht passt, werde ich nicht weiterlesen. Das will ich wirklich nicht… Hör auf, lass das, bitte! Es reicht…« Aber ich musste lachen, als sie die Arme um mich legte und mein Gesicht abküßte. Rudy brach vor Lachen zusammen. Ich hasse es, wenn Emma das tut, und genau deswegen tut sie es natürlich.

Aber es funktionierte – wir drei gingen endlich wieder normal miteinander um, wie früher. Seit Isabels Tod hatten wir das erste Mal wieder eine schöne Zeit.

»Alles klar, ich lese jetzt weiter. Was dagegen? Reißt euch zusammen.«

»Gut«, sagte Rudy.

»Gut. Wir sind wieder ernst. Lies.« Emma zog die Beine heran und schlang die Arme um die Knie. Sogar ihr Gesicht sah anders aus – schärfer, als wäre ihre Haut gespannter, oder die Knochen traten mehr hervor als noch vor fünf Minuten. Sie war gespannt wie ein Flitzbogen; wenn man an ihr zupfte, würde sie einen hohen, singenden Ton von sich geben.

Ich wandte mich wieder Isabels Brief zu. Am liebsten hätte ich ihn für mich allein gelesen, aber das wäre nicht fair.

Lee. Süße Lee. Was soll ich dir sagen? Wir haben so viel geredet in diesen letzten Tagen, dass nur noch wenig übrig bleibt. Außer, dass ich dich so sehr vermissen werde. Haben Rudy und Emma in letzter Zeit einmal danke gesagt? Danke, dass du die Idee zu unserer Gruppe hattest? Das sollten sie tun. Mindestens einmal die Woche, finde ich.

Ersticktes Kichern von Emma und Rudy.

Du bist die Gesunde, haben wir immer gesagt. Manchmal haben wir deswegen vergessen, sanft zu dir zu sein, weil wir glaubten, du wärest stark und brauchst es nicht. Du bist stark – aber tief im Inneren bist du zart. Ich kann mir die letzten zwölf Jahre meines Lebens ohne dich nicht mehr vorstellen. Du warst meine Freundin und meine Tochter. Meine Freude.

Niemand sagte etwas, als ich für einen Augenblick aufhörte zu lesen.

Seit du und Henry aufgehört habt, zu versuchen, ein eigenes Kind zu bekommen, ist ein wenig Zeit verstrichen. Zeit der Trauer. Und ich bin nicht mehr da – jetzt wirst du diese beiden Verluste nicht mehr so leicht durcheinander bringen. du kannst klarer sehen. Lee – gute Neuigkeiten. Wusstest du, dass irgendwo ein Kind nach dir Ausschau hält? Ich habe schon früher versucht, dir das zu sagen, aber ich habe nicht die richtigen Worte gefunden. Ich habe viel darüber nachgedacht. Emma wird nicht hören wollen, woher ich es weiß, deshalb sage ich es nicht – aber zufällig weiß ich, dass genau in diesem Augenblick irgendwo ein Kind ist – geboren oder noch ungeboren; das spielt keine Rolle – und auf dich und Henry wartet. du musst versuchen, ihn zu finden. (Oder sie, dieses Detail weiß selbst ich nicht, Emma.) Und wenn du es gefunden hast – und das wirst du –, musst du es von ganzem Herzen lieben. Und das wirst du.

Ich bin so glücklich für dich. Es ist mir ein großer Trost, das über dich zu wissen. Und dein Baby – es bekommt eine wundervolle Mutter. So ein glückliches Baby.

Es gibt noch so vieles, was ich sagen könnte. Meine geliebten Engel. Lee, Rudy, Emma, die Freundinnen meines Herzens. Und dann gibt es eigentlich nichts mehr zu sagen. Ich bin euch so nah. Ich habe darüber nachgedacht, was ihr für mich tun könnt. Ja, ich bestehe sogar darauf; ich dulde keinen Widerspruch. Ihr müsst ein vorübergehendes Mitglied finden, das bleibt. Ein nicht vorübergehendes; ein bleibendes. Ihr müsst es wirklich versuchen. Keine halbherzigen Urteile, kein falsches Willkommen, kein unaufrichtiger guter Wille. Zwei neue Mitglieder wären sogar noch besser. Unsre Gruppe darf nicht einfach so eingehen – das wisst ihr. Tut es für mich. Bitte. Weil es eigentlich nicht für mich ist, sondern für euch. Ich wünsche es mir für euch.

Danke für alles, was ihr mir gegeben habt. Lee, Emma, Rudy, ich liebe euch. Danke, dass ihr bis zum Ende bei mir geblieben seid. Wisst ihr, was ich bedaure? Dass ich nicht da sein werde, wenn das, was mit mir geschieht, mit jeder von euch geschieht. Um ein bisschen von der Liebe, dem Trost und der Süße, die ihr mir geschenkt habt, zurückzugeben.

Doch dann denke ich – Emma, du weißt, was jetzt kommt – vielleicht bin ich ja da. Ja, ich glaube, ich werde da sein. Jetzt, da ich darüber nachdenke, baue ich darauf. Lieber Gott, lass es bitte nur nicht zu bald sein.

All meine Liebe für euch,
Isabel

31

EMMA

Ich scheuchte Lee und Rudy auf die Terrasse, bevor ich Mick anrief. Es gibt nur in der Küche ein Telefon, und da hätten sie mich hören können. Es regnete nicht mehr, es war nur noch ein bisschen feucht. Sie wurden nicht nass.

Aber dann war besetzt. Mit wem telefonierte er? Eine ganze Reihe abscheulicher Möglichkeiten ging mir durch den Kopf.

»Es ist besetzt – ihr könnt wieder reinkommen.«

Sie kamen zurück, und wir setzten uns zusammen um den Tisch, um mit der Muschelsuppe weiterzumachen.

»Alles klar, geht jetzt wieder raus, ich versuche es noch mal. Hier«, sagte ich und schob Rudy eine Tüte Brezeln zu, weil ich ihren Unwillen spürte. »Iss die, wenn du Hunger hast.«

Gemeinheiten vor sich hin murmelnd zogen sie ab, und ich wählte Micks Nummer.

»Hallo?«

Von jetzt an werde ich so große Gefühle wie Angst, Bedrohung, grenzenlose Erleichterung mit dem Geruch von kochenden Muscheln verbinden.

»Mick? Hier …«

»Emma?«

»Ja. Hallo. Äh … Hallo. Ich habe gerade mit Lee geredet, und sie …«

»Bist du zu Hause?«

»Nein, ich bin in Hatteras.«

»Bist du heute gefahren?«

»Gestern. Wir sind gestern hier angekommen.«

Er lachte. Es klang so seltsam. »Das erklärt alles.«

»Was?«

»Ich habe gestern den ganzen Abend bei dir angerufen. Ich war mir sicher, dass du ausgegangen warst. Mit einem deiner allgegenwärtigen Männer.«

Meine Beine fingen an zu zittern. Langsam rutschte ich, das Telefon in der Hand, auf den Boden. »Mit einem meiner allgegenwärtigen Männer?« Euphorie ergriff mich. Ich spürte meinen Kiefer, meine Kehle, meine Lippen fühlten sich geschwollen an; ich erkannte meine Stimme nicht wieder. »Ich habe gerade eben schon mal angerufen«, sagte ich, »aber es war besetzt. Wahrscheinlich war es deine neue Freundin.«

Wieder lachte er. »Nein, es war Jay.«

»Oh.« Schlagartig wurde ich wieder nüchtern. »Wo ist er?«

»Bei seiner Mutter. Sally ist bei ihren Eltern in Wilmington. Bis sie etwas für sich und Jay gefunden hat, wo sie bleiben können.«

»Oh, dann habt ihr ...«

»Wir haben uns getrennt. Vor ungefähr zehn Tagen. Ich habe dir viel zu erzählen.« Er machte eine Pause, dann platzte er heraus: »Emma, warum, zum Teufel, bist du so weit weg?«

»Ich weiß! O Mick.« Und dann musste ich fragen: »Warum hast du zehn ganze Tage gewartet, bis du mich angerufen hast?«

»Na ja, ich war mir nicht sicher, ob es irgendeinen Unterschied macht.«

»Wie kommst du auf die Idee?«

»Weil du dich das letzte Mal, als wir uns gesehen haben, sehr deutlich ausgedrückt hast. Über uns. Erinnerst du dich nicht?«

»Natürlich erinnere ich mich.« Das qualvolle Zwischenspiel auf meiner vorderen Veranda. »Aber das habe ich doch nur gemacht, weil du mir gar keine Hoffnung gelassen hast. Du hast keine Veränderung gesehen.«

»Stimmt. Es kam alles ganz plötzlich. Und ich war mir nicht sicher, ob sie wirklich gehen würde. Für immer. Jetzt bin ich sicher, aber wenn sie zurückgekommen wäre, wäre es schrecklich gewesen. Für dich.«

»Warum?« fragte ich voller Angst.

»Ich wäre nicht bei ihr geblieben, das meine ich nicht.«

»Oh.«

»Wenn sie zurückgekommen wäre, hätte ich sie verlassen, Emma. Weil es wirklich vorbei ist.«

»Oh.«

»Aber ich wollte nicht, dass du dann da mittendrin bist. Deshalb habe ich nicht angerufen.«

»Oh.« Das war ein guter Grund. Ich grinste wie eine Hyäne und klopfte leise mit der Faust auf den Boden. »Was ist passiert? Willst du es mir erzählen? Ich weiß, du warst immer …«

»Doch, ich werde es dir erzählen. Ich will dich sehen. Wie wär's, wenn ich komme?«

Jetzt war ich wirklich perplex. »Warum nicht, aber morgen bin ich wieder zu Hause.«

»Morgen. Ich weiß nicht. Das ist eine lange Zeit.«

»Ich weiß.«

»Wir könnten uns in Richmond treffen«, sagte er, und wir lachten wie Teenager. »Oder Norfolk.«

»Das macht wahrscheinlich keinen Unterschied.«

»Wahrscheinlich nicht.«

»Fredericksburg allerdings ...« Wir kicherten. »O Mick. Das ist ...« Genau das, was ich immer wollte. Am Telefon mit dir herumalbern.

»Was?«

»Gut. Das ist gut.«

»Ja.«

Schweigen. Ich lächelte.

»Was machst du?« fragte er. »Wo sind die anderen?«

»Ich sitze in der Küche auf dem Fußboden. Rudy und Lee sind draußen auf der Terrasse – ich habe sie nach draußen verbannt. Es geht ihnen gut, es regnet nicht mehr. Wo bist du?«

»Ich bin auch in der Küche. Du warst noch nie bei mir.«

»Nein. Ist es schön?«

»Komm und schau es dir an.«

»Das werde ich tun.« Ich konnte einfach nicht aufhören zu grinsen. »Dann geht es dir gut mit der Trennung? Wie geht es Jay?«

»Viel besser, als ich dachte. Es sei denn, ich mache mir etwas vor. Ich vermisse ihn – das ist das Schlimmste. Emma, vielleicht ziehe ich nach Baltimore und versuche, am Maryland Institute zu studieren. Wenn ich es schaffe – es ist eine der besten Kunsthochschulen des Landes.«

»Du wirst es schaffen. Was hast du vor? Willst du ein Diplom machen?«

»Ja. Und ich will in Jays Nähe sein. Sally überrascht mich. Sie hat nichts gegen ein gemeinsames Sorgerecht.«

»Gott sei Dank. Das war die Hauptsache.«

»Wenn wir uns sehen, kannst du mir vorhalten, dass ich das schon vor Jahren hätte tun sollen. Doch ich glaube, es wäre früher nicht möglich gewesen.«

»Kein Wort werde ich sagen. Ich werde ein Muster an Zurückhaltung sein.«

Ich spürte, wie er am anderen Ende der Leitung lächelte.

»Also«, sagte er, »was hältst du von Baltimore?«

»Ich finde es großartig. Es ist nur eine Stunde Fahrt. Wir werden das schon hinkriegen.«

»Das habe ich gehofft. Weißt du, es ist …«

»Was?«

»Es ist schwer, wenn der Traum plötzlich Wirklichkeit wird.«

»Wie meinst du das?« Ich wusste es, ich wollte es nur von ihm hören.

»Was jetzt alles geschieht. Geschehen wird. Ich habe es mir so lange vorgestellt. Beinahe seit ich dich kenne.«

»Wirklich?«

»Aber ich hatte Angst zu hoffen.«

»Ja. Ich auch.«

»Aber jetzt, jetzt scheint alles wahr zu werden.«

»Es ist erschreckend. Es ist einfach zu gut.«

»Oder …«

Er beendete den Satz nicht, aber ich wusste, was er sagen wollte. *Oder es funktioniert nicht*. Das ist immer eine Möglichkcit. Mick hatte nicht gerade viel Erfahrung mit gescheiterten Beziehungen – so weit ich wusste, nur mit einer –, aber ich dafür umso mehr. Und wir sehnten uns seit eineinhalb Jahren nacheinander. Wenn das nicht eine hervorragende Ausgangsposition für ein Desaster ist, was ist es dann?

»Wie kommt es, dass wir nicht mehr Angst haben?« wunderte ich mich. »Ich sollte wie gelähmt sein. Doch statt dessen habe ich dieses – lächerliche – Vertrauen. Ich komme mir sogar dumm vor, wenn ich es ausspreche. Aber ich habe es. Wirklich. Weil mir so etwas noch nie passiert ist. Ach, Mick, ich kann dir solche Sachen nicht am Telefon sagen.«

»Ich weiß. Morgen.«

»Morgen. Gut. O Mann. Ich bin plötzlich so … lüstern.«

»Lüstern.« Wie er das sagte, überrascht und froh und zustimmend. Mmmm.

»Lüstern.« Langsam klang es wie ein Echo.

»Ruf mich an«, sagte er, »sobald du zu Hause bist.«

»Keine Sorge.«

»Möchtest du hierherkommen?«

»Ich weiß nicht.« Ach, diese logistischen Besonderheiten. »Nein, komm du zu mir. Okay?«

»Ja.«

Wir redeten noch eine Weile. Aber es war nicht sehr befriedigend. Es gab so viel zu sagen, und wir waren definitiv scharf aufeinander. Und konnten nicht einmal darüber reden, weil ich nicht richtig allein war. Er berichtete mir in groben Zügen, wie es zu der Trennung gekommen war. Sie hatte ihn beim Abendessen im Yenching Palace geradeheraus gefragt, ob er sie liebte. Er hätte ja sagen können, und in einem mitleidigen, irgendwie äußerlichen Sinn hätte es gestimmt; das hatte er schon früher oft genug getan, meinte er. Doch statt dessen hatte er die harte Wahrheit gesagt. Nein.

Sie weinte, doch sie brach nicht zusammen und war nicht am Boden zerstört. Vielleicht war sie sogar erleichtert. »Oder ich mache mir etwas vor«, sagte er wieder. Wie dem auch sei, es war ihre Idee gewesen, nach Delaware zurückzugehen. Jay würde am Anfang mehr bei ihr als bei ihm sein, und er war mit der Vereinbarung fast ausgesöhnt. »Er liebt seine Großeltern, und sie gehen gut mit ihm um. Ich glaube, es wird ihm gut gehen. Ich werde ihn oft sehen. Ich versuche, es zu rationalisieren, ich weiß ...«

»Nein, es stimmt doch. Du *wirst* ihn oft sehen.«

»Aber es wird nicht dasselbe sein.«

»Nein, wird es nicht. Aber nach einer Weile ist es vielleicht sogar besser.«

Hatte ich das wirklich gesagt? Ich wäre am liebsten aufgestanden, um im Spiegel zu schauen, ob ich mich äußerlich auch verändert hatte.

»Na dann«, sagte ich schließlich. »Ich schätze, ich sollte auflegen. Die anderen wollen bestimmt essen. Lee und Rudy.« Ich sah ihre Umrisse durch das Fliegengitter. Sie lagen in den Liegestühlen, und Rudys Zigarette glühte in der Dunkelheit.

»Gut«, sagte Mick. Halbherzig.

Was für ein kindisches Vergnügen. Es dauerte noch zehn Minuten, bis wir endlich auflegten. So wird es immer sein, dachte ich. Vielleicht würde es nicht gut gehen (aber ich glaube, es wird funktionieren), doch bis dahin würden wir das Glück voll und ganz auskosten.

»Ich liebe dich«, flüsterte ich. Sehr mutig. *Isabel, hörst du zu?*

Er versicherte mir dasselbe und fügte meinen Namen hinzu. Davon kann ich gar nicht genug bekommen. Wenn Mick »Emma« sagt. Wahnsinn. Bald werde ich seinen Namen in mein Erdkundebuch kritzeln.

»Bis morgen«, sagte ich.

»Gute Nacht, Emma.«

»Gute Nacht.«

»Bis morgen.«

»Ja. Oder du rufst später noch mal an.«

»Gut.«

Überraschtes Schweigen, dann lachten wir darüber, wie einfach die Lösung war. Es machte das Abschiednehmen so viel einfacher.

»Und?«

»Und?«

»Wir haben geredet.« Ich schlenderte zum Geländer und beugte mich hinüber. Ich war viel zu aufgewühlt und verträumt und verliebt, um mich hinzusetzen.

Rudy stand auf und kam zu mir herüber. »Ihr habt geredet?«

»Das haben wir gehört.« Lee stand auf und stellte sich auf meine andere Seite.

»Genau da«, sagte ich und lehnte mich weiter vor. »Nein, man kann die Stelle von hier aus nicht sehen, weiter da hinten.«

»Was?«

»Da haben wir uns zum ersten Mal geküsst.«

Rudy seufzte.

Lee schnappte nach Luft. »An *dem* Wochenende?«

»Ja.«

»Ich will alles darüber hören, jede Einzelheit.«

»Okay.« Kein Problem. Noch nie habe ich mich großzügiger gefühlt.

»Aber zuerst will ich wissen, ob du ihn nimmst.«

»Ob ich ihn nehme?«

»Hat Isabel nicht gesagt, das sollst du tun?«

»Ich glaube, das hat sie.«

»Und? Machst du es?«

Ich lächelte. Stand es mir nicht ins Gesicht geschrieben? Lee nimmt immer alles so wörtlich. »Wirst du ein Kind adoptieren?« konterte ich.

»O Em.« Sie schlang die Arme um sich. »Es wartet auf mich«, flüsterte sie und starrte in den Himmel.

Der Wind hatte die Wolken weggepustet, am Himmel blinkten Sterne.

»Ich nehme an, das heißt ja.«

Sie nickte, langsam, mit verträumten Augen. »Warum habe ich so lange gewartet?«

Rudy und ich wechselten einen Blick. »Und«, sagte ich, »warum?«

»Es ist – ich weiß es nicht. Jetzt ist alles klar, aber vorher ... Wir haben es von vornherein ausgeschlossen, ohne richtig darüber nachzudenken. Henry sagte, er will ein eigenes Kind – und ich habe das benutzt, habe es zu meiner langen Liste von Gründen hinzugefügt, warum es unser eigenes sein musste. Sie ergaben nicht einmal einen Sinn. Isabel versuchte, mir das beizubringen, aber ich konnte nicht auf sie hören.«

»Du warst fest entschlossen.«

»Und in diesen Kinderwunschkliniken wird nicht darüber gesprochen. Ich habe zwei Jahre lang so viel Zeit bei Ärzten verbracht, und nicht ein Mal ist das Wort Adoption gefallen. Kein einziges Mal. Ist das nicht erstaunlich? Nicht mal eine Schwester hat es angedeutet. Also habe ich nicht darüber nachgedacht.«

»Und Henry wird nichts dagegen haben?«

»Oh, nein. Das wird er nicht.«

Jetzt wünsche ich mir, ich hätte den Mut gehabt, schon früher etwas zu ihr zu sagen, oder Rudy. Doch wir waren zu taktvoll oder so etwas Ähnliches, zu sehr darauf fixiert, Komplizen ihrer Besessenheit zu sein. Wir haben sie immer nur getröstet, anstatt ihr eine Alternative zu zeigen. Gott sei Dank hat Isabel es noch geschafft, ihr den richtigen Anstoß zu geben.

»Rudy findet, wir sollten versuchen, ein ausländisches Kind zu bekommen, weil das vielleicht schneller geht«, sagte Lee gerade. »Vielleicht ein Waisenkind aus Rußland oder Rumänien. Ich dachte an ein jüdisches Kind aus der Ukraine.« Sie hielt inne, sah in den Himmel und wurde wieder praktisch. »Gleich nach dem Essen muss ich Henry anrufen.«

»Und wenn es ein Mädchen ist, wird sie es Isabel nennen«, sagte Rudy.

»Ja, natürlich«, stimmte ich zu. »Und wenn es ein Junge ist, heißt er Isidor.«

Wir lächelten in die Dunkelheit.

»Glaubst du, wir brauchen wirklich ein neues vorübergehendes Mitglied?«

»Ein bleibendes«, korrigierte mich Lee. »Sie hat gesagt, wir brauchen es.«

Wir seufzten.

»Ich kenne da eine Frau bei mir in der Tagesstätte«, sagte Lee.

Wir grunzten.

»Ich glaube, ich werde heute Abend meine Mutter anrufen.« Rudy schnippte ihre Zigarette über das Geländer. »Ich bin überrascht, dass sie nicht gesagt hat, ich soll aufhören zu rauchen.«

Ich weiß nicht, warum – ich drehte mich einfach um und umarmte sie ganz fest.

»Wahnsinn«, staunte sie. »Darin bist du wirklich viel besser geworden.«

»Bin ich?«

»Das ist mir auch aufgefallen«, sagte Lee.

»Hey, seid ihr nicht auch am Verhungern?« fragte ich. Doch niemand bewegte sich. Wir wollten irgendwie noch nicht hineingehen.

»Wisst ihr, was nett wäre«, sagte Rudy. »Wenn wir zusammen alt werden würden.«

»Warum sollte es nicht so sein?«

»Nein, ich meine *zusammen*.«

»Ja«, sagte ich, »in einem Stift für alte Damen.« Ich hatte diese Phantasie schon seit Jahren. »Wir sitzen im Schaukelstuhl auf der Veranda irgendeines hübschen, alten Hauses auf dem Land.«

»Wir wären alle noch im Vollbesitz unserer Kräfte«, beschloss Rudy, »einfach nur alt.«

»Und du siehst immer noch umwerfend aus. Ich werde fett sein, aber Lee wird mich im Rollstuhl spazieren schieben, weil sie auch dann stark und drahtig sein wird.«

»Vielleicht, vielleicht auch nicht. Wenn du willst, dass ich dich schiebe, musst du sehr viel netter zu mir sein.«

»Und wir werden uns immer noch mögen«, sagte Rudy.

»Wir spielen andauernd Canasta.«

»Bridge«, verbesserte sie Lee.

»Und wenn eine von uns stirbt«, sagte ich, »lässt sie sich einäschern. Aber wir werden die Asche erst verstreuen, wenn die Letzte gestorben ist.«

»Okay, aber wer wird es dann tun?«

»Isidor. Und zwar genau da draußen.« Ich zeigte

aufs Meer, ungefähr auf die Stelle, wo wir Isabels Asche verstreut hatten.

»Isidor?«

»Dein Sohn. Er wird dann ungefähr sechzig sein. Ich hoffe er hält sich fit und kann schwimmen.«

»Im Gegensatz zu gewissen anderen Leuten.«

Der Mond hing über dem Wasser. Die Grillen zirpten immer lauter, bis sie das Geräusch der Wellen übertönten. Auf der anderen Straßenseite kamen zwei Jungen und ihr Vater heraus, um in der Auffahrt Basketball zu spielen.

»Schreib ein Buch über uns«, hatte Isabel gesagt. Könnte das mein Thema sein? Ich konnte es noch nicht recht erkennen. Das wirkliche Leben ist chaotisch; es ließ sich nicht so leicht übertragen. Ein Roman dagegen ist viel leichter. Ich habe an einen Krimi gedacht, in dem eine Liebesgeschichte vorkommt, ein bisschen Gefahr, vielleicht jemand, der das Gedächtnis verloren hat. Solche Geschichten haben mir schon immer gefallen. Es könnte trotzdem über vier Frauen sein. Die zu einem Club gehören, und eine wird umgebracht. Nein, das ist zu traurig. Die Schwester einer der Frauen wird umgebracht, und sie klären gemeinsam das Verbrechen auf. Wenn es einschlägt, könnte ich eine Serie daraus machen. Vier Frauen. Vier Yuppie-Frauen.

An dem Titel muss ich noch arbeiten.

Aber sie hat gesagt: »Schreib ein Buch über uns.« Oh, Isabel, ich weiß nicht. (So rede ich neuerdings mit ihr, als würde sie neben mir stehen und mit mir plaudern. Ich glaube, wir alle tun das.) Das klingt so erwachsen, so reif. Lass mich noch eine Weile herumprobieren, okay? Ja, ich weiß, der Zeitfaktor, das Leben ist kurz, man weiß nie, wie kurz, ich weiß, ich weiß.

In Ordnung, ich denke darüber nach. Aber wenn ich nicht weiterkomme, werde ich einen Fall von Gedächtnisschwund einbauen.

»Essen?«

Wir gingen hinein. Der Tisch sah hübsch aus. Wir zündeten Kerzen an und deckten mit Stoffservietten. Sprachen nicht darüber, wie viel weniger drei als vier sind. Isabel hatte völlig Recht, wir mussten ein neues vorübergehendes Mitglied finden.

Nach dem Essen wollten alle telefonieren. Lee wollte Henry anrufen, Rudy ihre Mutter, ich – ich wollte nur die Leitung freihalten, damit Mick durchkam.

All die Geschäftigkeit, die Aussichten – darauf waren wir nicht vorbereitet. Wir waren zu einem bestimmten Zweck hierher gekommen, wir wollten etwas zu Ende bringen, und jetzt gab es für uns alle einen Neuanfang. Gefällt dir das, Isabel? Reibst du dir da oben die Hände und lächelst nachsichtig? Da drüben? Wo du auch bist. Nun gut, schön, ich nehme dir nichts übel, nicht einmal deine Überlegenheit. Ich wünschte nur, du wärest hier. Weißt du? Ich vermisse dich einfach.

HEYNE BÜCHER

Nicholas Sparks

Liebesgeschichten –
zart, leidenschaftlich
und voller Tragik.

»... wir träumen doch alle
von der einen, einzigen
wahren, ewig anhaltenden
großen Liebe – hier ist sie!«
ELKE HEIDENREICH

Wie ein einziger Tag
01/10470

Weit wie das Meer
01/10840
Auch im Heyne Hörbuch als
CD und MC lieferbar

Message in a Bottle
Der Roman zum Film
01/20040

Zeit im Wind
01/13221
Auch im Heyne Hörbuch
als CD und MC

Das Schweigen des Glücks
43/159
Auch im Heyne Hörbuch
als CD und MC

01/13221

HEYNE-TASCHENBÜCHER